**Lilith of Dandelion
HOMSARECS! Band 3:
Isegrims Tagebücher**

oder

*Der Menschenfresser Besserung,
die fast täglichen Notizen eines jungen Tunichtgut,
der dennoch so viel Gutes tut*

Lilith of Dandelion : Homsarecs! Teil 3

Isegrims Tagebücher

Der Menschenfresser Besserung,
die fast täglichen Notizen
eines jungen Tunichtgut,
der dennoch so viel Gutes tut

Isegrim,
welcher sich nun
wieder Lelo nennen muß,
büßt seine Fehltritte auf der Insel.
Seine Männlichkeit ist geschwächt.
Doch dann müssen die letzten Kannibalen
in den mährischen Wäldern gefunden
& gerettet werden, & Isegrim
kennt sie & weiß, wo
sie leben.
Hier
erkennt Isegrim,
wie er mit seinen wilden Brüdern
wieder seiner wahren Natur nach leben kann.
Ferien auf einem Ponyhof —
oder ist das der Schlüssel
zu Tod & Leben?
& Sieg über
den Fluch?

MMXVI

HAUSMACHT

Bibliografische Information der Deutschen Nationalbibliothek:
Die Deutsche Nationalbibliothek verzeichnet diese Publikation
in der Deutschen Nationalbibliografie; detaillierte bibliografische Daten
sind im Internet über www.dnb.de abrufbar.
© 2016 Lilith of Dandelion, Hamburg
1. Auflage
Text, Illustrationen, Satz und Titelgestaltung: Lilith of Dandelion
http://www.hausmacht.de/Roman
Bisher erschienen: Band 1: „Homsarecs!" (2015)
Band 2: „Der Doge & sein Sklave (2016)
Herstellung und Verlag: BoD – Books on Demand, Norderstedt
ISBN 9783741273810

Inhaltsverzeichnis

Ouvertüre		7
Lelos Inseltagebuch	9.5.-8.10.191	9
Isegrims Reisetagebuch	15.10.-22.11.191	47
Isegrims Stadttagebuch	24.11.-22.2.192	108
Tanguta im ‚Zustand'	2.3.-1.4.192	160
Leiden im Paradies	7.4.-9.7.192	188
Botschafter des Langen Lebens	10.7.-23.7.192	246
Das Geheimnis der Höhle	26.7.-21.8.192	274
Das Kurban	22.8.-3.10.192	327
Suche nach Sicherheit	4.10-17.10.192	385
Kampf um alles	19.10.-9.11.192	403
Isegrim hat einen Knacks	30.10.-30.11.192	427
Das Heilige Koma		485
Anhang		488

Abbildungsverzeichnis

1 Porträt von Isatai, das Petja/Škorec, Perkeles Sohn, darstellt	6
2 Lelo fühlt sich ungerecht behandelt	8
3 Doktor Mani	22
4 Perkele, der Anführer der Bémishen Brieder	56
5 Ein wilder Waldbruder bin ich geworden	92
6 Pratizaye, nepalesische Kriegerin	108
7 Vanessa Brilon-MacIntyre, ehemalige Kanzlerin und jetzt Dogaressa	138
8 Mavini hat ganze Arbeit geleistet	170
9 Perkele steht vor Gericht	232
10 Mato Sapé, der mitreisende Arzt	246
11 Lelo in Trauer	274
12 Petja/Škorec als Wächter der Höhle	288
13 Mehmet Yardim, Josefs Serf	314
14 Kachina, der Lehrmeister der jungen Krieger	338
15 Der einstige Feind, nun Berater des Dogen und Häftling in Sukent	394
16 Ruradix, die neue Chefin der Amazonen	426
17 Isegrim hat sich für die Party aufgebrezelt	474
18 Lageplan zu Ereignissen in und um Sukent	506
19 Stammbaum des aus Usbekistan kommenden Teils der Familie	507

1 *Porträt von Isatai, das Petja/Škorec, Perkeles Sohn, darstellt*

Ouvertüre

Heute hat mir Isegrim seine elf Tagebücher gebracht. Eine Tonne Papier, gebunden in schlichter Form, Kladden, karierte Schulhefte, Agenden mit vorgedruckten Kalendarien, in sie hineingeklebt Massen von Zetteln, teils sind es die Rückseiten von Tankquittungen, Bäckerrechnungen und Einholzetteln, das alles liegt nun auf meinem Schreibtisch.

„Ich weiß, du wirst das ordnen können", sagt er fröhlich. Der Kasper.

„Ach, und du denkst, ich hätte sonst nichts zu tun?" frage ich ihn.

Er lacht und setzt sich zu mir an den Schreibtisch. Er schiebt mir einen Teebecher hin und nimmt von seinem eigenen einen Schluck. Er hat auch Kekse gebacken.

Unwiderstehlich.

„Ich weiß, daß du zu tun hast", sagt er, „darum ist dies ein offizieller Auftrag Seiner Exzellenz des Dogen. Denn er findet, daß diese Aufzeichnungen in die Chronik der Stadt aufgenommen und auch veröffentlicht werden sollen."

Er kaut mit vollen Backen: „Ich finde manches ja auch ganz schön peinlich. Aber ich habe diese Tagebücher von Anfang an offen geführt. Meine Dienstherren, meine Besitzer haben immer hineingeschaut und auch mal was reingekritzelt und meine Texte durchgestrichen." Er lacht.

„Wie lange hast du daran geschrieben?"

„Anderthalb Jahre."

„Donnerwetter." Ich schlage hier und da Seiten auf und versuche, von der Größe der Schrift auf die Gesamtmenge zu schließen, „du warst fleißig."

„Es hilft", sagt er, und plötzlich überfliegt ein Schleier von Trauer sein Gesicht. Ich verstehe, daß es nicht nur den frechen, lustigen Lelo gibt, der bei allem möglichen Unsinn die Finger im Spiel hat, sondern auch den ernsthaften Isegrim, der Katastrophen und tiefen Kummer durchgemacht hat.

„Das ist etwas ganz anderes als ein ausschließlich privates Tagebuch, das weiß ich", fährt er fort, „aber ein *serf* hat keine Geheimnisse. Ein Strafgefangener hat keine. Ein Kaptif hat keine. Ich war alles das. Und der König glaubt, daß es von Nutzen sein wird, wenn jeder es lesen kann, der will."

Ich schichte die Kladden grade aufeinander und fühle so viel Drama darin. So viel Lust und Schmerz. „Es wird mir eine Ehre sein, das herauszugeben", sage ich und küsse ihn. Küsse ihn lange. Und fange an, seine ersten Aufzeichnungen zu lesen. Sie beginnen gleich nach dem Großen Reprend, der Rückeroberung unserer Hauptstadt.

(Isatai von den Kranichen, Herausgeber, Weimar, den 19.12.192)

2 Lelo fühlt sich ungerecht behandelt

Lelos Inseltagebuch
9.5.-8.10.191

9. Mai 191

Tarfur, ich habe dich getötet.

Ich soll ein Verbrechen begangen haben? Ich habe meinen Dogen beschützt. Ich habe mein Leben dafür riskiert, bin dahin gegangen, wo die größte Gefahr lauerte, wo der Feind uns erwartete.

Mein Doge liebt mich nicht mehr. Das ist die eigentliche Katastrophe.

Ich bin außerstande, mich über den Sieg zu freuen.

Jubel in der ganzen Stadt. Wie zum Hohn auf mein Unglück.

Heute bin ich auf Torquato angekommen. Ich bin voller Zorn. Noch jetzt, 48 Stunden nach dem Ende des ‚Großen Reprend', der Rückholung von Sukent aus der schleichenden Gewalt des „Fortschritts", zurück in die Hände der Homsarecs und der Cultura, feiern und tanzen sie, während geknickte Rottenfreunde aus ihren Häusern geholt und zu Befragungen gebracht werden. Und wem verdankt ihr das letztlich? Doch dem, der ihren Anführer getötet hat, denn so lange der noch leben würde, hätten sie die Hoffnung gehabt, ihn befreien und die Stadt von neuem erobern zu können. Und wieder leide ich Schmerzen. Nun, wo Joy de Guerre abgeflaut ist, tut mir der Schnitt in der Hand sehr weh. Monatelang hatte ich mit dem rechten Arm zu tun, jetzt ist es die linke Hand. Das war mein Opfer, das ich unserem Krieg gebracht habe! Dankt mir das keiner?

Tanguta ist wieder im Amt. Und er lebt noch. Aber er sieht mich nicht mehr an.

Er hat mir den Namen genommen, den er mir gegeben hat.

Er hat mir die Ohrringe genommen, die er mir geschenkt hat.

Ein kleines Paar Silberohrringe, das ich schon früher hatte, damit gehe ich nun fort.

Er raunte mir zu, ich hätte alles kaputtgemacht.

Anscheinend kratzt es an seinem Renommé, wenn er einen Geliebten hat, der eines Kriegsverbrechens angeklagt ist. Hat er nicht den Mut, zu mir zu stehen?

Das ist so unglaublich bitter, daß ich Tag für Tag in Tränen bin.

Er hat mir eine Liste der Haftbedingungen mitgegeben, ich mußte den Schrieb an Amadux abliefern.

Es ist so erniedrigend. Ich bin wieder der Sklave der Amazonen, allerdings jetzt nicht allen zu Gehorsam verpflichtet, das ist ja schiefgegangen; jetzt hat Amadux, die ich mit „Kommandantin" und in der höchsten Respektstufe anreden muß, zwei Helferinnen, die mir befehlen dürfen, die eine ist Ruradix, eine noch junge Erynnie, die hat schon bei meiner ersten und öffentlichen Bestrafung mit sadistischer Freude zugesehen und sich auch zu dieser Freude bekannt. Die andere ist erträglich, weil sie keine geborene Frau ist, sondern unter der Tunika ein Kerl. Das ist Purix, und mit der komme ich sehr gut aus, und sie teilt das Schlimmste mit mir. Ich muß nämlich den Tee trinken, der mir 90% meiner Männlichkeit nimmt — zum Glück nur, solange ich den Tee trinke —, und Purix trinkt ihn freiwillig, weil in ihr die Seele einer Frau lebt. Sagt sie. Aber irgendwie sehe ich sie doch als Kerl.

Das hat mein Herr, mein geliebter Doge über mich verfügt, mindestens über die Zeit vor dem Verfahren, also maximal drei Monate, dann sehen wir weiter.

10. MAI

Wir haben so ein wenig meinen Geburtstag nachgeholt. Ich wollte es erst nicht. Ich stecke mitten in einer Katastrophe, was gibt es da zu feiern? Aber dann hatten sie mir den Tisch gedeckt, Kerzen, Blumen, Kuchen, ein ganz klein wenig Papavers, etwas Schokolade und ein Buch über japanische Kleinskulpturen. Das waren genau solche Dinge, wie ich sie früher gestohlen habe. Als ich noch in Häuser einstieg. Und dann stand das da alles, Päonien. Rosarote Päonien. Da habe ich geweint. Purix hatte das alles zusammengestellt, die Transfrau, deren erster Kontakt mit mir eine Backpfeife war, die sie mir gab.

Das war an dem Tag, als ich das Versuchswölfchen für die Amazonen-Schülerinnen war. Das war das erste Mal, wo sich endlich mal Leute um mich geschart haben und mich in den Mittelpunkt gestellt haben, ohne mich ficken zu wollen. Ja, weiß ich nicht, aber das war nicht das Anliegen. Da war diese gescheite, fürsorgliche Frau, die kleine alte Amazone, in deren Hand ich auch jetzt bin, dann alle diese Junghühner um mich herum, und auf einmal fühlte ich die Wärme dieser Gemeinschaft und wünschte mir, ich gehörte dazu. Das hätte ich bekommen können, hätte nicht Bekanntschaft mit Schlangengift machen müssen.

Ich habe damals meine Chance verpaßt. Warum? Stolz, Wut, Mißtrauen.

Ich habe das Büchlein angeschaut und als Kostbarstes in der Hand gehalten, was man mir je gab.

Ja, solche Sachen möchte ich schnitzen, Madame Amadux hat das sicher ausgesucht. Und gleich drauf kam der Wunsch, mein Herr wäre hier.

Es reißt mich kaputt.

12. Mai

Langsam komme ich zur Besinnung. Meine Hand tut noch weh, Mato Sapé kommt regelmäßig einmal die Woche auf die Insel, nimmt sich der verstauchten Knöchel, der Kopf- und Bauchschmerzen der jungen Amazonen an und überprüft die Heilung meiner Hand. Und auch, ob ich langsam wieder vernünftig werde. Ich glaube immer noch, ich war nie vernünftiger als in der Nacht des Großen Reprend, als wir uns unsere Stadt wiedereroberten. Als ich hoch in Joy war, auf dem Platz, wo der Kampf tobte, da wußte ich auf einmal: ‚Es geht um die Stadt des Wassers. Haltet die Stadt des Wassers.' Das ist die Bedeutung des Namens „Sukent". Ich weiß nicht, wer das sagte, war es der König? War der nicht mit anderen Dingen beschäftigt? Es ging mir nicht aus dem Kopf; und es schien mir auch logisch, dass eine Rasse, die im Feuer stirbt, im Wasser ihre Rettung sieht.

20. Mai

Purix versteht mich einfach. Purix hat mich mit ihrer ruhigen Freundlichkeit über die ersten Wochen gebracht, über die Zeit, in der ich so verzweifelt war, daß ich mich vom Campanile hätte stürzen mögen. Ging nicht, weil ich nicht in die Stadt Sukent fahren durfte? Kein Problem. Auch Torquato hat einen Campanile.

Viel arbeiten konnte ich ja nicht, ich tat halt, was ich konnte, und die rechte Hand, die alle die Monate meine unbrauchbare, dann meine schlechte, endlich doch die verkrampfte und ungeschickte Hand war, muß jetzt die meiste Arbeit machen, und eigentlich tut ihr das gut, man muß es halt machen, und das trainiert. Jetzt entwickle ich Schonhaltungen für die linke Hand, das darf auch nicht so bleiben.

Von allen Tätigkeiten, die mit Waschen zu tun haben, bin ich befreit. Und auch die anderen sind schwierig. Mit der Rechten kann ich zwar Gemüse schneiden, aber mit der bandagierten Hand kann ich es nicht halten. Handicap. Ich weiß, was das ist.

Ich mache jetzt ganz andere Dinge, die sonst liegenbleiben. Die Personaldateien und Trainingspläne der Rekrutinnen auf neuen Stand bringen. Wenn Amadux auch im Büro ist, darf ich an den Computer, und sie sieht mir dauernd auf die Finger. Ins Internet darf ich nicht. Sie zieht das Kabel raus, wenn ich da bin.

Früher habe ich das Internet benutzt, um Häuser zu finden, in die ich einsteigen kann. Damals wohnte ich in der Kommune auf Vetraria und war meistens allein, hatte auch nicht so richtig einen Meister. Drei der Kommunarden schliefen im Wechsel mit mir. Und hatten Sex mit mir — ja, liebe Cro-Leser, bei uns ist das was Verschiedenes!

Und ich war den ganzen Tag ohne Aufsicht.

Ich suchte Urlaubsankündigungen im Portal „Itsmi", dann die Adresse ausbaldovern, alles nicht so schwer. Und ich bin nur einmal dabei geschnappt worden, nämlich bei meiner Tante.

Eigentlich müßte ich das alles wieder gutmachen. Aber wie? Noch einmal überall da einsteigen, wo ich es schon einmal getan habe, und Papavers, Schokolade, Kerzen, Obst und Seife hinlegen? Denn das war es, was ich damals entwendet habe.

5. JUNI

Heute war die Versammlung, ich sah meinen Herrn, er schaute an mir vorbei und über mich hinweg. Ich weiß nicht, wie ich das überlebt habe. Er stellte erniedrigende Fragen über mich, richtete sich nicht an mich. Kein Lächeln war zu sehen. Fast einen Monat nach dem Eine-Nacht-Krieg ist ihm keine Freude anzumerken. Er war fast ein wenig schroff, wenn auch auch tadellos höflich zur Kommandantin und dem Amazonen-Vorstand. Wenn Purix mir nicht beigestanden hätte, als alle weg waren, ich glaube, ich hätte mir was anzutun versucht.

Meine Hand heilt ganz gut. Purix leckt sie manchmal. Glücklicherweise ist alles beweglich geblieben. Und der rechte Arm macht Tag für Tag ein bißchen besser mit. Trotzdem bin ich gehandicapt. Ich bin nicht hundertprozentig bei Kräften, der Tee trägt dazu bei, und meine Geschicklichkeit mit den Händen ist auch noch nicht wieder ganz da. Ich muß mich sehr zusammenreißen. Ich könnte den ganzen Tag heulen. Aber ich darf es nicht. Vielleicht macht mich der Tee auch noch rührselig und selbstmitleidig. Das hätte grade noch gefehlt.

26. JUNI 191

Es ist heiß. Kaum auszuhalten. Wir duschen alle Stunde. Trotzdem leiden wir. Ich schlafe kaum. Das Warten auf den Prozeß ist quälend.

War meine Urteilskraft vermindert?

Wahrscheinlich. Sie haben mir auf der Überfahrt diesen anderen Tee gegeben, den Kriegstee; sie haben mir nicht gesagt, was das war, sie gingen wohl davon aus, ich wüßte es. Sie tranken ihn schweigend. Eine heilige Handlung schien es zu sein, so kam es mir vor. Das hätte mir sagen können, daß es etwas Besonderes war. Aber trinken wir nicht alle und dauernd Tee und halten dabei inne und werden feierlich? Ist das nicht einfach unsere Art?

Fliegenpilz. Woher hätte ich wissen sollen, daß es Fliegenpilz war?

Natürlich wußte ich von dem Vorfall in der Tischbeinstraße, als die männlichen Wachen über die weiblichen hergefallen sind. Denn auch da war ja diese Droge im Spiel.

Krasnov-Gurian hat sie auf diese Idee gebracht, und wir haben damals noch nicht erfahren, was er sich dabei gedacht hat. Wir erfuhren es erst später. Er wollte uns wieder zu Beserkern machen, damit wir uns endlich wehren, damit wir wieder Krieger werden, wie wir es einst waren.

Das ist ihm geglückt. Auch bei mir. Ich war noch nie ein Krieger, plötzlich war ich es. Und das soll jetzt auf einmal falsch sein?

Meine Hoffnung ist, daß meine Tat bis zum Prozeß in spätestens 6 Wochen anders bewertet wird. Daß sie gesehen wird als meinen Versuch, uns von diesem Feind zu befreien.

Ich habe das Messer bei der Schneide gepackt. Er hielt es mir an den Hals, aber das kann man mit Unsereinem nicht machen. Ich wußte, daß ich damit einen großen Schmerz riskiere, aber so konnte ich in Joy de Guerre kommen, das war mir klar. Und dann war es nicht so schlimm, wie ich gedacht hatte. Es war nicht so schlimm wie die Schmerzen, die ich im Arm hatte, als mir der neue Nerv wuchs. Das war nach dem Schwarzen Pfeil, der mich von der Kletterpartie holte, ihr habt es gelesen.

Wir brauchen den Schmerz, um in den Rausch des Kriegers zu kommen. Mein Herr und sein Freund Isatai haben Kriegerküsse getauscht, um das zu erreichen, ich sah meinen Herrn Tanguta, ihm klebte Blut auf Brust und Schultern, das von seinem Ohrläppchen geflossen war, das war Isatais Kuß, und der wiederum hatte einen Biß in der Wange, das erfuhr ich später. Es war mir, als würde ein feiner dünner Pfeil in meinen Bauch treffen, als ich das sah, ein Schmerz und eine Geilheit — verrückterweise. Und ich wollte bei ihm sein, als ich das sah, mit ihm, für ihn, um ihn herum, und ich wußte, das ist die Gemeinschaft der Krieger, in die man nur mit Blut eintreten kann. Darum griff ich nach dem Messer.

Mir geschieht Unrecht, wenn man mich dafür verurteilt und bestraft! Sie sagen, es ist widerlich, das zu verherrlichen, wie ich es tue, Amadux hat mich dafür zusammengeschissen, sie sagt, ich hätte die Pflicht, um den einzigen Toten dieses Krieges zu trauern, anstatt zu triumphieren. Die spinnt doch.

Ich muß dieses Tagebuch führen. Mein Herr hat es mir auferlegt, und die Kommandantin darf es lesen. Der Tee, den mein Herr angeordnet hat, wird von Purix für mich aufgebrüht, damit ich nicht schummeln kann, und sie oder Ruradix oder Amadux beaufsichtigen mich beim Trinken. Es ist so demütigend! Als wäre dieser Dämpfer nicht schon demütigend genug.

Einmal im Monat darf ich ihn drei Tage lang weglassen. Sie werden ein „Spezialtraining" mit mir machen. Es wird dazu dienen, daß ich lerne, mit Schmerz umzugehen, mehr noch: Amadux — Pardon, die Madame Kommandantin — hat mir erklärt, daß ich in Joy de Pain kommen soll und dann die Kontrolle behalten, die mir in Joy de Guerre entglitten ist. Diese beiden Geisteszustände seien wie Schwestern, eine kleine und eine große, hat Purix gesagt, und ich solle keine Angst haben — habe ich aber trotzdem —, ich würde ein ganz neues Gefühl erleben.

Ich kann mir nicht vorstellen, wie Schmerz ein neues Gefühl hervorbringen soll.

Von Schmerzen habe ich wirklich die Nase voll, seit ich die Sache mit dem Pfeil im Arm hatte. Keine Pause, keinen Schlaf, kein Schmerzmittel hat funktioniert. Es war der reine Horror. Ich habe wohl noch ein Trauma nachbehalten.

Wenn ich in der Lage wäre, in Joy de Pain zu kommen, dann wäre mir das damals bei der Bestrafung durch Salix schon gelungen. Ich hatte Stunden Zeit, und Zeit ist es ja wohl, was man braucht. Oder ist es die Intensität des Schmerzes? Dann müßte es ja schlimmer sein als der Schnitt in die Hand, als ich das Messer von meinem Hals wegzog. Na, besten Dank, das muß ich nicht noch mal haben.

28. JUNI 191

Gottseidank, es regnet und ist ein wenig abgekühlt. Ein mächtiges Gewitter zog über uns hinweg, und es hat zweimal in den Campanile eingeschlagen. Nun hat der ja einen Blitzableiter. Aber es hat geknallt! Und von meinem Fenster aus konnte ich sehen, wie die strahlende Schlange am Turm entlangfuhr, mir schien, sie stiege auf, eher, als daß sie von den Wolken herabkäme. Als es vorbei war, brachte mich Purix zur Fähre, denn ich hatte einen Termin bei dem Ehrenwerten Chefarzt Kunkamanito.

Auf der Fahrt dachte ich daran, wie er mich untersucht hatte, nachdem ich Hopi als Geisel genommen hatte. Sie wollten wissen, ob ich verrückt sei. So deutlich sage nur ich es. Aber sie dachten das. Es ging aus dem hervor, was der Doktor nachher verneinte. Was war denn mit mir losgewesen, als ich Hopi in Geiselhaft nahm? Hätte ich ihn wirklich verschleppt, um mir freien Abzug zu verschaffen?

Und dann? In die Hohe Tatra zu den Bémishen Briedern? Das ist so eine kleine Geheimsekte, die machen die Banketts im Alten Stil noch immer. Das hätte geheißen, nie mehr nach Sukent zurückzukehren. Meine große Liebe nie mehr zu sehen. Und noch vielleicht 18 Jahre zu leben. Was für ein Blödsinn. Wie konnte ich nur?

Noch immer hadere ich mit der Art, wie mich mein Doge ignoriert. Ein freundliches Wort würde mich glücklich machen, ein Wort der Anerkennung…

Aber ich hatte inzwischen verstanden, daß er das nicht tun konnte. Er stand in einer riesigen Verantwortung. Ich hörte, er hätte nie so hart gearbeitet wie in den Wochen nach dem Großen Reprend. Er soll sein Büro jeden Tag um sieben betreten und um sieben — also um neunzehn Uhr — wieder verlassen haben, sieben Tage die Woche. Und Vanessa, die Dogaressa? Sie hat ihm geholfen, wo sie konnte, ist ja mit Regierungsarbeit vertraut, mußte sich natürlich auf die andersartigen Gesetze der Cultura umstellen.

Direkter Kontakt mit mir, dem Kriegsverbrecher in U-Haft, würde ihm Schaden zufügen, das hatte ich nun begriffen. Man konnte ihm vorwerfen, wenn er sich mit mir im geringsten gemein machte. Ich war kein Umgang für ihn.

Ich verstand.

Ich schwieg.

Ich diente.

Ich senkte meinen Blick.

Wenn er etwas verlangte — ein Glas Wasser, einen Sonnenschutz vor dem Fenster, mehr Schreibpapier —, stand ich bereit, um ihm diese Wünsche zu erfüllen.

Er verzog keine Miene. Behandelte mich wie ein Serf, das er nie zuvor gesehen hätte. Aber seine Stimme war sanft, fast zärtlich.

„Ein Glas Wasser!"

Ich reichte es ihm kniend, den Kopf gesenkt. Einen kurzen Moment streifte sein Finger meine Hand. Einen kurzen Moment fühlte ich seine Elektrizität. Ich flüchtete in die Küche und brach wieder zusammen. Aber es war nicht so schlimm wie beim ersten Mal. Ich faßte mich und spülte mein Gesicht und kehrte in den Speisesaal zurück, um keine Sekunde seiner Anwesenheit zu verpassen.

An diesem Abend schrieb ich meinem Herrn ein Fax und bat ihn, mich weiter untersuchen zu lassen, was mit mir los sei. Jetzt sah ich auch, daß ich mich unkontrolliert und blödsinnig verhalten hatte. Fünf Wochen Ruhe und Regelmäßigkeit, fünf Wochen täglicher Rationen des Tees haben etwas verändert. Die Trennung wurde mir leichter, meine Rebellion schwächer, meine Einsicht nahm zu.

Mein Herr antwortete sehr sachlich. Er befürworte weitere Untersuchungen, habe eine Reihe von Gesprächen mit dem Chefarzt erwirkt, und der Sekretär teile mir unten die sechs Termine mit. Und unter diesen Zeilen sah ich Khorasans Handschrift. Die ersten vier Tests würden im Juli, also vor dem Gerichtstermin, stattfinden, sodaß ich mit einem Gutachten vor dem Gericht erscheinen konnte. Und den Anfang macht dieser erste Termin heute.

SPÄTER

Viel hat sich noch nicht ergeben. Ich mußte ein paar Proben abgeben, Blut, Urin; ich habe einen Fragebogen ausgefüllt und wurde nur von den Assistentinnen versorgt. Den

Doktor habe ich heute gar nicht zu sehen bekommen. Ein Gespräch — auf das ich irgendwie auch hoffe — soll es beim nächsten Mal geben.

2. Juli 191

In den frühen Morgenstunden vor diesem Termin führte mich Ruradix in Handschellen zur Fähre und schiffte sich mit mir ein. Sie brachte mich zum Hospital und lieferte mich bei Kunkamanitos Assistentin ab, die mich in einem gesonderten Wartezimmer einschloß. Das war leider Vorschrift. Meine Hoffnung auf ein wenig Abwechslung und Bekanntschaft mit anderen Leuten als dem Inselvolk zerschlug sich somit. Noch einmal nahmen sie mir Proben ab. Ich mußte nicht mehr lange warten, dann wurde ich zum Doktor hereingeholt, der mich musterte und mich auf den Stuhl vor sich bat. Er fragte mich: „Wie geht es dir jetzt?" Die Frage verwirrte mich ein wenig, ich wollte wissen, in welcher Hinsicht, er ließ mich aber einfach erzählen. Prioritäten solle ich selber setzen.

Traurigkeit. Ja, das ist meine Priorität. Ich leide so sehr unter der Trennung, daß ich Kissen umarme. Es ist mir vor mir selber peinlich.

„Sexuelle Wünsche?"

Ach, da wir grade bei ‚peinlich' sind…

„Kaum", entgegnete ich.

„Es ist also vor allem die Sehnsucht nach Liebe?"

„Nein, die Sehnsucht nach Tanguta und Vanessa", meine Stimme wurde schon wieder brüchig.

Er lächelte und machte sich Notizen.

„Du trinkst den Tee? Wie ist es mit der Sexualfunktion? Gibt es da Aktivität? — Erlaubst du?"

Er zog mir die Tunika hoch und stimulierte mich ein wenig. Es wirkte nicht.

Ich fühlte mich erniedrigt.

Und dann fragte er mich auch noch, ob sich da überhaupt was tut.

Himmelherrgott! Doktor!

„Nein", sagte ich, und es kostete mich Überwindung.

„Fehlt es dir?"

„Nicht so sehr, wie ich dachte."

„Du warst vorhin auch zum Wiegen…"

„Ja, ich habe ein Kilo zugenommen. Das geht so nicht weiter."

Er lachte.

„Blut und Urin hat das Labor schon bekommen?"

„Ja, Herr."

„Im Wartezimmer steht ein Frühstück für dich bereit, hinterher machen wir weiter."

Nach dieser Pause kamen ein paar Fragebögen, die ich ausfüllen mußte, die kannte ich schon zum Teil und fragte die Assistentin, warum ich die gleichen noch einmal machen mußte. Sie sagte, damit man die Aussagen von damals mit den heutigen vergleichen kann.

„Aber wenn ich schummele?"

„Das wäre schön dumm, schließlich geht es um deine Beurteilung, und wenn die nicht ehrlich ist, kann man dir nicht helfen."

Schon wieder ‚dumm'.

Muß mich damit wohl abfinden, daß sie es so sehen. Aber mit meiner Dummheit darf ich mich nicht abfinden, sondern muß dazulernen.

Es ist nun auch schon wieder Wochen her, daß ich meinen Herrn gesehen habe. Ich erzähle Doktor Mani, wie sie Kunkamanito hier nennen, von dem Wiedersehen und wie ich es empfunden hatte. Das erste Mal, wenige Tage nach der Katastrophe, oder, wie die anderen sagen, nach dem Sieg, richtete Seine Exzellenz weder das Wort an mich, noch sah er mich an. Er befragte meine Betreuer über mich, ob ich brav sei, er sprach im Neutrum von mir, „das *serf*", sagte er, und was für viele von uns eine liebevolle Erniedrigung war, das traf mich wie ein Stein am Kopf, weil er es distanziert meinte und sich distanziert verhielt. Ich stand nur zwei Meter entfernt von ihm, als er aß, und durfte ihm das Essen nicht selber reichen. Er winkte mir, ich solle mich hinknien, und sah mich dabei nicht an und sprach nicht mit mir. Es tat so weh, so weh! Er fragte Amadux: „Trinkt *es* seinen Tee?" Es brach mir das Herz! Ich weinte tagelang danach. Nur Purix fing mich auf.

Und während ich es dem Doc erzählte, liefen mir die Tränen runter, und ich konnte kaum sprechen. Er gab mir ein Tuch und ein Getränk, es war kühler Ingwertee mit Honig, ließ mich mein Gesicht kalt abwaschen, dann nahm er mich in den Arm, lehnte meinen Kopf an seinen und forderte mich auf, von dem zweiten Treffen zu sprechen. Das war ein wenig leichter, weil er mich unterstützte. Auch beim zweiten Treffen, so erzählte ich, sprach mich mein Herr nicht an und schenkte mir keinen Blick.

„Aber er ist immer noch dein Herr!" gab mir der Doktor zu bedenken, „er hat dein Serfdom nicht aufgekündigt! Jeder andere in seiner Lage hätte das getan. Er wird von der Novosti auch schon jeden Tag angegriffen. Bislang nur in den Glossen, aber…"

Er stockte und sagte, er müsse sich nun anderen Patienten widmen.

Bevor ich ging, nahm er mich in die Arme, küßte mich auf die Wange und strich mir übers Haar. Wie einem Kind! Ich bin der Sklave eines guten Freundes von ihm, bin ich damit sowas wie ein Kind? Es war mir egal, es tat gut.

9. Juli

Die heutige Sitzung begann damit, daß wir über die Auswertung meiner Fragebögen sprachen. Hier hätte sich viel getan, sagte er. Meine passiv-aggressive Ablehnung der Autoritäten hätte sich ein gutes Stück weit aufgelöst. Aha?! Das heißt? Damals hätte ich alle Vertreter der Stadt Sukent außer Seiner Exzellenz als feindliche Kräfte betrachtet, die zwischen mir und meiner Freiheit, meinem Glück, meinem Genuß ständen. Ja, so schrieb er es, ich konnte es mir merken, weil ich einen Brief an Amadux mitbekommen habe, den ich auf der Überfahrt lesen konnte, was ich nicht sollte, aber meine Bewacherin ist anscheinend in den Fährkapitän verliebt und hat beim Zwischenhalt auf Giardino mit ihm geflirtet, ich hätte bequem entkommen können, das sagte ich ihr unter vier Augen, sie erschrak und versprach Besserung, und für mein Schweigen mußte sie mir Einblick in das Schriftstück gewähren.

Passiv-aggressiv. Und jetzt? Ich sei glücklicherweise zu den Wertmaßstäben der Gesellschaft zurückgekehrt und bereit, für meine Wiedereingliederung zu kooperieren.

Autsch. Peinlich. Eine Unterwerfung, zu der ich noch vor kurzer Zeit nicht bereit gewesen wäre.

Außerdem haben wir in der heutigen Sitzung einen Muskelspannungstest gemacht und er hat die Funktion meiner Augen überprüft inklusive Test auf Grünen Star und erneut Blutdruckmessungen.

Anscheinend bin ich aber nicht ernsthaft gestört. Ich lese Mani. Aber da ist etwas, das läßt er mich nicht lesen. Wir sprachen noch einmal über die Nacht des Reprend und die Rolle, die ich darin gespielt hatte. Was hatte mich veranlaßt, ins Messer zu greifen, als der Austausch doch schon im Gange war? Ich wurde zwar bedroht, aber der Mann, der mich festhielt, stand auch im Visier unserer Bogenschützinnen. Stattdessen verletzte ich mich bewußt.

„Um in Joy de Guerre zu kommen?" fragte mich der Doktor. Ich nickte. Wir trennten uns mit dem Vorsatz, mein Verhalten noch einmal genauer unter die Lupe zu nehmen.

Und wieder umarmte er mich, bevor ich ging.

10. Juli

Nachtrag zu gestern. Die Amazone, die mich gestern begleitet hat, ist aufgeflogen, weil meine Kommandantin im Tagebuch gelesen hat, ich hatte vergessen, daß sie das ja gelegentlich tut. Nun hat Bifrax einen Einlauf kassiert, das wird sie mir wahrscheinlich heimzahlen.

17. Juli

Heute hat mir Doktor Mani eine Seite aus einer Mail gezeigt, die ihm mein Herr geschickt hat.

„…Auch nach der Tat war er nicht zu bändigen. Ich versuchte, ihn zur Ruhe zu bringen, indem ich ihn in die Arme nahm. Ich wollte ihn daran hindern, noch mehr anzurichten. Er riß sich los und rannte noch ein paarmal um den Hof, indem er sich mit den blutigen Händen auf die Brust klatschte. Er tat den Kriegsschrei, obwohl nun alles vorbei war, dann fiel er zu Boden und leckte seine Hand. Meiner Einschätzung nach war er hoch in einem unkontrollierten Joy de Guerre…"

Ich ließ das Fax mit zitternder Hand sinken. Meine rechte Hand war noch immer ein wenig fragil, wenn sie mir auch meistens gehorchte.

„Hast du Erinnerungen an diese Momente?"

„Ja. Ziemlich deutlich."

„War das deine erste Erfahrung mit Joy de Guerre?"

„Ja, Herr."

„Und wußtest du selber, daß du in Joy de Guerre warst?"

„Ja, das wußte ich, und ich wollte es auch. Ich habe es bewußt herbeigeführt, damit ich kämpfen konnte wie die anderen."

„Warum?"

Ich mußte ein bißchen lachen über diese Frage.

Aber dann fand ich sie ganz berechtigt.

„Ich wollte meinen Herrn den Dogen beschützen."

„War dir klar, daß du Tarfur tötetest, während du es tatest?"

„Ja."

„Wolltest du es tun? Oder war es, als würde ein anderer handeln?"

„Nein, ich war es schon. Und ja, das wollte ich, aber jetzt würde ich das nicht mehr tun."

Er schien mit der Antwort zufrieden zu sein. Ich sah ihn genau an. War da etwas wie Erleichterung in seinem Ausdruck?

„Sie haben angenommen, ich könnte verrückt sein, nicht wahr?" sagte ich ihm auf den Kopf zu.

„Definiere ‚verrückt'!" war seine kurze Antwort.

„Wenn ich keine Kontrolle über mein Tun hätte. Oder wenn ich jetzt noch glauben würde, ich hätte richtig gehandelt."

Er schaute mich stumm an, ich wurde schon unsicher.

„Das glaubst du jetzt nicht mehr?"

Ich senkte den Kopf.

„Ich hätte meinem Herrn vertrauen müssen."

„Du wolltest ihn schützen."

„Ja."

„Du glaubtest, du kannst das."

„Ich wollte das Wenige tun, das ich vielleicht tun konnte. Wie wenig auch immer. Aber wie kann es sein, daß ich jetzt so anders denke als damals?"

„Das kommt von den chemischen Veränderungen, die sich jetzt auf dein Gehirn auswirken, das ist ein Entgiftungsprozeß."

„Ich war also vergiftet? Das ist ja gruselig."

„Wie hast du die Welt gesehen, als du in dieser Nacht unterwegs warst? Und weißt du inzwischen, was du eingenommen hattest?"

„Ja, Fliegenpilz, aber es war noch mehr dabei, ich weiß, ich habe früher schon Fliegenpilz genommen, er hat mir aber nicht solche Momente geschenkt."

Mani schmunzelte etwas über meine Ausdrucksweise.

„Wie ich die Welt sah… Sehr dunkel, und die ganze Zeit flossen rote, grüne und violette Wolken durch mein Sehfeld."

„Kannst du dir das erklären?"

„Nein, Herr."

„Das ist ein Anzeichen für Fieber. Du hattest offenbar eine gefährlich hohe Temperatur. Sie war immer noch arg hoch, als deine Hand operiert wurde."

„Also eine Art ‚Zustand'."

Ich sprach es scheinbar gefaßt aus, aber innerlich zitterte ich.

„Ja, du warst von Prionen überschwemmt, die von Joy losgetreten worden waren. Und vom Fliegenpilz. Es war gefährlich für dich selber, was du da gemacht hast, nicht nur für andere."

„Prionen?"

„Giftige Eiweiße."

„Aber woher…?"

„Baby, woher?" Er kam mir nah und schaute mich mit leicht schiefgelegtem Kopf an, „von deinem jüngsten Bankett, woher sonst?"

Ich erschrak. „Aber das ist Monate her!"

„Diese Substanzen lagern sich ein und warten auf ihre Stunde."

„Und was kann man tun, damit das nicht wieder…" fragte ich stockend, „reicht es nicht, mich stark abzukühlen?"

„Abkühlen, ja — aber vorsichtig. Der ganze Organismus ist auf die Hitze eingestellt, das dürfen wir nicht aus dem Gleichgewicht bringen", sagte er, „die Calor Sauvage hat ja auch ihren Nutzen. Das ist auch die Erklärung, warum wir diese Hitze haben, unser System reagiert auf die gefährlichen Prionen aus menschlichem Gehirn, das wir früher aßen, und wenn wir es nicht schaffen, den Prozeß zu bremsen, dann wird die Hitze tödlich. Und eine nicht ganz erforschte Rolle in diesem gefährlichen Prozeß spielen Testosteron und andere männliche Hormone."

„Was kann man also tun?" fragte ich, schon halb in Panik.

Seine tiefliegenden Feenaugen fixierten mich.

„Dich neutern", sagte er und richtete sich wieder auf.

Verdammt! Also verdanke ich dieser Kur auch etwas Gutes?

„Sex oder Leben?" brachte ich es auf den Punkt, und meine Stimme versagte, „sterbe ich bald?"

Er nahm meine Hände in seine und zog mich wieder etwas näher zu sich.

„Unsinn. Wir haben dich aus der Gefahrenzone geholt. Es war die Idee deines Herrn, und ich finde, er hat damit großartige Instinkte bewiesen."

Er stand auf und schaute einen Moment aus dem Fenster hinunter zum geschäftigen Kanal. Dann drehte er sich wieder zu mir.

„Unser aller Feind, unser gefährlichster Feind ist die Angst", sagte er, „du sollst keine Angst haben. Ich habe wirklich größere Kannibalen als dich unter meinen Patienten. Wir erkennen jetzt die Zusammenhänge, und wir haben Mittel. Vertraue, verhalte dich diszipliniert, lebe ein regelmäßiges Leben, schlaf so viel du kannst, trink viel Wasser, iß tüchtig und zu festen Zeiten. Und mach dir keine Sorgen. Versprichst du mir das?"

Er zog mich wieder zu sich und legte mir den einen Arm um die Schulter, mit der anderen fand er meine Hand und hob sie, als sollte ich schwören. Ich lachte und versprach es.

24. Juli

In der Woche danach dachte ich viel nach über das, was wir gesprochen hatten. Ich dachte auch darüber nach, ob mein Herr lange leben würde, denn er war ja schon weit über Vierzig, früher wäre das eine Sensation gewesen. Danach fragte ich meinen Doktor in der nächsten Sitzung. Er sagte, Seine Exzellenz sei nur ein sehr kleiner Kannibale gewesen, mehr als ein Ausrutscher war da nicht, und mehr als eine Linie wäre nicht dabei herausgekommen, wie ich ja wüßte.

Ja, ich kannte diese kleinen, feinen Striche, die man bei ihm auf den ersten Blick gar nicht sah.

3 Doktor Mani

Und er wolle, nun, da der Krieg gewonnen und die kostbaren Forschungsergebnisse gesichert seien, noch mehr Wissenschaftler aus verschiedenen Fachgebieten in Sukent zusammenbringen und ein internationales Forschungszentrum für die Erkenntnisse über unseren Fluch gründen.

Und wie lange es dauern werde, bis ich entgiftet sei, wollte ich wissen.

„Du mußt Geduld haben. Wenn wir nicht noch ein NuRiCa machen, wenn du aber regelmäßig deinen Tee trinkst, wird es so zwei Jahre dauern, bis wir keine dieser schädlichen Prionen nachweisen können."

„Zwei Jahre…"

Nun aber nahm er mich noch mal mit in ein Untersuchungszimmer in einem anderen Teil des Hospitals und machte noch ein Röntgenbild von der verletzten Hand. Der Heilungsprozeß war abgeschlossen, aber ich würde noch Krankengymnastik brauchen. Und da sollten beide Arme, beide Hände in Harmonie gebracht werden. Und dazu schickte er mich zu… richtig geraten, zu seiner Mama, zu Madame Heathea, die in Teilzeit in der orthopädischen Abteilung arbeitet. Er zeigte mir auch die Ergebnisse der Blutuntersuchung, die Konzentration der Prionen war laufend gesunken, und ebenso war es mit dem Urin, die Eiweiß-Spuren wurden weniger. Und der Tee schlug an wie gewünscht.

Er gab mir ein Paket davon mit vielsagendem Blick. Vorräte, nicht nur für mich. Aber dieses Mal nahm ich den Karton nicht mit Widerwillen und Verachtung an wie früher, sondern mit einem vagen Gefühl von Dankbarkeit.

Jetzt bereitet mich Tante Nox auf den Prozeß vor. Sie kommt jeden Tag nach Torquato, wir setzen uns in den Seminarraum, sie befragt mich und schreibt alles auf, und ich muß in der Zeit nicht arbeiten. Ein komisches Gefühl ist das, wenn ich aus der Küche das Klappern von Geschirr höre und muß nicht aufspringen und hinlaufen und es einräumen. Aber jetzt ist Goldi da und entlastet mich. Goldi hat mir damals schlafen helfen, als ich vor Schmerzen nicht zur Ruhe kam. Jetzt zeige ich ihm alles, die Obstbäume im Garten, die Vorräte von Eingemachtem im Keller. Die Kirschen haben wir fertig, jetzt sind die Zwetschgen dran. Zusammen mit Sarasvati koche ich Zwetschgenmus ein. Vor allem die Amazonen aus nördlichen Ländern lieben das.

Goldi ist auch einer, der sich weiblich fühlt. Wahrscheinlich hat Josef ihn deshalb hierher geschickt. Hier kann er die männlichen Tugenden der Damen Amazonen bewundern. Kann sich mit Purix darüber unterhalten, wie man im ‚falschen' Körper lebt. Und wie man damit lebt, wenn es nicht möglich ist, sich operieren zu lassen.

Und er kann sich mit eigenen Augen ansehen, wie albern und nervig die Frauen meistens sind. Finde ich.

4. AUGUST 191

Das Verfahren ist vorbei. Ich bin wieder auf Torquato. Drei Tage lang habe ich unter der Aufsicht von Amazonen bei Tante Nox gewohnt. Sie hat mich vor Gericht vertreten. Sie war großartig. Wenn sie sich von Anfang an, also seit meiner Kindheit oder wenigstens seit Papas Tod, um mich gekümmert hätte, was wäre dann aus mir geworden? Hätte ich auf der Anklagebank sitzen müssen oder hätte ich ein Verteidiger werden können, der Beschuldigte raushaut, so wie sie es mit mir gemacht hat? Nein, ich glaube nicht, daß ich so klug bin wie sie. Ich hätte nicht Anwalt werden können. Ich habe schon so viel Dummes gemacht in meinem Leben, es ist wohl wahr, was Amadux gesagt hat: „Du bist nicht schlau genug, um selber zu entscheiden, sondern wenn du ein Krieger sein willst, mußt du Befehlen gehorchen."

Aber dumm bin ich nicht.

Höchstens ein bißchen.

Madame Amadux, wenn Sie dies lesen, lachen Sie mich bitte nicht aus: Die jungen Damen haben schon die lange Polsterrolle vermißt, die zum Sofa im Wohnzimmer gehört. Purix hat es herausgefunden, aber nichts gesagt. Ja, ich habe das Ding verschleppt. Ich brauche es. Ich kann nicht einschlafen, wenn ich nicht etwas im Arm habe, von dem ich denke, daß es mein Doge ist. Oder seine liebe Frau, die ich auch so furchtbar vermisse. Die wichtigsten Menschen in meinem Leben, einmal im Monat kommt er auf die Insel, und ich darf ihn nicht mehr anfassen und ihm nicht in die Augen sehen. Oh, Gott, es schnürt mir so die Kehle zu, wenn ich daran denke, daß ich fast ersticke.

Tante Nox hat es großartig gemacht. Isatai hat ja drüber geschrieben in seinem Buch. Sie konnte sehr viel über den kriegerischen Rausch aussagen, denn sie war viele Male in Joy, teils durch schwere Verletzungen, und sie hat eine Menge Papavers im Haus, über die ich Idiot damals hergefallen bin, damals war ich gerade 18 Jahre alt geworden und bin durchs Fenster in ihr Haus gestiegen, habe meine Kumpels reingelassen und mit ihnen Party gemacht. Und am Ende waren einige von den Antiquitäten meiner Tante zu Bruch gegangen, ich lag zugeraucht herum, und sie ließ mir von Salix eine öffentliche Auspeitschung verschaffen, das war vom Feinsten.

Und so bin ich Seiner Exzellenz zum ersten Mal begegnet. Ist schon verrückt. Ohne diese Bestrafung wäre er nie auf mich aufmerksam geworden, und ich würde ihn immer noch von weitem sehen können. Wenn überhaupt.

Meine Reue, meine Einsicht wurde mir vom Nebenkläger nicht abgenommen.

Natürlich ein Cro, ein guter Freund von Tarfur.

Er war perplex, als der Richter mir meine Ehrlichkeit so ohne weiteres glaubte. Und wieso man mich da nicht schärfer ins Verhör nähme, um meine Absichten und meine Einstellung zu überprüfen?

„Wir lesen es", war die Antwort des Richters, nachdem er mit meiner Tante und den Beisitzern Blicke getauscht hatte.

„Und wo kann ich das nachlesen, bitteschön? Warum wird diese Akte uns nicht zur Verfügung gestellt?" beharrte der Nebenkläger. Und hatte keine Ahnung, warum wir so lachten. Nox beschäftigte heute Hemyarik als Gerichtsdiener. Er trug Akten hin und her und versorgte Tante Nox mit Trinkwasser und kauerte die übrige Zeit vor ihrem Tisch.

Ich hatte prominente Fürsprecher. Seine Exzellenz und der Chefarzt Kunkamanito erschienen als Zeugen und sagten zu meinen Gunsten aus.

Dann kam da noch diese fürchterliche Magierin, die von wunderbaren, wilden, schwarzen, nackten Amazonen mit Knochenschmuck gebändigt wurde. Die kamen aus Nepal, und ich liebte sie. Die Vernehmung der Magierin, der Schwester des Toten, brachte gar nichts für die Anklage, sie war ja auch Zeugin des Nebenklägers, aber sie führte sich so verrückt auf, beschimpfte mich und schrie und weinte, daß auch ihre Aussage es für mich zumindest nicht schlimmer machte, sondern höchstens die Glaubwürdigkeit des Nebenklägers ein Stück weit erschütterte. Sie rastete einmal richtig aus und schrie, ihrem Bruder müsse Gerechtigkeit widerfahren, und sie hörte nicht auf die Ermahnungen des Richters, sie möge sich zusammenreißen und sachlich aussagen und nur Fragen beantworten. Wie zu urteilen sei, das werde das Gericht bestimmen, nicht die Zeugen.

Sie sprang plötzlich auf mich zu und wollte mich schlagen. Dabei schrie sie fortwährend: „Mörder!" Ich fühlte so etwas wie einen elektrischen Schlag, ohne daß sie mich mit ihrer Faust erreichte. Hemyarik war schneller bei ihr, packte sie von hinten und hielt ihr den Mund zu, dann sprangen schon die Kshatrinis hinzu, und die anderen Gerichtsdiener versuchten, sie zu beschwichtigen, aber sie sah sie alle böse an und murmelte Unverständliches.

Mir war, als ob sie sie verfluchte.

Ja, und dann kam zur Sprache, was in mir vorging, als ich Tarfur erstach.

Das war einfach. Ich hatte panische Angst um meinen Herrn.

Und der Richter hat mir dann noch so Fragen gestellt, die meine Gesinnung prüfen sollten. Ob mir der König befohlen hätte, Tarfur zu töten.

„Das kann er doch gar nicht", sagte ich, „denn im Moment, wo er befehlen will, zu schaden oder gar zu töten, bricht sein Feld zusammen, und ein anderer wird König."

Meine Tante hat mich gespannt beobachtet, und sie war erleichtert über meine Antwort. Vielleicht hätte ein anderer versucht, sich billig zu entlasten.

Ich war nicht schuldlos. Ich war nicht unzurechnungsfähig gewesen. Ich hatte eine Tötungsabsicht gehabt. Das sagte ich.

Und dann fragte mich der Richter, was ich meinte, was für eine Strafe ich verdient hätte.

Das verlangte eine ehrliche Antwort.

Ja, da fielen mir wieder die zwei Jahre ein, über die ich mit Mani gesprochen hatte. Oh, Pardon, mit dem Ehrenwerten Chefarzt Kunkamanito.

„Zwei Jahre", sagte ich und war mir da ziemlich sicher.

Dann kam der Protest des Nebenklägers. Das sei ja wohl ein Witz. Zehn Jahre würden bei Mord die entsprechende Strafe sein.

Aber die Antwort des Richters war sehr cool.

„Das Rachekonzept Ihrer Kultur werden Sie bei uns nicht durchsetzen", sagte er. Und er erklärte ihm, worauf es den Richtern in der Cultura ankommt, auf Resozialisierung und Kooperation.

Der Nebenkläger warf noch was ein, ich würde ja wohl ein angenehmes Leben auf der Insel haben, aber der Richter warf einen kurzen Blick in meine Akte und bemerkte: „Siebzig Wochenstunden Hausarbeit mit einer Teilbehinderung, das ist keine Kleinigkeit."

„Und was macht Sie so sicher, daß er es tun wird? Verzeihung, Euer Ehren?"

„Weil er es schon seit drei Monaten tut, seit Beginn der Untersuchungshaft. — Ein arbeitsfreier Tag pro Woche, der aber keinen Freigang bedeutet, ist ab jetzt zu gewähren. Er darf Sport treiben, Tagebuch führen und sich handwerklich nach eigener Wahl betätigen. Ort der Haft ist weiterhin das Amazonenhaus auf Torquato. Die Untersuchungshaft lasse ich hiermit auf die Haft anrechnen, Verzeihung, Madame Nox, ich vergaß, das zu erwähnen, ich wurde unterbrochen."

„Alles gut", gab meine Tante zurück, „ich habe Ihre Absicht schon bemerkt. Danke sehr, Herr Vorsitzender."

Wieder gab es Protest vom Nebenkläger, aber der Richter Kalanag haute mit seinem Hämmerchen auf Holz und verkündete, das Urteil sei gefallen, Seine Exzellenz der Doge könne noch Gnadengesuche beantworten oder werde das Urteil bestätigen. Der Klägerseite stünde aber noch Revision frei, die vor der einzigen noch höheren Instanz vorgebracht werden könne, und das sei der König. „Erfahrungsgemäß revidiert dieser meine Urteile nur selten", schloß Kalanag, und der Nebenkläger war wütend. Er fühlte sich verhöhnt.

Ein Bote lief mit dem Urteil zum Dogen in den anderen Gebäudeflügel.

„Tragen Sie es gleich vor", schlug Tante Nox dem Nebenkläger vor, der sich noch bei der Chance einer Revision aufhielt.

„Wie…"

„Fragen Sie den Staatsanwalt, er wird Ihnen behilflich sein."

Der Staatsanwalt, auch einer der Unsrigen, instruierte den Nebenkläger darüber, wie eine Frage an den König durchgeführt wurde. Der verstand gar nichts. Also zogen sie es durch.

„O König, o König, o König", sprachen einige der Anwesenden im Chor, und der Richter fuhr allein fort: „welches Urteil ergeht gegen Isegrim von den Wölfen im Prozeß wegen Tötung Tarfurs?"

Alle lauschten. Der Nebenkläger wollte lospoltern, jedoch der Staatsanwalt machte ihm Zeichen zu schweigen.

„Zwei Jahre auf Torquato minus drei Monate abwarten und Tee trinken", kam es aus der Basilosphäre.

„Haben Sie es gehört?" fragte Nox.

„Was gehört?"

„Die Urteilsbestätigung vom König", antwortete der Richter.

Der Nebenkläger: „Neiiin! Was sollte ich hören?"

Er fragte den Staatsanwalt. Der hatte es gehört.

Der Bote kam mit dem vom Dogen unterzeichneten Urteil zurück. Der Staatsanwalt setzte sein Siegel drunter. Der Richter zeichnete gegen.

Der Nebenkläger sah verkniffen zu.

Der Richter erhob sich.

„Und nun geht mit Gott, ich muß zu einem anderen Termin. Das Urteil ist rechtskräftig. Sarva Mangalam. Zum Wohl aller! Olsun!"

„Olsun! Olsun!" echoten die übrigen Anwesenden bis auf einen.

Die Sitzung war geschlossen.

In Handschellen wurde ich zurück nach Torquato gebracht. Auf der Fahrt wurden sie mir abgenommen und auf dem Fußweg wieder angelegt. Ein Spießrutenlauf zwischen den Touristengruppen begann.

Meine Amazone beantwortete die Frage einer solchen Gruppe, wo man mich hinbrächte, wahrheitsgemäß, ich würde hier auf der Insel meine Strafe verbüßen, und da gäbe es auch andere — sie wies auf zwei andere Serfs hin, die Pakete aus einer Barke ausluden, die in dem winzigen Hafen der Insel angelegt hatte.

Die Fremdenführerin der Gruppe holte hastig ihre Schäflein zusammen und steigerte das Tempo des Abmarsches.

Ich war froh, als ich wieder im Amazonenhaus ankam. Nun wollten sie alle hören, wie es gelaufen sei. „Bitte, ich muß mich ausruhen, ich habe drei Nächte kaum geschlafen", flehte ich, „ich erzähle später, okay?"

Purix nahm mich in den Arm und geleitete mich nach oben. Und stellte keine Fragen, brachte mich nur ins Bad, dann ins Bett, und schloß ab.

5. AUGUST

Ich wurde zu früh wach und lag noch ein bißchen im Bett. So, nun werde ich also pro Woche einen freien Tag haben, den ich aber auf dem Gelände der Amazonen verbringen muß. Gut, besser als 10/7. Und ich darf ein bißchen auf ihrer Bahn laufen, das wird mir guttun. Ich kann in die Ferne schauen, kann die Boote über die Lagune ziehen sehen. Von hier sehe ich wenig Verkehr nach Sukent, denn der Hauptanleger ist ja auf der Südwestseite der Insel. Auch kann ich mich im Garten aufhalten, kann mich ins Gras unter die Bäume legen, wenn ich frei habe, dort ist es kühl.

Im Sommer zu kochen ist die reine Qual, vor allem für die Unsrigen. Alle Fenster stehen offen, und immer noch ist es die Hölle. Amadux hat für die heiße Zeit besondere Maßnahmen angeordnet, gebacken wird ja eh in der Nacht, und nun wird am späten Abend vorgekocht für den nächsten Tag und dann gewärmt oder kalt gegessen. Die Damen schätzen das ebenso wie wir in der Küche. Dafür darf ich eine lange Siesta machen. Ich bin sehr dankbar dafür.

Trainiert wird wie immer, denn „wenn ihr einen Verbrecher jagt", so sagt Amadux, „dann fragt auch keiner, ob es zu heiß war, um ihn zu kriegen."

Was werde ich mit dem freien Tag anfangen, den ich ja doch auf der Insel verbringen muß? Amadux hat mich heute zu sich gerufen, um das mit mir zu besprechen. Sie freut sich für mich, daß das Urteil vergleichsweise milde ausgefallen ist, sie hatte mit mehr gerechnet. Ich bin es gewöhnt, in meiner knappen Freizeit auf dem Bett zu liegen und zu lesen oder auf der Insel umherzustreifen. Mein Lieblingsplatz ist immer noch der bei der zusammengebrochenen Hütte hinter dem Campanile. Ich höre dem Rascheln des Schilfs zu, an irgendwas erinnert es mich. Amadux schlägt vor, daß ich auch die eine oder andere Amazone zu Besorgungen begleiten darf. Leider darf ich mich dann im Stadtgebiet nur in Fesseln bewegen. Fluchtgefahr. Nein, danke, dann lieber Insel. Aber ich bekomme jetzt unbegrenzten Zugang zur Bibliothek. Bis auf die von Pentedattilo für den S!O!S! reservierten Bücher — das sind die mit den Schreckensvisionen, die uns allen so sehr Angst machen, daß sie in den Zustand kommen könnten, wenn es ganz schlecht läuft —, darf ich alles lesen. Und ich dürfe unter Aufsicht in der Werkstatt arbeiten. Ich könne aus dem, was ich in den Restekisten finde — Holz, Kupfer und Leder — etwas machen, dürfe auch die Werkzeuge benutzen und mich also in diesen Räumen aufhalten, wenn gerade kein Kurs ist oder wenn nur wenige Amazonen arbeiten, damit genug Werkzeug da ist.

„Und was kann ich da machen?" fragte ich.

„Das wirst du selber sehen. Schau dir das Material an, das wir nicht mehr brauchen, das wird dich auf Ideen bringen. Und Ruradix hat sich bereit erklärt, dir zu helfen und dir handwerkliche Fertigkeiten zu zeigen. — Wir hatten dir etwas versprochen", kommt sie auf ein anderes Thema.

Ich erinnere mich. Spezialtraining.

Aber dabei fiel mir das jüngste Gepräch mit meinem Arzt wieder ein.

„Ich glaube, ich hätte Angst davor, den Tee wegzulassen."

Sie lächelte. „Doch, das sollst du sogar einmal im Monat, um Neumond herum."

„Damit ich meine Tage kriege."

„Du wirst kein Mädchen von dem Tee, mach dir keine vergeblichen Hoffnungen. Im Gegenteil, dein Arzt will, daß du einmal im Monat Sex hast."

Also lasse ich jetzt den Tee weg und bin sehr gespannt darauf, was sie mit mir machen werden.

8. AUGUST 191

Alles ist anders gewesen als ich dachte. Ich konnte mir das gar nicht vorstellen. Purix ist großartig. Ich habe es vorher nie geschafft, aber ich kann ‚fliegen' — so nennen wir den erhabenen Zustand, wenn wir Schmerz in Lust verwandeln.

Ja, seit der vorigen Nacht darf ich auch ‚wir' sagen. Ich gehöre dazu.

Es war wunderbar. Es war unglaublich. Ich hätte es nie gedacht.

Warum konnte ich das nicht eher erleben?

Ein wenig Bitterkeit kommt in mir auf. Die anderen sind achtzehn oder jünger, wenn sie das erleben, ich bin 22. Bisher hat mich niemand in seine Obhut genommen, hat niemand mich zu seinem Pais gemacht, bis es Seine Exzellenz der Doge tat. Denn ich hätte, um Schmerzlust zu erfahren, mit Geduld herangeführt werden müssen, so wie ich es in der letzten Nacht erlebt habe, als Purix und die beiden Frauen mich das gelehrt haben. Spaß hatten viele mit mir, aber Verantwortung für mich übernehmen, das war ihnen wohl zuviel. Ich habe früher nicht darüber nachgedacht.

Es wäre zu bitter gewesen, wenn ich mir klargemacht hätte, daß sie mich alle wollten und mich keiner liebte. Tatsächlich war Seine Exzellenz der erste Mensch, der Verantwortung für mich übernahm, und dann teilte er sie mit Vanessa.

Und gestern Nacht ist das Wunder geschehen. Ich hatte auf dem Höhepunkt des Spiels mit meinen Betreuern einen Hyperkonnex mit meinem Herrn. Ich wollte es gar nicht sagen, aber Amadux hat es auch gehört, wie er mit mir sprach.

Und mein Herr nannte mich ‚Isegrim'. Er hat mich bei dem Namen genannt, den er mir gegeben hat, den Namen des Wolfes aus dem deutschen Märchen. Und den er mir weggenommen hat, bis ich ihn wieder verdienen würde.

Ich fragte Amadux, wann ich meinen Namen wiederbekommen würde. Vorsichtshalber erwähnte ich nicht, was ich gehört hatte.

„Er faxt es uns, wenn es so weit ist", sagte sie.

So blieb das unser Geheimnis.

Meine Sehnsucht nach ihm und Vanessa war so heftig, so würgend und brennend, daß ich mich nachts tief ins Kissen drückte, damit ich nicht schrie. Möglich, daß Purix meine erstickten Schluchzer bemerkte. Sie kam ein-, zweimal zu mir, als es sehr schlimm war, sie muß etwas gehört haben, schläft ja im Zimmer direkt unter mir. Jetzt ist auch Goldi dort untergebracht. Purix kommt in solchen Momenten zu mir und nimmt mich in die Arme.

Ich habe darüber nachgedacht, ob Purix mich liebt, und wenn ja, was sie sich erhoffen mag. Sie definiert sich weiblich, ist aber körperlich noch ein Mann. Ich bin ein Mann und fühle mich als solcher, muß aber ein Neutrum sein.

Was gibt das, wenn man es zusammenwirft? Freundschaft und Trost.

Seit der letzten Nacht sehe ich Purix noch wieder anders, als die ausführende und lehrende Hand meines Herrn. Natürlich hatten auch die beiden anderen ihren Anteil. Aber was Purix tat, traf mich direkt ins Herz.

Jetzt bringt sie mir wieder meinen Tee. Und hat einen Becher für sich selber in der anderen Hand. Sie setzt sich zu mir aufs Bett, lächelt mich an, stößt mit dem Becher mit mir an und trinkt.

13. AUGUST

Heute hatte ich wieder einen Termin bei Doktor Mani. Er hat die Tests und Proben ausgewertet. Wie es mir heute ginge?

Ich erzählte ihm von der Nacht meines ersten Spiels.

„Wirklich? Dein erstes?" Er riß seine großen Augen noch weiter auf.

„Mein erstes, das Erfolg hatte — oder wie können wir es nennen, wenn ich zum ersten Mal diese Gefühle hatte — solche Erfahrungen gemacht habe..."

„Du warst wirklich ein vernachlässigtes Kind", bescheinigt er mir mit leisem Kopfschütteln. „Seine Exzellenz war tatsächlich dein erster Meister? Wie konnte das passieren?"

„Mein Onkel Muria starb, bevor er für mich sorgen konnte, und meine Mutter wollte nichts von mir wissen. Wer mein Vater war, weiß ich nicht. Er hatte mich eine Zeitlang, als ich noch klein war. Ich erinnere mich nicht."

„Und Tante Nox? Sie hat dich doch so gut vertreten."

„Es gab da eine Familienfehde. Ich bin Sohn ihrer Halbschwester, und die stammte aus einem Seitensprung ihres Vaters."

„Und wer hat dir die Ohrringe gegeben, die du hattest, bevor du Pais unseres Herrn wurdest?"

Ich muß wohl knallrot geworden sein. Und ich gestand ihm, daß ich sie mir selber gestochen hatte, weil ich es nicht ertrug, niemandes Pais zu sein.

Ich war in dieser Wohngemeinschaft, sie alle waren scharf auf mich, aber keiner wollte, daß ich ihm ganz angehören sollte. Ich war fünfzehn, hatte gerade meinen Onkel Muria verloren, der keine Zeit mehr hatte, mich in „Hände zu geben", und war somit Freiwild.

Eigentlich ist das nicht vorgesehen, jemand muß auf so einen kleinen Pais oder eine Kore aufpassen. Aber sowas passiert schon mal, wenn jemand sich nicht auf sein Ende vorbereitet. Ich wußte auch nicht, wer sonst auf mich hätte aufpassen sollen.

Also schnorrte ich ein paar kleine Ohrringe von einem Gast, dem ich erzählte, ich hätte meine verloren und wollte es meinem Meister nicht sagen. Er ließ sich erweichen und gab mir welche. Ich verbarg meine Ohren im Haar, er sah nicht, daß ich keine Löcher hatte. Und in der Nacht danach stach ich mir die Löcher selber. Ich war zugeraucht mit Papavers, darum tat es nicht so weh, und fummelte mir die Ohrringe rein, die ich vorher abgekocht hatte. Jetzt konnte mich nicht mehr jeder einfach ficken, sondern ich konnte mir meine Liebhaber aussuchen. Die fragten mich natürlich, wer mein Meister sei, aber ich sagte, er ließe mir freie Hand, das gab es hier und da, man glaubte mir.

Als ich das erzählte, sah ich ein paar Tränen in Kunkamanitos Augen. Wieder hielt er meine Hände. Er schaute mich stumm an.

„Ich muß Sie noch was fragen, Doktor. Ist es richtig, daß ich einmal im Monat Sex haben darf?"

„Ja."

31

„Und spielen wie gestern — gilt das als Sex oder außerdem?"

Er grinste breit.

„Mit wem wäre das denn?"

„Entschuldigung…?" Ja, ich erinnerte mich, daß ich nicht Herr über meinen Körper war. Er hatte das Recht, mich sowas zu fragen.

„Ich habe es allein getan, nachdem wir gespielt haben."

„Nicht so gut."

„Ich weiß."

„Was ist mit Ruradix?"

„Weiß nicht."

„Sie mag dich."

„Ich sie nicht genug."

„Wie kommt's?"

„Sie weidet sich dran, wenn ich leide."

„Ich dachte, du hast es genossen?"

„Damals nicht, als sie das zum ersten Mal tat."

„Du vergißt nichts."

„Richtig. Und es gibt noch einen Grund. Ich liebe Vanessa auch. Nicht nur meinen Herrn. Sie ist die Frau, mit der ich gern Sex habe. Mit anderen nicht."

Er schwieg und schaute mich an. Ich wußte, daß es nicht gehen würde, aber keiner von uns sagte es.

Endlich ließ er meine Hände los und erinnerte sich wohl, daß er auch noch andere Termine hatte. „Zu deinen Tests", wechselte er das Thema, „dein Blutdruck ist immer noch ein wenig zu hoch, aber das wird der Tee in Ordnung bringen. Die Prionenwerte sind deutlich verringert. Deine heutige Werte waren auch sehr viel besser als vor dem Gerichtstermin, vor allem die Nieren. Die Angst ist weg, kann das sein?"

Ich nickte.

„…aber die Leberwerte gefallen mir immer noch nicht. Hast du inzwischen Alkohol getrunken?"

Ich verneinte wahrheitsgemäß.

„Und andere Drogen? Noch mal Fliegenpilz?"

Ich lachte und verneinte.

„Eigentlich hätten sich da die Altlasten weiter abbauen müssen. Dann gibt es nur einen möglichen Grund: Du fühlst dich einsam."

Ich fühlte, wie mir Tränen hochstiegen, und kämpfte sie nieder.

„Du solltest auch versuchen, das Weinen zu bekämpfen. Ich weiß, viele sagen, es entlastet, laß es raus, unterdrück es nicht aber ich bin da anderer Meinung. Ich glaube, daß es die Leber schwächt und somit eher schädlich ist." Er schaute aus dem Fenster, wohl um mir die Situation zu erleichtern.

„Lenk dich ab. Pflege die Freundschaften, die du im Amazonenhaus entwickeln kannst. Hast du eine Beschäftigung für die Freizeit?"

„Laufen, wenn ich am Tag frei habe. Damit habe ich schon angefangen."

„Sehr gut. Wo machst du das? Die Insel ist doch so klein, die durchquert man mit hundert großen Schritten…

„Auf dem Übungsplatz der Amazonen."

Er zog eine Braue hoch.

„Während sie Pfeile abschießen?"

Ich mußte lachen. „Nein. Wenn sie nicht da sind. Und am Abend, wenn kein Training mehr ist."

„Sehr gut. Und sonst?"

„Madame Amadux hat vorgeschlagen, daß ich in der Werkstatt was aus Resten machen kann."

„Was? Fünf Zentimeter lange Bögen? Pfeile aus Streichhölzern?"

„Doktor, ich verstehe Ihre Methode der Heilung durch Heiterkeit."

„Gut. Wirkt das?"

„Ein Stück weit…"

„Bring mir nächstes Mal etwas mit, was du mit deinen Händen geschaffen hast", trug er mir auf, und ich war entlassen.

20. AUGUST

Holz, Leder, Kupfer. Drei Restekisten. Ich darf mich bedienen. Ich nehme Stücke in die Hand. Mir gefällt das Holz. Es spricht mich an. Ich lege das Stück auf den Tisch und nehme einen Bleistift. Ich zeichne etwas. Zweige mit zackigen Blättern. Mitten drin ein Tier. Es ist einem Hund ähnlich — oder — ja, ich weiß, ich zeichne einen Wolf. Er schreitet steifbeinig durch das Dickicht. Ich nehme ein kurzes Messer mit einer leicht gekrümmten Schneide, schärfe es auf einem hellen Stein und beginne zu schnitzen.

23. AUGUST

Immer, wenn ich frei habe, arbeite ich weiter an diesem Stück. Ich denke dabei drüber nach, was es werden soll. Ich habe eine Idee. Ein Schmuckstück. Ich werde das Stück Holz in sechs Abschnitte zersägen und so anschärfen, daß sie zum Armband zusammenpassen. Dann bohre ich die Abschnitte an zwei Stellen der Länge nach und ziehe Gummibänder durch. Dann passen die Abschnitte zusammen und schließen sich kreisförmig um ein Handgelenk, gehalten von den Gummibändern. Und nun schnitze ich die Segmente. Das gesträubte Fell am Hals des Wolfs… Ich habe ein winziges Astloch zu seinem Auge gemacht. Die belaubten Zweige hinter und über ihm…

Der Wolf verteilt sich auf zwei Abschnitte, aber sie passen perfekt zusammen. Zwei, drei Abende brauche ich, um das Laubwerk fertigzustellen. Der Wolf legt den Kopf in den Nacken und heult. Nicht zu fein ausarbeiten. Es soll ein wenig roh bleiben, ein wenig primitiv. Darf ich noch etwas Lack schnorren?

Ich montiere es mit Gummibändern, als der Lack trocken ist. Es sitzt ein wenig eng an meinem Arm, es würde perfekt auf einen weiblichen Arm passen. Wo es noch drückt und piekt, da schleife ich es ab. Morgen kommt Tante Nox. Ich glaube, ich möchte es ihr geben. Und ich habe eine Menge bei ihr abzubitten.

24. AUGUST

Ich habe Tante Nox Tee und Gebäck im Garten serviert. Es ist heiß. Sie trägt ein leichtes Kleid und sitzt auf einer Decke im Schatten der Obstbäume. Hier im Garten ist es angenehmer als im Haus, eine leichte Brise weht von der Lagune her. Ich schenke ihr Pfefferminztee ein. Ich lege das Armband vor ihr auf den Tisch. Sie nimmt es auf, legt es wieder hin und setzt ihre Brille auf. „Woher hast du das?"

„Ich hab's gemacht, Tante Nox."

„Was? Machst du das denn schon länger?"

„Das ist mein erstes Stück."

„Was? Aber das ist großartig!"

„Finden Sie?"

„Ja. Das hast du wunderbar gemacht. Hier" — sie wollte es mir zurückreichen.

„Das ist ein Geschenk für Sie, Tante."

Sie streifte es sich über ihren mageren Arm. Es paßte perfekt.

„Ach mein Junge…" Sie breitete die Arme aus. Ich schmiegte mich ungeschickt hinein. Es fühlt sich komisch an. Früher hatte ich sie immer nur kritisch und scheltend erlebt.

Sie streichelte den Wolf mit einem Finger.

„Und das willst du mir geben? Das Erstlingsstück?"

„Ich habe viel bei Ihnen kaputtgemacht, das kann ich niemals ersetzen", sagte ich.

Ihr kamen die Tränen.

„Vielleicht habe ich noch viel mehr bei dir kaputtgemacht", antwortete sie.

Das war nicht so ganz von der Hand zu weisen, aber ich schwieg.

„Ich werde es als meinen kostbarsten Besitz hüten", sagte sie.

„Darf ich Sie etwas zu dem Gerichtsverfahren fragen?"

„Natürlich, mein Junge."

„Der Richter hat Ihnen das Wort abgeschnitten, als Sie für ein Strafmaß plädieren wollten, er wollte es von mir hören."

„Ja, wir haben uns vorher zusammengesetzt, und die Vorstellungen gingen sehr auseinander, ich hätte natürlich Freispruch verlangt, der Staatsanwalt wollte fünf Jahre, der Nebenkläger noch mehr. Der Richter wollte deine Einstellung hören. Ob du deine Schuld anerkennst. Und das hast du getan. Also erkannte er auf das, was du wolltest. Hättest du Freispruch verlangt, dann hättest du mehr bekommen als zwei Jahre. Du hast dich großartig geschlagen. Das mit dem König war brilliant."

„Ich danke Ihnen nochmals, daß Sie mich vertreten haben", sagte ich.

„Ich danke dir, daß du mir verzeihst, wie sehr ich dich vernachlässigt habe", antwortete sie, und das machte mich etwas verlegen. Und dann nahm sie mich noch einmal in den Arm.

„Wie war es denn, mit Amadux, Purix und Ruradix zu spielen?" fragte sie mich unvermittelt.

Was weiß sie eigentlich noch alles?

„Hast du die Kurve zu Joy de Pain gekriegt?" Und sie sah mir direkt ins Gesicht.

Dann zog sie mich wieder in die Arme. „Keine Sorge, das wird schon, nicht aufgeben."

„Doch! Ich kann's! Hat Ihnen das niemand gesagt?"

„Du hast so gezögert…" Sie kicherte.

Hat das alte Huhn mich doch bewußt gedemütigt. Ja, ihren Spaß haben immer alle mit mir, aber wer hält mich in seiner Liebe? Sie wurde wieder ernst. Hatte mich gelesen. „Wir passen auf dich auf, Lelo, wir unterstützen dich und wollen dir ein bißchen Freude geben, trotz der Strafe. Du sollst nicht wieder enttäuscht werden und in eine Anti-Haltung verfallen. Das wäre das Schlimmste…"

„Wer ist ‚wir', Tante?"

„Oh, so einige! Alle Amazonen, die dir nahstehen, Amadux, Purix, Ruradix, dann auch Kunkamanito, Mato Sapé und ich…" Sie machte eine Pause.

„Und vor allem: Seine Exzellenz und seine Gattin. Sie sprechen oft von dir. Sie sehnen sich nach dir. Glaubst du, der Doge liebt dich nicht mehr?"

Sie bog mein Gesicht nach oben und sah mich an: „Denkst du das?"

Da trat sie was los. Ich fing an zu zittern und konnte nicht antworten. Ich kriegte kaum ein Nicken zustande. Der Schock, seine Liebe verloren zu haben, steckte noch in mir. Ich riß mich zusammen und fragte mit allem Mut, den ich besaß: „Liebt er mich noch?"

„Zweifelst du so leicht?"

„Komische Art, mir das zu zeigen. Er sieht mich nicht an, er spricht nicht mit mir."

„Verzeih, aber hast du ernsthaft gedacht, er würde dir für das Bubenstück um den Hals fallen?" Sie schüttelte den Kopf.

Und ich hörte die Stimme meines Herrn: „Muß man dich eigentlich die ganze Zeit an der Leine führen, Wölfchen, damit man sicher sein kann, daß du keinen Quatsch machst?"

25. AUGUST

Tante Nox hat ihr Armband gleich herumgezeigt. Alle Damen wollen jetzt solche Armbänder. Was, das hat Lelo gemacht? Ja, der kann mehr als Teller abwaschen. Klar, kann ich das, ich habe meinen Abschluß in künstlerischer Fotografie, aber ich habe keine Kamera, keine Dunkelkammer. Natürlich will jede ein Schmuckstück mit ihrem Stammtier. Wie gern würde ich eine Eiderente schnitzen… Ich suche Holz aus der Restekiste und zeichne Stammtiere darauf und umgebe sie mit Ranken von Sträuchern. An meinem freien Tag spaziere ich auf der Insel herum und zeichne Pflanzen. Das Schilf, Rebstöcke, Zweige und Zapfen der Zypressen, Palmwedel.

Zur Zeit arbeite ich an einem Beilgriff. Ich kopiere einen, den mir Amadux als Vorlage gegeben hat, einen, der ihrem verstorbenen Mann perfekt in der Hand lag. Die Schnitzerei darf nur ganz flach sein, damit er immer noch gut in der Hand gleitet, aber doch so tief, daß man Halt hat. Ich entscheide mich für eine Ente, die vor einem Fuchs auffliegt. Eine Eiderente.

27. AUGUST

Wieder ein Termin bei Doktor Mani. Mir wurde wieder Blut abgenommen, Urin überprüft, Blutdruck, Blutzucker, die üblichen Prozeduren. Ich erzählte von meinem neuen Handwerk und daß ich mich vor Aufträgen kaum retten konnte. Und ich schenkte ihm eine Zeichnung. Dann sprachen wir wieder über die Altlasten meines Kannibalismus. Meine Blutanalyse war recht ermutigend ausgefallen. Ich bin mehr als nur Patient, ich bin auch Versuchsperson, dazu erklärte ich mich bereit, um der Forschung zu dienen.

Er erklärte mir, was „Chaperone" sind. Das sind Zellen, die eine bestimmte Schutzwirkung gegenüber den feindlichen Prionen haben. Mehr habe ich nicht verstanden. Das sind so eine Art Aufpasser für unreife Zellen. Es gibt jetzt Möglichkeiten, diese Schutzzellen nachzuweisen und damit den Abbau der Prionen zu beobachten. „Sie reparieren die schon geschädigte Zellen. Tut mir leid, wenn sich das alles langweilig anhört, aber es ist der Schlüssel zum Zustand, der Schlüssel dazu, ihn zu besiegen."

Kunkamanito hat eine genetische Analyse von mir gemacht, das dient auch der Forschung. Er will den Abbau von gefährlichen Prionen weiter beobachten, vor allem, während ich den Tee trinke. Also bei Unterdrückung männlicher Hormone. Er hat eine Vermutung, daß auch dies eine lebensverlängernde Wirkung hat. Warum wohl leben Frauen länger als Männer?

Kunkamanito ist verwundert über mein Genom. Es ist „eng", so nennt er es. Es hat nicht die Bandbreite, die er sonst kennt. Und darum vermutet er, daß in meiner Familie wohl viel innerhalb des Stammes geheiratet wurde. Verwandtenehen? Ich weiß es nicht. Ich kann meine Eltern nicht mehr fragen, nur Tante Nox könnte mir etwas darüber sagen.

Und dann erzählte er mir noch etwas sehr Brisantes. Hopi hatte ja den Computer des Dogenpalastes gehackt, was für ihn als Admin nicht schwer war. Und er war in geschützte Bereiche vorgedrungen. Da hatte er entdeckt, daß Tarfur dabei war, die Forschungsergebnisse von Kunkamanitos Forschungsabteilung, die schon patentiert waren, an Hatchbit zu verkaufen.

„Wir hatten uns schon gewundert, daß er von uns verlangte, Patente zu erwirken, denn das ist nicht unsere Art. Wir brauchen keine Patente in der Cultura, wir vertrauen einander, und wenn jemand eine Idee stiehlt und als seine ausgibt, kriegt er auf der Basilosphäre solchen Ärger, daß er es schnell wieder läßt. Die Basilosphäre, in der alle alles wissen, verhindert das sofort. Aber er hat uns beschwatzt und gesagt, das sei nun mal so in der Cro-Welt, da sei das nötig. Also taten wir es. Und dann stellte Hopi fest, daß alle Patente, auch die noch schwebenden, auf einer Liste standen, teils schon mit den Angeboten von Hatchbit versehen…"

„Angebote?"

„Was sie zahlen würden."

„Und was wäre dann passiert?"

„Unsere Forschung hätte nicht mehr uns gehört, und der Plan, ein Heilmittel zu entwickeln, hätte uns Milliarden Dollar gekostet."

„Er wollte unsere Leben verkaufen."

„Bingo."

„Er mußte sterben."

„Das hast jetzt du gesagt."

„Ja, tut mir leid, ich bereue es, daß ich ihn getötet habe, ich hätte warten sollen, bis er uns alle hätte erpressen lassen. Geld oder Leben. Dann hätte mich niemand mehr verurteilt. Aber was sagten Sie, Doktor? Ein Heilmittel entwickeln?"

„Wir arbeiten dran."

„Und der Segen und NuRiCa?"

„Das ist die Rettung in der Not. Ein Heilmittel, das uns komplett reinigen kann, würde uns auf Dauer vom Fluch befreien."

Ich dachte über die Konsequenzen nach.

„Und Tarfur und Hatchbit hätten Ihnen um ein Haar diese Chance gestohlen?"

„Das erzähl bitte nicht rum. — Was hast du da gedacht? Du wärst dann doch ein Agent und Henker des Königs? Das habe ich genau gelesen. Bilde dir keine Schwachheiten ein."

30. AUGUST

Davon mußte ich Tante Nox erzählen. Ob sie eigentlich wußte, wie sehr Tarfurs Aktivitäten ans Eingemachte gingen? Doch, das wußte sie nun, denn sie hatte zwischendurch mit Doktor Mani gesprochen. Und dann kam etwas heraus, das ist so der Hammer, daß ich jetzt nicht schlafen kann, vielleicht die ganze Nacht nicht, denn jetzt muß ich mein ganzes Leben überdenken — von der Zeit an, als ich noch klein war. Und muß versuchen, mich zu erinnern.

Er hatte sie nämlich gefragt, ob sie noch mehr genetisches Material hätte, am besten von meinem Vater. Er müsse herausfinden, warum sie und ihr Neffe sich genetisch so nahstanden wie Mutter und Sohn. Ja, natürlich hätte sie was, sagte sie, einen Zopf, den meine Mutter ihr gab und von dem Nox — wie üblich — nach seinem Tod einen Teil bekommen hätte. Das mit dem Verschenken der Haare hört sich für Cros immer merkwürdig an, aber wir machen das so. Das gehört zu den wenigen Andenken, die wir dann haben, wenn einer gegangen ist. Da dachte ich mir auch noch nichts dabei.

Diese Haare werde er analysieren, um den Anomalien in meinem Genom auf die Spur zu kommen.

Heute durfte ich sie besuchen. Purix lieferte mich bei ihr ab und machte ein paar Besorgungen. Nach dem Besuch würde sie mich wieder abholen.

Tante Nox saß im Salon auf dem Sofa. Es war neu bezogen, und der Seidenteppich, in den ich damals ein Loch gebrannt hatte, war repariert. In der Vitrine standen alte Porzellanbecher, und ‚alt' heißt bei Tante Nox, mindestens 200 Jahre. Sie führte mich in ihr Schlafzimmer. Ihre Sklavin machte unterdessen Tee und Plätzchen für uns bereit.

Hier standen ein breites Bett mit einer gestreiften Überdecke und ein Sofa mit Kelimkissen und ein orientalisches Tischchen.

Tante Nox ließ mich auf dem Sofa Platz nehmen. Die Sklavin brachte ihr die schon brennende Pfeife mit Papavers und das Tablett mit der Dose, die ich leider gut kannte.

„Ich habe doppelt Grund, mich um dich zu kümmern", sagte sie mit einer seltsamen Stimme. Sie nahm ihre Pfeife, eine eleganten silberne Damenpfeife, und zog ein paarmal an ihrem Papavers, das auszugehen drohte.

„Nimm auch einen Zug", sagte sie und reichte sie mir, „du hast sicher lange nichts gehabt."

„Ich darf nicht", sagte ich zögerlich.

„Wenn ich es dir erlaube, darfst du, und du wirst es gleich brauchen."

Ich fragte nicht, sondern nahm ein paar Züge. Ich ließ mich auf die Kissen sinken.

Alte Zeiten erwachten in meinen Erinnerungen. Und es kam mir wie in einem Nebel zu Bewußtsein, was sie gerade gesagt hatte: „Lelo, ich muß dir was sagen, was du wahrscheinlich nicht weißt. Mein Bruder war dein Vater." Ich hörte erst gar nicht recht hin. Familiengeschichten. Blabla. „Ja, ja, und?"

„Lelo, kapierst du es nicht? Deine Mutter Rosalie war meine Halbschwester, und dein Vater Muria war mein Bruder…"

Schlagartig war ich nüchtern. Inzest? Muria war mein Vater? Nicht mein Onkel? Ich war das Kind von Geschwistern?

Mir wurde schwindelig, und in meinen Ohren begann ein Rauschen und Pfeifen.

„Die genetische Analyse wird dir Gewißheit bringen", sagte sie.

Ich saß jetzt aufrecht und schob die Pfeife auf das Tablett zurück.

Ich fragte sie noch einmal.

Doch, sie bestand darauf, denn meine Mutter hätte ihr selber gesagt, sie sei von Muria schwanger, und eher sei es doch wahrscheinlich, daß sie es abgestritten hätte.

„Sie wollte mich also nicht…"

„Doch! Sie wollte dich! ‚Ihr Andenken an Papa', hat sie dich genannt. Sie liebte und verehrte unseren Vater abgöttisch. Und sie fand, du seiest ihm ähnlich. Aber es entstanden in ihrer Umgebung Gerüchte, sie hätte es mit ihrem Bruder, darum zog sie weg und gab dich in die Obhut deines Vaters."

Das tröstete mich ein wenig.

„Hast du es Kunkamanito gesagt?" Ich war so aufgeregt, daß ich sie duzte.

„Er wird es durch die Analyse feststellen. Aber ich wollte es dir sagen, bevor er es tut."

Ich atmete heftig. „Ja, das ist besser so", sagte ich.

Jetzt mußte ich mein Leben und vor allem meine Familie neu sortieren.

„Und lebt meine Oma noch?"

„Ja, in Utrecht, und ich habe sogar Kontakt mit ihr."

„Weiß sie…"

„Lelo, ich bitte dich, natürlich."

„Dann sind Sie, Tante, meine Doppeltante."

„Ja, und nun weißt du, warum ich mich für dich einsetze. Und das auch in Zukunft tun will." Ich mußte eine Weile über die Konsequenzen nachdenken, daß der Mann, mit dem ich jahrelang durch die Wohngemeinschaften gezogen war, mein Vater war. Aber mein Gehirn war benebelt, ich konnte mich nicht konzentrieren, und vielleicht war das wirklich besser so. Andere Bilder drängten sich mir auf. Mein Fehltritt schob sich davor.

„Glauben Sie, daß es falsch war, Tarfur zu töten?"

„Na, du stellst mir Fragen… Ich bin deine Anwältin, nicht die Richterin."

Ich war jetzt in Fahrt.

„Und Sie wissen auch, daß Tarfur unsere Cultura zerstören wollte? Wenigstens in Sukent? Und daß er die ganze Forschung stehlen wollte?"

„Ja", sagte sie, „das habe ich jetzt erfahren. Mani hat mir erzählt, daß Tarfurs Rotte die Aufzeichnungen über die Forschung abtransportieren wollten, als sie merkten, daß der Krieg losgeht. Mani rief dann den Trupp von Selknam, die haben die Akten sichergestellt."

„Tante", sagte ich, „dieser Mann war wehrlos, als ich ihn getötet habe, das heißt, ich kam zu spät. Ein Schwarzer Pfeil hätte ihn erwischen sollen. Er wollte uns den Fluch wiederbringen. Er verdiente den Tod. Ich bereue nur, daß ich zu spät kam."

„Lelo, du erschreckst mich."

„Tante, Sie waren Kriegerin. Wieso erschrecke ich Sie?"

„Das waren andere Zeiten."

„Feinde waren immer Feinde."

Tante Nox hat immer Schmerzen in den Knien. Sie raucht viel Papavers, hat immer was im Haus deswegen. Papavers sind in der Cultura nicht verboten. Wir brauchen sie.

„Wir hätten also vor Hatchbit katzbuckeln müssen und inständig betteln, daß sie uns das lebensverlängernde Medikament verkaufen. Hätten Milliarden an einen Konzern gezahlt, der armen Leuten in Afrika und Asien das Wasser unter ihren Füßen abgräbt und es pro Flasche wieder für einen Tageslohn verkauft…" murmelte sie, „was für eine Demütigung das gewesen wäre… Das ist ungeheuerlich."

Sie legte ihre Pfeife auf das Tablett. „Tarfur war ein Miststück", sagte sie, „trotzdem hätte er nicht durch einen schnellen Stich sterben dürfen."

Sie machte eine Pause und zog ihr Tuch um sich fest.

„Er hätte langsam und qualvoll sterben sollen, von uns gefoltert, damit er den Mord an Huichol und alle weiteren Schandtaten gestanden hätte."

Ich sah sie verblüfft an.

Sie läutete nach ihrer Sklavin, die das Teegeschirr abräumte. Und nun kam auch Purix, mich abholen.

5. September

Da wir von ‚gefoltert' reden. Heute war wieder Ordentliche Konferenz der Amazonengarde mit Seiner Exzellenz und mehreren Senatoren. Auch Manubibi ist jetzt Senator für Außenkontakte. Er berichtete, wie die Koordination der im Exil arbeitenden Amazonen sich entwickelt.

Zwei der Kshatrinis saßen schweigend dabei und taten so, als würden sie verstehen, wovon die Rede war. Sie waren wieder splitternackt und im Knochenschmuck, dieses Mal nicht schwarz bemalt, da sie nicht in direkte Aktionen eingebunden sind, sondern mit roter Körperfarbe eingerieben, was ich sehr hübsch fand.

Allerdings hatte ich den Blick weiterhin zu senken. Und ich durfte auch meinen Herrn nicht ansehen und nicht ansprechen, nicht einmal ihm die Getränke reichen. Das tat dieses Mal Goldi in bezaubernd femininer Aufmachung und mit Gesten wie eine der fliegenden Feen von zentralasiatischen Wandbildern.

Purix stand dabei, sehr grade, sehr ruhig, sie wird immer kerliger, klar, denn sie trinkt den Tee nicht mehr. Bei Goldi wäre noch Hoffnung einer gänzlichen Verwandlung; bei Purix im Leben nicht.

Auch ohne Seine Exzellenz anzuschauen, fühlte ich Seine Gegenwart. Ich hörte Seine beruhigende Stimme.

Manchmal, wenn er sich an der Debatte beteiligte, war mir, als sagte er dennoch etwas zu mir. Ja, er hatte mich auf dem Schirm. Und irgendwann würde die Trennung enden. Einmal im Monat würde ich ihn im Augenwinkel sehen, würde seine Stimme hören und seine Nähe fühlen. Das mußte genügen. Und ob ich mich nach den zwei Jahren ihm wieder nähern dürfte, steht in den Sternen.

‚Isegrim, sei stark', sagte ich mir, ‚dies hast du dir selber zuzuschreiben, also halte es aus.'

Und ich dachte über die Dinge nach, die ich neuerdings über mich und meine Familie weiß. Das lenkte mich ein wenig ab.

30. September

Kunkamanitos Analyse ist fertig. Ich gehe morgen hin. Aber ich denke, es wird keine Überraschungen geben. Ich besuche Tante Nox hinterher, sie hat versprochen, mir Fotos meines Großvaters zu zeigen.

1. Oktober

Ja, es ist wahr. Meine Eltern waren Halbgeschwister. Mein Doktor meint, auch das kann ein Grund gewesen sein, warum mich die Familie so vernachlässigt hat. Ich war das Produkt eines Fehltritts. Es hätte mich nicht geben dürfen.

„Tante Nox hat spät, aber nicht zu spät den Fehler eingesehen", sagte der Doc. „Sie wird dich nicht mehr fallenlassen. Sie hat geweint, weil es ihr so leid tut, wie ungerecht sie dich immer behandelt haben. Aber sag ihr nicht, daß ich dir das erzählt habe."

Ich würde gern mal meine Mutter fragen, wie sie dazu steht.

Aber ich weiß nicht, wie ich sie erreichen könnte. Allenfalls meine Großmutter müßte ich fragen.

Ich kriege nach dem Arztbesuch Tee bei meiner Doppeltante, und sie hatte das Album schon aus der Vitrine genommen. Natatli von den Wölfen. Ich sah einen Mann, der aussah, wie ich aussehen werde, wenn ich vierzig bin.

Ja, anders konnte ich es nicht sagen. Eindringliche Augen von asiatischem Schnitt, dunkelgrau, nicht blau wie meine; dichte, schwarze Haare mit einem rötlichen Schimmer, die bis auf die Schultern offen fielen und erst am Ende in Zöpfen zusammengefaßt waren, ein überlegenes, fast ein wenig grausames Lächeln, und da hörte dann die Ähnlichkeit auf: Jeder Zoll ein Dom, kein Sub wie ich. Ja, ich las ihn. Er nahm wenig Rücksicht, griff sich das, was er mochte, und meine Großmutter war hübsch gewesen, wer weiß, ob er sich die Zeit genommen hatte, sie um ihre Zustimmung zu fragen, als er sie schwängerte? Eher nicht. Und ich begriff auf einen Schlag, daß dies die Art von Homsarec-Mann war, in die ich mich verlieben konnte, es waren diese selbstbewußten Doms, denen niemand sagen mußte, was zu tun war. Denen es niemand sagen konnte oder durfte.

Zugleich war da aber dieser leicht brutale Zug, und auch den kannte ich. Ich vertiefte mich in die Art, wie er seine Mundwinkel verzog, und ich kriegte einen Hypermem von den Sekunden, als ich Tarfur abstach. Da war ich er, da fühlte ich, was ich fühlte, wenn ich den Ausdruck meines Großvaters widerspiegelte.

„Kann der Geist unserer Ahnen in uns fahren?" fragte ich sie leise.

„Das habe ich mich auch schon oft gefragt, wenn ich in Joy de Guerre war."

„Und hast du Bilder meines Vaters?" fragte ich.

„Natürlich doch. Er war mein Bruder. Aber du kanntest ihn! Du warst bei ihm, bis du fünfzehn warst."

„Ja, natürlich, ich erinnere mich gut, ich will alles über ihn wissen."

Sie hatte Bilder. Muria von den Wölfen, Bruder der Nox. Ich sah sie mit Ergriffenheit. Natürlich erinnerte ich mich gut an ihn. Aber jetzt zu wissen, daß er ja mein Vater war… Nun war auch klar, warum er mich nicht in ‚Hände' geben konnte, als er auf die Vierzig ging. Denn es wäre die Aufgabe meines Vaters gewesen, mich an einen Meister zu übergeben, ein Onkel durfte das nur bei nachgewiesenem Tod des Vaters. Und während er noch nachdachte, wie er das hinbekommen sollte, verlor ich ihn.

Sie erzählte mir mehr von Muria. Er war stolz und selbstbewußt. „Großvater hat es noch mitbekommen, wie er dich zeugte."

„Und wie fand er das?"

„Er fand es großartig."

„Bitte?? Daß er mit seiner Schwester…"

„Wir waren anders damals. Wir aßen — wie er es nannte — Heiliges Fleisch. Wir taten, was wir wollten. — Er nannte Muria dann immer den ‚Pharao'. Er war stolz, daß er es schon in so jungen Jahren sehr aktiv war. ‚Er ist doch prächtig, kommt nach mir, der Bengel, ich habe es Katharina van Loben besorgt, und er meiner Tochter, der Teufelskerl', das waren seine Worte. Du kannst dir vorstellen, daß die Frage nach… ähem… Rosalies Zustimmung bis heute nicht geklärt ist…"

„Sie liebte meinen Vater", gab ich wieder, was sie gesagt hatte.

„Möglich", meinte Tante Nox, „aber sie mußten der Cro-Gesellschaft gegenüber immer Versteck spielen. In Utrecht durfte keiner wissen, wer Muria war. Und in Sukent wußte keiner, daß du Murias Sohn warst. Es fing damals an, daß der König solche Verbindungen untersagte. Dein Vater sagte immer: ‚Das ist mein Neffe Lelo, der Sohn von Natami, meiner Halbschwester.'"

„Ja, ich erinnere mich, so hat er mich immer vorgestellt. Für mich war er immer nur Onkel Muria. Ihr habt euch meiner geschämt."

„Falsch. Wir haben uns deiner Herkunft geschämt, nicht deiner selbst. Natatli, mein Vater, war stolz auf Muria. Und auch auf dich."

„Ich erinnere mich nicht an ihn."

„Du warst ein Baby, als er starb."

„Wie alt war er, als er Muria zeugte?"

„Siebzehn. Das war damals nichts Ungewöhnliches. Sie fingen zwei, drei Jahre früher an als die Cro, sexuell aktiv zu werden. Es war eine Wirkung des Kannibalismus."

5. Oktober

Wer bin ich überhaupt? Die Erklärungen von Tante Nox haben mich verwirrt. Ich habe nur einen Großvater, alle anderen haben zwei. Wenn sie mich gefragt haben, ob Natatli mein Opa väterlich oder mütterlich sei, konnte ich mit dieser Frage nichts anfangen. „Mein Opa halt", sagte ich, und sie haben gelacht. Wußte ich wirklich nicht, daß Muria mein Vater war? Ich hätte es herausfinden können, aber ich wollte nicht darüber nachdenken, wird mir jetzt klar.

Ich kämpfte gegen meine Verbitterung.

Ich wünschte, ich könnte mit meinem Herrn sprechen. Ich brauche ihn so sehr.

Meine Familie hat Scheiße gebaut, sie haben mich alle im Stich gelassen.

Nox gibt sich Mühe, das muß ich anerkennen, aber was einmal zerbrochen ist, kannst du vielleicht kleben — die Risse bleiben. Wie ihr Porzellan, das meine Kumpels zerbrochen haben.

Wieder ist eine Konferenz, zu der Seine Exzellenz eingetroffen ist. Wieder diene ich stumm und genieße, daß ich im selben Raum sein darf wie er. Aber keine direkten Blicke sind erlaubt, es gibt keine Möglichkeit, mit ihm zu sprechen.

Mein Kummer wird immer größer.

Letzten Monat habe ich es noch gut ausgehalten, aber in diesem bricht es mir wieder das Herz. Nein, das geht nicht weg. Und ich brauche auch seinen Schutz, seinen Trost, und was Sexuelles steht inzwischen ganz im Hintergrund. Die Liebe zu ihm jedoch ist nicht geschwunden. Trotz Tee. Trotz Entfernung.

Meine Liebe zu ihm ist nicht Geilheit. Denn sie wird nicht kleiner, während meine Geilheit fast ganz geschwunden ist. Meine Liebe ist eine tiefe Zugehörigkeit, das ist mir jetzt klar. Es ist Dienstbarkeit, vollkommene Hingabe und inzwischen frei von eigener Begierde. Die ist so stark geschwunden, daß ich es ertragen kann, ihn nicht berühren zu dürfen. Wenn auch grade so.

„Herr, ich bin ein Kind aus Inzest und ein Enkel aus Vergewaltigung", dachte ich in seine Richtung — ist das auch ein verbotenes ‚Ansprechen'? Aber ich war in Not.

„Ich weiß, Liebes", war seine Antwort, „Nox hat es mir gesagt."

Und als ich einen kurzen Blick in seine Richtung huschen ließ, saß er mit aufgestütztem Kopf da, schien der Debatte zu folgen, aber schaute zu mir. Rasch senkte ich wieder den Blick und sank in die Haltung, die ich einzunehmen hatte, wenn es nichts zu tun gab.

Daß ich dann im Raum bleiben durfte, war eine große Vergünstigung.

Das war etwas, das er zu entscheiden hatte.

8. OKTOBER

Noch in der Nacht muß ich schreiben, um nicht zu vergessen. Wieder hat Purix mit mir gespielt. Dieses Mal waren wir allein. Und wir haben es nicht im Garten getan, weil die Nächte schon zu kühl werden.

Am Abend, nachdem Seine Exzellenz gegangen war, durfte ich den Tee weglassen und auch am 6. und am 7. des Monats. Heute nun nahm sie mich mit in eine Dachkammer neben meinem Zimmer, die kürzlich renoviert worden ist. Sie ist nicht zu einem richtigen Zimmer gemacht worden, sondern ist weiterhin eine Dachkammer mit freien Dachbalken. Die Tonschindeln sind frei sichtbar, und so auch die gemauerten Wände; doch ist jetzt alles sauber und gewischt, und die Holzteile sind mit farblosem Lack gestrichen. Es gibt ein paar einfache Flickenteppiche, einige Eisenringe sind in den Balken verankert, wie man sie sonst in Sukent benutzt, um Boote festzumachen. Jetzt dienen sie dazu, mich an den Balken zu fixieren, an Händen und Füßen, so stehe ich da wie ein X mit Kopf. Purix steht hinter mir und kneift mich in die nackten Pobacken.

„Du hast gesehen", beginnt sie, „ich trinke den Tee nicht mehr. Ich bin mit dem Weiblichen so weit gegangen wie ich konnte. Jetzt kehre ich zurück. Purix ist wieder ein Mann. Ihr dürft von mir als ,er' sprechen. Mein Ausflug ist vorbei."

„Ist auch besser so" bemerkte ich frech und wurde sofort geknebelt. Und nun spürte ich seine harte Hand. Dieses Mal ließ er mir nicht so viel Zeit, mich aufzuschwingen, sondern ich mußte ein Stück weit drum kämpfen. Ich wimmerte hinter meinem Knebel, aber Purix kannte keine Gnade. Schlag auf Schlag mußte ich verarbeiten, konnte es kaum, bis der nächste kam.

Mein Sehfeld veränderte sich, fing zu schwimmen an, wurde rot. Ich hatte aber keine Angst. Meine Leute passen auf mich auf. Ich bin in guten Händen.

Wieder sah ich mich als geneutertes Serf, den Inbegriff der Kapitulation, hineinstürzend in die Lust der Unterwerfung. Ich war bereit zu kriechen, zu wimmern, alles aufzugeben, was mit Stolz zu tun hatte, entblößt zu sein, nichts mehr zurückhalten zu dürfen, wurde geil von der Vorstellung, alle Geilheit aufzugeben, das Paradox der Keuschhaltung. Alle Klischees schossen mir durch den Kopf, all das „tu mit mir, was du willst", „tu mir weh", „ich bin nichts", Sätze, die mich triggerten und die ich außerhalb dieses magischen Feldes verachten würde. Ich warf mich in Gedanken meinen Göttern, meinem Herrn und seiner Gattin, zu Füßen, entäußerte mich meines ganzen Stolzes und schmolz dahin bei diesen Bildern, tat niedrigste Dienste für sie und sah sie im magischen Licht der Erhabenheit und sah Purix als ihre Dienerin, die den Willen der Herrschaft an mir Niedrigstem in dieser Kette tat. Und dieser Sturz in die Niedrigkeit erhob mich.

Purix ließ mich schweben. Und ja, diese plötzliche Stille nach dem Tumult stürzte auf mich ein und löste das aus, was ich nie gekannt und immer gesucht hatte. Ich wurde nicht einmal steif, es war nichts Sexuelles, was die meisten erwarten würden, wenn ich davon erzähle. Es war Himmel, Leere, Dunkelheit, Stille, Schweben, Strömen.

Zwischendurch ein Hypermem, ein milder, keiner, der mich zu Boden riß, nur ein Streicheln.

Wenn mir Atem und Herz stehengeblieben wären, es hätte mich nicht gestört.

Ich kam wieder in die Welt zurück, als ich Purix' Hand auf mir spürte.

„Er schwebt", sagte er leise.

„Wie schön!" antwortete Amadux, die, von mir unbemerkt, dazugekommen war.

Isegrims Reisetagebuch
15.10.-22.11.191

15. Oktober

Plötzlich ist alles anders. Ich dachte, ich werde mich jetzt anderthalb Jahre damit beschäftigen, Armbänder zu schnitzen. Vielleicht auch Beilgriffe. Kleine Projekte für ein Leben im engen Kreis. Die Tage werden kürzer, die Apfelernte ist in vollem Gang, das wenigstens lenkt mich ab. Und ich würde dabei weiter über Dinge nachdenken, die Nox mir aus meiner Familie erzählt. Und immer bitterer werden. Einmal im Monat im selben Raum verweilen zu dürfen wie mein Herr, aber stumm und mit gesenktem Blick.

Und dann kommt ein Fax aus dem Büro des Dogen, er werde außer der Reihe auf die Insel kommen. Hätte eine wichtige Angelegenheit mit mir zu besprechen.

Ich dachte, mir platzt das Herz, als mich Amadux zu sich rief — ich dachte erst, ich habe was falschgemacht, es gibt eine Vergatterung! Habe ich meinen Tee vergessen? — und nur sagte, es sei eine Sache, die vollkommenes Stillschweigen erfordere.

Den ganzen Abend wartete ich auf meinen Herrn. Rechnete nicht damit, daß er erst kommen würde, wenn es dunkel wäre. Niemand hatte mir das gesagt. In quälender Unsicherheit habe ich meine Arbeit fertiggemacht, das Abendbrotgeschirr in die Spülmaschine geräumt, saß dabei, als sie lief, habe ein wenig gezeichnet, ich bringe mir jetzt Zweige und Baumfrüchte mit, die ich abmale und stilisiere, so daß sie sich als Schnitzereimotive eignen. Und keine Sekunde konnte ich aufhören, an ihn und seine Frau zu denken. Dachte, nun kommt er nicht mehr, kämpfte schon mit den Tränen.

Dann stand er plötzlich da, allein, mit Falten auf der Stirn, angespannt auf mich schauend — wie wird diese Begegnung ausfallen? Ja, auch er war ein wenig von Befürchtungen geplagt, ich sah es, ich las ihn. Ich sprang auf, mein Skizzenbuch rauschte zu Boden, ich stürzte auf meinen Herrn zu, vor ihm nieder und stieß mit der Stirn auf den Boden vor seinen Füßen, hätte seine Zehen geküßt, wenn er mich nicht hochgezogen hätte. Das war jetzt real, seine Arme um mich, das, wovon ich seit Monaten jeden Abend mit einem Kloß im Hals träumte, er war da, er hielt mich, er küßte mich. Dann nahm er mich bei der Hand und zog mich ins Wohnzimmer. Dort waren wir zu wenigen, die Amazonen waren zur Ruhe geschickt worden, war mir klar. Amadux war da, Tante Nox, Kunkamanito, Selknam und Iván. Das überraschte mich. Was hat das alles mit Iván zu tun?

Ich kniete mich, seinem Wink gehorchend, neben dem Sessel meines Herrn auf den Boden. Konnte noch gar nicht fassen, daß er mich angesehen, angefaßt, geküßt, ein paar

Worte an mich gerichtet hatte. Wie konnte das sein? Ich rechnete nicht damit, daß mir Strafe erlassen war, es muß etwas Wichtiges vorgefallen sein, dachte ich. Lehnte meinen Kopf an sein Bein, nutzte den Moment, er unterband es nicht.

Selknam stellte ein Tischchen vor mich und legte mir ein riesiges Buch vor, das Fotos aus dem Erkennungsdienst enthielt. Ja, da war ich auch, der Einbrecher aus dem kleinen Palazzo der Madame Nox. Aber das war nicht der Zweck der Sitzung. Sondern ich mußte schauen, ob Teilnehmer an dem Bankett Alten Stils dabei waren, wegen dem ich zum zweiten Mal verhaftet worden war. Und ich sollte sagen, ob sie ihre wahren Namen angegegeben hatten — über die Stammeszugehörigkeit zu lügen war ja nicht möglich. Ich sollte auch schauen, ob welche dabei waren, die ich von Banketts kannte und die wegen irgend einer anderen Sache in diesem Buch waren.

Ich sollte petzen, ist das so? Mein Gedanke war wohl laut genug, denn Kunkamanito antwortete darauf: „Das ist kein Petzen, sondern es geht darum, ihnen das Leben zu retten, ob sie es nun verstanden haben oder nicht."

Also blätterte ich das Buch durch und sah mir Bild um Bild sorgfältig an. Hemyarik war natürlich auch dabei, aber das war schon lange her. Dann erkannte ich Nakai, der war mit Hemyarik verbandelt gewesen, als es noch das Reich der Bekar gab.

An einem finsteren Typ mit verbitterten Gesichtszügen, der wohl auch schon die Vierzig überschritten hat, blieb ich hängen, ich hatte ihn definitiv auf einem Bankett kennengelernt, aber ich wußte seinen Namen nicht. Er war aus dem Stamm der Nachtschwalben. Ich hörte, er sei ein Verwandter von Huichol gewesen, war in diese Schönheitsgalerie gekomen, weil er einen Wächter verprügelt hatte, der ihm gestohlene Papavers abnehmen wollte. Meine Aussage bewies also seine Teilnahme an den verbotenen Banketts. Aber da mußte noch mehr sein, es fuhr mir in die Knochen, und ich hoffte, nicht darüber reden zu müssen. Ich erkannte noch weitere. Während ich in dem Buch blätterte, kam leise eine Frau herein; ich schaute nicht genau hin, dachte, sie sei in schwarzes, enges Leder gekleidet, aber sie war nackt und in schwarze Farbe gehüllt. Es war eine der Kshatrinis, sie kam zu uns, die Lanze in der Hand, und stellte sich hinter Seine Exzellenz.

„Das ist Pratizaye, die Anführerin der Damen Kriegerinnen aus Nepal", erklärte mir mein Herr, „die Kshatrinis sind überall unterwegs, um versprengte Kannibalen zu finden und auf den rechten Weg zurückzuführen. Und du sollst uns helfen, sie zu finden." Ich konnte kaum glauben, was ich da hörte. Und dann richtete Lady Pratizaye das Wort an mich, und siehe da, sie sprach Lingo! Dabei hatten die Kshatrinis so getan, als verstünden sie kein Wort davon?

„Du kennst viele dieser Leute, die wir suchen. Also wäre es eine großartige Hilfe, wenn du auf diese Expedition mitkommen würdest, um sie zu identifizieren. Und hoffentlich noch lebend. Und natürlich sprechen wir Lingo. Die Schwarzmagierin durfte das nicht wissen", sagte Pratizaye, an mich gerichtet, mit einer festen und klaren Stimme mit indischem Akzent, in einem Ton, der nicht den geringsten Widerspruch dulden würde. Sie drehte aber nicht den Kopf zu mir, sondern nur die Augen, daß man das Weiße sah, und beobachtete unabgelenkt den Raum.

Boah, eyh, mit denen sollte man sich nicht anlegen, dachte ich.

Ich wurde nun zu der Aussage befragt, die ich damals getan hatte, als ich Hopi im Audienzzimmer festhielt, eine Episode, an die ich äußerst ungern erinnert werde. Zu ihm hatte ich so leichthin gesagt, ich würde mit dem Geld, das mir die Regierung von Sukent geben sollte, in die Tatra gehen, wo es noch Kommunen der „wilden" Homsarecs gebe, die das Alte Ritual ausübten, also den Kannibalismus. Ob das die Wahrheit sei? Und wer in Sukent sympathisiert denn noch mit ihnen?

Die Kommune, in der ich verhaftet worden war, war ausgeräumt, alles durchsucht, die Jungs, mit denen zusammen ich gegessen hatte, waren teils bestraft worden, teils in alle Himmelsrichtungen geflüchtet. Und nun sollte ich helfen, sie wiederzufinden?

Ich sagte alles, was ich wußte, und das war nicht viel. In Prag hatten welche eine Stadtwohnung, und von da fuhren sie nach Slowakien und hatten ein Dorf in den Wäldern. Wo das war, konnte man nur herausfinden, wenn man das Vertrauen der Prager Gruppe besaß.

Zwischendurch zeigten sie mir Bilder von der Prager Gruppe. Sie nannten sich ‚Bémishe Brieder'. Ob ich welche davon kenne? Den Finsterling, dessen Namen ich nicht wußte, erkannte ich wieder. Nakai war dabei. Mboko, Tassahara, Hiisi, die fielen mir wieder ein. Auch Manubibi hatte früher zu ihnen gehört, bevor er sich Hemyarik anschloß.

Und dann war auf einmal der Name des düsteren Mannes mit den harten Falten rechts und links der Nase wieder da. Ich war ihm begegnet, das war schon viele Jahre her, er war spät auf einem Bankett erschienen, aß hastig, zog mich übers Polster, nachdem er mich hart und unbarmherzig gepeitscht hatte. Nun, was kann ich ihm vorwerfen? Ich war dort, ich mußte mit allem rechnen. Ja, nun fiel es mir wieder ein, wie er hieß. Hinterher hatte ich mich weinend an seiner Schulter wiedergefunden, und er leckte meinen Bauch ab, keine Ahnung, was vorher war... Meine Güte, war ich zugeraucht gewesen. Zu dicht, um mich zu wehren oder es zu genießen. Ach ja, waren wir jung und dumm!

„Das ist Perkele von den Nachtschwalben", sagte ich.

„Wie? Pericole?" hörten es die Italiener, „Gefahr?"

„Würde passen", sagte ich, „aber ich sah es mal geschrieben, die feinen Herren tafelten mit Tischkärtchen, und ich durfte seine behalten, hatte sie noch lange, er heißt Perkele."

Nachdem ich alle Bilder betrachtet hatte und gesagt hatte, was ich wußte, ohne auf mich selber Rücksicht zu nehmen, richtete Seine Exzellenz das Wort an mich.

„Du siehst, es gibt eine Möglichkeit, wie du uns helfen kannst. Während der Suche wirst du zwar unter der Obhut der Damen Kshatrinis stehen, aber du wirst nach Tschechien und vielleicht auch nach Slowakien reisen, um bei der Suche nach diesen Männern zu helfen. Wenn wir die Unsitte ausrotten wollen, müssen wir diese Jungs finden, überzeugen und dafür gewinnen, daß sie sich behandeln lassen, um ihr Leben zu retten. Es spielt keine Rolle, was sie früher getan haben. Und auch das, was du getan hast, wird gesühnt, wenn du uns dabei hilfst. Ich sage offen, wir alle rechnen damit, daß es eine gefährliche Fahrt wird, und du wirst dich minuziös an die Anweisungen halten müssen, die du bekommst. Glaubst du, du kannst das?"

Ich fiel vor meinem Herrn nieder und beteuerte, ich hätte meine Lektion gelernt und würde alles tun, was man mir befahl.

„Wenn du es schaffst, daß sie mitkommen und sich von Mato Sapé und Doc Mani behandeln lassen, werden wir deine Strafe als abgegolten betrachten. Du verstehst, daß ich mich dir nicht öffentlich nähern darf, solange man denken kann, ich hätte aus deiner Tat einen Vorteil gehabt. Also, daß es für mich den Weg freigemacht hätte, daß Tarfur starb. Dir ist doch klar, daß dieser Eindruck nicht entstehen darf?"

Ich nickte.

„Und es ist äußerst wichtig, daß diese Männer friedlich davon überzeugt werden mitzukommen. Es darf auf keinen Fall Gefechte geben. Es darf kein einziger von ihnen verletzt werden — geschweige denn, sterben."

Damit erhob er sich, streifte meine Wange mit einer einzigen leichten Handbewegung, winkte der Amazone, die sich an seine Fersen heftete, im Korridor stießen welche dazu und übernahmen die Spitze, und auch Selknam und die Ärzte erhoben sich und folgten ihm. Ach, nur noch ein paar Sekunden, ein Blick, ein Kuß! Das Verlangen schlug noch mal doppelt zu.

Dann waren alle fort.

Nur Iván blieb bei uns und nahm in meinem Zimmer Schlafquartier.

„Ist das nicht viel zu gefährlich für dich?" fragte ich Iván, „diese Leute verstehen keinen Spaß. Und du bist doch so kostbar für unser Volk."

„Ehrlich gesagt, ich glaube, statt meiner können sie auch einen Gummibaum hinstellen und ihm die Blätter küssen", entgegnete er respektlos.

Ich mußte lachen.

„Das ist doch Quatsch", sagte ich, „warum sollst du denn mit? Du sollst Erste Hilfe leisten, wenn wir welche im Zustand antreffen, und das ist ziemlich wahrscheinlich. Die Männer von diesen Bildern sind alle im kritischen Alter. Und einige schon deutlich drüber. Bist du denn bereit für so ein Abenteuer?"

Ich dachte gleich drauf, warum ich denn die Klappe nicht hielt, ich weckte vielleicht seine Zweifel und brachte ihn davon ab, mir die die Freiheit zu ermöglichen.

„Es ist doch der Glaube, der wirkt", sagte er, „und den haben sie nicht."

„Den hatte ich auch nicht", sagte ich, „und trotzdem passierte ganz viel durch meine Begegnung mit dir. Schon auf der Rückfahrt wurde mir kalt. Ich habe schlafen gelernt. Doktor Mani sagt, die Prionen in meinem Blut nehmen stetig ab. Das war auch schon vor meinem NuRiCa. Ich war am Tag nach der Geiselnahme bei dir. Kannst du dich an mich erinnern?"

Er konnte.

„Das ist erstaunlich", sagte ich, „du hat doch so viele tausend Leute gesehen…"

„Trotzdem. Ich erkenne jedes Gesicht wieder, ich weiß, ob er bei mir war oder nicht."

„Ein Hypermem-Talent", murmelte ich.

„Ich sehe jedem sehr intensiv in die Augen", sagte er, „vielleicht geht da ein Draht direkt zum König. Ich vermittle. Meine Person spielt dabei keine Rolle."

„Darum sollst du mit."

„Sind die Bémishen Brieder überhaupt im Kreis?" fragte er.

„Ja, aber sie lassen sich nicht lesen."

„Und handeln permanent gegen den Befehl des Königs?"

„Ja, das tun sie."

„Wie können sie das?"

„Das steht uns frei, solange wir die Konsequenzen zu tragen bereit sind."

„Und welche Konsequenzen sind das?"

„An den Rand der Gesellschaft zu kommen."

„Also quasi eine Ächtung?"

„Je nach dem Grad des Ausschlusses. Es kann auch ein eigener Wunsch da sein, die Cultura zu verlassen."

„Meine Mutter hat das gemacht."

„Ach, wirklich?" wurde ich neugierig, „erzähl'."

„Sie ist Homsarec, aber ganz raus aus der Cultura. Wenigstens in den letzten zwanzig Jahren. Lebt in Petschory und wurde die Frau eines Popen."

„Und ist sie immer noch mit dem Popen verheiratet?"

„So weit ich weiß, ja."

Ich hätte noch mehr hören mögen, aber mit einem Cro an seiner Seite schläft man ja immer wie ein Engel.

16. OKTOBER

Beim Frühstück war ich mit Amadux und Iván allein, sie wollte nicht, daß die Amazonen-Schülerinnen die Vorbereitungen für die Expedition mitbekamen. Iván wurde von Kunkamanito untersucht, ob er für dieses Abenteuer gesund genug war.

Der Plan wurde uns jetzt von Selknam erklärt. Er war ein drahtiger alter Homsarec, der nicht viel sprach. Er umriß kurz, wohin es gehen sollte, wo unser Ziel vermutet wurde, wie wir die Leute finden konnten, wie wir ihnen unsere Absichten vermitteln sollten. Wir mußten erst nach Prag, und Iván und ich sollten uns als Studenten ausgeben, die erforschen, wie die Cultura vor einigen Jahrzehnten ausgesehen hatte, und dazu sollten wir die „Altgläubigen" in den Slowakischen Wäldern finden.

Wir bekamen auch Unterlagen, die wir studieren mußten, um die richtigen Fragen zu stellen.

Wir hörten ihm zu, während wir unseren Tee tranken.

Ich war jetzt auf Assam umgestiegen und würde das Neutern auf der ganzen Reise aussetzen, außer, ich käme in Hitze und müßte beruhigt werden. Wir nahmen den Tee also für den Notfall mit. Wahrscheinlich würden auf dieser Reise aber meine wilden Qualitäten gebraucht.

Inzwischen hatte ich mehrere Male erlebt, wie es ist, in Joy de Pain zu sein und gezielt Befehle zu befolgen, also Kontrolle über sich selbst zu behalten. Wir waren noch nicht sehr weit gekommen, aber die Zeit drängte, und ich mußte einfach hoffen, daß ich dann anwenden konnte, was ich bis jetzt gelernt hatte. Oder daß der Fall nicht eintrat.

Unsere Amazonen hätten zu gern die Kshatrinis ausgequetscht, aber die blieben für sich und bereiteten sich intensiv auf die Mission vor, von der unsere Rekrutinnen nichts wissen durften. Sie konnten sie also nur von weitem beim Training bewundern. Sie liefen so schnell, warfen ihre Speere so weit und zielsicher, schossen Pfeile so schnell und präzis ab, daß die jungen Amazonen ins Staunen kamen, und manche von ihnen wurde wohl auch inspiriert, sich neue Ziele zu setzen, denn hier wurde ja vorgeführt, was möglich war. Dazu noch ihre Schweigsamkeit und ihr zorniger Gesichtsausdruck, ihre Angewohnheit zu knurren und die Zähne zu fletschen, wenn man ihnen nicht schnell genug aus dem Weg ging — ja, die Damen waren aus einem harten Holz geschnitzt. Ich hatte gleich weniger Angst vor dieser Reise, weil ich wußte, daß sie auf uns aufpaßten.

17. Oktober

Schon heute ging es los. Ich habe mein Tagebuch mitgenommen und eine kleine Kamera. Ich habe Wintersachen bekommen, Wanderstiefel, ganz ungewohnt, sowas. Auch Iván wurde passend ausstaffiert. Wir wurden per Boot zum Festland gefahren, nach Mentre, wo wir einen von zwei Bussen bestiegen. Iván in dem einen, ich im anderen; in jedem ein Arzt, in jedem die Hälfte der Wachtruppen, also auch eine ganze Reihe Kshatrinis, die heute in Jeans und Pullovern einrückten und bis auf die Haartracht völlig anders aussahen. Die Haare auf den Zähnen hatten sie allerdings nicht abgelegt.

Die Fahrt war langweilig, und ich bedauerte, daß ich nicht mit Iván in einem Bus fuhr, denn er ist ein angenehmer und interessanter Gesprächspartner.

Vielleicht sollte ich in die Basilosphäre lauschen. Ob es da vielleicht Radio gibt. Oder sogar Fernsehen.

Wir müssen ja über Prag fahren, das ist ein Umweg. Aber es hilft nichts, wir müssen erst einmal bei den Stadtbriedern vorsprechen, sonst finden wir die Bergbrieder niemals. Ein Blick in die Landkarte der nördlichen Slowakei genügt, um das zu begründen.

In Prag fanden wir die Bémishen Brieder nicht etwa in der romantischen Altstadt, sondern in dem stinklangweiligen Vorort Stodulki. Sie lebten in einem Plattenbau, Iván sagte, der sähe aus wie sein Zuhause. Ich würde jeden Tag kotzen, wenn ich in sowas wohnen müßte, Iván darauf: „Frag mich mal."

Wir mußten allein hin, mit Rucksäcken, um keinen Verdacht zu erregen. Wir gaben uns als arme Studenten mit großen Plänen aus und sagten, wir wollten die Brieder in den Bergen interviewen, Fotos machen und ihre Lebensweise dokumentieren und dann in die Niedere Tatra zum Skilaufen, da sei es so schön. Wir wurden sofort zum Essen eingeladen, schützten eine Magenverstimmung durch das letzte Bankett vor und mußten uns mit gebratenem Brot begnügen, auf das unsere Brieder knusprige Schweinebauchscheiben legten. „Noch eine? Ihr wart doch den ganzen Tag unterwegs."

„Nein, herzlichen Dank."

Ich erkannte Nakai, der damals den Gegenkönig Hemyarik bedient hatte, aber er mich nicht. Ich hoffte, daß sie auch Iván nicht erkannten, und den kannte ja jeder. Aber der hatte sich durch eine ganz veränderte Haartracht zu tarnen versucht. Das klappte auch.

Die anderen Vier in dieser Kommune waren mir noch nicht beggnet.

So häßlich das Haus von außen ist, im Inneren haben sie es sehr hübsch gemacht, in starken Farben ausgemalt. Es ist eine Maisonette mit einer rot angestrichenen Wendeltreppe, die ich schön fand, aber Iván wisperte mir zu, die sähe aus wie blutige, ausgespannte Gedärme. Der Typ hat doch eine Macke.

Unsere Leibwachen hatten unterdessen das Haus im Auge, wo wir uns befanden, und wenn irgendwas für uns bedrohlich wäre, sollte ich ein Fenster öffnen und einen Stiefel ausschütten, als sei ein Stein drin.

Das wurde nicht nötig. Nakai, der einzige, den ich hier kannte, war sehr nett, und einer seiner Kumpel zeichnete eine Skizze, wie wir die Landkommune würden finden können. Gemeinsam mit den anderen schimpften wir auf die neue Moral der Cultura, auf den Dogen, der selbst für öffentliche Strafen zu zimperlich war, und wir ließen die ‚Sarkophagen von Nowgorod' hoch leben, die noch Stil und Mut gehabt hatten. Allerdings fand auch der Krieg des Reprend den Beifall der Brieder, und als ich bestätigte, daß ich es war, der Tarfur getötet hatte, feierten sie mich. Zum Glück waren sie nicht so gut informiert, daß sie gewußt hätten, welches Verhältnis zum Dogen ich hatte.

Wir wurden dann doch noch gezwungen, einen Rest vom vorigen Bankett mitzuknabbern, zum Glück nur wenig, und ich mußte Iván anzischen, er solle sich zusammenreißen und nicht auffallen, sonst sei unsere Mission schon hier beendet.

Wir mußten auch dort schlafen, denn es wäre Schwachsinn, wenn wir uns noch in der Nacht auf den Weg machen wollten, jetzt führen ja gar keine Züge in die Richtung. Also legten wir uns auf die Bodenkissen im Wohnzimmer und froren ein wenig unter den dünnen Decken, die die Brieder für uns hatten, und die gingen ja von der Hitze aus, die wir hätten haben müssen, wenn wir wirklich gerade an einem Bankett teilgenommen hätten.

18. OKTOBER

Da Iván und ich auf große Liebe machten, grub uns auch keiner an, womit ich eigentlich aber schon gerechnet hatte. Am Morgen bekamen wir ein einfaches Frühstück, heute mal ohne Fleisch, das sei nun leider aus. Wie schade.

Der Kaffee war stark, Tee gab es nicht. Ich verdünnte ihn mir selber in der Küche mit heißem Wasser, trotzdem ist Kaffee das pure Gift.

Mit Herzklopfen vom Kaffee und einem faustgemalten Zettel mit einer minuziösen Straßenkarte der Niederen Tatra machten wir uns auf den Weg zum Treffpunkt.

Wieder eine langweilige Fahrt ohne Iván, wie gesagt, aus Sicherheitsgründen. Ich hatte mir nichts zu lesen mitgenommen, mir wird davon immer schlecht. Ich sah aus dem Fenster, die lange Straße über Brno nach Wien, dann die immer gleichen Hügel der slowakischen Landschaft. Die bewaffneten Mädchen waren bester Laune und sangen merkwürdige Lieder, die mich an die Kampfgesänge unserer Amazonen erinnerten und mir schon nach einer Viertelstunde auf den Keks gingen.

Was wird diese Reise bloß noch bringen? Es nervt schon jetzt.

19. OKTOBER

Wir haben in so einem slowakischen Dorf übernachtet und sind kurz vor dem Ziel. In der Nähe des Tales, wo die Bémishen Brieder ihr Haus haben sollen, gibt es nur eine Landstraße und keine weiteren Dörfer als einen kleinen Weiler, in den wir nicht fahren dürfen, weil die Dörfler eng mit den Briedern verbandelt sind, und da würden wir sofort auffliegen, und sie wüßten Bescheid. Wir hatten unterwegs ein Skihotel gesehen, das ziemlich verlassen aussah, und dort sprachen wir vor, mieteten kurzerhand im Auftrag Seiner Exzellenz das komplette Hotel und hatten genug Zimmer für alle. Wir zahlten noch einiges extra und stellten noch mehr in Aussicht, wenn unser Aufenthalt mit Diskretion behandelt werde.

Trotzdem müssen wir damit rechnen, daß unser Kommen schon bemerkt worden ist. Dieses schwangere Zimmermädchen schleicht so hinter uns her, die will was über uns wissen, ganz klar.

Und jetzt haben wir unsere Stiefel geschnürt und wollen losgehen, hinauf zum Haus der Brieder. Natürlich werden wir von männlichen Wachen und Amazonen beschirmt werden. Es ist nicht wirklich kalt, die Temperaturen fallen nachts auf Null oder kurz darunter, wir befinden uns auf einer Höhe um die 1200 Meter, also nicht sehr hoch. Leider muß ich mein Tagebuch hierlassen, aber ich werde mir ein kleines Notizbuch mitnehmen, das ich gut verstecken kann, und darin Notizen machen.

NACHTRAG

Das Haus lag oberhalb einer Wiese und war ein Blockhaus. Die meisten Fensterläden waren geschlossen bis auf eins im oberen Stockwerk, von wo wir offenbar beobachtet wurden. Alle Fensterläden hatten eine senkrechte Scharte, und wir entdeckten, daß sich darin Pfeilspitzen bewegten. Und in dem Moment, da ich das entdeckte, wurden wir mit einigen Pfeilen begrüßt, die vor uns in die Erde einschlugen, gut gezielt, um uns nicht zu treffen, sondern nur zu warmen. Einer war mit Papier umwickelt. Ich nahm ihn an mich. Wir gingen eilig zum Hotel zurück. Das Papier war ein Warnbrief, wir sollten uns zurückziehen, wenn uns unsere Sicherheit und Gesundheit lieb sei.

4 Perkele, der Anführer der Bémishen Brieder

„Nein, wir werden uns nicht unterwerfen, womöglich unsere Lebensweise aufgeben, und nein, ihr habt nicht den Schlüssel zum langen Leben, wie ihr euch einbildet. Alto Kozodoi! Ein Hoch auf die Nachtschwalbe!"

Kunkamanito hat den Pfeil untersucht und den Schaft als einen Splitter eines menschlichen Schienbeins identifiziert.

20. Oktober

Sowas Ähnliches wie ‚schiefgelaufen'. Wenig Platz im Notizbuch. Kurz fassen. Doge hat beschlossen und gefaxt, wir sollen nicht allein hingehen. Strategie ausgearbeitet.

Amazonen auf kurzem Erkundungsgang, Iván & ich ein wenig ums Hotel spaziert. Sahen einen jungen Mann aus dem Personalausgang des Hotels kommen. Einer von uns! Wir wollten mit ihm reden. Gingen bis zum Wald hinter ihm her. Plötzlich Hand auf dem Mund. Iván: wird angepustet, außer Gefecht. Ich: Kurzer Kampf einer gegen Vier, Fesseln, Augenbinde, Haare gepackt, verschleppt. Wachen kommen gerannt, wir werden schnell weggetragen. Hinter mir Stimmen der Kshatrinis: „Nicht schießen, ihr trefft unsere!" Höhnische Antwort: „Das *waren* eure, jetzt sind es unsere!"

Jetzt allein mit Iván in Kammer. Hölzerne Fensterläden, von außen blockiert.

Kleiner Ofen, „für den Cro". Kleine Lampe mit Batterie. Kein Strom hier oben.

Nach etwa einer Stunde werden uns Fesseln abgenommen, man führt uns die Treppe runter. Art Halle. Vollversammlung, um 20 Leute.

Wenige Frauen, sahen alle nach Cro aus. Anführer als Perkele erkannt. Ließ uns beide ausziehen, schaute die Tattoos an. Feste, fast schmerzhafte Griffe. Hat uns gefaßt und gewendet wie Bratenfleisch. Wenn sie nun doch töten, um zu essen? Ich hab Angst.

Befragung durch Perkele. Warum wir hier seien? Also Legende erzählt. Bei jedem Satz zieht er mir eins mit einem harten Riemen über. „Lüg nicht!" Bin durchschaut. Iván schweigt, habe ich ihm geraten, gesagt, laß mich reden.

Perkele hat mich erkannt. Erinnert sich an Party in Sukent. Freut sich, mich zu sehen. Freude ganz auf seiner Seite. Läßt Iván in anderen Raum bringen. Ich protestiere.

Haus ist sicher von Kshatrinis umstellt, aber kein Zugriff möglich. Außer uns noch Frauen aus Dorf im Haus.

Später am selben Tag

Wir sind jetzt an einem anderen Ort auf der anderen Seite des Berges. Hier werden wir wahrscheinlich nicht gefunden. Perkele hat mein Notizbuch entdeckt, als wir am neuen Ort waren und er den Inhalt meines Rucksacks inspizierte. Er hat mir dieses große

Schreibheft gegeben und gesagt, ich soll ruhig ausführlich aufschreiben, was ich erlebe, ich soll schön schreiben, es werde von historischer Bedeutung sein.

Er habe viele Kinder und darum viele Schulhefte im Haus. Der Junge, der uns gestern verlockte, ihm zum Wald zu folgen, ist auch ein Sohn von Perkele.

Iván verhält sich erstaunlich kuschelig. Er nimmt mit allen Briedern Kontakt auf, so scheint mir, geht zu jedem, schaut ihn an, probiert wohl seine Wirkung auf die schwulen Kerle, schmust mit diesem und jenem ein bißchen. Ich hätte nicht gedacht, daß er so eine Hure ist.

Nach den Notizen vom Vormittag wurden wir in den Keller geführt, und ich habe mich fast benäßt vor Angst, Iván ging es nicht anders, glaube ich. Im Keller war es kalt, und ich fürchtete schon, sie würden uns dort einsperren. Hinter uns hat einer der Männer die Falltür mit zwei passenden kurzen Balken blockiert.

Die Treppe nahm kein Ende, sie war erst aus Holz, dann aus Stein, schließlich waren es in den Fels gehauene Stufen. Dann waren wir in einem Felsengang, der weiter abwärts führte, er kam mir unendlich lang vor. Wir gingen bei Kerzenlicht durch eine Naturhöhle, die am Boden behauen war, so daß man gut darauf gehen konnte. Kalkzapfen von den Wänden herab, untere wuchsen ihnen entgegen. Bitte, Gott, hilf, daß sie uns nicht hier einsperren. Als lebenden Vorrat womöglich.

Schließlich Tageslicht. Wir schieben uns durch einen engen Gang ins Freie. Sind mitten im Gesträuch, es hat etwas geschneit. Noch einen langen Pfad durch den Wald entlang, einen, vielleicht zwei Kilometer. Ich zähle die Menschen, die mit uns gehen. Von den etwa zwanzig bei der Versammlung sind es sechzehn. Wohl vier sind im Haus geblieben. Sicher wollen sie die Belagerung dort hinausziehen. Ich versuche, mich zu erinnern, wer von ihnen nicht mitgekommen ist. Perkele geht voraus. Ihm folgen drei Frauen, die ich als Cro erkannt habe. Eine scheint schwanger zu sein. Sie sind lustig und drehen sich oft zu uns um, kichern miteinander, aber leise, Perkele macht ihnen ein Zeichen. Sie wirken nicht, als müßten sie gezwungen werden mitzukommen.

Wir sind von Kriegern umgeben, die für Temperaturen nahe Null sehr leicht bekleidet sind. Lendentücher in einfachen Farben, Schwarzweiß, Ocker, Rot, Zackenmuster, Augenmuster. Riemenharnisch, Gürtel, Wurfbeil, Bogen, Pfeile, Lanzen. Stiefel, sonst nackte Beine, Tattoos der Stämme Pferde, Nachtschwalben, Wölfe, könnten also entfernte Verwandte sein. Gänsesäger, Kragenbären. Saikos Stämme! Um Rücken und Leib haben sie Schafs- und Rentierfelle. Ihre Haare sind so lang, die haben sie noch nie abgeschnitten. Dreadlocks, Zöpfe, Knoten. Viele Ohrringe, viel mehr als wir.

Die Bemalung ist, dem Anlaß entsprechend, furchterregend.

Wir marschieren in flottem Tempo. Ich bin das nicht mehr gewöhnt. Iván wohl auch nicht. Pausen gibt es nur im Stehen, wer Durst hat, sammelt sich eine Faust voll Schnee und taut ihn in der heißen Hand. Essen? Wer muß essen?

Es geht immer noch durch den Wald. Man würde uns auch aus der Luft kaum sehen, vor allem die Krieger nicht; die Körperbemalung, senkrechte schwarze Linien über den ganzen Körper, läßt sie im jungen Laubwald fast unsichtbar werden. Perkele wendet sich zu uns um. „Könnt ihr noch?"

„Grade so."

„Wir sind gleich am Ziel."

Ein Bauernhof kommt in Sicht. Er sieht recht verfallen aus. Wollen sie uns hier unterbringen? Die Cro-Frauen verabschieden sich mit leidenschaftlichen Küssen von Perkele und zwei anderen Kriegern. Können sich kaum trennen. Sie gehen ins Haus. Wir frieren, möchten auch nach drinnen. Aber das Scheunentor wird geöffnet. Strohballen werden zur Seite geräumt, zwei Kleinbusse werden sichtbar. Wir verteilen uns auf die Busse, Iván und ich bitten, nicht getrennt zu werden, Perkele lacht und läßt uns. Die röhrenden Monster setzen sich in Bewegung, das Scheunentor wird geschlossen.

Ich schaue mich um, die Gegend ist mir unbekannt. Hier sind wir nicht durchgekommen. Und wenn ich Uhrzeit und Sonnenstand richtig einschätze, sind wir auf dem Weg noch weiter nach Osten.

Wir fahren etwa eine Stunde. Ich versuche, mir die Landschaft und die Wegbiegungen zu merken. Gleich darauf bekommen wir aber die Augen verbunden. Weitere gefühlte zwei Stunden im Dunkeln. Dann sind wir wieder bei so einem kleinen Gehöft weit ab von allen anderen Siedlungen. Die Busse kommen in die Scheune, wir dürfen aussteigen, haben uns einigermaßen ausgeruht, aber sterben vor Hunger und Durst.

Es ist ein sehr altes Holzhaus, in dem wir uns nun auf eine der Bänke setzen dürfen, die rund um den Raum an der Wand entlanglaufen. Es gibt einen Ofen mit hölzernen Stangen rundum, auf denen ein paar Tücher trocknen. Auf dem Ofen kann man wahrscheinlich schlafen. Es ist warm.

Auch hier sind Cro-Frauen. Sie begrüßen andere Krieger mit leidenschaftlichen Küssen. Es gibt auch zwei Kinder, offensichtlich wilde Kinder, lustig, temperamentvoll, und sprechen fließend Lingo, wir können uns ohne Probleme unterhalten. Ihre Haare sind lang und in Zöpfe geflochten. Das größere ist schon im Zahnwechsel. Es schaut uns interessiert an und sagt dann: „Mein Papa hat euch zum Essen eingeladen, nicht?"

Ich nicke. Will mich nicht groß mit dem Balg unterhalten. „Es gibt Unfall", setzt der Kleine noch hinzu. Iván versteht das nicht. Muß er auch nicht.

Wir bekommen sogleich Tee und eine Suppe. Es ist Fleisch drin.

„Von welchem Tier?" fragt Iván.

Perkele schaut uns mit funkelnden Augen an. „Eßt! Das ist heilig! Los, fangt an!"

Heilig. Das macht es klar. Schwein ist das nicht. Iván zaudert.

„Wir müssen!" flüstere ich ihm zu.

Hinterher bekommen wir noch Brot und Schmalz. Hungern müssen wir nicht.

Dann zeigt er uns ein kleines Zimmer mit winzigem Fenster. Darin steht ein breites Bett, uralt, mit sichtlich selbstgemachten Decken. Ich nehme Iván in den Arm, als wir unter der Decke liegen. Kalt ist uns nicht. Wird sogar immer wärmer. Wir sollen uns ausruhen, bis es richtig Nacht wird, dann reisen wir weiter, sagt unser Entführer.

Keine Minute geschlafen.

Stattdessen habe ich ferngesehen. Ohne technische Hilfsmittel. Die Kshatrinis senden ihren Coup. Sie haben das Haus erobert und die vier Männer festgenommen, die es noch verteidigt haben. Sie schließen sich nicht gegen mich ab, ich kann sie lesen. „Was liest du da?" fragt mich Iván. Oh, er ist gut!

„Den Kampf um das Haus der Bergbrieder", raune ich ihm ins Ohr.

„Aber dann sehen sie es ja auch", murmelt er.

„Es ist schon passiert", sage ich, „darum verschließen sie es nicht. Sie verschließen nur, wie sie es gemacht haben."

„Können sie uns nicht auch auf die Art finden?"

„Das ist das Nächste, was sie vorhaben."

Daß das sehr schwierig sein würde, weil wir nicht wußten, wo wir sind, und unsere Entführer sich verschließen, das sagte ich ihm nicht.

„Wie haben sie es gemacht?" fragte er.

Ich ließ ihn lesen, was ich sah. Vier Frauen sind auf das Haus zugegangen, vier Kriegerinnen, dieses Mal rot bemalt, nicht schwarz. Sie sind unbewaffnet, tragen nur einen Gürtel aus Seilen mit einem roten Lendentuch. Sie zeigen ihre Hände und drehen sich im Gehen einmal und die eigene Achse. Alle zugleich, es ist wie ein Tanz. Kurz vor dem Haus dehen sie sich wieder, hüpfende Brüste, sie machen einen „holt uns doch"-Tanz. Die Männer kommen heraus, legen Bogen und Beile aus der Hand, die Mädchen sind sichtlich ungefährlich — bis auf die Zähne entwaffnet, so wie die Männer nun auch. Die Männer reißen sich die Lendentücher runter, sie sind erregt vom Anblick der hübschen jungen Frauen, die sich herausfordernd bewegen. Sie spielen eine Weile Jagen auf der Wiese, die Mädchen fliehen mal vor den Ausfällen der Männer, mal machen sie selber Ausfälle mit gefletschten Zähnen. Dann weichen die Männer aus. Schließlich lassen sie gleichzeitig alle Kerls an sich ran, aber sie lassen es nicht im Stehen zu, auch nicht auf allen Vieren, sondern verlocken nur damit, bis die Jungs wahnsinnig sind. Sie bringen die Männer dazu, sich auf den Rücken zu legen und sich von den Kshatrinis reiten zu lassen. Da ist jetzt nichts mehr mit Verweigern, sie kriegen sichtlich, was sie sich wünschen. Die Kshatrinis lösen ihre Gürtel während der Vereinigung, und in dem Moment, wo die Männer kommen — und das ist ziemlich gleichzeitig der Fall, denn die Frauen koordinieren sich durch kleine Schreie —, fesseln die Frauen den Burschen die Hände mit einem der Seile, die sie um den Leib tragen und die sich durch einen Zug lösen. Rasch auch noch eine Schlinge locker um den Hals: Der Mann merkt, er stranguliert sich, wenn er die Hände freibekommen will. In der Ekstase ihres Höhepunktes, noch im Leib der Kriegerin verankert, haben die Männer keine Kraft zur Gegenwehr. Sie wollen sich auf den Bauch drehen, die Kriegerin läßt das zu, dreht sich flink, hockt sich wieder auf den Mann, zieht nun seine Füße hoch zum Po und fesselt diese. Dann nimmt sie das Seil von seinem Hals weg, zieht seine Hände hinter den Kopf und fesselt sie mit dem Rest des Handseils, gestützt auf die Schienbeine des Mannes, mit kräftigem Ziehen an den Füßen fest. Nun dreht sie ihn auf die Seite, er macht auch schon eine entsprechende Bewegung in dem Versuch, sich so doch wieder zu befreien und vielleicht seine Zähne benutzen zu können. Nun schnappt sie sich das Lendentuch oder auch seins, wenn sie das eigene nicht erreicht, und knebelt ihn damit. Sie wehren sich nur halbherzig, fällt mir auf. Nur einer zappelt stärker, die Kriegerin packt ihn bei den Eiern, so daß er still wird.

„Die Pakete sind versandfertig!" schreit die Anführerin, und weitere Amazonen brechen aus dem Gesträuch hervor, diese nun grün und schwarz bemalt und mit Nadelwald-Camouflage. Sie dringen mit erhobenen Waffen ins Haus ein und durchsuchen es. Sie finden die Falltür und stellen fest, daß sie von oben nicht geöffnet werden kann, aber sie finden Werkzeug, eine schwere Holzaxt steht im Schuppen, und mit Splittern und Krachen wird die Kellertreppe zugänglich gemacht. Nun haben sie den unterirdischen Gang gefunden, und sie wissen, wo wir wieder ans Tageslicht gekommen sind. Den Pfad zu finden dürfte schwer sein, denn es hat in der Nacht wieder geschneit. Und Suchhunde haben wir nicht.

„Ist es nicht gefährlich, daß du das alles aufschreibst?" bemerkt Iván, der mir über die Schulter sieht.

„Sie werden es kein zweites Mal so machen, sagen sie", antworte ich.

„Mir kommt das ziemlich unrealistisch vor", bemerkt er, „glaubst du, das hat sich wirklich so abgespielt?"

„Wird wohl eine ganze Menge Jägerlatein dabei sein", vermute ich, als ich die Szene noch mal erinnere. Ich weiß auch, daß man schon kurz nach dem verbotenen Mahl zu fantasieren anfangen kann, und das heißt, man darf diese Visionen nicht für wahr halten. Aber das sage ich ihm nicht.

„Und was passiert jetzt mit diesen Männern?" fragt er.

„Mato Sapé wird mit ihnen reden. Damit sie das NuRiCa machen. Mit dir hatten sie ja schon Kontakt."

Ja, Iván erzählt mir, daß er während der Versammlung in der Halle des Holzhauses mit allen Leuten dort Blickkontakt hatte, und er hat auch versucht, mit so vielen wie möglich eine Berührung auszutauschen. Jetzt verstehe ich, warum er sich so an sie rangeschmissen hat. Er hat sie mit seinem Segen vergewaltigt.

Ich versuche, mir vorzustellen, wie es sich abspielt, wenn sie mit Mato reden. Der ist ähnlich groß und kräftig wie sein Kollege und hat einen skurrilen Humor. Selknams Gardisten werden ja zusammen mit den Amazonen die ‚Pakete' in Empfang genommen haben. Sie werden über ihre Rechte und den Grund der Festnahme belehrt worden sein. Denn strafbar ist ihr Tun ja ebenso nach den Gesetzen der Slowakischen Republik wie nach denen der Cultura. Dann wird Mato ihnen erklären, daß wir sie von ihrer einseitigen Diät abbringen und sie zu einer gesünderen Lebensweise überreden wollen. Er wird ihnen die neuesten Erkenntnisse der medizinischen Forschung erklären. Und dann schauen wir mal, ob sie nicht doch von der Aussicht auf ein langes Leben zum Umdenken verlockt werden.

„Euch reitet ein ganz netter Dünkel", sagt jemand hinter mir, als ich dies schreibe. Es ist Perkele. In der Dämmerung und so weit von meinem Platz entfernt, konnte er das nicht lesen, sondern er hat offenbar mich gelesen. Iván hat sich rasch umgedreht, als die Tür sich öffnete. Er hat Angst, das spüre ich; und trotzdem läßt er keine Gelegenheit aus, um seine Mission zu erfüllen. Tapferer kleiner Kerl.

Er ist nicht an Länge kleiner als ich, aber Cros sind für uns immer „die Kleinen".

„Darf ich deine Schriftstellerei unterbrechen?" fragt Perkele erstaunlich höflich.

Ich lege das Heft zur Seite.

Später in der Nacht des 20./21. Oktober

Er hat mich durchgebumst, und wir haben beide vom Unfall gegessen. Wenigstens nicht vom Lebenden. Und ich hatte viel Zeit, um alles aufzuschreiben, was passiert ist. Und das war viel.

Perkele hat mich also mitgenommen, und sein Kampfgefährte Hiisi, das heißt ‚Waldkobold', kam in die Kammer, wo Iván mit ihm allein blieb. Wir tauschen noch rasch einen Blick und einen Gedanken; Iván dachte zu mir, er komme schon klar, er hätte Schlimmeres durchgemacht.

Ich folge Perkele in eine andere Kammer. Dort steht auch ein breites Bett mit bunten Decken, und auf dem Tischchen gibt es einen dreiarmigen Leuchter mit Kerzen, die den Raum direkt idyllisch erscheinen lassen.

„Leg dich da hin. Auf den Bauch."

Ich lege mich auf das Bett, wo er mich schweigend hindrapiert und mich zu massieren anfängt.

„Du hast doch keine Angst?" fragt er.

„Doch, habe ich", antworte ich wahrheitsgemäß. In so einer Nähe sind die gesprochenen Worte fast nur noch Dekoration unserer Gedanken.

„Selbst wir begehen das Große Verbrechen nicht."

Das meint, töten, um zu essen.

„Und vom Lebenden essen?" frage ich mit einem Zittern in der Stimme. Denn ich weiß, einen der Unsrigen zu essen macht sie unberechenbar; und es ist meine größte Angst, daß sie uns zu einem solchen Bankett zwingen könnten. Ich weiß ja, was das bedeutet und wie man sich fühlt, wenn man das tut. Ein Körper, der voll ist mit Somnambulin, ist eine eßbare Droge, die süchtig macht.

„Das hast du früher auch getan", sagt er mir auf den Kopf zu, während er auf meinem Becken thront und mich massiert.

„Habe ich. Und werde es mit allen Mitteln vermeiden."

Er lacht.

„Du mußt das nicht befürchten. Der Tod nach alter Art ist auch bei uns selten geworden." Das höre ich mit Erleichterung.

„Aber ihr seid schon alle weit über Vierzig", wende ich ein.

Wieder lacht er.

„Oh, der junge Agent hat seine Hausaufgaben gemacht und sich vorbereitet. Welchen Schmus wirst du uns denn erzählen, damit wir mit euch kommen und uns eurem lächerlichen Weiber-Schneideritusw unterwerfen, das ihr NuRiCa nennt?"

Ich überlege lange, bis ich antworte, aber dann weiß ich, was ich sagen muß.

„Was könnte euch denn davon abhalten, etwas zu tun, das euch ein langes Leben schenkt?"

„Vielleicht stehen wir eher auf kurz und knackig?"

„Warum zwingt ihr uns aber zu essen? Macht doch was ihr wollt, aber laßt uns..."

„Was willst du?" Er schlägt mich hart auf den Hintern, daß es knallt, „wir geben euch Fleisch, das euch endlich wieder wärmt, eine kostbare, heilige Gabe. Ich erwarte etwas mehr Dankbarkeit! Und jetzt laß mich tun, was ich schon lange tun wollte und was dich hergeführt hat, auch wenn du es nicht weißt."

Er hat mich inzwischen ganz ausgezogen, entfernt nun auch mein Lendentuch und beginnt, meine Pospalte mit eingeölten Fingern zu massieren. Immer tiefer dringt er mit den Fingern in mich ein. Ich erinnerte mich, daß der Mann so massiv gebaut war, daß er mir damals trotz Papavers erhebliche Schmerzen bereitet hat, und ich schwanke zwischen Angst und Geilheit. Er dreht mich zwischendurch auf die Seite und befaßt sich mit meinem trägen Geschlecht.

„Neutertee?"

Ich nicke.

„So weit haben sie dich erniedrigt? Warum bist du nicht abgehauen? Du wußtest, daß es uns gibt, du hättest uns doch finden können."

„Keine Chance, die Amazonen hatten mich immer im Griff."

„Die Weiber! Du läßt dich von den Weibern regieren! Aber da ist noch was anderes…"

Er lehnt seinen Kopf an meinen, mein Kinn fest in seiner Hand, und liest mich gegen meinen Willen. So stark ist er!

„Du liebst einen Mann mit honiggoldenen Haaren."

Er schweigt und liest weiter.

„Du liebst den Dogen! Fräulein Tanguta, die aus Sukent eine Kuscheltierhölle gemacht hat! Oh, bah, ist das peinlich."

Bloß nicht heulen, wenn er hier alles, was mir heilig ist, in den Dreck tritt.

„Und er läßt dich den Tee trinken! Bist du sicher, daß er nicht nur seine Konkurrenz ausschalten wollte? Da ist doch dieses hübsche Weib…"

Ich will ihm den Namen nicht sagen.

„Ah, du hast ihr gedient! Bißchen zu gut für seinen Geschmack, kann das sein?"

„Nein, wir waren in Balance."

„Na, gut", sagt er dann, „wenn du ihn liebst, dann denk an ihn, während ich dich wichse. Wie lange bist du schon frei vom Tee?"

„Fünf Tage."

„Das sollte doch reichen. Ich mach dich wieder zum Mann, Süßer. Verlaß dich auf mich. Ich werde deine Würde und deinen Stolz wiederherstellen. Ich gebe dir Hormone von mir ab. Du sollst wieder ein Krieger werden."

„Ich war nie einer", gebe ich zu.

„Hey, und was war mit Tarfur? Du hast ihn getötet, diesen Schweinehund. Bravo. Du bist ein Held, weißt du das?"

„Nein, ich bin ein Verbrecher."

„Wie…"

„Er war schon wehrlos, als ich ihn abstach."

„Und dann?"

„Wurde ich verurteilt. Hab zwei Jahre Zwangsarbeit auf Torquato bekommen, aber wenn ich diese Mission erfolgreich durchführe, indem ich euch finde und ihr freiwillig mitkommt, dann gehe ich straffrei für den Rest aus, das sind anderthalb Jahre."

„Gute Idee. Hat dich direkt in meine Arme geführt. Aber warum konntest du ihn nicht ehrenhaft festnehmen? Du sagtest, du bis kein Krieger?"

Ich erzähle ihm kurz, wie ich in Joy de Guerre gekommen bin, auch wegen Fliegenpilz, und wie ich außer Kontrolle war und Tarfur tötete, was dann als Mord bestraft wurde.

Die ganze Zeit hat er meine Eier und meinen Penis sanft geknetet und mit seinen geölten Fingern gestreichelt. Es kam tatsächlich sowas wie ein Ständer dabei rum. Ich war viel geiler als man sehen konnte. Es hatte sich in mir so viel Sehnsucht nach Sex aufgestaut, aber der Körper kam noch nicht ganz hinterher.

Aber als er mich so hält, wieder auf den Bauch gedreht, mich mit einer Hand am Nacken packt und wieder mit den Fingern eindringt, schmelze ich und fühle das Wunder seiner Herrschaft. Und mir wird klar, warum ich alle diese schrägen Sachen gemacht habe: Damit mich einer am Nacken packt und mich dominiert. Ein ganzes Stück weit hat mein Herr der Doge das getan, aber auch dieser kann es, ich bin wehrlos. Ich habe jemanden gesucht, der mir sagt, was ich zu tun und zu lassen habe.

Halt, Perkele darf das ja nicht, der ist auf dem Holzweg, wir müssen ihn auf den rechten Weg zurückführen, darum bin ich hier. Aber ich fühle, daß ich ihn immer geliebt habe und hierher kommen wollte, ohne mir darüber so recht im klaren zu sein. Ich bin halt ein Opfer der Umstände.

Mehr als das. Ich bin ein Kurban, das für einen höheren Zweck geopfert wird. Wir müssen die letzten Kannibalen bekehren. Das ist der Wunsch des Königs. Darum muß ich geduldig ertragen, was mir hier widerfährt. Und darum lasse ich es zu, was er erzwingen könnte, wenn ich mich zur Wehr setzen würde, und ich erkenne ihn wieder, an der Art, wie er sich bewegt, wie er mich hält, wie er schnurrt, wie er aufstöhnt. Ich lasse mir sein Siegel aufdrücken, sterbe fast, wenn ich an meinen Herrn, den Dogen, denke, und bin doch Wachs in Perkeles Händen.

„Schätzchen, es gibt gleich Essen", er küßt mich ausführlich. „Und ihr werdet essen. Ich verspreche es euch, ihr werdet sowas von essen. Dein Magen knurrt. Ich fühle deinen Hunger. In Schwanz und Magen. Und wir werden beide stillen. Sowas von stillen. Freu dich!"

Er zieht mich auf die Füße. Statt des Pullovers und der Hose gibt er mir eins ihrer wunderschönen gezackten Lendentücher und ein Lammfell, wie es die anderen Krieger tragen. Das Fell legt er um meine Schultern, es hat lange Bänder, die zieht man kreuzweise über die Brust und noch einmal auf Nierenhöhe um das Fell und bindet sie fest. Meine Haare verwuschelt er, dann zieht er eine Schublade auf und holt eine Dose mit Farbe heraus und malt mir mit schnellen und geschickten Handgriffen einige Streifen über das Gesicht.

„Schön!" sagt er und dreht mich am Kinn hin und her, um mich im Kerzenschein zu bewundern.

Zum ersten Mal sehe ich ihn lächeln.

Dann führte er mich ins große Zimmer, wo schon die anderen waren.

Iván war ähnlich zurechtgemacht wie ich. Es mochten wohl zwölf bis fünfzehn Personen versammelt sein. Perkele schob mich vor sich her und sagte: „Wir haben Gäste. Ich freue mich sehr. Sie heißen Quanah und Isegrim. Begrüßt sie bitte."

Die Versammelten stießen einstimmig das aus, was wir als ‚Kriegsschrei' bezeichnen, dieses schrille ‚Hoohoo-yah-yah-yaaa'.

Ich erschrak fast, denn in meiner Erinnerung verband es sich unauslöschlich mit der Nacht, als ich einen Sieg errang und damit meine Welt zerstörte. Ich habe seitdem nicht mehr ohne Tränen daran denken können, und das war meine spontane Reaktion. Meine Tränen zogen sofort eine weiße Spur durch meine schöne Bemalung.

Perkele schimpfte ein wenig mit mir. Das müsse er mir noch abgewöhnen, beim Kriegsschrei zu heulen. Er reparierte meine Bemalung und verbot mir streng zu weinen.

Und dann waren wir gezwungen zu essen. Es gab kluge Pastete vorweg.

Iván weigerte sich, Perkele zog einen Stock, einen heftigen dicken Haselstock, wie mir schien, und schlug ihn böse auf Hintern und Schenkel. „Ihr eßt!" fauchte er. Ich gab nach, solche Schläge hätte ich trotz der Spielerfahrung mit Purix nicht so leicht weggesteckt. Die Kinder schauten wissend drein, sie kannten das wohl, daß es Strafen gab, wenn man am Essen mäkelte. War doch klar, daß Gäste, die es ebenso machten, dann auch übers Knie gelegt wurden.

Wir aßen. Und es schmeckte wunderbar. Wir waren ja auch sehr hungrig, denn seit der letzten Mahlzeit war schon wieder ein halber Tag vergangen, wie mir schien. Ich sah nirgends eine Uhr, ich konnte mich nur an der Helligkeit orientieren.

Es gab dann Fleisch, auch wieder sehr schmackhaft, es schien mir zum Besten zu gehören, das ich je gegessen hatte, und alle aßen schweigend, wie es der Respekt gebietet. Iván und ich tauschten Blicke, wir sahen wohl beide etwas verzweifelt aus.

Die Kinder wurden nun ins Bett gebracht. Proteste wurden ignoriert.

Hinterher wurden Papavers geraucht. Wie es immer gemacht wurde auf solchen Banketts. Ich saß nun auf dem Schoß von Perkele auf dem Sofa, daneben Hiisi mit Iván, und auch jetzt achteten sie sorgsam darauf, daß wir nicht unter der Dosis blieben, die sie für uns festlegten. Zwischendurch kniete eins der Weiber vor dem Sofa und schob erst Perkele, dann mir das Lendentuch zur Seite und nahm erst seinen, dann meinen Penis in den Mund. Es erregte mich nicht, weil es mir zu peinlich war und weil ich eben ein Sub bin, den es nur verwirrt, wenn eine Frau ihm dient.

Ganz anders bei ihm, wie sich denken läßt *Ja, du Sukenter Weichei, dich muß man erst zum Krieger machen, aber keine Sorge, das kriegen wir noch* Entschuldigung, man sieht es an der Handschrift, Perkele hat wieder mal in mein Tagebuch geschmiert.

Deine Einträge bedürfen der Korrektur, das ist dir wohl klar. Nenn die Dinge beim Namen!

Iván, wie alle zugerauchten Cros, war jetzt willenlos. Hiisi nahm ihn sich vor und fickte ihn vor versammelter Mannschaft.

Ich war auch nicht mehr in der Lage, ihn zu beschützen. Ich fühlte mich weich und schlapp. Aber mir blieb es erspart, öffentlich gevögelt zu werden, denn Perkele schleppte mich wieder ab. Ich kann nicht sagen, was mir lieber war. Oder unlieber.

Jetzt war ich geil. Und steif. Wieder waren seine Finger in mir. Erst zwei, dann drei. Zwischendurch Schläge mit dem Riemen, aber nicht die harte Bestrafung mit dem Haselstock für die Verweigerung beim Essen, hier wurde nichts verweigert. Ich erduldete erst und genoß dann. Es waren breitflächige, wärmende und ein wenig erniedrigende Schläge, wie ich sie inzwischen mochte; ja, und jetzt, ich wunderte mich, liebte ich sie. Er spürte es und fuhr fort.

Ich war bereit, ich bot mich an, ich wehrte mich nicht mehr, als er eindrang, ich liebte es, wie er mich penetrierte, ich genoß den leichten Schmerz von seinem mächtigen Glied, ich liebte es, in seinen großen Händen geknetet und geformt zu werden.

Ich liebte es, ich liebte ihn.

Ich vergaß den Dogen.

Geht doch.

21. OKTOBER, MORGENS

Jetzt müßten wir einen Kater haben. Wir sind in der Kammer aufgewacht, in der ich mein Schreibheft vorfand. Ja, er will meine Schreiberei, und dann ab und zu was dazu bemerken. Iván geht es den Umständen entsprechend. Hiisi war nicht der einzige, der ihn gebumst hat, im Wechsel wollten noch die Frauen einen Tribut, aber sie wurden verscheucht, als Hiisi fand, es sei genug. Drei Kerls haben Iván rektal abgefüllt, erinnert er sich. Er ist mit Somnambulin vollgepumpt, kann nur noch schlafen. Sie holten uns dann zum Frühstück. Iván taumelte aufs Klo, das ist draußen im Stallgebäude; eine richtige Dusche haben sie nicht, aber eine Sauna für die Cros. Ihnen selber wäre das zu heiß, aber die große Badebütte mit kühlerem Wasser benutzen sie gern. Ich darf da hineinsteigen, es tut mir wohl. Iván geht mit den Weibern in die Sauna. Duschen kann man, wenn man den Wasserschlauch in die Drahtschlinge an der Decke hängt.

Das Frühstück war Brot und dünne Scheiben Braten. Wir versuchten, nur Brot zu essen, aber wieder wurden wir gezwungen. Iván hört nicht auf, sich zu weigern, er ist schon ganz bunt. Auch ich habe heute zum Frühstück welche von den bösen Hieben mit dem Haselstock bekommen. Die machen keinen Spaß, sagt selbst Iván.

Wollen doch sehen, ob unsere Erziehung mal Früchte tragen wird. Ihr seid gekommen und wolltet uns das Heil bringen. Was für eine Arroganz! Schämt ihr euch nicht? Ja, wir hören den König, aber wir sind frei und machen es auf unsere Art.

Inzwischen war die Polizei da und hat die Überreste des Opfers mitgenommen. Ein junger Raser war es, ein Ukrainer mit amerikanischem Paß, der auf der steilen Paßstraße aus der Spur gekommen und mit seinem Jeep den Hang runtergekullert war.

Sie hatten schon einen Sarg da, der Kopf und Knochen enthält und noch einige Steine fürs Gewicht. Die Polizei blieb recht lange und zog sich mit welchen von den Weibern zurück, und dann hatten sie auch die Taschen voll Papavers. Perkele plauderte noch eine Weile mit ihnen, gab ihnen ein paar freundschaftliche Knüffe, so geht das hier mit dem Geschäftemachen.

22. OKTOBER

Gestern sind wir nach dem Mittag ins Auto gesetzt worden und sind noch weiter nach Osten gefahren. Perkele scheint uns in die Ukraine bringen zu wollen.

Das bedeutet einen illegalen Grenzübertritt und noch schwierigere Bedingungen, wenn die Unseren uns finden sollen. Hiisi ist mit dabei. Auf weitere Bewacher meint Perkele verzichten zu können. Wir sind nicht stark genug, um uns gegen sie zu wehren oder zu fliehen. Wir stehen dauernd unter Papavers. Zum Abendbrot gab es ein Picknick im Auto. Langsam hören wir auf zu mäkeln. Es hat einfach keinen Sinn, und man muß essen. Ich habe solche Angst, daß wir uns vergiften und ich in den Zustand kommen könnte. 22 Jahre alt hin oder her.

Ich würde so gern mit meinem Dogen Kontakt aufnehmen. Ich denke, er peilt auch nach mir. Ganz sicher. Aber ich bin geblockt. Ich habe ein schlechtes Gewissen und ich bin permanent geil — auf einen anderen. Das heißt, ich komme nicht durch, und er auch nicht.

Filet Humain ist ein starkes Aphrodisiakum. Wir merken es beide, Iván und ich.

Er hat große Angst, daß sein Segen die Kraft verliert, wenn wir weiter von den Briedern zu essen bekommen.

„Das mußt du nicht!" flüstere ich ihm ins Ohr, „du hast mir doch erzählt, daß du auf dem Bankett der Nachtschwalben warst, damals nach Karatais Tod. Du hast ja sogar vom Lebenden gegessen! Und wenige Wochen später warst du in einer ‚Vision aller Sinne', das hätte niemals geklappt, wenn dir das alle Kräfte geraubt hätte."

Das beruhigte ihn.

Sowieso Schwachsinn, dieser Segen. Es wäre genauso von allein passiert.

Schon wieder hat dieser Spinner in mein Tagebuch geschrieben.

23. Oktober

Auch die vergangene Nacht habe ich mit Perkele verbracht.

Er hat mir mehr von sich erzählt. Erst einmal hat er mir abgewöhnt, ihn zu siezen, ich muß ihn duzen, was mich erst richtig Überwindung gekostet hat, denn ich bin ja sein Kaptif, sein Serf oder sein Pais, schwer zu sagen, jedenfalls hält er mich unterhalb. Dabei wäre ‚Sie' das Mindeste, was ihm zukommt. Er hat in der Garde des früheren Dogen gedient, bei Pentedattilo, Elias Brochermann. Das war ja ein Cro, und ein großer Teil der Homsarecs war nicht damit einverstanden, daß ein Cro zum Dogen gekrönt worden war. Sie konnten aber nichts sagen, denn den Dogen ernennt der König, und der wollte erstens Pentedattilo, weil der länger leben würde als die Homsarec-Dogen. Und zweitens besaß Elias nach Aussage des Königs die Fähigkeit, direkt in der Basilosphäre zu lesen, und zwar auf der Ebene, ‚wo die drei Zeiten eins sind'. Das erinnerte mich an etwas, was mir Josefine mal erklärt hatte. Und ebenso erklärte mir Perkele das auch. Es gibt eine Ebene, wo die Vergangenheit und die Zukunft aufgehoben sind in der Gegenwart. Wer daraus lesen kann, der liest die Zukunft aus der Vergangenheit heraus. Und Pentedattilo konnte das. Er mußte es nur absichtslos tun, indem er einfach aufschrieb, was ihm durch den Kopf ging, vor allem morgens kurz nach dem Aufwachen. Auch das war ein Grund, warum wir einen Cro als Dogen haben mußten. Weil er richtig schlafen und träumen konnte.

„Die Cultura hat sich entwickelt seitdem", sagte ich, „aber ihr verweigert euch. Warum?"

Perkele lachte. „Schau dich doch an, was für harmlose Schmusekatzen

Nein, ich habe gesagt, schau dir doch an, was für gottverdammte ungefickte Schlappschwänze ihr geworden seid

Ja, danke für Ihren Beitrag. Guckt der mir doch schon wieder über die Schulter.

Nachdem wir uns unterhalten hatten, hat er mich wieder massiert, und mich überlief ein Schauer nach dem anderen. ~~Es gibt nur einen, der das so wunderbar macht, und das ist~~ *Bah, hör mir doch bloß auf mit Tante Tanguta.*

Kann ich denn jetzt bitte mal weiterschreiben? Zieht der mir einfach den Federhalter aus der Hand. Und mir was durchstreichen in meinem Tagebuch, das geht gar nicht. So. Finger weg.

Er hat mich so massiert, daß mich ein Schauer nach dem anderen überlief. Er tut mir auch bewußt ein bißchen weh, kneift mich in die weichen Partien meiner Arme und Beine, in meine Nippel — die Ringe brauchen, wie er meint, und ich solle nicht denken, daß er mich dreimal fragen wird, ob er sie mir stechen darf —, und ich werde jetzt immer schneller hart, mit jedem Mal, da er mich anfaßt. Ich darf/soll/muß auch ihn anfassen, und ich sehe jetzt, daß er ein Stichloch hat, eine recht große Öffnung auf der Unterseite des Penis, eine Kugel schließt den Stich, eine zweite am anderen Ende verrät einen Viertelring, wie ich es in der Vergangenheit mehrfach gesehen habe. In Sukent fängt es an, Mode zu werden.

Du glaubst nicht, wie die Weiber drauf abfahren. Was denkst du, warum ich schon vermutlich elf Kinder in den umliegenden Dörfern habe? Sieben davon sind Wilde. Eine Pracht. Übrigens hast du mich jetzt auf eine Idee gebracht. Findest du es schön?

Ja, bißchen gruselig, aber doch schön.

23. Oktober, Abend

Da habe ich mir was eingebrockt. Jetzt bin ich drei Stiche reicher. Ja, drei. In jedem Nippel habe ich einen Ring und einen durch den Penis, einen sogenannten Prinz Albert nach dem Gemahl der englischen Königin. Seine Majestät Perkele hat es sich nicht nehmen lassen, mich zu fesseln und mich Hiisi in die Arme zu legen, die Weiber heißes Wasser und Alkohol bereitstellen zu lassen, ein schönes glattes Küchenbrett als Unterlage zu benutzen und mir die Stechung höchstpersönlich zu verabreichen. Es hat noch nicht mal besonders wehgetan, ich mußte vorher Papavers rauchen, Perkele machte es routiniert und bestimmt nicht zum ersten Mal. Es ging schnell, er schloß den Ring, drückte ihn zu, und der Ring schnappte mit hörbarem Klick ein, und ich habe keine Ahnung, wie der wieder aufgehen wird, und dick ist er auch, etwa 5 Millimeter.

Der muß nicht wieder aufgehen, den darfst du behalten, willst du mich beleidigen?

Dann erfuhr ich, wozu das heiße Wasser dienen sollte, das war sein Getränk und wurde auch mir zur Stärkung gegeben, als er fertig war. Der Alkohol hingegen hieß Subotnitschnaya, was bedeutet, „Der Schnaps zur Sonntagsarbeit", wie mir Iván verriet, der mehrere slawische Sprachen versteht; und dieser Schnaps nun wurde teils zum Desinfizieren gebraucht, biß wie Hölle, und den Rest kippten die Frauen. Und da wir Homsarecs ja keinen hochprozentigen Alkohol vertragen, tat er sich nur einen Schuß davon in seinen Becher mit dem heißen Wasser. Davon gab er mir auch was zu trinken, und siehe da, es tat ganz gut. Und endlich wurde auch das wichtigste Heilmittel der Homsarecs auf meine Stichstellen angewendet, der heilende Speichel. Das wird dreimal so schnell heilen wie bei einem Cro, versprachen sie mir. Ein paar Tage muß ich jetzt doch auf Sex verzichten — wenigstens auf aktiven.

Wir verhandeln darum, daß Iván wieder zurückgebracht wird. Wenn er etwas im Sinne unserer Mission tun konnte, hat er es getan. Ich habe mit ihm gesprochen und sage ihm, er müsse sich keine Sorgen machen wegen dem Essen. Er als Cro werde davon nicht in den Zustand kommen. Er fragte mich, ob ich denn wohl vergessen hätte, was es mit den Prionen auf sich hat. Schließlich würden die das Problem darstellen und er fühle sich davon schon infiziert, werde sich natürlich sofort in ein weiteres NuRiCa begeben, wenn er wieder bei den Amazonen sei, und hoffe nur, daß sie mich, Isegrim, auch beizeiten freigeben würden *Frei frei bla bla, frei bist du bei uns!* Ja, doch.

Jetzt habe ich kleine Ringe in den Brustwarzen, feine, schlichte Stahlringe, und an meinem Penis hängt ein kräftiger, nicht sehr großer Stahlring, eintretend an der Spitze und austretend aus der Stelle, wo das Bändchen ankert. Ich muß mein Lendentuch jetzt ziemlich fest drumherumwickeln und im Gürtel festmachen, damit das Gewicht des Rings nicht an der Wunde zieht. Die Lendentücher, die ich hier bekomme, sind frisch und vorher ausgekocht worden, erklärt mir eine von Perkeles Frauen. Aber wie ist das mit dem Pinkeln, muß ich mich jedesmal danach waschen?

Der Urin hilft auch bei der Heilung, der ist nahezu keimfrei.
Und nicht vergessen: Mehrmals täglich in lauwarmem Salzwasser baden.

24. Oktober

Heute ist Hiisi mit Iván zu dem Hotel zurückgefahren, wo sie sicher seit Tagen auf uns warten. Er wird ihn in der Nähe des Hotels absetzen und sich dann aus dem Staub machen. Wir werden schon vorher aufbrechen und anderwo mit Hiisi zusammentreffen.

Ich bin ganz froh, wenn ich weiß, daß er gut wieder angekommen ist, und bei den augenblicklichen Straßenverhältnissen macht mir das ein wenig Sorge.

Es gibt hier ein Telefon, aber ich darf es nicht benutzen, denn wo das steht, würden sie bald herausfinden. Aber zwei von Perkeles Söhnen, einer davon Cro, arbeiten im Hotel. Niemand weiß, daß sie auch Brieder sind.

AM ABEND

Perkeles Sohn Mitja, der Cro, hat uns bestätigt, daß Iván heil im Hotel angekommen ist. Iván ist die letzten zwei Kilometer zu Fuß gelaufen, war ziemlich durchgefroren, als er im Hotel ankam, aber es war nicht gar zu kalt. Mato hat ihn gleich in Obhut genommen, in eine heiße Wanne gesteckt, und Kriegerin Pratizaye hat sofort ein NuRiCa bei ihm gemacht.

Und sie haben ihm Blut für eine Analyse abgenommen. *Jetzt dürfte er gar keins mehr haben. Gott, seid ihr besorgt um euren Kronprinzen. Ist ja ekelhaft.*

Wenn die Dämmerung fällt, denke ich an meinen Herrn.

Meine Sehnsucht nach ihm und der Herrin ist nicht weniger geworden.

Vor wenigen Tagen habe ich ihn aus den Augen verloren, aber jetzt ist er wieder da. Etwas hat mich davongetragen, etwas, was mein Entführer mit mir machen kann, und ich bin eher sicher, daß er das wieder mit mir wird machen können. Oh mein Herr Tanguta, bitte holt mich hier weg.

Du Schlampe! Schmeißt dich mir und ihm abwechselnd an den Hals, undankbare Kröte. Warte nur, später kriegst du die Haselgerte.

Nun muß ich wieder meinem Entführer dienen. Es ist so verlockend. Aber das will ich gar nicht.

Ich denke an jene Nacht mit Euch, mein Herr, und meiner Lady, Eurer Gattin. Es war das Schönste, was ich je erlebt habe. Ich konzentriere mich auf diese Erinnerung.

Und dann liege ich in Perkeles Armen, er dringt ein, nimmt mich in Besitz mit seinem Riesenschwanz, tut mir ein bißchen weh, nicht schlimm, und ich danke ihm für jede Sekunde. Ich kannte das nicht. Ich habe es erst vor wenigen Monaten gelernt. Jetzt blüht etwas auf, was Purix gesät hat. Perkele kneift mich in die Unterseiten meiner Arme. Ich bin schon voll Blauer Flecke.

Er massiert meine Arme. Ich habe ihm von meiner Armlähmung durch den Pfeil erzählt. Er sagt, man muß nach so etwas bestimmte Übungen machen, er macht sie mit mir. Immer mit beiden Armen zugleich.

Ich sagte ihm, ich hätte noch Krankengymnastik bei Heathea bekommen sollen, aber dann kam etwas dazwischen. Ja, er wisse, wie das geht, sagt er, und hat es mit mir gemacht, und es ist etwas passiert, etwas ist in Bewegung gekommen, das lange stagnierte. Er erzählt, auch ihn hätten sie mal mit einem Schwarzen Pfeil beschossen, auch er mußte danach wochenlang mit Lähmung und Schmerzen kämpfen. Sandvipergift — ja, wie das sich anfühlt, wisse er genau.

Er massiert mich mit *Liebe* — meinethalben auch das. Mit Fachkenntnis und Sorgfalt. Auch den Rücken nimmt er dran. Die Beine. Ich kriege noch mehr blaue Flecke. Und wie es mich überläuft bei jedem Griff.

Als er heute aus der Dusche kommt, sehe ich, daß er auch so einen Ring trägt, wie er ihn mir gemacht hat. Er hat seinen Schmuck also gerade ausgewechselt.

Ich habe meinen untersucht. Es gibt da im Ring eine fast unsichtbare Naht oder Schnittfuge und ein winziges Loch, in das gerade mal ein Draht passen würde. Er ist anscheinend doch zu öffnen, es beruhigt mich. Die Stiche heilen gut, wenn man das nach so kurzer Zeit schon sagen kann.

Ja, es gibt einen Schlüssel dafür, wenn alles heil ist, mußt du einen dickeren Ring kriegen, den setz ich dir ein, aber den Schlüssel kriegst du nicht.

25. OKTOBER

Auch in dieser Nacht mußte ich ihm dienen. Auch an diesem Abend habe ich Fleisch zu essen bekommen, das eindeutig geschmeckt hat. Gut und nach leichtsinniger Fahrweise in den verschneiten Bergen. Auch heute habe ich Papavers geraucht.

Ich finde mich langsam schon damit ab, daß ich nur noch siebzehn Jahre zu leben habe. Allerdings kriege ich hier so viel Sex, Schmerz und Streicheleinheiten, daß es sich am Ende wohl anfühlen wird, als wäre ich siebzig geworden.

Und so werde ich dann wohl auch schon aussehen.

Auch Perkele sieht älter aus als die offiziellen 43 Jahre. Und wie hat er das gemacht, so lange zu leben? Bei dieser Lebensweise? *Ich bin älter als 43!*

Heute hat er mich aber nicht gefickt, sondern wollte, daß ich zusehe, wie er seine hiesige Geliebte beglückt. Der Ring in seinem Schwanz hat sie fast wahnsinnig gemacht, sie kam unablässig, aber er hielt sich zurück. Schließlich, als sie um sein Sperma bettelte, gab er es ihr. Sie strahlte ihn an, wollte ihn küssen, kriegte einen kleinen Schmatzer und einen Klaps auf den Po und durfte gehen. Er schickte mich mit ihr, damit sie mich küssen könne, so viel sie wolle. Aber ficken solle ich noch nicht mit dem frischen Piercing.

Kein Gedanke.

Sie küßte mich allerdings nicht, sondern wir unterhielten uns noch ein bißchen. Warum sie so scharf auf seinen Samen sei, wollte ich wissen, wegen dem Somnambulin? Ja, teilweise, sagte sie — wir sprachen Lingo, erstaunlicherweise sprach sie es —, aber vor allem, um schwanger zu werden. Es sei das Schönste, was sie je erlebt hat, als sie das erste Mal von ihm schwanger war. Jede Nacht von Blumen, Schmetterlingen und blauem Himmel und grünen Wiesen geträumt. Jeden Tag bester Laune, glücklich und entspannt. Die Geburt — ein Traum, es ging leicht und war nicht übermäßig schlimm. Auszuhalten. Durch das Somnambulin des Kindes. Er selber war Hebamme und hat die Nabelschnur durchgebissen. Alle Frauen, mit denen er Kinder hat, versorgt er bestens. Er bringt Wild mit — aber nicht weitersagen! — und er imkert im Wald. Er sammelt Wildfrüchte und bringt sie mit zum Einkochen. Die Kinder helfen ihm sammeln und lernen alles über den Wald, auch das Jagen mit Pfeil und Bogen. Er weiß von allen Wurzeln, Kräutern und Früchten, wie man sie eßbar machen oder als Medizin verwenden kann. Der Wald gibt ihm alles, ihm und seinen Kameraden.

„Gibt es denn bei euch keine weiblichen Homsarecs?" fragte ich verwundert.

„Schon, er hat auch vier Töchter. Aber sie gehen nicht mit dem Rudel. Sie wohnen in den Dörfern und helfen seinen Frauen, seine kleineren Kinder großzuziehen. Die Jungen werden mit dem Rudel laufen, wenn sie sieben Jahre alt geworden sind. Sie werden später mit den Männern leben und in den Dörfern lernen, die Mädchen zu ficken."

Wie die Bekar zu Zeiten von König Hemyarik…

Das konnte nicht klappen, weil sie es in der Stadt versucht haben.

Du brauchst dafür die Wälder und die Berge.

Ich habe dann also an der Seite dieser just gevögelten Frau geschlafen und spürte, wie wieder eine Frau in der Nacht danach schwanger wurde. Wie machen diese Cro-Weiber das nur?

Frag mal so: Wie machen die wilden Kerle das? Und dann mach es auch!

Am anderen Morgen nach dem Frühstück zog mich Perkele auf seinen Schoß und schaute sich die Stiche an. Sie heilen rapide. Er besah voller Stolz meinen Prinz Albert.

Der steht dir aber auch! Und mir ist der Stich außerordentlich gut gelungen.

26. OKTOBER

Ich habe ihn gefragt, ob er nicht nach Sukent mitkommen will. Ob er denn glücklich sei mit dem Wissen, daß es jeden Moment vorbei sein kann? Mit all den Prionen im Blut? Und ob er schon bereit sei, eine ganze Kirche voll Witwen und Waisen zu hinterlassen?

Er hat so ein bißchen gelacht und mich angeschaut und gefragt, ob ich ihm ernsthaft vorschlagen möchte, mich zu unterwerfen und vor Lady Tanguta im Staub zu kriechen?

Ist ja seine Sache, wenn er nicht lange leben will, aber ich habe damit noch nicht abgeschlossen. Jeden Abend rufe ich das Bild meines Herrn und seiner Lady wach und funke meinen Ruf hinaus.

Der findet uns nie.

Ich denke auch darüber nach, wie meine Lage aussähe, wenn ich allein zurückkäme. Meine Begnadigung ist ja nur dann gültig, wenn ich mit der ganzen Truppe im Gepäck anrücken würde. Ich hätte sie aufspüren müssen, so daß sie von der kleinen Armee festgenommen worden wären, mit der wir ursprünglich losgereist sind. Aber das ist ja nun gründlich in die Hose gegangen. Nur vier von den Jungs sind uns ins Garn gegangen, und das war fast schon freiwillig, denn wenn sie mit so wenigen das Haus verteidigt haben, dann ging es doch nur darum, Zeit zu gewinnen, so daß wir einen Vorsprung bekamen. Und die Vier wollten wahrscheinlich mal was anderes machen und haben sich deshalb festnehmen lassen. Denn so richtig was vorwerfen kann man ihnen auch nicht. Widerstand gegen die Staatsgewalt von Sukent, durchgeführt in einem anderen Staat. Kein großes Verbrechen.

Was noch? Kannibalismus. Ein Vergehen. Darauf steht gemeinnützige Arbeit.

Denen wird nichts passieren. Und diese leckeren Kriegerinnen bewachen die Jungs, das ist auch nicht das Schlechteste.

26. OKTOBER, NACHMITTAGS

Heute haben sie mich wieder ins Auto verfrachtet und mit verbundenen Augen durch die Gegend gefahren. Auf der Fahrt wurde es wärmer, merkte ich. Wir sind also ins Flachland hinuntergefahren, ja, es schien abwärts zu gehen. Es war eine lange und langweilige Fahrt, und da ich nichts sah und auch nicht mehr schlafen konnte, wurde es noch langweiliger. Ein Stück mußte ich auch durch einen Wald gehen, da nahmen sie mir die Augenbinde ab. Ein Fremdenführer war unterwegs zugestiegen, der brachte uns zu einem illegalen Grenzübertritt. Dort waren wir wieder auf Bergeshöhen und mußten durch den Schnee. Wir sind jetzt in der Ukraine. Wir würden kein Visum brauchen, aber meinen Entführern liegt daran, daß wir unbemerkt einreisen.

Auch hier gibt es versprengte Gehöfte, lehmverputzte schlichte Bauten mit dreieckigen Dächern. Wieder wird das Auto in einer Scheune verstaut, diese sind kleiner, Hiisi kriegt es kaum durch die Tür. Wieder werden sie von einer kleinen Gruppe von Frauen und Kindern frenetisch begrüßt. Auch auf mich sind sie neugierig. Eine der Frauen zieht mir unverblümt das Lendentuch aus und schaut sich mein Piercing an, tätschelt meine Wange und sagt irgendwas Verknotetes, das ich nicht nachsprechen könnte.

30. Oktober

Ich habe ein paar Tage nichts schreiben können, war zu beschäftigt. Mein neuer Herr hat mich ständig unter Strom gehalten. Die Stiche sind verheilt. Ich bin fast immer nackt, trotz der Kälte. Das Heilige Essen wärmt mich wie in alten Zeiten. Ich erinnere mich. Inzwischen hat sich der Widerwille gelegt. Es ist berauschend.

Ich war depressiv, bevor wir hierherkamen, das wird mir jetzt klar.

Der Tee und die Sehnsucht nach meinem Herrn, das hat mich fertiggemacht.

Ich bin jetzt wieder wild und frei, wie ich es früher war. Vielleicht ein bißchen verrückt. Perkele ist es auch. Er ist auf die gleiche Art verrückt wie seine Krieger auch, und ich glaube, ich weiß jetzt, warum ich so war.

„Na, und wie fühlt man sich jetzt — so unkastriert und frei?" fragt er mich.

Er hat mir schon länger nicht ins Tagebuch gekritzelt. Wahrscheinlich gefällt es ihm jetzt, was ich schreibe *Ja, das tut es.*

Wie ich mich fühle? Ich möchte mich auf eine der Anhöhen stellen und den Kriegsschrei tun, das sage ich ihm.

Wir sind in einer Nacht zurückgefahren zu den Dörfern, in denen seine Weiber leben. Er hat die Schlafenszeit mit seinem Lieblingsweib verbracht. Er würde sie so gern schwängern, aber bisher klappt es nicht. Dabei ist sie Cro.

Am Morgen kommen mehrere erwachsene Kinder zum Frühstück. Eine schwangere Tochter ist auch dabei. Perkele wird also bald Großvater. Und nicht zum ersten Mal. Er gestattet seinen besten Kriegern das Privileg, seine Schwiegersöhne zu sein. Nach dem Frühstück beobachte ich, wie seine berufstätigen Kinder Geld bei ihm abliefern. Er küßt jedes mit größter Zärtlichkeit, während sein Weib die Einnahmen verbucht. Dann wird das Geld an die Mütter seiner kleineren Kinder verteilt.

Es ist das vollkommene Patriarchat, beobachte ich. Alle seine Frauen spuren und tun, was er sagt. Ich vermute, daß eine, die bockt, ihn zum letzten Mal gesehen hat. Oder haut er sie durch, bis sie gehorchen? Macht er es mit ihnen so, wie es mit mir gemacht wurde? Ich habe ihm von der Bestrafung erzählt.

Weder — noch. Er läßt sie nicht einfach weg, sondern er redet lange mit ihnen. Wenn sie ihn überzeugen können und er sicher sein kann, daß sie ihn nicht verraten, läßt er sie gehen.

Und wenn sie unbeugsam sind?

Ist noch nicht vorgekommen, meinem Charme erliegen alle.

Aber wenn?

Dann werde er sie töten, hat er gesagt.

Ja, schreib's hin, Perkele!

Den Teufel werde ich tun.

Perkele heißt ‚Teufel', hat Iván mir gesagt. Es ist ein häßlicher Fluch, die Art, die man Kindern sofort wieder abgewöhnt. Das weiß er von Isatais Mutter, die spricht Estnisch und Finnisch. Ist ziemlich ähnlich.

Das kann doch unmöglich sein wirklicher Name sein? Nein, das ist er nicht.

Er hat mir seinen verraten und ich ihm meinen. Jetzt weiß jeder etwas Peinliches über den anderen. Und seiner war ‚Waldmaus'. Den Namen bekam er von Anasazi, seinem Onkel.

Bei dem Namen ‚Anasazi' klingelte was bei mir. Das Bild von dem rothaarigen Schamanengehilfen tauchte vor mir auf, der mit der Schamanin Kirli im Tipi wohnte und den ich in Weimar kennengelernt hatte. Und ja, auch in Leßweiler war er dabei gewesen, als ich mein NuRiCa bekam. Aber der war ja in Deutschland aufgewachsen, erinnerte ich mich. Wie hieß er gleich?

„Sinteska", sagte Perkele. „Mein Cousin. Der wurde mit zehn nach Deutschland mitgenommen, ich habe ihn furchtbar vermißt. Er war frühreif! Lebt er noch?

Ich kann ihn beruhigen. Ich erzählte ihm, was ich mit ihm erlebt hatte. Und daß er der Sklave der Schamanin sei.

„Was??" Perkele schrie fast. „Mein Sinteska der Sklave eines Weibes — und dazu noch einer Cro?? Sag mir, daß das nicht wahr ist!"

Ich starrte ihn verlegen an. „Ich kann nichts dafür", sagte ich.

„Hör auf, dich zu entschuldigen, ich weiß das. Aber mein Sinteska enttäuscht mich. Wir haben uns so gut verstanden, solange ich ihn kannte. Hat er Kinder?"

Ich erzählte ihm von Ainu, von seinen Eskapaden und von seiner Tätigkeit als Heildiener. „Du mußt ihn kennenlernen", sagte ich, „er ist ein echter Wilder. Früher hat er sein Papavers immer auf zehn Meter hohen Dächern geraucht."

„Jetzt nicht mehr?"

Ich schüttelte den Kopf.

„Sie kriegen alle klein!" murmelte er bitter.

„Das kann man so direkt nicht sagen", widersprach ich, „eher, daß er vernünftig geworden ist. Er ist Heildiener geworden, und ein guter; er hat es immerhin mit Krasnov-Gurian aufgenommen. Aimoré, vielleicht erinnerst du dich. Ainu war sein Heildiener." — „Ja, als der flachlag, konnte er es mit ihm aufnehmen. Ohne das hätte es Unsereinen gebraucht, um ihn Sitten zu lehren, einen von uns harten Waldbriedern. Ist Aimoré denn nun glücklich tot?"

„Im Gegenteil, er ist auf unserer Seite."

„Wie bitte? Ihr habt ihn am Leben gelassen? Ich dachte, ihr habt Sukent befreit! Er hat doch damals gemeinsame Sache mit Tarfur gemacht und mit ihm zusammen Huichol ermordet?"

„Das war etwas anders." Und ich erzählte ihm, welche Rolle Aimoré im Großen Reprend, der Rückholung der Hauptstadt Sukent unter die Herrschaft der Homsarecs, gespielt hatte. „Er hat ein Gelübde vor König und Dogen abgelegt. Er hat sich ganz in den Dienst der Cultura gestellt und die strategische Planung für den Großen Reprend gemacht. Er war großartig, er schickte die Krieger immer dorthin, wo die Rotten grade eine Schweinerei planten. Wir kamen ihnen fast überall zuvor."

„Das kann doch nicht derselbe Mann gewesen sein...?"

„Ainu sagt, der Tod ist der große Guru, der die Menschen verwandeln kann."

„Da hat er recht. — Du sagtest ‚wir kamen ihnen zuvor'. Ich dachte, du bist kein Krieger?"

„Bislang nicht, Herr. Ich habe keine Ausbildung. Ich war nur einmal in einem unkontrollierten Joy de Guerre."

„Dann muß dich wohl jemand unter seine Fittiche nehmen."

Wenn ich gedacht hatte, das würde jetzt so ein gemütliches Spezialtraining wie auf der Insel Torquato werden, dann hatte ich mich getäuscht. Es ist härteste Arbeit.

Wir wohnen jetzt wieder in Slowakien in einem Dorf, das kollektiv in Perkele verliebt war. Hier leben zwei seiner Frauen und einige Kinder, ich kriege nicht zusammen, wieviele, denn sie sind nie alle zugleich da. Sie besitzen kleine Mongolenpferde, auf denen die Kinder in die Schule reiten. Die Tiere stammen von welchen aus Dschingis Khans Armee ab und sind fast immer draußen. Die Kinder sorgen selbst für die Pferde und sind sehr selbständig und selbstbewußt. Ich muß mir einige spöttische Bemerkungen von ihnen gefallenlassen, die sie natürlich von den Briedern aufgeschnappt haben.

Das Training läuft nun sehr diszipliniert und bei jedem Wetter ab. Er hat mich zusammen mit seinen Söhnen im Teenageralter im Schlepptau, und wir müssen uns ranhalten. Morgens laufen wir eine Strecke, und ich komme kaum mit dem alten Herrn mit. Aber das wird besser. Ich trage jetzt dieselben Sachen wie seine anderen Krieger, Stiefel, ein Lendentuch, den Rückenschutz aus Lammfell, mit breiten roten Bändern an den Körper geschnürt. Ich fange an, es sehr bequem zu finden. Man hat die Arme frei und ist nach hinten vor kaltem Wind geschützt; allenfalls legt man sich noch vorn ein Wintertuch um. Man bindet es so fest, daß es nicht rutscht, dazu kommt der breite Gürtel mit Schlaufen für Wurfbeil und Schlagstock oder den Kurzspeer. Über die Schulter trägt man den Bogen, an der Hüfte ist der Pfeilköcher festgemacht. Da wir keine Möglichkeit haben, Kapseln abzufüllen, sind die Pfeile nur getaucht, das bedeutet aber, daß die Gifte stärker sein müssen und die Spitzen tiefer in den Körper des Opfers eindringen. Aber hier — und daran erinnerte er mich, als ich diese Bedenken äußerte — dienen die Pfeile nicht dazu, um Verbrecher außer Gefecht zu setzen, sondern hier sind es weit überwiegend Jagdpfeile und dienen auch der Verteidigung gegen Cro-Verfolger, also Polizei, die nicht eingenordet ist, oder Bürgerwehren, die uns jagen, zum Beispiel slawische Faschisten.

Nach dem Laufen frühstücken wir, dann reiten die Teenie-Kinder zur Schule. Dann ist Kampfsport mit seinen erwachsenen Söhnen Mitja und Petja. Mitja ist Cro, Petja Homsarec. Sie sind Trainer im Hotel und lehren die Touristen Skilaufen und Squash. Da im Moment keine Touristen außer Selknams Truppe da sind, haben sie Zeit, mich zu trainieren. Außerdem bringen sie Nachrichten aus dem Hotel.

Die Suche nach mir und den Kriegern der Brieder geht unvermindert weiter.

Selknam hat geschworen, er kehrt nicht ohne mich und sie nach Hause zurück.

Bei Perkeles Söhnen lerne ich Ringen, Nahkampf mit dem Beil und Beilwerfen auf Distanz. Natürlich auch Bogenschießen. Und den Beso de Guerre: Sie bringen mich für die Übungen durch den bekannten Biß ins Ohr in Joy. Oh, das war gewöhnungsbedürftig! Es kostete mich Überwindung, das zuzulassen. Das war aber gut, es zeigte, daß ich immer noch die richtigen Instinkte habe, sagt Perkele, der öfter mal den Übungen zusieht und auch manchmal selber eingreift und meinen Gegner spielt. Oder er zeigt mir und seinen Jungs noch ein paar Tricks, die selbst sie noch nicht kennen.

Petja ist einer seiner besten Krieger, sagt er, aber zwischendurch müssen auch einige Geld verdienen, denn die Familien brauchen zu essen. Und nicht immer fällt ein Audifahrer von einer Paßhöhe.

Das kommt mir schon fast normal vor.

Ich sperre die Ohren auf, wenn Mitja etwas von Selknams Leuten zu erzählen hat. Aber ich kann keine Nachrichten in die andere Richtung schicken. Und meine Gedankenbotschaften kommen offenbar nicht an.

Die Kampfübungen dauern etwa zwei Stunden, dann gibt es Mittag. Ich bekomme das Essen in der Kammer. Natürlich bin ich dann noch hoch in Joy und hochgradig erregt. Ich kann dann nicht mit an den Tisch, ich würde die Frauen und Kinder zu stark aufregen. Ich habe noch nicht die volle Kontrolle über meine Verfassung. Ich schnauze dann jeden an, der mir in den Weg kommt, ich drohe mit meinen Waffen, rolle die Augen, fletsche die Zähne, knurre.

Petja hat eine Kamera im Hotel ausgeliehen und ein Video gemacht. Er hat es mir am Tag danach gezeigt, als ich ganz von Joy wieder runter war.

Ich bin vor mir selber erschrocken. Ich ziehe wie eine drohende Raubkatze die Lefzen hoch, fauche und lasse sie wieder sinken. Das ist nicht menschlich! Das Video hat mir so einen Schock versetzt, daß ich laut schreiend rausgerannt bin. Aber keinen Kriegsschrei, sondern vor Entsetzen! Perkele kam hinter mir her, fing mich ein und hielt mich fest in den Armen.

„Ist gut, ist gut…"

„Nichts ist gut! Scheiße! Das bin nicht ich! Das ist ein Monster!"

„Das ist ein Homsarec auf Betriebstemperatur. Sch! Sch! Ganz ruhig! Komm wieder mit rein! Alles gut! Das ist unsere Natur." Er hat mich wieder hineingeführt. Hielt mich in den Armen und redete auf mich ein.

„Liebchen, alle kriegen erstmal einen Schock, wenn sie das sehen. Niemand will sich so sehen. Wir wollen alle nett sein. Aber wir sind es nicht immer. Und wir müssen damit umgehen lernen. Und das tust du jetzt und machst es sehr gut. Verneine deine wilde Natur nicht! Sie ist ein Teil von dir. Und du wirst sie beherrschen und nutzen. Du bist stark. Du bist wehrhaft. Eben darum. Und du wirst lernen, das zu kontrollieren, bist auf dem besten Weg dahin."

Ich beruhigte mich und ließ mich sogar überreden, mir den Rest des Videos anzusehen. Den schönsten Teil hatte ich ja noch nicht gesehen. Wie ich die Waffen führte, wie ich Beilwerfen übte. Und ja, ich lernte genau das, was Pitro mal gesagt hatte: Ihr tötet auf eine elegante Art. Nur, daß ich nicht töten wollte.

1. NOVEMBER

Ich habe weiter geübt, und gestern hat mich Perkele zum ersten Mal selber in Joy de Guerre versetzt. Mitja war dabei und sah zu, und nun verstand ich auch, warum so ein Beobachter immer dabei ist.

Und dann haben sie hier diesen Tee, der plötzlich in Sukent verteilt wurde, als wir in den Krieg zogen. Daher kam der! Aber den haben wir bei den Übungen gar nicht verwendet. Ich sah ihn nur im Schrank stehen, den Karton mit den naiv bedruckten Tütchen.

Perkele hat erst mit mir gespielt, mich geschlagen, und nicht zu knapp, mit dem Haselstock. Ich litt wirklich, aber kam nicht in Joy. Ich war gefesselt, und er raunte mir immer wieder ins Ohr, ich solle mich wehren. Er machte mich wütend! Das war nicht fair, und das sagte ich ihm. Er lachte, ich solle doch was machen, wenn es mir nicht gefiele. Ich kämpfte in meinen Seilen und versuchte, ihn zu beißen. Und eine kleine Hautfalte an seinem Arm erwischte ich auch und biß. Er lachte und lobte mich. Er nahm das Blut von seinem Arm und wischte es mir ins Gesicht.

Er nahm meinen Kopf in beide Hände und fragte mich zärtlich: „Wo willst du meinen Kriegerkuß hinhaben? Such's dir aus, Ohr, Wange, Kinn? — Nase tut weh, das empfehle ich nicht."

Ich schwieg trotzig und starrte in seine Augen.

„Also Nase." Er hielt mich fest gepackt und schloß seine Zähne um meinen Nasenflügel. Aber er biß nicht fest. Nur so, daß es ziemlich wehtat, aber nicht durch die Haut ging.

„Ohr!" flehte ich.

„Eine gute Entscheidung!"

Das war es doch, was ich mit Hopi gemacht hatte! Niemand hatte mir je erklärt, daß dies zu den kriegerischen Ritualen am Anfang einer Schlacht gehört. Perkele verschonte mich natürlich nicht, beließ es nicht beim Symbolischen, das machte er nie.

Ein paar Minuten war mir ein bißchen flau, dann plötzlich schoß mir etwas ins Blut, das mich stärkte und wärmte. Ich kriegte eine Hand los, dann den Arm, beschimpfte ihn und langte aus, um ihn zu schlagen.

Er lachte, rief: „Gut! Weiter so!" und schikanierte mich weiter und zwang mich, mich zu wehren. Ich war nicht sicher, ob er mich vielleicht provoziere, um mich dann dafür zu bestrafen, aber er sagte mir, was ich tun dürfe. Ich solle keine Angst haben, das ist alles Teil des Trainings. Und Mitja rief mir zu: „Das ist Training! Du darfst alles, er kommt schon damit zurecht! Keine Angst!"

Also kriegte ich noch eine Hand frei, und damit langte ich blitzschnell aus und knallte ihm eine. Und dann machte ich mich ganz schnell aus der Fesselung frei.

Damit hatte er wohl nicht gerechnet. Er stutzte, lachte dann und lobte mich. „Guter Versuch!" Und fuhr fort, mich zu provozieren. Er trat noch einmal ein paar Schritte zurück und sprach zu Mitja, aber so laut, daß ich es hörte: „Ringen, Boxen, Fußtritte sind erlaubt. Beißen nicht. Gekämpft wird bis zum Schlußgong. Es geht los!"

„Dong!" — Mitja schlug ein großes Blech, das er aus dem Schuppen geholt hatte, mit einem Knüppel.

Und dann ging Perkele wieder auf mich los.

Der Kampf dauerte bestimmt eine Viertelstunde. Ich war schon völlig außer Puste, aber meine Lungen öffneten sich weiter als je zuvor, und ich ließ nicht locker. Er blies mir in die Nase, was meine Muskeln entspannte, und ich merkte, daß ich das nicht zulassen durfte, um voll bewußt und bei Kräften zu bleiben. Er trat nach mir, ich fing seinen Fuß und drehte ihn, bis er sich auf den Boden fallen ließ. Damit hatte ich ihn auf dem Rücken. Wie süß war er doch, wenn er so lag und lachte. Ich küßte ihn, aber dieses Mal ohne Biß. Er wurde ganz locker, die Körperspannung löste sich.

„Hey, Kerl, du bist gut!" lobte er, „und nun laß mich los, du hast gewonnen."

Ich tat es und fand mich selber eine Sekunde später auf dem Rücken.

„Nachspielzeit! Was sagt der Schiri?" Er schaute zu Mitja. „Noch drei Sekunden!" verkündete Mitja, „drei — zwei — eins — Null. Dong! Kampf beendet!" rief Mitja, während Perkele mich noch am Boden hielt. Der Schiedsrichter schlug aufs Blech, „und der Sieger heißt Perkele."

Ich sprang wütend auf. Ich sah rote Fetzen vor meinen Augen und fand das überhaupt nicht lustig. „Noch mal!" schrie ich außer mir vor Zorn.

„Der Gong war Schluß! Nicht, was ich sagte!" rief Perkele und hielt mich immer noch am Arm fest. Jetzt reichte es mir.

Perkele wehrte sich nicht, als ich auf ihn losprügelte. Er blieb stehen und sah mir direkt ins Gesicht. Ich hörte zu schlagen auf.

„Beherrsch dich!" schrie er mich aus nächster Nähe an. Ich sah ihn kaum in dem Dickicht roter Fetzen vor meinen Augen.

Ich fing an zu zittern.

Noch einmal: „Beherrsch dich!"

Ich atmete tief ein. Die roten Fetzen rotierten langsamer. Sie lösten sich auf.

Ich lief ein paarmal im Kreis herum und schrie.

Dann kehrte ich zu ihm zurück, der ruhig dastand und mich anschaute.

Ich stand vor ihm, ballte die Fäuste an abwärts gestreckten Armen, riß den Mund auf, fletschte die Zähne, fühlte einen Schrei aufsteigen — und atmete weiter und entließ das Gefühl ohne einen Ton.

Er stand vor mir, ohne etwas zu sagen. Sein Blick richtete sich nicht direkt in meine Augen, sondern auf einen Punkt etwas höher.

Ich ließ los. Ließ meinen Zorn und meine Anspannung los, und mein Kopf sank auf seine Schulter.

„Papa", sagte ich. Das wußte ich später aber nicht mehr.

Es brauchte wie immer drei bis vier Stunden, bis ich aus dem Joy raus war, denn man möchte auch gar nicht raus! Um mich abzureagieren, machte ich noch einen kleinen Waldlauf, dann gab es Abendessen. Heute durfte ich mit der Familie essen, denn ich hatte mich zunehmend unter Kontrolle.

Danach nahm er mich mit in seine Kammer.

„Du hast mich ‚Papa' genannt, als du deinen Joy in den Griff bekamst."

„Kann nicht sein."

Er lachte und erklärte, es komme oft vor, daß man nicht mehr weiß, was man in Joy getan hat. Vor allem, wenn man Fliegenpilz hatte. Und den würde ich morgen suchen helfen. Es gebe da so ein paar geschützte Täler, da würde man auch jetzt noch welchen finden. „Ja, ich weiß noch, daß ihr mich ausgetrickst habt", erinnerte ich mich. „Und du hast gesagt, ich hätte gewonnen! Damit wäre der Kampf doch zuende!"

„Nein, wir hatten gesagt, der Gong gilt. Du hast nicht aufgepaßt. Aber aufpassen kann lebenswichtig sein. Im Krieg geht es nicht nach Regeln, das hast du doch auch schon erfahren."

„Stimmt nicht", sagte ich, „als ich Tarfur tötete, habe ich auch gegen eine Regel verstoßen."

„Was hätte er an deiner Stelle getan?"

Ich schwieg. „Nein", sagte ich dann, „Wehrlose stehen nicht zur Disposition. Ich durfte das nicht. Ich lerne jetzt, Joy de Guerre zu kontrollieren. Und ich kann dir gar nicht sagen, wie dankbar ich dir dafür bin. Aber das mache ich auch, damit so etwas nicht wieder passiert."

„Bravo", sagte er in ehrlicher Anerkennung, „du bist dabei, ein guter Krieger zu werden, ein viel besserer, als ich am Anfang dachte."

„Danke, Papa."

Er platzte los und versetzte mir eine liebevolle Ohrfeige. „Du glaubst wohl, damit kannst du mich entwaffnen?" Er drehte mich auf den Bauch und löste mein Hüfttuch. „Du denkst, damit kannst du mich daran hindern, dich zu ficken?"

Er schlug mir eine Weile mit der flachen Hand auf den Po.

„Du würdest mich ficken, obwohl ich Papa sage? Bist du pädophil?"

Seine Schläge wurden schmerzhaft.

„Nein, ich würde dich knebeln. Du bist mir zu frech. Meine Kinder sind mir heilig, das weißt du."

Er schlug weiter, bis ich um Gnade flehte. Dann beugte er sich über mich, hielt dabei meine Hände hinter meinem Rücken fest, drang in mich ein und fickte mich so lange und intensiv wie nie zuvor. Schlagartig war der Joy wieder da. Joy de Pain. Alles drehte sich um mich, alles sah rot aus, und ich wimmerte in meiner Lust und Qual.

Dann erlaubte er mir, zum ersten Mal seit dem Beringen, meinen Schwanz zu benutzen. Er hielt mich im Arm und wichste mich. Man müsse es erst lernen, wie es jetzt geht, es ist anders, sagte er mir. Aber nun hätte ich eine Belohnung verdient, wo ich so hart dafür arbeitete, ein Krieger zu werden, ein wirklicher Krieger. Er faßte mich am Anfang sehr vorsichtig an und achtete auf alle Zeichen von Unbehagen.

Es war so anders. Der Reiz war viel heftiger. Erst war mir, als manipuliere mich jemand, indem er mir Fremdkörper in die Harnröhre einführte. Ich zitterte und zuckte am ganzen Körper, wenn es mir zuviel wurde. Ich verbarg mein Gesicht an seiner Schulter und umklammerte ihn mit beiden Armen.

Ich stöhnte und schrie. Als ich kam, drückte er meinen Schwanz fest auf meinen Bauch und ließ mein Sperma darauf auslaufen. Dann leckte er es auf.

Das also war damals auf dieser Party passiert. Jetzt wußte ich es, und auch, warum ich geweint hatte. Es war so intensiv mit ihm gewesen, ich hatte das nicht verkraftet, ich war ja erst sechzehn.

Hypermem! Mir kamen jetzt noch mehr Erinnerungen. Er war es, der mir im Jahr zuvor die Ohrringe geschenkt hat, die ich mir selber stach. War er dann nicht mein Meister? Ich fragte ihn später, als wir ruhig zusammensaßen und ein wenig rauchten. „Erinnerst du dich an den kleinen Pais, der dir ein paar Ohrringe abgeschnorrt hat? Damals war ich 15, das war ein Jahr, bevor du mich gefickt hast."

Er sagte, er erinnere sich sehr gut an mich, und er ahnte auch, was mit mir los war. Daß da ein herrenloser kleiner Wolfshund herumlief.

„Du warst aber im nächsten Jahr nicht mehr virgo."

„Stimmt. Aber so wie mit dir war es niemals zuvor."

„Du wußtest es nicht, aber ich nahm dich als Pais in dieser Nacht, als ich dir die Ohrringe gab. Ein Jahr später habe ich es vollendet. — Sind das die, da, an deinen Ohren?"

„Ja."

„Schau an. Du wußtest es auch."

Und jetzt wußte ich auch, warum ich in diesen Jahren niemals vergessen hatte, daß es die Bémishen Brieder gab. Darum wollte ich zu ihnen flüchten, als ich Hopi als Geisel nahm. Es war vor allem Perkele, zu dem ich wollte.

Ich zitterte vor der Antwort, aber ich fragte ihn doch, warum er mich damals nicht als Pais genommen hätte.

„Ich hätte es wohl getan. Aber ich fand in der kurzen Zeit niemanden, der mir sagen konnte, bei wem ich dich erbitten muß. Da war ja nur dein Onkel, der hätte in der kurzen Zeit nicht deinen Vater nach Sukent holen können, sagte er mir. Ich mußte weg. Und ich hatte auch nicht viel Hoffnung, dich zu bekommen. Mir gab doch damals keiner seinen Sohn. Ich hatte einen schlechten Ruf."

Muria hat es verhindert, weil er nicht auffliegen wollte!

Ich fragte nicht weiter.

2. September, gegen Morgen

In dieser Nacht habe ich ihm mein größtes Geheimnis anvertraut. Ich erzählte ihm, daß ich den Mann, der mein Vater gewesen war, immer nur ‚Muria' nannte und ihn für meinen Onkel hielt. Und auch, warum. Vertraute ihm an, was mir Tante Nox eröffnet hatte. Er war erst einmal stumm vor Überraschung.

„Dann hätte er dich mir doch geben können!"

„Ja, und dann hätten alle gewußt, daß er seine Schwester gefickt hat."

„Denkst du, der Doge Goldlöckchen hat dich auch deshalb auf die Insel verbannt?"

„Oh, mein Gott, daran habe ich noch nie gedacht, aber wenn… Er als Doge und ich, ein Inzest-Kind…"

Ich war kein Umgang für ihn. Er: First Class Prominenz, und ich: Ein wilder Taugenichts mit krimineller Vorgeschichte und peinlicher Herkunft…

Ich fühlte mich wie auf einem abrutschenden Hang, der mich gleich in die Tiefe reißen und begraben würde.

„Versteh mich richtig, das ist nicht *dein* Makel. Du bist ja nicht schuld daran."

„Ich glaube, den Unterschied machen nur wenige. Es gibt Leute, die glauben, eine Seele suche sich ihren Körper nach ihrem Karma", erzählte ich, was viele glaubten. Und wenn es so wäre, hätte ich den Makel ja mitgebracht. Aus einem früheren Leben oder was. Ich schmeckte etwas Bitteres in meinem Mund.

„Wir lassen jemanden so etwas nicht fühlen. Wir verurteilen das nicht. Wir haben da auch nicht so eine Berührungsscheu. Wenn einer seine Cousine liebt, nun ja, warum nicht?"

„Und Halbgeschwister? Du hast viele Kinder. Wenn sich da dein Sohn in deine Tochter einer andern Mutter verliebt?"

„Ich würde es ihm ausreden wollen. Es ist genetisch ungünstig."

„Würdest du ein Machtwort sprechen?"

„Wenn sich zwei wirklich verlieben, dann ist das das Machtwort."

„Und du würdest sie nicht verstoßen oder sowas?"

„Mein Kind ist immer mein Kind. — Ist deine Mutter eigentlich Cro?"

„Nein, Homsarec."

„Und von ihrem Bruder schwanger geworden? Dann sollte es sein. Du solltest genau so auf die Welt kommen, wie du bist. Du bist ganz in Ordnung, so wie du bist."

Ich schlang meine Arme fest um ihn.

„Verlaß mich nie mehr."

„Oh, je, du glaubst nicht, wie viele das zu mir sagen."

3. NOVEMBER

Es wird immer kälter. Ich sehne mich nun doch ein bißchen nach Sukent. Hier auf den Bergen ist es schon richtig Winter. Mir ist nicht wirklich kalt, denn wenn wir rausgehen, trage ich das Schaffell auf Rücken und Schultern, Stiefel und ein wollnes Lendentuch. Wir bewegen uns immer im Laufschritt, und ich habe meine Hitze wieder, weil ich regelmäßig Heiliges Fleisch zu essen bekomme. In der Ukraine gibt es immer öfter bewaffnete Auseinandersetzungen, von denen wir profitieren.

Aber nicht, daß wir das gutheißen oder gar schüren.

Ich habe mich nicht nur endgültig damit abgefunden, daß ich nun doch ein kurzes Leben haben werde. Ich weiß auch, wieviel würziger und lustvoller, aufregender und sinnlicher es sein wird als dieses Kürzertreten in politischer Korrektheit, als die Dressurleistungen, ständige Disziplin und eben doch Unterdrückung meiner Natur. Ich bin nicht dafür geschaffen, mich selbst zu kasteien oder gar zu kastrieren und mich total zu unterwerfen. Ich liebe es, mich den Starken zu unterwerfen, die mir Schutz und Liebe geben. Aber ich kann nicht permanent gegen alles kämpfen, was in mir und aus mir zutage treten will. Ich kann mich nicht allen unterwerfen, die Ansprüche auf mich richten. Ich darf mich nicht vernichten lassen.

Das ist es, was Perkele mich lehrt.

Ich bin bereit, den Preis zu bezahlen.

9. NOVEMBER

Wenn das Wetter so schlecht ist, daß wir nicht auf die Jagd gehen können, wenn es so stürmisch ist, daß es gefährlich ist, in den Wald zu gehen, nutze ich die Zeit, indem ich wieder schnitze. Ich habe nicht viel Licht, wir dürfen die Kerzen nicht vergeuden. Also freue ich mich über jede freie Stunde, die ich meinem Handwerk widmen kann. Das Wetter hindert uns nur selten, wir fürchten es eigentlich nicht.

Holz gibt es hier in Hülle und Fülle. Ich kann mich auch an größere Projekte wagen. Ich arbeite an einer Stuhllehne für meinen Herrn. Ich habe eine Zeichnung gemacht. Es ist ein Teufel mit liebevollem Ausdruck, der fünfzehn Tiere unter seinen Armen hält. Die stehen für Perkeles Familie, vier Frauen, elf Kinder. Etwas abseits ist auch ein Wolf, der ihn aufmerksam anschaut, in einer Haltung, als wolle er gleich aufspringen. Die Zentralfigur ist mehr ein Naturgeist, ein Beschützer der Kreatur, auf keinen Fall ein Teufel im christlichen Sinn. An den Ecken des Panels werden Zapfen sitzen, mit deren Hilfe man die Schnitzerei zwischen die Pfosten der Stuhllehne einpassen kann.

Auch die Pfosten, die Beine und die Querhölzer der Beine werde ich mit Schnitzereien versehen, die Pfosten will ich mit angedeuteten Pflanzenmotiven schmücken.

14. NOVEMBER

Ich vernachlässige mein Tagebuch aus gutem Grund. Ich trainiere hart und mit größter Hingabe. Ich liebe es, wenn mein Atem vor meiner Nase zu sichtbaren Wolken wird. Ich habe den Schnee mit meinen Stiefeln gestampft, als er noch nicht so tief war, und nun liegt er an vielen Stellen einen Meter hoch. Ich habe gelernt, auf Schneereifen zu laufen. Ich ziehe mit Perkeles Kriegern und den großen Kindern durch die Wälder. Jeden Tag schaffe ich längere Strecken. Die anderen richten ihr Tempo nach dem Langsamsten, und das bin ich nicht mehr. Ich gehe nun auch mit auf die Jagd, was mir zuerst sehr unangenehm war, und ich habe mich nicht daran gewöhnt, ich mag immer noch nicht Pfeile auf Rehe und Hasen abschießen, und wenn ich dazu gezwungen bin, bitte ich das Tier um Entschuldigung. Ich dachte erst, das wäre albern, aber dann bemerkte ich, daß die anderen das auch tun, und sie finden es keineswegs albern, sondern sehr angemessen.

Trotz der Kälte verbringe ich einen großen Teil des Tages draußen. Die Tage werden merklich kürzer. Aber auch nach Dunkelwerden rennen wir durch den Wald. Meine Augen sind besser als je zuvor an schwaches Licht gewöhnt. Ich sehe viel mehr als früher.

Selknams Truppe ist zum größten Teil abgereist, und nun erobern die Skigäste das Hotel. Nur noch Mato Sapé und Selknams Assistent sollen dort sein, dazu Manubibi und ein paar Amazonen. Und auch vier der Kshatrinis. Die Polizei hat sich höflich von der Suche abgemeldet, sie haben gesagt, Perkele hält niemanden so lange fest, sondern wenn ich bis jetzt nicht zurückgekommen sei, wollte ich es auch nicht.

Ich habe lange nicht mehr an Sukent gedacht.

16. NOVEMBER

Gestern Abend waren wir wieder bei Perkeles Lieblingsfrau. Er und sie wünschen sich sehnlichst ein Kind, aber sie wird einfach nicht schwanger. Dabei ist sie Cro. Aber irgendwas klappt nicht, dabei — so sagt Perkele —, hat er mit ihr den besten Sex von allen. Normalerweise schlafe ich in der Kammer neben ihrer, wenn wir in ihrem Haus sind. Schlafen kann man das eher nicht nennen; ich döse und höre sie turteln. Aber gestern kam er noch mal zu mir rein, nackt und ein wenig verschwitzt, und winkte mir zu folgen. Sie saß auf dem Bett und schwieg mit blanken Augen, als wir uns beide zu ihr setzten. Es war warm, ein wenig Holz brannte im Ofen, auf dem Beistelltisch stand ein Kerzenhalter. Es roch nach Lust. Es wirkte sofort auf mich.

Er hatte schon gesagt, es läge wohl nicht an ihr, denn sie hatte schon Kinder, zwei Cro-Teenager aus einer früheren Ehe.

Sie heißt Sofia, mit Culturanamen „Visedom", ist noch nicht vierzig, hat früh angefangen. Sie ist üppig, aber nicht dick, oben schmal, unten breit, wie Perkele es mag. Sie hat große dunkelbraune Augen, die immer etwas erschrocken wirken, auch wenn sie lacht. Ihre Haare sind schulterlang und kastanienbraun. Ihre Nase ist schmal und fein, ihre Lippen zart geschwungen und können fast ganz verschwinden, wenn sie unzufrieden ist. Heute hat sie einen kleinen, voll geformten, sinnlichen Kirschmund. Ihre Wangen sind leicht gerötet, und hätte ich nicht mitgehört, daß sie herumgealbert, sich gewehrt hat und von ihm geohrfeigt worden ist, ich hätte es mir nicht erklären können.

„Sie ist für heute noch ungefickt", erklärt er in seiner wunderbar direkten Art, „würdest du mir diesen Dienst erweisen?"

„Wie — was — Madame..."

„Isegrim!" sagt sie nur und schiebt die Decke weg. Sie spricht kaum Lingo, ich noch kaum Slowakisch, aber diese Sprache verstehen wir beide. Perkele spreizt ihre Beine und legt mit sanften Fingern zwei kleine, recht schwere silberne Ringe frei, die sie an den Labien trägt.

Ich war auf der Stelle steif. Ich beugte mich nieder und küßte dieses Wunder. Dann schob ich mich über sie und drang ein. Und während ich ihm gehorchte und mich mit ihr vereinigte, fühlte ich die ganze Zeit seine Hände auf meinem Po, endlich eindringende Finger, die mich viel zu rasch dazu brachten, daß ich mich ergoß. Und sie war auch schon gut vorgewärmt, ich fühlte kräftige Kontraktionen ihrer Muskeln.

Ich versuchte, es durch ein paar weitere Stöße auszukosten, was so schnell passiert war. Er ließ mich.

Wie war es mit ihr? Ich schaute sie an.

„Sind Sie gekommen, Madame?" fragte ich sie, und das verstand sie und nickte träg.

Sie gab mir ein Zeichen, mich zurückzuziehen, und schloß die Beine. Ich trocknete mich mit einem Tuch, das Perkele mir gab.

Sie griff noch einmal nach mir und ließ sich meinen Penis zeigen, sie betrachtete meinen Ring, drehte mein Glied hin und her und sagte was Anerkennendes.

„Es ist für sie, daß ich ihn dir gestochen habe", sagte er, „für ihr Vergnügen. Sie kann dich benutzen, wann sie will."

„In deiner Gegenwart?"

„Gern. Danke. Aber gern auch mal ohne."

„Und wenn sie schwanger wird, wessen Kind ist das dann?"

„Ich sorge für ihn."

Ich mußte grinsen. Doms denken immer nur an Söhne.

Ich wußte, daß er mich als seinen Nachfolger aufbaute. Perkele hatte zwar erstaunlich lange gelebt, aber mit einer Ewigkeit rechnete er nicht.

Ich hätte die restliche Nacht bei ihnen verbringen können, aber ich bat, wieder in die Gästekammer gehen zu dürfen. Als ich wieder allein in der Kammer lag, liefen mir die Tränen runter.

Ja, du hast auch gehört, daß nachlassende Fruchtbarkeit bei alten Homsarecs ihren Tod ankündigen soll. Schätzchen, denk nicht an sowas. Mach dir keine Sorgen, genieß den Tag. Ich liebe dich.

19. NOVEMBER

Es ist etwas passiert. So lange hatte ich keinen Kontakt. Wir sind in das slowakische Standquartier zurückgekehrt, wohnen nicht mehr in der Ukraine.

Da höre ich plötzlich und unvermittelt die Stimme meines Herrn Tanguta in meinen Gedanken: „Ich komme, mein Lieber, ich hole dich nach Hause. Laß mich wissen, wo du bist."

Wie vom Donner gerührt, bin ich auf die Bank gesunken.

Will ich das denn?

So lange habe ich meinen Herrn nicht gesehen, erinnere mich kaum, wie er aussieht. Inzwischen betrachte ich Perkele als meinen Herrn. Ich habe mich auch äußerlich verändert, bin wieder so dünn, wie ich es war, bevor ich den Tee zu trinken begann. Meine Haare sind eine Mischung von Dreadlocks, Zöpfen und offenem Haar. Ich trage eine Kette aus Apfelkernen, die mir Perkeles Tochter Mavini aufgezogen hat. Sie ist vierzehn und scheint mit mir zu liebäugeln — ich kenne die Signale von Teenagern nicht. Sie verbringt Stunden damit, mir die Haare zu Zöpfen zu flechten und zu Dreadlocks zu filzen. Sie zieht Perlen auf die ganz dünnen Zöpfe. Sie steckt mir Federn hinein. Ich genieße ihre Berührung. Aber es bedeutet mir weniger als früher, wie ich aussehe. Und es hinterläßt Spuren an mir, daß ich nur selten in den Spiegel sehe. Ich wirke wild und unbewußt, so wie sehr alte Fotos von Forschern aussehen, die indigene Völker fotografiert haben. Ich lächele nicht mehr so leicht, dabei bin ich fröhlicher und zufriedener, als ich es auf Torquato war.

Aber mein Herr sucht mich!

Meine Sehnsucht kann ein Ende finden.

Ich spüre ihn auf, sende ihm Gedanken entgegen.

„Wo seid Ihr, mein Herr?"

„Dem Himmel sei Dank, du antwortest! Geht es dir gut?"

„Ja, Exzellenz, ich bin bei bester Gesundheit und fit wie nie."

„Ein Glück. Wo bist du?"

„In Ostslowakien, nicht weit von da, wo ich entführt worden bin. Und wo seid Ihr, Exzellenz?"

„Im Hotel, das wir während der Suche gemietet hatten. Wohin haben sie dich gebracht?"

„Herr, ich bin drei Autostunden von diesem Hotel entfernt. Das Dorf heißt ‚Maslenie Blini', das heißt ‚Fette Pfannkuchen' — es liegt nordöstlich vom Hotel, und die Hausherrin heißt Marja Beloussowa."

Der Kontakt ist wieder weg.

Ich erzähle meinem Herrn Perkele von dem Kontakt, als er von der Jagd zurückkommt, das ist drei Stunden später, und daß ich ihm gesagt habe, wo ich bin. Ich sitze zwischen den Kindern, die Schulaufgaben machen. Er winkt mich in den Windfang.

„Bist du bescheuert?" schreit er mich an, „ich dachte, du willst nicht wieder ins Hamsterrad, was ist los mit dir?"

Ich gehe auf ihn zu, fasse ihn an den Händen und ziehe ihn an mich. „Herr", sage ich, „dies hier ist meine Bestimmung. Hier bei dir bin ich glücklich. Ich will ihn sehen, aber das heißt nicht, daß ich mit ihm gehen werde, und wenn, dann komme ich wieder."

„Wenn du ohne uns zurückkommst, ist deine Strafe nicht erlassen", erinnert er mich an das Abkommen, „er kann dich mit Gewalt hier wegbringen, ist dir das klar?"

Das war es bis eben nicht. Ich erschrecke.

„Der Paß ist verschneit, wir können dich nicht in die Ukraine bringen", setzt er hinzu.

„Du hast recht, Herr, es war bescheuert", gebe ich zu.

„Du hast ihnen doch nicht den Namen des Dorfes gesagt?"

„Doch, das hat er."

Eine Stimme kommt von der Tür, die nie verschlossen ist, die Tür des Hauses, in dem ich jetzt daheim bin. Und da steht er, mein Herr Tanguta, allein, in Stiefeln, Jeans und Trenchcoat und mit Schultersack, eine Schirmkappe auf dem Haupt, die honigblonden Locken fest zusammengebunden, Zweitagebart, strahlendes Lächeln.

„Ich bin's, Tanguta von den Eiderenten, gestatten Sie, daß ich Ihr Haus betrete, Dominus?" Er macht eine Verbeugung vor Perkele.

Draußen wendet ein Geländefahrzeug und fährt wieder vom Hof.

Ich springe auf, drehe mich einmal um mich selbst, schwanke zwischen Flucht und Höflichkeit. Entscheide mich für gemessene Freude. Sehr gemessene.

Ich werfe mich nicht vor ihm nieder, wie ich es früher tat, sondern mache eine Verbeugung, wie er sie vor dem Hausherrn gemacht hat.

Der tritt auf ihn zu und reicht ihm die Hand. Sie umarmen sich — das ist mehr, als ich erwartet habe —, und nun wendet sich mein früherer Herr zu mir. Er umarmt auch mich. Ich bin so starr, als hätte ich eine Nacht im Winterwald gestanden.

„Scheiße!" schreie ich und renne hinaus. Höre eben noch, wie Perkele zu Tanguta sagt: „Er ist überwältigt. Er kommt gleich wieder..."

Ich atme tief ein, um mich wieder in den Griff zu kriegen.

Anscheinend vertragen die sich aber. Das denke ich, als ich mich umdrehe und aus der brutal kalten Winternacht wieder ins Haus zurückkehre. Marja, die Frau dieses Hauses, steht schon auf der Schwelle und schaut nach mir. Drei von Perkeles Kindern gucken mit großen Augen vom Tisch auf und fixieren den Fremden, der gebeten wird, Platz zu nehmen. Er legt den Trench ab, hängt ihn an die hölzerne Knagge und setzt sich.

Ich sinke vor ihm auf den Boden, lehne meinen Kopf gegen seine Knie und breche in Tränen aus, so leise ich kann. Er versenkt alle seine Finger der linken Hand in meinem Haarschopf, zugleich wendet er sich der Frau und den Kindern zu und fragt sie nach ihren Namen und Alter. Sie antworten mit ihren bürgerlichen Namen, halten den feinen Mann aus der Stadt wohl für einen Cro.

Perkele stellt einen dampfenden Tee vor Tanguta — „mit Schuß?" Er greift nach der Wodkaflasche.

„Nein, vielen Dank", wehrt der Doge ab.

Perkele setzt sich und läßt sich von Marja ein Glas Wasser reichen, in dem er einen guten Schuß Wodka versenkt. Er nimmt einen großen Schluck. Ich will nichts, nur zu Füßen meines Dogen hocken.

„Ich weiß, daß mein Serf freiwillig geblieben ist, wenn er so lange nicht zurückgekehrt ist", beginnt Tanguta, um der Situation gleich die Schärfe zu nehmen, „ist das so, Isegrim?"

Ich bin in Verlegenheit. Soll ich ihn gleich vor den Kopf stoßen?

„Es geht mir hier sehr gut", sage ich vorsichtig.

5 Ein wilder Waldbruder bin ich geworden

„Setz dich zu uns auf die Bank", befiehlt Perkele. Signalisiert, daß er jetzt mein Herr ist.

Die Kinder werden weggebracht, sowieso Bettzeit. Sie sind sehr gehorsam, schnappen sich noch ihre Zeichnungen und ein Rechenheft, die Stifte, und trollen sich.

„Sie haben wunderschöne Kinder, Dominus", sagt der Gast, „wie viele haben Sie?"

„Elf, Bruder. Sieben davon sind unsere Art."

„Ich werde im April Vater."

„Alle guten Wünsche. Wieviele haben Sie?"

„Eins. Verloren."

Perkele wußte das. „*Compassio Triste*", drückt er in unserer Sprache sein Bedauern aus. „Wieviele Frauen haben Sie?"

„Eine", antwortet Tanguta, „die andere hat sich von mir getrennt."

Ich fühle aufrichtiges Bedauern bei Perkele.

„Wir beanspruchen dasselbe Serf", kommt Tanguta direkt auf den Zweck seines Besuches.

„Er ist mein Kriegerpais, nicht mein Serf."

„Wir werden auf Leben und Tod um ihn kämpfen müssen", sagt Tanguta ernst, und ich erschrecke so, daß mir fast das Herz stehenbleibt. Ich kam nicht einmal darauf, daß das ja gar nicht geht, daß wir das nicht können.

Wieder einmal mache ich, Perkele, eine Notiz in Isegrims Tagebuch. Du bist ja zusammengebrochen, als du hörtest, daß es ein Duell geben wird. Ich überließ es Bruder Tanguta, sich um dich zu kümmern, da er die älteren Rechte hat, und er erklärte dir in meinem Beisein — darauf bestand er —, daß dies eine traditionelle Wortwahl ist, die lediglich eine Kraftprobe beschreibt.

Isegrim, er hat das so ausgedrückt, weil er zeigen will, wie entschlossen er ist, dich zurückzuholen! Und ich muß seine Motivation prüfen. Ich bin nur bereit, dich jemandem zu überlassen, der es so ernst meint, daß er ein persönliches Risiko eingeht.

Natürlich können wir einander nicht töten. Und wir wollen das auch nicht.

Wir werden kämpfen, bis einer von uns zu Boden geht. Mehr nicht.

20. November

Gestern konnte ich nichts mehr schreiben, ich hatte einen Schock. Der Gedanke, einer von ihnen könnte getötet werden, raubte mir völlig die Fassung, und meine Hände haben zu sehr gezittert, als daß ich etwas hätte schreiben können. In der Kammer, mit Tanguta allein, habe ich mich etwas beruhigt. Er nahm mich in die Arme, bis ich wieder reden konnte.

Ich lag an seiner Schulter, er streichelte meine Wange. Er hätte mir so viel zu erzählen, sagte er, aber das könne warten.

„Er gibt dich nicht wieder her, ist das richtig?"

„Ja. Er will, daß ich bei ihm bleibe."

„Und du? Willst du nicht nach Hause?"

Ich setzte mich auf, schneuzte mich in das lange Ende meines Lendentuchs, wie sie es hier machen, zog es aus dem Gürtel und warf es in den Wäschekorb.

Mit diesem Kunstgriff hatte ich mich nackig gemacht, und in dem Augenblick, als mir einfiel, daß er nun meinen neuen Ring sah, fiel auch schon sein Blick drauf.

„Hast du dich ihm versprochen?" fragte mich Tanguta, und ich merkte, er mußte sich beherrschen. Das schockierte ihn mehr, als ich gedacht hatte. Ich verneinte.

„Du bist jetzt einen Monat bei ihm", fuhr er fort, „und willst nicht mehr nach Hause?"

„Exzellenz, ich weiß, Ihr habt das Recht, mich mit Gewalt holen zu lassen, denn ich habe den Vertrag nicht erfüllt."

„Das wäre nicht ich, der dich holt, denn ich mache keine Gesetze, ich stehe unter dem Gesetz wie alle."

„Wer müßte das entscheiden?"

„Die Sala de Thing und das Gericht."

„Aber Ihr könntet mein Gnadengesuch positiv bescheiden, Exzellenz, diese Macht habt Ihr."

„So einfach ist das nicht, es müssen einige Bedingungen erfüllt sein, damit ich ein Gnadengesuch unterzeichnen darf. Die Strafe muß zu über der Hälfte abgegolten sein, es dürfen keine Fluchtversuche stattgefunden haben — als was soll ich diesen Ausflug betrachten, mein Liebling? Ich war der Letzte, der von ‚Flucht' sprechen wollte, aber alle anderen haben das getan. Und, wie du sagst, der Vertrag muß erfüllt sein, der mit dieser Reise verbunden war. Die Krieger unter Perkeles Führung, auch möglichst Kinder von ihm, sollen nach Sukent geflogen werden, ich glaube, davon sind wir weit entfernt."

Ich hätte nicht gedacht, daß er mich so erpressen würde.

„Das habe ich gelesen, mein Liebster."

„Ihr wollt mich unbedingt zurück. Herr, ich liebe Euch, aber ich habe hier meine Bestimmung gefunden. Ich bin hier glücklich. Ich war es nicht in Sukent." Ich kämpfte mit den Tränen. Ich flehte ihn an, mich bleiben zu lassen, vielleicht könne er auch hierher…

„Wie soll das gehen, Schatz, ich muß Sukent regieren! Es braucht mich mehr denn je, du glaubst nicht, was alles zu regeln ist! Ich war seit eurer Abreise auf keinem Fest, sondern permanent im Dienst, habe ständig Faxkontakt mit dem Hotel gehabt, vor allem, seit Iván zurück war. Ich habe wichtige Dinge erfahren, die ich noch nicht mitteilen darf. Bitte vertrau mir. Es ist äußerst wichtig, euch alle nach Sukent zu holen, dich, Perkele, seine Krieger und seine größeren Kinder."

Er hob den Blick zu der Tür, die offen stand und sah Perkele an, der wohl schon seit ein paar Minuten dort stand.

„Bruder, du denkst, ich komme mit fast allem, was mir lieb und teuer ist, in die Stadt der politischen Korrektheit? Zu den weichgespülten Püppchen, die ihr aus den Unseren gemacht habt? Vergiß es."

Er schloß die Tür. In seiner Hand hatte er einen Speer, und er war nackt.

„Perkele, Dominus, bitte setz dich zu uns", sagte Tanguta in einer weichen und sanften Stimme, die mir nicht als Entgegnung passend schien, „im Namen der Cultura flehe ich dich an, mit uns zu kommen."

„Mit dir."

„Und Kunkamanito, Manubibi, Mato Sapé, Salix, Tridux, Hopi und Pratizaye. Und wenn er es will, auch Isegrim."

Er griff mir wieder in die Haare.

Ich mochte das nicht mehr.

Er spürte es und ließ mich los. „Bin ich denn noch dein Herr? Du trägst meine Ohrringe und mein Tattoo, aber seinen Penisring. Wem gehörst du?"

„Ich kann mich nicht entscheiden", jammerte ich verzweifelt, „ich liebe euch beide, bitte zwingt mich nicht, mir das halbe Herz rauszureißen. Und nein, ich liebe nicht halbherzig, sondern zweimal ganz."

Du bist doch immer noch die gleiche Kitschjule, ich kann es dir einfach nicht austreiben.

Und dann stellte Perkele die Frage, die Tanguta zu beantworten sich weigerte.

„Warum?"

„Warum ich so versessen darauf bin, ihn mitzunehmen, und euch gleich mit? Perkele, noch einmal, ich darf es dir nicht sagen, nur eins: Niemand wird euch ein Leid tun, niemand wird euch Schaden zufügen, und ihr werdet nach erfüllter Mission gehen können, wohin ihr wollt."

„Ihr wollt uns bekehren", er stieß mit dem Speer auf den Boden der Kammer, „ihr wollt, daß wir aufhören, Heiliges Fleisch zu essen, ich habe das doch mitbekommen, ich bin nicht taub, ich kann euch lesen."

„Bist du bereit, diesen hohen Preis zu zahlen?"

„Ein kurzes Leben, meinst du? Ein schönes Leben, ein tolles Leben, es ist aufregend, bunt und sinnlich. Bruder, wie kannst du zufrieden sein, wenn das fehlt? Du bist ein Krieger, du bist ein Super-Krieger, ich habe dich gesehen, als es gegen Tarfur ging. Du bist einer, der meine Truppe aufs Höchste ehren würde, wenn er dazukäme, und du würdest vorne gehen und sie alle etwas lehren. Ich lehre sie zu sein wie du."

Er machte eine Pause.

„Aber: Ich und die Meinen kommen nicht nach Sukent. Und wenn du mir diesen Krieger und Pais hier wegnimmst", — er zeigte auf mich und richtete dann den Speer auf Tanguta — „töte ich dich."

Tanguta hob die offene Hand gegen den Speer und drückte dagegen. Mir schlug das Herz bis zum Hals. Er drückte, bis Blut floß. Er verrieb es auf seiner Hand und schlug damit auf sein eigenes Kinn und den Mund, und die Spur seiner Hand war sichtbar als Kriegsbemalung. Dann reichte er die immer noch blutende Hand Perkele.

Dem blieb jetzt nichts anderes übrig, als die gleiche Geste zu tun und sein eigenes Gesicht mit der Spur seiner fünf Finger zu zeichnen.

Das Duell hatte begonnen.

21. NOVEMBER

Ich war entsetzt und verzweifelt. Meine beiden Herren würden um mich kämpfen. Gut, sie hatten versprochen, einander nicht zu töten, aber es blieb schlimm genug, denn von einem von ihnen würde ich mich wieder trennen müssen, und das war doch so schlimm, als würde einer von von ihnen sterben.

Perkele ging und sagte, er müsse etwas zu essen für uns machen, denn der Gast sei noch nicht bewirtet worden, ein Unding und eine Schande für sein Haus.

Ich sprach mit Tanguta und erzählte ihm von dem Leben, das ich jetzt führte. Wie mich Perkele als Krieger trainierte. Wie sehr mich das schon verändert hätte, wie glücklich ich war, weil ich meine wahre Natur nicht unterdrücken mußte, sondern sie aufbauen, in ihr davonstürmen und sie wieder einfangen durfte.

„Ich wünschte, du wärest hier aufgewachsen und wir hätten uns hier getroffen", murmelte er, „vielleicht hätte ich mich auch für dieses Leben entschieden."

„Aber was hält Euch ab, Herr?" beschwor ich ihn, „Ihr könnt einem anderen die Regierungsgeschäfte überlassen und hier leben, wild und frei."

„Nein", sagte er und lehnte sich zurück, „das ist aus zwei Gründen nicht möglich, aus zweien, die ich dir sagen kann, und einem dritten. Erstens: Der König will mich nicht aus dem Dienst als Doge entlassen, ich habe ihn gefragt. Zweitens: Ich kann mich nicht auf eine verbotene Lebensweise einlassen, sprich, das zu essen, was Dein Gastgeber ‚Heiliges Fleisch' nennt. Die Cultura hat sich davon abgewandt. Pentedattilo hat vorausgesehen, was passieren würde, und sein späterer Nachfolger, der Doge, darf nicht dahinter zurückfallen. Es wäre ein Schlag ins Gesicht für jeden, der sich dafür entschieden hat, dem König zu folgen."

„Und der dritte Grund? Exzellenz, ich muß es wissen."

„Du wirst es erfahren. Ich darf nicht darüber sprechen."

Ich versuchte, ihn zu lesen. Ich sah Iván auf einem Behandlungssessel, zurückgelehnt, wie ihm Mato Sapé Blut abnahm. Auf einem Tisch waren schon mehrere Ampullen.

Tanguta lachte.

„Du liest mich. Gut, versuch's, aber du wirst nicht mehr erfahren."

„Wie geht es Iván?" fragte ich, „ist er arg vergiftet?"

„Nicht so wie du, vermute ich."

Wir wurden zum Essen gebeten. Ich nahm mir ein neues Lendentuch, man kommt nicht nackt an den Tisch. Auch Perkele trug ein schönes Tuch, und zur Ehre des Gastes trug er es über die Schulter gezogen und über der Hüfte durch ein breites gewebtes Band festgemacht. Die Hausfrau Marja war wieder da, hatte dampfende Schüsseln hingestellt und zog sich aber beim Erscheinen der Gäste wieder zurück. Die Männer würden allein essen. Außer uns dreien war noch Mitja da, ich erfuhr, daß er im Hotel mit Tanguta ins Gespräch gekommen war. Natürlich hatte er ihm nicht verraten, wer er war. Aber Tanguta hatte ihn gelesen und das Bild von Perkele gesehen. Er erkannte ihn aus dem Buch mit den Fahndungsfotos. Und er sagte Mitja auf den Kopf zu, daß er wisse, wo Perkele sei und auch Isegrim. Mitja sah, daß es keinen Sinn hatte, das abzustreiten, und erbot sich, Tanguta mit dem Geländewagen des Hotels nach Maslenie Blini zu fahren.

Es gab Butterpfannkuchen, das Gericht, das dem Dorf den Namen gegeben hatte. Und auch ein Ragout aus Kaninchenfleisch, das ich erbeuten geholfen hatte. Es ist natürlich nicht das Tier, das ich geschossen habe, das hat eine andere Familie bekommen. Nicht vom Lebenden essen heißt auch, daß ich meine eigene Beute nicht verzehren darf. Dies ist also in keiner Hinsicht ein Essen Alten Stils. Es wäre höchst respektlos gewesen, diesem Gast etwas vorzusetzen, was er entschlossen ablehnt.

Das hatten wir doch auch mal abgelehnt, Iván und ich ...

Aber ich fühlte jetzt, daß ich es im Grunde immer gewollt hatte. Und ich schämte mich nicht.

Ich wußte, daß noch etwas Fleisch im Haus war. Aber ich schwieg.

Beim Essen besprachen sie die Modalitäten des Duells. Mitja würde Perkeles Sekundant sein. Manubibi würde als der von Tanguta kommen. Unparteiischer würde der Hoteldirektor sein. Er war erst kurz in diesem Job und darum noch nicht in die ‚Dorfmafia', wie er es nannte, verwickelt. Sein Name ist Ethan Zapparman, er ist ein Amerikaner und Mitarbeiter der internationalen Hotelkette. Er hat weder Sympathien für Tanguta, der den Kapitalismus aus Sukent verjagt, noch für die Bémishen Brieder, die er für eine Tourismusbremse hält. Und er fürchtet nichts mehr, als daß die Skifahrer ausbleiben, wenn sich herumspricht, daß abseits der Piste die Menschenfresser jagen. Wenn er als Schiedsrichter zu uns kam, wollte er wohl ein Auge auf die Entwicklung werfen.

Es sollte ein Zwei-Stufen-Duell werden. Das war eine Bedingung, die Perkele stellte.

Ich erinnerte mich dunkel an diese Sitte. Der Unterlegene durfte einen Ersatzmann berufen, der für ihn weiterkämpfte. Wenn der vorher führende Krieger dann unterlag, durfte auch der einen Ersatzmann aufrufen. Es war üblich, daß die Kontrahenten überraschend Mitkämpfer aus dem Hut zauberten. Sie mußten nicht ankündigen, wer helfen würde.

„Willst du den Kampf sehen?" fragte mich Tanguta.

„Ja", sagte ich mit zitternder Stimme.

„Wirst du in der Lage sein, dich rauszuhalten?" fragte er.

„Er kann sich beherrschen", bemerkte Perkele.

„Gegen wen sollte ich denn wohl kämpfen?" rief ich aus, „ich liebe euch beide!"

Nun legte Tanguta seine Forderungen dar. „Wenn ich der Unterlegene bin, reise ich ohne Isegrim ab und erhebe keine weiteren Ansprüche. Ich werde einen Straferlaß für Isegrim erwirken, so daß er in Ruhe hier leben kann.

Wenn ich siege… Hm, überlegen wir mal…"

Er grinste, der Hund. War sich seiner Sache wohl sicher.

„… dann reist die ganze Familie der Bémishen Brieder — bis auf die Frauen und die Kinder unter sieben Jahren — mit uns nach Sukent. Sie haben als unsere Gäste das Recht, sich frei in Sukent zu bewegen, müssen nur für einige medizinische Untersuchungen zur Verfügung stehen, wir möchten allen Blut abnehmen, ein paar Analysen machen, ein paar Empfehlungen aussprechen und dann alle wieder hierher bringen. Isegrim entscheidet sich nach diesem Aufenthalt, ob er wieder mit in die Slowakei zurückkehren möchte. — "

„Kann ich dir jetzt schon sagen! Das will ich", knurrte ich.

„Hauptsache, ihr verlangt von uns nicht, daß wir uns diesem oberdämlichen Ritual unterwerfen, diesem NuRiCa", warf Perkele ein.

„Oh, das wird unsere Amazonen sehr enttäuschen", spottete Tanguta.

Und dann hatte er noch eine Bitte: „Ich möchte vor diesem Kampf mit Isegrim spielen. Zwei Stunden erbitte ich heute nacht, und daß er in meiner Kammer schläft, bis wir alle aufstehen."

Perkele sah ihm tief in die Augen. „Ja, versuch nur, ihn mir abspenstig zu machen, in zwei Stunden schaffst du nicht, das kaputtzukriegen, was ich seit 720 Stunden mit ihm mache."

„Ich will nichts kaputtkriegen", sagte Tanguta sanft.

Ich sprach kurz mit Perkele unter vier Augen.

„Wirst du drauf eingehen?" fragte ich.

„Willst du zwei Stunden mit ihm spielen?" fragte Perkele.

„Herr, nur wenn du das erlaubst…"

„Kein Problem, er soll es nur versuchen."

Er vertraute mir.

22. NOVEMBER

Es ist der Tag des Duells. In der Nacht hat Tanguta mit mir gespielt.

Es war das erste Mal, daß er mich schlug.

Ich stand früher nicht auf Schläge. Ihr wißt es. Dann zeigte mir Purix, wie es sein kann. Ich lernte, in Joy de Pain zu kommen, und erst recht, als ich in Perkeles Händen war, brachen alle Schranken weg, und ließ alles raus, wenn er mich schlug, ich schrie, tobte, weinte, ejakulierte oder umrundete den Planeten auf einer weit außen liegenden Umlaufbahn. Ich verfluchte meine früheren Liebhaber, die zu faul oder zu feige gewesen waren, mich das zu lehren. Ich wünschte mir die Session mit Salix zurück, um sie nun mit meinen neuen Fähigkeiten zu genießen, und vallahi, ich wäre drauf abgefahren.

Und nun das: Zum ersten Mal war ich nicht nur in den zärtlichen, sondern auch in den grausamen Händen des Mannes, den ich seit Jahren geliebt habe.

Zuerst legte er mich mit großer Sorgfalt in eine Fesselung aus Hanfseilen, die so ausgiebig war, daß ich voller Ungeduld fragte, wann es denn losgehen werde. Die Antwort hierauf war natürlich ein Knebel. Er wickelte unverdrossen weiter und schuf aus gefühlten zwanzig Metern Seil schön gewickelte Kokons für meine Hand- und Fußgelenke, die mir komfortablen Halt boten, wenn ich auch noch so sehr daran zerren mochte. Er machte mich an der Balkenwand dieser Kammer fest, verschloß die Tür, verschloß die Fensterläden, verband mir nicht die Augen, was ich gehofft hatte.

„Du weißt, warum ich jetzt mit dir spielen werde, auch wenn es das letzte Mal sein sollte", sagte er an meinem Ohr. „Dies ist ein Reprend. Dein Herr wird dich für einige Stunden zurückholen und seine Rechte an dir ausüben. Du gehörst immer noch mir. Du bist mir weggelaufen, ich habe dich nicht entlassen. Im Laufe eines Monats hättest du Chancen gehabt, mit mir Kontakt aufzunehmen. Das weiß ich von Mitja, du warst kein Gefangener mehr. Und dafür muß ich dich bestrafen."

Er stand hinter mir und kniff mich schmerzhaft in die Pobacken. Ich konnte ihm nur durch Wimmern antworten.

Ich wußte, daß er recht hatte.

Er griff nach meinem Penis und befühlte ihn und den Ring.

„Ich glaube, der Mann macht alles richtig", fuhr er fort, „das gefällt mir außerordentlich, was er mit dir und aus dir gemacht hat. Wenn ich eine pädagogische Macke hätte, wäre ich sauer, daß nicht ich dich dorthin bringen konnte. So genieße ich nur das Produkt. Ich glaube, du bist auch nicht mehr zimperlich."

Er fing an, mich zu schlagen.

Er begann mit einem kurzen, harten Lederriemen. Die Schläge kamen rhythmisch und einigermaßen heftig. Nach dieser Rede war ich schon in Stimmung. Und er fuhr fort, solche Dinge zu mir zu sagen.

Wie würde ich in Zukunft auf ihn verzichten können? Mein Zwiespalt wurde immer größer, und auch meine Verzweiflung. Wie konnte ich beiden gehorsam sein?

Er badete mich in Schmerz. Ich sah farbige Fetzen vor meinen Augen. Ich wurde heiß. Ich merkte es. Er denn nicht? Wie konnte er mich so heiß werden lassen? Perkele spielte draußen mit mir, so daß ich abkühlte. Er überprüfte es immer und legte Pausen ein, wenn ich mich zu sehr zu erhitzen drohte.

Nicht so Tanguta. Aber er weiß doch, daß ich inzwischen die Temperatur des Alten Volks habe! Es scheint ihn nicht zu kümmern. Will er mich in den Zustand bringen? Ich kriege Angst. Aber es ist auch geil. Ich schwebe. Wie auf Joy de Guerre, aber noch geiler. Noch kraftvoller als mit Purix. Ja, Verzeihung, sie ist gut, aber auch gebremst, so wie ich es war... Wie oft habe ich mir vorgestellt, mit ihm zu spielen, jetzt passiert es, und ich kann es nicht so genießen wie ich hoffte.

Er liest mich. Er faßt immer wieder mein Glied und wichst mich. In meinem Kopf erwachen die furchtbarsten Ideen. Meine Angst wird immer größer, aber seine Zärtlichkeit, seine Stimme, das alles wiegt mich in eine Stimmung, nach der ich mich so lange gesehnt habe. Er streichelt mich nach einer Phase harter Schläge. Er spürt meine Unruhe, meine unwillkürlichen und sinnlosen Versuche, mich zu entwinden, mein Zittern, meine Verkrampfung, er streichelt mich, wechselnd mit Schlägen mit der bloßen Hand. Jeder davon geht mir durch und durch.

„Kusch!" murmelt er, „alles gut, keine Angst, ich bin bei dir. Jetzt nehme ich dich wieder in Besitz. Du gehörst mir. Du weißt es."

Er macht mich von der Wand los, legt mich aufs Bett und dringt in mich ein.

Mein Schwanz, meine Eier sind in seine Hand gebettet. Er bewegt sich langsam und vorsichtig. Ich bin so hart wie kaum je zuvor. Und da ist wieder dieses sanfte Prickeln, als wenn Sand über einen riesele, das elektrisierende Gefühl, das ich so bislang nur bei ihm hatte. Ich will kommen, und wenn es das letzte ist, was ich von der Welt sehe. Ich weiß, wie sie sich früher gefühlt haben. Karatai. Mein Großvater, mein Vater, viele meiner Liebhaber. Ich war sogar das Objekt ihres Übergangs, das heißt, mehr als einer starb in meinen Armen. Das ist furchtbar! Aber noch schlimmer ist es, selber im Zustand zu sein und dich fasziniert und unentrinnbar auf den Abgrund zuzubewegen. Die anderen ertragen diesen Ablick nicht. Sie ziehen sich vor dir zurück. Aus eigener Angst. Wollen damit nicht konfrontiert sein. Nur ganz gute Freunde halten dann zu dir. Du wirst gekocht und auch noch verlassen. Es ist die Hölle. Mein Doge war im ‚Zustand', er hat mir davon erzählt. Er kennt die Gluthitze, die Erregung, die Verzweiflung, den Sog der Lust, den Sturz.

Will ich das?

Bitte, bettele ich stumm, mein Herr, ich habe Angst.

Er hält still.

„Was ist?" flüstert er, aber er weiß es und nimmt mir den Knebel raus. Er liest mich doch! Und ich ihn, und er weiß es! Unsere Gedanken sind eins in diesen Stunden, so wie nie zuvor.

„Sag es!" verlangt er. Schlägt mich wieder. Einzelne harte Schläge mit dem Riemen auf die Arme.

„Sag es!"

„Ich habe Angst."

„Welche Angst? Wovor?"

Er schlägt weiter.

„Ich sterbe, wenn ich komme…"

Wir sprachen das nie aus. Wir dachten immer, wenn wir es aussprechen, ist es halb passiert. Er geht aus mir raus und läßt meinen Schwanz los. Bleibt aber schwer auf mir liegen. Aber ich möchte doch kommen! Scheiße, was macht er da?

„Aber du willst kommen?"

„Ich habe Angst! Mir ist heiß!" jammere ich in höchsten Tönen, immer noch unter seinem Gewicht.

„Willst du uns alle von dieser Angst befreien?" fragt er mit einer nicht mehr so sehr zärtlichen, als vielmehr entschlossenen und dominanten Stimme.

Er erhebt sich von mir.

„Ja, Herr, wenn ich könnte…"

„Du kannst. Bring die Bémishen Brieder nach Sukent. Das ist deine einzige Chance, in Frieden und Freiheit zu leben, so wie du es willst. Der Fluch ist noch nicht vorbei. Wir haben nur einen Aufschub. Ihr könnt ihn beenden. Bring sie nach Sukent. Ich werde morgen dafür kämpfen. Und wenn es mir nicht gelingt, dann mußt du es schaffen. — Die Cultura hängt davon ab", setzte er hinzu.

Dann machte er meine Seile los. Das Spiel hatte nur eine Stunde gedauert, aber es war beendet. Ich bat ihn, mich zu meinem He…

„Ach, soweit seid ihr schon?"

„…lassen Sie mich bitte zu meinem Herrn Perkele gehen…"

„Nichts. Diese Nacht ist meine."

Er verhinderte mehrmals, daß ich mich selbst befriedigte. Rückblickend muß ich sagen, daß es das Schlaueste war, das er tun konnte, auch wenn ich sauer war, daß er mich benutzte, um ein politisches Ziel zu erreichen, oder was immer das war. Er sagte mir ja immer noch nicht, was genau er wollte.

Kaum hatte er mich gegen Morgen aus der Kammer gelassen, da flutschte ich ihm weg und rannte zu Perkele. „Herr, er hat ein unvollendetes Reprend mit mir gemacht."

„Dachte ich es mir."

„Du bist nicht böse?"

„Unsinn. Das hätte ich auch getan."

„Und kann ich dich nicht doch bewegen, mit mir…"

„… nach Sukent zu kommen? Keine Chance. Nach Canossa und unseren Lebensstil aufgeben? Willst du das?"

„Auf keinen Fall. Aber er sagt doch, wir sollen ihnen nur für die Forschung dienen, ihnen Blut dafür geben, ein paar Analysen…"

„Glaubst du wirklich, daß sie es dabei bewenden lassen? Daß sie uns einfach so wieder gehen lassen?"

„Was noch? Uns bekehren?"

„Ja. Du bist wegen eines Banketts Alten Stils verhaftet worden. Habt ihr getötet, um es zu bekommen?"

„Nein, natürlich nicht."

„Habt ihr vom Lebenden gegessen?"

„Ja."

„Und wie hast du dich danach gefühlt?"

Ich erzählte ihm von meiner zweiten Verhaftung, und wie frech und bockig ich gewesen war und wie ich jede Chance wahrnahm, mich gegen die Maßnahmen zu wehren, die man mir auferlegen wollte. Wie ich Phlox gebissen hatte und wie ich ihnen entwischt war. Rebellisch, kraftvoll, lebenslustig, so war ich damals gewesen.

„Ähnlich wie jetzt", stellte er fest, „und als du zu mir kamst, warst du direkt depressiv und ein Schatten deiner selbst. Impotent und mutlos. Ist es nicht fantastisch, was dieser eine Monat aus dir gemacht hat?"

„Ja, das ist es. Ich habe nicht vor, das aufzugeben."

NACHMITTAG DES 22. NOVEMBER

Meine Hände zittern immer noch. Ich kann kaum schreiben.

Ich muß vorne anfangen.

Wir haben also gefrühstückt. Das Duell sollte um 12 Uhr stattfinden. Der Zeitpunkt ist Perkeles besonderem Humor gedankt.

Die Sonne kam durch. Der Kampf sollte auf dem Platz hinter dem Haus stattfinden, wo der Schnee auf dem Gras festgetreten war, also eine Unterlage, auf der man einigermaßen weich fallen würde. Um elf fuhr Manubibi auf den Hof und ließ eine verhüllte Person im Auto. Man erkannte nicht, wer das war. Dieser Krieger würde erst in Aktion treten, wenn Tanguta unterlegen wäre.

Für die andere Seite trat Petja in Erscheinung. Ich fürchtete ihn. Er war zäh und stark, nicht so groß wie sein Vater und natürlich noch nicht so geübt, aber gewandt, von extrem schnellen Reaktionen und großer Beweglichkeit.

Mit ihm stieg als Unparteiischer der Hoteldirektor Ethan Zapparman aus, natürlich ein Cro. Ich war ihm bei unserer Ankunft vor einem Monat begegnet.

Trotz meiner Angst wollte ich alles sehen. Ich hatte kaum geschlafen, ich schlief überhaupt nicht mehr fest wie auf Torquato, sondern leicht und halbwach wie in alten Zeiten. Ich bekam einen Hocker aus der Küche, und auch die anderen, die da waren, holten sich welche, das waren zwei Frauen, nämlich Visidom und Marja, außerdem zwei erwachsene Mädchen und die halbwüchsige Tochter von Perkele, die ich schon erwähnte, Mavini. Sie würden natürlich alle für ihren Stammvater die Daumen halten.

Die Überlegenheit des Brieder-Stammes war also schon zahlenmäßig sichtbar.

Das machte meinen Zwiespalt nicht leichter. Und erst, als es zur Wahl der Waffen kam — stumpfe Steinbeile, die meist geworfen wurden, — bangte ich um meinen Dogen.

Tanguta kam zu mir: „Kriegerkuß!"

Ich war einen Moment verwirrt, reichte ihm mein Ohr. Er lachte: „Wo bist du, Wölfchen? Ich bin der Krieger! Beiß mich!"

Ich nahm sein Ohr und tat ihm die Liebe.

Zum ersten Mal sah ich, wie die Verwandlung vor sich ging. Ich schmeckte sein Blut. Er ging einen Moment auf alle Viere und sammelte sich. Jetzt mußte das Hormon in seine Adern einschießen. Er war bis auf einen Gürtel völlig nackt. Wie er sich bewegte, das gab mir wieder ein wenig Mut. Kein Bürohengst, sondern ein geschmeidiges Muskelpaket. Er war eingeölt und schimmerte in der Sonne. Sein Blut malte ein rätselhaftes Zeichen auf den Schnee, es sah aus wie ein Om.

Zu meiner Verwunderung und auch meinem Schrecken trat Petja als erster Gegner auf den Platz. Auch er schon in Joy.

Perkele setzte sich auf einen der Hocker und wartete auf seinen Moment.

Er sah mich an. Sein Blick war wild und fast ein wenig wütend. So, als sei ich an allem schuld. ‚Konntest du uns nicht in Ruhe im Wald leben lassen? Wo ist das Problem? Wenn jetzt jemand verletzt wird, verantwortest du das.' So schien er zu denken.

Aber jetzt machte Petja schon einen Ausfall in Tangutas Richtung.

Sie waren sich ungleich an Kraft und Größe, da war Petja im Nachteil. Aber ich hatte die Befürchtung, daß er weniger auf Schonung bedacht sein könnte als Tanguta. Ich sah, daß dieser bemüht war, sein Beil nur defensiv einzusetzen. Es hatte eine stumpfe Keilform, und ich sah, daß der Griff eine Schnitzerei von mir war, ein Stück, das ich Amadux geschenkt hatte. Ich kann gar nicht sagen, wie sehr es mich freute, daß er es nun besaß. Das sorgfältig ausgewählte Kirschholz bewährte sich. Beim nächsten Aufprall splitterte und krachte Petjas Beilgriff.

Das bedeutete aber, daß es ohne Beile weiterging. Tanguta kam kurz aus dem Kreis, lachte mir zu und gab mir das Beil zur Aufbewahrung. Ich hielt den Griff fest in beiden Händen. Ich erinnerte mich an das Bild, das ich geschnitzt hatte, es war eine Eiderente im Auffliegen, die einem Fuchs davonkommt.

Im Ringkampf schien Petja unterlegen, aber er war geschickt. Er bewegte sich rasch und ließ sich nicht leicht packen, tauchte unter dem Dogen durch und entschlüpfte ihm.

Tanguta jedoch bewies mehr Erfahrung. Er kalkulierte offenbar die Glätte des Untergrundes richtig und setzte einen Stoß, nicht einmal einen sehr starken, der Petja von den Füßen holte. Die zweite Schulter war am Boden, das war Perkeles Stichwort, er stieg in den Ring, Petja setzte sich auf den Hocker und schämte sich.

„Alles muß man selber machen", murmelte Perkele, als er in den Ring trat.

„Stumpfes Wurfbeil", war Tangutas Wahl.

„Scharfes Beil", wählte Perkele. Aus dem Haus wurde ihm ein neues gebracht.

Ich erschrak und fing an zu zittern.

Tanguta nahm es mit Fassung.

Petja gab seinem Vater den Kriegerkuß.

Tanguta kam zu mir und ließ sich wieder das Beil reichen.

„Aber es ist stumpf!" zischte ich ihm zu, „und er kämpft mit dem scharfen…"

„Alles gut, keine Angst", sagte Tanguta in mein Ohr, „ich will nicht, daß er Blut verliert." Und er wog mein Beil in seiner Hand.

Damit kann man immer noch gut jemanden k.o. schlagen. Natürlich würde ein Homsarec davon nicht bewußtlos werden, aber nach den Regeln dieses Kampfes reicht es, wenn beide Schultern am Boden ankommen. Manubibi, Ethan und Mitja beobachten, ob das der Fall ist. Im Zweifelsfall entscheidet Ethan.

Tanguta parierte alle Ausfälle Perkeles mit großer Schnelligkeit. Sie sind einander gewachsen, was die Reaktionszeiten betrifft. Perkele ist vielleicht etwas stärker, weil er eben doch nicht die meiste Zeit im Büro sitzt. Ich weiß nicht, wessen Sieg ich wünsche, wessen Niederlage ich fürchte. Die Bälger von Perkele feuern ihren Papa an. Ich hasse sie. Ich knurre und fletsche in ihre Richtung. Mavini schaut mich ganz erschrocken an.

Und in dem Moment höre ich einen dumpfen Aufprall.

Tanguta liegt am Boden. Das Beil hat seinen Kopf getroffen und liegt mit einer abgeschnittenen Strähne im Schnee. Das Blut läuft sofort über Tangutas Gesicht.

Die Schiris beugen sich über ihn. „Nicht gefährlich!" ruft Manubibi, „eine Schnittwunde, aber keine Schädelverletzung." Marja nimmt das Verbandszeug, das schon vorsorglich auf einem der Hocker positioniert wurde, und versorgt ihn. Sie wischt ihm das Blut mit Schnee aus dem Gesicht. Mavini hockt sich zu ihm und schaut zu, dabei sehe ich, wie sich ihre Hand verstohlen auf seine Hüfte legt. Auch ein weibliches Wesen, das seinem Charme nicht widersteht, ich müßte lachen, wenn ich nicht so aufgeregt und besorgt wäre.

Nun steht Perkele hoch aufgerichtet und wartet auf den nächsten Gegner.

Ich gehe rasch und hole das Wurfbeil aus dem Schnee und stelle Tangutas Haare sicher. Es ist ein wenig Blut am Beil; ich lecke es ab.

Ethan schaut mich an und erschaudert. Ich grinse ihn frech an.

Manubibi ist zum Auto gegangen und öffnet die Tür. Er sagt etwas zu der verhüllten Gestalt. Die Hüllen fallen, und aus der Tür springt ein roter Blitz. Eine lange, schlanke Gestalt, leuchtend und glänzend in der Sonne, eingefettet mit einem roten Öl, splitternackt, nicht einmal mit einem Gürtel versehen. Es ist Pratizaye, die in den Ring tritt, und sie wählt das Seil.

Perkele fängt an zu lachen. „Ein Weib schickt ihr mir als Geheimwaffe! Mit Seil! Eine strickende Oma! Nein, das ist unfair, ihr wißt, ich schlage keine Frauen, außer sie lieben es."

„Aber sie auf den Rücken legen, das kannst du gut. Dann versuch das mal!" ruft ihm Tanguta als Antwort zu.

„Schlag mich, ich erlaube es dir!" ruft Pratizaye. Sie hat das eine Seil mehrfach gefaltet und mit einer Schleife um ihre Mitte gebunden. Das andere legt sie zur Schlinge.

Er bleibt beim scharfen Beil, das ihm so gute Dienste geleistet hat.

Eine ganze Weile umtanzen sie einander. Ich merke, Pratizaye versucht, ihn müde zu machen. Sie spekuliert auf sein Alter.

Sie selber — wie alt mag sie sein? Ende Vierzig? Sie ist drahtig, beweglich und topfit.

Ich beobachte Ethan. Er starrt sie an wie eine himmlische Erscheinung. Wahrscheinlich kennt er es nicht, daß man sich zugleich so unschuldig und so schamlos bewegen kann. Wie sie die Beine spreizt, wenn sie ausweicht. Sie macht keinerlei Versuche, etwas zu verbergen. Vielleicht versucht sie sogar, ihn damit abzulenken. Ja, mir scheint, das funktioniert. Der alte Womanizer ist nicht immun.

„Das ist unfair!" ruft Mitja.

Manubibi schüttelt den Kopf. „Es ist legitim!" gibt er kurz zurück.

Da ist sie in den Clinch gegangen, sie stehen Nase an Nase, schwer atmend. Sie bläst ihn an und läßt ihn nicht aus dem Griff.

„Unfair!" ruft Mitja noch einmal. Er ahnt wohl was. Niemand reagiert.

Zack, liegt das Seil um seinen Wurfarm, und der wird in eine ungeeignete Position gezogen. Er dreht sich blitzartig, aber der Arm steckt in einer Schlinge, und sie zieht ihn weg, was immer er versucht. Er nimmt das Beil in die andere Hand, sie schlüpft hinter ihn, zieht weiter am Seil und tanzt mit ihm einige Runden. Kaum bekommt sie ein Handgelenk von ihm zu fassen, liegt auch schon eine Schlinge drum herum. Jetzt sind sie einander gewachsen, aber sie agiert, er reagiert. Er verliert durch die Drehungen das Gleichgewicht und geht auf alle Viere. So kauert er stabil und versucht, wieder in eine Wurfposition zu kommen. Sie umtanzt ihn weiter, zieht am Seil, bis seine Hand hinter dem Rücken steckt, und nimmt seinen Kopf zwischen ihre Oberschenkel. Er will wieder mit dem Beil ausholen, aber die Schlinge um seinen Arm verhindert Würfe oder Schläge. Er versucht wieder, sie zu greifen, ihr einen Fuß wegzuziehen, um sie zu Fall zu bringen, aber sie entschlüpft. Mit einem Griff hat sie das zweite Seil von ihrer Taille gelöst, lenkt das erste Seil bereits mit der Linken und wirft die zweite Schlinge. Sie legt sich um das Beil, aber nicht um seine Hand.

Er zieht kräftig, sie läßt es überraschend los, seine Hand rutscht aus, es entgleitet. Das Beil fällt zu Boden und löst sich aus der Seilschlinge. Sie schießt es mit einem Tritt außer Reichweite. Mit der freien Hand greift er nach ihr, rutscht aber wieder von ihrem öligen Körper ab. Blutige Kratzer sind auf ihr sichtbar, wieder ist sie hinter ihm, dann hat sie seine zweite Hand in der Schlinge und zieht beide Arme kraftvoll nach hinten. Er folgt der Bewegung aus dem Knien heraus; sie zieht weiter, bis er auf dem Rücken liegt. Alle Schiris linsen gespannt auf den Ringboden, Perkele versucht mit aller Kraft, auf die Ellbogen gestützt wieder hochzukommen, auf seiner Stirn und seinem Hals treten die Adern hervor. Dann springt sie herbei und stemmt einen Fuß auf seinen Brustkasten.

„Bodenberührung!" ruft Ethan, „Beide Schultern!"

„Post nach Sukent fertig zum Versand!" ruft sie.

Ich erinnere mich! Das haben sie doch schon einmal so gemacht?

Pratizaye lacht mir zu: „Hast du unsere Planung gelesen, böser Junge?"

Tanguta und Perkele stehen rechts uns links von Ethan. „And the winner is... Now, what was your name again?" wendet er sich an Tanguta. Alle lachen.

"The Duke of Sukent!" ruft er laut und reißt seine Faust in die Höhe.

„Tangoota", wiederholt er, was ihm Pratizaye souffliert hat.

Ich laufe auf Perkele zu, der immer noch schwer atmet, und umarme und küsse ihn. „Ich verlasse dich nicht", murmele ich an seinem Ohr. Dann erst gratuliere ich Tanguta, aber ich fürchte, es kommt ein bißchen verhalten heraus.

Ich werfe mich auf mein Bett in der Kammer neben Perkeles Schlafzimmer. Ich bin nicht imstande, mich zu beruhigen, so hat mich das mitgenommen. Und gleich gibt es Essen. Sie rufen schon.

Ich steige hinunter ins Erdgeschoß. Nun werde ich ja wohl meine Koffer packen können. Scheiße.

Ich will nicht zurück nach Sukent! Und meine Strafe wird sicher nicht aufgehoben, weil ich es ja nicht war, der die Brieder zur Rückkehr gebracht hat. Am Tisch nehme ich meinen Platz fast unbemerkt ein.

Werden die Jungs ihrem Chef denn folgen? Was, wenn sie meutern?

Nein, davon ist nicht auszugehen. Das ist Ehrensache. Die Abmachung gilt, sie haben es mit Handschlag besiegelt.

6 Pratizaye, nepalesische Kriegerin

Isegrims Stadttagebuch
24.11.-22.2.192

24. November

Ich kann es kaum selber glauben, wir sind wieder in Sukent.

Ein Bus hat uns gestern nach Bratislava gebracht. Von dort sind wir nach Sukent geflogen. Für uns alle Brieder einschließlich Perkele war es das erste Mal, daß wir geflogen sind. Ihr könnt euch nicht vorstellen, wie die Leute im Flughafen geguckt haben, als die bunte Meute durch den Zoll und durch die Gepäckkontrolle geschleust wurde. Abenteuerlichste Frisuren, Schaffell und Lendentuch als Bekleidung, Tattoos, Schmuck, wir wurden mehr beachtet, als wenn eine Königsfamilie gereist wäre. Mehrere von uns lachten sich kaputt, weil unsere Ringe piepten, die wir am Schniedel haben, auch ich habe stolz mein Lendentuch weggezogen und dem Kontrolleur ein knallrotes Gesicht abgenötigt. Unsere Waffen sind sämtlich im Gepäck aufgegeben, es hat uns nervös gemacht, daß wir ohne Beile, ohne Pfeile in die Kabine marschieren mußten.

„Dürfen wir keine Freßpakete, keine Getränke mitnehmen? Seid ihr bescheuert?" hat Hiisi die Aufsicht an der Kontrolle gefragt. Zum Glück verstand sie kein Lingo. Mit Sicherheit haben die Brieder einige Steinmesser dabei gehabt, die im Röntgenbild nicht als Waffen aufgefallen sind, weil sie nicht aus Metall waren. Der Flug war kurz, wenig über eine Stunde. Der Sukenter Senat hat es sich was kosten lassen.

Perkele ist nervös, aber es ist nicht der Flug, den er fürchtet, sondern Sukent und seine Autoritäten. Denkt er, sie werden ihn wegen Banketts Alten Stils festnehmen? Ich sage ihm leise, er soll sich keine Sorgen machen, Vergehen im Ausland werden in Sukent nicht geahndet. Denke ich wenigstens. Nein, es ist was anderes.

„Du hast uns ja nicht hergebracht, sondern Tanguta war es. Wenn sie dich jetzt wieder nach Torquato schicken? Es treibt mir die Tränen in die Augen, wenn ich dich wieder so sehen soll, wie du warst, als du mir in die Arme gelaufen bist…"

Als Antwort nehme ich seine Hand und küsse sie. „Lieber Papa", sagte ich, da lacht er schon wieder, „wir werden wieder durch die mährischen Wälder laufen, du und ich…"

„Geb's Gott", murmelt er. Und er schaut aus dem Fenster, wohl, um seine Emotionen zu verbergen.

Am Lido, wo wir gelandet sind, nimmt uns ein Boot an Bord, das ebenfalls vom Senat gemietet wurde. Es wird von ein paar kleinen Fanbooten flankiert, sie haben jubelnde Leute an Bord, die den Dogen begrüßen. Der hat einen Kopfverband und hat schon Witze gemacht, was für einen schicken Turban er jetzt trägt, und daß man ihn für einen Taliban halten und observieren lassen wird…

Ich schaue ihn an und denke nach, ob ich ihn noch liebe.

Ja, ich denke, ich liebe ihn noch, aber ich begehre ihn nicht mehr. Oder nicht so wie früher.

24. NOVEMBER, AM ABEND

Ich darf wieder bei Tante Nox wohnen. Sie hat mich voller Liebe aufgenommen.

Nachdem wir in Sukent angekommen sind, holt sie mich mit einem Taxiboot ab und fährt mich nach Fort Nox. Sie hat jetzt Goldi als Kore, haha, ich foppe ihn damit, er ärgert sich, er sei ein Mädchen, ich könne es nur nicht sehen. Ich rede aber trotzdem von ‚ihm', nicht von ‚ihr', „das Karma hat dir einen Schwanz gegeben, sei stolz drauf", sage ich. Er ärgert sich weiter. In einer halben Stunde gibt es Essen, sagt er und zischt mir zu, „leider vegan, mir kam niemand nah genug, um ihm ein Filet rauszuschneiden". Ich knurre ihn an, darüber mache man keine Witze, denn das hat Perkele mir abgewöhnt. Eine schmerzliche Erfahrung.

„Du darfst mir nichts tun", wispert er, „ich habe dir schlafen geholfen, als du solche Schmerzen hattest. Du must immer dankbar sein, das hast du versprochen." Habe ich wohl. Zu dumm.

Und ich würde nach Stallmist riechen, sagt Goldi.

Ich dusche rasch, um den ‚Stallmist' loszuwerden. Es ist das erste Mal seit der Entführung, natürlich habe ich auch in der ‚Wildnis' jeden Tag gebadet. Aber die Ställe der Ponies, Kühe und Hühner lagen im Seitenflügel des Hauses, und da mußte man durch, wenn man zum Klo wollte. Vielleicht hängt doch noch etwas Landparfum in den Kleidern. Von wegen Stallmist, das wirst du büßen.

Wir essen, es schmeckt wundervoll, meine Laune wird etwas besser.

Wann ich denn wieder nach Torquato müsse, frage ich meine Tante.

„Oh, das ist doch nicht sicher, schließlich bist du mit den Briedern zurückgekommen, also kann es um Haftentlassung gehen, sie verhandeln noch, die Sala de Thing und der Richter."

„Es war nicht mein Verdienst", murmele ich.

„Der Doge sagt, du hättest wesentlich dazu beigetragen, Perkele umzustimmen."

Ich muß ein bißchen lachen, denn das stimmt ja nun überhaupt nicht.

Nach dem Essen nimmt sie wie immer ihre kleine Pfeife; sie läßt mich neben sich auf dem Sofa sitzen, legt ihren Arm um mich, küßt mich und raucht Papavers.

Alles ist gut.

Sie sagt, ich sähe gut aus, trotz der Jahreszeit, nach Sonne und Bewegung. Und ich hätte einen ganz neuen Gesichtsausdruck. Nicht mehr so besorgniserregend resigniert.

Das sind ihre Worte.

Ich sage, sie muß den Mann kennenlernen, der mich so verändert hat!

„Okay", lächelt sie, „ich kenne ihn. Ich kenne alle, die vor dreißig Jahren in Sukent gelebt haben. Ich war bei der Polizei, Liebes."

„Und was hatte er mit der Polizei zu tun?" frage ich ein wenig zitternd nach dem, was ich wissen sollte, aber nicht wissen will, „vor dreißig Jahren — da war er doch noch ein Kind…"

„Och, nicht so richtig. Mit achtzehn…"

„Was?? Tante, dann wäre er ja achtundvierzig!"

„Kann hinkommen. — Ja, die frische Luft in den mährischen Bergen…"

Ich dachte nach. „Wie kann das sein? Er ißt regelmäßig Heiliges Fleisch…"

„Bitte nenn es nicht so, das tun nur die Kan… die Esser."

„Aber warum mußtest du ihn verhaften?"

„Nicht ihn. Die Leute, bei denen er lebte. Diese immer besoffenen Finnen. Sie haben ihn nicht gut behandelt, wir nahmen ihn da raus. Sie haben ihn unter Alkohol gesetzt, unschön geschlagen, er verlor Zähne — gut, uns wachsen sie nach, aber erst einmal tut es weh."

„Und dann?"

„Er wurde zu guten Leuten als Pais gegeben. Eine Zeitlang war er sogar Pentedattilos Pais. Der Pais des Dogen! Du glaubst nicht, wie er bewundert wurde. Er trat in die Garde ein und diente gut. — Weißt du, es würde zu weit führen, wenn ich dir jetzt das alles erzählen würde, aber wir müssen zu deinem Termin, ich erzähle dir später alles, was du wissen willst — aber tut er das nicht auch? Du hast doch viel Zeit mit ihm verbracht."

Goldi trat ein. Machte einen Knicks. Na, das werde ich ihm austreiben.

„Madame, es ist zwei Uhr."

Wir machen uns auf den Weg. Es ist nur ein kleiner Fußweg, über die Brücke und das Ufer entlang. Wir kommen in einen großen Saal, das ehemalige Refektorium des Klosters San Francesco. Hier sind schon die Gäste aus Slowakien versammelt, sitzen an kleinen Tischen, ich suche mit Blicken meinen… Perkele, der mir zuwinkt, als wir den Saal betreten. Jetzt ist aber keine Zeit, ihn zu begrüßen, wir winken nur, dann geleitet uns Trisax zu unserem Tisch. Gerade wird Tee getrunken, die Gäste haben zu essen bekommen.

Der Doge tritt ein. Er trägt sein buntes Kente in Gelb mit rot und violett. Sein Kopfverband ist durch ein violett und golden gemustertes Tuch kaschiert, darauf sitzt die Brokatkrone. Also Turban plus Dogenkrone. Orient und Okzident.

Er hat Perkele die Hand gereicht und eine kleine Rede gehalten und dankt den Gästen, wie er sie immer nennt, daß sie sich auf die Reise gemacht haben. Sie würden erst im Lauf der nächsten Tage erfahren, wie wichtig es sei, daß sie nun hier sind.

Kunkamanito tritt ein. Tanguta überläßt ihm das Wort und setzt sich.

„Liebe Freunde, ich fange mit dem Wichtigsten an. Ihr habt die Lösung unseres größten Problems, die Befreiung vom Fluch, das Ende unserer Sorgen mitgebracht. Diese Lösung liegt in eurem Blut."

Er läßt die Worte wirken und schaut in die Gesichter.

„Wir haben Iváns Blut gleich nach seiner Rückkehr ins Hotel ‚Lucky Hills' untersucht. Iván — ja, da ist er." Er wies mit der Hand in Richtung eines Tisches am Fenster.

„Wir waren überrascht, als wir es analysiert haben. Ich will euch nicht mit den Details langweilen. Ich sage nur so viel: In eurem Blut liegt wahrscheinlich die Lösung. Wir bitten euch im Namen der gesamten Ärzteschaft, uns zu unterstützen, denn ihr seid der Schlüssel. Natürlich können wir nicht mehr tun, als euch darum zu bitten. Niemand kann genötigt werden, geschweige denn, gezwungen."

Und als er verstummte, schwebte ein zarter Klang über uns: „Bitte helft!"

Woher kam das? Wir schauten uns an.

Und ich wußte es und sah es in den Gesichtern der anderen. Die Cultura selbst, ihre Königin, unsere Schwarmintelligenz bekniet diese rauhen Gesellen, diese Jäger, Räuber, Kannibalen, den Fluch endgültig besiegen zu helfen. Und da sitzt der feine, nach Parfum duftende Doge und bittet sie, die Cultura zu retten. Das lasse ich mir auf der Zunge zergehen. Aber sowas von.

25. November

Schlecht geschlafen. Ich habe die Fenster im Gästezimmer geöffnet. Es war zu warm und zu ruhig. Keine Wölfe in der Ferne, kein Rütteln des Windes an den Bäumen. Nicht das Krachen des Eises auf dem Teich. Stattdessen hupende Motorboote, die Sirene der Ambulanz, die keine 200 Meter weit ihren Anleger hat. Das Bett ist zu warm und zu weich. Ich lege mich mit dem Schlaftuch auf den Teppich, ziehe mir ein paar Kissen herunter und döse nach wilder Art. Die Stadt ist so voller Stimmen und Gedanken. Ich mag das nicht. Es ist so, als würde jemand einen zwingen, einen blöden Radiosender zu hören. Dies ist nicht mehr meine Welt.

Eher noch die Stille in der Lagune um Torquato... Sagte ich Torquato? Immer noch besser als dieser Ameisenhaufen.

Nox findet mich auf dem Teppich. Sie lächelt. Sie weiß, warum. „Und geschlafen hast du wohl auch nicht?" Oh, ja, sie versteht.

Wir frühstücken im Balkonzimmer auf der Südseite. Wo ich damals eingestiegen bin. Goldi erscheint in einer reizenden Zofentracht, sieht aus wie auf einem Foto von 1900. Ich finde es absurd. Noch vor wenigen Tagen ging ich mit Pfeil und Bogen und Schneeschuhen auf Kaninchen. Und jetzt kriege ich Frühstück von einer Zofe serviert.

Heute ist das also mit dem Blutabnehmen losgegangen. Wir werden in denselben Raum gebeten, in dem gestern der Doge seine Gäste begrüßt hat. Heute sieht alles ein wenig anders aus, es sind Sessel aufgestellt, in denen die Leute liegen können, während sie angepiekt werden. Und es gibt eine Sitzgruppe mit Teppichen und Bodenkissen, umrundet von Sofas, in denen die Gäste sitzen können — oder auf dem Boden, wenn sie das lieber mögen. Von hier haben sie immer Sichtkontakt zu denen, die gerade ‚behandelt' werden, und diese können ihre Gruppe in der Sitzecke sehen.

Die Schwestern und Assistenten haben erst etwas über die räumlichen Verhältnisse gemault, wie ich von Kunkamanito höre. Und auch seine Antwort: „Datenschutz, Diskretion, Hygiene. Pipapo. Seine Exzellenz der Doge hat es so angeordnet."

Sie reagieren etwas angefaßt.

„Warum sollen wir jetzt auf einmal alles beiseite lassen, was gut ist und sich bewährt hat? Sie selber, Herr, haben doch immer so viel Wert..."

„Diese Leute sind Wilde! Sie sind mißtrauisch und wollen nicht von ihrer Gruppe getrennt werden. Hier!" — Kunkamanito legt mir den Arm um die Schulter: „Dieses Wolfsjunge, das einen Monat in den wilden Bergen von Mähren überlebt hat, das könnt ihr fragen, wie die Brieder ticken, der kennt sie. Und seid nett zu ihnen, sonst bin ich nicht mehr nett zu euch!"

Tatsächlich erscheinen meine Brieder mit dem Beil im Gürtel. Sicher ist sicher.

Sie haben sogar ein wenig dezente Kriegsbemalung aufgelegt.

Ohne zu wissen, daß sie es taten, tat ich das auch, als ich mich heute morgen in Tante Nox' Badezimmer schön machte. Warum das?

Ganz einfach, wir werden heute Blut verlieren, also Kriegsbemalung.

„Noch Fragen?" schaue ich die erschrockene Zofe an. Nein, Goldi hat keine.

Die Schwestern, besonders die Cro, beäugen die Wilden neugierig. Sie tragen nicht einmal das Schaffell, es ist zu warm, tropische 12 Grad, und das im November! Das Lendentuch reicht völlig. Aber aller Schmuck muß sein. Die Ohren voll Silber, die Brust —

meist von der Nachtschwalbe geziert — von Ketten umrahmt, die aus Waldfrüchten wie Bucheckern und aus Holzschnitzereien bestehen. Ja, ich war fleißig an den Abenden nach der Jagd. Und meine Brieder bestellten sich alle ihre Lieblingstiere. Ich bin der Zooschnitzer aus der Niederen Tatra.

Und sie riechen nicht nach Stallmist! Notiz am Rande. ‚Goldi übers Knie legen.'

Die Schwestern, die Blut abnehmen, versuchen sich ein wenig mit ihren Patienten zu unterhalten, aber die sprechen ein recht anderes Lingo, ich mußte mich auch erst daran gewöhnen. Es ist nicht nur mit slawischen, auch mit ungarischen und finnischen Ausdrücken vermischt. Aber sie weichen elastisch auf andere, lateinstämmige Wörter aus, wenn sie nicht verstanden werden. Rumänisch stellt da schon eher eine Brücke dar.

Sie werden ruhiger in dem Maße, in dem sie ihre behandelten Brieder heil und gesund in die Sitzecke zurückkehren sehen. Sie machen rauhe Scherze und diskutieren die Qualität der Schwesternärsche. Die Damen sind das nicht gewohnt und schauen verärgert über den Brillenrand. Sexismus geht gar nicht.

Aber lieber nichts sagen. Senatsgäste.

26. NOVEMBER

Kunkamanito hat Tante Nox angerufen, ich müsse ins Hospital kommen, er brauche noch weitere Proben von mir. Ich schlendere dorthin, nicht besonders begeistert von seiner Bitte. Zwischendurch spiele ich ein bißchen Korbball mit den Kids auf dem Platz mit dem Reiterstandbild, sie haben gegenüber einen Korb aufgestellt, sie sagen, „hey, du bist gut, wo spielst du?" Ich sage, „bei den Bémishen Briedern", sie zucken die Achseln: „Nie gehört." Sie werden es in der Zeitung lesen. Einer sagt, meine Haare seien ‚Kult', und das will er auch haben. Diese Kombination von geflochtenen Zöpfen, Dreadlocks und offenen Haaren hat Mavini bei mir angerichtet, durch die Dreadlocks werde ich im Leben nicht mehr mit dem Kamm durchkommen, wo sind meine schönen, seidigen Haare geblieben? Sie hat mir noch Federn reingesteckt, wie sie es auch bei ihrem Papa macht. Eine lange Fasanfeder hat sie mit einem Faden umwickelt und eine Haarklemme hindurchgezogen, so daß ich sie auch rausnehmen kann. Sie weht dekorativ hinter mir her. Ich eile weiter. Kunkamanito — „wo bleibst du denn?" — steht offensichtlich unter Streß. Die Proben sind genommen und beschriftet.

Ich gebe noch eine Kontrollprobe, damit man die Entwicklung verfolgen kann, wie sich die Prionen wieder abbauen, im Vergleich zu damals. Die Laboranten sind zur Zeit nur für uns tätig und arbeiten sich einen Wolf.

Nach der Probe kriege ich ein kleines zweites Frühstück.

„Willst du mir sagen, was du suchst?" frage ich den Doc.

Er hält sich bedeckt. Nur soviel: „Ihr habt ja ordentlich Mahlzeiten im Alten Stil zu euch genommen, und trotzdem bauen sich bei dir die Prionen schneller ab als damals vor einigen Monaten. Deine Temperatur ist wieder auf 38,5° gestiegen. Trotzdem — oder eben darum — setzt sich dein Körper schneller zur Wehr als damals."

„Ja, eben weil ich heiß bin."

„Vielleicht ist es ein Fehler, uns abzukühlen", sinnierte er. Die Calor Sauvage hat ja auch ihren Sinn, meinte er. Denn unsere Hitze ist wiederum ein Schutz vor den schädlichen Prionen. Ich verstand nicht alles, was er mir erklärte, obwohl er es sicher schon sehr vereinfachte. Die Eiweiße falten sich unter der Wirkung von Hitze wieder richtig, werden also gesund, aber zugleich ist die Hitze eine Gefahr für uns, wenn sie zu sehr steigt.

Er saß auf einem Hocker. Seine blaue Jacke mit den Kugelknöpfen, die er heute als Beamter der Stadt trug, stand immer offen. Auf der linken Brustseite steckte eine Nadel, ein Stab, um den eine Schlange gewickelt war. Es berührte mich unangenehm. Obwohl ihn dieses Zeichen als Arzt im Staatsdienst auszeichnete.

„Den Neutertee hast du seit der Abreise nicht mehr getrunken?" fragte er.

„Natürlich nicht", verkündete ich stolz, „ich bin jetzt ein Mann — wieder ein Mann. Ich liebe es. Laßt mich bloß nicht wieder dieses Zeug saufen, davon wird man depressiv. Ich bin am Boden angekommen. Ich liebe Hingabe und Unterwerfung, ja. Aber da habe ich meine Grenze erfahren. Das war kein Leben, Mani! Das habe ich nicht verdient! Verknackt mich meinetwegen zu Inselhaft, aber nehmt mir nicht meinen schönen steifen Schwanz! Jetzt bin ich wieder lebendig, ich habe jeden Tag trainiert, ich bin in einer Kriegerausbildung, habe zehn Trainingstage in Joy de Guerre gehabt. Ich habe jeden Tag Bogenschießen, Speerwurf und Beilwurf trainiert. Ich bin noch nicht fertig mit der Ausbildung, weit entfernt, aber ich muß sie weitermachen, nur so fühle ich mich lebendig. Mani, bitte, Doktor, machen Sie das meinem Dogen klar!"

Er hatte meinen Ausbruch schweigend angehört.

„So kenne ich dich gar nicht", sagte er dann langsam, „aber du gefällst mir so!"

„Ja", sage ich in schöner Bescheidenheit, „ich selber mir auch, weil ich von meiner Natur so gedacht und gewollt bin. Ich weiß jetzt, was mich damals verrückt gemacht hat, es war meine unterdrückte Hitze. Ich muß brennen, ich gehöre so, und wenn ich dann eher verbraucht sein werde, so hat es sich doch gelohnt. Es ist nicht nur, wie lange du lebst; was zählt, ist, wie glücklich du bist. Mani, ich bin glücklich gewesen, als ich bei Perkele war."

„Und du hast keine Bedenken, daß das dein Leben abkürzt, wenn du brennst?"

„Schau Perkele an. Er ist alt, er weiß nicht, wie lange er es noch machen wird, aber er hat keine Angst oder zeigt sie nicht. Er lebt jeden Tag wie andere eine Woche, so voll von Liebe, Wildheit, Kraft und Sinnlichkeit. Ich liebe ihn."

„Er hat dich gefickt? Entschuldige, daß ich jetzt indiskret bin, aber auch das hat mit den Rätseln zu tun, die wir gerade zu lösen versuchen."

„Ja, fast jede Nacht."

„Und seine Frauen vögelt er auch?"

„Ziemlich oft."

Kunkamanito schüttelte ein wenig den Kopf und lächelte, schob die Unterlippe ein Stückchen vor und nickte. „Ein Homo Sapiens Erectus von echtem Schrot und Korn."

Dann sah er mich direkt an: „Und ich glaube, du bist auch so ein Exemplar, Wölfchen, wir haben dich ganz falsch behandelt. Wir haben versucht, dir das auszutreiben, was dich am Leben erhält."

Er drehte sich um und nahm ein Blatt Papier in die Hand.

„Wir finden bei allen Bémishen Briedern die Spuren von regelmäßigem Essen Alten Stils. Und trotzdem sind die Prionen in schnellem Abbau begriffen, das erkennen wir an den vielen Reparaturzellen, die unterwegs sind, den Chaperonen, ich erzählte dir davon. Sie haben auffallend viele davon. Du auch."

Ich atmete im Stillen auf.

„Nebenbei ist deine Blutgerinnung nicht mehr geworden, das ist eine gute Nachricht, denn du hast eine Veranlagung zu Thrombosen. Auch etwas, das ich nicht erwartet hatte. Deine Temperatur ist gestiegen, wie wir schon sagten. Dein Blutdruck, Puls, Atmung, das alles ist höher und schneller. Nicht in einem kritischen Bereich, halt ein Stück weit gesteigert, wie zu erwarten war nach diesen Essen. Wie oft hast du…"

„…Heiliges Fleisch?"

„… mag das Wort nicht. Aber, du weißt, was ich meine, ja. Wie oft?"

„Fast täglich."

„Und wie viel?"

„Ein paar kleine Stücke… so bei 50 bis 80 Gramm pro Tag."

„Unfall?"

„Ja."

„Keine Unsrigen?`"

„Negativ. Er sagte, dieser Tod ist auch bei ihnen selten geworden."

„Darf ich deine sexuelle Erregbarkeit überprüfen?"

Ich dachte, haha, jetzt wird es lustig. Und erlaubte es ihm, ohne eine Miene zu verziehen. Zog das Lendentuch aus dem Gürtel und bot mich ihm an.

„Holla! Wo hast du den Ring denn her?"

Er drehte meinen Schwanz, um die Unterseite zu sehen, hatte binnen weniger Sekunden einen Steifen in der Hand und schaute den Ring an.

„Den hat Perkele mir gestochen", sagte ich.

„Haben alle Brieder sowas?"

„Nicht alle. Fünf oder sechs von der Truppe."

„Sind alle mitgekommen?"

„Ja. Ehrensache. Nur seine Cro-Frauen und die kleineren Kinder sind dort geblieben. Und zu ihrer Sicherheit hat Seine Exzellenz je zwei unserer Wachen und zwei Amazonen in die vier Häuser geschickt."

„Die werden wohl auch so aufgebrezelt zurückkehren wie du?"

Ich griff in meine Haare. „Geil, nicht wahr?"

Mani schaute verträumt. „Früher sahen die Krieger genau so aus wie du. Und sie hatten diese Power. Ich glaube fast, wir haben auf dem Weg was verloren."

27. November

Einen ganzen Tag sind wir schon hier, und ich habe noch keine Zeit gefunden, mich nah bei Perkele aufzuhalten, am besten in seinem Arm, an ihn gelehnt, das Ohr auf seinem Brustkasten, um seine Stimme dröhnen zu hören. Wie ein Kind. Er ist mein Beschützer geworden, und muß wohl auch seine Krieger beschützen, nun sind sie so verunsichert, daß sie sich vor dem Gewühl und dem Gassengewirr fürchten, wo sie es mit Wolf und Bär aufnehmen, wenn sie im Wald sind. Nur Perkele kennt die Stadt, er hat einmal im Jahr das große Nachtschwalbenbankett besucht, aber seit die nicht mehr gehalten werden, sondern für illegal erklärt wurden, war er nicht mehr hier.

Ich laufe nach dem Termin bei Mani durch die Gänge des Kloster San Francesco und suche meinen wilden Herrn. Ich weiß nicht, in welchem Zimmer er wohnt. Ich mag nicht klopfen, spüre wichtige Gespräche, bin nicht sicher, hinter welcher Tür er sich befindet.

Eine der Türen geht auf, Mitja schaut heraus: „Papa meinte, du bist auf dem Korridor, dann komm doch herein." Ich finde ihn, zurückgelehnt in ein Kissenpolster beim Tee, sie haben just gegessen. Ob ich auch noch was möchte? Ich knabbere ein paar panierte Happen von den halbleeren Tellern auf dem niedrigen Kupfertablett.

Er schaut mich dabei an, ohne den Blick zu wenden.

„Wie geht es euch hier? Wohnt ihr gut?" frage ich.

Petja ist auch da und Perkeles halbwüchsige Söhne Seriwolk und Krasnikon sitzen etwas abseits auf dem Teppich.

Sie haben die Elektronik entdeckt, hocken vor dem Fernseher und spielen etwas, was quäkt und brummt. Furchtbar, sowas. Ich hasse das.

„Schluß jetzt!" befiehlt Perkele, „raus mit euch, geht Ball spielen auf dem Platz. Zeigt den Sukentniki, wie die Bémishen spielen."

Dankbar lasse ich mich nah bei ihm auf einem Kissen nieder.

„Pfeife?"

„Danke, habe ich schon."

„Oho!" lacht er, „wer…?"

„Tante Nox."

Er verstummt und raucht weiter. Ich habe ihm von Tante Nox erzählt, er hat nichts darauf gesagt, als ich es tat. Jetzt weiß ich ja, daß sie ihn aus den Händen der überforderten Pflegeeltern befreit hat, aber er kommentiert das nicht. Berührt das etwas Schmerzliches in seiner Vergangenheit?

„Schon was vom Gericht gehört?" fragt er mich.

„Nein, und das wird auch noch ein paar Tage dauern."

Er verdreht die Augen.

„Wie lange sollen wir denn überhaupt bleiben?"

„Habt ihr denn nicht mit Doktor Kunkamanito gesprochen, was noch gebraucht wird?"

„Er läßt sich nicht groß aus. Sagt, er braucht noch zwei Proben an zwei weiteren Tagen. Er sagt, er hat auch Proben von den Leuten genommen, die im Haus zurückgeblieben sind, als wir durch den Keller gingen…"

Eine schöne Umschreibung für die Höhlenwanderung!

„… und die Ergebnisse waren so, daß der Doge beschlossen hat, auch herzukommen und uns alle zu holen."

Er legt die Pfeife ab und nimmt meine Hand. „Weißt du mehr darüber?"

Ich zögere. Eigentlich darf ich nicht darüber sprechen.

„Ich kann nur sagen, was er im Bezug auf meine Behandlung gesagt hat. Er sagte, es sei wohl ein Fehler gewesen, mich abzukühlen. Und ich muß den Tee nicht mehr trinken."

„Wot!" Er triumphierte. „Mein Liebling darf ein Mann sein. Und was ist mit dem frühen Tod? Sind sie noch so besorgt um uns?"

„Das scheint doch alles nicht so einfach zu sein."

„Ist es nicht. Wenn es so einfach wäre, wäre ich schon tot."

„Wie alt bist du, Papa?"

„Wirst du wohl aufhören, mich so zu nennen! Ich bin achtundvierzig."

Er lehnte sich zurück, lächelte stolz und zog an der Pfeife.

„Ich bin älter als dein Doge."

„Mir scheint, du glaubst, du wirst hundert."

„Muß man, dann geht das auch", lächelte er.

Er schickte seine Söhne weg. Wir waren allein. Er schloß die Tür ab. Und nun fielen wir uns in die Arme. Wieder sagte ich ihm, ich wollte nie mehr von ihm weg. Ich lag auf der Ottomane, nackt und voller Hingabe, schenkte mich ihm, verweigerte nichts. Er nahm mich heute mit besonderer Zartheit, so als sei er hier ein anderer, zeigte ein neues Gesicht, ein sensibles, ein sanftes, legte eine Geduld an den Tag wie nie zuvor.

Ich merkte, dieser Ort weckte eine andere Seite an ihm, das heftige, rücksichtslose zynische Gebahren geschah im Blockhaus, während ich hier den feinsinnigen Genießer erlebte. Ich gab auf, wissen zu wollen, was er als nächstes tun würde, als er mir die Augen verband. Er hielt meine Hände fest und unterwarf mich fein abgemessenen Qualen. Auch das also konnte er sein. Der mich zappeln und mich winden ließ und mir doch nicht die Erlösung gab. „Morgen weiter", sagte er und machte mich los. Mein Atem war erst schwer, ebbte ab, und ich genoß den Nachgeschmack des Wartens, der wieder ein Warten war. Er küßte mich und drang mit seiner Zunge tief meinen Mund. Mal um Mal überrieselte mich etwas, das ich nie so deutlich gefühlt hatte, es kam, wenn er meine Oberarme umfaßte, wenn er seine Hand in meinen Schritt schob, um mich zu reizen und doch wieder zu verlassen. Und dann war es doch nicht mehr ein Warten, sondern eine Gegenwart. Er ließ mich betteln, ersehnen, verlangen, und endlich durfte ich mich ihm schenken.

Zur Zeit der Ruhe kamen die Söhne zurück. Ich lag weiter nackt auf der Ottomane. Ich zeigte stolz, daß ich ihm gehörte, ich schämte mich nicht vor seinen Kindern. Er sagte nichts, warf auch nicht eine Decke über mich, so wie es jemand getan hätte, der die Nacktheit bedecken und so tun will, als sei mir nur kalt. Ich lag da, und sein Saft sickerte aus mir und machte mich stolz.

„Ich denke, ich sollte gehen", sagte ich, „Tante Nox macht sich Sorgen, und ihr wollt Ruhe, denke ich."

„Nicht nötig", sagte er, „Mitja war mit einem Briefchen bei Tante Nox und hat ihr gesagt, daß du bleibst."

Ich begab mich rasch in die Dusche dieses Apartements.

Er gab mir ein Schlaftuch, nahm sich eins und legte einen Teil davon um mich. Ich ruhte und döste und blieb jede Sekunde in dem Bewußtsein, in seinen Armen zu liegen, ob ich nun schlief oder nicht.

Ich konnte das auch nicht so recht unterscheiden.

Die Jungs verteilten sich auf dem Kissenlager und dem Doppelbett, wir blieben auf der Ottomane.

28. Νοvember

Am frühen Morgen steht der Doge vor der Tür. Seine Exzellenz beehrt sich, den Anführer der Gäste mit einem exzellenten Frühstück erfreuen zu wollen. „Ihr seid doch sicher schon ausgeschlafen und hättet Lust auf ein paar ausgewählte Delikatessen aus Stadt, Lagune, Inseln und Meer?" Und schon rollen Kúsali, Khorasan und Saiko den Tisch herein und tragen auf.

„Champagner?" Der Korken knallt. „In Böhmen und Mähren ist der Homsarec bekanntlich sehr viel trinkfester als in Sukent, Ihr reicht sicher an die baltischen Brüder heran, die trinken sogar Schnaps, hörte ich."

Perkele ist völlig verblüfft. Ich habe noch nie erlebt, daß ihm die Worte fehlten. Seine Söhne tauchen verträumt aus den Schlaftüchern auf. Sie hatten noch bis zum Morgengrauen diese Computerspiele gespielt, aber Perkele verbot ihnen, den Ton anzustellen, und ich verband mir die Augen, damit das Lichtflackern nicht durchdrang. Richtig eingeschlafen bin ich eine gefühlte halbe Stunde vor dem liebreizenden Überfall unseres Dogen auf seine Gäste.

Ein riesiger Korb mit knusprigen Brötchen, die noch warm sind, wird in die Mitte des großen Kupfertabletts gestellt. Seine Exzellenz hat sich schon auf den Kissen niedergelassen. Ich renne noch einmal in die Dusche, um frisch zu werden, und versuche, die Spuren der Nacht zu tilgen — ich habe nicht nur einmal welche davongetragen. Und es gibt auch welche, die nicht abwaschbar sind, die verräterische Doppelspur des Rohrstocks.

Der Doge zwinkert mir boshaft zu. Oh, er führt was im Schilde, das merke ich.

Als ich aus der Dusche komme, ein wenig verschämt, denn mein Lendentuch ist zu schlicht für den hohen Besuch und auch zerknittert, winkt er mich an seine Seite. Ich werfe einen kurzen Blick zu Perkele; der macht eine Geste, ich soll dem Dogen gehorchen, und sein Ausdruck ist säuerlich, er hat mich an den Herrn der Stadt verloren, und mein Ausflug in die Arme meines Bémishen Herrn war eine verbotene Frucht, das wissen wir beide.

Ich erinnere mich an ein Serf, das zwischen zwei Herrinnen strittig war. Und jemand sagte, er beneide dieses Serf. Aber das sagte, als dieses Gespräch zwischen Tür und Angel stattfand, es sei gar nicht zu beneiden. Ob sie denn wüßten, wie es ist, zwischen zweien hin- und hergerissen zu werden und sich mal auf die Befehlswelt und Art und Weise der einen, dann wieder der anderen einstellen zu müssen?

„In dem Wort ‚Verzweiflung' steckt das Wort ‚zwei'", sagte er.

Also setzte ich mich neben meinen Herrn Tanguta und fühlte mich merkwürdig. Er schneidet mir ein Brötchen auf und gibt mir zu essen.

Natürlich darf ich nicht selber zum Essen greifen, wie ich es mir in Maslenie Blini angewöhnt habe, sondern nehme, was mir Seine Exzellenz hinlegt, setze meinen Teller auf den Teppich und frühstückte kniend. Ich trinke Tee, bekomme natürlich keinen Champagner, auch nichts vom Fleisch, sondern nur Pflanzenkost. Die anderen Serfs stehen hinter dem Serviertisch stramm, schauen indifferent drein und krönen diese Farce eines kalten Reprend durch ihre professionelle und diskrete Haltung.

„Der Ehrenwerte Anführer wird sicher Verständnis dafür haben", sagt Seine Exzellenz und erhebt sich, „wenn wir wieder an unsere Regierungsgeschäfte gehen müssen." Und mit der größten Selbstverständlichkeit faßt er mich am Arm, so ein wenig hinter seiner Robe versteckt, aber so hart, daß ich sicher sein kann, Abdrücke aller seiner Finger für ein paar Tage im weichen Fleisch meines Arms wiederzufinden. Und so führt er mich hinaus, kaum, daß ich Zeit habe, meinen lieben Perkele mit einer Verbeugung zu grüßen.

Tanguta versprüht — wie seit seinem Eintreten — seinen bezauberndsten Charme in der Runde, und verschwindet mit mir, kneift mich bis aufs Blut und zerrt mich den Korridor entlang, während die drei anderen Serfs mit schlecht verhohlener Schadenfreude hinter mir hermarschieren, den klappernden und rüttelnden Servierwagen vor sich herschiebend.

Wir gehen den ganzen Weg hinüber zum Dogenpalast in Begleitung der grinsenden Serfs und des ratternden Bewirtungsmöbels. Es ist ein Spießrutenlauf. Tanguta läßt mich nicht los, obwohl es mir nicht in den Sinn käme abzuhauen.

Er macht sich aber nicht gleich an die Regierungsarbeit, sondern kehrt mit mir allein in seine Privatgemächer ein, die er immer noch hier hat. Hier übernachtet er, wenn die Arbeit sich zu lange hingezogen hat. Sein eigentliches Wohnhaus, wo nun auch Vanessa lebt, ist nicht mehr das enge, dunkle Häuschen am Platz der Zweiten Tausend. Es ist ihm durch die Kriegserlebnisse des 7. Mai verleidet. Stattdessen haben sie ein großzügiges Appartement im Ghetto bezogen.

Die schwere geschnitzte Tür schließt sich hinter uns. Die Amazonen, es sind Phlox und Spex, haben mir hinter dem Rücken Seiner Exzellenz Grimassen geschnitten.

Er läßt mich los. Schubst mich, so daß ich auf dem Teppich auf die Knie gehe, setzt sich in den Lehnstuhl und schaut mich an. Ich wage nicht, den Blick zu heben. Auch als er meinen Namen sagt — „Isegrim!" —, antworte ich „ja, Herr", aber ich kann ihn nicht ansehen.

Er schweigt, ich warte.

Schließlich lasse ich einen verstohlen kleinen Blick zu ihm hinflattern, da sehe ich: Er lächelt breit. Aber doch ein wenig böse.

„Deine Herrin will dich sehen", sagt er.

Wir sind dann zum Ghetto hinübergegangen, es ist nicht weit. Er hat mir die Hände auf den Rücken gefesselt. Wie gut das tut! Als er damit fertig ist, hebt er mein Kinn, um mir in die Augen zu schauen. Ich weiß nicht, was er tun wird, und diese Unsicherheit macht mir Angst und kickt mich auch. Es ist genau so wahrscheinlich, daß er mich küßt, wie eine schallende Ohrfeige.

Und dann kommt beides. Er drückt mir fast brutal die Lippen auseinander und küßt mich fest und schmerzhaft, beißt mich dabei etwas in die Lippe, ich blute. Er hält mein Kinn fest und knallt mir eine rechts und eine links. Mit Wechsel der haltenden Hand. Ich sehe, wie seine braunen Augen mich böse fixieren.

„Ich werde dich vor eine Wahl stellen", sagt er dann.

„Was für eine Wahl?"

„Du wirst es erfahren, wenn wir drüben sind, in unserer Wohnung", sagt er.

Er läßt Khorasan rufen, der packt ein Portfolio für des Dogen Heimbüro und wandelt mit einer Amazone hinter uns her. Seine Exzellenz überläßt es Spex, mich am Seil zu führen. Sie trägt heute eine weiße Leinenuniform mit passendem Harness und vergoldeten Beschlägen. Sie wickelt sich das Seil mehrmals um die Hand, als bestünde konkrete Fluchtgefahr.

Auf dem Weg zum Ghetto sterbe ich fünf, acht oder zwölfmal.

Touristen bestaunen uns, erkennen den Dogen und bleiben wie angewurzelt stehen und starren. Einwohner erkennen den Dogen und lassen ihn im Kniefall vorbeiwallen, den Kopf gesenkt. Serfs werfen sich ganz zu Boden und berühren die steinernen Wegplatten mit der Stirn.

Durch ein niedriges Subportal, das gleich an ein betrepptes Brückchen anschließt, winden wir uns in leicht gebeugtem Gang ins Ghetto. Hinter dem Subportal öffnet sich ein weiter Platz. Wir überqueren ihn und erreichen einen verglasten Eingang, vor dem weitere zwei Wachen stehen. Spex überreicht das Seil der einen Wache, es ist Dario, und grüßt, setzt die Maske mit dem Sonnenschutz auf, wendet und begibt sich zurück zur Dienststelle.

Das Haus ist ein modernisiertes antikes Stadthaus. Den Innenhof umgibt ein verglaster Gang, der in die Zimmer führt.

Unten sind Büroräume und Gästezimmer sowie die Küche. Tanguta führt mich mit leichten Schubsern die Treppe hinauf und bringt mich in das großzügige Wohnzimmer, das mit Kelim-Kissen ausgestattet ist. Hier begrüßt ihn Vanessa, während ich versuche, mich mit auf den Rücken gefesselten Händen wieder aufzurichten, nachdem mein Herr mich in die Kissen geschubst hat, so daß ich bäuchlings in den Polstern gelandet bin. Sie küssen sich ausgiebig.

Inzwischen habe ich mich soweit mit reiner Beinarbeit hochgezappelt, daß ich auf dem Teppich zwischen den Kissen knie. Wie neugierig ich auch bin, sie zu sehen, versuche ich doch, meinen Blick zu senken, um mir nicht schon wieder welche einzufangen.

Und schon schubst er mich wieder in die Kissen. Und hat diese fiese kurze Gerte aus dem Köcher an der Wand gezogen drischt auf mich los. Ich jammere, er verbietet es, ich stopfe mir selber mit dem Zipfel des Kissens den Mund. Ich muß auch die Hände weit hochziehen, damit es die nicht erwischt. Unschöne Haue. Dann läßt er mich liegen. Indessen bemühe ich mich, meine Gedanken zu analysieren. Ich müßte unglücklich sein, von Perkele und seiner Familie weggeschleppt worden zu sein. Ja, es war eine wunderschöne Nacht, viel schöner als alles, was ich bisher mit ihm erlebt habe. Er hat die Schublade „zärtlicher Liebhaber" aufgemacht und mich mal zur Abwechslung auf dieser Klaviatur bespielt. Ja, mein Guter, das kann nicht nur dein feiner Herr Exzellenz. Das kann ich auch.

Und im Gegenzug kriege ich jetzt den ärgerlichen und darum ruppigen Dom von meinem Herrn Tanguta vorgesetzt?

Ei verflucht, ja, es kickt mich.

Vanessa wendet sich mir zu.

„Das ist verwildert", sagt sie. „Das ist ein Wolfsjunges aus den ostslowakischen Urwäldern. Man muß es in die Zivilisation zurückbringen. Schauen Sie sich mal diese klettigen, verfilzten Haare an, mein Gemahl. Wir sollten ihm diese Dreadlocks abschneiden. Am besten wäre es, ihn kahl zu scheren. Kennen Sie den Film „Der Wolfsjunge" von Truffaut? Der beruht auf einer wahren Begebenheit. Der historische Wolfsjunge hat allerdings nie sprechen gelernt, das kam, weil die Leute, die ihn im Wald aussetzten, ihm die Kehle durchschneiden wollten, er hatte da eine schlimme Verletzung überlebt. Denken Sie, daß man unser kleines Wildes wieder an die Zivilisation gewöhnen wird?"

Sie ließ meine Dreadlocks durch ihre Finger gleiten. Noch immer wagte ich nicht, meinen Blick zu heben.

Kúsali trat ein und stellte dem Dogen auf seinen Wink den Lehnstuhl passend hin, und der Herr setzte sich. Und einen zweiten Lehnstuhl ließ er neben sich stellen, mit einem Kissen bedecken, und Vanessa ließ sich darauf nieder.

„Kúsali, bleib!" befahl er dem Diener, der sich entfernen wollte.

Kúsali nahm hinter den Sesseln Aufstellung.

„Nimm ihm das Seil ab."

Er machte meine Hände frei. Meine Schultergelenke knackten.

Khorasan kam mit einer Klemmtafel herein.

„Ich habe den Anführer der Bémishen Brieder im Kampf besiegt", begann Tanguta, „und die Verfügung über das Serf Lelo van Loben von den Wölfen, das einen Monat lang von Perkele gestohlen und illegal genutzt worden ist, war Teil der Siegerprämie. Perkele hat diese Bedingungen anerkannt und nachträglich unterzeichnet. Somit ist das Serf wieder in meinen Besitz übergegangen. Dieser Diebstahl ist durch die vorzügliche Ausbildung, die das Serf durch Perkele von den Nachtschwalben erhalten hat, mehr als abgegolten. Die Ausbildung wird durch eine großzügige Schenkung honoriert."

Khorasan reichte die Tafel, und der Doge setzte eine Unterschrift darauf.

„Nun die Wahl: Rückkehr in die mährischen Wälder ist solange keine Option, wie die Bestrafung, die vom Gericht verhängt worden ist, nicht abgegolten ist. Du hast die Möglichkeit, als mein Serf in meinem Haus zu dienen oder zu den gleichen Bedingungen nach Torquato zurückzukehren. Wie entscheidest du dich?"

„Herr, das muß sorgfältig bedacht werden", murmelte ich mit weiterhin gesenktem Kopf, aber vor meinem inneren Augen zogen Fluchtoptionen vorbei; dann hob ich meinen Blick und versuchte geknickt und unterwürfig auszusehen, „ich… weiß nicht…"

Vanessa und Tanguta tauschten Blicke.

Sie sagte ihm etwas ins Ohr.

„Sie meint, du würdest mich verarschen", sprach mein Herr, „stimmt das?"

Ich nickte.

„Verdient es Strafe, werte Gemahlin?"

„Nein, mein Gemahl."

„Wir lassen es nur den Tee trinken."

„Ja, das wird ihm guttun."

Sie grinsten.

Oh, ihr Schweine!

„Das habe sogar ich gehört", grollte meine Herrin.

„Und es muß in Quarantäne", fuhr er fort, „zumal unkontrollierter Umgang mit anderen die Forschung Kunkamanitos stört."

„Ja, das müssen wir unterbinden."

„Es hat sich jede Nacht von den Kannibalen ficken lassen."

„Das geht gar nicht."

„Jetzt werden andere Saiten aufgezogen."

„Sex gibt es erst, wenn wir die Untersuchungsergebnisse haben."

„Wenn überhaupt."

„Ja, wenn überhaupt."

„Schauen Sie mal, Madame, es ist beringt", und er zieht mir mit einem raschen Griff das Lendentuch aus dem Gürtel.

Sie hat so etwas noch nie gesehen, das ist klar.

Sie wirkt direkt ein bißchen schockiert.

„Ist das ganz verheilt? Kann ich das anfassen?"

„Ja, Mad…"

„Du doch nicht, Klappe! Madame, Sie können es anfassen, wie Sie mögen."

Sie untersuchte meinen Ring.

„Das ist ein Prinz Albert, benannt nach dem Gemahl von Queen Victoria."

„Ein hervorragendes Hilfsmittel, um seinen Sex zu regieren, nehme ich an…"

„Das können wir so einrichten. Schauen Sie, während sich die verformbaren Weichteile aus allen möglichen Keuschheitsgürteln rausschleichen, ist dieser Ring gnadenlos. Ohne Hilfsmittel kann es ihn nicht öffnen. Man kann es an einen Hodenring koppeln", Tanguta demonstrierte eine solche Fesselung. Mir sank das Herz ins Lendentuch. Ganz klar, wenn ich diesen Zwangsmitteln unterlag, würde ich jede Nacht heulen vor unbefriedigter Gier.

Gleichzeitig war aber nicht ganz klar, ob sie das wirklich tun würden. Ich war einer gefährlichen Zweideutigkeit ausgeliefert. Und dieses Cro-Weib war inzwischen fast besser darin, mich zu lesen, als er! Sie führten mich aufs Glatteis, ganz ohne Frage. Also die rührselige Schiene fahren.

„Lieber Herr, meine Sehnsucht nach Euch war monatelang unerträglich und ist seit der Reise nicht viel geringer. Ich war dort abgeschnitten von den Kontakten, ich war gezwungen, Dinge zu tun, die Ihr nicht billigt, habe jede Nacht nach Euch geweint, wurde vergewaltigt…"

„Ich weiß! Zuletzt vergangene Nacht. Mein armes Kind."

Ich sank auf meine Hände und senkte den Kopf.

„Also: Die Insel oder wir?"

„Das ist eine leichte Entscheidung, o mein Doge, ich will bei Ihnen beiden sein."

„Fein. Denn auf der Insel hätten wir Besuche des Rebellen schwerer unterbinden können, womöglich auch nächtliche Besuche. Trotz des Tees wäre es wohl wieder zu Kontakten gekommen. Aber so haben wir dich ständig im Griff."

Ich richtete mich ein Stück weit auf und sah sie voll an.

Haben sie mich doch sauber über den Tisch gezogen.

„Deine Entscheidung bedarf noch deiner Unterschrift."

Argh! Ich sank mit dem Kopf auf den Boden. Hatte trotzdem gleich das Klemmbrett mit dem Vertrag vor der Nase. Ohne groß meine Haltung zu ändern, schielte ich drauf. Wohnung — im Ghetto bei Tanguta und Vanessa. Kein Neutertee. Pflichten im Haushalt, bla-bla. Geregelte, wenn auch knapp bemessene sexuelle Aktivität im Dienst des Herrscherpaares. Kontakte in der Stadt — zum Beispiel für Blutproben und Untersuchungen — unter Aufsicht.

Ich dachte, ich zerbreche. Das zu unterschreiben war Verrat an Perkele und meinen wilden Brüdern. Aber schon waren sie fern und mit jeder Stunde ferner.

Ich richtete mich zum Fersensitz auf, unterschrieb und haßte mich selbst dafür.

Und dann überraschte er mich wieder einmal, er breitete nämlich die Arme aus und sagte: „Willkommen zu Hause."

Mein erster Impuls war, aufzuspringen und in seine Arme zu fallen, und ich hätte geweint, wenn ich das getan hätte. Aber ich riß mich zusammen und blieb sitzen.

‚Jetzt auf einmal?' dachte ich. Und fragte: „Wie kommt es, daß ich jetzt in deinem Haus sein darf?"

Ich gebrauchte eine ganz unpassende Anrede, das machte er mir mit einem tadelnden Zungenschnalzen klar, aber das begriff ich auch erst, als Vanessa mir zuraunte: „Du hast ihn geduzt!"

„Oh, Entschuldigung, das habe ich mir bei den Briedern so angewöhnt", erklärte ich salopp und ohne falsche Unterwürfigkeit, „mein... ihr Anführer verlangte das. Wünscht ihr die höchste oder die zweite Stufe der Anrede?" Indem ich beide ansprach, umging ich schon mal eine Entscheidung.

Er schaute mich wieder mit diesem bohrenden Blick an. ‚Du hast dir Freiheiten angewöhnt, Bursche!' las ich.

„Die höchste Stufe der Anrede. Du sagst ‚Ihr', wir sagen du", entschied er, „die zweite verwenden die Dogaressa und ich untereinander. Es würde einen falschen Eindruck erwecken, wenn auch du es tätest. Aber zurück zu deiner Frage, wieso du in unserem Haus sein darfst: Ich bin dein Mentor. Du bist noch immer ein Häftling. Du warst durch deine Teilnahme an der Reise teilweise rehabilitiert, aber du hast dich den Briedern zu lange angeschlossen, du warst kein Kaptif mehr. Du hast an den Scheußlichkeiten teilgenommen, wegen denen wir doch die Expedition überhaupt unternommen haben. Diese bémische Verbrüderung bedeutet, daß du der Cultura und mir in den Rücken gefallen bist. Das ist dir hoffentlich klar."

„Mein Herr, darf ich erklären?"

„Bitte."

„Sie haben uns gezwungen, Heil… das verbotene Fleisch zu essen. Sie haben uns geschlagen, wenn wir es nicht taten. Unschön geschlagen."

„Das weiß ich. Iván hat es uns erzählt."

„Herr, warum dann werde ich dafür bestraft?"

„Nicht dafür. Sondern weil du ohne Not geblieben bist."

Darauf konnte ich nichts sagen.

„Du bist mein. Ich habe es dir gesagt, als Purix in meinem Auftrag mit dir gespielt hat. Ich habe dich zurückgeholt. Du bist mit einem fremden Ring markiert — mit drei fremden Ringen…"

„Er hat mich gezwungen."

„Möglich."

„Lest mein Tagebuch. Er hat auch hineingeschrieben."

„Ich glaube es dir. Ich werfe dir die Stechung nicht vor, und auch nichts, was er sonst mit dir gemacht hat. Du warst in seiner Gewalt. Ich werfe dir auch nicht vor, daß du geil drauf warst und es genossen hast. Ich werfe dir nicht vor, daß du ihn liebst. Das liegt nicht in deiner Macht."

Er ließ mich nah vor sich knien und schaute mir ins Gesicht.

„Es sind aber Fakten, die etwas verändert haben. Und damit müssen wir alle umgehen. Nichts mit Schuld, auch wenn ich dich ein bißchen so behandelt habe. Wenn es Schuld gibt, liegt sie bei ihm, das haben wir geklärt, du warst dabei. Aber Schuld ist uninteressant. Es geht nur um die Frage: Wie jetzt weiter?"

Er lehnte sich zurück.

„Die Dogaressa und ich haben beschlossen, daß wir unseren kleinen Wolfshund jetzt bei Fuß führen werden."

Ich beugte mich nieder und legte meinen Kopf auf seine nackten Füße.

Eine Hand kam von oben und strich mir über die Haare.

29. November

Den Rest des Vormittags verbrachten wir damit, daß meine Herrschaft auf dem Sofa saß und Tee trank und ich vor ihnen kniete oder kauerte und meine Abenteuer in der Niederen Tatra berichtete. Meine Herrin hörte aufmerksam zu und knabberte einen

Keks zum Tee. Der Doge ging einige Papiere durch, die Khorasan ihm reichte, und setzte hier und da seine Unterschrift drunter.

Mittag bekam ich im Dienerzimmer, nachdem ich der Herrschaft auftragen geholfen hatte. Wir sprachen während des Essens nur wenig, aber ich war einfach zufrieden, wieder mit den Jungs zusammen zu sein.

Übrigens ist auch meine Bilderbox nach Sukent gebracht worden, ich darf sie endlich wieder gebrauchen, nichts fehlt, soweit ich sehen kann.

Nach dem Essen bekam ich von Tanguta ein Papier.

Die Regeln für deine nächste Zeit, die Restzeit der Haft, werden folgende sein:
1. Kein Aufenthalt im Dogenpalast, außer mit Wachen.
2. Ausgang in Sukent nur in Begleitung von Wachen oder Herrschaft und an der Handleine oder Handschellen
   (gesetzliche Vorschrift für Strafgefangene schwerer Delikte).
3. Im Haus: Befehle aller Hausbewohner sind zu befolgen.
4. Kleidung: Serftracht des Privathauses Seiner Exzellenz.
5. Tätigkeiten: Hausarbeit, teilt dir Khorasan zu.
    a. Freizeit: Nach Belieben lesen, schnitzen, Aufenthalt im kleinen Wohnzimmer, Dienerzimmer, Werkstatt oder Park in Canareggio.
    b. Training mit Seiner Exzellenz dem Dogen im Park.
    c. Begleitung Ihrer Exzellenz der Dogaressa zu ihren Gängen: mit mindestens einer Amazone oder Gardo und Handleine/Handschellen (gesetzliche Vorschrift).
6. Anrede Seiner Exzellenz des Dogen: „Ihr" und „mein Herr", der Dogaressa: „Ihr" und „Madame"
    a. Anrede Kúsali, Khorasan und Saiko: „Sie" und Name.
    b. Von ihnen wirst du wie vom Dogenpaar geduzt. Du bist also an unterster Stelle der häuslichen Hierarchie.
7. Dein Schlafraum ist das Dienerzimmer 2.

Oh mein Gott, wird das ein langweiliges Leben.

I. Dezember

Heute gab es zum ersten Mal Training mit Seiner Exzellenz.

Ich hatte mir das so vorgestellt, daß ich hinter ihm hertraben würde. Er sicher in so einem schicken Trainingsanzug, ich — weiß ich, in welchem erniedrigenden Zeug?

Wir gingen in Begleitung von Phlox, die mich diskret an der Fessel führte, über zwei Brücken in einen Park im Stadtteil Canareggio, der an das Ghetto grenzt. Die Fessel ist ein kräftiges, eng anliegendes Lederarmband mit einer breiten Leine, die nicht sehr lang ist und in eine Handschlaufe übergeht. Es ist eine Bindung, die man diskret verbergen kann, hinter einem Ärmel oder durch Einhaken. Man kann sie auch so verwenden, daß ich bloßgestellt bin.

Es war natürlich kühl, Phlox war in Ledersachen und Helm. Zehn Grad, heiter bis wolkig. Frühlingshaft lau, wenn man die Karpathen gewöhnt ist. Sie löste die Leine und setzte sich auf eine Bank, Bogen und Pfeile griffbereit neben sich.

Ich zog mich aus, wie mein Herr anordnete. Ich hatte ein kurzes blaues Lendentuch angelegt, hatte noch ein gewebtes Band fest um meine Hüfte gebunden, damit nicht zuviel Bewegung da drin war, sonst riß der Ring unangenehm an mir, das war ich immer noch nicht gewohnt.

Zu meiner Überraschung trug mein Herr nicht mehr als ich.

‚Beilwürfen ausweichen' war der geplante Lernstoff für heute. Aber vorher Aufwärmen durch Runden um den Park. Wenn ich versuchen würde, meinem Herrn wegzulaufen? Ich bin so viel jünger. Und gut im Training. Ich drehe auf.

Mein Herr bleibt auf gleicher Höhe. Schaut mich streng an: „Was hast du vor?"

Ich sehe ihn provozierend an und steigere mein Tempo. Er hält mit. Er schaut mich so an: ‚willst du das wirklich? Bist du sicher, daß die Konsequenz schön wird?'

‚Nur zu', denke ich, ‚stopp mich doch.'

Er hält kurz bei der nächsten Runde an der Bank, ich sehe nicht hin, küßt er Phlox? Oder sagt er ihr was ins Ohr? Er läuft weiter, ich habe großen Vorsprung, aber da höre ich schon wieder seinen Atem hinter mir, fauchenden Atem, bösen Atem. Ich sehe ihn im Augenwinkel überholen. Wie hat er das gemacht, der Alte? Und — Moment, blutet er? Ich habe eine Sekunde lang Angst, er macht sich vielleicht die Lunge kaputt, wie es gelegentlich bei alten Homsarecs passiert. Nein, es ist ein Kriegerkuß! Und er langt nach mir aus, während er auf gleicher Höhe bleibt! Mich erwischt eine Kopfnuß.

Ich renne weiter ohne zu denken. Kriege Angst, daß er mich töten wird, so böse sieht er aus. Langweilig ist anders.

Er macht einen Satz, kriegt mich am Arm und reißt mich zu Boden, schlägt mich brutal auf Oberschenkel, Hintern und Oberarme. Ich habe keine andere Lösung, als mich zusammenzurollen wie ein Igel unter den Attacken eines Fuchses. „Was fällt dir ein!" schreit er mich an. Phlox schwebt mit einigen schnellen Schritten zu uns herüber und postiert sich, ohne einzugreifen. Falls Passanten denken, daß da ein Wehrloser von einem ausgeflippten Homsarec brutal zusammengeschlagen wird.

Zum ersten Mal sehe ich ihn so in Aktion, ohne selber in Joy de Guerre zu sein. Und ich will auch nicht in Joy kommen. Ich weiß nicht, wie sehr das hier eskalieren könnte, wenn ich auch in Joy ginge.

„Und? Wehrst du dich nicht?" schreit er. Seine Lippe blutet.

„Nein! Gnade!" wimmere ich. Will mich nicht wehren, will nicht den Mann schlagen, den ich liebe, und schon gar nicht den Dogen, den ich auf der höchsten Respektstufe anrede. Mag er mit mir tun, was er will.

Er hört auf, setzt sich auf eine Bank und wischt sich das Blut vom Mund.

„Schon vorbei für heute, das Training", verkündet er. „Phlox, bitte paß auf, daß er sich gleich anzieht und sich nicht in Joy bringt."

Er steht auf und läuft noch ein paar Runden, um sich abzureagieren. Ich darf nicht mit ihm laufen. Jetzt täte ich es gern. Aber es ist schon zu Ende. Ohne in Joy zu kommen, könnte ich auch gar nicht mithalten. Er ist unglaublich schnell. Dann läßt er mich wieder an die Leine legen, zieht sich das Shirt und die Kappe über, um seine Haare zu verbergen, man muß ihn nicht gleich erkennen. Den Trench muß ich auf dem Arm tragen. Er rennt nach Hause, um sich zu beruhigen; Phlox folgt mit mir.

„Was habe ich denn getan?" frage ich genervt und ein wenig erschüttert.

„Du hast ihn provoziert", sagte sie, „du solltest wissen, daß er das haßt."

„Mein anderer Herr..."

„Du hast keinen anderen Herrn", unterbricht sie mich rüde, „du hast einen Herrn und einen Entführer."

„Perkele", sage ich dann eben, „liebt Herausforderungen. Sie sind Teil des Trainings. Der kann damit umgehen."

Phlox zieht mich an der Leine und schaut mich streng an.

„Seine Exzellenz kann damit umgehen! Aber du wirst dich an seine Methode anpassen, nicht umgekehrt, hast du das verstanden?"

„Ja."

„Und wirst du es auch tun?"

„Ähem... Weiß noch nicht..."

„Bist du ein Serf?"

„Ich weiß es nicht. Ich war es mal und war glücklich. Dann habe ich Freiheit im Serfdom erlebt. Ich bin noch nicht zurück."

„Sag ihm das."

Ihre Stimme ist plötzlich sanfter.

Wir sind beim Haus. Phlox führt mich hinein, ich reiche Khorasan den Mantel meines Herrn. Khorasan führt mich ins Schlafzimmer und befiehlt mir, mich auszuziehen und mich aufs Bett zu legen. Die Herrin ist im Wohnzimmer und liest. Seine Exzellenz hat geduscht und ist noch immer ein wenig auf Joy. Er legt sich nackt zu mir aufs Bett. Er ist warm. Er zieht ein Schlaftuch über uns beide und nimmt mich in die Arme. Mein Kopf liegt in seiner Hand. Seine andere umschließt meine Wange. Er küßt mich wieder und wieder.

Ich habe alles erwartet, nur das nicht.

„Herr, seid Ihr nicht mehr böse auf mich?"

„Sag mir, was das eben sein sollte."

„Ein Spiel", sage ich, „eine kleine Kraftprobe, wie ich es immer mit Perkele gemacht habe. Das nahm er nicht übel, sondern hat mich sogar ermutigt. Ich sollte versuchen, ihm davonzulaufen. Ich sollte mich zur Wehr setzen. Ich sollte in Joy de Guerre kommen, aber auch zeigen, daß ich das kontrolliere."

„So hart willst du es? Aber sei ehrlich, du wolltest es mir auch zeigen. Du wolltest es mir heimzahlen, daß ich Perkele besiegt habe, gib's zu!"

„Vergebt mir, mein Herr."

„Du hast mich auf Betriebstemperatur gebracht, jetzt trag die Konsequenzen. Was sollte das eigentlich, daß du mir so davongerannt bist?"

„Das haben wir immer so gemacht. Ein Wettrennen zum Einstieg."

„Um dann schon gleich ausgepumpt zu sein?"

„Seid Ihr ausgepumpt?"

Er sah mich mit großen Augen an: „Hattest du den Eindruck?"

„Nein, Herr. Ihr hättet noch viel ausgehalten."

„Und traust du mir zu, dich gut zu trainieren?"

„Ja, Herr."

„Möchtest du von mir trainiert werden?"

„Ja, Herr."

„Bist du schon ein Krieger?"

Das muß er doch wissen, ich lache ein wenig. „Nein, ich bin doch noch in der Ausbildung."

„Wieviel Ausbildung zum Krieger fehlt dir noch?"

„Weiß nicht, vielleicht ein halbes Jahr?"

„Kann hinkommen. Willst du mich als Trainer?"

„Ja, Herr." Er sah mich auffordernd an „... Bitte."

„Geht doch. Und bist du noch mein Serf? Willst du es sein?"

„Ja, Herr. Bitte."

„Liebst du mich noch?"

„Ja, Herr."

„Die Antwort kam mir zu schnell. Denk nach."

„Herr, als Ihr mich nach dem Großen Reprend verstoßen habt…"

„Verstoßen ist anders."

„Ihr habt mich nicht mehr angeschaut, nicht angesprochen, nicht angefaßt, mich wie einen Aussätzigen behandelt…"

„Das mußte ich tun, ich hatte keine Wahl."

„Wer konnte Euch das befehlen? Der König?"

„Ja. Die Königin vielmehr. Sie befahl mir, dich auf die Insel zu schicken und mich von dir fernzuhalten, bis ein anderer Befehl käme."

„Und der andere Befehl…"

„Kam, als Purix mit dir gespielt hat. Du hast mich gehört."

„Ja, lieber Herr."

„Du konntest ‚es'. Du hast die Schwelle in die Obere Welt durchschritten. Du würdest lernen, dich kontrolliert darin zu bewegen. Ich durfte wieder Kontakt mit dir aufnehmen."

Er schwieg eine Weile und streichelte meine Haare, spielte mit den Zöpfen.

„Ich habe ernsthaft erwogen, die Seda Ducale aufzugeben und als ein gewöhnlicher Mann zu dir auf die Insel zu kommen. Aber sie wollte es nicht. Die Königin war da ganz energisch und verlangte kategorisch, daß ich Doge bleibe."

So ein Opfer hat er in Betracht gezogen!

„Ich wußte, daß du leidest", fuhr er fort, „und glaube nicht, ich hätte nicht gelitten! Aber was wäre passiert, wenn ich dir auch nur ein kleines Zeichen gegeben hätte? Du wärst sofort ausgebrochen aus der Lage, die wir mit Mühe geschaffen hatten, ein wenig Stabilität, eine Ruhe zum Nachdenken… Du hättest sofort den Gehorsam aufgekündigt."

„Ich bin ja ausgebrochen", stellte ich fest. Ich kann nicht sagen, ‚reuevoll', denn es war zu schön gewesen. „Ich hätte keinen Augenblick gezögert, etwas zu unternehmen. Ich hätte nicht gehorcht, sondern versucht, Euer Herz zu erreichen."

„Siehst du. Und das durfte nicht sein. Ich hätte die Seda Ducale verloren, meinen Ruf und ich wäre wegen Beihilfe zum Mord an Tarfur angeklagt worden."

„Und jetzt?"

„Der Prozeß ist vorbei, die Leute sind mit anderem beschäftigt, niemand interessiert sich für diese alte Geschichte; was sie viel mehr interessiert, ist: Was ist mit dem Fluch?

Warum leben die Waldbrieder so lange? Was findet Kunkamanitos Team in ihrem Blut? Aber darüber reden wir später. Morgen habe ich eine Besprechung mit einigen Senatoren. Jetzt kusch. Liebe mich."

Und wieder ist etwas passiert, was ich nicht erwartet hätte. Statt mich sich vorzunehmen, wie ich es erwartete, und mich durchzuvögeln, machte er ein nahezu magisches jedenfalls hypnotisches Ritual mit mir. Er massierte mich sanft, anfangend an den Fingerspitzen, arbeitete sich Finger für Finger zur Hand voran. Er betrachtete die Finger der Linken, die verletzt gewesen waren, leckte sie eine Weile, obwohl keine Narben geblieben waren, strich mit dem Daumen meinen Handteller, den Handrücken, die ganze Hand mit einer Bewegung, als zöge er mir einen Handschuh an. Er wanderte den Arm entlang und massierte beugende und streckende Muskeln, bis er an der Achselhöhle war, leckte hier ein wenig, knabberte, und es überlief mich ein Schauer nach dem anderen. Ging zur anderen Hand, die immer noch ein wenig krummer, ein wenig ungelenker war als die Linke, wenn sie schon auch tat, was ich wollte. Das Schnitzen hatte enorm geholfen, die Kontrolle zu entwickeln. Schultern, Hals, Kinn, Ohren, Kopf — er griff in meine Haare, und jetzt schmolz ich dahin. Stirn, Augenbrauen — ihnen widmet er sich besonders liebevoll, Jochbein, Nasenrücken. Um meinen Nasenstecker herum, die kleine goldene Kugel, ein Geschenk von Visidom, der Kleinen Frau von Perkele. Wieder zu den Ohren. Er nimmt mir die kleinen Silberohrringe heraus. Ich werde die von ihm wieder tragen, denke ich. Wie wundervoll ist es, die Ohrmuscheln massiert zu bekommen! Auch zu den Nasenflügeln geht er, seine Fingerspitze tastet ein Stück weit in die Naslöcher, stellt fest, wie die Kugel befestigt ist. Mit der anderen Hand berührt er meine Lippen, wieder nicht so zart, daß es kitzelt; er dringt ein, geht an meinen Zähnen entlang, drückt sie auseinander, befühlt meine Zunge, streicht meine Spucke auf die Fläche unter den Augen. Hals, Kehlkopf, Brust, Schultern noch einmal. Er untersucht die kleinen Stahlringe in meinen Nippeln.

Ich war schon tief in Genußtrance. Ein wenig fürchtete ich mich zwar, denn ich wußte nicht, was das werden würde, ob er mich aus diesem seligen Driften plötzlich herausreißen konnte?

„Sei nicht so mißtrauisch", schnurrte er an meinem Ohr, „genieß einfach."

Darf das Serf, das unterste in der Haushierarchie, einfach genießen?

Diente nicht er mir?

„Mein Herr, dies sollte ich Euch tun", murmelte ich, wäre aber unfähig gewesen, sogleich die Rollen zu tauschen, und hätte mir am liebsten selbst aufs Maul gehauen.

„Gute Idee", kam dann auch die Antwort, „morgen. Lieg still."

Wie gern!

Er drehte sich um und wandte sich meinen Füßen zu. Kitzelte mich aber nicht, sondern massierte auch sie mit festem Griff, zog meine Zehen in die Länge, gab der Höhlung neues Leben, besänftigte die Zonen an der Innenseite des Fußes, die Flächen, die sich berühren, wenn man aufrecht mit geschlossenen Füßen steht. Hier fühlte ich Angst und eine besondere Schutzbedürftigkeit, als er sie mit dem Daumen rotierend durchlief. Die Achillesferse, Knöchel, Waden und Schienbeine. Niemand hat mich so berührt, seit ich als Kind in die Wanne gesteckt worden war. Ich glitt immer tiefer in einen träumerischen, lustvollen Bereich. Ich schwebte.

Oberschenkel, Schritt. Der Ring. Hoden, Penis. Er widmete ihnen nicht mehr Aufmerksamkeit als den Zehen. Eher weniger. Das sind Köperteile wie jeder andere.

Er wandert mit der Zungenspitze über das kleine Tattoo an meinem Bauch, über die Tattoos an Hüften und Brust, ist nun am Herzen angekommen.

Umdrehen.

Jetzt? Jetzt?

Nix. Oberschenkel-Unterseite, Po, kleiner Besuch beim Anus, zartes Streicheln, mehr nicht. Hüften, Rücken, Herzbereich. Sanftes Kreisen auf dieser Stelle. Kuß und Ruhe.

Ich liege völlig still. Das Gefühl ist so überwältigend, daß ich in eine Art Lähmung verfalle; und hätte ich die Fähigkeit, ohnmächtig zu werden, dann würde das passieren. Von Kopf bis Fuß, von den Fingerspitzen bis zum Herzen durchlaufen mich Wellen von zartem Prickeln. Wollte das doch nie aufhören.

Ich öffne die Augen. Er liegt neben mir, auf einen Ellenbogen gestützt, und sieht mich an.

Mir wird klar, was er da getan hat. Er hat mich wieder in Besitz genommen, Zentimeter für Zentimeter meines Körpers und auch meiner Seele.

2. Dezember

Vanessa hatte noch lange in den Protokollen des Verfassungsausschusses gelesen, und auch Tanguta hatte sich mit zwei Senatoren besprochen, wobei er mich aber zu seinen Füßen hielt. Ich saß auf einem Kissen und durfte ebenfalls lesen, aber nicht zu meinem Vergnügen, sondern sollte mich in die Geschichte der Demokratie einarbeiten. Das Gespräch, das er eine Etage höher führte, während seine Hand mit meinem Haar beschäftigt war, korrespondierte auf eigenartige Weise mit meiner Lektüre, denn oben wie unten ging es darum, wie man den Willen des Volkes in praktische Taten zum Nutzen aller umsetzen konnte. Die neue Verfassung wurde lebhaft diskutiert. Einig waren sich die Mitglieder der „Unità Mondiale", Tangutas Partei, daß die Psychokratie weiterhin Maßstab aller Dinge bleiben sollte, und die Stimme des Königs zu hören war höher als alle Vernunft. Wie zerbrechlich aber unsere Fähigkeit war, die Stimme zu hören, das hatte uns alle gewarnt. Tanguta schlug vor, die besten „Hörer" als Berater zu gewinnen, die im Wechsel helfen sollten, den Willen des Königs oder der Königin zu erkunden. Die Senatoren gaben zu bedenken, daß das wieder in Hörer erster und zweiter Klasse unterscheiden könnte, wenn das Volk sich auf die besten Hörer verließe. Auch könnte Streit entstehen, wenn etwas Verschiedenes wahrgenommen würde.

Tanguta notierte sich diese Einwände und versprach, sie gründlich zu bedenken.

Am Schluß wurde noch eine Sitzung in der Sala de Thing geplant, bei der es um die Frage „Verbot oder Nicht-Verbot des Gebrauchs von Heiligem Fleisch" gehen sollte. Während es bis zur Expedition in die Tatra keine Diskussion mehr gegeben hatte, meldeten sich nun Stimmen, die zu bedenken gaben, es hätte den Bémishen Briedern nicht nur nicht geschadet, sondern sie seien sogar mit einer rätselhaften Langlebigkeit aus dieser Lebensweise hervorgegangen.

Die „Novosti", scharfe Gegnerin der alten Gebräuche, zitierte Wissenschaftler, die andere Faktoren verantwortlich machten, das gesunde Leben, viel Bewegung, Natur, einfache Lebensweise, viel Tageslicht, gutes Wasser.

Die andere Seite, vertreten vom „Corrière Vital", hatte ein längeres Interview mit Mato Sapé abgedruckt, in welchem er sich weniger vorsichtig als Kunkamanito über die neuesten Forschungsergebnisse äußerte, natürlich in Absprache mit dem Kollegen. Ich habe mir diesen Zeitungsartikel ausgeschnitten und bewahre ihn auf.

Rätselhafte Eiweißpartikel stellen Prionenforschung auf neue Grundlage — (KM) Die Untersuchungen zu den Ursachen des ‚Zustands' zwingen durch neue Erkenntnisse das Königliche Labor San Francesco in Sukent, praktisch von vorn anzufangen und neue Parameter einzubeziehen. Denn die Gäste aus den slowakischen Wäldern bescheren uns völlig paradoxe Laborwerte. Unsere Bémishen Brieder haben kein anders Genom als wir, sie sind mit vielen in Sukent eng verwandt. Trotzdem gibt es bei ihnen — und wir sprechen über eine Population von 297 Personen im Erwachsenenalter — 45 Personen im Alter von über 40 Jahren. Der Älteste ist ihr Anführer, er ist erstaunliche 48 Jahre alt. Er hat weder Ováns Segen noch ein NuRiCa erhalten.

26 Personen, unter ihnen ihr Senior, sind unserer Einladung gefolgt. Wir haben ihr Blut untersucht und tun es noch. Während des Besuchs in Sukent haben die Besucher das nicht bekommen, was sie ‚Heiliges Fleisch' nennen. Wir haben sie mit Hähnchen, Putenfleisch, Lamm und Rind bewirtet. Manche erklärten sich auf unsere

Anregung hin bereit, vegane Kost anzunehmen. Wir stellen fest, daß während ihrer Anwesenheit sich das Blutbild in einer Weise verändert, die uns Rätsel aufgibt. Die gefährlichen Prionen, die es noch gab, als unsere Gäste ankamen, verschwinden langsam, aber eine andere Art von Prionen, die wir noch in keinem Fall außer bei den Bémishen Briedern gefunden haben, verschwinden nicht, sondern nehmen eher noch zu.

Es gibt nur zwei Menschen, die diese Art von Prionen außerhalb der Karpathen aufweisen, und das sind der Cro Iván und ein Serf der Unseren, das mit ihm auf dieser Expedition war. Diese beiden wurden zum Genuß von ‚Heiligem Fleisch' gezwungen und wiesen nach ihrer Rückkehr einen hohen Anteil von gefährlichen Prionen auf, wurden aber ohne Hilfe von außen sehr schnell damit fertig. Das NuRiCa, das Iván gleich nach seiner Freilassung vornehmen ließ, hat kein anderes Bild zur Folge gehabt, als wir es bei dem anderen, seinem Mitgefangenen, sehen, dessen Blut sich offenbar aus eigener Kraft erfolgreich gegen die giftigen Eiweiße zur Wehr setzt. Allerdings fällt die Zahl dieser neu entdeckten Partikel in Iváns Blut seit seiner Rückkehr konstant ab, während sie sich bei seinem Kollegen eher noch vermehren.

Wir stehen vor einem Rätsel.

Die neu gefundenen Partikel sind in der Wissenschaft noch nicht beschrieben worden. Wir nennen sie ‚Chaperone', und dieses hat die Bezeichnung ‚HSE-Chaperon 001+x', wobei das x durch eine uns noch nicht bekannte Komponente ersetzt werden soll.

Das neu entdeckte Chaperon scheint durch die Körpertemperatur beeinflußt zu werden. Diejenigen unserer Gäste, die es mit einer veganen Ernährung versuchen wollen, zeigen einen weniger raschen Abfall der gefährlichen Prionen, als wir erwartet haben. Sie zeigen aber auch keine Neubildung von Chaperonen, wie wir sie bei den Fleischessern beobachten. Wo liegt der Unterschied? Der augenfälligste ist die Temperatur. Die Veganer kühlen deutlich ab. Das hatten wir bislang immer als erstrebenswert und als vorbeugend gegen den frühen Tod angesehen. Jetzt sehen wir aber, daß gerade die Veganer die gefährlichen Prionen langsamer abbauen als am Anfang. Wir haben immer noch keine Ahnung — ja, das geben Wissenschaftler nicht gern zu, ist aber so —, was genau die HSE-Chaperone tun und woher sie kommen."

In der Besprechungspause zeigte ich meinem Herrn diesen Artikel.

„Das ist gut — geh bitte zu Kúsali und laß ihn eine Kopie für mich machen", bat er, „wenn Kunkamanito mir das erklärt, was die Forschung bislang ergibt, finde ich das spannend, aber ich verstehe das nicht alles, hier finde ich es sehr gut dargestellt."

Und schon huschte er zu einem weiteren Kollegen und besprach das Thema mit ihm. Was sie beschlossen, erfuhr ich nicht, denn er schickte mich ins Schlafzimmer, ich möge mich nackt auf den Teppich knien, das Gesicht zum Bett gewandt, und auf die Herrin warten und ihre Befehle befolgen. Ich ging also nach oben, zog mich aus und wartete, wie er es befohlen hatte.

Ich hörte ihre leisen Schritte hinter mir und drehte mich nicht um.

Sie schien sich auszuziehen, ich hörte die Tür des Kleiderschranks und das Klappern der Bügel.

Sie zog eine Schublade auf, schien sich ein Schlaftuch umzulegen und ging zum Bett. Ja, sie war wieder in einem der schönen Doppel-Ikats, die sie mit besonderem Stolz trug.

„Komm her", sagte sie einfach.

Ich legte mich zu ihr und sah sie an. Sie war noch schöner als früher.

Sie schob den Ikat von ihrem Bauch, der sichtbar gerundet war, nahm meine Hand und legte sie auf ihren Bauch. „Darf ich vorstellen: Varanassi Yadwiga MacIntyre", sagte sie. Und schon liebte ich dieses Kind.

3. DEZEMBER

Wir hatten keinen Sex, die Herrin und ich, denn ich halte mich an die Regel. Aber meiner Herrin einen Genuß zu bereiten sah ich als meine Pflicht an. Ich massierte ihr vorsichtig den Rücken und die Füße.

„Er wollte dich wieder in Besitz nehmen", sagte sie, „Reprend Cutane, weißt du, was das ist?"

„Ja", antwortete ich, „die im Kozodoi beschriebene Methode, die ganze Haut des Serf abzutasten, Zoll für Zoll."

„Richtig", sagte sie, „und bist du glücklich?"

„Ja, meine Herrin, sehr."

„Vermißt du deinen Entführer?"

„Ja, meine Herrin."

„Es hätte mich enttäuscht, wenn du ‚nein' gesagt hättest."

„Ich liebe beide."

„Du hast ein großes Herz, aber gerade die großen brechen leichter."

Sie zog mich in ihre Arme. „Wölfchen, wir haben dich so vermißt. An dem Abend, als er von Torquato zurückkam, nach der ersten Turnus-Sitzung mit den Amazonen…"

„…am 5. Juni", ergänzte ich, „… ja, da war er so fertig."

„Ich auch."

7 Vanessa Brilon-MacIntyre, ehemalige Kanzlerin und jetzt Dogaressa

„Kann ich mir vorstellen. Er zeigt es nicht oft, er ist ein sehr gefaßter Mann. Er hat eine große Selbstkontrolle. Aber er hat geweint, weil du ihm so fehltest und er dir so wehtun mußte. Sag ihm nicht, daß ich dir das erzählt habe!"

„In der Cultura gibt es keine Geheimnisse."

Er hat geweint!... Er hat unter dieser Trennung gelitten... Ich wußte nicht, daß er ein Herz hat.

„Er hat mich so gedemütigt."

„Demut ist heilsam."

„Und er hat mich entmannen lassen, wenn auch auf Zeit."

„Nun stell dir vor, dein Verlangen nach ihm wäre die ganzen sechs Monate gleich groß geblieben, ohne daß du ihm näherkommen durftest, was wäre passiert? Laß mal ein Parallel-Universum ablaufen."

Ich sah mich als brennendes, unglückliches und unbefriedigtes Serf auf der Insel hocken. Ich sah Wut um mich lodern, Haß, ich stand unter Testosteron und hätte mich den ganzen Tag damit beschäftigt, wie ich von der Insel wegkäme. Unglück auf Unglück sah ich folgen. Vielleicht hätte ich mich mit einer Amazone geprügelt, eine Touristin vergewaltigt, wäre nach Sukent abgehauen und hätte dem Dogen die Fenster mit Steinen eingeworfen, ich weiß es nicht.

„Das hat sein Tee verhindert", sagte sie.

Eine Welle von Dankbarkeit schlug über mir zusammen.

Sie las mich. Eine Cro-Frau und las mich. Alle Achtung.

Oder liest mich Varanassi Yadwiga und steckt es ihrer Mutter?

„Ist sie Cro oder Unsereine?" fragte ich.

„Euer eine", lächelte Vanessa. Ich schämte mich ein wenig für diese Formulierung, war die nicht rassistisch?

„Und geht es Euch auch so gut, wie man es sagt, wenn Ihr von einem Homsarec schwanger seid?"

„Schöne Träume, gute Laune, Wohlbefinden? Blumen und Schmetterlinge? Ja, das stimmt."

„Ich wünsche Euch das von Herzen", sagte ich.

Mein Herr kam die Treppe herauf.

„Wie soll ich ihn erwarten?" flüsterte ich hastig und sprang auf die Knie.

Sie zeigte auf die Stelle, an der ich mich befand, „alles gut", und er stand schon in der Tür.

„Alles gut?" wiederholte er zufrieden.

Ich senkte den Blick, während er sich auszog, ein Schlaftuch nahm und sich zu uns gesellte. Und so lag ich zwischen ihnen, ihre Hände glitten von beiden Seiten über mich, Küsse erreichten mich mal von rechts, mal von links. Ich schämte mich aller abfälligen Gedanken, des Verrates, den ich an ihm begangen hatte, indem ich mich so schnell und leicht von Perkele in die Arme ziehen ließ, indem ich seine Geringschätzung für meinen Herrn, den Dogen, fast schon übernommen hätte. Wes Brot ich eß, des Lied ich sing. Ich bereute und ließ meine Tränen fließen und dankte meinem Herrn für den Tee, der es mir so viel leichter gemacht hatte, mich zu beruhigen, mein Handeln zu erkennen und zu bedauern, mich in eine andere Richtung zu wenden und zu verstehen, was es war, was mich seit langem ‚verrückt' gemacht hatte: Dieses Übermaß an Verlangen, das ich erst erkannte, als es nachließ.

„Werde ich ihn wieder trinken müssen?" fragte ich meinen Herrn.

„Möchtest du?" war die Gegenfrage, die ich fast schon kommen hörte.

„O mein Herr", murmelte ich gequält.

„Nur, wenn du wieder anfängst, verrückt zu spielen", sagte er dann.

SPÄTER AM SELBEN TAG

Wir sind zusammen zum Dogenpalast gefahren, mein Herr und ich, nahmen wie immer eine Staatsbarke. Immer wieder fröhliches Grüßen, wenn man uns erkennt. Pardon, den Dogen erkennt. Zwei Amazonen stehen vorn und hinten, Seine Exzellenz sitzt in den Polstern, ich sitze auf den Fersen, die Hände auf den Oberschenkeln.

Ich werde, wenn mein Herr am Kleinen Platz ausgestiegen ist, zum Hospital weitergefahren. Die tägliche Blutprobe. Aber heute ist etwas anders. Perkele ist da, er sitzt in der Sofaecke, wo die Brieder warten, daß sie drankommen. Der Doge geht auf ihn zu, Perkele springt auf, macht eine kleine Verbeugung, der Doge umarmt ihn — was?? Was ist da vorgegangen, das ich nicht weiß? Sind sie plötzlich Freunde?

„Wir haben uns zusammengerauft", lacht Perkele, „dein Herr ist ein feiner Kerl. Mutig und ehrlich. Nicht, wie ich die Stadtmenschen in Erinnerung habe."

Wir haben uns dann hingesetzt, die Herrn auf das Sofa, ich auf den Teppich, und wir bekamen Tee.

„Dein Herr hat mir einen Vorschlag gemacht", sagte Perkele nach langem Schweigen und Teetrinken, „und ehrlich gesagt, im ersten Moment hatte ich Lust, ihm die Zähne einzuschlagen…"

„… was ich adäquat beantwortet hätte", grinste Seine Exzellenz.

„Ich weiß, darum wollte ich das nicht riskieren", fuhr Perkele fort, „er sagte zu mir: ‚Ich weiß, daß mein Serf in der Stadt nicht glücklich ist. Darum will ich es alle paar Monate für ein paar Wochen aufs Land schicken. Zu euch, den Bémishen Briedern.'"

Mir fiel fast das Teeglas runter.

„Allerdings verlangt Seine Exzellenz, daß du kein Heiliges Fleisch essen darfst. Sonst kannst du mit uns das tun, was du in diesem einen Monat tatest, jagen, laufen, kämpfen, Bogenschießen und Beilwerfen üben, ringen, reiten. In Joy de Guerre kommen, Haue kriegen, meinetwegen auch Sex haben, du bist jung. Also hat dein Herr vorgeschlagen, daß er dein Herr bleibt, aber dich zeitweilig an mich verleihen wird."

„Wir müssen noch eine Haftbefreiung für dich erwirken", fuhr Seine Exzellenz fort, „denn ich kann dich nicht so einfach aus meiner Aufsicht entlassen. Ich bin dem Gericht Rechenschaft schuldig. Das wird nicht so einfach. Aber da ich weiß, daß du dich nach deinem wilden Herrn Perkele sehnst, werden wir uns einigen."

Sie standen auf und machten mir ein Zeichen mitzukommen. Wir begaben uns zu Perkeles Apartement, er schickte seine Söhne raus; sie hatten auf dem Teppich gesessen, rafften ihre Bögen und Pfeile zusammen, steckten ihre Äxte in die Gürtel und gingen hinaus.

Der Doge setzte sich auf das Sofa.

„Wir haben beschlossen, deinen Loyalitätskonflikt zu beenden", sagte er.

Ich schaute zwischen ihnen hin und her. Wie dachte Perkele darüber? Mir schien, daß er mit einem Almosen abgespeist worden sei. Aber er schüttelte den Kopf. „Dein Herr ist sehr großzügig", sagte er, „ich habe dich in einem fairen Kampf an ihn verloren, er muß das nicht tun. Jeder andere hätte dich mir ganz weggenommen, ich vielleicht auch ihm."

Er nahm einen flachen Stab aus einem leicht elastischen Holz aus einer langen Tasche, die an einem Wandhaken hing, eine von der Art, in der die Meister ihre Strafinstrumente aufbewahren. Ich kannte und fürchtete so ein Ding, es war ein Kyosaku, ein japanisches Ding, mit dem eigentlich nicht zur Strafe, sondern zur Erfrischung in langen Meditationssitzungen geschlagen wurde. Ich hatte dieses Holz schon einige Male zur Bestrafung geschmeckt, und ich fürchtete es.

„Ich hörte, du hast deinen Herrn beim Training herausgefordert. Steht da noch eine Strafe aus?" fragte mich Perkele und grinste Tanguta zu. Ich schwieg. Der Doge antwortete an meiner Stelle. „Er hat versucht, mich vorzuführen, er dachte, ich würde nicht schnell genug sein."

„Wieviele soll er kriegen?"

Perkele machte mir ein Zeichen, ich legte mich mit dem Oberkörper auf das Sofa, meine Knie blieben auf dem Teppich.

„Die Hände hinter dem Nacken verschränken."

Und nun traf das Kyosaku jeden Zentimeter meiner Rückseite von den Hüften bis zu den Kniekehlen, bis ich wund und rot war. Bis ich wimmerte, er möge mir vergeben. Tanguta saß ruhig da und genoß den Anblick. Schließlich mußte ich die Hand meines Herrn küssen und auch noch das Paddel, und als ich zögerte, erwischte mich das am Oberarm. Ich gehorchte und sah, wie Tanguta lächelte.

4. DEZEMBER

In der Stadt gibt es Ärger, die Amazonen haben sich beschwert. Die Bémishen Brieder fühlen sich in ihren Appartements nicht richtig wohl, darum haben sie in den Gärten Holz geholt und ein Feuer im Hof des Kreuzgangs angezündet, wo es ihnen am besten gefiel. Daß ein öffentlicher Park nicht seiner Bäume beraubt werden darf, fanden sie kleinlich. Wieso sollte Holz nicht frei sein? Das wächst von allein. Sie haben ihre Decken drumherum gelegt, das Daunenbett von Seriwolk ist etwas angekohlt. Er hat sich erboten, in der Lagune ein paar Enten zu schießen und das Deckbett zu reparieren. Anderntags kam er dann auch mit den Enten zurück und hat sie gerupft und die Federn ins Deckbett gestopft und die Enten im Klosterhof gebraten, und alle fanden, daß sie sowas Leckeres noch nicht bekommen haben, seit sie hier sind. Das Ducale Büro hat dann entschieden, daß sie ihnen ein paar Festmeter Holz in den Hof stellen, damit sie die Öffentlichen Gärten verschonen. Eine Katze, die sich an den Enten vergreifen wollte, haben sie auch gleich harpuniert. Das Fell sei gut für Cro-Kinderkleidung.

Der Besitzer der Katze war über diese Begründung nicht glücklich und war nicht über den Verlust seiner Katze getröstet, was der Jäger nicht recht verstanden hat, denn wie soll man sein Kind damit wärmen, solange sie weglaufen kann?

Der ehemalige Besitzer der Katze wollte auch das Fell nicht. Der Jäger hat es dann gleich gegerbt und holte sich die Gerberlohe auch von einer Eiche im Park.

Anderntags stand dann ein Artikel über die Lebensart der Wilden in der ‚Rinascità'. Ganz Sukent hat über die Primitiven gelacht. Ich war wütend. Habe ein Fax an die ‚Rinascità' geschickt, was ihnen eigentlich einfällt, „diese Krieger sind so, wie die Homsarecs eigentlich ihrer Natur nach sein sollten, denn Krieger ihrer Art haben Sukent gerettet, unter anderem auch deinen Arsch, du Schreiberling. Und dich möchte ich mal nur einen Tag in den Slowakischen Wäldern überleben sehen, du würdest heulend zu deiner Mama laufen, ich wette. Ich erwarte wirklich mehr Respekt vor den Gästen des Senats, wild oder nicht."

Heute war das also als Leserbrief in der Rinascità abgedruckt, Perkele las es den Kriegern am Feuer vor, und sie schlugen sich auf die Schenkel vor Vergnügen.

Mein Herr der Doge war allerdings nicht so begeistert, denn schon wieder hieß es, was für ein Gewächs denn Seine Exzellenz in seinen Mauern heranzöge.

Aber nun wurde etwas anderes wichtiger, denn Kunkamanito rief uns zusammen, um über die bisherigen Ergebnisse zu sprechen. Also wickelte ich mich in ein Wintertuch — Lendentuch und Nierenfell reichten mir nicht mehr als Kleidung, und fast liebäugelte ich mit den Handschuhen und Schals der Cro —, zog mir Stiefel an und folgte in raschem Schritt meinem Herrn zur Barke. Es gab schon wieder etwas von den Briedern zu berichten. Da es fortwährend schneite, hatten sie das Feuer im Kreuzgang angezündet und dadurch mittelalterliche Fresken verräuchert. Perkele hatte ein ernstes Wort mit ihnen gesprochen, und nun versuchten sie, den Sott von der Mauer zu wischen.

Kunkamanito dachte lange nach und blätterte in seinen Papieren, bevor er zu sprechen anfing. Er war sichtlich in Verlegenheit. Und er mußte gestehen, daß seine Theorien von vorher alle nicht stimmten und daß er vor einem Rätsel stand: Die Kannibalen bauten die Prionen schneller ab als die, die sich dieser Diät enthielten. Sogar die Leute, die unter dem Eindruck der bisherigen Erkenntnisse zu Veganern geworden waren, zeigten gegenüber den Briedern einen langsameren Abbau der schädlichen Prionen.

Ich schaute zu Perkele rüber. Der grinste. Ich machte ihm Gesten, rollte die Augen, machte eine Handbewegung in Richtung zu Kunkamanito, so in dem Sinne, Perkele möge seinen Arsch nach vorn bewegen und sagen, was er wisse. Aber er schüttelte ganz unmerklich den Kopf.

Ich mußte ihn dazu zwingen.

Ich bat Tanguta, mir die Erlaubnis zum Sprechen zu geben. Er gab sie, und ich schritt nach vorn und sagte Kunkamanito ins Ohr, er möge Perkele fragen, warum er mich und Iván gezwungen hatte, Heiliges Fleisch zu essen. „Er hat uns ja sogar geschlagen, wenn wir es nicht taten."

Das wußte Kunkamanito inzwischen, aber er hatte sich darauf wohl keinen Reim machen können. Also wandte er sich an Perkele und stellte ihm diese Frage.

Perkele verschränkte seine Arme, streckte seine Beine weit von sich, so daß er die Form eines Brettes annahm, schob trotzig seine Unterlippe vor und sagte nur, dafür würden wir ihm noch mal dankbar sein. Und als Kunkamanito nachfragte, schüttelte er nur noch einmal den Kopf und wandte sich ab.

Naja, sehr hilfreich.

Mehr kam also an diesem Abend nicht heraus.

5. Dezember

Heute waren wir bei Tante Nox, was mich sehr freute, und Heathea und Hemyarik waren auch da. Sie sind jetzt immer zusammen, auch wenn er sich immer noch als Serf von Josef sieht. Aber Josef will, daß er mit Heathea zusammen ist und ihr dient. Möchte mal wissen, was ~~diese nymphomanische Kuh~~ Entschuldigung, das hat mir mein Herr jetzt durchgestrichen — was diese Dame mit dem stockschwulen Hemyarik will, den ich vorher noch nie ~~auf~~ mit einem Weib gesehen habe, der ja sogar das reine Männerreich errichten wollte. Anscheinend tränkt es ihm eine Königin auf die Art ein. ~~Ein König wäre ja wohl kaum so sadistisch.~~ Ja, Dank, mein Herr und Meister, Ihr sorgt für Reinheit in meinem Tagebuch. *Ist ja wohl auch bitter nötig.*

Goldi und Purix waren auch da. Und das fand ich erstaunlich, weil Purix eigentlich gar nicht von der Insel weg wollte. Aber Amadux hat ~~ihn~~ sie offenbar auf Goldi angesetzt. Verzeihung, mein lieber Herr, Purix läßt sich jetzt wieder „er" nennen, das hat er mir selbst gesagt. *Okay, das wußte ich nicht.*

Goldi war wieder bezaubernd weiblich, langes Kleid im Stil der Weberei von Guatemala, leuchtend bunte Streifen und eine kunstvolle Applikation mit einem Leoparden. Sie trug viele bunte Armreifen dazu, die sie aus gefärbtem Bambus geflochten hat, und war stark geschminkt. Bin mal gespannt, wann der Bengel zu der gleichen Einsicht kommt wie Purix. Wo ein Schwanz dran ist, das ist männlich und soll sich auch freuen, daß es ist, wie es ist.

Mit welchem Recht beurteilst du das?

Lieber Herr, das kann ich Euch nicht in einem Satz erklären. Aber ich wäre Euch dankbar, wenn Ihr Euch aus meinem Tagebuch raushaltet, nichts für ungut.

6. Dezember

Die Cros nennen diesen Tag, der in meiner Heimat groß gefeiert wird, Nikolaus, und finden morgens Schokolade in ihren Stiefeln. Und ich fand etwas, was mir in die Schuhe geschoben wurde, als ich die Krieger wieder aufsuchte, nämlich, daß Perkele mal wieder in eine seiner berüchtigten Stimmungen verfallen war, die zwischen Jähzorn und Depression schwankten. Das hätte ich mit meiner Frage angerichtet, warum er uns gezwungen hätte zu essen, was auf den Tisch kommt. Gott, man wird ja mal fragen dürfen, wir haben es nie verstanden, Iván und ich, und haben uns den Kopf zerbrochen. Ich wagte schon gar nicht, Perkele drauf anzusprechen oder ihn überhaupt anzusprechen, was habe ich denn getan?

Er war aber bereit, mit mir zu reden, er winkte mich in sein Zimmer, kramte in seinem Schultersack, wobei er mir dauernd den Rücken zukehrte und murmelte: „Wo ist das denn, ich hab's doch die ganze Zeit gehabt..." Und dann holte er ein kleines Fotoalbum heraus, grade mal Postkarten-Format, und blätterte es auf. Da waren Fotos aus einem Krankenhaus; er gab es mir in die Hand, schaute nicht hinein, setzte sich ans Fenster, sah hinaus auf die Lagune. Gegenüber liegt die Friedhofsinsel. Ich schaute mir die Bilder an. Es war ein Mädchen in einem Krankenhausbett, mehrere Bilder. Marja saß am Bett. Das Mädchen hatte kurze schwarze Haare und war blaß. Sie schien sehr krank zu sein. Ihre Hände wirkten schlaff, und offenbar war sie nicht wach. Auf einem Bild waren ihre Augen halb geschlossen, und der Mund zu einem schiefen Lächeln verzogen. Dann sah ich ein Bild von offenen Augen, die nach oben verdreht waren, während Marja ihre Hände hielt und ihren Blick suchte. „Wer ist das?" fragte ich vorsichtig, und da hörte ich, wie Perkele aufschluchzte, und das war für mich ein völlig unerwarteter Laut. Er vergrub den Kopf in den Armen und weinte. Ich wartete, bis er wieder bereit war zu sprechen, bis er es anscheinend überhaupt konnte.

„Das ist mein Liebling Utjonka", sagte er, „sie ist nach einer Gehirnhautentzündung geistig behindert. Sie lebt in einem Heim in Bratislava, wir können sie bei uns nicht so versorgen, wie sie es braucht. Sie ist 13 Jahre alt und muß leben wie ein Baby. Es gibt nichts, was man tun kann, damit es besser wird."

Ich machte eine Bewegung, ob ich ihn in die Arme nehmen dürfe, er schüttelte den Kopf und umarmte mich trotzdem. Ich hielt ihn nur fest. Ich fühlte seine Tränen an meinen Wangen herunterlaufen.

„Wer versorgt sie, abgesehen vom Medizinischen?" fragte ich. „Habt ihr dort auch Familie?"

„Ja, meine Schwester wohnt da, die geht alle paar Tage hin."

„Und du?" fragte ich.

„Ich kann das nicht", flüsterte er, „ich kann das nicht mitansehen. Und bestimmt hat sie mich vergessen."

„Das glaube ich kaum."

„Isegrim, sie hat den geistigen Stand einer Zimmerpflanze."

„Aber Gefühle?"

„Hör auf, bitte sei mir nicht böse, aber halt die Klappe, ich habe dir das gezeigt und erzählt, ist gut jetzt, es reicht."

Er schnappte sich das Album und stopfte es in seinen Beutel.

„Wäre vielleicht besser, sie wäre gest..."

Seine Stimme versagte. Ich schwieg darauf, ich war überfordert.

Aber da war noch jemand leise eingetreten. Und der sagte leise: „Nein, das ist es nicht. Sie hat Freude am Leben, auch wenn man es nicht merkt."

Ich drehte mich um und erkannte Iván. „Du mußt sie besuchen", sagte er dann zu Perkele. Der schaute Iván an und dachte, ‚tapferer junger Krieger, der so viele Schläge ausgehalten hat, um nicht mit uns zu essen…'

Iván hörte das, ließ sich aber nichts anmerken.

„Tanguta hat sich gerade Blut übertragen lassen", sagte er dann, „er will einen Selbstversuch machen, um das Rätsel lösen zu helfen."

7. DEZEMBER

Wie kann er das tun? Was hat er sich dabei gedacht? Hätte er sich noch die Chaperone übertragen lassen… Aber Kunkamanito sagt, wir haben keine Möglichkeit, sie von den ‚bösen' Prionen zu trennen, sie sind einfach zu klein und die Forschung ist zu neu.

Ich bin fertig mit der Welt, und die schlimmsten Ahnungen fallen über mich her und reißen an mir wie Wölfe am Schaf.

Ich bin auch über ihn hergefallen, aber mit allem gebotenen Respekt, „Exzellenz, wie konntet Ihr das tun? Wenn das nun schiefgeht? Sukent braucht Euch, die Cultura braucht Euch!"

„Ich bin noch nicht tot", lächelt er, und ich sehe und lese, daß er weiß, wie groß das Risiko ist.

„Es ist passiert", sagt er, „und ich werde sehen, was weiterhin draus wird. Mein Leben ist ja sowieso Bonusmaterial, ich bin seit 5 Jahren in einem geschenkten Leben, es wird Zeit, daß ich etwas davon weitergebe an die Cultura und helfe, das Rätsel zu lösen."

Er nahm mich in die Arme. Mir stürzten die Tränen aus den Augen. „Lieber Herr, verlaßt mich nicht!"

Was konnte er mir denn sagen, das mich beruhigt hätte? Hätte nicht jeder andere Freiwillige dieses Experiment machen können?

Wieder las er mich und runzelte die Stirn.

„Lelo", sagte er tadelnd, „denkst du, es gibt einen Mann oder eine Frau, die eher verdient haben zu sterben als ich? Die es weniger wert sind zu leben? Das wäre die Konsequenz. Lelo, wenn ich den Thron verlasse, freiwillig oder auf Ruf des Königs, dann bin ich ein Wesen wie sie alle, keinen Funken mehr wert. Jeder, jede von ihnen kann König sein oder Königin. Jeder und jede hat das gleiche Recht, aus der Lösung des Rätsels Nutzen zu haben. Im Krieg stand ich vorn auf den Barrikaden, und das muß ich im Krieg gegen unsere Fluch auch tun. Dieser Krieg ist noch nicht gewonnen."

Da habe ich mich vor ihm verbeugt und gesagt: „Arya Tanguta." Weiter nichts.

Und er ging an seine Amtsgeschäfte.

Weiß es Vanessa? Weiß sie, daß Yadwiga als Waise zur Welt kommen könnte, wenn es schiefgeht?

Halt. Positiv denken. Er wird helfen, das Rätsel zu lösen. Auch ich bin ja Teil der Lösung. Ich gehe auch heute wieder ins Labor und lasse mein Blut untersuchen.

Wenn noch was da ist. So viel haben sie mir schon abgezapft. Auch das ein NuRiCa der besonderen Art.

8. Dezember

Daran mußte ich gestern denken, und ich erinnerte mich an die geistige Arbeit, die wir im NuRiCa machen, nämlich zu denken, wir seien die Nahrung, die allen hungernden Wesen gegeben wird. Wir verschenken uns. Also konzentrierte ich mich, so gut ich konnte, auf dieses Verschenken, und ich wünschte mit aller Kraft, daß diese meine Gabe das Leben meines Herrn bewahren helfen würde.

Ich weiß nicht, wie ich Vanessa begegnen soll. Sie hat mir angemerkt, wie traurig ich bin, und ich weiß nicht, was sie weiß, und will keine schlafenden Wölfe wecken. Ihr geht es bestens, sie scheucht uns Diener herum und läßt sich abgefahrene Speisewünsche erfüllen, im Moment braucht sie pfundweise Avocados mit Zitronensaft, und das im Winter. Ich habe auch ein Armband für sie geschnitzt, eine Eiderente, aus deren Gefieder ein Kücken hervorschaut. Die Ente setzt sich gerade wieder auf das Gelege, und man sieht noch ein Ei mit Rissen, da wird also auch schon geschlüpft. Oh, wie gern möchte ich ihr Babysitter und Diener ihrer Kleinen sein. Wenn es denn dieses gibt und — gebe der Himmel — noch ein weiteres. Vanessa lacht mich aus. „Glaubst du, ich bin jetzt auf den Geschmack gekommen?" Und sie erinnert mich an ihr Alter.

Sie spielt jetzt öfter mit mir. Ihre Handschrift wird härter, und sie baut so wunderbar eine Erwartung auf. Sie hat so einen eigenen Rhythmus, Pausen zwischen den Schlägen zu machen, sie spürt, wenn die Wirkung am stärksten ist, und auch, wie hart sie werden darf. Was sie dazu sagen darf, zynisch oder tröstend. Sie kündigt an, was sie tun wird, und erzeugt gerade dadurch die Spannung. Sie straft mich niemals für Ungeschicklichkeit, Vergessen oder Schlamperei. Und ja, das kommt vor. Ich liege ja nicht den ganzen Tag dekorativ herum, sondern habe meine Aufgaben. Es ist nützlich, was ich bei den Amazonen gelernt habe. So kann unser Herr auch seinen anderen Dienern einige Freizeit geben. Khorasan trifft sich mit Rangus und kommt immer sehr aufgeräumt zurück, genießt den Nachgeschmack ihrer Gemeinheiten und gibt sich wortkarg, zeigt mir aber jedesmal seine Striemen hinterher. Er ist kürzlich 51 Jahre alt geworden, und ich beneide die Cros um die Unbefangenheit, mit der sie auch in diesem Alter den Sex genießen können.

Mein Herr schenkt mir bisweilen seine Berührung, mal mit dem Ring, mal nimmt er ihn heraus, denn: Perkele hat ihm den Schlüssel geschenkt! Er bewahrt ihn in seinem Arbeitszimmer hier im Büro auf, Suche wäre zwecklos. Er hat seine Drohung wahrgemacht und mich verschlossen. Ich habe einen Hodenring mit einer Kette dran, in die er meinen Penisring einhängt und verschließt, und dann passiert gar nichts mehr, außer, er hat den Wunsch. Und den hat er nicht so oft, wie ich es mir wünsche. Bitte, lieber Gott, laß ihn nicht sterben, ohne daß er aufschreibt, wo er den Schlüssel versteckt.

12. DEZEMBER

Kunkamanito hat herausgefunden, daß die Chaperone recht kreativ sind. Ich erzählte es, das sind diese rätselhaften Partikel, die die ‚bösen' Prionen reparieren. Sie vermehren sich. Es sind aber doch keine Viren, sondern eine Vorform ohne eigene DNS. Wie können die sich vermehren? Anscheinend machen sie aus Prionen, die sie finden, Ihresgleichen. Die Brieder haben sie, und ich auch. Unsere Ärzte und Forscher sprechen von ‚echten Wundern'.

Das beruhigt mich ein wenig. Vielleicht werden diese Dinge in Tangutas Blut nichts Böses tun.

Mein Herr Tanguta sucht zunehmend die Nähe von Perkele. Sie haben in den letzten Tagen zusammen gegessen. Die Rivalität ist offenbar abgefrühstückt. Stattdessen reden sie über Frauen und Kinder. Perkele hat Tanguta eine Menge zu erzählen. Perkele ist immer auch Geburtshelfer bei seinen Kindern gewesen. Tanguta sagt, das kann er sich nicht vorstellen, er hätte Angst davor. Perkele nimmt ihn vertraulich beim Gewand und zieht ihn ein wenig näher. „Sei dabei!" raunt er ihm zu, „das ist so wichtig! Kriegst du ein Cro-Kind oder ein Unseres?"

„Homsarec-Kind. Tochter. Varanassi Yadwiga wird sie heißen."

„Bezaubernd! König Yadwiga von Polen."

„Das war die Idee."

„Und Varanassi?"

„Der indische Ort Benares, wo der Buddha zu lehren begann."

„Vanessas Idee?"

„Natürlich. — Warum soll ich unbedingt dabei sein?"

„Willst du nicht?"

„Nicht unbedingt."

„Schisser."

„Gehen wir mal kurz vor die Tür?"

„Schisser. Sei dabei!"

„Warum?"

„Kann ich dir nicht sagen, weiß nur, daß ich es niemals verpassen möchte. Es ist so ein aufwühlendes Erlebnis."

14. Dezember

Die Stadt kocht vor Weihnachtsvorbereitungen. In Weimar drehen sie schon alle durch. Vor allem Cochise ist Fetischist dieses Festes. Sie haben uns eingeladen.

Brr, die Kälte.

Was ist los? Noch vor kurzer Zeit habe ich Frost und Schnee geliebt. Jetzt finde ich sogar Sukent zu kalt. Tanguta ist begeistert von der Idee. Wir fahren mit Heathea und Hemyarik. In wenigen Tagen soll es losgehen.

Heathea hat einige Wochen bei Tante Nox gewohnt, das war wohl ganz lustig, und Hemyarik hat beide bedient. Und bei dieser Gelegenheit habe ich etwas sehr Aufregendes erfahren — meine Familie ist Weltmeister in Geheimniskrämerei. Mein verschwiegener Vater hatte nämlich eine Beziehung mit Gülbibi, die begann, als ich zwei Jahre alt war, und sie endete, als Hopi drei Jahre alt war. Somit ist Hopi mein kleiner Halbbruder, nicht nur mein Cousin zweiten Grades, wie ich immer hörte. Und das ergibt einen Sinn, denn ich hatte Hopi sofort lieb, und als ich ihn als ‚Geisel' nahm, hatte ich nie vor, ihm ein Haar zu krümmen — na gut, ich habe ihn ins Ohr gebissen —, sondern ich wollte ihn zu Perkele nach Slowakien mitnehmen. Ein beschissener Plan, ich weiß, aber wir sind ausgesöhnt.

Ich habe ihn auch in den letzten Tagen mehrmals getroffen, er ist ein Supertyp, intelligent und nett. Seine Amazone Tridux ließ sich lange bitten, jetzt sind sie unzertrennlich. Als ich das erste Mal bei ihnen war, hat Gülbibi so getan, als wollte sie mich schütteln und mir welche kleben. Ich wimmerte um Gnade, da mußte sie lachen.

Heute waren sie bei Nox zum Tee. Heathea war nicht da, sie arbeitet ja wieder einige Stunden pro Woche im Hospital. Es heißt, sie hat die Befragungen der Brieder übernommen, füllt mit ihnen Fragebogen für eine psychologische Auswertung aus.

Gülbibi ist die Informationsquelle über meinen Papa, die ich immer gesucht habe. Sie hat ihn wohl sehr geliebt. Und sie dachte, seit sie von mir erfahren hat, ich sei sein Neffe.

„Dann durftest du nie ,Papa' zu ihm sagen", bemerkte sie, und sie spürte den Kummer, so wie ich ihn als Kind mit mir herumgetragen hatte.

„Und was ist mit deiner Mama, siehst du sie noch manchmal?"

Ich schüttelte den Kopf. „Ich weiß ja nicht einmal, wo sie lebt und wie sie jetzt vielleicht heißt. Über meine Oma könnte ich das herausfinden, das ja."

„Willst du das denn herausfinden?" fragte mich Gülbibi.

Ich machte wieder eine abweisende Bewegung und räusperte mich.

Hopi beobachtete mich aufmerksam.

„Noch nicht", sagte er. Einen anderen Reim, als daß er mich las, konnte ich mir nicht machen. Ich war nicht dazu bereit, richtig.

„Darf ich dir einstweilen meine Mama anbieten?" fragte Hopi, und wir grinsten alle.

„Mama", sagte ich.

„Wie schmeckt das?"

„Äh, komisch. Aber schön."

„Und Papa?"

Spontan hatte ich eine Träne im Auge. Dachte an meinen unerreichbaren wilden Herrn. Hopi nahm mich in den Arm. „Ist ja gut."

Ich fragte Gülbibi, ob sie mir alles über meinen Papa erzählen könnte, und sie versprach es. Hatte sie gewußt, daß ich sein Sohn war? Nein. Er ging nur immer weg, ohne was zu sagen, das machte sie wahnsinnig. Vor allem, als er erst im kritischen Alter war. Da waren sie längst nicht mehr zusammen, aber es machte sie trotzdem nervös. Man will ja wissen, wann das eigene Kind Waise ist.

Ich wußte, wohin er ging. Zu seinen Freunden in die Männer-Wohngemeinschaften. Sie wußte nicht, daß er mich immer mitnahm. Und was ich so mitbekam.

„Ich hätte ihn gewürgt", sagte sie.

„Ich nannte ihn immer nur Muria", sagte ich, „er wollte nicht, daß jemand wußte, daß ich sein Sohn bin."

Gülbibi schaute mich mit großen Augen an, dachte an Tante Nox, dachte an Natatli, meinen Großvater, an den Skandal seines Seitensprungs, an den Skandal, wie er den Inzest deckte, ja, Muria sogar ermutigt hatte, ich las das wie eine Leuchtreklame. Mama Gül, du bist ein offenes Buch. Ich liebe euch.

Tante Nox kam mit Hemyarik herein, der hinter ihr sofort niederkniete, wenn sie einen Raum betrat. Es ist unglaublich, wie unterwürfig der einstige Gegenkönig geworden ist. Bisweilen überläßt seine Herrin ihn der Tante Nox. Es tut beiden gut.

Er kniete neben dem Sessel, in den sich Tante Nox setzte. Er brachte ihren Gehstock unter und holte Tee für sie. Nicht, daß sie nicht auch andere Diener hatte. Aber Hemyarik ist schon etwas Besonderes. Er hat eine königliche Art zu dienen, ich kann es nicht anders sagen. Er dient mit einer Geste, als gäbe er Brabant als Lehen. Oder die Schätze einer Fregatte, die mit Gold aus der Neuen Welt zurückkäme. Aber eben nicht arrogant! Er verwandelt sich in den Ausdruck vollkommener Demut und Ernsthaftigkeit, er dient mit der Haltung eines Mönches, er geht in das Schlafzimmer seiner Herrin wie in einen Gottesdienst — ähem, Pardon.

Heute kommt ein junger Anwärter. Er möchte Diener von Nox werden, denn Goldi ist wieder in Weimar, Josefine braucht sie.

Neuerdings haben wir immer wieder Anfragen von Leuten aller Altersgruppen und Geschlechter, die sich verdingen möchten. Manche kommen überhaupt nicht aus der Cultura, aber wir schicken sie nicht einfach weg, sondern erlauben ihnen erste Einblicke. Der Junge, der nun eintritt — Hemyarik hat ihm die Schuhe abgenommen und folgt ihm mit einem Klemmbrett —, ist natürlich verlegen. Er darf sich auf dem Teppich in der Mitte des Raums niederlassen. Ihm gegenüber sitzt Madame Nox, streng, dünn, das Gesicht vom chronischen Schmerz immer in einer Anspannung. Sie trägt ein weites, schwarzes Gewand mit silberner Stickerei und raucht ihre Pfeife.

Neben ihr Gülbibi, heiter und zufrieden, rundlich, im langen schwarzen Haar nur wenige graue Fäden, sie ist in eine bunte Pluderhose und über den Hüften ausgestellte, bestickte Weste gekleidet, darunter trägt sie eine weiße Bluse mit weiten Ärmeln. Ihr Sohn sitzt einen Schritt abseits in einem langen afrikanischen Hemdgewand, hellblau, mit goldfarbenem Faden bestickt, darunter eine weiche Tuchhose, die sich um seine Fußgelenke kringelt. Seine Haare trägt er zur Zeit in einem Bündel feiner Zöpfe, die ich ihm flechten darf. Ich selber bin ähnlich gekleidet, und meine Tunika ist aus Wolltuch, in feinen Streifen in Weinrot, Blau und Goldgelb. Gülbibi webt solche Sachen, sie hat sich auf ein Handwerk besonnen, das sie in Usbekistan gelernt hat und das sie wieder pflegt, seit ihr das Anstreichen zu mühsam wird.

Der Junge stellt sich als Carlo vor. Das Gespräch kommt mühsam in Gang. Er hätte nicht damit gerechnet, gibt er zu Protokoll — ohne es zu wollen —, hier von so vielen Personen begutachtet zu werden. Er hätte die Idee, einer Herrin zu dienen. Er betont ‚einer'.

„Es kann ja dahin kommen", entgegnet Tante Nox. „Aber bis dahin ist es schon besser, du schaust dich erst einmal bei uns um."

„Ich dachte, daß du…"

„T-t-t…" macht Nox.

„Daß SIE!!" zischt ihm Hemyarik von hinten zu.

„… daß Sie mich erziehen könnten…"

„…was sie hiermit tut", murmelt Hemyarik.

„An was für eine Erziehung denkst du denn da so?" fragt sie mit einem listigen Funkeln.

„Ja, so…" Er schaut sich um.

„Muß ich das so vor allen…"

„Du wirst auch vor aller Augen dienen, nur zu."

Er wird rot. „Ja, so Anal-Erziehung, dachte ich…"

„Was soll das sein, bitte? Bist du noch nicht stubenrein?"

Er windet sich. Nox ist unerbittlich. Sie läßt ihn nicht raus. Sie zwingt ihn zu definieren, was er sich vorstellt. Und sie wiederholt seine eher gestotterten Angaben mit einer Kälte, mit der Heathea ein gefrorenes Gehirn in dünne Scheiben schneiden würde, um sie unter das Mikroskop zu legen. Er ist inzwischen kleiner als die Makronen, die er zum Tee bekommen hat.

Sein Gehirn ist offenbar wirklich eingefroren. Er starrt uns mit offenen Augen an und kann nichts mehr sagen.

Gülbibi kommt ihm zur Hilfe.

„Wir suchen jemanden, der hier im Haus Dienst tut, das heißt, er steht als erster auf, heizt die Öfen, macht Tee und Röstbrot für das Frühstück, kocht Eier, trägt auf. Wäscht das Geschirr danach ab. Darf danach zu uns in den Salon, bleibt auf dem Teppich, kriegt ein paar Streicheleinheiten, vielleicht auch ein bißchen Haue. Und je nachdem, ob er brav war, freundliche Haue, die guttut, oder wenn er Mist gemacht hat, und ich meine damit nicht, wenn er ungeschickt war, sondern wenn er nicht hingehört hat und schlampig oder verpennt war, dann gibt es unschöne Haue, die er sich merkt. Vielleicht verleiht die Herrin ihn auch als Spielzeug, wenn er sich lange genug bewährt hat, an einen ihrer Freunde. Wenn er Glück hat, trifft sich das auch mal mit seinen Spezialwünschen. Aber er soll nicht glauben, er werde danach gefragt."

Sie machte eine Pause und zog an der Pfeife, die Nox für sie gestopft hatte. Ein wenig Papavers ließ auch Gülbibi sich gern gefallen.

„Du bist Cro", fuhr sie fort, „du wirst — gesetzt den Fall, du gefällst uns — mit den Amazonen und meinem Sohn an einem täglichen Lauftraining teilnehmen und auf Diät gesetzt, bis du dein Bäuchlein los bist. Deine Akne wird unser Heildiener beseitigen, indem er dein Gesicht täglich leckt…"

Das Gesicht des Besuchers wandelte sich von Rot zu Blässe.

„Du wirst dem Stamm deiner Herrin Nox zugegliedert und bekommst in ein paar Wochen Ohrringe gestochen, als Zeichen der Zugehörigkeit, und danach ein Tattoo auf der Brust, so wie wir es alle tragen — sie zog den Halsausschnitt ihrer Tunika auf und entblößte großzügig und achtlos ihre rechte Brust. „Andere Zeichen — hast du Tattoos?"

Er hatte. Er mußte die Hosen ausziehen — damit hatte er nicht gerechnet, offenbarte verwaschenes Unterzeug — und legte Jugendsünden frei. „Punk rules okay" und ein Gebinde aus einer Rose, einem Anker und einem Penis.

„Diese voreiligen und nicht kanonischen Peikerungen werden wir entfernen lassen", bestimmte Nox.

Er protestierte. Das sei ein unerlaubter Eingriff in seine Persönlichkeit.

„Du bist dir aber doch im klaren, daß du dich als Sklave beworben hast?"

Gülbibi hielt ihm den Brief unter die Nase, mit dem er Nox' Kleinanzeige in der Rinascità beantwortet hatte.

„Ja, aber doch nicht so!"

„Wie dann?"

„Ich will meine Hingabe und Demut einer Lady als Geschenk darbringen und sie soll..."

Ich kicherte. Er schaute irritiert zu mir.

„Okay, sie soll gar nichts. Ich möchte ihr jeden Wunsch erfüllen."

„Fein!" ergriff nun auch Tante Nox das Wort, „dann sind wir uns ja einig. Hemyarik wird dir deine Aufgaben zuteilen und dich darin schulen, wenn du das drauf hast, sehen wir uns wieder."

Nox erhob sich mit Hopis Hilfe aus dem Sessel, und Hemyarik reichte ihr den Stock und geleitete sie aus dem Raum. Carlo saß immer noch irritiert auf dem Teppich.

„Nun? Wie ist es? Wir können das alles zu einem schriftlichen Vertrag zusammenfassen", wandte sich Gülbibi wieder an ihn.

Er stand verdattert auf und zog sich wieder an.

„Hm, ich hatte wohl so ein bißchen andere Vorstellungen", murmelte er.

„Erzähl..."

„Ich habe gesehen, wie eine Lady einen Typen verhauen hat... bei einem Besuch..."

„Hier? Bei uns?"

„Ja. Und ihm gefiel das. Das war schön. Ich habe gelesen..."

„Wo?"

„So ein Heft... War bei meinem Freund unter der Matratze..."

Wir grinsten.

„Und das möchtest du auch", schloß Gülbibi.

Carlo nickte.

„Nun, du weißt ja jetzt, wie bei uns das Leben eines Sklaven aussieht. Wenn du das willst, machen wir einen Vertrag. Wir sind doch dazu übergegangen, die Bedingungen in Verträgen festzuhalten, wenn einer neu zu uns in die Cultura kommt und die Sitten noch nicht kennt. Wir halten die gegenseitigen Verpflichtungen genau fest. Unter diesen Umständen würdest du dann bei uns leben können."

„Also mit Arbeit, Ohrringen, euren Tattoos, meine kommen weg, und ganz nach dem Willen der Herrin?"

„Exakt", sagte Hopi.

„Und was habe ich davon?"

Wir sahen uns an.

„Süßer, du wirst ein Sklave von Madame Nox, was glaubst du, wieviele dich da beneiden!"

Er stand auf. „Ich fürchte, ich habe mir was anderes vorgestellt, wie gesagt. Danke für den Tee."

„Hemyarik wird dich zur Tür begleiten und dir deine Schuhe geben."

Er ging.

Anal-Erziehung. Haha. Für'n Arsch.

„Vielleicht sollten wir doch wieder zur Sitte des Entführens zurückkehren", witzelte ich. Gülbibi machte mir eine drohende Geste mit dem Zeigefinger.

15. Dezember

Es wird kälter. Eigentlich wollten die Bémishen Brieder zurückfliegen, aber es hat keinen Zweck, sie würden in Bratislava hängenbleiben, die Route in die Berge ist blockiert, man kommt nur bis zum Hotel, Maslenie Blini ist abgeschnitten. Wir müssen uns keine Sorgen machen, denn Holz gibt es genug und auch jagbares Wild, die Speicher sind voll Korn, die Frauen wissen, wie man Brot bäckt. Ich sehne mich danach, dort zu sein, ich möchte im Schnee durch die Wälder laufen, auch wenn ich jetzt mehr anziehen müßte, als es dort nötig war. Heathea hat die Befragung auszuwerten angefangen. Sie hat die Idee, auch die Frauen und die kleinen Kinder müßten untersucht werden, um dem Rätsel auf die Spur zu kommen. Entwickeln auch die Kleinen Chaperone, die noch keine feste Nahrung bekommen? Erhalten sie sie durch die Muttermilch? Das möchte sie unbedingt wissen, und Kunkamanito findet, das ist eine gute Idee, und wenn die Straßen wieder passierbar sind, könnte ein Team dorthin fahren.

Ich habe meinem Herrn und seiner Lady von Carlo erzählt. Er hörte sich das aufmerksam an und lachte nicht über den Typ, wie ich erwartet hatte, sondern antwortete, das käme in letzter Zeit sehr oft vor, wir wären überrascht, wie oft. Sie bewerben sich auch beim ducalen Büro, möchten Amazonen und Wachen werden, und auf einen Homsarec-Bewerber fallen mindestens 10 oder 15 Leute, die Cros sind. Das ducale Büro läßt sie nicht alle erscheinen — wer könnte das bewältigen? —, sondern verschickt nun Fragebögen oder läßt sie beim Pförtner des Dogenpalastes abholen. Und in 14 von 15 steht genau derselbe Blödsinn.

„Und wenn wir sie abweisen, sind wir arrogant und elitär, nicht wahr?"

„So ist es. Ruradix bearbeitet diese Bewerbungen, wenn sie Zeit hat. Allerdings hat sich jetzt auf NuRiCa spezialisiert, und solange sie eins vorbereitet, durchführt und nachsorgt, beantwortet sie keine Zuschriften. Und dann bleiben die Bewerbungen liegen. Wenn sie dann antwortet, kommen bitterböse Reaktionen, daß sie sie so lange hat warten lassen, dann sagt sie, es sei um Tod und Leben gegangen, und die glauben ihr nicht!"

Er seufzte.

Vanessa küßte ihn. Sie schlief jetzt meistens allein, weil sie Ruhe brauchte, und es ging ihr nicht so gut — die Schwangerschaft halt, die Übelkeit, „aber keine Sorge, alles wie bei Ka… Josef damals."

Seine Exzellenz zog mich in seine Arme, schnaufte tief an meiner Schulter und nickte ein. Ich hielt ihn wunschlos. Ich war bei ihm. Er liebte mich. Was kann besser sein?

Aber irgendwie ist Sukent auch langweilig.

17. Dezember

Wir sind wieder in Weimar, und Scheiße, ist das kalt.

Josef ist ins Haupthaus gezogen, er fühlt sich einsam in seinem Wohnturm. So viele Leute sind wieder in die Hauptstadt zurückgekehrt. Vor allem ist der Patient, der früher im Haupthaus im Wachkoma lag, Pitro Krasnow-Gurian, wieder auf den Beinen und büßt seine restliche Strafe im Haft-Appartement neben dem Dogenpalast ab. Recht komfortabel, wenn auch nicht luxuriös. So, wie er sich in jener Nacht für die Rettung der Cultura eingesetzt hat, verdient er das auch. Viele finden, ihm sei immer noch nicht zu trauen. Er hat sich in der Vergangenheit als Realsadist gezeigt. Er war ein Vergewaltiger, ein Mörder, obwohl er das mit ziemlich guten Argumenten abgestritten hat, und ein böser Teledux. Jetzt zieht ihn sogar mein Herr als politischen Berater hinzu, und gelegentlich sehe ich ihn kurz, wenn ich bei geheimen Konferenzen Tee reichen darf.

Als ich das Haus betrat, tat mir der rechte Arm weh. Wie albern! Das war eine Erinnerung an die Zeit, als ich die Nachwirkungen des Schwarzen Pfeils verarbeiten mußte. Vanessa ist mitgekommen, darüber bin ich sehr froh. Tanguta ist sehr beschäftigt, trifft sich mit der Regierung, ist auch nach Berlin gefahren, ich mußte bei Vanessa bleiben. Das hatte auch was für sich, sie ist sehr lieb zu mir. Ich habe Geschenke mitgebracht, von Hemyarik an Josef, von mir für Isatai, Kirli und Sinteska und für Saiko. Der hat gar nicht erwartet, daß ich ihm etwas schenken würde, wir kennen uns ja kaum. Ich habe Schnitzereien für alle. Und ich werde immer besser. Ich habe eine Kette aus Tigern für Vanessa gemacht. Alle beneiden sie.

Mein Herr hat sich verändert. Er wirkt nervös und unruhig. Er schläft weniger, nicht mehr tief, steht in der Nacht oft auf und fühlt sich heiß an. Ich mache mir Sorgen. Vanessa merkt es wahrscheinlich nicht, und ich denke, es ist auch besser so.

Seine Exzellenz hat sich wieder angewöhnt zu laufen. Er rennt morgens durch den Park am Gartenhäuschen von Christiane Vulpius vorbei, holt Brot und Brötchen vom Bäcker. Er tut das wieder leicht bekleidet. Er dampft in der Kälte. Es bessert seine Laune, wenn er das tut.

21. Dezember

Heute feiern wir Sonnenwende. Erst ein Jahr ist es her, daß an diesem Tag mein NuRiCa gefeiert wurde. Ich erinnere meinen Herrn daran. Es ist ein Wink mit den Zaunpfahl. Würde ihm nicht ein weiteres Mal guttun? Er lächelt und sagt, nein, nicht nötig, mir geht es gut, mir geht es sehr gut. Du siehst doch, ich laufe. Ich friere nicht.

Die Leute aus Leßweiler sind zu Gast, sie bleiben über Nacht. Jetzt liegt viel Schnee. An eine Reise nach Slowakien ist nicht zu denken.

Isatai hat mich sehr liebevoll empfangen. Er läßt mich lesen, was er über mich geschrieben hat. Ich werde rot, ein ums andere Mal. Habe ich mich so blöd benommen? So undankbar, so pubertär? Diese Sprüche in der Amazonen-Schule, wer hat sich die notiert? Ich habe Ruradix im Verdacht, die mit ihrer Freundin Spex zusammen öfter hier herkommt. Ich hasse sie immer noch. Ich habe echt gelitten, als mich Salix schlug! Und sie fand es nur ‚geil'. Die dumme Kuh. Die hat ja sowohl im Amazonen-Seminar als auch während meiner Inselhaft alles mitbekommen. Ja, die war seine Quelle, ist auch dicke mit Tabi, die ja nun ein Baby hat, ein kleines Homsarec-Baby mit Namen Friedrich Guipago Junior, und er hat so schwarze Augen wie sein Papa, und er und Rangus, Elena, Ainu und einige andere werden nicht müde, ihre Dienste als Babysitter anzupreisen.

Ich müßte ja schon für Varanassi üben, aber ich drücke mich davor.

Tai ist jetzt fünf, redet wie ein Buch, liest alles, was er kriegen kann, und schreibt eifrig Notizen, die er dann im Haus verteilt und auf denen er seine Wünsche kundtut.

„zum früstük kakau." Ja, du kleiner Pascha, du kriegst Apfeltee wie alle Kinder.

„Karatai war auch so."

Den Satz kann ich nicht mehr hören.

Kürzlich war Melek mit ihm bei Pitro in Sukent. Früher hat er ihn immer seinen ‚kranken' Papa genannt, ich frage ihn, wie er ihn jetzt nennt.

„Meinen Briefpapa." Ja, sie schreiben sich eifrig.

Und wer hat es ihm beigebracht? Josef natürlich.

Tai erinnert sich nun nicht mehr daran, Karatai gewesen zu sein. Aber er erinnert sich daran, davon erzählt zu haben.

Mein Herr sitzt ein wenig abwesend dabei. Er war vorher in Berlin bei einem Arzt, der ihn solange überwacht, wie wir nicht in Sukent sind. Ich frage ihn, wie das Ergebnis war. „Alles gut", lächelt er, und ich weiß irgendwie, daß er lügt.

22. DEZEMBER

Die Stadt ist nicht mehr betretbar, die Leute sind im Weihnachtsrausch. Wir erwarten Gäste, aber geschenkt wird kaum etwas, verboten ist es auch nicht. Uns geht es darum, Leute wieder in die Arme zu schließen, die wir lieb haben und die weit entfernt wohnen.

26. DEZEMBER

Es war viel zu tun, ich bin nicht zum Tagebuchschreiben gekommen. Das Haus war voll, Isatai hat mich von meinem Herrn ausgeliehen, weil ich so fantastisch in Hauswirtschaft bin', sagt er. Bei Sarasvati Kochen gelernt! Das ist schon was. Früher mal, als die große Villa noch stand, die im Krieg von 185 abgebrannt ist, da war Isatais Haus mit einer Lehrküche und einem riesigen Bad ausgestattet und war der Mittelpunkt der Partyszene. Hier haben sie junge Köche ausgebildet und vernascht, und sogar Kirli, die große Schamanin, hat mal hier angefangen.

Dann war der Patient hier einquartiert, das war schon im Neubau, das war zeitweilig gruselig, da herrschte eine ganz komische Atmosphäre im Haus. Angst, Wut, Verbitterung, nicht unwesentlich von Pitro ausgesandt, ich habe das ja auch mitbekommen. Es färbte auf alle ab, die im Haus waren. Als mich Heathea übers Polster gezogen hat, konnte ich das nicht genießen, sondern wurde von Skrupeln gequält. Heute würden wir darüber lachen.

Jetzt ist es wieder voll von Gästen, viele bleiben auch über Nacht. Wir Serfs reißen uns die Beine und Arme aus.

Tanguta ist wieder nach Berlin verschwunden, er will Paloma besuchen. Ich bin traurig, daß ich nicht mitdurfte, zumal, weil er mir immer noch ein bißchen merkwürdig vorkommt. Bei gemeinsamen Essen war er sonst immer strahlender Mittelpunkt; jetzt sitzt er oft grübelnd da, geht dann in den Garten, ohne sich was überzuziehen, und strolcht zwischen den Büschen herum.

Vanessa macht sich auch Sorgen. Ich hatte mich ja bemüht, mir nichts anmerken zu lassen. Aber sie liest ihn. Sie ist jetzt im 6. Monat. Man sieht es deutlich.

Wenn er nicht da ist, schlafen wir zusammengekuschelt. Vanessa ist ein bißchen sauer, daß er so oft weg ist. Sie erwartet zu Recht, daß er bei seiner schwangeren Frau ist. Aber dafür bin ich ja da. Wir können sehr gut reden, schmusen, ich bediene sie. Sie weiß nicht, daß Homsarec-Männer sich ein wenig von ihren Frauen fernhalten, wenn diese schwanger sind, weil es ihnen ja verboten ist, sie zu ficken, damit keine Gefahr für das Ungeborene entsteht. Ich erkläre es ihr. Um nicht in Versuchung zu kommen, lassen die Männer ihre Frauen dann in weiblicher Gesellschaft oder mit unverdächtigen, zuverlässigen Bewachern zurück — sprach's, schloß mich ab und verschwand.

Er fehlt mir, und ich mache mir Gedanken.

2. JANUAR 192

In Berlin haben sie Neujahr gefeiert, bei uns hat das weniger Bedeutung, wir richten uns mit dem Jahreswechsel eher nach den asiatischen Bräuchen und feiern Neujahr im Frühling. Kriegen auch jedes Jahr Ärger mit der Polizei, seit wir in der Nacht vor dem 1. März Knaller abbrennen. Der Doge ist weiterhin bei Paloma und Ahmet. Hemyarik ist auch dort eingetroffen.

5. FEBRUAR

Nun hat uns Tanguta nach Berlin nachkommen lassen, und wir wohnen in der Wohngemeinschaft, wo wir schon früher zu Besuch waren, und es war der Knaller, daß Vanessa mit dabei ist, sie trägt aber bei jedem Wetter Sonnenbrille, und Tanguta besteht darauf, daß sie mit zwei Wachen ausgeht, einer Amazone und mir, zum Beispiel, und weil ich jetzt ein Krieger in Ausbildung bin, darf ich das.

Er ist unruhig und nervös. Er rennt morgens eine Runde um einen nahen Park. Aber das scheint ihm nicht zu reichen. Er ißt wenig, inzwischen doch wieder Fleisch.

Es ist kalt, aber er will fast nichts anziehen.

Aus Sukent kommen keine besonderen Nachrichten, Tanguta steht ständig mit seinen Vertretern in Kontakt. Solange Katastrophen ausbleiben, muß er nicht zurück.

Tanguta hält es nicht gut in geschlossenen Räumen aus. Dauernd sitzt er auf dem Balkon. Es ist kalt.

13. FEBRUAR

Wir sind wieder in Weimar. Ich schlafe neben Vanessa und warte auf Tanguta, der zur Abwechslung wieder mal in Sukent ist. Aber es ist ihm da zu warm, sagt er. Er mußte aber die Brieder verabschieden, die sind nach Hause gefahren. Dieses Mal mit einem gemieteten Bus, denn das Fliegen hat sie krank gemacht, sagen sie. Wie sie denn nach Maslenie Blini kommen wollen, frage ich, es ist doch alles verschneit. Sie lassen sich bis zum Hotel bringen und … Wie? Brieder im Hotel? Nein doch. Von da laufen sie durch den Wald. Schneereifen drauf, Jagdzeug, noch ein paar Felle, Zelte für die Nacht. Zuschneien lassen, das wärmt.

Ich habe das Gefühl, mein Herr würde sich ihnen gern anschließen. Ich weiß nicht mehr so genau, ob ich das tun wollte.

22. Februar

Heute ist Tanguta wieder in Berlin, und spät am Abend kommt er wieder. Er trägt bunte afrikanische Druckstoffe und hat sich ein Zöpfchen in die Locken geflochten, wie er es bei den Bémishen gesehen hat.

Ich bemerke, als er ins Bett kommt, daß er Pflaster hat. Als er mich in den Arm nimmt, sagte ich ihm ins Ohr: „Du hast ein NuRiCa gemacht? Ohne uns? In aller Heimlichkeit? Muß ich jetzt beleidigt sein?"

Er flüstert mir zu, obwohl außer uns niemand hier im Raum ist: „Vanessa muß es nicht wissen, die macht sich sonst Sorgen. Aber ich habe wieder zuviele Prionen gehabt, obwohl ich kein Fleisch gegessen habe. Keine Ahnung, wo die herkommen."

„Es war ein Fehler, daß Ihr Euch diese Übertragung habt geben lassen", murmele ich. Und ich befühle ihn, als er in meinen Armen liegt. Er ist abgekühlt im Vergleich mit gestern, darüber bin ich froh. Aber wie lange soll das so gehen?

Ich hätte gern Sex mit ihm, aber ich fürchte mich davor. Er soll nicht wieder so heiß werden. Lieber verzichte ich oder mache es allein. Ich bin zur Zeit nicht in Fesseln. Er hat mir das Ding abgenommen, mir nur den Ring gelassen, und darüber bin ich froh.

Tanguta im ‚Zustand'
2.3.-1.4.192

2. MÄRZ 192

Die Neujahrsfeiern sind noch in vollem Gange. Wir feiern es in der Nacht vom letzten Februartag zum 1. März.

In diesem Jahr hatten wir einen Nachtschwalben-Tag, den 29. Februar. Das war früher der Abend der Banketts Alten Stils. Ich denke nicht gern daran. Frage mich, ob irgendwo immer noch solche Feiern stattfinden.

Mein Herr wirkt weiterhin verändert. Vanessa sagt, sie kann diesen Zustand nicht mehr ertragen. Sie möchte wieder nach Sukent, und sie will, daß Tanguta und ich mitkommen.

Die Bémishen Brieder sind schon seit geraumer Zeit wieder in Slowakien. Da erreicht mich ein Anruf aus Bratislava, Perkele ist dort. Er bittet mich, dorthin zu kommen.

Ich frage Tanguta. Er will mich nicht nur dorthin lassen, er will unbedingt mit.

„Und Vanessa?"

„Kommt auch mit. Das wird toll", sagt er, „es wird dir gefallen. Die frische Luft, der Wind, die Wälder, die Berge… Es ist schön dort."

Vanessa ist nicht begeistert. Aber sie sieht, daß sie ihn nicht davon abhalten kann. Und wenn er denn geht, wird sie mitkommen, sie wird ihn nicht aus den Augen lassen, auch auf meinen Rat.

„Wie lange soll das dauern?"

„Perkele sagt, nur ein paar Tage. Höchstens eine Woche."

„Und warum?"

Oh. Das hat er nicht gesagt, fällt mir auf. Nur, daß er mich braucht.

Also packen wir Winterklamotten, auch wenn Tanguta sagt, er brauche sie nicht. Und nehmen das nächste Flugzeug nach Bratislava.

11. MÄRZ

Wir sind gut in der slowakischen Hauptstadt angekommen und treffen Perkele im Haus seiner Schwester Ljuba. Es geht Mila schlechter. Wer ist Mila? Perkele erklärt uns bei einem deftigen Essen, das ist seine Tochter, die er immer Utjonok genannt hat, was Entchen bedeutet. So hat er sie nach ihrem Lieblingsspielzeug genannt.

Wir gehen gleich in das Pflegeheim, wo Mila liegt. Ich erinnere mich, wie mir Perkele von seiner Tochter erzählt hat, die nach einer Infektion geistig behindert ist.

Tanguta ist schweigsam, aber ihm ist es eine Selbstverständlichkeit mitzukommen. Mir fällt auf, daß er die Nähe von Perkele sucht, öfter mal einen Arm um ihn legt oder seine Hand auf die Schulter.

Im Krankenhaus müssen wir warten, dann dürfen wir hinein. Ljuba, die fast jeden Tag hingeht, läßt uns den Vortritt.

Ein blasses, freundliches Kind schaut uns entgegen. In den vergangenen Nächten hat sie Krämpfe gehabt. Und sie braucht wieder Antibiotika. Ich sehe, wie Perkele zögert, hineinzugehen. Er bleibt im Hintergrund. Tanguta geht direkt auf die Kleine zu. Sie macht eine angedeutete Bewegung auf ihn zu.

Kennen sie sich?

„Nein, nicht, daß ich wüßte", sagt Perkele leise. Tanguta beugt sich vorsichtig über sie, will den Infusionsschlauch nicht verschieben. Er nimmt Mila in die Arme, langsam, achtsam, schließt er sie in die Arme und küßt sie. Ich sehe ihre sehr kleinen Hände auf seinem Rücken — ach, ihre Finger sind beschädigt, mehreren fehlen die Fingerspitzen — und sie versuchen, den Dogen fest zu fassen.

Sie ist taub, sie ist lernbehindert, sie sieht nicht gut, sie kann schlecht gehen, denn ihne Füße sind ebenfalls durch die Infektion verändert. Sie hat sehr schmerzhafte Operationen ertragen müssen.

Lange sitzt er so da und hält die Kleine in den Armen. Perkele hat sich in die Fensternische zurückgezogen. Ich gehe zu ihm hin, wispere ihm zu, ob er seine Tochter denn nicht auch in den Arm nehmen will? Er schüttelt den Kopf, und ich sehe, daß er weint. Ljuba erbarmt sich seiner, ich beobachte Tanguta und das Kind. Es wird dunkel, die Neonlichter flackern an und lassen das Bild umschlagen, dunkel wird hell, hell wird dunkel. Mila schaut Tanguta an, findet das Tattoo auf seiner Brust, berührt es mit ihrem verstümmelten Finger, sagt „Entchen!"

Perkele weint heftiger. Tanguta sagt ihm, er soll sie in die Arme nehmen, spricht stumm zu ihr, zu ihm. ‚Sie braucht dich, auch wenn du nicht da bist. Verschließ dich nicht.' Und hörbar sagt er: „Sie ist eine Heldin."

Mich kommt ein ganz komisches Gefühl an, als ich sie sehe. Perkele läßt sich nun doch überreden, sich auf das Bett zu setzen und seine Kleine in die Arme zu nehmen. Tanguta steht da und schaut.

Klar, das ist sein Vermächtnis. Er bereitet sich darauf vor zu gehen. Er will jetzt noch so viel wie möglich in die Wege leiten, damit wir damit weiterarbeiten. Unsere Blicke treffen sich. Seine Augen sind gerötet.

Als wir das Zimmer verlassen, als Mila eingeschlafen ist, ein zufriedenes Lächeln auf dem Gesicht, ein Stofftier im Arm, steht Vanessa auf dem Flur.

Wir kehren in Ljubas Wohnung zurück und schlafen im Wohnzimmer. Ich mache mir zuerst ein Teppichlager. Und noch in der Nacht flüstere ich mit meinem Herrn, ich würde gern Perkele etwas Trost geben. Und daß dieser Trost auch ein wenig weiter gehen könnte — würde mein Herr mir das erlauben?

Tanguta drückt mich so leidenschaftlich, daß ich erst denke, das ist ein Nein.

Dann sagt er: „Es ist gut, tröste ihn, er braucht es. Und du auch."

Also schleiche ich mich zu Perkele und schmiege mich in seine Arme. Das hat er nicht erwartet.

„Mein Herr schickt mich", flüstere ich, und das stimmt ja nun nicht ganz, denn es war meine Idee.

„Danke ihm morgen", antwortet er.

„Tun Sie's!" schlage ich vor. Er gibt mir einen kleinen, scharfen Klaps. „Wir waren beim Du, hast du das vergessen?"

Ich schmiege mich an seinen Bauch, an seine Brust, und seine Magie wirkt wieder. Ich möchte, daß er mich auf der Stelle nimmt. Aber er ist traurig.

„Moja utjonka", sagt er leise, „mein kleines Entenmädchen…"

„Du dachtest, sie merkt nichts? Aber heute hat sie dich wahrgenommen, und ich bin sicher, sie war glücklich, daß du da warst."

„Bestimmt hält sie Tanguta für ihren Papa."

„Das liegt an dir. Mußt halt öfter hingehen."

„Sei nicht so frech!" Er schlägt mich ein wenig. Ich seufze tief. Und da es grade so gut läuft, machen wir weiter. Wir sind in einer kleinen Wohnung, in der man sicher alles hört. Scheißegal. Er fickt mich mit Leidenschaft. Und ich bin es nicht mehr gewöhnt. Ich liebe diesen Schmerz. Ich fliege drauf ab. Aber nur, wenn er es tut.

12. MÄRZ

Scheiße, ist das kalt. Wir sind es nicht mehr gewöhnt. Ich jedenfalls nicht mehr. Mein Herr scheint es zu genießen, und für Perkele ist es völlig normal.

Beim Frühstück fragt Perkele, ob es seine Richtigkeit hat, daß das Serf zu ihm gekommen sei. Tanguta lächelt und sagt, „ja, das ist in Ordnung, er hat mich gefragt."

„Er ist deiner, du hast ihn gewonnen, ich nehme das mit Dank als Geschenk, was du mir gibst", sagt Perkele.

„Ich weiß, daß du mit ihm gut umgehst, ich vertraue dir."

Wieder so etwas, was man als Vermächtnis auffassen könnte. Mein Herr, es wird mir langsam unheimlich.

Wir haben Bratislava verlassen und sind mit dem Zug nach Osten gefahren, bis es nicht mehr weitergeht. Die Straße nach Maslenie Blini ist immer noch blockiert. Sie warten auf den Schneepflug.

Petja kommt mit Schneeschuhen für uns. Vanessa will auch mit, aber wir raten ihr, im Hotel zu bleiben, bis die Straße wieder frei ist, dann können wir sie abholen. Tanguta befiehlt mir, bei ihr zu bleiben und sie zu bedienen und zu beschützen. Ich wäre gern mit ihnen gegangen, aber Petja und Perkele sind bei Seiner Exzellenz, also mache ich mir keine Sorgen, da ist er in guter Hut, und das sagte ich auch Vanessa. Sie schaut mit einiger Verwunderung, wie er das Rückenfell anlegt und das wollne Lendentuch in den Gürtel zieht. Mit nackter Brust, nacktem Arsch durch den Winterwald? Keine Sorge, der Weg über den Berg ist eine Abkürzung. Und sie gehen ein ganzes Stück durch die Höhle und kommen am Haus wieder raus, das wieder instandgesetzt ist, auch die zerschmetterte Kellertür ist wieder ersetzt.

Ich sehe ihnen nach, obwohl wir das nicht gern tun, es gilt als schlechtes Omen, wenn man jemandem nachschaut, der fortgeht.

Dennoch tue ich es. Ich sehe, wie sie am Waldrand stehen, und Petja packt etwas aus. Sie essen im Stehen. Ich weiß, was sie essen. Ich erwarte, daß Tanguta das zurückweist... Nein. Er nimmt es. Er ißt. Er ißt es wie eine Kommunion.

Dann sehe ich sie mit schnellen, großen Schritten in den Wald laufen. Noch einen Moment leuchten die Körper zwischen den schwarzen Bäumen, dann sind sie fort.

Ich habe in diesem Moment ein solches Verlangen, mit ihnen zu rennen, daß es mich schier zerreißt. Aber ich habe den Befehl, meine Herrin zu hüten, und dem folge ich.

Von dem Steh-Imbiß am Waldrand erzähle ich nichts.

13. MÄRZ

Die Presse hat schon spitzgekriegt, daß die Ex-Kanzlerin und Dogaressa in der Waldeseinsamkeit Urlaub macht. Ich lehre sie das Laufen auf Schneeschuhen. Petja hatte mir meine mitgebracht, die habe ich selbst angefertigt, als ich ein wilder Waldwolf war. Sie findet es spannend. Es macht ihr sehr viel Spaß. Sie könnte auch die modernen aus Metall oder Kunststoff bekommen, aber sie findet meine toll, die aus Holz und ungegerbter Haut sind. Hier habe ich das Material nicht, um solche für sie zu machen. Im Hotel haben sie nur Abfahr-Ski zu verleihen. Mit denen kommt man nicht durch den Wald. Und auch mit Langlauf-Ski nicht, das Gelände ist viel zu uneben.

Ja, und schon haben wir Papparazzi auf den Hacken, die natürlich sofort die Schlagzeilen mit ‚dem Neuen am Start' und ‚Heimlicher Urlaub der Dogaressa — weiß der

Doge davon?' in die Tasten hauen. Vanessa läßt sich nicht lumpen, lädt zu einer Pressekonferenz ein, posiert mit Sonnenbrille und ohne, zieht mich an sich und legt ihren Arm um meine Schulter, also von wegen ‚heimlich'.

„Na, dann sucht mal den Dogen und petzt es ihm!" murmelt Vanessa unter einem breiten Lächeln. Rückt auch ihr schwangeres Bäuchlein schön ins Licht.

„Seine Exzellenz hat mir diesen jungen Krieger als Bodyguard zur Seite gestellt, damit ich während Seiner Abwesenheit einen Beschützer und Diener habe. Er ist Homsarec, das ist richtig. Passen Sie auf, daß er Sie nicht beißt, denn das wäre seine Pflicht, wenn er den Eindruck hat, daß mir jemand zu nah kommt."

16. MÄRZ

Noch immer ist die Straße nicht frei. Immerhin kann ich vom Hotel aus mit den Leuten chatten, die dazu die Voraussetzungen haben. Tante Nox hat eine Verbindung mit Bild und Ton. Hemyarik darf sie benutzen. Das ist so geil! Wir haben Kontakt über ‚Räägi', das ist ein Programm, mit dem man per Video telefonieren kann. Eigentlich brauchen wir das ja nicht wirklich, aber es macht Spaß. Erst einmal meldet sich Heathea, sie schickt Hemyarik aus dem Raum, um mit mir zu reden.

Was sie mir zu sagen hat, überrascht mich. Sie sagte, sie hätte später davon erfahren, wie sehr mich erschüttert hätte, daß sie mich übers Polster gezogen hat, weil ich Skrupel gegenüber meinem Herrn hatte. Ich wußte nicht recht, was ich darauf sagen konnte, eigentlich hatte ich es ihr bislang nicht verziehen. Ich sagte, wenn ich die Möglichkeit gehabt hätte, es zu genießen, wäre es sicher sehr schön gewesen; sie lachte und sagte, das würde ihr als Kompliment genügen; aber genüge das denn auch als Absolution?

„Erinnern Sie sich, wie ich Ihnen die Hand geküßt habe, als sie mich untersuchten?"

Also, um das zu erklären: Ich gab ihr einen Handkuß, bei dem man mit der Zungenspitze leicht über den Handrücken der geküßten Person flattert. Ja, das habe ich getan. Mich ritt der Teufel, ich weiß auch nicht, wie ich auf die Idee gekommen bin. Das hatte ich dann davon. Früher ist mir das oft passiert, daß ich Dinge tat oder sagte, die ich mir nicht gut überlegt hatte, und dann die Konsequenzen tragen mußte. Und natürlich erinnerte sie sich auch daran.

„Ja", sagte sie, „das weiß ich noch."

„Und Sie mußten denken, daß meine Abwehr nur Ziererei war, und um es für beide Seiten etwas spannender zu machen", fuhr ich fort.

„Oh, in der Tat, das dachte ich", gab sie etwas überrascht zurück.

„Es gibt also nichts, was ich Ihnen verzeihen müßte", sagte ich, „und mein Herr, der Doge hat es mir auch nicht übelgenommen. Also alles gut."

Sie seufzte erleichtert auf. „Hemyarik will dir was erzählen", sagte sie.

Er erschien vor dem Bildschirm und grinste breit. „Hey, wie geht's?"

„Passabel. Und dir?"

„Die alte Dame füttert mich." Er zog seine Tunika auf. Die Knochigkeit seiner Brust hatte sich gemildert, er war ein wenig runder, aber immer noch weit entfernt von dick. Offenbar bekamen sie seine Anorexie in den Griff.

„Du siehst toll aus", sagte ich. Er lächelte geschmeichelt.

„Fesselt sie dich denn noch zum Essen?"

„Ja." Wenn ich mich nicht täuschte, wurde er rot.

„Und du liebst es?"

„Ja."

„Und du liebst sie?"

Er schwieg und grinste verlegen.

„Welche Chance haben wir? Sie ist dreißig Jahre älter. Aber ich glaube, sie wird noch neunzig. Sie ist topfit."

„Und ihr habt guten Sex?"

„Hey, Alter, ich bin schwul."

„Ja, dachte ich auch mal, daß ich es bin", grinste ich.

„Und was machst du jetzt da in der Walachei?"

„Passe auf meine Herrin, die Dogaressa auf."

„Und was macht sie da?"

„Wartet auf ihren Gatten."

„Und was macht der da?"

„Rennt mit dem Anführer der Bémishen Brieder durch den Wald."

„Und warum machen sie das?"

„Oh, frag mich was Leichteres. Aber ich täte es auch gern."

„Du bist verrückt, Isegrim."

„Ich weiß."

„Aber seid ihr nicht die echten Homsarecs?"

„Gut erkannt. Komm her."

„Können wir nicht überall wild sein?"

„Haha, so wie die Brieder, als wir sie im Kloster einquartiert haben?"

„Ach, wo die eine Katze geschossen haben? Das war ja der Bringer. Haben wir gelacht."

„Ja, so ähnlich. Lebe wild und gefährlich."

Und ich dachte, was habe ich da gesagt? Das ist es doch, was ich am liebsten täte.

21. MÄRZ

Das Warten im Hotel wird ein bißchen langweilig. Vanessa geht es da anders, sie trifft internationales Publikum, wird ein bißchen hofiert und angeschwärmt, führt den ganzen Tag interessante Gespräche und macht ihren Teil der Regierungsarbeit über ‚Räägi' weiter. Sie ist die Personalchefin des Ducalen Büros und entscheidet über die Serfs, die für die Dienste im Dogenpalast angeheuert werden. Und siehe da, Carlo ist mit dabei, hat sich beworben, und mein Herr läßt ihn ein wenig von Khorasan unter die Lupe nehmen, dann kommt er ins Frühstücksteam, das die Abgeordneten während der Sitzungspausen versorgt, und da wird er mit Goldi zusammenarbeiten.

Schaun wir mal, wie lange er braucht, um rauszukriegen, daß sie TV ist. Mit Transfrau ist es noch nichts, denn sie gehört nach wie vor dem Kranichstamm, und der erlaubt ihr keine Operation. Nicht vor Ablauf von 10 Jahren. Hormone darf sie aber nehmen.

22. MÄRZ

Petja und mein Herr Tanguta sind wieder da! Die Straße ist frei. Sie sind mit dem Geländewagen gekommen, um uns nach Maslenie Blini zu holen. Vanessa ist ein bißchen skeptisch. Es sind ja noch drei Wochen, bis sie niederkommen soll, und im Hotel fühlt sie sich sicherer. Denn von da könnte man sie notfalls auch per Helikopter nach Bratislava fliegen. Das würde auch von Maslenie Blini aus gehen, sagt Seine Exzellenz.

Ich zögere, ihn so zu nennen. Er ist so anders. Wild halt. Er hat richtig Farbe bekommen. Wenn man genau hinsieht, erkennt man, daß seine Haut mit feinen Ornamenten in blassem Rot-Orange überzogen ist. Das sagt mir, daß ein Bemalungsritual stattgefunden hat, dessen Bedeutung er wohl seiner Frau wird erklären müssen.

Die Sonne kann schon sehr intensiv sein. Mavini, inzwischen fünfzehn Jahre alt, ist offenbar auch über seine Frisur hergefallen. Er trägt die Sachen, die auch die Brieder tragen, er ist leicht bekleidet, auch sein Gesichtsausdruck ist wild und glücklich. Ich weiß, wie es ihm geht. Er genießt es, die Fesseln der Zivilisation abgeworfen zu haben. Er kann seine Natur leben. Nach so langer Zeit!

Er hat sich aber auch in einer Weise verändert, die mir wieder ein wenig Sorge macht. Seine Augen sind gerötet, sein Gesicht ist schmaler geworden, die Wangenknochen treten hervor. Er rollt die Augen ganz anders, seine Stimme hat einen anderen Klang, er wechselt öfter zwischen hohen und tiefen Tönen, so daß sie überkippt wie beim Kriegsschrei. Er fletscht leichter die Zähne, er knurrt, wenn vor uns einer zu langsam fährt. Seine Haltung ist gelöster, breiter, ausgreifender. Ja, er ist ein echter Wilder geworden, selbst in den wenigen Tagen, in denen er durch den Wald gelaufen ist. Er hat im Schnee geschlafen und ihn um sich weggetaut. Als ich ihn zur Begrüßung umarme, fühle ich seine Hitze.

Wir sind dann doch nach dem Mittagessen losgefahren. Man sieht kaum etwas von der Landschaft, so hoch hat der Schneepflug die weiße Pracht zu beiden Seiten der Straße aufgeworfen. Aber es taut, unter den Schneebergen fließen die Bäche von Tauwasser hervor.

Vorn sitzt Tanguta, einen Fuß auf der Ablage, weit zurückgelehnt, er rudert beim Reden mit den Armen, lacht viel, in seinen Haaren stecken Fasanenfedern, Geierfedern, pfundweise Perlen hat Perkeles Tochter ihm reingezogen und viele Zöpfe gemacht. Sogar ein paar Dreadlocks hat sie angefangen. Und bemalt war er auch gewesen.

Ich frage Vanessa, als die Männer mal ausgestiegen sind, wie sie ihn empfindet, ob er ihr verändert vorkommt. Doch, ja, er ist anders. ‚In Urlaubsstimmung', nennt sie es.

„Das Wilde steckt in ihm", sagt sie, „er läßt es halt selten raus, er kann sich das nicht leisten."

Ich muß sie warnen.

„Wir wurden gezwungen, Heiliges Fleisch zu essen", sage ich ihr, „und Perkele hat mich geschlagen, als ich es nicht tun wollte", sage ich zu ihr in einem Moment, wo wir allein sind, „wußten Sie das, Madame?"

„Um Gotteswillen, er wird es doch nicht wagen?"

Dachte ich mir, daß es sie erschrecken würde.

„Perkele ist schonungslos, wenn es um seine Überzeugungen geht."

„Warum tut er das?"

„Er ist der Überzeugung, daß wir uns geirrt haben, daß es nicht den ‚Zustand' hervorruft, sondern im Gegenteil uns schützt."

„Dann hat Tanguta es auch getan."

Sie wurde blaß, als sie das sagte.

„Was soll ich tun?"

„Essen. Wir haben es auch getan, Iván und ich, und es baut sich schneller ab als erwartet…"

Ich unterbrach mich, denn sie kamen zurück.

Eine Stunde später waren wir in Perkeles Dorf.

Die Kinder kamen herausgerannt, als sie das Auto hörten, fielen Perkele um den Hals, Mavini näherte sich mir neugierig, ja, die würde mir gern wieder die Haare machen, und die Zöpfe hätten es auch nötig. Sie wirkte viel selbstbewußter, mir schien, da hätte sich was getan, und damit lag ich richtig. Aber davon später. Dann begrüßten sie die fremde Dame ein wenig scheu, aber Vanessa ging sofort auf sie ein und brach das Eis. Nun waren auch Marja und Visedom da, die zweite ebenfalls sichtbar schwanger. Mein Gott, das konnte ja mein Kind sein.

Die Frauen nahmen Vanessa in die Mitte, interessierten sich lebhaft für ihre Schwangerschaft. Als letzte kamen Perkele und Tanguta ins Haus, und Tanguta hatte Perkele den Arm um die Schulter gelegt und küßte ihn auf die Wangen.

Es duftet nach Essen. Heiße Suppe, ich weiß, was drin ist, ich weiß, welche Schüsseln sie ausschließlich für das Heilige Essen verwenden. Aber Vanessa bekommt etwas anderes vorgesetzt. „Ich dachte schon, du wirst sie auch prügeln, wenn sie nicht ißt", murmele ich an Perkeles Ohr, auf dessen anderer Seite ich sitze.

„Schwangere Frauen essen das nicht", flüstert er mir zu, „die sind sowieso geschützt." Ich frage mich, wo die das immer herkriegen. Aber ich sage nichts, ich will es nicht wissen.

Wir sind Geier. Keine Adler. Wir nutzen, was andere geschlagen haben. In Indien sind solche Vögel heilig, weil sie nicht selber töten. Das tröstet mich. Aber trotzdem mag ich jetzt nicht gern dran teilhaben. Ich schaue meinen Herrn von der Seite an. Er hat plötzlich keine Probleme mehr.

Verändern die Prionen das Denken?

Ich wechsele einen Blick mit Perkele, als ich die Suppe vor mir stehen habe.

Er schaut mich mit glühenden Augen an. ‚Iß!' befiehlt er mir stumm.

Wieder muß ich mich zwingen.

22.3., SPÄTER AM ABEND

Vanessa ist über irgendwas beleidigt, die redet nicht mehr mit Tanguta. Dann nahm Perkele sie beiseite und entfaltete seinen gesamten männlichen Charme. Um was es ging, konnte ich nicht verstehen, aber dann las ich es: Mavini! Und ich wußte, daß hier das seltene Ritual des Kurbanu Virgini stattgefunden hatte.

Ich habe also draußen abgewartet, denn ich wußte, daß Vanessa sich an mich wenden würde, um zu hören, ob das Kurbanu Virgini tatsächlich existiert, oder ob ihr durchgeknallter Gatte das erfunden hat, um sich an eine Minderjährige ranzumachen. Denn ihre Sorge war nicht nur, daß er einen Seitensprung begangen hat, sondern um das Opfer macht sie sich auch Gedanken, denn „Kurbanu" heißt „zum Opfer", und da kann sie natürlich auf keinen anderen Gedanken kommen, als daß die Kleine damit gemeint ist.

Ich habe sie also auf der Ofenbank über dieses Ritual aufgeklärt. Und weil es so mühselig ist, das alles von Hand zu schreiben, habe ich Mitja gebeten, den Auszug aus dem „Kozodovennie Igri", „Nachtschwalbenspiele", dem Buch unserer Rituale, im Hotel zu kopieren, und klebe das in mein Tagebuch.

Ausnahmsweise ist das keine spätere Fälschung, sondern beschreibt Riten, die von den Unsrigen schon in den vergangenen Jahrhunderten ausgeführt wurden.

Und sie erfuhr, daß der Doge nicht nur aus privatem Vergnügen Sex hat, und auch nicht nur, um Kinder zu zeugen; sondern daß er als höchster Repräsentant, als Stellvertreter des Königs auf Erden, auch die Aufgabe haben kann, rituelle Sexualakte auszuführen. Dies geschieht, um Bindungen zwischen befreundeten Heerführern zu schaffen, indem er das Angebot einer Tochter oder Gattin für drei Tage annimmt. Dies kann unter Umständen auch unter den Augen der ganzen Versammlung geschehen.

Allerdings sind solche Rituale sehr selten. Es geschah zum Beispiel bei der Weihung der Amazone Salix, die vom vorigen Dogen in dieser Weise zur Braut des Staates gesalbt wurde. Und da Salix sich in den Archivdienst zurückgezogen und den aktiven Wachdienst aufgegeben hat, steht ein solches Ritual wieder bevor. Es kann vorkommen, daß ein Heerführer als Zeichen seiner Unterwerfung dem Dogen ein *serf* schenkt, das dieser ebenfalls durch den Liebesakt vor dem Geber in seinen Besitz übergehen läßt. Und ich kramte ähnliche spannende Geschichten, wie man sie auch im „Kozodoi", dem Erinnerungsbuch des berühmten Grafen, lesen kann, der Zeugnisse für derartige Riten bis ins Mittelalter hinein gefunden haben will.

Der Doge ist die Stadt. Der Doge ist der Körper des Königs. Zepter und Reichsapfel als Insignien der irdischen Könige waren immer schon Symbole für Penis und Hoden des Herrschers.

„Warum hat er mir das nicht erklärt?"

„Es war wenig Zeit, und ich denke, er hat schlicht angenommen, daß Sie es wissen, liebe Herrin", sagte ich. „Es ist für uns einigermaßen selbstverständlich. Alle wissen das. Und wir wissen nicht immer, was die Cros wissen und was nicht."

Ich verschwieg ihr vorerst, daß für diese Lektüre unser erster Doge verantwortlich war, Pentedattilo, uns allen in ruhmreicher Erinnerung, dessen Phantasien, da sie uns alle gerettet haben, gerechtfertigt sind, und wenn sie hundertmal aus seiner Feder entsprungen sein mögen. Vanessas Fähigkeit, ihre Eifersucht zu zügeln, wird jetzt auf eine harte Probe gestellt.

8 Mavini hat ganze Arbeit geleistet

KURBANU VIRGINI

Dies ist eine Festlichkeit für die vornehme Jungfrau, wobei dieser & ihrer Virgus ein würdiger Mann darzubringen ist, um so einen Bund zu schmieden zwischen einem edlen Herrn und seinem nicht minder vornehmen Gaste.

Wenn ein großer und berühmter Mann zu Gast ist bei einem würdigen Gastgeber, und dieser hat eine Tochter, die noch nie einem Manne zuging, so ist es Brauch, daß auf Bitte der Tochter ein Gast sich zum Opfer gibt, der sie von ihrer Jungfräulichkeit befreiet. Solche Bitte muß zuerst zwischen der Maid, dem Gastgeber und dem Gast besprochen sein und dann bei Anwesenheit aller im Hause sich aufhaltenden Personen beim Gastmahl von der Tochter dreimal vor dem Gast ausgesprochen werden. So der Vater ablehnet, wäre der Gast beschämt; dies soll nicht geschehen. So der Gast ablehnet, ist dies keine Beschämung, denn der vielberühmte Mann könnte vor derlei Anträgen kaum sich retten, wäre er in der Pflicht.

So der Gast zusaget und für die Ehre danket, gehen die zwei für drei Tage in eine besondere Kammer, welche für Riten der Liebe hergerichtet ward. Die Aufgabe der Virgo ist nun, den Gast mit solchem Schmuck zu bemalen, wie sie es mit ihren Gefährtinnen zu tun gelernet. Nachdem der Gast seinen Körper durch einen Badediener hat rasieren lassen, soll er sich der Hand der Virgo überlassen. Solche Bemalung mit Hennah, welches die Haut rötlich färbet, soll zwei Tage lang mit großer Sorgfalt ausgeführet werden. Diese Aufgabe darf ihr niemand abnehmen. Der Körper des Gastes muß an jedem Glied und in jedem Winkel solchen Schmuck tragen, den das junge Mädchen zu malen gelernet. Am ersten Tag schmücke sie seine Rückseite, wobei er auf dem Bauch liege. Hernach, so die Farbe trocken, wasche die junge Dame die Farbkruste ab.

Am zweiten Tag soll sie seine Vorderseite schmücken und kein Zoll seiner Haut auslassen, bis hin zu Hals und Gesicht. Und wieder wird eine Waschung die Arbeit abschließen.

Abseits dieser Arbeit sollen die beiden sich mit Gespräch, Speisen und Getränk, Brettspiel, Spaziergängen im Park des Gastgebers und anderem Vergnügen unterhalten.
Wenn nun die Bemalung vollendet ist, wird der Gast mit wohlgestalteten Ornamenten bedeckt sein. Er soll nun beim Abendmahl des zweiten Tages vor den versammelten Hofstaat des Gastgebers hintreten und das Werk seiner Tochter vorweisen. So es gelungen ist und die Tochter durch ihre Kunstfertigkeit bewiesen hat, daß sie keine Scheu vor dem Leibe des Gastes hat, als auch vor seiner Person, gilt sie als reif für die Freuden der Liebe und ziehen sich die beiden auf den dritten Tag in besagte Kammer zurück und vollziehen den Liebesakt.

Das also erklärte ich Vanessa, und ich habe ihr eindringlich gesagt, daß dies nichts mit ihrer Ehe zu tun hätte, weder wird ihr Gemahl sie verlassen, noch wird dies andere Folgen haben als eine schöne Erinnerung an ein besonderes erstes Mal mit einem wunderbaren Mann.

„Aber wenn sie nun schwanger wird?"

„Das kann sie doch noch gar nicht." Und ich erklärte ihr, daß junge Homsarec-Frauen noch nicht schwanger werden können, weil ihre Eierstöcke und so Zeug sich erst unter dem Einfluß von männlichen Hormonen ausreichend entwickeln. Sie hörte mir verwundert zu, ein wenig so, als würde ich versuchen, sie zu verladen. Aber morgen wird sie sich mit der Hebamme des Dorfes unterhalten — für den Fall, daß sie nun doch in Maslenie Blini entbunden wird. Und die wird ihr genau das gleiche sagen.

„Und wieso ist Mavini jetzt ein Opfer?" fragte sie.

„Nicht Mavini! Der Gast opfert sich. Es ist nur symbolisch gemeint, weil er seinen Körper herleiht. ‚Kurbanu Virgini' heißt ‚für die Jungfrau als Opfer'!"

„Oh, mein armer Gatte!" spottete sie. Aber nun mußte sie doch lachen. Und ihre Eifersucht verflog. Man gönnt sich ja sonst nichts.

„Ihr Gatte, Madame, hat dadurch auch eine unverbrüchliche Waffenbrüderschaft mit Perkele geschaffen", setzte ich hinzu.

Ich lese, wie sie sich die Szene vorstellt. Wie ihr Tanguta genießerisch daliegt, während das wilde Mädchen ihm den Hintern bemalt, anderntags die Eier und den

Schwanz. Oh, ja, auch da sind zart orangefarbene Ringel und Punkte zu finden. Das ist nicht ganz einfach für Vanessa.

Und es gibt Stunden der ruhigen Gespräche, die sie bei dieser Arbeit führen können und bei der das zu bemalende Objekt auch nicht eben Zeitung liest, sondern tief in die Augen der Malerin schaut, sooft sie den Blick von ihrer Malerei hebt. Vor der ganzen Familie hat das Frageritual stattgefunden, bei dem Mavini dreimal ihre Bitte wiederholt hat, und das dreifache ‚Olsun' hat diese Dreitage-Ehe besiegelt.

„Vanessa! Meine Herrin!" beschwor ich sie leise, „dies ist nichts als ein schönes kleines Erlebnis. Sie, Madame, schöpfen aus dem Vollen, Ihnen gehört er doch die meiste Zeit, und Sie werden die Mutter seiner Prinzessin sein. Sie sind so reich, Sie können solche kleinen Geschenke machen."

Sie zog mich an sich und küßte mich. Und ließ ihre überschüssige Zärtlichkeit an mir aus. Ich schmolz in ihren Armen, durfte natürlich wieder einmal nicht kommen; aber ich massierte sie, bis sie einschlief, und streichelte den kürbisgroßen Bauch, in dem eine kleine Person anfing, nach ihrer Freiheit zu strampeln.

23. MÄRZ

Tanguta hat in der Nacht mit mir gespielt. Wir sind in den Wald gegangen. Es taut und schneit. Nasser Schnee fällt in großen Flocken. Er hat mich an einen Baum gefesselt und einfach Gerten von den Büschen gebrochen. Hasel, Weide, Birke. Er war hart mit mir. Ich habe laut geheult und geschrien. Und bin geflogen wie noch nie. Er hat meine Arme, meine Beine gepackt und geknetet und mich dabei geküßt. Er hat immer wieder gekeucht, daß er mich liebt. Und daß er mich trotzdem meinem anderen Herrn geben wird. „Wir sind Brüder", sagt er, „wir teilen alles. Wir essen zusammen. Wir ficken dasselbe Serf. Ich liebe ihn. Ich liebe dich. Ich gebe dich ihm, wann er will. Ich nehme dich, wann ich will." Bei diesen Worten fuhr er in mich rein und fickte mich wild und hart. Ich schrie. Ich wußte, niemand hört mich hier. „Mein Herr, mein Herr, ich liebe dich."

Er macht mich frei und wirft mich in den Schnee und nimmt mich noch einmal. Ich fühle, wie seine Hände unter mir und an mir herumwandern. Er faßt meinen Steifen, wichst mich und zieht ein wenig am Ring. Er tut mir bißchen weh. Ich komme mit einem Schrei.

„Ah! Ah! Arya Tanguta! Ich liebe dich!"

„Bin nicht mehr Arya!" Er ohrfeigt mich. „Bin einfach ein wilder Kerl."

Er küßt mich auf den Hals, knabbert an mir und knetet meine Hinterbacken mit beiden Händen.

Ja, auch er ist einer der Bémishen Brieder geworden. In so kurzer Zeit! Aber dies war nur der Durchbruch. Er hat es schon lange gewollt. Wir sind heiß. Wir laufen schnell. Wir fühlen, wie der nasse Schnee uns auf die Brust fällt, und wir breiten die Arme im Wind aus, wenn Fladen von Schnee von den Bäumen rutschen, und lassen den Schnee auf unsere Arme klatschen. Unsere Lendentücher sind pitschnass. So kommen wir ins Haus, wringen die Tücher aus, küssen uns noch einmal und ziehen uns in die Kammer zurück, die Perkele uns gegeben hat.

Vanessa hat ein eigenes Zimmer. Sie ist mir irgendwie fern. Geht es ihm auch so? Es scheint mir fast.

Als ich auf dem Bett liege, höre ich die Stimme des Königs. So deutlich wie schon lange nicht mehr.

„Arya Tanguta! Dein Rücktritt als Doge ist abgelehnt! Nimm Urlaub, wenn du ihn brauchst, dann tust du deinen Job, kehrst zurück nach Sukent auf den Thron! — Wie lange du Urlaub hast? So lange es dauert, mein Freund."

24. MÄRZ

Heute waren wir auf der Jagd. Wir müssen ein paar Vorräte schaffen, sagt Perkele, denn in wenigen Tagen wird es richtig tauen, und dann sind die Wälder völlig unwegsam. Es ist auch mit Sturm zu rechnen, dann ist es gefährlich im Wald. Weiche Böden und Sturm, da kippen die Fichten. Also die trockenen Tage nutzen! Endlich kann ich wieder mit dem Bogen auf die Jagd gehen. Perkele, Petja, Mitja, Hiisi und Hirvi sind dabei und noch ein paar, deren Namen ich nicht mehr weiß.

Tanguta ist bei Vanessa geblieben. Das ist nicht nur, weil er gern bei ihr sein will, sondern weil es heißt, daß er so kurz vor der Niederkunft seiner Frau nicht jagen und töten darf, das macht dem Kind Angst. Sie laufen schnell, es ist eine Herausforderung, aber ich bin glücklich beim Laufen.

Wir erbeuten zwei einjährige Hirschkälber und mehrere Hasen. Es gibt allerhand zu tragen. Wie immer, tauschen wir die Beute aus, jeder bekommt, was ein anderer geschossen hat. Der Wind greift schon voll in die Wipfel, die Birken peitschen im letzten Licht unter den jagenden Wolken. Wir beeilen uns, nach Hause zu kommen.

Das letzte Hindernis, das wir schwer bepackt mit dem Hirschfleisch und den Hasen überwinden müssen, ist der Bach, der sich den Weg über die Straße gesucht hat.

Wir waten bis zu den Knien durch den reißenden Strom. Hiisi fällt und wird der vollen Länge nach naß, er lacht, steht auf, schüttelt sich, kriegt seinen Hasen gerade noch zu fassen und schreitet gleichmütig weiter.

25. MÄRZ

Vanessa fühlte sich erst ein bißchen fremd hier, aber jetzt kümmern sich die Frauen so toll um sie und zeigen ihr das ganze Dorf. Das Haus ist auch komfortabler geworden, Petja und Mitja haben das Bad mit Holz getäfelt, und auch der Korridor vom Haus zum Klo ist jetzt vom Stall abgetrennt, so daß es nicht mehr so eine Zumutung ist, aufs Klo zu gehen. Auch Mavini tut alles ihr Mögliche, damit sich Vanessa wohlfühlt. Als erstes hat sie eine prächtige Frisur aus kleinen Zöpfchen bekommen und auch Perlen und Federn, aber Dreadlocks will sie nicht haben, ich lache mir ins Fäustchen, die Dogaressa mit Dreadlocks. Das wäre der Bringer. Ich beobachte die beiden; gibt es da noch Eifersucht? Vanessa hat jetzt andere Themen. Ihre Schwangerschaft macht sie schwerfällig; sie ist froh, daß es auch hier viele gibt, die ihr bereitwillig jeden Gang abnehmen, und Mavini legt dabei besonderen Eifer an den Tag. Das sollte sie wohl auch.

27. MÄRZ

Es taut jetzt kräftig. Alles, was nicht asphaltiert ist, geht im Matsch unter. In den Wald kann man jetzt kaum. Nicht mal auf Schneeschuhen — die sind auch zu schade. Im Dorf laufen alle barfuß und spülen ihre Füße in Eimern mit Wasser ab, bevor sie das Haus betreten. An Jagd ist nicht zu denken, gut, daß wir das Wildbret von vorgestern haben. Dazu gibt es Eingemachtes. Brot backen die Frauen sowieso selbst.

Nachts herrscht noch strenger Frost, am Tag steigen die Temperaturen bis auf 12 Grad. An den Hängen herrscht höchste Lawinengefahr. Wir bleiben im Dorf. Tanguta hilft beim Holzhacken und beim Füttern und Ausmisten bei den Tieren. Die Ponies werden von den Kindern gepflegt, auch dabei hilft er gern. Im Moment können sie nicht jeden Tag zur Schule reiten, der Weg ist durch den Schmelzwasserstrom blockiert, Tanguta fährt sie mit dem Geländewagen einen weiten Umweg über die höhergelegene Straße zur Schule.

Tagsüber trägt er nicht mehr als ein Lendentuch. Er ist dauernd in Aktion, kann nicht stillsitzen. Er läuft durchs Dorf zum Laden, um Einkäufe zu machen. Bringt vieles mit, wofür Perkele kein Geld hat. Manchmal renne ich mit ihm mit. Es ist so schön. Wenn er nur nicht so heiß wäre. Das gefällt mir nicht.

28. MÄRZ

Ich hatte recht damit, daß es mir nicht gefällt.

Er ist im ‚Zustand'. Ich wäre entsetzt und in Panik, wenn ich mich nicht zusammenreißen würde und intensiv nachdächte, was zu tun ist. Wären doch die Kshatrinis hier, ich würde mich sicherer fühlen. Sie könnten noch ein NuRiCa machen, und vielleicht können sie es noch besser. Ich habe unbegrenztes Zutrauen in Pratizaye.

Er ist nicht zur Ruhe zu bringen. Er rennt durch den Wald, es geht jetzt mit dem Frühling sehr schnell, die Böden trocknen wieder, das erste Grün schaut hervor. Kleine Frühlingsblumen zeigen sich im Wald. Tanguta hat Buschwindröschen ausgegraben und mit den Wurzelballen in den Garten geholt und dort unter den Büschen eingepflanzt.

„Hier will ich liegen, wenn ich tot bin", sagt er brutal. Ich bin darauf nicht vorbereitet. Mir stürzen die Tränen aus den Augen. „Siehst du, was du angerichtet hast?" schreie ich ihn an.

Er zieht mich in die Arme. „Alles gut, ich meine doch, wenn ich achtzig bin!" sagt er. Und hält mich fest. Aber er ist heiß, merkt er das nicht? Ich sage es Perkele. Der beruhigt mich. Oder versucht es. Ich soll mir keine Sorgen machen, er hat vom Heiligen Fleisch gegessen, das macht heiß, aber es schützt ihn zugleich, sagt er. Ich habe meine Zweifel. Irgendwas ist anders bei Tanguta. Ich sage es Perkele. Ich bitte ihn, mit mir zusammen auf Tanguta aufzupassen.

29. MÄRZ

Es geht los mit der Geburt. Einige Tage zu früh, Yadwiga sollte eigentlich Mitte April kommen, aber sie hat es sich anders überlegt. Vielleicht ist es die Aufregung, meint Marja, aber Vanessa soll sich keine Sorgen machen, sie ist gesund, die Dorf-Hebamme hat sie untersucht, und obwohl die werdende Mutter älter ist, hat sie ja schon geboren und nicht sehr schwer, also das wird schon, und notfalls fliegt der Helikopter sie aus. „Kleine Unsrige haben es eiliger, wußten Sie das nicht? Alles ist okay, das Kind liegt gut, keine Schlinge um den Hals" — wie kann sie das wissen? Oh, unsere Bilka weiß vieles, was man nicht sieht. Bilka ist auch eine Homsarec, sie hat das Kind gefragt, und das hat gesagt, alles schön frei um den Hals. Sie ist eine kleine Homsarec. Notfalls beißt sie sich frei. Das ist schon vorgekommen…

Oder hat mir Bilka da einen Bären aufgebunden? Sie ist so undurchschaubar. Und während Vanessa ihre Wehen durchmacht, geht es Tanguta immer schlechter. Das dürfen wir der Dogaressa gar nicht sagen. Perkele hat mir befohlen, dem Dogen nicht von der Seite zu weichen, ich müsse jeden Augenblick auf ihn aufpassen, sagt er. Das täte ich sowieso. Und ich muß mich zusammenreißen, darf nicht weinen, mir nicht anmerken lassen, wie schrecklich ich das finde. Ich muß meine Gefühle vergessen und nur für ihn da sein. Ja, mein Liebster. Ich bin für dich da. Ich möchte mein Leben für dich geben, wenn ich könnte. Denn du bist wichtiger als ich, egal, was du mir erzählt hast.

Ich liege neben ihm. Ich möchte ihn in den Arm nehmen, aber er windet sich raus, es ist ihm zu heiß fürs Kuscheln. Er liegt auch nicht still, zappelt dauernd herum, gräbt mich an, ich weigere mich, er vergißt es gleich wieder. Dann versucht er es noch mal.

Er erzählt mir unzusammenhängende Szenen aus seinem Leben. Immer wieder, wie er der kleine Bodyguard für seine Mama war, wie er aus der Ferne seine Bogenschützen zu ihr gesandt hat. „Ich war ihr Schutzengel." Ja, ich weiß. Jetzt brauchst du selber einen, Exzellenz.

Ich reiße mich zusammen.

Es ist eine furchtbare Nacht. Manchmal sagt mein Herr etwas zu mir. Aber ich bin nicht sicher, ob er mich erkennt. Manchmal sagt er Lelo zu mir, manchmal Isegrim, dann wieder Olmek oder so, das war wohl sein Freund in London. Dann ruft er nach Iván. Aber wie soll ich den herschaffen?

Wir haben ihm alles gegeben, was kühlt, ich befeuchte ihm die Stirn mit lauwarmem Salzwasser, aber es scheint nicht zu helfen. Bitte, Gott, nimm ihn mir nicht und uns allen, wir alle lieben ihn doch so sehr, und ich am allermeisten.

30. MÄRZ

Die Internet-Verbindung funktioniert mal wieder. Wir holen Tanguta aus dem Bett, er hat die ganze Nacht nicht geschlafen, nur gedöst, und ich habe nicht geschlafen, nur seine Ruhestunden bewacht. Mir wird der Kopf auch schon heißer. Aber das ist die Aufregung. Ich setze ihm das Headset auf.

Wir rufen das Logo von ‚Räägi' auf, die blaue Wolke, und versuchen, Iván ans Mikrofon zu bekommen. Er ist wieder mal in Weimar und meldet sich gleich, als wir die Wache anrufen. Wir holen ihn aus dem Bett. Er ist gefaßt, er hat es ja mit so vielen im Zustand zu tun gehabt, er hat gelernt, keine Panik zu zeigen.

„Mein Lieber, wie geht es dir?" fragt er Tanguta sehr locker.

Tanguta läßt den Kopf hängen, dann hebt er ihn langsam und streicht sich die Haare sehr langsam aus dem Gesicht. Er wirkt wie mit Papavers zugeraucht, aber er ist nicht betäubt, er ist hellwach. Ich glaube, er kann die Eindrücke, die er bekommt, nicht so schnell sortieren, denn ich denke, es geht ihm wie mir nach den Banketts. Zuviele Farben, Töne, Tasteindrücke, Gerüche. Er kann das nicht auf einmal verarbeiten. Er runzelt die Stirn und hält seine Hände auf dem Kopf verschränkt, zugleich rollt er die Augen, das Weiße ist stark gerötet. Ich sitze direkt neben ihm. Iván sieht sofort, was mit Tanguta los ist.

„Ich küsse dich", sagt Iván ernst, und dann schweigt er und fixiert ihn.

Tanguta, trotz seiner scheinbaren Langsamkeit, ist nervös, zittert, zappelt mit den Füßen. Ich halte meinen Arm fest um seinen Brustkorb und fühle dabei unauffällig seinen Puls. Er starrt zurück, schaut Iván fest an und wird ruhiger.

Ich schöpfe wieder Hoffnung.

„Zeig mir deine neuen Narben", sagt Iván.

Tanguta dreht sich um und schiebt seinen Rücken vor die Webcam.

„Ich werde Pratizaye bitten, zu euch zu fahren und noch ein NuRiCa mit dir zu machen", sagt Iván.

Tanguta dreht sich wieder um und starrt Iván weiter an. Dann fegt er sich das Headset runter und legt es auf die Tastatur. Er steht auf und geht hinaus in den Hof. Ich verabschiede mich hastig von Iván, danke ihm und schließe die Verbindung.

Ich folge Tanguta. Der ist draußen und schaut in die aufgehende Sonne. Gerade so, als würde er sie zum letzten Mal sehen. Das ist doch Scheiße! Ich muß mich so zusammenreißen. Mein Herr! Bitte hör damit auf. Kämpf um dein Leben!

Er hat allen Schmuck angelegt, den er besitzt. Ganz schlechtes Zeichen.

Er geht auf den Wald zu, ich folge ihm.

Er macht mir ein Zeichen: Geh weg!

Den Teufel werde ich tun.

Also schreitet er weiter zum Wald hin, und ich folge ihm. Am Waldrand bleibt er stehen, breitet die Arme aus und schreit den Schrei der Hingabe an die Andere Welt.

„Yah-yah-yah-Hohooo!"

Es ist die Umkehrung des Kriegsschreis. Es bedeutet, daß die Kraft in ihm absteigt, die früher aufgestiegen ist. Und während man beim Kriegsschrei die Arme hochstreckt, hält man sie bei diesem Schrei schräg nach unten.

Dann dreht er sich um und lächelt mich an.

„Es wird jetzt nicht mehr lange dauern", sagt er, „sei bei mir."

Ah, erst soll ich weggehen, jetzt bei ihm bleiben. Typisch. Und noch ein schlechtes Zeichen. Bei ihm sein. Oh, bitte, Gott, nicht, daß er Sex will! Und am Ende sind sie doch so versessen drauf. Das habe ich ein paarmal miterlebt. Und war sogar noch das Objekt, das sie ins Jenseits gelockt hat. Oh, ich will das nicht mehr! Bitte, mein lieber Herr, verschont mich mit diesem Schock!

Als wir ins Haus zurückkehren, ist die Geburt von Yadwiga in vollem Gange. Alle sind im Geburtszimmer beschäftigt. Die Mädchen laufen raus und holen heißes Wasser. Wir hören die Stimmen bis in die Kammer, in der sich Tanguta nun wieder aufs Bett legt.

„Leben geht, Leben kommt", lächelt er.

Nein! Nein! Ich will das nicht! Ich bin nicht bereit, ihn gehen zu lassen!

Gesprochene und stumme Worte sind jetzt eins. Er hört alle meine Gedanken und ich seine. Er macht sein Testament, ich soll mir dies und jenes merken, aber er habe es auch aufgeschrieben, als es ihm noch gut ging.

Er glüht wieder. Nach dem Gespräch mit Iván hätte es doch besser gehen sollen, aber die Wirkung hielt nur Stunden an. Ich habe ein wenig Suppe für ihn besorgt, auch Wasser und Zitronenlimonade, er trinkt ein bißchen, aber essen will er nicht.

Ich fange an, seine Filme zu sehen, das heißt, seine Vorstellungen dringen in mein Bewußtsein ein, so daß ich nicht mehr weiß, was real ist und was ich bei ihm ablese. Er weiß nicht mehr, welche Tageszeit wir haben. Es ist Mittag, er glaubt, es sei Mitternacht. Sein Atem wird immer flacher. Dann wieder wird er hellwach. „Komm", er versucht, mich aufs Bett zu ziehen. „Komm, laß uns ficken, das hast du doch so gern." Ich wehre ihn vorsichtig und liebevoll ab. Er fingert an mir herum. Ich soll doch nicht so spröde sein. „Was ist? Hast du deine Tage, Isabella?"

Oh, ich weiß, wie das endet. Und ich will das nicht.

Jetzt wird es im Geburtszimmer dramatisch, die Zurufe an die Gebärende werden beschwörend, und zugleich sind sie voll froher Erwartung. Die letzte Phase ist mitten im Gange. Bilka spricht Englisch, sie können sich einigermaßen verständigen.

Es dauert.

Die Stimmen lassen nicht nach, steigern sich dann zu einem Höhepunkt, es wird still.

Dann Geplärr. Yadwiga kommandiert zum ersten Mal.

Perkele kommt herein. Sein Mund ist blutverschmiert. Was hat er da gemacht?

Petja folgt ihm ins Zimmer. „Er hat das Kind abgenabelt", erklärt er mir leise, „das muß eigentlich der Vater tun, aber Tanguta ist ja im Moment nicht imstande, darum macht mein Papa jetzt ein Ersatzritual."

Perkele beugt sich über Tanguta und — ja was? Er küßt ihn, drückt ihm die Lippen auseinander, er hat Blut im Mund und läßt es Tanguta in den Mund rinnen, ich sehe aus der Nähe gespannt hin. „Schluck!" befiehlt Petja, der direkt neben ihm steht und den Vorgang beobachtet. Tanguta reagiert nicht. Perkele hebt ihn an, hält das Trinkglas mit Wasser an seine Lippen, Tanguta trinkt einen Schluck, so geht es runter. Eine kleine rote Spirale blüht in dem Wasser auf. Perkele nimmt auch einen Schluck Wasser in den Mund und gibt auch den seinem Freund. Er läßt ihn wieder auf das Lager sinken.

Petja fühlt seinen Kopf, greift den Schwamm, drückt ihn etwas aus und kühlt die heiße Stirn mit dem Salzwasser.

Perkele geht raus und kommt gleich darauf wieder. Noch einmal öffnet er Tanguta den Mund und gibt ihm eine Portion Blut. Tanguta schluckt. „Trink!" Er flößt ihm Wasser ein, so viel er kann. Bis Tanguta die Lippen zusammenpreßt und leicht den Kopf schüttelt.

Tanguta liegt sehr still. Atmet er noch? Doch ja, der Brustkasten hebt sich langsam.

Ein Tropfen läuft ihm blaßrot über die Wange.

„Was ist das, mein Herr Perkele?" frage ich.

„Das ist Nabelschnurblut von seiner Tochter. Er soll Kontakt aufnehmen. Er soll wirklich ihr Vater werden. Er soll sie sehen. Er soll nicht gehen — wenn er es denn muß —, ohne sein Kind gesehen zu haben. Sie ist schön. Sie ist wunderbar. Eine echte Prinzessin. Varanassi Yadwiga."

Ich weiß nicht, ob Tanguta gehört hat, was er sagte. Er liegt nur still da, die Augen offen und rot. Ich fühle die ganze Zeit seinen Puls. Er ist schnell. Seine Muskeln sind gespannt wie Gitarrensaiten. Kaum, daß ich ihm den Arm bewegen kann.

Perkele geht noch einmal und trägt das Kind herein. Es ist noch ganz verschmiert. Aber es guckt aufmerksam, mich, Perkele, den Papa. Perkele legt sie ihm auf die Brust.

„Deine Tochter, Doge!" sagt er.

Tanguta reagiert nicht. Eine Weile läßt Perkele sie da, dann nimmt er sie wieder vorsichtig an sich und hält sie so, daß sie einander sehen könnten. Ja, sie schaut ihn an.

Das Kind denkt. Ich höre sie. Ich lese sie. Varanassi Yadwiga weiß, wer sie ist. Sie jammert nach ihrem Papa. Er soll die Augen aufmachen, er soll sie anschauen, er soll leben, denn sie, Yadwiga tut es ja auch. Obwohl es nicht leicht war, und sie hat ein paar verdammt schwere Stunden hinter sich, und alles tut ihr weh. „Lies mich, Papa! Streng dich an!" — Oder ist das Tangutas letzter Film, der in mein Bewußtsein einsickert?

31. MÄRZ

Ich habe nicht gewagt, ihn eine Minute aus den Augen zu lassen.

Es ist jetzt gegen 2 Uhr. Er liegt still und döst.

Er spricht nicht und hat auch nicht mehr diese typischen Wünsche geäußert, die so schlecht sind für einen Mann im ‚Zustand'. Ist seine Temperatur gesunken?

Ich frage Bilka nach einen Thermometer, natürlich hat sie eins.

„Was? Hier liegt einer im Zustand? Und das sagt ihr jetzt erst?"

„Na, wie denn, hier ging es ja hoch her."

„Trotzdem! Was habt ihr denn unternommen?"

„Weiß nicht, eigentlich nichts… Ab dem Moment, wo Yadwiga da war, fing es an, daß er sich beruhigt hat, und dann ging es ihm langsam besser… Pardon, Madame…" Und ich eile wieder zu ihm.

Ich messe seine Temperatur. Sie ist etwas über unserer Normaltemperatur, die wir früher hatten. Aber nicht alarmierend. Er fühlt sich auch deutlich kühler an.

Nun kommt auch Bilka und schaut ihn sich an.

Sie sagt etwas zu Perkele auf Slowakisch, was ich nicht verstehe. Sie lächelt.

„Er schafft es nicht", sagt sie. Ich bin beruhigt.

Ja, wenn ihr euch wundert: „Er hat es geschafft", sagen wir, wenn er auf die andere Seite gegangen ist. Das ist noch so eine blöde Redensart, mit der wir früher den Fluch verklärt haben. Außerordentlich blöde.

Er wird also überleben, meint Bilka damit.

Jetzt endlich wage ich, einen Blick auf das Kind und die ‚junge' Mutter zu werfen, die sich gerade zum Schlafen fertig machen.

Vanessa ist erschöpft, ihre Haare sind schwitzig und verklebt, aber sie ist strahlend schön und glücklich. Yadwiga scheint beim Stillen eingeschlafen zu sein.

Und sonst? Ja, ein Baby halt. Die sehen doch alle gleich aus. Zwei Arme, zwei Beine, Mäulchen und Arsch. Kann saugen, brüllen und kacken.

Wir alle hatten eine lange Zeit keine Ruhe. Ich würde gern schlafen, aber ich wage es nicht.

Wer soll meinen Herrn bewachen?

31. MÄRZ, SPÄTNACHMITTAG

Als ich eine Stunde lang gegen den Schlaf gekämpft habe und mich immer wieder versichere, daß mein Herr noch lebt und abkühlt, hält ein Fahrzeug auf dem Hof.

Petja ist aufgestanden, um den Besuch zu begrüßen.

Pratizaye tritt ein. Ich mache eine tiefe Verbeugung vor ihr.

Sie beugt sich über Tanguta. Der öffnet ein Auge und seufzt.

Sie fragt mich nach seiner Temperatur.

„Wären Sie so gütig, ihn zu bewachen, damit wir endlich ein bißchen schlafen können?" frage ich.

Das tat sie dann, und jetzt… schnarch…

31. MÄRZ, ABEND

Als ich endlich wach werde, ist Tanguta nicht mehr da. Es ist dunkel, ich habe keine Ahnung, wieviel Uhr es ist. Ich springe erschrocken auf, haben sie ihn fortgeschafft, als ich schlief? Und mich nicht geweckt?

Im Wohn- und Eßzimmer, wo Yadwiga geboren wurde, sitzen Vanessa und Tanguta am Tisch. Vanessa ißt zu Abend. Tanguta hält die Kleine im Arm. Ich nähere mich vorsichtig.

„Ihr habt mir ja einen Schreck eingejagt", sagt Vanessa, „dein Herr hat mir gerade erzählt, was für eine Krise er durchgemacht hat, während ich in den Wehen lag. Aber ich glaube, unser Gastgeber hat dich gerettet, oder? Erklären kann ich es mir nicht."

Perkele erscheint. Mit ihm kommt Petja und deckt den Tisch fertig.

„Na, alter Krieger, wie geht's?" fragt der Hausherr den Dogen und küßt ihn mit einem langen, leidenschaftlichen Zungenkuß. Vanessa schaut halb fasziniert, halb befremdet zu, wie sich die beiden Wilden ablecken.

„Bißchen schwach noch, aber ganz in Ordnung", antwortet Tanguta, „was hast du mit mir angestellt?"

Perkele zuckt mit den Achseln. „Das, was ich auch immer mache, wenn ich ein eigenes Kind auf die Welt bringe, hab's mit den Zähnen abgenabelt und das Blut im Mund gesammelt. Bei meinen Kindern habe ich es selber geschluckt. Aber weil's dein Kind ist, habe ich dir das gebracht, was dir gehört."

Das muß ich Kunkamanito erzählen.

1. APRIL

Tanguta hat geduscht und dann die ganze Nacht ausgeruht, auch viele Male wirklich geschlafen. Ich habe immer nach ihm geschaut, wenn ich wach wurde. Wirkliche Nachtruhe kann man meinen Schlaf nicht nennen, immer wieder fühle ich nach, ob er wirklich abkühlt, ich glaube fast, ich habe es auch im Schlaf getan.

Ich merkte gar nicht, wie fertig ich mit den Nerven war. Aber mein wilder Herr hat das gesehen. In dem Trubel um das neue Kind und um Tangutas Überleben ging ich unter. Niemand beachtet mich. Und mir geht es überhaupt nicht gut, ich habe viel zu wenig Ruhe gehabt, ich zittere, man sieht es bestimmt an der Schrift!

Ja, sieht man.

Mein Herr Perkele... In einem unbeobachteten Moment hat er mir wieder was in mein Tagebuch gekritzelt. Und ich freue mich darüber. Er nimmt mich in den Arm, beiläufig, während er sich mit dem Dogen unterhält. Perkele hält mich fest, so fest, daß ich zu zittern aufhöre. Ich entspanne mich, merke jetzt erst, daß ich Muskeln wie Bretter habe, und kaum, daß meine Haltung sich löst, fließen schon wieder die Tränen.

Und ohne, daß wer es sieht, schiebt er mir unauffällig ein Schnupftuch zu und zieht mich noch näher an sich. Später will er mich massieren. Rücken und Schultern, sagt er. Jetzt gleich ist viel zu tun, aber später wird er sich um mich kümmern. Ich bin so dankbar.

Ab wann kann ich Kunkamanito anrufen? Wann fängt er im Hospital an? Dort ist es ja noch eine Stunde früher als hier. Aber ich versuch's. Und siehe da, er ist schon gegen sechs Uhr zu erreichen. Ich erzähle ihm von der Rettung Tangutas.

Er hält es erst für einen Aprilscherz. Kunkamanito glaubt mir erstmal gar nicht.

„Mit sowas scherze ich nicht, vallahi!" sage ich.

Ich muß ihm noch einmal genau schildern, was ich gesehen habe.

„Ich brauche eine neue Probe von deinem Herrn", beschließt Kunkamanito, „kann ich mit ihm sprechen?"

„Er schläft noch."

„Gut, laß ihn schlafen, meldet euch nach dem Frühstück, geht das?"

„Aber sicher."

Wir reden lange. Ja, wie soll Kunkamanito zu einer Blutprobe kommen?

Bilka kann Blut abnehmen. Sie kann es einfrieren, aber nicht so tief wie nötig.

„Oder wir kommen wieder nach Sukent", schlug ich vor, „ich denke, jetzt kann ich ihn dazu rumkriegen. Im Moment wirkt er ziemlich vernünftig."

Ich fühle Hände auf meinen Schultern und sehe auf dem Bildschirm, daß mein Herr hinter mir steht. „Soso, du verschenkst Proben von mir", knurrt er leicht drohend. „Und werde ich auch gefragt, ob ich nach Sukent will?"

„Nein", grinst Kunkamanito.

Tanguta ist wie ausgewechselt. Er ist ruhig, guter Laune, geht auf alle ein, ist zu allen freundlich. Geht doch. Die Nervosität, die Verzweiflung, fast schon Todessehnsucht, alles das hat sich aufgelöst. Lieber Gott, ich danke dir.

Und er will weiterschlafen. Auch was ganz Neues. Ich lege mich wieder neben meinen Herrn. Jetzt ist es hell. Er ist noch ein wenig gerötet, aber lange nicht so schlimm wie gestern. Jetzt höre ich Stimmen und Geschirrklappern im Wohnraum. Perkele nähert sich auf leisen Sohlen.

„Weck ihn nicht!" bitte ich.

Er schaut ihn aus der Nähe an, befühlt ihn vorsichtig. Er lächelt.

„Was genau ist da eigentlich passiert?" frage ich.

„Keine Ahnung. Wir machen das immer so."

Jetzt macht mein Doge die Augen auf. Er stöhnt, streckt sich, holt tief Luft.

„Boah, Tür zu! Es zieht."

„Hunger?"

„Durst vor allem. Könnte einen Stausee leer machen."

Ich reiche ihm ein Glas Wasser. „Iiih, kalt. Gibt es Tee?"

Perkele hilft ihm auf, umarmt ihn, küßt ihn. Er tut so cool, aber ich sehe, wie froh er ist, daß es Tanguta besser geht. Er zieht seinen Arm über die eigene Schulter und bugsiert ihn in den Wohnraum.

Er sieht auch, wie mich Perkele zur Massage holt. Und er lächelt mir zu.

Unter den Griffen meines wilden Herrn fange ich wieder an zu atmen, das Blut strömt von neuem durch mich und wärmt mir die Hände und Füße. Jeder Griff, jeder Druck löst meine Krämpfe und bringt mich wieder ins Leben zurück, so, wie meinen Herrn, wie meine Herrin und wie die kleine Infantin. Seine Hände hüllen mich ein. Ich würde mich nicht wundern, wenn ich meine Augen öffne, daß ich dann erkennen müßte, daß ich winzig klein bin und in seiner Hand liege wie ein Kücken.

„Lieber Herr", sage ich, „du kannst das so wunderbar, würdest du Seine Exzellenz damit wiederbeleben? Bitte?"

Er lacht und reibt mich noch ein wenig mit Schnaps ab und hüllt mich ins Schlaftuch. „So! Nächster Patient!" ruft er dann und schaut meinen Dogen an.

„Wie? Was? Ich?"

„Mit Verlaub, Exzellenz — Doge, beweg deinen Arsch hier rüber."

Das muß ich sehen, ich setze mich wieder auf und beobachte.

In einer Ecke des Zimmers, über der eine kleine Reproduktion der Muttergottes von Petschur hängt, sitzt Vanessa im Schaukelstuhl und stillt Yadwiga.

Und dann knetet Perkele des Dogen schmelzendes Fleisch und streicht mit beiden Händen über die Wangen, die Ohren, die Stirn meines Herrn. Zwischendurch läßt er ihn ein Glas Wasser trinken. „Trinken, trinken!" sagt er leise, nah an seinem Ohr.

Und wie das bei unsrem Tanguta anschlägt. Die festen und routinierten Bewegungen machen seine Kräfte wieder mobil, seine Haut rötet sich, fast ist mir, als sähe ich seine Aura sich ausbreiten. Wenn ich blinzele, so daß ich die Strahlen der Morgensonne durch meine Wimpern filtere, sehe ich seinen roten Schimmer ganz deutlich. Und ja, das ist nun nicht mehr das kranke Flackern der Nacht in der Krise, sondern die sanfte warme Strahlung eines ausgeglichenen Körpers.

Ich muß daran denken, wie er mich wieder in Besitz nahm. Etwas ist da passiert, ich dachte, ich bin jetzt so fest in Tangutas Hand, daß Perkele es nicht mehr wieder versuchen muß. Aber dieser magischen Dominanz, die Perkele an sich hat, bin ich jetzt von Neuem ausgeliefert.

Wie wird es sein, wenn er jetzt mit meinem Herrn Tanguta fertig ist? Ich schaue gespannt in sein Gesicht und versuche zu erraten, wie die Kräfte Perkeles auf ihn wirken. Mindestens wird er mich verstehen, wenn er ihn gespürt hat, wird merken, wie wenig man ihm Widerstand leisten kann.

„Perkele, was machst du da?" kommt es dumpf aus einer Höhle in der Armbeuge.

„Klappe und entspannen", ist die wenig höfliche Antwort.

Er tut's. Er rollt sich, der Anweisung entsprechend, auf den Bauch, auf den Rücken. Perkele nimmt den Kopf des Dogen auf seinen Schoß und dann in beide Hände. Dreht den Kopf des vor ihm Liegenden sanft hin und her. Hält das Gewicht des Kopfes voll auf den Händen und zieht, indem er mit der einen, dann der anderen Hand aufwärts streicht, den Nacken in die Länge. Es knackt. Er atmet tief ein und aus. Ich glaube gar, er ist wieder eingeschlafen.

Aber sein Waffenbruder hört nicht auf, sondern streicht und zieht weiter. Leicht und sanft, den Kopf immer auf eine Hand gebettet.

„Alles wird gut."

Wer hat das gesagt?

Das ist eine Stimme, die ich schon in der Nacht gehört habe. Eine weibliche.

Vanessa schaut mit mildem Blick auf uns, sie war das nicht, ich weiß, wie es klingt, wenn sie denkt.

Yadwiga verdreht die Augen, läßt aber Mamas Nippel nicht los. Ich fixiere sie. Sie schließt ihre Augen. Ja, sie war das. Hat Tanguta sie in der Nacht gehört? Hört er sie jetzt? Ich muß ihn nachher fragen.

Aber der schwimmt in einem warmen See von Wohlbefinden.

Was für ein Sprung! Aus den Höllenqualen ins Paradies. Und wo... Moment, fällt mir der in Ohnmacht? Schläft er ein? Bei dieser herrlichen Verrichtung?

Perkele wendet sich mir zu, während er die Waden meines Herrn bearbeitet.

„Hm, ja, das kommt schon vor, daß man aus lauter Genuß kurz bewußtlos wird."

„Wie kann das sein?"

„Es ist einfach zu schön. Dein Kopf hält das nicht aus."

Perkele nimmt den Schwanz des Dogen und streichelt ihn.

„Der wäre auch noch hübscher mit 'nem Ring drin."

„Untersteh dich", murmelt Tanguta.

„Aber unser Isegrim darf seinen doch behalten?"

„Isegrim? Wer war das noch?"

„Hau ihn, Perkele, ich darf das nicht", sage ich.

Perkele gibt ihm einen nicht zu schwachen Klaps auf den Oberschenkel.

Ich schaue, was Vanessa macht. Die kann nicht verstehen, was wir sprechen, denn es ist Lingo Real; aber sie müßte uns lesen. Sie lächelt. Ich weiß nicht, was sie von uns liest. Aber sie ist so froh, daß unser Doge über den gefährlichen Punkt gekommen ist, sie kann es noch gar nicht richtig fassen; und mit der neuen Mutterschaft hat sie auch eine Menge zu tun. Yadwiga ist eingeschlafen. Noch kann sie das.

Perkele beugt sich über Tanguta und küßt ihn. Oh, wie mich das anmacht! Die beiden, die ich so liebe! Perkele hält Tangutas Unterkiefer, seine Finger graben sich in die Wange, aber mit größter Zartheit streifen die Lippen über sein Gesicht. Tanguta wird ganz gelöst. Noch nie habe ich ihn passiv gesehen. Das Schauspiel genieße ich. Das wird es so bald nicht wieder geben.

Vanessa schaut unverwandt hin. Ich versuche zu lesen, ob sie es mit Vergnügen oder eher mit Befürchtungen tut.

Ich gehe zu ihr hin und nähere mich ihrem Ohr.

„Sie sind Waffenbrüder geworden, die machen das so", sage ich leise. „Gut möglich, daß er deinen Mann auch mal ficken wird…"

Sie wendet sich mir voll zu.

„Oh, ja, Entschuldigung — Ihren Mann", korrigiere ich mich, aber das war es nicht, was sie verblüfft hat, und ein wenig Empörung lese ich auch.

„Waffenbrüder machen das so?" wiederholt sie betont, und nun schwingt tatsächlich mehr als nur Verwunderung mit.

Yadwiga seufzt im Schlaf.

„Ja", erkläre ich weiter, „und sie stehen immer für einander ein. Mit ihrem Leben. Die Bémishen Brieder werden Seiner Exzellenz immer zu Hilfe kommen, wenn er in Bedrängnis ist."

„Sie hatten sich doch um dich duelliert…" erinnert sie sich.

„Ja, sie haben sich zusammengerauft", lache ich.

Endlich habe ich die Kraft gefunden, diese Ereignisse niederzuschreiben. Ich konnte es vorher nicht mehr, war zu fertig. Aber jetzt alles festzuhalten, was unseren Herrn, die Exzellenz betrifft, ist mir ein Anliegen.

Nun, da er außer Gefahr ist, beschreibe ich es gern und detailliert. Auch wenn ich selber noch etwas entkräftet bin.

Auch er wird noch Tage brauchen, um sich ganz zu erholen, ähnlich wie bei seinem ersten Zustand, davon hat er mir erzählt.

In der Endphase verkrampfen sich die Muskeln so sehr, daß du hinterher total erschöpft bist. Und das übertrug sich ein Stück weit auf mich.

O mein Herr. Ich bin so dankbar für deine Rettung und dafür, daß ihr nun Waffenbrüder geworden seid. Perkele, du bist ihm im Krieg um Sukent zur Hilfe gekommen, das werde ich dir nie vergessen

Er kann dich mir mal ausleihen, das wäre doch ein angemessenes Zeichen der Dankbarkeit

Du denkst auch immer nur an das Eine, Perkele, Ferkele — autsch.

Eine Stunde Rohrstock unschön für so einen Spruch!

Leiden im Paradies
7.4.-9.7.192

7. APRIL

Wir sind wieder in Sukent. Sind mit dem Bus gefahren. Es war anstrengend, auch für Mutter und Kind. Aber Yadwiga scheint immer guter Laune zu sein. Und ihr Papa ist total verliebt. Gleich nach seiner Ankunft wird Tanguta zu Kunkamanito ins Hospital gehen und sich Blut abnehmen lassen.

Ich stehe noch unter Schock. Die Tage der Angst um meinen Herrn haben mich so gebeutel, daß ich jetzt noch bei der kleinsten Aufregung Herzklopfen bekomme. Und der Abschied von Perkele war furchtbar. Denn er war es, der mich in den vergangenen Tagen aufgefangen hat. Alle rotierten um die Infantin, ich wurde nicht recht wahrgenommen. Das ist nichts, was meine Eitelkeit kränkt, das war nicht das Problem; aber ich habe eine solche Angst durchgemacht, das wird mir jetzt erst klar. Mir zitterten die Knie, als ich ihn an jenem Abend nicht fand. Gut, dann waren sie im Wohnzimmer, und ihm ging es besser.

Und da fing mich Perkele auf. Nahm mich fest in die Arme und hielt mich in den folgenden Tagen an seiner Seite. Er sagte nicht viel, hielt mich nur in permanentem Kontakt, ließ sich von mir bei allen Arbeiten helfen, sagte mir immer, wohin er ging und wie lange er fortbleiben werde — oder nahm mich mit. Wir haben zusammen Holz gemacht, Brot gebacken, die Zufahrt zum Haus wieder eingeebnet, die von den Schmelzwasserströmen umgewühlt war.

Unterdessen schlief Tanguta wie ein Murmeltier. Sechs Stunden pro Nacht. Rekord. Oder flirtete mit seiner Tochter. Fehlte noch, daß er schon versucht, ihr das Lesen beizubringen.

„Mach dir nichts draus, daß er dich so wenig beachtet", sagte Perkele, „er denkt noch nicht wieder ganz klar, er wird auch vieles nicht mehr wissen, was in den Tagen und Nächten vor Yadwigas Geburt passiert ist. Du wirst es ihm später erzählen, alles kommt in Ordnung. Mach dir keine Gedanken."

Ich werde ihn unglaublich vermissen, meinen Mentor. Hoffentlich darf ich ab und zu mit ihm ein Video-Gespräch führen. Ich fahre mit meinem Dogen und meiner Dogaressa fort und mit ihrem süßen Knöpfchen. Das ist ein Trost. Aber ich bin immer noch nicht wieder wieder „normal".

Wenn ich Tanguta in meine Arme schließe, ist die Angst wieder da. Hundertmal jede Stunde habe ich gefühlt, ob er heißer wird oder abkühlt, ich kann es auch jetzt nicht lassen. Wie lange werde ich brauchen, bis ich wieder mit ihm Sex haben kann? Wie lange wird er brauchen? Hat er nach dieser Erfahrung die Schnauze voll?

Was für Sex, und mit wem wird mir das in Zukunft Spaß machen?

Ich bin frei, aber ich mache nichts, ich habe keine Lust.

8. April

Mein Doge ist wieder ganz der Alte, so scheint es. Er ist fröhlich und unterhält sich mit jedem, der ihm begegnet. Und wir sind in der Stadt, in den Gärten blüht alles, es ist sehr warm. Ich sehne mich nach den Bergen und nach Perkele; und zugleich bin ich überglücklich, in der Nähe meines Herrn sein zu können. Ich liebe beide noch mehr, seit sie einander so nah stehen, seit Perkele meinen Herrn gerettet hat, seit mein Herr gegenüber Perkele so viel Großzügigkeit bewiesen hat.

Das sollte mich eigentlich glücklich machen — oder?

9. April

Kunkamanito hat Tangutas Blut überprüft. Es hat jetzt „genug Chaperone, damit er hundert Jahre alt wird", sagt er.

Er hat jetzt Blut von Vätern und kinderlosen Männern unter den Briedern verglichen. Da ist nur einer drunter, der keine Chaperone hat. Fast alle haben offenbar diese Zellen untereinander weitergegeben. Nur einer ist drunter, der hat zwar ein Kind, aber als ihn Kunkamanito eingehender befragt hat, erzählt er, daß er keinen Kontakt mit seinem Sohn hat, die Mutter ist vor seiner Geburt weggezogen und will kein Wiedersehen.

Hirvi ist ein Cousin von Perkele. Und ausgerechnet sein Blut war es, das Tanguta sich hat übertragen lassen, das einzige ohne die Schutzzellen. Er wußte gar nicht, wie gefährlich das war.

Aber wie haben die anderen, die kinderlosen Väter, die Chaperone bekommen? Ich habe beobachtet, daß alle Krieger — bis auf Hirvi! — in Perkele Horde sich mit intensiven Zungenküssen begrüßen. Möglich, daß es so passiert ist.

Kunkamanito kommt mit seiner Forschung nicht so recht weiter, sagt er. Er hat alle Proben so gut analysiert, wie es heute möglich ist. Er möchte sie auch unter Laborbedingungen am Leben halten, damit sie in alle Welt verschickt werden können. Aber bislang ist das nicht gelungen, denn sie einzufrieren tötet sie mit Sicherheit, und bei Wärme verdirbt die Probe. Wahrscheinlich wird man die Träger der Chaperonen in alle Welt reisen lassen müssen, wo sie dann Überträger werden. Aber solange der Übertragungsweg nicht klar ist, hat das keinen Sinn.

10. April

Eine weitere Untersuchung bei unserem Leibarzt. Bei dieser Gelegenheit habe ich ihm erzählt, was ich in Maslenie Blini erlebt habe, von der Blutübertragung an Tanguta, die ihm Perkele gegeben hat, als er im ‚Zustand' war. Nachdem Perkele sie abgenabelt hat.

Kunkamanito starrt mich an, während ich rede.

„Warum hast du das nicht längst erzählt?" fragt er fast ärgerlich.

„Hallooo…?? Ich habe es Ihnen am Telefon…"

„Wie redest du mit mir?"

„Oh. 'tschuldigung. Ich habe es schon mal erzählt, gleich am Tag, nachdem…"

„Ach, das habe ich nicht ganz ernst…" — „Ja, danke. Ich dachte, Tanguta hat es dir dann noch mal erzählt."

„Seine Exzellenz — soviel Zeit muß sein! — weiß nicht mehr, was auf dem Höhepunkt seines ‚Zustands' passiert ist. Er erinnert sich dunkel, daß ihn Perkele irgendwann geküßt hat, aber mehr war da nicht. Und du bist sicher, daß er ihm das übertragen hat?"

„Ja, er ließ ihm Blut in den Mund fließen, und er ging sogar noch ein weiteres Mal hinaus und holte mehr davon. Ich habe das genau beobachtet."

„Und das kam aus der Nabelschnur?"

„Ja. Die Hebamme hat es bestätigt."

Kunkamanito macht einen kleinen Tanz. „Genial, genial!"

„Wieso?"

Er erklärt mir, daß das Blut in der Nabelschnur Zellen enthält, die alles Mögliche werden können. Also auch Chaperone. Er küßt mich auf den Kopf: „Danke, Kind, das ist genial, jetzt wissen wir es endlich."

Ohne mich zu entlassen, telefoniert er mit Mato Sapé, der sogleich auf der Matte steht, weil er auch im Haus ist.

Das Rätsel sei gelöst. Mato Sapé ist skeptisch. „Wie kriegen wir das so umgesetzt, daß wir alle impfen können? Es ist ja noch nicht gesagt, daß diese Zellen unter Laborbedingungen stabil sind."

Aber Kunkamanito ist optimistisch.

Warum hat Tanguta keine von mir bekommen? Ich muß weitere Körpersubstanzen für Proben zur Verfügung stellen. Sogar meine Tränen will er untersuchen.

11. April

In meiner Spucke sind sie, diese Zellen, und auch in meinem Samen. In den Tränen? Wenn die Menge für den Nachweis reicht… Warum hat Tanguta keine abbekommen?

Er küßt mich nicht so intensiv, fällt mir ein. Er küßt meine Lippen, meine Wangen, meine Stirn, meine Ohren; aber Zungenküsse mit ihm, das gab es schon lange nicht mehr...

Er hat von mir nichts bekommen. Ich von ihm, aber er nicht von mir.

Das erzähle ich Kunkamanito.

Und sonst? Ja, mit Perkele hat er sich geküßt. Aber da war er schon im ‚Zustand'.

Das muß man weiter untersuchen. Ich muß ihm noch mal ganz ausführlich erzählen, wie Perkele ihm diese Transfusion gegeben hat, als die Krise auf dem Höhepunkt war.

„Können Sie denn feststellen, woher diese Zellen kommen? Vom Kind oder von Perkele?"

Das sei ein größeres Projekt, sagt er.

„Was ist mit den Kulturen, die Sie von den Chaperonen anlegen wollten?" frage ich.

Er schüttelt den Kopf. Immer noch kein Erfolg. Er hat jetzt einen Selbstversuch gemacht. Er hat Blut von Perkele verwendet. Diese Chaperone vermehren sich fleißig. Und fressen die Prionen. Aber nur im warmen Körper.

12. APRIL

Im Haus des Dogen dreht sich jetzt alles um Yadwiga. Darum kümmern sie sich nicht besonders um mich. Es ist okay. Ich helfe. Ich koche. Ich wasche Windeln. Ja, wir halten nichts davon, Wälder abzuholzen, damit die Babies in den Zellstoff reinscheißen können. Im Gegensatz zu früher bin ich unempfindlich geworden gegen Gerüche. Vielleicht, weil ich Yadwiga und ihre Eltern liebe.

Heute habe ich zugesehen, wie Vanessa sie stillt. Mir wurde ganz seltsam. Ich habe das ja erlebt. Aber so viele von uns nicht. Ihnen fehlt so viel. Wissen sie das überhaupt?

Ich habe mich danebengelegt und meine Hand auf Vanessas Bein liegen gehabt. Und da fing es wieder an, dieses sanfte Prickeln.

Mit Sex ist gar nichts im Moment. Und ich mag auch nicht. Ich bin von Tangutas ‚Zustand' und der Krisennacht immer noch zu schockiert.

Seine Exzellenz kam dann nach Hause und fand uns so. Und hat gelächelt.

Vanessa war schon fertig mit Stillen. Yadwiga schlief.

Um mich nicht zu stören, hatte Vanessa sie einfach auf dem Bett abgelegt und saß so und schaute uns beide an und wartete auf den Dogen. Und der setzte sich leise auf den Bettfuß und freute sich an dieser Gruppe. Bis ich wach wurde und aufsprang. „Schsch!" Er zeigte auf Yadwiga. „Weck sie nicht."

14. April

Seit etwa sechs Wochen hat er mich nicht mehr verschlossen, ich bin frei. Aber um was zu tun? Die Angst um meinen Dogen hat mir den Appetit verdorben, und wenn ich an etwas denke, dann an meinen Herrn Perkele, dem ich mich am liebsten hingeben würde, und der ist weit weg. Ich frage mich, ob mein Herr einfach vergessen hat, daß ich gerade ohne Kette herumlaufe. Oder hat er diese winzigen Schlüssel verloren? Aber ich sage nichts, um nicht schlafende Hunde zu wecken. Irgendwie bin ich schon geil. Aber mein Kopf ist nicht frei.

In erster Linie bin ich jetzt Yadwigas Diener. Und so, wie sie mich anlacht mit ihren kleinen, scharfen Zähnen, bin ich ihr verfallen. Im Moment brauche ich nichts anderes.

Wenn ich nach meiner Arbeit noch Zeit habe, schnitze ich wieder. Ich habe mir eine ganze Menge schöner Obsthölzer mitgebracht. Ich traue mich schon an vollplastische Objekte, kleine Skulpturen. Sie sehen aus wie Netsuke, diese japanischen Figürchen, die man sich in Japan an den Gürtel hängte, die als Stopper für den Geldbeutel oder das Feuerzeug dienten. Ich konzentriere mich weiterhin auf Tierfiguren, ruhende Wölfe, Füchse, Vögel.

22. April

Mein Herr hat einen Beschluß in der Sala de Thing herbeigeführt. Der Genuß von menschlichem Fleisch wird wieder verboten. Das soll nicht nur für Sukent gelten, sondern für die gesamte Cultura.

Ich würde gern mal mit ihm darüber reden, daß er in der Zeit seit der Injektion von Prionen doch Heiliges Fleisch gegessen hat. Wie war das für ihn? Wo er doch so einen Widerwillen dagegen hat, nachdem es ihm nur einmal untergeschmuggelt worden ist, der nur eine Linie im NuRiCa bekommen hat, bis er mit den Bémishen Briedern lief.

Ich habe keine Gelegenheit gehabt, mit ihm in Ruhe zu reden. Während seiner Abwesenheit ist so viel liegengeblieben, er muß es aufarbeiten. Ich schaue ihn an, wenn er noch ein Treffen im kleinen Kreis hat und mit den Senatoren redet. Hat er sich verändert? Ich denke an den wilden Krieger Tanguta, den ich noch vor wenigen Tagen erlebt habe. Den, der mit einem lauten Schrei nackt in den Wald gelaufen ist. An den mit den Zöpfen und Federn in den Haaren.

Er hat nicht alles ausgekämmt. Ein Zopf mit Perlen ist noch da, und oben steckt er eine Fasanenfeder hinein. Ich beobachte auch, daß er die exotischen Roben bevorzugt, die afrikanischen Kente in starken Farben, die langen Hemden, bunte Mäntel aus Zentralasien, Doppel-Ikats. Die typisch venezianischen Brokate läßt er links liegen. Und auch die Dogenkappen verwendet er eher selten, und dann nur eine, die ebenfalls aus einem Kente-Stoff angefertigt worden ist und die bislang eher als Kuriosität gehandelt worden war. Jetzt aber steht sie ihm und sehen die Brokate eher befremdlich aus.

Am Abend habe ich Gelegenheit, mit ihm zu reden.

„Ihr habt den Genuß von gewissem Fleisch verbieten lassen, das, was Ihr noch vor wenigen Tagen selber tatet…"

Er wendet sich mir voll zu und schaut mir in die Augen. Sie sind ein wenig gerötet, aber wohl von der Anstrengung eines Tages mit pausenloser Lektüre.

„…und was auch du fleißig betrieben hast…"

„Verzeiht mir, Herr, ich wollte Euch nichts vorwerfen, nur wissen, wie es Euch damit geht."

„Gut, ich verstehe. Und wie es mir damit ging… War ich das überhaupt? Ich war so außer mir, ihr habt das eher gemerkt als ich. Du hast gut auf mich aufgepaßt. Du bist fast mit mir gestorben. Das war großartig, das werde ich dir nie vergessen."

„Guter Versuch, mich vom Thema abzubringen."

„Du bist ganz schön selbstbewußt geworden in diesen paar Tagen."

„Lieber Herr, Ihr wißt genau so wie ich, daß wir eine große Aufgabe vor uns haben."

„Was genau meinst du damit?"

„Die Homsarecs gegen den Fluch impfen."

Er schmunzelte über meine Formulierung.

„Das bringt es auf den Punkt."

Aber ich war noch nicht fertig mit meiner Inquisition.

„Hat Perkele Euch gezwungen zu essen?"

„Woher weißt du…"

„Ich habe euch gesehen. Tulpenblätter am Waldrand."

„Nein. Er hat mich nicht gezwungen. Er hätte mich auch kaum zwingen können, wir sind uns im Kampf ebenbürtig. Es war anders. Ich spürte den Drang."

Ich seufzte. Ich hatte es geahnt. Das war schon Teil vom ‚Sog', wie manche es nannten, den Anzeichen, daß man im Bann unseres Fluchs war. Ab einem bestimmten Punkt können wir nicht mehr das tun, was uns rettet, sondern folgen dem Ruf in den Abgrund.

„Es ist, als wenn uns die Prionen einen fremden Willen einpflanzen", sagte ich.

„Du hast damit ja eine Menge Erfahrung", sagte er und versuchte, es neutral klingen zu lassen.

Und ich dachte an die Zeit, als ich noch an den verbotenen Banketts teilnahm. Ein paarmal hatte ich den Sog nicht gespürt, war ja auch noch zu jung, um in den ‚Zustand' zu kommen, obwohl es da ja Ausnahmen gab. Wie verrückt uns das machte, merkten wir nicht, denn wir blieben tagelang zusammen, die Teilnehmer an einem solchen Bankett, „zusammengeschmiedet durch eine Eucharistie der Verworfenheit", wie einer der älteren Sarkophagen es man nannte. Wir hätten gemerkt, wie abgefahren das war, wenn wir uns wieder in die Gemeinschaft der anderen begeben hätten, und als ich dazu gezwungen war, als ich verhaftet wurde, nachdem ich an einem solchen Bankett teilgenommen hatte, als ich sogar geholfen hatte, es vorzubereiten, stürzte ich in ein kaltes Wasser von Erwachen und Verwirrung.

Ich wurde ein paar Tage lang befragt, hockte allein in meiner Zelle, bekam Bücher zu lesen, die meinen Geisteszustand positiv beeinflussen sollten, konnte aber nicht viel damit anfangen. Wenn die Buchstaben nicht vor meinen Augen tanzten, kriegte ich keinen Sinn in die Begriffe, die mir um den Kopf flogen. Ich las die Wörter, aber wenn ich das dritte las, wußte ich schon das erste nicht mehr.

Es war ähnlich, wenn man mit mir sprach. Die Sätze, die jemand zu mir sagte, flogen praktisch auseinander. Einerseits blieb mir ein einzelnes Wort scharf im Gedächtnis, ich wiederholte es und zerlegte es und verdrehte es wie ein Idiot. Gleichzeitig war ich aber schlagfertig und konnte streckenweise sehr klar denken.

Vielleicht hatte es damit zu tun, ob ich Inhalte aufnehmen wollte oder mich dagegen wehrte. Ich konnte nicht mehr reagieren, darum konnte ich auch keine Lehren aufnehmen. Der Therapeut im Knast bewegte den Mund und machte Geräusche, ich sah ihn an und konnte kein Wort verstehen. Aber ich las ihn! Er fragte sich, ob ich dumm oder total bockig sei.

„Viele haben mich früher für dumm gehalten", sagte ich, „Ihr wahrscheinlich auch."
Er schwieg.
„Es lag an den Banketts", sagte ich, „sie machen uns ein bißchen verrückt. Es ist was drin, das macht uns euphorisch, aber die Tulpenblätter gehen auch aufs Gehirn und bringen uns durcheinander."
„Tulpenblätter?"
„Ja, das kennt Ihr nicht. Wir... Sie haben das Fleisch in dünne Scheiben geschnitten und getrocknet, um es aufzubewahren. Und wenn man längs der Faser schneidet, dann rollt es sich auf wie welke Tulpen. Es spricht. Darum redet man vom ‚Lebenden'."
Er starrte mich fassungslos an.
„Du bist ein Experte darüber?"
„Ich weiß nicht mehr darüber als die Nachtschwalben."

„Haha, die sind Experten. Niemand hat mehr damit zu tun als die Nachtschwalben."

„Das, was ihr da am Waldrand gegessen habt, waren Tulpenblätter."

„Dachte ich es mir doch."

„Hat es Ihnen nichts ausgemacht?"

„Ich war in einem Rausch. Im beginnenden ‚Zustand', wie du weißt. Ich wußte, was ich da bekam, aber ich war urteilslos. Und übrigens: Du sprichst mit mir auf der mittleren Stufe."

Das meinte, daß ich ‚Sie' sagte und nicht ‚Ihr'.

„Das hat seine Richtigkeit, Kollege. Ich bin ein Eingeweihter des Zweiten Grades der Nachtschwalben. Ich darf vorbereiten, nicht nur essen."

„Dann haben Sie" — wohlgemerkt, es war der Doge, der mich plötzlich siezte! — „wahrscheinlich eher etwas dagegen, wenn wir diesen Brauch ganz abschaffen?"

Warum das Gespräch jetzt so eine Wendung nahm, wird niemand so recht verstehen, der nicht in der Cultura ist und mit ihren Bräuchen vertraut.

Es gibt innerhalb der Cultura einige Geheimorden. Und sie werden respektiert, auch wenn die anderen nicht mit den Inhalten einverstanden sind, die sie vertreten. Selbst wenn sie scharf bekämpft werden, wird der Rang, den wir in einer solchen Hierarchie einnehmen, allgemein akzeptiert. Also wurde Hemyarik eine Zeitlang als ein König betrachtet und mit Kopfschütteln und doch zugleich mit Respekt behandelt. Denn bis wir uns Gewißheit über so einen Orden verschafft haben, müssen wir damit rechnen, daß er vielleicht doch die allerhöchste Billigung des Königs genießt.

Und so kam es, daß Tanguta mich nun plötzlich siezte und ich ihn auch. Daß sich der Doge und sein Serf plötzlich auf Augenhöhe fanden. Und wenn das Thema durch wäre, würde ich ihn wieder mit ‚Ihr' anreden und er mich mit ‚du' oder gar ‚er', also über mich sprechen, während ich dabei wäre. Natürlich ist der Doge immer der Doge, und ich hätte ihn weiter mit der Anrede des höchsten Respekts ansprechen müssen. Aber ich wollte damit etwas signalisieren. Nämlich, daß wir uns auf einem Gebiet bewegten, auf dem ich ihm an Kenntnissen überlegen war.

Ich wußte von den Grundsätzen, wie mit Heiligem Fleisch umzugehen war: „Ästhetisch, respektvoll und diskret", lauteten die Regeln, die für alles galten, was damit zusammenhing. Ich war vom Nachtschwalbenstamm darin ausgebildet, daß jede noch so kleine Handlung zählte. Wir verbeugten uns vor dem Opfer, bevor wir anfingen, wir achteten auf unsere Worte, die so sein mußten, als höre die Person sie noch. Die kleinsten Scherze bei dieser Verrichtung wurden streng bestraft. Nach außen sprachen wir nicht über unseren Rang im Orden.

„Mir geht es nicht darum, ob es erlaubt oder verboten ist, Heiliges Fleisch zu essen", sagte ich nach einigem Nachdenken, „ich frage mich nur, warum Perkele und seine Leute so zäh daran festhalten, das zu tun. Und warum es für Sie plötzlich so leicht war, es auch zu tun. Er hat Ihnen doch nicht mit Schlägen gedroht wie uns?"

„Ich war schon angefixt, wie Sie vorhin richtig erkannt haben", sagte Tanguta, „ich hatte eine Gier danach, die ich noch nie erlebt habe, „war das der ‚Sog'?"

„Sicher."

„Und warum haben Sie Schläge dafür bekommen, daß Sie sich verweigert haben?" fragte er.

„Ich weiß es nicht. Perkele spricht nicht darüber. Er hat nur gesagt, wir müßten es tun, es würde uns schützen."

„Schützen?" fragte er verblüfft, „ja, Kunkamanito sprach von dieser Ansicht. Wir können es uns nicht erklären."

„Vielleicht hält er es für die einzige Möglichkeit, unsere ‚*Calor Sauvage*' wiederzubekommen" — unsere wilde Hitze, meint das.

„Warum soll die aber so wichtig sein? Wir sind alle abgekühlt, seit wir den Segen und das Ritual haben, es macht ja Spaß, nackt durch den Wald zu rennen, aber wo liegt wirklich der Nutzen, können Sie mir das sagen?"

„In der Abwehr von Infektionen. — O mein Doge, gestattet mir, noch ein paar Dinge zu erledigen, das Abendbrotgeschirr ist noch nicht gespült."

„In Ordnung, Kind", das sagen die Herrschaften öfter zu den Serfs, und er küßte mich auf die Wange und hielt mich noch ein wenig an sich gedrückt. Dann entließ er mich.

Und er hat mich gesiezt... Ich erinnere mich jetzt an ein Gespräch in Sukent vor dem Großen Reprend, als er seinen Diener Kúsali als „Majestät" ansprach. Unser Doge ist in allen Welten zuhause. Schon dafür verehre ich ihn.

12. Mai

Es ist eine ganze Menge Zeit vergangen. Aber es gab nichts Interessantes zu schreiben. Am 6. Mai hatte ich Geburtstag. Ich bin jetzt 23. Wir feiern das nicht groß. Warum feiern, daß man dem Tod näherkommt? Entscheidend sind bei uns die gemeinsamen Feste, nicht die individuellen.

Am 7. Mai war Gedenktag an die Nacht des Großen Reprend. An die Kämpfe, in denen wir Sukent zurückerobert haben aus der Hand der Faschistenrotten. Dieser Tag wird auch nicht gefeiert, er gilt dem Gedenken an den Tod des vorigen Dogen. Es wird nicht beschönigt, wer er war und wie. Aber sein Tod wird mit Respekt behandelt. Es gibt keine Diskussionen darum, und damit ich nicht in diese Diskussionen hineingerate, wenn sich irgend ein Journalist daran erinnern sollte, wo der Mann ist, der den vorigen Dogen getötet hat, verbringe ich diesen Tag zurückgezogen.

Als das vorbei ist, tritt schnell wieder der Alltag ein. In erster Linie dreht sich alles um Yadwiga, die auch ganz reizend ist und sich gut entwickelt. Tanguta ist ein zärtlicher und engagierter Vater, es verursacht fast schon Übelkeit, wie harmonisch alles ist, man bekommt Diabetes vom Hinsehen.

Mein Gedanke, wieder nach Maslenie Blini zu fahren, verfolgt mich Tag und Nacht. Ich weiß ja, es geht nicht. Ich muß als Sträfling noch fast ein weiteres Jahr in der Obhut eines offiziell autorisierten Mentors bleiben — oder in den Knast gehen, und das wäre schlimmer als auf Torquato den Amazonen die Wäsche zu waschen.

Es ginge nicht legal.

Aber da ist ja auch noch die doppelte Fessel. Die eine ist meine Liebe zu Tanguta und Vanessa, vor allem zu ihm, den ich nicht enttäuschen will, nicht noch einmal nach den vielen früheren Enttäuschungen, die ich ihm bereitet habe. Das andere ist die Kombination aus Ringen und Kette, die mich ausbremst, bis er mich als Spielzeug für sich und sie zu sich holt und mich für ein paar Stunden freiläßt.

Das sind die schönsten Momente. Kürzlich habe ich wieder zwischen ihnen gelegen — ich dachte darüber nach, ob ich es genießen könnte, wenn ich noch geneutert wäre wie vor einem Dreivierteljahr.

Aber sie wollen etwas anderes. Zwischen ihnen beiden scheint erst so richtig die Post abzugehen, wenn ich dabei bin und mitmische. Er benutzt mich als Spielzeug für Vanessa, ich darf sie befriedigen, zugleich packt er mich am Genick, wenn er das leiseste Zeichen von Unwillen oder Überdruß bei ihr beobachtet. Oder wenn er findet, daß ich zu weit gehe. Und wenn er findet, daß ich meine Bemühungen intensivieren soll, knufft er mich und knurrt mich an.

Er benutzt mich nach seinem Belieben, wenn er merkt, daß sie uns zusammen sehen möchte, so daß es sie in Fahrt bringt. Er bremst mich aus, zieht mich von ihr weg, wenn er sieht, daß ich mich dem Höhepunkt nähere, schiebt mich beiseite und nimmt den Platz bei ihr ein. Ich habe dann neben dem Bett zu knien, bis er fertig ist, und die Finger von mir selber zu lassen.

Nicht so leicht!

Manchmal denke ich, ich heule gleich vor Gier. Heute hat er mich hinterher in die Dusche geschleift, mich kalt geduscht und gefragt, ob ich vielleicht doch wieder den Neutertee haben möchte. Dann bin ich gleich wieder in die Kette gekommen. Scheiße, nicht mal selber Nachlese halten ist drin.

15. MAI

Heute hat er es wieder so gemacht und mich hinterher gefragt, ob es mir Freude machen würde, wenn er mich noch ein bißchen hauen würde. Ich habe ihn gefragt, „o Herr, darf ich das ohne Kette genießen?" Nein, das durfte ich nicht. Oh, das war nicht einfach, aber auf eine verrückte Art toll. Ich weiß, manche von uns können direkt aus dem Schmerz in die Glückseligkeit hinaufschießen, Cochise zum Beispiel beherrscht diese Kunst. Er hat mir das erzählt. Spex treibt ihn durch die Zimmerdecke. Daß sie Schmerzen verursachen kann, bei Gott, ich bin Zeuge.

Tanguta ist seit seinem Aufenthalt in Maslenie Blini viel härter geworden. Er lacht über mein Gejammer. Vorbei sind die Zeiten, da er so rücksichtsvoll war. Ich denke an die Zeit, als wir am Hof der Zweiten Tausend wohnten. Oder in Berlin. Es hat lange gedauert, bis er mich richtig anzupacken anfing.

Waren es die Tulpenblätter, die ihm die Hemmungen genommen haben? Es kommt mir fast so vor.

20. MAI

Ich habe ein Gespräch meines Herrn mit Selknam und Kunkamanito belauscht. Es ist ungewöhnlich, daß Selknam zu uns kommt. Es ging darum, wie man die Brieder dazu bringen könnte, mit der ‚Unsitte' aufzuhören. Sie widersetzen sich hartnäckig dem Gebot des Dogen und des Königs. Der Doge hätte ihnen in der Slowakei eh nichts zu sagen. Und der König? Tut uns leid, aber in besonderen Fällen müsse man auch gegen den König handeln, das sei schwierig, aber nicht unmöglich.

Rebellion! Kann die Sala de Thing sich das bieten lassen?

„Wir werden dreimal auffordern, dann gehen wir hin, die Kshatrinis stehen bereit und sind sehr daran interessiert."

Ich spitze die Ohren, bis mich Kúsali entdeckt, mir eine pfeffert und mich in die Küche schickt.

26. MAI

Die Dogaressa liebt meinen Ring. Und ich finde es noch viel toller, damit zu ficken. Hoffentlich läßt er ihn mir. Es ist mein Band zu Perkele, der ihn mir gab. So bilden wir eine stille Gemeinschaft, auch wenn er nicht da ist. Heute hat der Herr mich geschlagen, während ich sie gefickt habe. Aber ich durfte nicht kommen. Er zog mir ein Gummi über, bevor ich durfte. Das machen wir selten. Es war natürlich ungewohnt. „Das muß man können", sagt er. So konnte ich Vanessa erfreuen. Bis sie kam. Sie hielt mich fest im Arm, er ließ mich drin, solange sie wollte. Auf ihre Lust oder Unlust nimmt er immer Rücksicht, meine zählt nicht. Das ist so schön. Ich möchte es nicht anders.

Mir kommt der Verdacht immer wieder, daß die mit mir mehr anfangen können als ohne mich. Um ein Kind zu zeugen, hat die Leidenschaft gereicht. Aber damit es wirklich Funken schlägt, brauchen sie einen Katalysator. Sie brauchen meine Geilheit.

Heute habe ich mit Hemyarik telefoniert. Er ist wieder in Berlin. Und er hat mir verraten, daß er mit seiner Herrin fickt. Das finde ich spannend. Ich habe ja erlebt, wie sie ist, und ich fand es gar nicht toll, aber das waren wohl vor allem Schuldgefühle gegenüber meinem Herrn.

„Erzähl!" löchere ich ihn.

„Ja, wie… Weißt du, es war so ganz anders als ich es erwartet habe."

Das kann ich mir vorstellen.

„Ich war völlig unsicher, dachte jetzt, was muß ich tun, was erwartet sie, was alles kann ich falsch machen?"

Ich mußte kichern. „Mir ging es mal genauso."

„Mit Madame Heathea?"

„Höre ich da einen Ton von Eifersucht, Liebchen?" piekste ich ihn, „nein, nicht mit ihr. Erzähl weiter."

„Sie hat mich gefesselt, das macht sie oft, auch um mich zum Essen zu zwingen; und da hat sie mich bewegungsunfähig gemacht und mich als ihr Spielzeug verwendet. Ich konnte mich nicht rühren, aber sie sehr wohl. So etwas habe ich noch nie erlebt. Sie hat mich gequält und mir dabei aus nächster Nähe in die Augen gesehen, hat mich gezwungen, ihren Blick zu erwidern, während sie meinen Schmerz und meine Lust daraus gelesen hat. Ich habe noch nie so viel offenbart. Und ich hätte es nicht freiwillig getan. Es war Zwang vom Feinsten. Ich versuchte, Widerstand zu leisten. Verbal tat ich das die ganze Zeit. Sie ignorierte das, küßte mich, streichelte mich, kniff mich bis aufs Blut und machte sich über mich lustig. Dann stieg sie auf mich, der schwere Klops…"

„Hemyarik, was traust du dich? Soll ich Madame Meldung machen?"

„Wag es nicht. Ich dachte, sie wird mich plattdrücken, aber sie turnte ganz geschickt auf mich drauf, schnappte sich mein Ding, ließ es in sich gleiten — Oi, war das geil. Ich wußte nicht mehr, wo oben und wo unten ist."

„Also schön?"

„Alter! Überirdisch! Wir sind kosmische Partner, denke ich."

„Herzlichen Glückwunsch. Glaub zwar nicht dran, daß es sowas gibt…"

„Und deine ewige Liebe zum Dogen?"

Ich verstummte. Rasch ein Ablenkungsmanöver. „Und bist du nicht noch das Serf von Josef?" frage ich. „Ja, offiziell schon, aber ich bin auf Dauer verliehen."

Ob er glücklich sei, frage ich ihn. Ich gönne es ihm so sehr, er hat viel gelitten. Ja, das ist er, sagt er, zum ersten Mal im Leben.

„Und bist du glücklich?" fragt er mich.

„Ich weiß nicht…" sage ich zögernd.

Er lacht. „Du hast doch das große Los gezogen", findet er.

Das gibt mir zu denken. Ja, eigentlich habe ich unglaubliches Glück, aber bin ich glücklich? Etwas fehlt mir. Jemand fehlt mir. Es ist mein wilder Herr.

30. Mai

Ich stelle mir vor, ich haue ab. Wie werde ich die Fessel los? Die Kette ließe sich mit einem Saitenschneider durchknipsen. Aber der Hodenring? Er ist sehr breit und ziemlich eng. Zum Schlafen nimmt mein Herr ihn mir ab, und ich muß neben ihm schlafen, er merkt es, wenn ich mich anfasse. Süße Qual einerseits. Große Erniedrigung andererseits. Alle Paidoi träumen von Sexkontrolle, sagt man. Nun, die haben sie schon früh kennengelernt. Ich nicht, ich war ab 15 mir selber und meinen erwachsenen Freunden überlassen. Ich steuerte mich selber, denke ich. Kontrolle ist eine schöne Abwechslung. Manchmal finde ich auch das geil, aber es wird langsam weniger.

Ich habe lebhafte Fantasien davon abzuhauen. Es wäre idiotisch. Besser kann ich es nicht haben. Und ich würde meinen wunderbaren Herrn wohl endgültig enttäuschen. So viele Male habe ich das getan. So oft, daß sich schon alle fragten, ob ich verrückt bin. Jetzt frage ich mich das selber.

Es ist nicht nur Perkele, der mich nach Maslenie Blini zieht, es sind auch alle anderen und der Lebensstil. Die Jagd, das Laufen im Wald, das einfache Leben mit Holzofen und Kerzenlicht. Der Geruch der Pferdchen und ihr Schnaufen, wenn sie die Kinder zur Schule tragen, die Wolken ihres Atems in der Kälte. Der weite Raum zwischen den Bergen und der blaue Himmel darüber. Der Wind in den Bäumen, die Rufe der Vögel. Ich vermisse all das so sehr.

2. Juni

Heute habe ich mit Perkele via ‚Räägi' gesprochen. Er geht zu diesem Zweck ins Hotel. Ja, er vermißt mich auch, sagt er, aber ich muß bei meinem Herrn bleiben, sonst wäre es Flucht aus der Haft. Ich darf nicht vergessen, ich bin immer noch ein Sträfling.

Inzwischen kann ich kaum noch erinnern, warum. Der Krieg des Großen Reprend und was ich getan habe, daß ich diese Strafe verdiene, liegt mir inzwischen so fern.

Als er mich fragt, wie es mir geht, fließen meine Tränen. Ich kann kaum sprechen.

„Ich vermisse dich so sehr, mein Herr", stammele ich.

Er schüttelt den Kopf. Ist schon gerührt! Ich bin sicher, er vermißt mich auch, aber er will es nicht sagen.

„Du mußt bleiben", bemerkt er nur kurz und schaut zur Seite.

„Lieber Herr, ich muß dich was fragen", sage ich und erschrecke über meinen Mut, „ich glaube, es macht mich verrückt, wenn ich immer geil bin. Es war nur besser, als ich den Tee trank."

Er schaut mich an, und ich sehe unendliches Mitgefühl in seinem Blick.

„Darfst du denn nie kommen?"

„Schon, aber nicht oft. Er läßt mich die Dogaressa befriedigen, aber meist ohne Abschluß für mich. Er hält mich in Ring und Kette."

Er schüttelt leicht den Kopf, es wirkt wie ein Reflex.

„Ist doch eigentlich der Traum für ein Serf."

„Ja, Herr, es ist aufregend und schön, aber mir fehlt was."

„Frag ihn doch, ob du bei uns mal Urlaub machen kannst."

Ich bin skeptisch. Gut, ich werde ihn fragen.

„Ich denke mir dauernd aus, wie ich abhauen kann."

„Nicht gut. Gar nicht gut. Macht es dir denn keinen Spaß, das Serf des Dogen zu sein? Ich bin sicher, alle beneiden dich drum."

„Ja, es ist toll… Und ich wäre verdammt undankbar, wenn ich einfach…"

„Das tust du nicht, bitte! Ich laß dich nicht herein, wenn du das tust!"

Er schaut mich voll an und runzelt die Stirn.

„Dann trink halt den Tee, wenn er es dir leichter macht. Gehorch deinem Herrn. Und vergiß nicht, ich liebe dich."

Oh, ich möchte durch den Bildschirm hindurchgreifen, um ihn zu fühlen.

„Lieber Herr", frage ich, „haltet ihr denn noch am Alten Stil fest?"

Er schaut kurz weg, wendet sich mir aber dann wieder voll zu.

„Woher sonst sollen wir unsere Wärme bekommen?"

Ich erzähle ihm von den Plänen, die Bémishen Brieder notfalls zu verhaften, wenn sie nicht von der ‚Unsitte' lassen. „Sie werden die Kshatrinis mitbringen", petze ich.

„Oha! Woher weißt du das?"

„Selknam hat es selbst gesagt."

„In deinem Beisein?"

„Ich war hinter der Tür."

Er grinst. „Du treibst ein gefährliches Spiel."

„Wie sollen sie es schaffen, euch alle festzunehmen? Ihr seid an 300, das heißt, mindestens achtzig Krieger."

„Vierundachtzig sind es genau", sagt er, „mit mir. Sie müssen aber nur mich kriegen, dann folgen die anderen schon."

„Und die Frauen und Kinder?"

„Wenn ich es sage, folgen die auch."

„Herr, komm freiwillig her, ich habe größte Angst davor, daß sie euch mit Gewalt holen!"

„Was soll das nützen? Hat euer Guru-Doktor eine Idee, wie wir die Wärme wiederbekommen? Nein? Dann vergiß es."

Tschib-tschib, Übertragung beendet.

3. JUNI

Mit Erfolg den Küchenschrank durchsucht. Ja, der olle Tee ist da, den ich manchmal so gehaßt habe. Aber jetzt soll er mir den Druck nehmen. Ich dosiere niedrig, so daß ich nicht ganz ausgebremst bin. Um meiner Herrschaft zu dienen, wird es reichen.

Ich brühe ihn heimlich auf, wenn alle anderen zur Ruhe gegangen sind und die Küche mir gehört. Ich lüfte gut hinterher. Der Hopfen duftet sehr charakteristisch. Auch der Baldrian.

In ein paar Tagen werde ich eine Entlastung bemerken.

6. JUNI

Ja, es wirkt zuverlässig. Ich habe meine Ruhe.

Wieder war Selknam bei Tanguta, dieses Mal mit Pratizaye und einer weiteren Kshathrini. Ich durfte ihnen vor dem Gespräch Tee servieren.

„Lelo-La!" nennt mich die Anführerin der nepalesischen Kriegerinnen zärtlich.

Sie tätschelt meine Schultern, als ich mich niederbeuge und das Tablett absetze.

„Unsere Trophäe", sagte sie zu Selknam, „ich habe ihn Perkele abgenommen."

Sie zieht mich an sich und küßt mich auf die Wange.

„Ah-la-la!" ruft sie, „du sehnst dich nach ihm und bis doch bei dem besten Mann! Alles Leiden entspringt dem eigenen Geist. Sei nicht traurig. Bald wirst du beide haben."

Tanguta hat mich bei diesen Worten ein wenig bekümmert angesehen. Er fühlt, daß ich nicht glücklich bin, und er kann sich nur schwer erklären, warum. Wo ich doch alles habe, was ich mir je ersehnt habe.

Ich bin herausgeputzt für den hohen Besuch. Khorasan, der inzwischen Personalchef des kleinen Haushalts ist, hat die Sachen für mich ausgesucht. Ich mag der Lieblingssklave des Dogen sein, aber ich bin Khorasan unterstellt. Ich trage ein seidenes Lendentuch, das von einem gewebten Band in leuchtenden Farben gehalten wird. Das Seidentuch stammt aus Taschkent und ist rot mit goldgelben und weißen Streifen.

Meine Augen sind mit Kajal umrandet, meine Lippen und Wangen leicht mit Rouge gehöht. Khorasan schminkt mich neuerdings, der Herr wünscht das. Vielleicht habe ich ein bißchen übertrieben, wenn ich es selber machte. Ich trage prächtige Ohrringe und viele Halsketten aus Karneol, Lapis und Bernstein. Meine Haare sind geflochten und mit Perlen und meiner Fasanenfeder geschmückt, die ich als meinen Schatz hüte.

„Nee, die Feder paßt nicht dazu."

„Bitte…"

Achselzucken. „Wenn du so großen Wert drauf legst…"

Ja, tu ich.

Ich bin niedlich, hübsch, begehrenswert, hilfreich, ein ideales Sex-Spielzeug.

Wer fragt, ob ich glücklich bin?

Habe ich es verdient, glücklich zu sein? Ich habe eine Strafe abzubüßen. Ich glaube das ist sie: Nützlich und nutzbar zu sein, ohne daß nach meiner Seele gefragt wird.

Am Abend blättere ich in meiner Sammlung. Der zerfledderte Karton hat viele Umzüge und eine Verhaftung mitgemacht. Er enthält alle Fotos von meinem Dogen, die ich finden konnte, als ich ihn noch nicht persönlich kannte und erst recht, nachdem ich ihm einmal vorgeführt worden war, zugeraucht, etwas verständnislos und schuldbewußt. Jeden Schnipsel habe ich aufbewahrt. Bei jedem Bild — auch kaum erkennbar in grobem Raster, halb abgerissen, fleckig —, schlug mein Herz höher.

Tut es das noch?

Wenn nicht, wäre es ein Abschied.

10. JUNI

Ja, ich funktioniere. Ich kriege einen Steifen, wenn es gewünscht wird. Es ist noch nicht aufgefallen, daß ich selber nicht kommen kann, nicht will — ich brauche es nicht, aber heute will sie es. Es triggert ihren Orgasmus, wenn ich einen habe.

Ich kriege ein Gummi — er tut es, ich kriege das Gefummel immer noch nicht hin — und soll ‚performen'.

„Ja, nun los, du darfst!" sagt sie.

„Mach schon! Was ist los mit dir? — Oh, ich weiß — du hast den Tee getrunken!"

Mein geliebter Herr hat mir eine geknallt. So ist man, wenn man geil ist. Und hat mich hastig wieder verschlossen.

Ich habe geweint und mich zurückgezogen. Ich habe die Tür hinter mir abgeschlossen. Das darf ich nicht. Aber heute konnte ich nicht anders.

Tanguta hat mir irgendwann zugerufen, ich soll aufmachen, „Le-Isegrim, verzeih, das war falsch von mir…"

Hat sich ein bißchen Zeit gelassen, der Gute. Mußte erst einmal sein Weib fertig vögeln. Kann man ja verstehen.

Natürlich ließ ich ihn ein, bin ja nicht wahnsinnig. Er zog mich in die Arme. Ich war wie tot. Bewegte mich nicht und ließ es geschehen, daß er mich küßt und streichelt. Aber verziehen habe ich noch nicht.

Khorasan hat die Reste von meinem Tee gefunden. Scheißpetze.

11. Juni

Keine Gelegenheit zu schreiben, denn plötzlich, als ich die Tür öffne, steht Pratizaye davor. „Ema-ho!" sagt sie, „schön, dich zu sehen. Aber du bist traurig, ah-la-la, man war ungerecht zu dir?"

Erst denke ich, sie will mir auch noch einen reinwürgen. Nein, das ist nicht ihre Absicht.

„Ich habe dich für drei Tage ausgeliehen", sagt sie.

Das kommt überraschend.

Sie nimmt mich mit auf eine der Inseln, wo sie Freunde hat. Die anderen Kshatrinis sind im Gästehaus. Ich hätte jetzt nicht Bock auf den ganzen Club.

„Ich habe deinen Schlüssel", sagt sie.

„Nein, bitte nicht schon wieder!" jammere ich.

Sie streichelt mein Gesicht.

„Keine Sorge, ich will dich nicht benutzen. Wir werden einfach einen Spaziergang machen."

Der Spaziergang führt uns zum Anleger, wir nehmen die letzte Fähre zur Insel. Es ist eine laue Nacht, der Tag war heiß. In der Ferne Wetterleuchten. Im Schilf lärmen die Frösche. Es ist nicht Torquato; ich kenne mich hier nicht aus. Wir kommen zu einem Platz am Wasser. Ein paar verstörte Enten flüchten vor uns.

Wir setzen uns nebeneinander aufs Gras.

Ich fasse mir ein Herz und frage sie das, was mir auf der Seele liegt.

„Sie werden Perkele jagen?"

„Woher hast du das denn?"

„Ich habe gehört, wie Tan… — Seine Exzellenz sich mit dem Ehrenwerten Kommandanten Selknam unterhalten hat."

„Jagen… was für ein Wort. Wir sind Kriegerinnen des Friedens! Wir kämpfen ohne zu töten, ohne auch nur zu verletzen. Einen kleinen Pieks durch einen Pfeil vielleicht ausgenommen. Aber am besten wäre, wenn er freiwillig käme."

Sie beugt sich zu mir und streicht mir über die Haare.

„Deshalb sind wir nicht hier. Wir sind deinetwegen hier."

Sie schweigt. Lange Zeit sitzen wir nebeneinander. Ich frage mich, worüber sie mit mir reden will.

„Über nichts", sagt sie, „genieß einfach, was ist."

Stille. In der Ferne hupen die Fährboote. Der Wind raschelt im Schilf. Alles ist gut.

12. Juni

Ich habe bei ihr auf der Insel die Nacht verbracht. Wir sind bei guten, ruhigen Leuten, die ich nicht kenne. Gut so. Sie wissen wohl nicht einmal, daß ich das Serf des Dogen bin. Ich habe ein Schlaftuch bekommen und mich im Zimmer von Pratizaye ausstrecken dürfen. Sie hat mir den Schlüssel gegeben, ich durfte mich aufschließen. Sie hat noch lange in einem perfekten Lotussitz gesessen und ruhig geatmet.

Meine Gedanken rasten noch lange im Kreis, aber anscheinend bin ich dann eingenickt. Als ich wach wurde, saß sie immer noch dort.

Sie drehte sich zu mir um und fragte, wie es mir geht.

„Gut, denke ich."

Einmal auch ein Mensch, der mich in Ruhe läßt.

Später

Am Morgen hat Pratizaye sehr interessante Yoga-Übungen gemacht, sie bog sich im Lotussitz nieder, verdrehte ihre Schultern, schüttelte sich, atmete zischend, keuchend, fast wie ein Löwe brüllend, rieb ihren Körper ab, schoß mit einer Hand vor und knallte mit den Fingern, wie ich es noch nie gesehen und gehört habe, sprang schließlich aus dem Lotussitz in die Höhe.

„Was du gesehen hast, wirst du nicht nachmachen!" sagt sie, „dies sind Übungen, die man von einem autorisierten Lehrer lernt und die man jahrelang üben muß, um sich nicht Schaden zuzufügen."

Aha.

„Für wie alt hältst du mich?" fragt sie und schaut mir unvermittelt ins Gesicht.

Ich betrachte ihren nackten Körper, elastisch, sehnig, haarlos. Kein Gramm Fett. Falten im Gesicht — ja, eher Lachfalten. Wenige weiße Fäden im schwarzen Schopf.

„Fünfzig?" sage ich aufs Geratewohl.

Sie lacht hell auf. Ja, Herrgott, wie soll ein Homsarec ein Alter schätzen, das über vierzig liegt?

„Ich bin dreiundsechzig", sagt sie.

Nein, sie lügt nicht. Ich lese sie.

„Und du hast Perkele besiegt, der ein Mann ist und fünfzehn Jahre jünger — Verzeihung, Sie..."

„Ja", sagt sie, „Erfahrung, Routine, wissen, was der andere vorhat. Ich konnte ihn lesen, obwohl er es nicht wollte. Ich kann meinen Geist leer machen, wenn ich will. Er konnte mich nicht lesen."

„Ich lese Sie", sage ich.

„Ja, weil ich es will."

„Und Sie sind toll in Form."

„Ich hätte ihn auch besiegt, wenn ich achtzig Kilo wiegen würde."

Ich glaube es ihr komischerweise.

Sie umwindet sich mit ihrem Tuch, und wir sind ausgehfein.

Wir sind den ganzen Tag auf den Inseln herumgestrolcht. Haben mal wieder auf Torquato vorbeigeschaut. Amadux guckt komisch, als wir auftauchen. Amadux hat Pratizaye mit einer tiefen Verbeugung begrüßt, die hat gelacht und Amadux umarmt.

Ich zeige ihr meinen Lieblingsplatz am Ende der Insel, wir machen dort Picknick, ich trage den Korb mit dem Essen und der Thermoskanne. Pratizaye trinkt nichts Kaltes. Und sie ist Veganerin. Und sie dankt Dingen! Sie dankt der Kanne, daß sie Tee enthält. Sie schaut in mein Gesicht und lacht. „Alles ist das Werk anderer Wesen. Woher kommt die Kanne, das Wasser, der Tee? Andere haben für mich gearbeitet."

„Aber die hören ja nicht, daß Sie ihnen danken."

„Oh, auf eine Art tun sie es." Sie zieht meinen Kopf zu ihrem, berührt meine Stirn mit ihrer und läßt mich lesen. Ihr Geist ist leer. Nichts! Nur Ruhe, Glückseligkeit und Frieden. Ganz anders, als wenn man sich nicht lesen lassen will! Das ist eher wie das Gefühl einer Mauer, hinter der irgendwas herumschleicht. Sie hingegen ruht entspannt in sich. Im Nichts. Und sie gibt es mir herein, als würde sie mit Schnee werfen. Ich bin völlig — eben das: ruhig, friedvoll, eine Sekunde, zwei, bitte länger...

Ein großes Glücksgefühl überläuft mich, ein zarter Schauer. Ich versuche, es möglichst lange auszukosten.

Mir fällt was auf. Sie ist warm! Sie ist so warm wie Homsarecs es immer waren! Für mich glüht sie fast!

Ich dachte, Veganer können das nicht?

Aber ich frage sie nicht. Es scheint mir unhöflich.

Heute übernachten wir in dem kleinen Zimmer, in dem ich einen Teil meiner Haft verbüßt habe. Ein seltsames Gefühl! Es scheint mir fast, sie macht das aus Absicht... Oder überschätze ich sie damit? Sie lacht. Und mir wird klar, daß ich gerade meine eigene Wichtigkeit überschätzt habe.

„Ich will, daß du ein Gelübde nimmst", sagt sie.

„Gern. Was soll ich dir schwören? Meine Liebe?"

„Ja. Und zwar zum rechten Handeln. Ich möchte deinen Schwur, daß alles, was du in Zukunft tust, den Wesen nicht schadet und darüber hinaus, daß du, wenn es dir möglich ist, ihnen nützt und hilfst. Das ist das Yabyum-Gelübde."

„Ja, davon habe ich gehört."

„Hast du schon Gelübde?"

„Ja, ich habe dem Dogen geschworen, ihm zu dienen und keine dummen Streiche mehr zu machen."

„Gut. Bist du bereit?"

Und sie nahm mir das dreifache Gelübde ab und besiegelte das, indem sie mir ein rotes Bändchen mit einem Knoten um den Hals legte und mir einen Kuß gab.

Dann machen wir noch einige Atemübungen, von denen mir schön warm wird.

Sie läßt mich auf dem Bett sitzen.

„Kannst du die Beine so machen..."

Sie deutet mit den Armen einen Lotussitz an.

Ich schüttele den Kopf. Bin dafür zu steif. Versucht habe ich es.

„Es wird auch so gehen."

Was??

Sie wirft das Schlaftuch ab, zieht meins auseinander, greift mich, ich trage nichts als meinen Ring. Und auch von dem befreit sie mich. Das ist sonst ganz schön, aber jetzt wolle sie was anderes, erklärt sie mir. Sie kriegt mich in Sekunden steif, spreizt sich vor mir, senkt sich nieder. Tut mir leid, klingt sehr technisch, wie ich das erzähle, sie sitzt auf meinem Schoß, auf meinem Schwanz, ich kann mich nicht rühren, nur meine Arme um sie legen.

Sie ist eng. Wieso ist eine alte Frau so eng? Die Männergespräche in der Wohngemeinschaft — alles falsch.

„Schsch!" macht sie, „mach'n Kopf zu."

Sie küßt mich. Schmeckt nach Vanille. Verrückt. Bißchen auch nach Pfeffer.

Und da merke ich, wie mein Phallus mit ihr redet. Rührt sich nicht vom Fleck, aber hat richtig Leben in sich. Und nach ein paar Minuten, in denen weiter nichts passiert, als daß ich in ihr stecke wie die Schraube im Dübel, steigt dieses Kribbeln in mir auf, dieses Gefühl wie ein sanfter Regen. Es hat mich weggefegt. Ich weiß einige Momente gar nicht mehr. Ihr Inneres bewegt sich auch, massiert mich sanft. Wieder ein paar zarte Küsse. Es strömt etwas in uns auf und ab. Von ihr zu mir, von mir zu ihr. Das Strömen ordnet sich und wird gleichmäßig, je länger wir ruhig sitzen. Sie schaut in meine Augen, ich kann mich an ihr nicht sattsehen.

Sie ist nicht alt, wird mir klar, sie ist ganz jung und ganz alt zugleich. Sie hat die Kategorie des physischen Alters hinter sich gelassen.

„Kopf zu!" murmelt sie wieder an meinem Ohr.

Das, was ich jetzt erfahre, ist ein bißchen so wie mit Vanessa, aber ein Vielfaches stärker… Ja, gut, Gedanken entlassen…

Aber die ganze Zeit habe ich das Gefühl, daß sie nur mich liest, sich nicht um eigene Lust kümmert. Liest sie meine Lust aus mir oder ihre eigene darin, wie sie bei mir ankommt, oder lese ich ihre Lust? ‚Kopf zu', sage ich jetzt zu mir selber. Und spiegele mich in ihren Augen. Und da ist es plötzlich egal. Ihre und meine Lust werden eins.

Das habe ich noch nie erlebt.

Ich hebe ab wie in einem guten Spiel. Wie im besten, das es je gab. Ich sehe den Raum von oben, sie und mich. Noch nie hatte ich Sex, bei dem ich so ruhig war. So ruhig. Das it kein Sex. Das ist irgendwas anderes.

13. Juni

Ich weiß nicht so recht, ob ich wirklich geschlafen habe oder nur sinnend neben ihr lag. Auf jeden Fall gehört es zum Besten, was ich je erlebt habe. Ich denke an den Morgen, als mich mein Herr zum ersten Mal gefickt hat, in Vanessas Bad. Unter ihren Augen. Oder an die ersten Male mit ihr. Als ich nur ausgeliehen war in der ersten Nacht im Monat der Heiligen Hochzeit.

Ich denke an die rauschhaften Momente in Perkeles Armen. Ja. Alles das war gut. Es war Liebe. Das ist die Richtschnur, die mir sagt, ob es gut war. Das ist mir ganz klar.

Was ist mit den letzten Erlebnissen vor diesem, mit meinem Sexleben bei meinem Dogen und der Dogaressa? Hm, nein. Wir lieben uns zwar. Aber wir machen keine Liebe mehr, wir sind nur geil. Oder vielmehr, ich war es.

Bin ich gekommen? Keine Anzeichen. Offenbar nicht. Ich weiß nicht mehr, was dann war. Bin ich mittendrin ohnmächtig geworden? Seit wann kann ich das? Warum hätte ich das sollen?

Pratizaye sitzt schon wieder auf dem Teppich und macht ihre Yoga-Übungen.

Es war das Knallen mit den Fingern, was mich geweckt hat. Brutal, das.

Im Haus wird Leben hörbar. Oh, ich kenne die Geräusche, das Tellerklappern, Rauschen von Wasser, den Kocher. Nur war ich es, der sie gemacht hat.

Gleich gibt es Frühstück. Ich gehe duschen.

Unter der Dusche denke ich nach. Sie hat gesagt, sie will mich nicht benutzen.

Hat sie auch nicht. Das war kein Benutzen, so wie meine Herrschaft es tut. Sie hat sich mir zugewandt und sich von mir erkennen lassen. Das ist etwas ganz anderes.

Ich gehe zur Kleiderkammer und lasse mir eine leichte Hose und ein T-Shirt geben. Lendentücher haben halt keine Hosentaschen.

Amadux hat mir ein bißchen Geld geschenkt. Zwei Sukenter Dukaten. Ein Tages-Mindestlohn. Mir! Einem Serf! Ich freue mich sehr darüber. Man schenkt Serfs doch kein Geld. Man geht davon aus, daß sie alles haben, was sie brauchen. Aber Geld ist ein Symbol für Freiheit, vor allem, wenn man keins hat.

14. JUNI

Wir haben dann gefrühstückt, zusammen mit Amadux und den jungen Damen, die sie jetzt in Ausbildung hat. Ein paar davon kenne ich ja. Es ist nun ein Jahr her, daß ich hier todunglücklich war. Pratizaye trägt jetzt Kleidung und lächelt und schweigt. Ich sitze ihr gegenüber. Sie schaut mich liebevoll an. Nein. Sie hat mich nicht benutzt.

Wir gehen zur Fähre, wollen noch ein wenig in die Gärten des Klosters, wo die Bémishen Brieder untergebracht waren, bevor sie mich wieder bei meinem Herrn abliefert, und weiter zu einem neuen Teehaus. Ich habe meine Fessel in der Tasche, auch den Schlüssel. Ich fühle mich entspannt und gelöst. Wir setzen uns im Teehaus auf die offene Terrasse in den Schatten. Ich kann den Tee für Pratizaye bezahlen und bin so stolz darauf. Wir sind auf der Nordseite der Stadt, man sieht die Friedhofsinsel von hier. Dies war noch vor wenigen Jahren eine überwachsene Ruine im Schatten eines Gasometer-Gerippes. Kein anheimelnder Platz. Er ist auch jetzt noch nicht schick, aber ein Treffpunkt interessanter Leute. Es ist heiß.

Wir gehen zurück in den Klosterhof — er ist Teil eines großen Gästehauses der Stadt Sukent — und setzen uns auf die warmen Steine. Ich leide unter der Hitze, sie offenbar nicht. Sie sagt, sie atmet das weg, und zeigt mir die Technik. Es hilft.

Aber weitergeben darf ich sie nicht, dafür muß man autorisiert sein. Sie ist es.

Ich wünschte, dieser Tag würde nie enden.

Um sechs muß ich im Büro Seiner Exzellenz sein.

„Bist du gern bei Deiner Herrschaft?" fragt sie mich.

Ich denke eine Weile nach, bevor ich antworte. Wir wandern durch das Arsenal zu einer der engen Gassen, die sichtlich ärmere Bewohner hatten, um uns dort in einer Kommune zu stärken. Die Bewohner sind meine Freunde, bei ihnen habe ich gelebt. Ich weiß, daß man dort immer willkommen ist.

Ist überhaupt jemand da? Ich klopfe an die Tür. Jemand öffnet, den ich nicht kenne. Ich frage nach Xanti und Burundi. „Oh — ja, Xanti ist da."

„Und Burundi? Was ist mit ihm?"

Er ist gestorben. Ist Anfang 191 in den ‚Zustand' gekommen und hat es geschafft.

Wie ich schon erklärte, das heißt, daß er es auf die andere Seite geschafft hat, über den Styx, in die andere Welt. Dumme Redensart.

Xanti kommt kauend an die Tür geschlurft. Schiebt das Serf beiseite, das uns die Tür geöffnet hat. „Ach! Lelo! Auch mal wieder da, wenn es Essen gibt? Und wer ist — die??"

Ich vergaß, daß sie keine Frauen mögen. Pratizaye ist für mich was anderes.

Ich geniere mich vor ihr, möchte im Boden versinken. Sie lächelt nur und hält meine Hand.

„Ich dachte, ich könnte mal wieder vorbeischauen, vielleicht freust du dich, wir haben uns sehr lange nicht gesehen", sage ich. Er schweigt.

Hallo? Wir hatten eine intensive Beziehung, ich war sowas wie sein Pais. Auch wenn er mich nie als solchen genommen hat, obwohl ich ihn darum bat. Wie immer. Im Bett wollten sie mich alle, aber für mich da sein, wenn ich sie brauchte … Jetzt wird mir vieles klar. Es war ein Fehler herzukommen, ich sage es ihr stumm, sie drückt meine Hand und antwortet, nein, das ist es nicht, schau einfach, was passiert.

Wir gehen hinein, es scheint mir alles unordentlicher und ärmlicher als früher, obwohl sich nichts wirklich verändert hat.

„Nehmt Platz", sagt er und läßt sich wieder am Eßtisch nieder. Wir setzen uns auf die Holzbank ihm gegenüber. Der Junge, der uns geöffnet hat, stellt uns Teller und Becher hin und füllt Essen auf. Pratizaye fragt ihn nach seinem Namen, er heißt Poori und ist Xantis Serf.

„Nur Gemüse und Reis für mich, bitte", sagt Pratizaye nach einem Blick auf den Herd. Ich nehme von allem etwas. Es ist Huhn dabei.

„Na, du bist ja nun fein raus", sagt Xanti, „daß du uns überhaupt noch kennst…"

Daher weht der Wind.

„Das Serf des Dogen trägt vielleicht ein seidenes Lendentuch, aber ist es deshalb glücklicher?" fragt Pratizaye plötzlich.

Xanti hört zu kauen auf und starrt sie an. Dann lacht er.

„Die hat es ja drauf", sagt er, „wer ist sie? Gehst du fremd? Oder ist das deine Oma?"

„Sie ist meine Meisterin und hat mich von Seiner Exzellenz ausgeliehen", sage ich wahrheitsgemäß.

Von einer solchen Konstellation hat Xanti noch nicht gehört.

Sie ißt ungerührt weiter und lächelt. Sie lobt das Essen.

Xanti schiebt ihr einen Teil seiner Hühnerkeule hin. „Du mußt das mal probieren, Oma, du bist dünn."

Sie schneidet sich ungerührt ein Stückchen ab und schiebt es in den Mund.

Ich falle vom Glauben.

„Gut", sagt sie, „sarva mangalam, allen zum Wohl."

Wie??

„Ein Geschmack", sagt sie. „Nicht begehren und nicht fürchten. Das macht frei."

Ich verstehe.

Ich höre ihre stumme Erklärung.

Fleisch zu essen ist nicht ihre Gewohnheit, und sie lehnt es komplett ab zu töten oder ein Tier zum Töten zu wählen. Wäre sie aber radikale Veganerin, so würde sie wieder von Angst regiert, sagt sie. Sie ißt normalerweise nur Pflanzenkost, lehnt aber nicht ab, was ihr in guter Absicht gegeben wird.

Ich betrachte Xanti. Seit meiner zweiten Verhaftung habe ich ihn nicht mehr gesehen. Er war einer der Liebhaber von Hemyarik, bevor der versuchte, sich mit dem Kurzschwert zu erstechen. Er kam immer wieder wegen verbotener Banketts in Konflikte mit dem Gesetz, einmal auch, als ich das zweite Mal verhaftet wurde.

Er liest meine Erinnerungen.

„Ja, du Lusche", sagt er zu mir, „wir hatten ja noch ordentlich Ärger am Hals wegen dir. Du warst einfach zu unvorsichtig, so daß sie uns drauf gekommen sind. Und dann war da ja noch Hemyariks Kurzschwert, deshalb haben wir alle gesessen. Du hast uns nett reingeritten mit deiner Plauderei."

Ich dachte krampfhaft nach, wo ich denn geplaudert haben sollte.

„Aber ich habe doch die Geheimhaltung gewahrt…"

„Kann nicht sein, wenn sie plötzlich vor der Tür standen, Selknams Leute und auch noch Amazonen. Wie geschmacklos, uns, die ehemaligen Bekar, so zu erniedrigen."

Ich sehe, daß Pratizaye ein wenig grinsen muß, aber mir ist nicht danach bei diesen Vorwürfen.

„Ich habe nicht gequatscht!" sage ich verzweifelt.

„Aber woher kam dann der Tip?" fragt er.

„Weiß ich's?"

„Vielleicht vom Opfer", bemerkt Pratizaye.

„Oma, das ist nicht witzig."

„Nein, das ist es wirklich nicht. Ihr habt vom Lebenden gegessen. Solche senden Hilferufe. Ist euch nie aufgefallen, daß die Cro starr werden, aber Unsrige nicht ganz?"

Mich graust es so, daß ich die Gabel fallenlasse. Ihr Klirren ist das Einzige, was man hört. Xanti hat zu essen aufgehört.

Poori bückt sich mechanisch und hebt die Gabel auf und gibt mir eine neue.

Pratizaye sitzt ganz still da. Pokerface, aber sie fixiert Xanti.

„Poori, flipp nicht rum, gib Ruhe!" schnauzt Xanti sein Serf an. Das setzt sich aufs Ende der Bank und ist eingeschüchtert.

„Glaubst du", sagt Xanti dann, den Blick in den von Pratizaye gebohrt, und sie hält ihm stand.

„Ich lese dich. Es hat dich erreicht", sagt sie. „Du hast das wahrgenommen und nicht abgebrochen."

Er senkt die Augen. Er verliert das Blickduell. Das habe ich bei ihm noch nie erlebt.

„Ihr sollt damit aufhören", sagt sie, „darum bin ich hier. Ich bin eine Kshatrini. Ich gehöre zur Einheit der Drugma Chenmo, der Großen Donnerfrau. Von denen hast du gehört. Man fürchtet uns. Ich habe Perkele besiegt und ihm dieses Serf abgenommen und die Bémishen Brieder nach Sukent geholt. Und wenn es dort so weitergeht, wie es war, dann hole ich sie wieder, und ich hole sie allein, wenn es sein muß. Ich kann das."

Ich hörte ihn stumm brüllen: „So eine holst du uns ins Haus? Spinnst du denn? Hau ab mit der blöden Kuh!"

Aber er sagte gefaßt: „Ich glaube, ihr geht besser."

„Ihr hört damit auf, habe ich dein Wort?" sagt sie zäh.

„Nix. Wir machen, was wir wollen. Ende der Durchsage", ist seine Antwort.

„Ich werde dein ungeladener Gast sein, werde in Waffen kommen und nicht ohne dich wieder gehen", sagt sie, und wir stehen vor warmen Tellern auf.

Sie gibt mir einen Befehl, den er nicht hört. Ich soll ihn küssen. Innig und tief.

Ich umarme ihn, der erst widerstrebt, ziehe ihn an mich. Ich dringe mit der Zunge ein, er gibt mir nach. Was mal war, ist nicht ganz weg. Ich schiebe ihm so viel ich kann von meiner Spucke in den Mund. Halte ihn fest, er kann sich nicht wehren, läßt es dann zu. Ja, mein Süßer, ich weiß noch, wo du schwach warst. Zwei Jahre sind keine so lange Zeit.

So, nun bist du geimpft. Wir können gehen.

Er sieht mich etwas verdattert an, als ich auf der Treppe zurückschaue.

„Ihr habt mich etwas gefragt, als wir auf dem Weg waren", komme ich drauf zurück, „was wir gesprochen haben, Ihr…"

Sie unterbricht mich. „Du redest mich auf höchster Stufe an?"

„Meisterin, ich habe Euch erkannt." Ich knie vor ihr nieder. Hier auf der Gasse.

„Ich gehöre nicht mir und kann Euch um nichts bitten, außer Euch so anreden zu dürfen." Sie streicht mir leicht über die Wange und läßt mich aufstehen.

„Gut, aber nicht so, daß es auffällt."

Ich verstehe. Ihr liegt nicht daran. Sie ist ohne Eitelkeit. Andere könnten es mißverstehen.

„Was hab ich dich gefragt?" kommt sie drauf zurück, „du meinst, ob du gern bei deinem Herrn bist?"

„Ja, und ich hätte vor diesem Besuch etwas anderes geantwortet, als ich es jetzt tun werde."

„Aha. Du hast deine Meinung geändert?"

„Ja, Madame. Ich dachte, mein früheres Leben wäre vielleicht doch eine Option für eine Rückkehr. Aber das ist es nicht."

Sie lächelte.

„Es ist gut, daß du den Mut hattest, es dir anzuschauen. Wie du früher gelebt hast und mit wem", sagte sie, „es war gut, daß wir diesen Besuch gemacht haben und es dir peinlich war. Auch wenn er dir noch Probleme einbringen wird, war es letztlich gut."

Wie meinte sie das wohl?

Aber ich fragte sie nicht.

15. Juni

Es ist unfaßbar. Ich würde es nicht glauben, wenn ich es nicht selbst erlebt hätte.

Wir sind pünktlich im Dogenpalast eingetroffen, und sie hat mich bei meinem Herrn abgeliefert. Er umarmt mich mit großer Zärtlichkeit, und wie mir scheint, hat er was verstanden und kann es nur nicht offen sagen.

Wir gehen zusammen zum Ghetto, zu Seiner Exzellenz Privathaus. Er hat Pratizaye eingeladen, bei ihm zu essen und über Nacht zu bleiben. Ich freue mich.

Ich freue mich zu früh. Sie hat etwas vor.

Beim Essen eröffnet sie Vanessa, sie müsse Seiner Exzellenz eine Belehrung geben, und bittet sie, die Nacht mit ihm verbringen zu dürfen.

Vanessa schaut mich an, ich nicke ihr kaum merklich zu. „Vertrauen Sie ihr!"

Was denn für eine Belehrung?

Oh, ich weiß es. Dieselbe, die ich bekommen habe.

Ich bleibe mit Vanessa allein.

„Machen Sie sich keine Sorgen, Madame", sage ich zur Dogaressa, „sie wird ihn Ihnen, Madame, nicht wegnehmen, sondern ihm etwas sehr Schönes vermitteln, etwas, das auch Ihnen gefallen wird, Madame, etwas, was Sie glücklich machen wird."

Und vor meinem inneren Auge sehe ich sie deutlich, wie er aufrecht sitzend mit ihr vereinigt ist, und ich fühle, wie er erlebt, was ich erlebt habe, auf seine Weise halt.

Es ist nie dasselbe. Ich weiß, was sie ihm sagt, wie sie davon spricht, daß Gier uns blind macht, daß sie eine Sache aus dem Partner macht, was so dergleichen Moralpredigten sind.

Früher habe ich solche Texte gehaßt.

Ist ja nicht das erste Mal, daß ich sowas höre.

Aber da ich nie unter den Folgen litt, stellte ich auf Durchzug.

Sie ist weg. Aber sie hat versucht, mich ihm abzukaufen. Sie brauche mich als ihren Assistenten, wenn sie Perkele sucht und ihn von der alten Unsitte kurieren will. Und meine Haftstrafe? Ich wäre ja unter ihrer Aufsicht.

Sie haben unter vier Augen über mich gesprochen.

Ich spüre, daß mein Herr mich nicht hergeben möchte. Er braucht mich als den Motor ihres Sexlebens. Er denkt sich nichts Schlimmes dabei, sind denn Serfs nicht dazu da, in einer solchen Weise zu dienen? Sie lieben es doch, Objekt zu sein und benutzt zu werden. Und hat ‚es' — das meint mich — sich das nicht seit Jahren gewünscht?

Ja, habe ich, und es ist schön. Manchmal. Aber irgendwann will man auch als Mensch gesehen werden.

Sie ruft mich dazu und sagt zu Vanessa, daß auch sie gleich in das Gespräch einbezogen werden soll, wenn sie die Güte hätte, noch ein wenig zu warten.

„Sag deinem Herrn, wie es dir geht", fordert sie mich auf.

Ich winde mich. Das kann ich nicht. Ich kann meinen Herrn nicht kränken, ihn nicht vor den Kopf stoßen.

„Du kannst nicht glücklich gewesen sein, wenn du den Tee getrunken hast", sagt er es mir auf den Kopf zu, „das war dein Versuch, dich uns zu entziehen. Warum? Was ist so schrecklich an uns?"

„Mein Herr, ich liebe Euch und die Dogaressa", antworte ich tonlos.

„Aber?"

Ich suche nach Worten und finde keine, die ihn nicht vor den Kopf stoßen würden.

„Ihr behandelt mich gut, ich bin privilegiert. Ich gehöre Euch. Aber…"

„Aber?" wiederholt er.

„Ihr seht mich nicht."

Jetzt ist es raus.

Er zieht mich näher zu sich, um mir in die Augen zu sehen. Das ist ziemlich unerträglich. Er hält mein Kinn fest und zwingt mich. Sein Blick senkt sich in meine Augen. Oy, weh!

„Ich sehe dich nicht…?" wiederholt er nachdenklich.

„Ich möchte dich sehen", fährt er fort, „ich werde dich sehen."

„Ist das ein neuer Anfang?" fragt Pratizaye, die unserem Gespräch aufmerksam folgt. Ich verdrehe die Augen zu ihr, ohne den Kopf aus seinem Griff winden zu können. Ich schaue wieder meinen Herrn an. Zittert er?

Er zieht mich noch näher zu sich und schließt mich in die Arme. Über seine Schulter hinweg sehe ich Vanessa hereinkommen.

Sie sieht, daß alles gut ist.

„Es tut mir leid, aber ich gebe ihn nicht her", sagt er. Und spricht von mir als nicht als Neutrum. Immerhin.

Pratizaye lächelt, als hätte sie nichts anderes erwartet. Vielleicht wollte sie meinen Herrschaften auch nur klarmachen, wie es sich anfühlen würde, wenn ich fortginge.

17. JUNI

Pratizaye hat sich sehr zärtlich von uns verabschiedet und mir noch einige Ratschläge ans Herz gelegt, die ich nicht verstanden habe. Ich solle mich so und so verhalten, wenn ich merke, es werde nötig. Ich war eigentlich nur damit beschäftigt, ihr in die Augen zu schauen. Konnte mich gar nicht von ihr trennen. Ich bat sie um ein Foto, und wir gingen in das kleine Studio gegenüber, wo sie eine Serie Aufnahmen machen ließ. Leider waren einige nicht brauchbar, weil Licht reingekommen ist, sogar ein Regenbogen ist entstanden, der Fotograf sagte, er habe keine Erklärung dafür, aber das seien nicht die ersten Kshatrini-Porträts, die auf diese Weise danebengegangen seien. Er machte von einigen gleich ein paar Ausdrucke auf Glanzpapier, und ich bat auch um ein paar Schwarzweißaufnahmen, weil die nicht verbleichen. Sie lächelte und sagte was von Vergänglichkeit.

Nun ist sie abgereist, aber mein Herz ging zum Teil mit ihr.

Perkele leistet weiterhin Widerstand, ich habe mit ihm telefoniert. Ich habe ihm gesteckt, daß die Kshatrinis nicht aufgeben, daß er sie auf den Hacken hat. Es ist noch nicht einmal ein Geheimnis. „Er darf das ruhig wissen", hat Pratizaye beim Abendessen gesagt, „warne ihn ruhig, vielleicht fällt es ihm leichter, wenn er es rechtzeitig weiß."

18. Juni

Wachte auf mit dem Gefühl, daß mit mir was nicht stimmt. Trat meinen Dienst fröstelnd an. Was ist das denn? Normal müßte mir zu heiß sein, strahlendes Sommerwetter draußen. Tat einen Teil meiner Arbeit und bat dann, wieder ins Bett gehen zu dürfen. Furchtbares Kopfweh, und ich weiß nicht, wie ich liegen soll. Nahm mir zu dem Schlaftuch noch eine Decke. Noch nie gehabt, sowas.

25. Juni

Noch nie ist es mir so schlecht gegangen. Langsam komme ich wieder auf die Beine. Alle die Tage war ich nicht in der Lage, etwas in mein Tagebuch zu schreiben; ich versuche mal, es zu rekonstruieren. Ich habe vier Tage im Hospital gelegen und bin jetzt im Gästehaus in einem abgeschiedenen Teil. Damit ich sonst niemanden mit Grippe infiziere. Also: Am 18. Juni verkroch ich mich ins Bett und bekam Schüttelfrost, Fieber, Kopfschmerzen und Muskelschmerzen. Nach dem Frieren also die Gluthitze. Ja, das sagt mir was.

Khorasan kam nachsehen, wo ich für die Vorbereitung des Nachmittagstees blieb, fand mich im Bett, ich hatte all meinen Schmuck angelegt, wie wir es zum Sterben tun, er befragte mich kurz, ich teilte ihm mit, ich sei jetzt im ‚Zustand' und rechne stündlich mit meinem Tod. Er lachte nicht — sollte er ein bißchen gegrinst haben, habe ich das nicht gemerkt. Es war das erste Mal, daß ich eine Erkältung hatte, er meinte, ich hätte mir wohl auch irgendwo das Virus eingefangen. Er besorgte ein Thermometer und stellte ein gutes Grad über Normal fest.

Cro-Grippe haben wir bisher ja nie bekommen, aber durch die allgemeine Abkühlung breitet sie sich aus. Woher ich sie vielleicht hätte? Von Pratizaye? Nicht so wahrscheinlich. „Xanti", murmele ich, „aber warum willst du das wissen?"

„Damit er richtig versorgt wird", antwortet Khorasan, „ihn muß ein Cro pflegen, die kommen damit besser zurecht, wenn sie es schon kriegen."

„Er hat ein Cro-Serf", erinnere ich mich.

Dann weiß ich wieder nichts mehr. Kurz darauf steht ein bärenhaft gebauter Cro in weißem Kittel im Schlafzimmer der Serfs und fragt mich, ob ich aufstehen und gehen kann. „Nein", sag ich, „das möchte ich nicht probieren, ich frier' so."

Er hilft mir auf, vielmehr, zwingt mich aufzustehen und wickelt mich in ein zweites Schlaftuch. Ich schlottere. Und ein unerträgliches Gefühl steigt in meinem Rachenraum auf und löst sich in einer krachenden Explosion. Was ist das?? Ich glaube, ich sterbe, nichts ist mehr normal, meine Ejakulation geht durch die Nase.

Khorasan gibt mir ein großes weißes Tuch. Ich sehe ihn fragend an, vor meinen Augen schwimmt alles, „wofür..."

„Schneuz dich damit."

„Wie..."

Er bringt mir bei, die Nase von dem Zeug zu befreien. In wenigen Stunden werde ich tot sein, keine Chance, daß der Körper das länger mitmacht. Unter leisem Protestgejammer lasse mich ich die Treppe hinuntergeleiten, über den Platz, wo ich in bruttiger Sonne friere, zum Hospitalboot — wieso kein Eilboot? Ich sterbe gleich! — und werde in gemächlichem Tempo zum Hospital gerudert. Der zweite Pfleger hat mich mit einer weiteren Decke umhüllt, und nun darf ich genießen, was die Touristen teuer bezahlen: Eine Bootsfahrt vom Ghetto nach Zanipolo, ins Hospital.

Auch der Ausstieg und der kurze Gang ins Gebäude ist qualvoll.

Dann muß ich noch einige Fragen beantworten, aber zum Glück nicht im Büro warten, denn ein Pfleger kommt mit Klemmbrett und notiert, was ich sage. Ein Foto von mir wird auch noch gemacht, ausgedruckt und an meine Akte geheftet. So beschissen habe ich noch nie ausgesehen. Dann liege ich im Bett und schlottere. Khorasan verabschiedet sich bis später, er habe Seiner Exzellenz ein Fax geschickt, wo ich nun sei.

„Das ist ihm doch egal, ob ich sterbe", murmele ich und merke, daß ich nur durch den Mund atmen kann.

„Hundepeitsche dafür, wenn du wieder gesund bist", droht Khorasan.

„Leg sie mir aufs Grab", ist meine Antwort.

Etwa eine Stunde später ist eine Ärztin bei mir. Sie ist in mittlerem Alter und nicht schön, aber sehr klug und nett. Sie setzt sich auf den Stuhl an meinem Bett und betrachtet mich. Ich muß mich wieder schneuzen, sie beobachtet mich, ist das peinlich!

„Wieviel hast du in den letzten Tagen getrunken?" fragt sie mich.

Ich versuche, mich zu erinnern. Ich achte nicht darauf, es war wenig.

„Das sieht nach einer normalen Grippe aus, einer Influenza", sagt sie, „wir machen morgen noch ein paar Untersuchungen." Sie befragt mich. Kopfschmerzen? Qualvoll. — Lichtempfindlichkeit? Etwas. — Nackensteife? Negativ. — Husten? Manchmal. — und so fort. Ich würde einen Tropf bekommen, ich sei einigermaßen dehydriert, darin ein bißchen Nährlösung und was gegen die Schmerzen, und zum Schlafen ein klein wenig flüssiges Somnambulin. Oh ja, bitte.

„Nur heute und morgen!"

Sie streicht über meine Haare. „Tut das weh?"

„Kann ich nicht sagen... bitte noch mal versuchen..."

Sie lacht hell auf.

„Also. Lebensgefahr besteht nicht. Versuch zu schlafen."

„Dann bin ich nicht im ‚Zustand'?"

„Du hast Fieber. Das ist was anderes."

„Wie wissen Sie das?"

„Junger Mann" — sie schaut auf meine Akte — „Lelo, ich habe im Moment jeden Tag neue Grippefälle von deiner Art. Und sie erleben das meist zum ersten Mal. Und sie alle glauben, sie würden jetzt gekocht und hätten nur noch 3-5 Tage. Und jeder — jeder bis auf einen mit einem angeborenen Herzfehler, den wir noch behandeln — läuft jetzt wieder fröhlich draußen herum. Hilft dir das weiter? — Ach, wir waren mit dem Schmerztest noch nicht fertig."

Sie strich noch einmal über meine Haare.

„Schöne Feder", sagte sie, „aber ich nehme sie dir jetzt heraus, du zerknickst sie sonst, das wäre schade." Und sie strich sie glatt und legte sie in die Schublade des Nachttischchens.

Ich ging in einem wüsten Gewaber von roten, violetten und grünen Flecken vor meinen Augen unter. Mein Fieber stieg merklich, ich glaubte zu schwimmen, zu fliegen, zu fahren, zu schaukeln. Alle Knochen meines Gesichtes taten weh und auch der ganze Schädel. Ich konnte nicht mehr schlucken, in meinem Hals saßen dicke, schmerzende Klöße. Irgendwann zog eine Schwester meine heiße Hand unter der Decke hervor und stach mir einen ‚Zugang', wie sie es ankündigte. Und daran kam dann der Schlauch zu dem hochgehängten Beutel. Ich sah unklar, wie die Tropfen zu meiner Hand runterliefen. Ich schaute zu, bis es dunkelte und ich nur noch ein paar rote und gelbe Signallämpchen beobachtete. Hier konnte ich klingeln, wenn ich was brauchte... Ich bin ein Serf und kann ein Serf rufen, dachte ich...

Wieder fuhr ich zwischen wabernden Flecken durch ein Korallenmeer... Mein Puls ging schnell, und mit jedem Auftauchen aus dem Halbschlaf war die Angst wieder da.

Zwischendurch klapperte was auf dem Nachttisch. Ein Pfleger, einer der Bären, die mich von Zuhause verschleppt hatten, machte eine Spritze klar. Bißchen was zur Beruhigung, erklärte er mir. In meinem Sedativ-Protokoll, das unser Hausarzt führte, stand, daß ich in den letzten Monaten ganz ohne das ausgekommen sei, auch kein Papavers mehr rauche, also stünden mir 4 Einheiten Somnambulin zu, die in so einem Fall angebracht seien, und vier Mikrolot, also 10% davon werde er mir jetzt geben. Einverstanden?

Ja, verdammt, das war ich wohl. Er notierte es. Unterschrift?

„Der Zugang ist auf meiner Schreibhand", murmelte ich.

Er zog eine kleine Kamera aus der Tasche und nahm ein kurzes Video auf. Ich habe es. Es zeigt mich mit rotem und verschwitztem Gesicht in den Kissen, wie ich mit unnatürlich glänzenden Augen schaue und zu sagen versuche: „Jetzt kobb schon bit deb verdabbten Sobnabulide."

Ein Dokument des Elends. Kann immer noch nicht so recht drüber lachen.

In meinen Fieberträumen hatte ich einige elementare Erkenntnisse, mit deren Hilfe ich die Welt hätte verändern können. Aus konspirativen Gründen verschwand jedoch die Welt, die ich hätte verändern können, sobald ich die Augen aufmachte. Sicher war auch das Teil der Verschwörung.

Meine bedeutendste Theorie lautete:

Influenza ist biologische Kriegsführung der Cro gegen die Homsarecs, die sie anders nicht besiegen können.

Aber Pratizaye ist die Königin, die die letzten echten Homsarecs um sich versammeln wird. Sie wird ein neues Homsarec-Königreich errichten, in dem wir auch ohne Rückkehr zu den alten Sitten unsere einstige Macht wiedererlangen.

Alle, die wir lebend gegessen haben, sind nicht tot, sondern haben sich regeneriert und sind durch ein aktives Band mit denen verbunden, die am Bankett teilgenommen haben. In Wirklichkeit haben sie sich uns geschenkt. Wir werden sie wiedertreffen.

Als ich mich im NuRiCa verschenkt habe, war das das Gleiche auf einer geistigen Basis, es war die Vorbereitung, daß ich das wieder tun werde, aber die Zeit ist noch nicht reif.

Fleisch ist nichts. Knochen sind nichts. Geist ist alles.

Ich sterbe nicht jetzt gleich und auch nicht mit Vierzig.

Was ich jetzt hier durchmache, ist Teil einer leider notwendigen Immunisierungsstrategie, die dazu führen wird, daß wir nicht durch Grippe besiegt werden können. Hierzu muß ich ganz tapfer sein und gesund werden.

Meine Göttin hat mich bewußt dieser Kur unterzogen. Sie wollte, daß ich Xanti küsse, und wenn ich mich recht erinnere, sprach er davon, er hätte Halsschmerzen.

Das macht es mir leichter. Für sie nehme ich das auf mich.

Wenn ich in der Nacht aufgewacht bin, habe ich an meine Leute gedacht, an meinen lieben Herrn Tanguta und an Vanessa, an Yadwiga und Khorasan, an Kúsali und an die strahlende Göttin Pratizaye, meine neue Göttin, kriegerische Heldin, alterslose Dakini.

19. Juni

Es kam mir so vor, als hätte ich in der ersten Nacht gar nicht geschlafen, es war einfach zu heiß, wenigstens tat nicht mehr alles so weh, das Schmerzmittel half doch etwas.

Ich habe auch den Tag hindurch die meiste Zeit gedöst. Zwischendurch bekam ich Obst in kleinen Stücken zu essen. Ich freute mich drauf, aber dann schmeckte es doch wie Stroh, und das Schlucken tat weh. Sie versuchten auch, mir eine Suppe einzutrichtern, ein paar Löffel gingen runter. Sie sind hier sehr nett zu mir. Krank zu sein ist auch schon früher eine schreckliche Erfahrung gewesen, am schlimmsten war der Tag, nachdem mich der Schwarze Pfeil getroffen hat, erst die Panik, daß ich ersaufe, die Atemnot, dann der Kampf gegen das Schlangengift in meinem Arm und die langen Wochen mit Lähmung und Schmerz. Also, ich finde, ich habe meinen Beitrag zu Kranksein geleistet, ich will hier raus.

Ich kriegte auch Besuch, aber nur Khorasan, und der kam mir nicht zu nah, um meinem Herrn und seinem Weibe keine Souvenirs mitzubringen. Khorasan hat um sich selbst keine Angst, er ist ja Cro. Aber er hatte eine Stoffmaske vor Mund und Nase, als er mich besuchen kam. Er brachte Post von meinem Herrn, der mir Genesungswünsche schickte. Ich kann mich nicht erinnern, wann er fortging, bin wieder in Fieberträumen untergetaucht.

Zwischendurch stelle ich entsetzt fest, daß mir aller Schmuck fehlt. Sogar meine kleinen Silberohrringe sind weg. Wer stiehlt sowas?

Als der Pfleger kommt und meine Infusion wechselt, frage ich gleich. Er lacht und zieht die Schublade auf und zeigt mir: Alles da.

Warum habt ihr das gemacht?

„Der Doktor meint, Metall am Körper beeinflußt bei Fieber die Temperatur und die Elektrik der Nerven in falscher Weise, darum muß alles raus, was geht."

Sogar meinen Penisring haben sie rausgenommen. „Wie habt ihr das geschafft?"

Er lacht. „Wir haben eine kleine Kollektion von Schlüsseln für solche Sachen, die sind nicht gar so verschieden, einer paßt schon."

Wieso habe ich davon nichts mitbekommen?

„Oh, hast du, aber jetzt weißt du es nicht mehr."

Wo ist unsere klare Wahrnehmung hin?

„Wenn du klar wärst und so hohes Fieber hättest, wärst du im ‚Zustand'…"

Bin ich das denn nicht?

Er lacht. Nein, dies ist was ganz anderes. Fieber halt. „Und das ist auch gut so, denn so hat dir die Angst gefehlt."

Und jetzt muß ich was zu mir nehmen. Suppe und Obst. Mulligatawny-Suppe — ich muß lachen, die gibt es regelmäßig im ducalen Haushalt, und wir haben den Namen dieser Suppe in allen Varianten verdreht und gelacht, bis sie wieder rauskam und die

Diener murrten. Tanguta spricht den Namen der Suppe aus wie eine greise Gräfin aus einer südenglischen Grafschaft, und wir liegen fast unter dem Tisch.

Ach… mein Herr… er kann mich nicht besuchen. Aber er schreibt mir Briefe.

Zwischendurch döse ich wieder weg. Tag und Nacht gehen in eins über. Ich sehe meinen eigenen Schädel im Spiegel, aber ich fürchte mich nicht. Er ist ja da. Ich habe ihn nicht verloren. Ich halte ihn mit beiden Händen und schaue mir selber ins knochige Antlitz. Eine wohlige Wärme hüllt mich ein, aber nun geht es wieder mit dem Schüttelfrost los. Die Hölle ist kalt. Kein Zweifel. Ich stehe da und schlottere. Ich habe keine Idee, was ich dagegen tun könnte. Ich stehe nackt im Schnee in den Bergen um Maslenie Blini und zittere. Wie kam ich hierher? Das Skelett hat getanzt. Mit langsamen, gleitenden Bewegungen. Vor mir steht der Tod. Aber er streckt seine Hand nicht nach mir aus, es sei denn, ich tu's — ja, dann kommt mir seine entgegen. Aber er ist nicht meinetwegen hier, sagt er…

Schlagartig geht die Sonne auf.

„Marsch ins Bett!"

Jemand umfaßt mich und schiebt mich zum Bett. Wie kommt ein Bett in die verschneiten Berge? Auf dem Bett liegt auch Schnee, ich kann da nicht rein, ich sträube mich, es ist so kalt — aber nein, der Schnee auf dem Bett ist warm. Ich komme nach und nach zu mir. Ich bin nackt aus dem Bett gestiegen und habe vor dem Spiegel in der Kleiderschranktür gestanden.

„Und den Zugang hast du dir auch rausgezogen, komm, ich mach ihn mal wieder rein." Die Schwester hat mich wieder in das Nachthemd gesteckt und ins Schlaftuch gewickelt. Und darauf kommt noch eine Decke. Ein Blutfleck ist drauf. Jetzt muß ich ertragen, daß sie mir einen neuen Zugang legt. Und sie klebt ihn gut fest.

„Warum bist du denn aufgestanden? Und noch dazu nackt?"

„Ich mußte in den Wald… Dem Tod begegnen", sagte ich.

Sie gibt mir eine Einheit Somnambulin. Zehn Mikrolot. Sie deckt mich gut zu. Dann habe ich wohl doch geschlafen.

20. Juni

Am anderen Morgen fühlte ich mich ganz kühl an. Das Fieber war vorbei. Und ich hatte Hunger. Jetzt war aber das Problem Schwäche und schmerzende Luftwege. Die meiste Zeit habe ich gedöst oder geschlafen. Zwischendurch war Pratizaye bei mir, ich dachte erst, ich träume. Sie war im Krieger-Outfit, nackt, rot bemalt und mit dem Knochenschmuck behangen, und sagte mir, sie mache jetzt ein NuRiCa mit Xanti, der das bisher noch nicht bekommen hatte. Ja, ich erinnere mich, er verspottete das. Sie hat ihn durch die Krise gebracht. Ich erzählte ihr von meiner Vision, dem tanzenden Skelett, und daß es in der vergangenen Nacht bei mir war. Am Fußende meines Bettes hängt die Mappe mit den Notizen. Wann habe ich das Somnambulin bekommen? Sie schaut auf das Blatt. Jeder andere wäre verblüfft, sie nickt nur. „Ja, das war genau der Moment, wo ich den ersten Schnitt gemacht habe."

„Er war einverstanden?" wundere ich mich.

„Ja, klar war er einverstanden. So dicht vor der Himmelsleiter ist jeder einverstanden." Sie fühlt meine Stirn, sagt, „du bist schon wieder zu kalt, laß dir noch eine kleine Dosis Procalor geben, damit deine Temperatur oben bleibt."

„Ich sag' nix", antworte ich, „seit wann lassen die sich von mir belehren?"

Sie lacht und macht eine Notiz auf dem Blatt. Ich schaue kurz drauf, es ist die Empfehlung zu etwas Procalor, und schiebe den Zettel in die Klarsichthülle.

Sie macht ein paar Tanzbewegungen, zieht ein Bein ganz hoch, bis die Ferse fast den Schritt berührt, läßt die Arme sich zu einem Bogen entfalten und dreht sich um die eigene Achse. Dann verläßt sie mit drei Tanzschritten den Raum.

Als die Schwester wiederkommt, mache ich sie drauf aufmerksam. Ich erzähle ihr von Pratizayes Besuch. Und wie sie ge- oder vielmehr entkleidet war.

„Du hast geträumt", sagt die Schwester.

„Aber der Zettel... Sie hat was draufgeschrieben!"

Sie zieht ihn hervor. „Das ist ein Fax."

„Procalor?"

„Ja, aber ich weiß nicht, ob ich dir das geben kann, wenn du immer noch solche Halluzinationen hast."

„Wie geht es Xanti?" frage ich.

„Der ist nicht hier."

„Sicher?"

„Ja."

„Ist er zu Hause?"

„Keine Ahnung, welcher Xanti soll das sein?"

„Von den Wildgänsen", sage ich und nenne seine Adresse. Die Schwester nimmt ihr Telefon und ruft in der Zentrale an. Niemand dieses Namens ist hier.

„Er muß aber!" sage ich eindringlich, „ist Pratizaye hier?"

„Wer?" Und dann begreift sie.

„Oh mein Gott. Schick bitte jemanden in die Calle Ancore 1041 und sieh nach, ob jemand im ersten Stock ist. Ich habe ein ganz schlechtes Gefühl."

Ich erkläre ihr kurz, daß ich von ihm die Grippe habe; „das Team rückt aus", sagt sie mir nach einem weiteren Telefonat.

Etwa eine Stunde danach kam ein Pfleger, der mir wieder was zu essen brachte und mir erzählte, auch Xanti sei jetzt im Krankenhaus, er sei im ‚Zustand', aber Pratizaye kümmert sich um ihn, zusammen mit Aloke, und sein Blut zeige, daß er grade so an der Grenze gewesen sei, als Poori ihn herbrachte. Dabei ist er erst achtunddreißig. Eine kleine Population von schützenden Zellen hätte sich gerade gebildet, die fleißig für sein Überleben sorgte; rate, woher er die hat.

Geschenkt. Eingetauscht gegen die Grippe.

Jaja, das kommt vom Gutes-Tun.

Der Pfleger zog den Zettel aus der Hülle und verabreichte mir einen kleinen Schuß Procalor.

Pratizaye kommt auch noch kurz herein, sie trägt schlichte, dunkelrote Kleidung, darüber ein Tuch in breiten Streifen von Weinrot und Weiß.

„Du hast ihn gleich zweimal gerettet", sagt sie. „Poori war nicht da, der hat Botengänge für seinen Herrn erledigt, vielleicht wollte er sein Serf auch einfach nicht dabei haben, wenn er schwach ist. Wir fanden ihn auf dem Sofa im Wohnzimmer, er war schon nicht mehr bei Bewußtsein, aber er hielt sich immer noch. Er kämpfte."

„Und ist die Kuh vom Eis?"

Sie schaute mich verwundert an und fing an zu lachen.

Diese Redensart kannte sie nicht. „Krijg koe van ijs", sage ich es in meiner Muttersprache, und sie lacht noch mehr.

Ich bitte sie, auf den Zettel zu schauen. Ob sie das geschrieben hätte, „Procalor"? Nein, das sei gar nicht ihre Handschrift. Ich schaue es mir näher an. Doktor Mani hat das geschrieben.

„Und du hast auch kein NuRiCa bei ihm gemacht?" frage ich sie.

„Dazu geht es ihm noch viel zu schlecht."

Auch sie war nur kurz da. Schade. Aber ich habe noch nicht die Kraft für Besuch, der länger als 10 Minuten bleibt.

21. Juni

Heute ist es ein bißchen besser, ich schlafe nur und träume jetzt aber nicht mehr so verrückt. Inzwischen frage ich mich, ob auch das real war, was ich vor meiner Erkrankung erlebt habe, die drei Tage mit Pratizaye kommen mir jetzt auch so märchenhaft vor. Mein Herr schickt mir jeden Tag süße Faxbriefe mit guten Wünschen, auch von Vanessa und Yadwiga, die mich angeblich extrem vermisst, und was sie noch so alles erzählt. Ich muß lachen, aber das tut weh, weil ich husten muß. Ich stecke jetzt in einem echten Pyjama aus dem Besitz des Hauses und sehe aus wie ein Cro. Meine Haare sind zu zwei Zöpfen geflochten, damit sie beim Liegen nicht drücken. Khorasan nennt mich ‚Heidi'. Oh, warte.

22. Juni

Kranksein ist so laaangweilig. Lesen mag ich immer noch nicht außer den süßen Briefen, die ich bekomme und die es mir leichter machen. Meine Temperatur ist wieder normal, aber meine Nase und Atemwege sind immer noch verstopft, ich trinke furchtbare Tees, die gegen den Husten helfen, eine Erfindung, die niemals hätte gemacht werden dürfen.

23. Juni

Heute hat Doktor Mato Sapé mich untersucht, er trägt dabei eine Stoffmaske vor dem Gesicht und Handschuhe und er ist ganz zufrieden, er sagt, für einen Homsarec habe ich die Grippe gut weggesteckt. „Dann bin ich aber jetzt für die Zukunft immun?" frage ich hoffnungsvoll. Er lächelt ganz lieb. „Leider nicht", sagt er, „aber die gute Nachricht: Es wird dir bis ins hohe Alter dabei nicht so schlecht gehen wie bei deiner ersten."

Nur zu, mehr solche Mitteilungen, ich brenne drauf.

Er hat mir noch ein bißchen Blut abgenommen und will gucken, was jetzt mit meinen Prionen passiert ist.

Ich habe zu schnitzen versucht, aber was ist mit meinen Armmuskeln passiert? Das Holz ist plötzlich doppelt so hart wie früher.

24. Juni

Alle feiern Mittsommernacht, und ich muß noch im Bett bleiben. Wenigstens wird auch hier im Krankenhaus ein bißchen gefeiert. Es gibt gutes Essen, und die Patienten, die nicht mehr im Bett bleiben müssen, treffen sich im Speisesaal. Ich darf noch nicht dorthin, aber die Pfleger bringen uns Geschenke. Mein Herr schickt mir ein schönes gewebtes Band, eines von der Art, mit denen man die Lendentücher festbindet. Man schlingt es einmal um die Hüften, verknotet es, zieht das Tuch durch den Schritt und von der Körperseite her durch das Tuch, einmal vorn, einmal hinten, und läßt es auf beiden Seiten etwa bis zu den Knien herunterhängen. Das bewahrt die Kronjuwelen bequem auf, hält sie zugleich hinter einem Vorhang, so daß man nur schwer auf die Stimmung dahinter schließen kann, verhüllt den halben Po, legt die Hüften frei und macht eine überaus anmutige Silhouette. Es schwingt bei jedem Schritt. Dieses ist an den beiden Enden mit Fransen ausgestattet, die reichlich Glasperlen tragen. So fliegt es nicht bei jedem Windstoß herum. Diese Bekleidung ist bei uns jungen Leuten äußerst beliebt und hat Kultstatus, während die älteren Cros, vor allem die fetten, lieber in der Toga einherwallen, unter der man eine knielange Tunika trägt.

Auch das Band, das mein Herr für mich gekauft hat, ist mit Glasperlen verziert. Es ist in lauter Grüntönen gehalten, und die Farbe der Perlen ist ein warmes, fast goldenes Grün. „Werd schnell gesund und trag es, damit ich mich an deinem Anblick freuen kann", hat er dazu geschrieben.

Ach, wie gern würde ich jetzt mit sowas herumlaufen! Es ist doch warmer Sommer! Aber ich muß noch ein paar Tage im Hospital bleiben. Morgen komme ich aus der Krankenstation in den Rekonvaleszententrakt, haben sie gesagt.

25. Juni

Am Morgen war Visite, dieses Mal war wieder Doktor Mani dabei. Auch er hat eine Gazemaske vor dem Gesicht. Ich bin immer noch ansteckend. Heute sind eine ganze Gruppe Studenten dabei. Alles Unsrige. Alle mit Gazemaske und Handschuhen.

Diese Art Grippe sei deshalb mit soviel Respekt zu behandeln, erklärt er ihnen, weil sie im Gefolge weitere Viren oder Bakterien mit sich führen kann, und immer wieder führe das dann zu Hirnhautentzündung. Ich denke an Mila. Ich vermisse Perkele und höre nicht mehr zu. Doktor Mani zieht das Protokoll aus der Hülle an meinem Bettfuß.

„Procalor", bemerkt er, „wer hat das verschrieben?"

„Ich dachte, Sie, Doktor", entgegne ich.

Er schweigt und denkt nach. Vor den Studenten will er nicht solche Diskussionen führen. Er nimmt den Stift und schreibt etwas dazu.

Als sie weg sind, gucke ich nach. Er hat die Dosis reduziert, aber die Gabe auf weitere drei Tage verlängert. Also auch ein Freund der Wärmetheorie. Und er erzählt mir, daß mein Blut einen ordentlichen Schub zum Besseren gemacht hat. Das Fieber hat das bewirkt.

Er hat mir auch gesagt, daß ich unbedingt über die Sache mit dem Nabelblut schweigen muß. Und auch mein Herr und Vanessa sind darüber im Bilde.

„Weil Ihre Forschung noch so geheim ist?" frage ich.

„Ja, und das hat einen sehr wichtigen Grund", erklärt er mir, „wenn nämlich die Presse das mitbekommt, dann wird in keinem Kreißsaal, in keinem Geburtszimmer mehr Ruhe herrschen, denn sie werden sich auf diese kostbare Substanz stürzen wie die Geier. Dabei dürfen wir erst etwas nehmen, wenn das Kind keins mehr braucht. Wir müssen herausfinden, wie wir die Chaperone vermehren können, so daß sie für alle reichen, die sie brauchen. Und bevor wir das wissen — oder bevor irgendjemand eine Methode gefunden hat, egal, wo, ob in Japan, Amerika oder am Südpol — solange müssen wir den Mund halten. Ich will nicht den Nobelpreis. Ich will den Fluch besiegen helfen."

Dann durfte ich duschen, mich anziehen und mit in den anderen Trakt kommen. Mir fällt auf, daß es eine geschlossene Abteilung ist. Es wird nicht kommentiert. Ich bekomme ein hübsches kleines Zimmer mit Blick auf den Kreuzgang von San Francesco und lege mich aufs Bett. Der Pfleger bringt mir ein Fax von Doktor Mani, in dem dieser erklärt, ich sei ja immer noch ein Strafgefangener, darum sei es seine gesetzliche Pflicht, mich hier unterzubringen, und das Vertrauen, das er zu mir hat, interessiert ja die Polizei nicht.

Ich hab's langweilig. Soll nicht lesen, denn meine Augen sind noch vom Fieber geschwächt, und ich bekomme Kopfschmerzen. Kann nicht mehr schlafen. Dann fange ich mit dem Fressen an, der Appetit ist wieder da.

26. Juni

Wegen möglicher Infektionsgefahr darf ich noch nicht nach Hause. Wenigstens gibt es hier eine große Bibliothek. Zeitungen bekommt man auch.

Und so erfahre ich, daß sie meinen lieben anderen Herrn Perkele meuchlings in Bratislava festgenommen und nach Sukent gebracht haben, wo er wegen fortgesetztem Kannibalismus unter Anklage stehen wird. Er ist zwar slowakischer Abstammung, aber er hat keine slowakische Staatsbürgerschaft, sondern die von Sukent. Ihn ausliefern zu lassen war ein Leichtes. Die Kshatrinis haben ihn nach einem Besuch bei Mila abgepaßt und den Überraschten in ein Flugzeug nach Sukent geschleppt.

Ich bin empört. Aber was kann ich tun? Die Anklage ist rechtens, er hat gegen die Gesetze verstoßen. Das Schlimmste ist: Ich kann ihn nicht besuchen, denn ich bin noch in der Isolation. Ich werde versuchen, ihn anzurufen! Zwar höre ich mich immer noch komisch an, aber ich muß mit ihm reden.

Das aber wird abgelehnt. Verdunkelungsgefahr.

Ich spüre, daß auch meine Rechte noch beschnitten sind. Das Leben bei meinem Dogen hat mich darüber hinweggetäuscht. Noch immer bin ich in Haft, genaugenommen. Und Morgen wird mich Perkeles Anwalt aufsuchen, weil er möchte, daß ich für ihn aussage.

27. Juni

Ich habe ganz schlecht geschlafen. Immer wieder habe ich von Perkele in Handschellen geträumt. Und von der Strafe, die ihm blüht für fortgesetzten Kannibalismus und Anstiftung, ja, Nötigung dazu. Was steht darauf? Ich hatte für die Teilnahme am Bankett und für die Vorbereitung dazu sechs Wochen Inselhaft bekommen. So glimpflich wird er nicht davonkommen.

Und was wird mit Tanguta? Auch er hat gegessen, als er dort war. Mildernde Umstände durch den ‚Zustand'?

Ich kann Perkele nicht treffen, das schmerzt mich besonders. Aber nach dem Frühstück mache ich mich bereit für das Gespräch mit seinem Verteidiger.

Ich bin angezogen, aber zusätzlich in ein Schlaftuch gehüllt. Noch immer verliere ich sehr schnell meine Wärme, wenn ich außerhalb des Bettes bin. Und mein Verbrauch an Taschentüchern ist noch hoch.

Hmong wird Perkele vertreten. Ich bin etwas erleichtert, er ist gut.

Er kommt sogleich zur Sache.

„Perkele bittet dich, als Zeuge auszusagen. Du selber hast nichts zu befürchten, weil du in der Gewalt der Bémishen Brieder warst und tun mußtest, was man dir gesagt hat."

„Und wenn ich nun aussage, daß er uns geschlagen hat, damit wir Heiliges Fleisch essen", fragte ich voll Sorge, „wird man ihn dann nicht erst recht hart bestrafen?"

„Ich will dir seinen Plan verraten, aber nicht den ganzen. Er möchte, daß du absolut wahrheitsgemäß aussagst. Du mußt nicht — sollst nicht darüber nachdenken, was von dem, was du sagst, ihm schaden könnte. Wir wollen mit der Wahrheit umgehen, sie herausfinden, mit ihr arbeiten und mit ihr überzeugen."

Klingt nach einem guten Plan. Und das macht es mir viel leichter.

Nichts ist schlimmer, als immer aufpassen zu müssen, was man sagt. Die Furcht, man könne gelesen und überführt werden, auffliegen, ertappt werden. Die transparente Gesellschaft macht Lügen schwierig, manchmal unmöglich und immer extrem belastend. Wann immer ich das versucht habe, es hat mich den Schlaf gekostet und mich krank gemacht.

Das Verfahren soll schnell durchgeführt werden. Es hat Eile mit der Klärung.

2. JULI

Zum ersten Mal darf ich die Isolationsstation verlassen. Das Verfahren wird im Oberen Saal des Dogenpalastes durchgeführt. Seine Exzellenz sitzt dem Gericht vor.

Ich durfte als Zeuge eigentlich nur in einem separaten Raum warten, von Amazonen bewacht. Aber ich wurde am Anfang des Verfahrens in den Saal gerufen, wo sich auch andere Zeugen versammelten, allerdings durften sie nicht miteinander reden.

Als Ruhe eintrat, stand Tanguta auf und sprach.

„Leute allen Blutes,
wir verhandeln heute ein Vergehen, das wir aufgeben wollten.

Aus diesem Grunde gebe ich den Vorsitz ab.

Ich bekenne mich schuldig, ebenfalls dieses Vergehen getan zu haben.

Es ist darum an anderen, über uns zu richten."

Er trat vom Podest herunter und nahm auf der Anklagebank Platz.

Ich war wie vom Donner gerührt. Jetzt war es am Vorsitzenden der Sala de Thing, einen neuen Richter zu wählen. Er ließ Kandidaten nominieren. Sie kamen aus den Reihen der Geschworenen. Stimmberechtigt waren alle im Saal bis hin zu den Amazonen und Wächtern. Selbst die Zeugen, sogar die Angeklagten hatten das Recht, ihre Stimme für einen der Kandidaten abzugeben. Auch Kúsali war einer der Kandidaten, wurde aber wegen seiner Nähe zum Dogen abgelehnt.

Die anderen kannte ich nicht oder nur flüchtig, der eine oder andere mochte mir mal in einer der Wohngemeinschaften begegnet sein. Ich konnte meine Stimme nur nach Sympathie abgeben. Es war Nenza von den Kraken, den ich kannte, wenn ich ihn auch vor sehr langer Zeit zuletzt gesehen hatte, und es ist die Frage, ob er sich an mich erinnerte. Wichtig war nur, ob er Perkele kannte, und das war nicht der Fall.

Nenza ist auch ein Überlebender und gehört zum S!O!S!. Er gehörte zu den ersten, die die magische Grenze überschritten hatten, als Iván eben erst anfing zu segnen. Er hatte zwei NuRiCa gemacht und trotzdem nur zwei Linien an jeder Stelle. Das qualifizerte ihn zum Richter in dieser Sache. Er ist aschblond, trägt die Haare streng nach hinten gebunden und ist sehr unauffällig, ruhig und offensichtlich sehr effizient.

Er beginnt die Befragung mit meinem Herrn, dem Dogen.

„Wie kam es zu der besagten Handlung?"

„Mir war halt so danach. Ich weiß nicht mehr, warum ich es wollte."

Neben ihm saß einer der Ärzte, die ich schon mal auf dem Krankenhausflur getroffen hatte, und der sagte leise etwas zu Nenza.

Der rief Kunkamanito als Zeugen.

„Seine Exzellenz der Doge hat einen Versuch mit dem Blut eines der Bémishen Brieder gemacht. Danach kam ihn das Verlangen an. Ich nehme an, er hatte keine Kontrolle darüber. Er ist nicht lange danach in den ‚Zustand' gekommen."

„Haben Sie diesen Versuch geleitet?"

„Nein. Wir haben ihm abgeraten, aber er bestand darauf. Er hat sich selbst etwas von diesem Blut übertragen. Er begründete das damit, daß er als der Doge immer vorangehen müsse, ob im Labor oder auf den Barrikaden, sein Leben sei nicht mehr wert als das eines jeden anderen. Und er hat sich in der Folge sehr verändert."

„Haben Sie die darauf folgenden Veränderungen selbst an ihm beobachtet, Doktor?"

„Im Anfangsstadium, ja. Nachdem er abgereist war, habe ich ihn nicht mehr selbst gesehen, darüber kann Ihnen Lelo Auskunft geben. Er war die ganze Zeit bei ihm."

Somit mußte ich also vortreten. Ich berichtete davon, wie ich meinen Herrn in dieser Zeit wahrgenommen hatte, wie nervös, zerfahren und begierig er war, nicht mehr er selbst. Und die Aussage mit dem Wert seines Lebens konnte ich bestätigen.

„Wie hat er begründet, daß er es tat? Daß er verbotenes Fleisch gegessen hat?"

„Gar nicht. Er tat es einfach."

„Ist dir noch etwas dabei aufgefallen?"

„Welcher Art?"

„Irgendwas, was er sonst nicht getan hätte."

„Er wollte vom Posten des Dogen zurücktreten."

„Oh, ja, wir hörten sowas. Der König hat es nicht zugelassen, hat ihm nur Urlaub gegeben, ist das richtig?"

„So haben wir es auch gehört."

„Und dann war er im Zustand?"

„Das ist richtig."

„Wie lange?"

„Es ging sehr langsam los. Die Übertragung hat er am 6. Dezember gemacht, und genau 90 Tage hat es gedauert, bis er in den ‚Zustand' kam."

Beeindrucktes Schweigen.

„Das Gericht zieht sich zur Beratung zurück." Und sie beschlossen eine Vertagung.

3. JULI

Heute wurde als erstes das Urteil gegen Tanguta gesprochen.

„Euer Exzellenz, tretet bitte vor."

Er tat es.

„Wir haben in erster Linie die Motivation untersucht, die Euch zu diesen Handlungen veranlaßt hat. Es ging Euch um Erkenntnisse, die den Sieg über den Fluch voranbringen sollten. Ihr seid also allen voran auf die Barrikaden der Labors gestiegen. Wieviel die Wissenschaft diesem Experiment verdanken wird, ist eine zweite Frage. Entscheidend ist, daß Ihr ein hohes persönliches Risiko eingegangen seid. Ihr habt in Kauf genommen, den höchsten Preis zu zahlen. Ich habe mit den Ärzten über die Auswertung Eurer Erlebnisse und eures Blutes gesprochen. Aus allen diesen Gründen ergeht Freispruch." Peng, Hammer, Ende.

„Und jetzt werden wir uns mit Perkele von den Nachtschwalben befassen."

Mein Herz, das schon schneller geschlagen hatte, als über meinen Herrn geurteilt wurde, raste nun völlig.

Er wurde von den Wachen vor das Gericht geführt. In Handschellen. Wie tat mir der Anblick weh. Er hielt sich stolz. Man nahm ihm die Handschellen ab, und er setzte sich auf die Anklagebank, die durch eine hohe Barriere vom restlichen Raum getrennt war. Dann wurde die einleitende Verlesung gehalten. Nenza tat das in einem undramatischen, ruhigen Ton.

Ankläger ist Bhadra, ein ehemaliger Mönch, der Staatsanwalt geworden war, nachdem man ihn regelmäßig zu moralisch-ethischen Fragen zu Rate gezogen hatte. Er ist ein Cro von untadeligem Lebenswandel, aber wenn ihr mich fragt, ich finde ihn ein wenig selbstgerecht.

Er ruft mich als Zeugen auf, wie Hmong es mir ja schon angekündigt hat, und befragt mich vor allem zu der Behandlung, die Iván und ich erfahren haben, als wir den Bémishen Briedern in die Hände fielen.

Ich erzähle, wie wir gefangengenommen wurden und man uns in das Versteck brachte. Die Wanderung durch den verschneiten Wald, die Fahrten zu den entlegenen Höfen. Wie Perkele und sein Assistent Hiisi uns gleich in Besitz nahmen. „Und dann wurden wir gezwungen, Heiliges Fleisch…"

„Wie sagen wir?"

„Verbotenes Fleisch…"

„Nenn es beim Namen!" donnert mich der Staatsanwalt an, „ich will keine Umschreibungen, Verharmlosungen oder Verniedlichungen hören, „sag uns, was es ist."

„Menschenfleisch", sagte ich.

„Richtig. Gewonnen wie?"

„Durch Unfall."

„Und wer gab euch das?"

„Die Polizei."

„Die bestochen war?"

„Das weiß ich nicht."

„Du weißt es. Ich lese dich."

„Ich spreche kein Slowakisch. Ich weiß nur, daß Perkele mit der Polizei gesprochen hat."

„Wie dem auch sei. Habt ihr freiwillig mitgegessen?"

Ich schüttelte den Kopf.

„Laut! Wir haben nichts gehört — aber das habe ich gelesen! Frechheit!"

Ich hatte gedacht, ob ich auch angeklagt sei.

„Also?"

„Nein, nicht freiwillig."

„Wie haben sie euch dazu gebracht?"

„Durch Schläge." Und nachdem der Staatsanwalt mich weiter gequält hatte, erzählte ich davon, wie Perkele diesen dicken Haselstock zur Anwendung gebracht hatte.

„Man sah die Spuren noch drei Tage später", sagte ich. Dann war ich entlassen.

Und betete, das von mir Ausgesagte möge Perkele nicht noch tiefer reinreiten.

4. JULI

Heute hat Perkele ausgesagt. Und sehr viel Presse war dabei. Sie haben notiert wie die Wilden, und hinterher sind sie alle hinausgestürzt und haben telefoniert.

Vor seiner Aussage hatte die Verteidigung eine Vorführung eines Videos vorbereitet. Er wolle eine Zeugin präsentieren, die aber nicht hierher kommen könne.

Er hat nämlich Folgendes gesagt:

„Sie wissen, daß knapp dreihundert Menschen unter meiner Führung zurückgezogen in den Wäldern zwischen Slowakien und der Ukraine leben. Wir sind gegen das Gesetz und gegen die Aufforderungen des Königs oder der Königin bei den Banketts Alten Stils geblieben, wobei wir allerdings nicht vom Lebenden essen und nicht töten, um zu essen. Wir enthalten uns also des Großen Verbrechens in so strikter Form, daß wir selbst die tierische Jagdbeute unter uns austauschen und nicht selbst essen, was wir geschossen haben.

Warum essen wir Heiliges Fleisch? Ich nenne es so, auch wenn Sie uns unterbrechen wollen, um dieses Wort zu untersagen, ich lese Sie. Wir nennen es so. Wir essen es nicht aus Vergnügen, nicht, um in einen Rausch zu kommen, nicht, um Hallzinationen zu haben, nicht, um geil zu werden, sondern wir haben mehr als einen Grund."

Er machte ein Zeichen, und das Video wurde abgefahren.

Es zeigt Perkele, wie er eine Tür zu einem Krankenhauszimmer öffnet.

Er spricht vor der geschlossenen Tür ein paar Worte, er werde jetzt einen Menschen besuchen, der ihm so lieb sei, daß ihm der Anblick jedes Mal wieder das Herz breche. Und dann folgt die Kamera ihm an das Bett von Mila, von Utjonok. Er nimmt Mila in die Arme, man sieht ihre verstümmelten Finger auf seinem Rücken. Man hört ihre spitzen, gelallten Laute, als sie den Vater erkennt. Man sieht ihren suchenden Blick, mit dem sie ihn erfassen möchte.

9 Perkele steht vor Gericht

Die Kamera umschreitet die beiden langsam, und Perkele weint, während er die Kleine streichelt und seiner Stimme Fassung zu verleihen versucht.

Sie ist taub, ja, aber sie liest ihn.

Perkele selbst hat um Fassung gerungen, während das Video gezeigt wurde. Er kneift seine Nasenwurzel mit Daumen und Zeigefinger zusammen.

„Das also ist meine Tochter Mila", sagt er, und dann erzählt er von ihr.

„Sie war elf, als sie das erste Mal von den Segnungen hörte, die Iván gibt. Sie sah sein Bild und bestand darauf, nach Sukent zu fahren. Dort sprach sie mit Leuten, die überhaupt kein Fleisch mehr aßen. Sie wurde Veganerin. Ich ließ sie. Wir hatten wenig anzubieten, vor allem im Winter, kaum Gemüse. Sie aß fast nichts mehr. Sie aß fast nur noch Kartoffeln. Ich merkte, wie sie abkühlte, es machte mir Sorgen.

Dann bekam sie einen Schnupfen. Ich wußte, das ist bei uns gravierend, wir sind diese Bakterien nicht gewöhnt. Ich wollte sie ins Krankenhaus bringen. Die Telefonverbindung war schlecht. Endlich erreichten wir das Hotel und die erreichten das nächste Krankenhaus. Aber ein Helikopter wurde uns verweigert. Die Straßen waren verschneit, und ich hätte zu lange gebraucht, wenn ich sie durch den Wald getragen oder auch gezogen hätte, sie wäre mir auf dem Schlitten auch erfroren. Wir haben alles versucht, um sie warmzubekommen, aber es ging nicht. Sie hatte rasende Kopfschmerzen, flüchtete vor dem Licht, und ihr Nacken war steif.

Als die Straßen endlich frei waren, war sie nicht mehr bei Bewußtsein. Wir fuhren sie ins Hotel, dort schlugen unsere Freunde noch mal Alarm, endlich kam eine fliegende Ambulanz, und sie flogen sie nach Bratislava. Sie hat so viele Operationen durchgemacht. Sie hat so viele Antibiotika bekommen. Sie hat sechs halbe Finger und die Zehen des linken Fußes verloren. Sie ist taub, sie hat nur noch 40% Sehvermögen.

Ich etrage meinen Kummer nur, wenn ich ihn in Wut verwandle.

Wir haben die Prionen in uns, die für den Fluch verantwortlich sind. Aber wir können nicht auf die Hitze verzichten. Das, was den Fluch geschaffen hat, ist auch zugleich ein Heilmittel für uns, wie auch immer das zugeht. Wir wissen längst nicht alles darüber.

Wir hoffen auf die Wissenschaft. Wir essen das Heilige Fleisch nicht aus Vergnügen. Wir essen es, um heiß zu sein und um gesund zu bleiben. Und ihr seht, wir leben. Wir sind schon lange nicht mehr durch den Zustand gestorben.

Diese jungen Männer kamen zu uns und wollten uns bekehren. Wir konnten nicht zulassen, daß sie bei uns sind, ohne daß sie so leben würden wie wir. Ich gebe zu, mir hat auch ein wenig die Wut den Stock geführt, als ich ihnen eintrichterte, so zu leben wie wir. Es war Zorn über die Arroganz der Sukenter, uns vorschreiben zu wollen, auf was wir verzichten sollen.

Nicht das Fleisch allein ist schuld am Fluch. Es gibt mehr Gründe. Ich konnte sie auch nicht erklären. Ich spreche nicht gern darüber. Ich sage nicht, sie sollen keine Angst haben, sie werden nicht dran sterben. Aber es ist so. Der Doge aß mit uns. Er war bei uns im ‚Zustand ohne Wiederkehr'. Und? Ist er tot?

Manche von uns sind schon 58 oder 60 Jahre alt. Kunkamanito kennt sie.

Mein Volk wird das tun, was ich befehle. Sage ich: ‚Kommt heraus und folgt mir nach Sukent', dann werden sie es tun. Sage ich: ‚Versteckt euch in den Wäldern und lebt wie unsere Ahnen', dann werden sie es tun.

Nun tut, was ihr für richtig haltet. Und ich werde weiter tun, was ich für richtig halte. Ich habe gesprochen. *Yo parledam.*"

Es war unfaßbar still, nachdem er gesprochen hatte.

Nun rief Hmong Kunkamanito in den Zeugenstand. Der Ankläger protestierte. Das sei nur Hörensagen, was er darüber wissen könne. Hmong jedoch insistierte, er wolle Kunkamanito zu den Begegnungen befragen, die er selber gehabt habe, sowie zu den Untersuchungsergebnissen, und dagegen war nichts einzuwenden. Nenza ließ die Befragung zu.

Ob es richtig sei, daß der Verzehr des Verbotenen Fleisches auch schützende Wirkung haben könne? „Ja", sagt Kunkamanito, „das ist möglich, und wir haben es nachgewiesen. Denn im Blut der Bémishen Brieder gibt es eine hohe Zahl von schützenden Zellen, die sich nur ab einer erhöhten Temperatur richtig entfalten. Und sie absorbieren die gefährlichen Zellen nur dann."

„Habe ich richtig verstanden, das Blut der Bémishen ist anders als das Unsere?"

„Nach unseren augenblicklichen Erkenntnissen ist das richtig. Wir brauchen die Chaperone. Wir brauchen unsere Hitze."

„Aber sie tötet doch, wenn sie zu hoch steigt…"

„Es ist nicht in erster Linie die Hitze. Subjektiv erfahren wir es im Zustand, daß wir gekocht werden, aber das ist nicht der letztlich gefährliche Faktor, sondern es ist die Angst, durch die die Hitze unkontrollierbar wird und zum Kollaps führt. Es ist ein Nierenversagen."

„Glauben Sie, daß Leute im Zustand Angst haben? Sie verhalten sich doch nicht so, sie sind eher etwas großspurig…"

„Überkompensation, Herr Vorsitzender. Das ist doch unser Fluch, daß es zu früh kommt. Sie kämpfen gegen ihre Angst, aber das genügt nicht, um zu überleben. Und wer von uns hat keine Angst vor dem Tod?"

Es war ganz still, aber die Homsarecs unter den Anwesenden rutschten sehr unbehaglich auf ihren Plätzen herum und wären am liebsten geflüchtet. Das ging jetzt ans Eingemachte, und auch mir fiel es nicht ganz leicht, ruhig sitzen zu bleiben und den Aussagen des Chefarztes zu folgen.

„Kommen wir mal wieder zur Sache", unterbrach der Ankläger den Gedankengang, „es geht jetzt allein um die Frage, ob Perkele gegen das Gesetz verstoßen hat und warum. Wir haben herausgefunden, daß er es getan hat, er ist geständig, und er hat auch andere gezwungen. Aus seiner subjektiven Sicht mag es Begründungen geben, aber er hätte auch die Chance gehabt, auf die Medizin zu vertrauen…"

Gemurmel erhob sich, und einzelne Wörter schwirrten durch den Raum, wie ‚Tochter', ‚Video' und ‚Medizin vertrauen'.

Es hörte sich ein bißchen so an, als sei das Publikum entschieden auf Perkeles Seite. Damit war der Prozeßtag vorbei, und wir gingen, denn ich durfte jetzt wieder nach Hause, Khorasan nahm mich in seine Obhut und brachte mich heim, worüber ich sehr froh war.

5. Juli

Heute stellte Hmong ein paar Fragen an Kunkamanitos Adresse. Ob es aus seiner Sicht gravierende Konsequenzen habe, daß diese Rückfälle in den Kannibalismus stattgefunden hätten — medizinisch gesehen.

„Einerseits ja", sagte Kunkamanito bedächtig, „diese Nahrung ist eine starke Droge, sie verändert das Verhalten, macht wilder, unbeherrschter, emotionaler. Sie ist mitbeteiligt an unserem typischen Bild des Homsarec. Aber die Wirkungen scheinen auch relativ schnell zu verschwinden, wenn die Quelle nicht verfügbar ist."

„Wie erklären Sie die stark erwärmende Wirkung, die ja nicht so ist wie bei Rindfleisch oder Lamm?"

„Es scheint eine chronische Entzündung im Blut zu sein, aber ich vermute das nur. Je ähnlicher uns das ist, was wir zu uns nehmen, desto stärker die Immunreaktion."

„Das heißt, es macht auch einen Unterschied, ob man sich Cro-Fleisch einverleibt oder ‚vom Lebenden' ißt?"

„Ja, das macht einen deutlichen Unterschied."

„Wie erklären Sie sich, daß unser ‚Fluch' in der Gemeinschaft der Bémishen Brieder besiegt scheint oder fast besiegt?"

„Ich weiß es noch nicht. Es gibt ein paar Forschungsansätze, aber wir haben keine Gewißheit."

„Würden Sie uns etwas davon andeuten — bei aller gebotenen Vorsicht?"

„Das kann ich nicht verantworten. Wir haben nur Vermutungen."

„Würden Sie uns trotzdem etwas davon verraten?"

Kunkamanito dachte nach.

„Lassen Sie es mich so sagen: Es gibt Hinweise, daß Immunität gegen die Krankheit eintreten kann, die auf Kannibalismus beruht. Die Menschen in Neuguinea haben eine Art Antikörper entwickelt, die ebenfalls von Archäologen für Europa nachgewiesen wurden. Es gab in Europas Frühgeschichte die Kuru-Krankheit durch Kannibalismus, und es gab eine erworbene Immunität. Ich nehme an, daß Perkele etwas Ähnliches in seiner Gemeinschaft beobachtet, und er nimmt erstens an: Wenn seine Leute sich weiter diese Stoffe zuführen, wird der Antikörper gebildet. Was nicht geschieht, wenn man daran nicht teilhat. Und diese Deckungslücke ist gefährlich. Weil in der Abkühlung der Organismus eines Homsarec den Viren und Bakterien der Cro schutzlos preisgegeben ist. Das ist der zweite Grund, aus dem man nicht aufhören dürfte, Heiliges Fleisch…"

„Sie werden gebeten, diesen Begriff nicht zu verwenden, Herr Doktor."

„Nun gut. Das ist der zweite Grund, weshalb viele glauben, man dürfe nicht aufhören, das verbotene Fleisch zu essen."

„Rufen Sie bitte noch einmal den Angeklagten herein."

Perkele trat von neuem vor, wurde von Handschellen befreit und setzte sich, wie angewiesen, an den Tisch vor dem Richter.

„Perkele, der Arzt Kunkamanito hat uns ausführlich dargelegt, was seine Forschung ergeben hat. Wir möchten jetzt noch einmal von Ihnen hören, was Ihrer Meinung nach der Grund ist, warum man den Kannibalismus nicht aufgeben sollte."

Perkele bewegte sich — man sah ihm an, wie unbehaglich ihm war — auf seinem Stuhl hin und her.

„Sie sprachen von der Hitze, das haben wir verstanden", half ihm der Anwalt, „und welche Gründe gibt es noch?"

„Man wird immun", sagte er kurz.

„Wie kommt es dann aber zu dem Fluch?" fragte der Ankläger, „diese Immunität hätte ja dann schon lange den Fluch beseitigen müssen, aber das ist bisher nur in Ihrer Gemeinschaft geschehen."

Ich sah dem Ankläger an, daß er gerade bemerkte: Er hatte sich auf die Argumente der Verteidigung eingelassen. Ich mußte innerlich ein bißchen grinsen. Es lief nicht schlecht für meinen wilden Herrn. Bisweilen schaute er verstohlen zu mir rüber, und ich blinzelte ihm ermutigend zu.

„Weil wir nur Cros essen. Und weil bei euch so viele vom Lebenden gegessen haben", sagte Perkele mit mehr Gewißheit, als er eigentlich haben konnte, „das legt euch die Axt an die Wurzel."

„Sie plädieren also dafür, Cros zu essen, und das fortan in alle Ewigkeit?"

Autsch, der Ankläger ist aber ein Kasuist.

„Herr, wir tun es aus Not, ich dachte, ich hätte das klar dargestellt."

Gut gekontert.

„Sie würden es also aufgeben, wenn Sie ein anderes Mittel gegen die Krankheit und gegen die Kälte finden würden?" stieß Hmong in die Lücke.

„Wenn es das gäbe, würden wir es sofort tun", sagte Perkele fast tonlos, und ich merkte, daß ihm die Stimme versagte, weil ihn die Gefühle wieder überwältigten.

Auch heute war Khorasan da und holte mich ab. Mein Herr Doge zeigt sich im Moment nicht so gern in der Öffentlichkeit. Zwar ist er freigesprochen und voll rehabilitiert, jedoch verscheucht es ihn fast noch mehr, wenn man ihn feiert, als wenn man ihn schmäht.

In dieser Nacht konnten wir endlich wieder beieinander sein. Ich hatte Scheu, ihn zu küssen, ich dachte, vielleicht könnte ich ihn doch noch anstecken; er sagte, er hätte sich gegen Grippe von Doktor Mani impfen lassen.

„Aber bitte nicht auf die gleiche Art wie gegen den Zustand", sagte ich. Er lachte.

Er nahm mich in die Arme. Die Mädels schliefen schon. Es tat so gut, ihn zu fühlen und seine Stimme zu hören. Ich hatte solche Sehnsucht danach, ihm zu gehören wie vorher. Meine Frustration war weg, jetzt wollte ich nur noch in seinen Armen sein.

Er änderte seine Lage und schob die Hand unters Kopfkissen und fand da zu seiner Überraschung meine metallne Fessel mitsamt dem Schlüssel an seinem roten Band. Ich hatte sie in einem unbewachten Moment dort deponiert.

„Ist das ein Angebot?" fragte er mich.

„Ich bin Euer Serf, ich muß abliefern, worüber Ihr verfügt", sagte ich.

Sein Griff um mich wurde fester.

„Wie war es mit Pratizaye?" fragte er mich.

„Wie war es für Euch?"

„Du bist frech."

„Straft mich, Herr!"

Er schlug mich eine ganze Weile mit der flachen Hand. Ich verging vor Lust. Ich hing in seinem Arm, vergrub meinen Kopf in den Kissen und fühlte, wie meine Kehrseite rot wurde. Und warm. Schön warm. Wie sie brannte und empfindlich wurde. Oh, mein Herr, wißt Ihr, wie sehr ich Euch liebe?

Und er hat mich wieder verschlossen.

Nicht, daß diese Fessel unentrinnbar wäre. Keuschheit findet im Kopf des Sub statt. Männliche Teile sind Formwandler, sie können auch scheinbar sicheren Tresoren noch entkommen wie Kraken aus dem Aquarium. Der Ring hat schon was Zwingendes, aber einem Hodenring entkommt man mit der Methode: Man zieht die Teile nacheinander durch. Verhindern läßt sich das nur durch die Maßnahme „teile und herrsche". Auch *mit* der Fessel hätte ich mir selber einige Lust verschaffen können, aber ich wollte es nicht. Sie ist mein Zettel an der Pinnwand, meine „not to do"-Liste. Sie erinnert mich daran, mich für meinen Herrn und meine Herrin aufzuheben. Und inzwischen tu ich das wieder gern und bin ihnen dankbar für die Zucht, die sie mir auferlegen. Die ich letztlich mir selber auferlege.

6. Juli

Niemand hat den leisesten Schimmer, wie das Gericht entscheiden wird. Meinem wilden Herrn droht eine längere Haftstrafe, und er wird sie nicht auf einer Insel absolvieren dürfen, ich habe gefragt. Sondern er geht in den Bau auf der anderen Seite der Seufzerbrücke. Auch ich seufze bei jedem Gedanken daran.

Es gibt ja noch einen prominenten Gefangenen dort, der aber ein paar Privilegien genießt, weil er Sukent gerettet hat. Bisweilen sieht man ihn unter schwerer Bewachung durch die Stadt gehen. Das ist Pitro Krasnov-Gurian, einstiger Todfeind und nun Berater Seiner Exzellenz in außen- und innenpolitischen Fragen, hervorragender Stratege und Meister der zynischen Intelligenz.

Manchmal kommt er zu uns, aber ich bekomme ihn nicht zu sehen. Mein Herr schickt mich in den Harem, wenn er da ist, und ich höre nur manchmal ein wenig seine unverwechselbare Stimme, wenn er im Flur ankommt und von seinen Wachen befreit und ins Wohnzimmer geleitet wird.

Als ich heute meinen Platz einnahm, zitterte ich. Und ich sah meinen lieben wilden Herrn starr auf der Anklagebank sitzen. Er riß sich sehr zusammen. Mir schien, er hätte Papavers geraucht, wer immer ihm die wohl beschafft haben mochte.

Nicht, daß sie das auch noch verbieten. Ich habe heute auch welche gebraucht. Und sogar mein Herr Tanguta hat das.

Die heutige Sitzung des Gerichts beginnt mit einem Staatsakt. Der Doge tritt nach vorn und spricht. Ein Parlamentsdiener legt eine Akte vor dem Richter auf den Tisch.

„Leute allen Blutes, diesem Gericht hat der Doge vorgesessen.

Er ist zugleich der Vorsitzende der Sala de Thing. Diese Verbindung ist heute auf Antrag des Dogen durch Beschluß der Sala de Thing aufgelöst worden.

Der Doge ist Teil der gesetzgebenden Versammlung, kann also nicht Vorsitzender eines Gerichtes sein. Dies ist eine zwar traditionelle, aber nicht rechtsstaatliche Verbindung gewesen, die wir heute gelöst haben. Der Beschluß wurde einstimmig gefaßt.

Das hat zur Folge, daß die Gerichte endlich vollkommen unabhängig sind von der Regierung."

Er nimmt die Kappe ab und setzt sich in den Zuschauerraum.

Ich denke eilig über die Konsequenzen nach. Er könnte noch als Zeuge aussagen, wenn er jetzt ein unabhängiges Gericht hat schaffen helfen. Und er ist nicht am Urteil beteiligt, wenn eins gefunden ist. Er ist neutral, wie auch immer sie sich entscheiden. Er muß nicht einstehen für die Entscheidung.

Das ist gut.

Und schon ruft ihn Hmong als Zeugen auf.

„Euer Exzellenz…"

„Herr Vorsitzender, bevor wir anfangen, habe ich eine Bitte, daß Sie mich ohne Titel und nur mit Sie und nicht auf der höchsten Stufe anreden. Und wenn Sie einen Titel brauchen, könnte es ‚Doge' ohne Zusatz sein."

Gemurmel. Vermerk im Protokoll.

„Gut. Sie, Doge… Also, daran muß ich mich erst gewöhnen… Sie waren drei Monate lang im ‚Zustand'?"

Keiner wagt so recht zu lachen, nur im Publikum erstickt sich Gekicher. Soso, der Vorsitzende hat Humor. Das hier ist ein ernstes Thema, aber auch mein Herr muß ein bißchen grinsen, ich sehe es ihm von hinten an.

„Das kann man so sagen. Ich habe mich mit dem Blut eines der Brieder selbst infiziert, weil ich wissen wollte, wie sich das auf jemanden auswirkt, der so gut wie frei ist von schädlichen Prionen."

„Sie haben also niemals an einem Bankett Alten Stils teilgenommen?"

„Einmal, Herr Vorsitzender, und das ist über zwanzig Jahre her. Eine Jugendsünde. Und ich nahm auch nur sehr wenig zu mir, ich hörte auf, als es mir bewußt wurde."

„Wie hat die Leiterin Ihres NuRiCa Sie eingestuft?"

„Eine Linie." Er schiebt den Halsausschnitt seiner Tunika auf und zeigt sie.

„Ist das alles?"

„Nein, eine zweite bekam ich nach meiner Rückkehr aus der Slowakei."

„Wieder nur eine Linie?"

„Ja, Herr Vorsitzender."

„Aber Sie kamen dennoch in den ‚Zustand ohne Wiederkehr'?"

„Das ist richtig."

„Wie fühlten Sie sich darin?"

„Ich wurde gekocht, genau wie beim ersten Mal. Ich war nervös, suchte Abkühlung, verhielt mich sprunghaft und inkonsequent und war der festen Überzeugung, dies werde jetzt mein Tod sein. Ab einem bestimmten Zeitpunkt suchte ich sogar das Verderben mit allem, was ich tat. Als das auf dem Höhepunkt war, hatte ich keine klare Wahrnehmung mehr; alles, was ich davon weiß, ist mir erzählt worden."

„Von wem?"

„Von Lelo und vom Angeklagten."

„Wie erklären Sie sich, daß Sie einen solchen hohen ‚Zustand' überlebt haben?"

„Herr, das kann ich nicht."

„Haben Sie ihn früher überlebt?"

„Ja, Herr, ich war schon vor einigen Jahren in einem. Damals wurde ich von Iván gerettet, von Quanah von den Füchsen."

Allgemeines Murmeln im Zuschauerraum.

„Was könnte Sie dieses Mal gerettet haben?"

„Einspruch! Vermutungen!"

„Dem Einspruch wird stattgegeben. Stellen Sie eine andere Frage."

„Welche Wirkungen des verbotenen Fleisches haben Sie an sich festgestellt?"

„Einspruch, der Zeuge ist kein Arzt."

„Der Zeuge soll seinen subjektiven Eindruck schildern. Einspruch abgewiesen."

„Herr, ich war nicht ich selbst, aber die meiste Zeit auf eine schöne Weise. Schon in den ersten Tagen stieg meine Hitze an, aber ich habe es genossen. Ich war stark, schlief nicht mehr, brauchte enorm viel Bewegung und liebte sie, ich habe viel körperliche Arbeit geleistet, tat sie nackt draußen, allenfalls mit Lendentuch und Rückenfell. Ich war wild, lustig und übermütig. Ich war auf eine Weise rücksichtslos, habe mein Serf hergenommen, wie es mir gefiel, mich aber von meiner schwangeren Frau ferngehalten bis auf den liebevollen Umgang, der mindestens notwendig ist. Ich habe ein Kurbanu Virgini durchgeführt, ein altes Ritual, das nur wir kennen. Ich war noch nie zuvor so sehr Homsarec wie in diesen Tagen, und das war wunderschön. Dann kam die Krise. Die Hitze begann, mich zu überwältigen. Ich konnte sie nicht mehr ausleiten."

Er pausierte und stützte sich auf den Tisch.

„War Ihnen klar, daß Sie im ‚Zustand' waren?"

„Ja."
„Und Sie aßen weiter?"
„Ja."
„Warum?"
„Ich mußte es tun."
„Warum?"
„Ich war im ‚Zustand'. Da denkt man nicht nach."
„Woran können Sie sich in der Krise erinnern?"
„Ich — mein Körper lag auf dem Bett, und ich zog und flog in der Gegend herum. Ich traf tote Seelen. Sie flehten mich um Hilfe an. Ich sagte ihnen, ich kann nichts tun, ich werde selber gekocht. Da sagte einer von ihnen: ‚Nimm, was man dir gibt'. Dann kam ich wieder zu Bewußtsein."
„Was kann das gemeint haben?"
„Ich brachte es hinterher damit in Verbindung, daß sich Perkele über mich gebeugt und mir etwas eingeflößt hat."
„Wissen Sie, was das war?"
„Es war Blut."
„Was für Blut?"
„Menschliches. Von Unsrigen."
„Woher kam es? Haben Sie es hinterher erfahren?"
„Ich war nicht bei Bewußtsein, aber es war etwas, das diese Chaperone enthielt."
Durch den Zuschauerraum ging ein Raunen.
„Wußten Sie das in dem Moment?"
„Nein. Ich nahm nur, was er mir gab."
„War es von Perkele?"
„Das weiß ich nicht. Möglich."
„Woran erinnern Sie sich noch?"
„Meine neugeborene Tochter war plötzlich ganz nah an meinem Herzen. Als wäre ich mit ihr schwanger."
„Wie kam das?"
„Perkele hat sie mir auf die Brust gelegt. Aber das konnte ich nicht sehen. Man hat es mir hinterher erzählt."
„Und dann?"
„Als ich wieder wach wurde, fühlte ich mich sehr viel besser, es war vorbei."
„Schildern Sie bitte die Veränderung."
„Ich war sehr schwach, sehr ruhig, es war kühl. Ich wußte, es ist überstanden."

„Wer hat Sie gerettet, wenn Sie auf diese Krise zurückblicken?"

„Perkele. Ganz eindeutig. Und mein Serf Lelo. Er war immer bei mir und hat auf mich aufgepaßt."

„Und Perkele wußte, was zu tun war?"

„Ganz klar. Er war so sicher in dem, was er tat, das habe ich auch im Moment der schwersten Krise gespürt."

Hmong dankte Tanguta, der sich hinsetzte und erschöpft wirkte.

Der Verteidiger wandte sich nun wieder ans Gericht.

„Ein Mann, der unseren Dogen aus einem hohen Zustand gerettet hat, wußte genau, was er tat. Und der soll auf etwas bestehen, das für seine eigenen Leute, die er liebt, schädlich, gefährlich und eine Dummheit ist? Hohes Gericht, es gibt eine Sicherheit, die nicht auf beweisbaren Fakten beruht. Dieser Mann sichert die Existenz mehrerer Familien. Er sorgt für vier Ehefrauen und 12 Kinder sowie für seine weiteren nahezu 300 Anhänger, die ihn gewählt haben. Bis es ein besseres Mittel gibt, dürfen wir ihn nicht aus dieser Gruppe reißen, ohne uns viel schuldiger zu machen, als er vielleicht geworden ist.

Er hat gesagt, ‚wir essen aus Not'. Er kennt kein anderes Mittel, um die Leute zu schützen, die sich in seiner Obhut befinden. Wer sich gegen den Ruf des Königs stellt, muß triftige Gründe haben.

Ich plädiere auf Freispruch — nicht mangels Beweisen, sondern mangels niederen Motiven. Es ist nicht Gier, nicht Haß, was ihn dazu treibt, sondern Fürsorge. Und sollte dieses Gericht doch einen Schuldspruch finden, so plädiere ich auf eine Sühne, die ihn nicht aus seinen Familien reißt, die nicht weitere Probleme verursacht, sondern eine, die uns allen hilft, die Rätsel zu lösen und uns vollständig vom Fluch zu befreien. Denn nichts anderes soll unsere Perspektive sein, und niemandem ist damit gedient, daß wir jetzt zum Fluch einer Familie werden. Ich danke Ihnen." Und Hmong setzte sich.

7. JULI

Perkele ist schuldig gesprochen, gegen das Gesetz der Cultura verstoßen zu haben.

Und das Urteil lautet: Ein Jahr auf Bewährung. Er darf nach Maslenie Blini zurückkehren, aber er und seine Krieger müssen sich einmal im Monat einer Blutprobe unterziehen und von einem Ärzteteam im Hotel untersuchen lassen und Auskunft über ihre Gewohnheiten geben. Zu diesem Zweck wird Mato Sapé mit seinen Helfern in die Berge fahren. Im Übrigen wird nach ihrer Lebensweise nicht gefragt.

Ihm ist also auferlegt, an der Forschung mitzuwirken. Und wenn einmal ein Mittel gefunden sein wird, wie die heilende Hitze aufrecht erhalten werden kann, dann wird die alte Gewohnheit aufgegeben werden müssen.

Die Presse hat sich auf uns gestürzt. Alle wollen wissen, was genau es war, das den Dogen gerettet hat. Aber Mani hat uns allen eingeschärft zu schweigen, was das betrifft. Wir sagen alle, wir wüßten es nicht, nur Perkele wisse es, und der ist nicht zu sprechen.

Inzwischen erreichen uns Gerüchte, daß es Cros gibt, die per Testament ihre Körper verschenken, was natürlich nur sinnvoll wäre, wenn jemand gesund ist und jung genug. Und Unfälle plant man nicht. Angeblich haben auch schon Angehörige von Unfallopfern ihre Bewunderung der Cultura so ausgedrückt…

Halt, halt, liebe Fans! Es ist eine Ausnahme, daß Perkele nicht härter bestraft wird. Der König macht es klar, daß diese Diät weiterhin verboten bleibt. Sie ist gefährlich, geschmacklos und widernatürlich. Und wir arbeiten mit Hochdruck an einer Erklärung. Oder an Verfahren, die Immunität zu übertragen.

Da er frei ist, darf ich ihn sehen. Mein Herr geht mit mir zu ihm in das Gästehaus, wo er nach seiner Freilassung noch eine Nacht wohnen wird, bevor er nach Bratislava fliegt.

Zwei der Kshatrinis stehen vor der Tür, weitere Wachen in Sukenter Uniform kontrollieren alle Eingänge, Amazonen patrouillieren auf dem Korridor. Wir werden eingelassen, treten in ein kleines Einzelzimmer, dessen vergittertes Fenster auf den Hof zeigt. Perkele sitzt auf dem Bett und erhebt sich vor dem Dogen und verbeugt sich.

Er bietet dem Besucher den einzigen Stuhl an, ich knie mich auf den Boden.

Perkele macht mir ein Zeichen, ich möge mich auf das Bett setzen.

Ich erlebe ihn gewissermaßen eingeschüchtert. Sein Stolz ist geknickt.

Er dankt meinem Herrn Tanguta für die Aussage. Das, so sagt er, hat ihn vor dem Kerker gerettet, und in dem wäre er zugrunde gegangen. Ich glaube ihm jedes Wort.

Und ob er Groll auf Pratizaye hege, frage ich ihn.

Er schüttelt den Kopf.

Sagte er, das hätte was, von ihr gekapert zu werden? Oder habe ich das falsch verstanden? Lese ich recht?

Ich möchte um Erlaubnis bitten, die Nacht bei Perkele verbringen zu dürfen. Aber ich wage nicht, das zu sagen. Ich glaube nicht, daß uns groß nach Sex wäre. Aber mir ist danach, in seinen Armen zu schlafen.

„Nehmen Sie mein Serf als Kissen heute Nacht", sagt mein Herr überraschend. Diese Formulierung erlaubt alles.

Statt einer Antwort zieht mich Perkele an seine Schulter.

„Dank Euch, mein Doge", antwortete er mit versagender Stimme.
Zum ersten Mal höre ich, daß er ihn auf höchster Stufe anredet.

8. JULI

Wir haben keine Sekunde mit Schlafen vergeudet. Ich genieße seine Nähe. Und es zerreißt mir das Herz, daß ich nicht mit ihm reisen kann. Wünsche ich mir, er wäre zu Kerkerhaft verurteilt worden, damit ich ihm nah sein kann? Bei Gott, nein! Was wäre er ohne die Berge um sich, die wilden Wälder, die freie Bewegung und den weiten Himmel über sich? Unter jagenden Wolken zu laufen und auf der Höhe den Schrei zu tun, den wir den Kriegsschrei nennen, der eigentlich aber nur Lebenslust und Glück der Freiheit bedeutet? „Weine nicht, wir werden zusammen durch die mährischen Wälder rennen", sagt er fast wörtlich etwas, was ich früher zu ihm sagte.

Dabei werde ich mich noch ganze 10 Monate nicht frei bewegen dürfen. Auch ich habe abzubüßen. Und ich merke gerade, daß ich immer noch glaube, einen alten Homsarec wie ihn würde ich wahrscheinlich nicht wiedersehen. Das steckt in uns allen und macht uns mürbe.

Nein, wir hatten keinen Sex. Er küßte mich. Er streichelte mich. Ich gab ihm zurück, was ich nur konnte. Er dankte mir für meine Aussage.

„Seit wann dankt man für die Wahrheit?" ist meine Antwort.

Ich darf ihn bis ans Flugzeug begleiten.

Dann bringt mich eine Amazone nach Hause.

Ich stürze mich in die Arbeit. Aber mein Kopf ist frei, um an ihn zu denken und ihn zu vermissen. Zu Mittag sieht mich mein Herr, faßt mich am Zopf, dreht mich in besseres Licht.

„Du siehst schlecht aus", sagt er, „schlaf eine Stunde, Khorasan macht für dich weiter."

Ich schüttele den Kopf. Allein im Bett wird der Trennungsschmerz noch schlimmer.

Er nimmt mich einfach am Arm, kneift mich ein bißchen dabei, oh, ja, ich komme mit… Er schleppt mich die Treppe hinauf und in sein Studierzimmer, wo auch ein Bett steht, wo er schläft, wenn Yadwiga nicht zur Ruhe kommt.

Baby-Geplärr ist schon arg gewöhnungsbedürftig.

Kaum drinnen, Tür zu, er wirft die Robe ab und steht im Lendentuch, „that's better."

Die Fenster sind zum Kanal hin offen, ein leichter Wind bewegt die Gardinen. Es ist heiß. Er schiebt mich aufs Bett. Ich will keinen Sex. Alles, nur das im Moment nicht.

Ich bin so voll von Erinnerung an meinen wilden Herrn, ich würde Tanguta hassen, wenn er das jetzt von mir verlangt.

„Du brauchst ein bißchen Ruhe", sagt er, „wir machen Siesta, und du erzählst mir von ihm. Okay?"

Als Antwort vergieße ich erstmal ein paar Tränen.

Ich lege das Hüfttuch ab, behalte aber den Gürtel um, den mein Herr mir geschenkt hat, den schönen mit den goldgrünen Glasperlen.

„Gefällt er dir?" sagt er sanft. Ich nicke. Er zieht mein Gesicht an seine Brust, sein rötlicher Pelz ist weich an meiner Wange. Er zieht das Schlaftuch zwischen sich und mich, bei der Hitze klebt man sonst zusammen. Er atmet tief und schweigt. Ich wickele vorsichtig meinen freien Arm um ihn, entspanne mich, beruhige mich. Ich habe sogar eine Weile geschlafen. Ich bin erschöpft von der Anspannung um die Gerichtsverhandlung, dem Bangen um Perkeles Schicksal, um meine eigene Aussage, und ich war vorher krank, das ist ja soo lange auch noch nicht her.

Auch er hat gedöst. Er öffnet ein Auge, als ich mich bewege, und lächelt.

„Wie geht's dir?"

„Besser."

Er befühlt mich unauffällig, ob ich warm genug bin. Ich muß innerlich lachen.

Ich ziehe das Lendentuch durch den Gürtel und flechte meine Zöpfe neu.

Er geht kurz duschen, während ich das tue, und kommt mit einem frischen Kente wieder. Er trägt die Amtskette. Und da sind auch schon die Amazonen, die sein Boot zum Dogenpalast begleiten werden.

Ich soll mitkommen. Er habe ein paar Ankündigungen zu machen, und er braucht mich dabei.

Das überrascht mich, denn bisher haben wir meine Anwesenheit in seiner Nähe immer sehr vertraulich behandelt. Der Vorwurf, er decke den Mörder seines Vorgängers, ist noch immer nicht ganz aus den Gerüchten verschwunden. Aber anscheinend sind diese Geschichten den meisten Leuten langweilig geworden, seit es aufregende neue Berichte gibt. Die Wilden aus Mähren beschäftigen die Phantasie, die kriegerischen Gestalten, die durch die Stadt patrouillieren, wenn sie zu Gast bei der Wache sind, wecken so manchen Wunschtraum mit ihrem martialischen und doch unbewußten Auftreten. Sie rufen auch in Erinnerung, wie wir einst waren, und so mancher fühlt sich angeregt, die wilde Seite an sich wiederzuentdecken.

10 Mato Sapé, der mitreisende Arzt

Botschafter des Langen Lebens
10.7.-23.7.192

9. Juli

Was sich gestern in der Sala de Thing abgespielt hat, kann ich erst heute aufschreiben, ich war am Abend zu aufgeregt und zu erschöpft.

Wir begaben uns also zum Boot, auch Vanessa kam mit und hatte Yadwiga im Körbchen. Die Leute liefen uns auf den Ufern hinterher, und die Amazonen, sechs an der Zahl, dazu vier Ruderer, standen aufrecht in diesem extragroßen Boot.

Ich saß vorn und trug außer meinem schönsten Lendentuch, einem usbekischen Seidenstück, dem schönen Gürtel und meiner Fasanenfeder eine Menge Schmuck, auch aus den Vorräten meines Herrn. Darunter waren lange Schnüre afrikanischer Glasperlen, von denen auch viele seinen Hals verzierten. Mit Ohrringen wurde ebenfalls nicht gespart. Heute galt das Motto: „Zuviel ist nicht genug." Auch meine Herrin, die Dogaressa, war in Stoffe in glühenden Farben und großen Mustern gekleidet, war von Blumenranken überwuchert und hatte einen Turban in herrlichen Streifen auf, dazu ebenfalls große goldene Ohrringe. Ich durfte Yadwiga auf dem Rücken tragen; sie war in eine Kindertrage eingebunden, wie sie die Indigenen der Prärie verwendeten. Und oh, ich war so stolz. Von da, wo sie auf meinem Rücken hing, hatte sie Blickkontakt mit der Mama und jauchzte.

Je näher wir dem Dogenpalast kamen, desto dichter standen sie. Und nun erfuhr ich auch, was geplant war. Im großen Saal würde ein ‚Hoshvenudos'-Ritual durchgeführt werden, mit dem Yadwiga dem Parlament vorgestellt wurde. Natürlich war auch Presse dabei, die allerdings auf keinen Fall blitzen durfte, um das Kind nicht zu erschrecken. Darum wurden ihnen am Eingang alle Kameras abgenommen, bei denen man den Blitz nicht einklappen oder abnehmen konnte. Diese wurden dann zusammen mit der Visitenkarte des Journalisten in eine Schachtel gelegt und von Mitarbeitern des Parlaments bewacht.

Im Saal waren Teppiche ausgelegt, Kissen und kleine Tische waren verteilt. Die geladenen Gäste ließen ihre Schuhe auf Regalen im Eingangsbereich und setzten sich auf die Kissen. Nun kamen die Serfs mit runden Metalltabletts aus Kupfer, Messing und Zinn und setzten diese auf die kleinen Tische. Sie verteilten auch Löffel und Gabeln, Messer waren nicht nötig, und stapelweise Stoffservietten. Ich durfte zu Füßen meines Herrn Platz nehmen, auf meiner anderen Seite saß Vanessa und stillte die Infantin, während permanent fotografiert wurde. Es war ja auch noch hell, und viele Kronleuchter brannten außerdem.

Ich aß tüchtig, wie mein Herr mir befahl. Es gab verschiedenste Gemüsegerichte, Reis, Hirse mit Nüssen, Nudeln, Salate, Falafel und Hummus, gefüllte Auberginen, Fladenbrote mit tausend Arten von Aufstrich, Chutneys, Pakoras, Suppen, Pudding, Sütlaç.

Ich konnte nicht mehr.

Dann schaute ich mich um. Es waren alle Abgeordneten da, viele mit Frauen und Kindern. Eine Musikgruppe aus Kasachstan mit Kniegeige und großer Trommel spielte.

Tanguta stand auf. Die Musik endete.

„Heute habe ich die Ehre, euch meine Tochter vorzustellen. Sie heißt Varanassi Yadwiga MacIntyre-Brilon. Sie wurde in den frühen Morgenstunden des 1. April geboren. Heute ist sie hundertundeinen Tag alt. Es ist also Zeit, daß ich sie euch vorstelle."

Und nun wurde sie herumgereicht. Tanguta legte sie jedem in die Arme, der sie nach ihr ausstreckte. Und das tat fast jeder. Beim kleinsten Zeichen von Unmut hätte er sie gleich wieder an sich genommen, aber sie hatte Spaß. Ich las sie. Sie wollte alle Leute zu uns einladen und mit ihnen spielen, wenn sie würde laufen können.

„Ist es wahr, daß sie just zu dem Zeitpunkt geboren wurde, als Ihr wieder im ‚Zustand' wart?" wollte einer der Journalisten wissen.

„Ja", sagte Tanguta, und ich bangte, daß sie uns quälen würden, bis sie an unser Geheimnis kämen. Schon verschloß ich mich.

„Und was hat Euch gerettet?" fragte der Journalist.

„Mein Kind", sagte er, „die Tatsache, daß sie da war. Meine Frau. Mein Gastgeber. Mein Serf. Ihre Liebe."

‚Verschwommen genug?' kam es von ihm rüber. Ich mußte lachen.

Und dann sah ich zu meiner Freude, daß die nepalesischen Amazonen Einzug hielten. Pratizaye kam zu uns. Sie begrüßte mich mit einem Kuß. Sie hatte ein Seil in der Hand. Hinter ihr kamen zwei weitere von ihren Mädels, und nun mußte ich aufstehen, und Pratizaye fesselte mir die Hände auf den Rücken.

Ich war verwirrt. Was haben die vor?

Ich schaute zu meinem Herrn, aber der lächelte und schien ihnen völlig zu vertrauen. Also werden sie mit mir spielen? Bei diesem Anlaß doch nicht. Sie werden mich dazu fortführen, und das möchte ich jetzt gar nicht.

Tanguta stand auf und trat ans Mikrofon. „Ihr wißt, daß früher bei großen Festen der Herr ein Opfer brachte, oft gab er das, was ihm am liebsten war. Außer meinem Kind und meiner Dogaressa ist mein Serf mir das Liebste."

Ha! Hilfe! Was hat er mit mir vor?

„Wie ihr wißt, ist er ja immer noch ein Strafgefangener. Und ihr wißt, warum. Ich kann ihn nicht freilassen, auch wenn ich das Begnadigungsrecht wiederbekommen habe, das eingeschränkt war, solange die Gerichte mit der Sala de Thing verbunden waren. Diese Verbindung ist gelöst.

Das Serf muß noch bis zum kommenden Mai büßen.

Das wird es auch tun. Wir begnadigen nicht.

Aber wir geben Möglichkeit, sich um die Cultura verdient zu machen.

Ich werde der Cultura und dem Kampf gegen den Fluch das Blut meines Serfs opfern."

Ah, vielen Dank, daß ich das noch vorher erfahre.

Er zog mich zu mich, legte den Arm um meinen Brustkorb und drückte mich an sich.

Ich sah die Aufregung und die Neugier in den Gesichtern der Leute; ein paar von ihnen waren aufgestanden, auch, um besser zu sehen, was hier passierte.

„Wir haben den Fluch ein Stück weit besiegt oder wenigstens aufgeschoben", fuhr er fort. Ich sah Kunkamanito, Mato Sapé, Iván und Josef hereinkommen. Sie gingen leise an der Menge außen vorbei, wo sonst die Diener zirkulierten, und gesellten sich zu uns.

„Unsere Ahnen glaubten, sie würden das Glück der Lebenden sichern, indem sie Menschenopfer brachten", sprach er weiter, „aber welches Glück könnte uns daher kommen, wenn ich meinem Serf jetzt die Kehle durchschnitte? Das ist der große Irrtum, den wir in früheren Leben, in alten Zeiten, vielleicht in Jahrtausenden der Vorzeit viele Male begangen haben und der uns jetzt als Fluch nachfolgt. Darum haben unsere Hüter das Nuovo Rituale Cannibalico erfunden, damit wir geben, statt zu nehmen.

Jetzt ist eine weitere Stufe des Gebens gekommen."

Er ließ mich auf die Knie runter, indem er mich mit einem Arm stützte.

„Doktor Mani, erklären Sie es besser, als ich es kann."

Er überließ dem Doktor das Mikrofon.

„Leute, wir kommen mit dem Versuch nicht weiter, die schützenden Zellen, die wir in Maslenie Blini entdeckt haben, auf andere Leute zu übertragen, außer durch direkten Transfer. Meine Versuche, diese Schutzzellen zu einem Präparat zu entwickeln, sind sämtlich gescheitert. Man tötet sie durch Einfrieren, sie brauchen unsere erhöhte Körperwärme. Aber auch dann leben sie nur im lebenden Körper und sterben in der Petrischale. Wir sind also zu dem Schluß gekommen, junge, gesunde Leute als Überträger auszuschicken in alle Welt, überall dorthin, wo die Unseren leben und auf Hilfe hoffen."

So. Das also war der Plan. Ich sollte ein lebender Impfstoff sein.

Mußte man mich erst Blut und Wasser schwitzen lassen?

„Unser Serf Lelo ist einer der Träger, und da er zudem eine Grippe durchgemacht hat, kann er also auch Antikörper gegen diese Infekte mitgeben. Das ist sehr willkommen. Wir haben noch ein paar andere mögliche Helfer, die wir jetzt vor euch allen für diese Aufgabe vereidigen werden."

Ich durfte aufstehen, die Fessel wurde mir abgenommen.

Blödes Theater. Ich hasse sowas.

Jetzt kamen, von einer Kshatrini angeführt, noch mehr Leute herein, meist in meinem Alter. Ich erkannte Xantis Serf Poori, Petja, dann Seriwolk, das war einer von Perkeles Söhnen; dann auch Ruradix — aha? — und dann waren da noch einige andere, die ich nicht kannte, mit mir waren es zwölf.

Sie alle waren so gekleidet wie ich, hatten ein Lendentuch und einen mit Glasperlen verzierten Gürtel an und stellten sich in einer Reihe auf.

„Es braucht nur sehr geringe Mengen des Blutes, um diesen Prozeß anzustoßen", erklärte der Doktor weiter, „manchmal genügt sogar ein intensiver Kuß, also die Chaperone, die Schutzzellen sind auch in anderen Körpersubstanzen."

Ein Gemurmel ging durch die Menge, und manche machten Witze.

Nun wurde ich doch noch gefragt, ob ich das tun wollte. Ich sah Iván an. Ich dachte daran, was er für eine Aufgabe übernommen hatte, die sogar lebensgefährlich gewesen war. Und ich sah Josef, der eine Zeitlang völlig verrückt gewesen war, um zu verkraften, was ihm angetan worden war. Sie sahen mich erwartungsvoll an.

Ich gelobte. Ich versprach, ein ‚Kurban' zu sein, das heißt, eine Opfergabe für das Gemeinwohl, um mein Blut für die Cultura und die Befreiung vom Fluch zu geben, mein eigenes Wohl nicht zu vergessen, alle Wesen zu lieben, blablabla.

Wir würden einen großen Teil der Reisen im Helikopter machen, würden in entlegene Gegenden vorstoßen, wo Gemeinschaften der Unseren lebten. Jeder von uns würde einzeln in eine solche Gemeinschaft fahren, aber schwer bewacht von einer Gruppe Kshatrinis, Amazonen und Wächtern. Acht Bewacher würde ich auf jeder Reise haben. Einer der Ärzte würde auch mitkommen.

Einige der Reisen würden zusammen mit Iván gemacht werden, damit der die Gemüter beruhigen konnte, falls irgendwo mal Panik herrschen würde. Josef wählte die Orte und Zeitpunkte für die Reisen, da er fähig war, Hindernisse vorherzusehen und nötigenfalls zu beseitigen. „Stellt es euch nicht zu leicht vor!" soll er gesagt haben, „ich schicke die Kinder dorthin, wo die größten Hindernisse warten. Überall sonst geht es leicht, denn die Basilosphäre hilft. Die Leute verstehen, wo die Lösung liegt. Sie tun, was sie sollen. Überall auf der Welt wird das verstanden. So verbreitet sich die Botschaft.

Aber wir müssen noch ein paar Querköpfe behandeln, und dort müssen unsere Abgesandten und die Wachen eingreifen."

Na, toll. Gut, daß ich das nicht vorher wußte.

10. Juli

Unser erstes Ziel wird am Rand von Europa sein, im Kaukasus. Wir besuchen eine abgelegene Volksgruppe auf der russischen Seite nah der Grenze von Azerbaidjan, ein Dorf von kaum 500 Personen. Sie haben sich wegen der vielen Kriege hierher zurückgezogen, haben sich in einer Bergfeste, in Kislikabak, verschanzt. Da sie weder Muslime noch Christen sind, sondern einer alten Naturreligion mit mehreren Göttern anhängen, werden sie von allen Seiten angegriffen. Auch in der Sowjetzeit hatten sie keine Ruhe.

Sie haben in der letzten Zeit schwer gelitten. Eine Grippe-Epidemie hat ihnen zugesetzt und einige Opfer gefordert. Masern, Windpocken, Hirnhautentzündung, alles das, was wir sonst abwehren konnten, bedroht die Völker jetzt.

Wir gehen folgendermaßen vor: Wir versammeln die Unsrigen auf dem Dorfplatz und machen ein Fest, machen zusammen mit den Musikern des Dorfes Musik und tanzen. Die Kshatrinis führen akrobatische Tänze und übernatürliche Fähigkeiten vor. Dann erklärt der Älteste der Wachen, von Mato Sapé gut instruiert, das Vorhaben. Zuerst sind die Dorfältesten skeptisch, das haben wir nicht anders erwartet. Wir haben vor, die gefährdeten Personen einzeln zu uns ins Haus kommen zu lassen, darauf hoffend, daß sie uns nun vertrauen. Aber sie sollen die Prozedur nicht vorher kennen.

Iván soll sie dann in Empfang nehmen, den Bruder umarmen, ihm in die Augen schauen und ihn küssen. Dann wird er von der leitenden Amazone instruiert, wie das NuRiCa abläuft. Wir werden es in leicht verkürzter Form durchführen. Dabei wird mir ein Schnitt gemacht werden und das Blut auf eine oder zwei der offenen Stellen beim Empfänger aufgebracht. Keine Transfusion, nur ein wenig Substanz. Das genügt. Wenn einer kein NuRiCa will, küsse ich ihn und gebe ihm ordentlich was von mir mit. Rein physiologisch sollte das reichen, aber mit dem Ritual ist natürlich besser, weil es eine viel tiefere Wirkung auf das Gemüt hat und auch ein Andenken in Form der kleinen Narben hinterläßt.

Die Vorstellung von der Prozedur kickt mich.

Es ist überraschend, aber ich finde es geil.

Hallo, es geht um Tod und Leben! Ja, schon klar.

Wir haben fünf Kandidaten, die dann Spender für die Region sein werden. Einige freiwillige Frauen wollen das NuRiCa erlernen, wir werden sie nach Sukent mitnehmen und bringen sie nach dem Kurs wieder dorthin zurück. Bei dieser Gelegenheit wollen wir auch wieder Proben von den Kandidaten nehmen und schauen, ob alle die gewünschten Erfolge haben. Und so, im Schneeballsystem, wollen wir die Ausbreitung der schützenden Zellen bewirken. „Wollen wir", das klingt etwas großspurig. Aber ich bin mir unserer Bedeutung bewußt.

Soweit der Plan.

Nun wird aber der Ablauf gestört, als wir während des Festessens Hilferufe vernehmen. Wir alle haben es bemerkt, ich sehe es Pratizaye an, und auch die anderen Wachen horchen auf. Das kommt aus der Nähe. Es ist gedanklich, es kommt aus dem Kreis, und wir lauschen intensiver. Die Kshatrinis stehen auf und bewegen sich langsam an den kleinen, düsteren Steinhäusern entlang. Dann nehmen sie Kurs auf die Wehrtürme, uralte graue Bauten, die, scheinbar unbewohnt, auf dem Felsen thronen und den Paß überragen.

Wir schließen uns ihnen an, ich in einem Quadrat von Wachen.

Schon finden sich ein paar Männer des Dorfes: „Dort ist nichts."

„Aha. Das würden wir gern selbst herausfinden."

„Ihr dürft dort nicht hingehen."

„Warum nicht?"

„Das ist für Frauen zu gefährlich."

Pratizaye lacht schrill auf.

„Im Namen der Königin, gebt den Weg frei!"

„Ihr habt hier nichts… Au!"

Kshatrinis haben Lanzen, die sie verwenden können, wenn nötig. Der Dorfkerl taumelt zurück. Es ist einer von denen, die eigentlich von uns hätten behandelt werden müssen.

Er sitzt auf einem Stein und hält eine Schnittwunde an den Rippen. „Komm, laß mich dich behandeln", sage ich, schiebe seine Hand weg und lecke ihm kräftig und naß über den Schnitt.

Gut, den hätten wir somit auch schon geimpft.

Ich folge sogleich dem Grüppchen.

Sie streben zu einem Turm, aus dem die Hilferufe kommen. Jetzt sind sie auch akustisch zu vernehmen. Die Männer des Dorfes versuchen weiter, sich in den Weg zu stellen.

Die Tür des Turms ist verschlossen.

„Den Schlüssel!" fordert Pratizaye.

Sie schaut in feindselige Gesichter.

„Den Schlüssel, oder ihr werdet alle verhaftet und nach Sukent gebracht!"
Geht doch.

Die Bohlentür ist uralt, aber das Schloß geht nicht so schwer wie erwartet. Es ist kürzlich erst geölt. Hier geht man öfter ein und aus, das ist klar.

Ich folge den Kriegerinnen die Treppe hinauf.

Das Schauspiel in dem Raum im Turm ist bewegend. Im schwachen Licht, das durch ein kleines Fenster eindringt, sehe ich vier Menschen, drei junge Frauen und einen Mann, die durch Ketten an die Steinwände gebunden sind. Die Ketten sind lang, innerhalb des Raums können sie sich bis fast zueinander bewegen. Es ist kalt, die Vier haben Lager aus Stroh und alten Decken, haben Kübel, und es stinkt. Der Kamin ist vor einigen Stunden gelöscht worden, vielleicht, als wir kamen.

„Die Schlüssel!" fordert Pratizaye vom Dorfältesten, den sie an seinem dünnen Oberarm hier heraufgeschleppt hat. Die Mädchen, deren Fußschellen wir öffnen, fallen uns weinend um den Hals, der junge Mann zittert. Wegen seiner Fußschellen muß der Dorfschmied kommen, die sind durch Hämmern mit einem Stein so deformiert, daß der Schlüssel nicht mehr greift.

Wir führen sie nach unten, haben von ihnen noch nicht viel erfahren. Sie alle sind Cros, sprechen eine uns unbekannte Sprache und sind der Lingo nicht mächtig. Eine unserer Wachen identifiziert sie als Azeri, wir sind der Grenze nah.

„Bitte, dürfen wir erst einmal baden?" fleht eines der Mädchen.

Hunger haben sie nicht gelitten, sie sind nicht abgemagert, im Gegenteil. In einem Nebenraum sind die Reste reichlicher Mahlzeiten zu finden. Und eine volle Wasserkanne ist in Reichweite der Gefangenen.

Die Wache, die Türkisch versteht, übersetzt.

Wir beschlagnahmen das nächste Haus, setzen einen Kessel Wasser auf den Herd und teilen die Befreiten auf, die Frauen kümmern sich um die Mädchen, wir um den Jungen. Er erzählt uns, was wir schon vermutet haben. Die vier jungen Leute sind im Grenzgebiet entführt und verschleppt worden und dienen dem Dorf als Sexsklaven.

Sie sind ausgewählt hübsch und stehen unter Schock. Die bereits am längsten in Gefangenschaft gehaltene junge Frau erzählt, sie sei schon etwa seit einem Jahr hier, sie hätte auch schon ein Kind, das hätte man ihr fortgenommen. Die anderen sind seit vier Monaten und seit einer Woche hier. Die Neueste sei die Begehrteste — eben, weil sie neu sei. Der Junge ist seit acht Monaten hier.

Alle sind sie wund von den Fußeisen. Die zweite Kshatrini, Menla, hat Pflanzen gesucht, die sie nun mit einem Stein zerquetscht, mit Spucke vermischt und auf die

Fußgelenke legt; sie hat sauberes Tuch im Schrank gefunden und in Streifen gerissen, das dient nun als Verband.

Das Kind der Gefangenen wird gesucht und gefunden. Die Adoptivmutter rennt zeternd hinter uns her. Ungeachtet dessen wird es in die Arme seiner leiblichen Mutter gelegt.

Die Adoptivmutter wird befragt — sie sagt, sie hätte nichts über seine Herkunft gewußt. Wir glauben ihr nicht. Sie und die Dorfältesten werden gefesselt in den Hubschrauber gesetzt. Wir telefonieren mit Sukent, als wir im Hubschrauber sind. Auch die Befreiten haben dort Platz genommen. Sukent stellt eine Verbindung mit der Polizei von Armenien und mit der Grenzwache von Azerbaidjan her. Armenien ist nicht besonders kooperativ, das hatten wir erwartet. Sie sagen nach Stunden zu, die Polizei zu dem Dorf zu schicken, aber davon versprechen wir uns nicht viel.

Baku erlaubt den Einflug, um die Befreiten in ihren Heimatdörfern abzusetzen. Das tun wir. Bei der „Kirche der Heiligen Märtyrer" gibt es eine Siedlung und einen Supermarkt. Hier werden zwei der Frauen ihren Familien zurückgegeben. Dann fliegen wir zur Polizeikaserne von Baku und tun das, was die Dorfältesten am meisten fürchten, wir liefern sie an Azerbaidjan aus. Dort übernachten wir auch. Im schicken Gästehaus der Regierung. Ich kriege noch einen Kulturschock von diesen krassen Wechseln.

11. Juli

Wir kehren am nächsten Tag nach Kislikabak zurück und führen das Ritual mit geringstnötigem Aufwand durch, instruieren natürlich die ‚Patienten' über die Vorstellung, sie würden sich verschenken, verteilen meine Chaperone, wie wir es vorhatten, aber lassen ihnen keine übertriebene Fürsorge zukommen. Bei jedem muß ich denken, er war mit bei denen, die die jungen Gefangenen vergewaltigt haben. Ich muß mich zwingen, sie nicht zu verabscheuen, sondern, wie ich es gelobt habe, das Ritual mit aller mir möglichen Liebe durchzuführen.

Zum Glück werden wir nicht hier übernachten. Wir fliegen hinterher nach Baku und sind Gäste der Regierung. Journalisten sitzen uns auf den Fersen. Mato Sapé gibt ein Interview. Die Regierung bittet uns, noch ein paar Tage dranzuhängen, um ein paar der Unseren zu behandeln. Ich bin halbtot, muß schlafen.

12. Juli

Heute ist Petja eingetroffen, inzwischen weiß ich auch seinen Cultura-Namen, Škórec, klingt wie „Schkórez", der Star. Und so ein Vogel ist er auch. Glänzend schwarz und ein wenig eitel, schillernd und leuchtend und fliegt perfekt koordiniert in seiner Wolke. Er gehört jetzt auch zu unserem Team. Ich frage ihn, was sein Vater darüber denkt, daß er mit uns fliegt; der erlaubt es ihm, spottet aber ein wenig. Der Doge hat Petja schon mal auf den Rücken geworfen, dann kann er es wieder tun, hätte Perkele gesagt, das erzählt Petja uns mit einem kleinen Lachen, aber gekränkt hat es ihn doch, das merke ich.

Wir sind aber wieder zwölf, weil einer im Kaukasus bleibt und da weitere Gemeinden besucht, schwer bewacht von vier Kshatrinis — von der Sorte haben wir inzwischen 72 im Lande — weiteren Wachen und Amazonen. Doktor Mani reist als Arzt mit ihnen, und sie fahren nicht in Spannungsgebiete.

Wir sind jetzt also in Baku, aber davon habe ich nicht viel gesehen und mag ich auch nicht. Die Geschichte mit den entführten Mädchen und dem Jungen geht mir nach. Die Zeitungen bringen die Geschichte. Das wäre ein krasser Schlag gegen den sowieso schlechten Ruf der Cultura gewesen, wenn nicht auch Homsarecs eingegriffen und den Mißbrauch aufgedeckt hätten. Die Königin hat gesagt, wir müssen sehr aufpassen und dürfen uns keine Nachlässigkeit leisten, davon würde künftig der Frieden zwischen den Arten abhängen.

Wenigstens dürfen wir uns heute ausruhen. Baku hat ein bißchen Ähnlichkeit mit Istanbul, wo ich mit Onkel Muria war... Ach ja, meinem Vater... die Gärten, die Sprache, die Art der Leute, die Speisen. Die Parks sind auf eine Art grün und gepflegt, daß man sie kaum noch für echte Blumen und Bäume hält. Ich glaube, ich laufe durch die Entwurfszeichnung der Gartenarchitekten. Der gleiche Rote-Beete-Saft wie in der Türkei, den wir so lieben, weil er aussieht... Lassen wir das.

Das dreckige Bergdorf mit dem stinkenden Verlies ist weit weg, so weit weg, daß die puppigen Parks hier es völlig surreal erscheinen lassen.

Ich sitze auf einer Bank an einem Springbrunnen unter grünen Bäumen, sauge an einem Salgam, dem roten Saft, und denke an die Kids, und daß sie jetzt endlich in sauberen Betten schlafen werden. Gleich gehe ich zurück ins Hotel. Meine Amazone sitzt diskret auf der anderen Bank, hat mich dauernd im Auge, weil ich voll bin von einem anderen, sehr kostbaren roten Saft.

13. Juli

Heute haben wir wieder gearbeitet, wir sind in ein paar Treffpunkte der Unsrigen gefahren. Sie leben hier sehr diskret, unsere Art der Liebe stößt ja nicht so auf Beifall, sie ziehen sich in Dörfer zurück. Sie fahren besser damit, daß man nicht weiß, wo sie leben und was sie tun. Das macht sie schwer auffindbar.

Dieses Mal sind wir auf der aserischen Seite der Grenze unterwegs.

Wir sind noch mal kurz in die Dörfer geflogen, wo die Entführten abgeliefert worden sind, wollen wissen, wie es ihnen geht. Und ob sie womöglich als Schuldige behandelt werden, nicht als Opfer. Wir erfahren, daß die Männer eines Dorfes, aus dem zwei Mädchen stammten, auf blutige Rache ausgezogen sind. Sollen wir da eingreifen? Wir beschließen, nein. Nicht noch Eskalation verschulden. Kislikabak kann sich seiner Haut wehren. Mehr Hilfe, als sie von uns bekommen haben, verdienen sie nicht.

Mato Sapé fragt die Mutter von einem der Mädchen, wie es ihr jetzt geht. Sie badet dreimal am Tag, betet nur und ißt nicht. Aber die Mutter ist zuversichtlich. Die Familie wird sie auffangen, sagt sie. Mato Sapé schärft ihr ein, ihr keine Vorwürfe zu machen. Sie habe keine Schuld. Die Mutter schaut so zur Seite; es ist also schon passiert. Na, Bravo.

Die Unsrigen auf der azerischen Seite leben in einer gewissen Bedrängnis. Sie müssen sich regelmäßig gegen Überfälle durch Cros wehren, die ihnen alles vorwerfen, was nicht aufgeklärt werden kann. Und wenn sie es nicht waren, dann waren es eben die auf der armenischen Seite. Habt ihr halt Pech gehabt. Kaum ein Mann der Unsrigen, dem sie nicht schon eine Kugel aus Brust oder Arm geholt haben.

Am Abend sind wir wieder zurück nach Baku geflogen, obwohl uns die Brüder in den Bergen gern dort behalten hätten. Aber das ist den Kshatrinis zu unsicher. Wir führen die Rituale durch; hier stoßen wir auf große Dankbarkeit. Der Doge hat beschlossen, uns hier wieder abzuziehen, während es ursprünglich geplant war, einen von uns als lebenden Impfstoff hierzulassen.

Es hat geklopft, Pratizaye steckt den Kopf in die Tür.

13. Juli, später

Es ist schon gegen Morgen. Ich kann nicht schlafen, bin so aufgeladen von ihrer Energie. Wieder einmal hat sie mich auf ihre machtvolle Art genommen, hat nichts gesagt dabei, aber ihre langsamen Bewegungen, das lange Verharren in Stille hat mich auch ein ein Art hypnotischen Zustand versetzt. Auch dieses Mal hat sie mich den Ring entfernen lassen, zu meiner Verwunderung hat sie einen Schlüssel — hat Tanguta ihr den gegeben? Was geht da vor?

Ich hatte einen seltsamen Traum — oder bin ich aufgewacht und sah sie wirklich? Wir schlafen ja nicht tief, darum träumen wir selten… Ich sah sie in einem Feuer, das ihr keinen Schaden antat, es umgab sie wie ein loses Gewand, glitt an ihr hinunter und spielte zu ihren Füßen, stieg auf und umgab sie als Aura. Sie bewegte ihre gekreuzten Arme anmutig, ließ ihre Hände kreisen.

Am Morgen vermißte ich mein Lendentuch, das ich ihr geliehen hatte, und fand es mit Brandflecken im Wäschekorb.

Ich habe keine Zeit, darüber nachzudenken. Ich muß mich fertigmachen, wir fliegen heute zurück nach Sukent und dann in eine andere Gegend, in die Pyrenäen.

14. Juli

Ich bin völlig erledigt, obwohl es kein langer Flug war. Aber diese Leute machen mich fertig. Sind ständig in Scharmützel verwickelt. Wer gegen wen, das läßt sich nur schwer feststellen.

Kaum landeten wir, kamen wir schon fast unter Beschuß. Ich weiß nicht, für wen sie uns gehalten haben, aber anscheinend herrscht hier mitten in Europa noch Blutrache. Nun sind Giftpfeile für einen geschlossenen Helikopter keine wirkliche Bedrohung, dennoch stockte mir der Atem, als ich die schwarzen Federn auf uns zu rotieren sah, und ich duckte mich unwillkürlich. Der Beschuß hörte sogleich auf, als wir über der Lichtung sichtbar wurden. Die Krieger sahen den dunkelblauen Lack unseres Fliegers mit dem geflügelten Löwen Sukents und fielen auf die Knie. Das können sie also immerhin noch. Aber sich mit den Nachbarn Schlachten liefern.

Wir sind also vorsichtig ausgestiegen, die Wachen und Amazonen vorweg, und dann kamen die Unseren aus ihren Verstecken. Als wir mit ihnen redeten, hörte es sich schon ein bißchen anders an, sie hatten geglaubt, die spanische Polizei würde wieder eingreifen.

Na, das sind ja schöne Zustände, Seine Exzellenz wird sich freuen.

Sie bewirteten uns großartig, verfügten offenbar über bemerkenswerte Vorräte in ihren Kellern. Ja, sie verfügten über einen Klosterweinkeller, der als Letztes von einem Kloster übrig war. Auch einen Brunnen gab es dort. Sie zeigten uns stolz, daß sie hier lange überleben konnten.

Dieses Mal war Salix mitgekommen, die sonst eher in Sukent blieb und die jungen Hühner, Pardon, Amazonen in ihre Aufgaben einwies.

Sie interessiert sich für diese Räume, hat sich alles zeigen lassen und viele Fragen gestellt. Ob die Unseren ein Thermometer hätten? Ja klar. Einen Weinkeller… „Wieso trinkt ihr Wein?"

„Hier trinkt jeder Wein. Was hast du gegen Wein?"

„Homsarecs vertragen ihn nicht."

„Wie? Du siehst doch, daß wir ihn vertragen."

„Ach ja, und warum schlagt ihr euch dauernd mit dem Nachbardorf?"

„Also bitte, was hat das mit dem Wein zu tun?"

„Das versuche ich ja gerade herauszubekommen. Es heißt, daß Wein die Homsarecs aggressiv macht."

„Ah, was für ein Blödsinn! Ihr seid ja nur neidisch, weil ihr euch sowas nicht gönnt, und dann kommt ihr her und macht euch hier breit und wollt uns sagen, wie wir zu leben haben, weißt du, ihr mit eurem geflügelten Löwen könnt euch gepflegt verpissen, wenn ihr nur herkommt, um uns zu missionieren."

Irgendwie kam mir das bekannt vor.

„Schon gut, schon gut", lenkte Salix ein, „wir sind aus einem ganz anderen Grund hier, es ist ein Forschungsprojekt. Und wir suchen Freiwillige, die bereit sind, sich von unseren Ärzten untersuchen zu lassen."

Das lenkte die Kampfhähne erst einmal ab, dann wurden sie leise von den Frauen erinnert, daß wir schließlich Abgesandte des Dogen und ihre Gäste seien, und die Küchenserfs hätten schon angefangen zu kochen. Also wurden wir an einen langen Tisch gebeten, und ein paar Korken schnalzten. Wir baten uns Wasser und Tee aus — Tee? Nie gehört... — und dann gab es ein großartiges Essen, in den kühlen Kellern hatten auch ein paar Fasane gehangen, und die Schwanzfedern wurden großzügig verteilt, so daß wir uns alle schönmachten. Beim Essen wurde dann besprochen, was genau die Ärzte untersuchen würden. Und somit kam nun auch unser Projekt zur Sprache. Ja, Blut abnehmen, okay, bedient euch...

„Blut? Im Moment kann ich diesen Kandidaten nur Alkohol abnehmen", raunte Mato Sapé an Salix' Ohr. Die kicherte. Auch ich war ziemlich lustig und müde, obwohl ich nur Weinschorle getrunken hatte, aber irgendwie wurde mein Glas einfach nicht leer.

Ich fand mich in der Dämmerung auf dem Sofa wieder, Arm in Arm mit einem der Gastgeber, dessen Finger in meinem Lendentuch entschlafen waren, zugleich mit ihm. Ich löste sie vorsichtig daraus, erhob mich steif, hätte den Kopf gern dort liegenlassen, mußte ihn aber leider mitnehmen, was mir Schmerzen verursachte, und suchte eine Gelegenheit zum Pinkeln. Dort, wo ich eine vermutete, wurde träg und schlaftrunken gefickt. Hätte man mich beachtet, ich hätte eine Entschuldigung gemurmelt.

Und dann stand ich wieder in diesem großen Weinkeller und fröstelte. Hier schien dauernd die gleiche Kühle zu herrschen, während einem die heiße Sommerluft draußen wie ein dickes Kissen auf dem Gesicht lag und den Atem raubte.

Die Kühle ernüchterte mich, und als sich meine Augen an das Dunkel gewöhnt hatten, sah ich eine Gestalt durch diesen Raum wandeln. Salix. Sie hatte ein Notizbuch und eine Schnur und machte damit Messungen. Einen Zollstock hatte sie gerade nicht, aber sie machte Knoten in ein Stück Schnur, das ungefähr einen Meter lang war, und später würde sie diese Schnur abmessen und umrechnen, was sie ermittelt hatte. Sie schaute sich fast erschrocken um, als sei es ein Vergehen, anderer Leute Keller auszumessen; ja, wenn man sie nicht fragt, ist es das vielleicht.

„Was willst du jetzt hier?" fragte sie mich.

„Die sind jetzt alle besoffen, und ich bin es wahrscheinlich auch und suche einen kühlen Schlafplatz", begann ich. Und meinte damit, wir würden, um unsere Mission erfüllen zu können, wohl über Nacht bleiben müssen. „Ja", lachte sie, „Mani ist auch breit, der Pilot ebenfalls, und ich kann nur hoffen, daß es zum Frühstück nicht auch wieder Wein gibt."

15. Juli

Am anderen Tag haben wir ein paar Leute geimpft, die waren entweder sehr ablehnend und wollten davon nichts wissen, oder sie waren albern und verulkten die ganze Aktion. Trotzdem habe ich auch denen was mitgegeben, die sich darüber lustig machten, denn küssen tun sie alle gern, unsere schwulen Jungs ebenso wie die mannstollen Mädchen. Vor allem die Schwester der Hausherrin machte mir schöne Augen. Aber zum Ficken hatte ich keine Lust, ich hatte Sehnsucht nach Tanguta und der Dogaressa und ebenso nach Perkele, und andere will ich nicht.

Über das Mobiltelefon im Helikopter sprachen wir laufend mit dem Büro des Dogenpalastes und berichteten. Und weil ich auch noch mal kurz mit meinem Herrn, Seiner Exzellenz, reden und ihm erzählen wollte, wie es vorangige, und weil ich den Fehler gemacht habe, das noch gestern zu tun, durfte ich mir einen Anranzer anhören: „Kerl! Bist du besoffen??"

— Woher weiß der das?? Irgendwas verriet mich da. —

Ich probierte einen Scherz.

„Sie sagen, Alkohol wäre keine Lösung, aber immerhin ein Lösungsmittel…"

Was von einer Strafandrohung beantwortet wurde. Gott, ist mein Herr humorlos.

Heute bin ich ordentlich verkatert, schlimmer als nach Tante Nox' Papavers. Wirklich, als hätte ich Lösungsmittel getrunken.

Jetzt erinnere ich mich auch an mein Nachtlager, das war ein Heubett im Schober, wo ein Teil von uns genächtigt hat, die Herrschaften bekamen die Fremdenzimmer. Ich mag das. Auf Torquato habe ich manchmal auch im Gras schlafen dürfen, wenn es in meinem Dachzimmer zu heiß wurde. Der Vorschrift entsprechend wurde ich zwar an den Baum gekettet, unter dem ich lag, aber dann war alles schön.

Einmal gab es Johanniskäfer, die den Garten mit schwebenden und blinkenden Funken verzauberten. Daran muß ich denken, wenn ich Heu rieche.

Und dann schob sich dieses Weib über mich, dachte, es macht mich glücklich, wenn sie sich meinen Schwanz schnappt. Der Ring machte sie noch rolliger. Schon hatte ich sie auf mir. Aber ich wurde nicht steif. Ich kann das.

„Geh weg!" fauchte ich.

Sie ohrfeigte mich und fuhr fort, an mir herumzurubbeln. So langsam wurde ich doch steif — gegen meinen Willen. Ja, man kann einen Mann vergewaltigen, vor allem, wenn er passiv veranlagt ist.

„Hör auf!" versuchte ich leise zu sagen, aber wenn ich versuchte, die anderen nicht zu stören, hatte das nicht genug Nachdruck. Ich versuchte, sie von mir runterzuschieben, aber irgendwie war ich sehr schwach. Auch als ich sie anflehte, sie möge aufhören, nahm sie das mehr als Spiel.

Aber nun fiel ein Schatten auf uns.

„Runter von ihm!" befahl eine ebenfalls leise, aber sehr entschiedene Stimme.

Die Frau auf mir — ich meine, es war die Schwester der Hausfrau — wehrte die andere ab, und diese Gelegenheit versuchte ich zu nutzen, um mich herauszuwinden.

„Runter! Los! Oder ich knall dir eine! Der ist meiner!" kam es jetzt.

Holla.

Ich erkannte Pratizaye. Und jetzt war ich froh.

Die andere wich der überlegenen Kriegerin. Ich saß inzwischen aufrecht. Sie nahm mich in die Arme. Und dann legte sie sich zu mir auf die Decke im Heulager, lag in meinem Rücken und ruhte bei mir. „Pfui, du hast eine Fahne", lachte sie, „das machst du nicht wieder."

Ich versprach es.

18. Juli

Inzwischen war ich ein paar Tage zuhause. Ich habe meinem Herrn ausführlich berichtet. Er hat auch die Protokolle der anderen Teamleiter studiert. Der Zwischenfall in Kislikabak hat ihn sehr erzürnt. Sukent bezahlt jetzt die besten Trauma-Therapeuten von Baku, wenn die Familien der Befreiten wünschen, daß sie dort behandelt werden.

Alles ist hier wie immer, die Infantin quakt, ich darf mit der Domina schlafen, Tanguta hat mit mir gespielt und mich dann mit ins Ehebett genommen. Ich durfte kniend und abgewandt dabei bleiben, während mein Herr seine Gattin erfreute.

Dann nahmen sie mich zwischen sich. Sie ging ab wie Schmidts Katze, nachdem sie mich in den Armen gehalten hatte, während er mich schlug. Sie sah mir ins Gesicht, erzwang es, daß ich sie ansah, küßte mich, als mich der Riemen traf, und mein Herr tat es vorsichtig und geduldig, bevor es heftig wurde. Sie hielt mich mit aller Kraft fest, denn selbst noch, als meine Hände auf den Rücken gefesselt waren, bäumte ich mich auf, konnte nicht anders. Es war nicht, um zu entkommen, das wollte ich nicht, sondern der Schmerz und die Lust schossen in Wellen auf und ab, ich konnte gar nicht anders als mich winden.

„Du bist so schön!" flüsterte sie, „ich habe dich noch nie so schön gesehen…"

Verrückte Gedanken gingen mir durch den Kopf; und wenn ich ihnen nicht schon längst gehört hätte, ich hätte mich in diesem Moment dafür entschieden.

Er lag auf dem Rücken, sie bestieg ihn, und er hielt mich in einem Arm. Sie kamen gleichzeitig. Das funktioniere nur, wenn ich dabei sei, verriet sie mir mal in einem unvorsichtigen Moment. Beide hielten sie mich zwischen sich in den Armen, als es vorbei war. Ich war immer noch geil und ungefickt, aber gut verhauen und so zufrieden. Abwechselnd küßten sie mich und einander, und ich war glücklich.

19. Juli

Die nächste Reise führt uns nach Nordrußland. Dort, an der estnischen Grenze, gibt es eine Gruppe, die in Kontakt mit den Bémishen Briedern steht und darum ebenfalls noch den alten Sitten anhängt. Sie wandern in den Wäldern zwischen den Ländern hin und her und halten sich versteckt.

Wir sind jetzt wieder in Petschur, wo wir zum Mittag ankamen, dann haben wir was gegessen und sind mit Geländewagen in die Wälder gefahren, wo man sie zuletzt gesehen hat. Im Sommer sollen sie nur in Hängematten schlafen, bisweilen auch nackt im Regen, sind praktisch unsichtbar, leben von der Jagd und treffen Frauen der Dörfer, um ihnen Kinder zu machen.

Wir haben den ganzen Nachmittag gesucht, haben in den Dörfern gefragt. Isatai ist mitgekommen, er spricht Russisch und auch ein wenig Estnisch, das wir brauchen, um bei der Landbevölkerung Sympathien zu erwecken.

Das gelang ein Stück weit, aber erfahren haben wir nichts Brauchbares. Wenn sie das Kennzeichen von Pskow sehen, verschließen sie ihre Gesichter und Türen.

Später in Petschur, als wir was gegessen hatten, sprachen wir mit Sukent und berichteten, daß wir keine der Waldbrüder getroffen hatten. Gut möglich, daß sie uns gesehen haben. Aber sie werden nicht mit uns in Kontakt treten. Jemand muß kommen, mit dem sie reden würden. Petja ist bereit dazu, er hat aus dem Hotel angerufen, weil er ein Zeichen erhalten hat. Er will kommen. Zwei Tage Fahrt über Warschau und Riga. Er will Mitja mitnehmen und sich mit ihm beim Fahren abwechseln.

20. Juli

Mir gefällt es hier. Es ist nicht so heiß wie in Sukent, auch trockener, es ist sehr ruhig, wenn man ein paar Schritte vom Klosterbezirk weggeht.

Die Klostergebäude sind sehr schön, ich habe mir alles ansehen dürfen. Es ist inzwischen auch Therapiezentrum. Hier sind Therapeuten aller Kulturen, also auch Schamanen.

Geschlafen haben wir in kleinen Doppelzimmern, Salix geht wieder eigene Wege. Sie ist hinter der ‚Kirche des Entschlafens' verschwunden, ich bin ihr gefolgt, war neugierig, was sie da macht. Ich folgte ihr und sah, daß es da zwischen den Sträuchern an der Klostermauer eine kleine Treppe gab, die hinunter zu einer Tür führte. Sie hatte einen Schlüssel. Ich folgte ihr die Treppe hinab, da bemerkte sie mich. Sie lächelte und gab mir einen zarten Klaps, nannte mich neugierig.

Als meine Augen sich an die Dunkelheit gewöhnt hatten, sah ich den Raum, eine Krypta. Es war kühl. An einer Stelle standen Kisten und Flaschen, man nutzte diesen Bau offenbar als Vorratsraum. Auch hier nahm sie Maße mit Hilfe einer Schnur auf und notierte die Zahlen. Ich wagte nicht gleich zu fragen, warum sie das tat.

Sie hat es mir nicht verraten. Es gehe mich nichts an, hat sie gesagt.

Wir haben auch das Höhlenkloster besucht. Es ist eine Art Felsenkapelle, wohin auch Touristen kommen und die Leute aus der Umgebung, um zu beten. Sie schaute es sich aufmerksam an, hat aber nichts vermessen.

21. Juli

Heute ist Petja eingetroffen, Seriwolk und Mitja sind auch mitgekommen. Seriwolk saß am Steuer, dabei ist er noch nicht alt genug, um den Führerschein zu haben. Aber sonst hätten sie längere Pausen einlegen müssen und hätten noch länger hierher gebraucht.

Morgen früh werden wir mit Salix und drei Wachen mit zwei Wagen noch einmal an diese Orte fahren, und Petja und Mitja sollen auf dem offenen Wagen sitzen, damit die Waldbrüder sie sehen können. Während der Fahrt hat mir Isatai von dem Überleben seines Freundes Sinteska erzählt. Er war in Petschur, als er in den ‚Zustand' kam. Iván holte einen der Mönche zur Hilfe, und sie brachten ihn in die Kirche vor das Bild der wundertätigen Muttergottes. Da klappte er zusammen und lag mehrere Tage in einer Ohnmacht. Dann hat er sich wieder erholt.

„Wie haben die das gemacht?" fragte ich.

„Wir wissen es nicht. Sie sagen, sie wissen es auch nicht. Die Magie des Ortes, meint Sinteska, aber die Mönche nennen es natürlich Gottes Segen und die Macht seiner hilfreichen Engel."

„Meine Mutter hat ihn gepflegt", erzählte Iván, „sie hat ihm zu trinken gegeben, ihn zum Klo geführt, ohne daß er aufwachte. Ich habe ihn gesehen, er schlief, wie ich noch nie einen Homsarec habe schlafen sehen. Und immer stand das Fenster offen. Um Ostern! Draußen lag Schnee. Ja, und der Pope, der ihn bewachte, nannte diesen Schlaf ein Heiliges Koma…"

Salix schaute ihn an, fixierte ihn, vom Beifahrersitz zu ihm gewandt.

„Ferma Goshen", „Halt die Klappe", sagte sie auf Lingo zu ihm. Ich wechselte einen verwunderten Blick mit ihm, aber sie blickte verkniffen und gab keinerlei Erklärung.

22. Juli

Die gestrige Fahrt ist ohne Erfolg gewesen, und auf der heutigen gab es einen Zwischenfall. Mitja wurde von einem Schwarzroten Pfeil getroffen. Das brachte uns kurz in Schwierigkeiten, denn er saß am Steuer. In seinem Schock trat er das Gas noch mehr durch, statt daß er runterging. Salix griff ins Steuer und verhinderte, daß er uns in die jungen Birken fuhr. Petja verstand sofort und zog ihm das Bein vom Gaspedal.

Auf der besonnten Sandpiste kamen wir zum Stehen, und Pratizaye konnte ihm das Gegengift verabreichen. Das Schwarzrote ist ja nicht so schlimm, wir kommen davon mal grade in Halbschlaf, aber einen Cro haut es schon um, und Mitja ist ja ein Cro, auch wenn sein Vater und sieben seiner Geschwister Homsarecs sind.

Ach ja, es sind nur sechs, wie zuvor. Die Kleine von Visedom soll ich ja gezeugt haben. Sie sei mir wie aus dem Gesicht geschnitten, behauptet Petja.

Nun standen wir also da auf der Waldlichtung, und Pratizaye verarztete Mitja. Unterdessen kam das zweite Fahrzeug, mit dem wir im Konvoi fuhren, herangerollt. Ruradix sprang heraus und sah sich die Bescherung an. Sie erkannte sofort, daß es sich um einen Nachrichtenpfeil handelte — ja, nicht nur, ein Drohpfeil war es ja wohl auch gewesen! — und las die Botschaft auf dem Papier, das um den Schaft gewickelt war. In einem sehr eigenwilligen Lingo Real und auf Russisch stand da, wir sollten uns verpissen, sie wüßten von unserer Mission und hätten keinen Bock drauf, bestimmt wollten wir sie nur domestizieren. Aber sie seien *„Wilde Wald Brüder und Scheißen auf dem Doge und Königin. Also wollen Wir gelassen inruhe und haut ab. Könnt ihr Faxen zu Sukent und Schwanz lose Regirung."*

Also hatten sie uns tatsächlich schon gesehen.

Und den Fahrer zu beschießen verriet nicht die besten Absichten.

Etwa eine halbe Stunde und einen Kilometer weiter stand eine Frau am Straßenrand, halb verborgen von den Sträuchern, wir entdeckten sie erst im letzten Moment, denn sie war mit zweigähnlichen senkrechten und schrägen Streifen bemalt und trug ein grünes Tuch, so daß sie fast unsichtbar war, und auch sie hatte einen Bogen gespannt. Petja, der jetzt am Steuer saß, bremste und sprang raus.

Er lief direkt auf sie zu, sie hielt einen Pfeil auf sie gerichtet.

„Ich bin's doch, den ihr sprechen wolltet!" rief er.

Sie ließ den Pfeil sinken, dann fallen, und dann fiel sie ihm um den Hals und weinte heftig. Ich verstand so viel, daß ihr Mann Pahandus im ‚Zustand' sei, nachdem er schon mehrere Brüder auf diese Weise verloren hatte, mit denen sie ebenfalls verheiratet gewesen war. Und da nun klar war, daß wir keine Feinde waren — obwohl der erste Drohbrief sich schon stark so anhörte, als hielten sie uns dafür —, nahmen sie uns mit zum Lagerplatz, nachdem wir die Autos tiefer in den Wald hatten fahren müssen, damit man sie von der Straße aus nicht sah.

Pratizaye und Salix machten also ein NuRiCa mit ihm, und in den Stunden danach schien es ihm besser zu gehen. Wir bekamen gut zu essen, die Waldbrüder hatten nicht nur Wildbret anzubieten, sondern auch einiges, was sie in den Dörfern gegen Wild eingetauscht hatten, so wie es auch die Bémishen tun.

Und schon wieder kam Alkohol auf den Tisch, dieses Mal Wodka, wir sind schließlich an der russischen Grenze. Nein, ich verweigerte die Aufnahme. Aber um Pahandus vor dem Ritual zu desinfizieren, war der ganz prima. Nach der äußeren verlagte er auch noch nach innerer Desinfektion, und das, obwohl er schon im Zustand war! Salix schlug die Hände über dem Kopf zusammen und sagte was, sie verstünde jetzt, wieso er im Zustand sei. Das nahmen ihr unsere Gastgeber etwas übel.

Nein, das mußte er nüchtern durchmachen. Schließlich war es wichtig, daß er konzentriert und aufmerksam war.

Wie liebevoll sie das machten. Mit welcher Sorgfalt ihn Salix fesselte, und dann hielt sie seinen Kopf fest in beiden Händen. Immer wieder feuchtete sie ihm Stirn und Haare mit einem Schwamm mit Salzwasser an. Das kühlte. Noch besser wäre es, ihn kahlzuscheren, sagte sie, aber da war er stur. Und mit welcher Liebe ihn Pratizaye beobachtete, während sie die Linien schnitt! Es war sein erstes Mal, und es kam spät. Er verdrehte schon die Augen. Ich versuchte, in den Gesichtern der Frauen zu lesen, wie sie den Erfolg einschätzten, sie schienen mir skeptisch.

Mitja hatte sich unterdessen von dem Pfeil erholt und trank Unmengen von Wasser.

Kalajärvi, die Frau von Pahandus, eine Finnin, hatte ihn um Entschuldigung gebeten und auch für das nicht ganz salonfähige Schreiben, das sie an den Pfeil geheftet hatten.

„Die Regierung von Sukent ist nicht schwanzlos, ich weiß es, die fickt mich", knurrte ich halblaut.

Und dann kippte Pahandus weg!

Aber nicht, weil ich das gesagt hatte. Es war wohl doch schon zu spät. Kalajärvi schrie wie am Spieß und fing zu klagen und zu jammern an. Aber Pratizaye hielt ihr den Mund zu, ihr Mann dürfe das nicht hören.

Langsam beruhigte sich das Camp. Nur Kalajärvis Schluchzen war noch eine Weile zu hören und das Flüstern der anderen Frauen, die sie trösteten.

Irgendwann fuhr eins der Autos weg. Ich war zu müde, um nachzusehen oder zu fragen, wer da weggefahren war und wer von uns noch da war. Es war gegen Morgen verdammt kalt in der Hängematte. Ich holte mir eine Decke aus dem Auto.

23. Juli

Am Morgen waren wieder alle vollzählig, nur Pahandus war weg. Salix sagte mir, sie und Petja hätten ihn noch in der Nacht nach Petschur gebracht, wo er aufgebahrt werden sollte. Denn nur da hätten sie einen kühlen Raum dafür.

Kalajärvi hatte sich einigermaßen beruhigt, sah vom Heulen aber noch sehr verquollen aus. Die Gruppe versammelte sich jetzt zum Frühstück, sie hatten verstreut im Wald genächtigt. Es waren 28 Leute. Sie waren mürbe vor Trauer über den Verlust ihres Anführers und ließen sich brav impfen.

Sie alle wurden noch über die Zusammenhänge aufgeklärt, Salix hielt einen kleinen Vortrag anhand von Kunkamanitos Erkenntnissen. Und sie erklärte ihnen, daß sie nun auch Träger der Chaperone waren, und das würde in einigen Wochen nachgeprüft werden. Sie sollten zum nächsten Vollmond nach Petschur ins Kloster kommen…

„Nein, da gehen wir nicht hin", hieß es.

Salix wollte wissen, warum nicht.

„Kannibalen haben da Hausverbot."

Jetzt vergruben wir unsere Gesichter in den Händen.

„Wer hat sich das denn ausgedacht?"

„Der neue Batjuschka. Der Abt. Der alte ist im Ruhestand. Also, eigentlich hat seine Frau sich das ausgedacht."

Darüber wird ja nun zu reden sein. Denn gerade die einstigen Kannibalen gilt es ja zu retten, und Petschur ist der Ort, an dem so viele überlebt haben wie nirgend sonst.

Es ist ein heiliger Ort, wo schon früher Leute den ‚Zustand' überlebt haben und wo sich Iván diese mysteriöse Heilkraft geholt hat, so heißt es.

Als wir wieder in Petschur waren, haben wir diese Neuigkeiten also an den Dogen gefaxt. Denn hier im Kloster haben sie noch kein Internet. Nur Telefone, die wohl noch aus Stalins Zeiten stammen. Aber immerhin 30 Jahre alte Faxgeräte.

„Redet mit der Alten vom Abt", faxte Seine Exzellenz zurück. Wer? Wie?

Iván stand neben dem Fax und las es. Ich schnappte mir das Blatt.

„Ist das für dich?"

„Ja", war seine schlichte Antwort.

„Und wieso?"

„Die ‚Alte vom Abt' ist meine Mutter", antwortete er. Mir blieb der Mund offen stehen. Also verschwand Iván nach dem Essen in der Wohnung des Abtes.

Kurz danach sah ich eine kleine, dünne Frau die Holztreppe zur Wohnung hinaufsteigen. Sie war Homsarec, wie ihre Aura verriet. Ich blieb am Fenster und beobachtete.

Kurze Zeit später kamen zwei weitere von den Mönchen oder Priestern über den Hof geschritten und stiegen eilig die Treppe hinauf.

Es dämmerte. In der Wohnung des Abtes war Licht, und man sah gestikulierende Gestalten, die sich hinter der Gardine bewegten. Das Thema wurde also diskutiert.

Aber während ich noch darüber nachdachte, kam Petja herein.

„Wir müssen nach Maslenie Blini zurück", sagte er ohne Umschweife, und sein Gesicht war ernst, „Isegrim, willst du mitkommen?"

Es dauerte einen Moment, bis ich begriff, daß ich gemeint war.

„Ja — kann ich denn?" fragte ich etwas verwirrt. Aber ich wollte natürlich nichts so gern wie meinen Herrn Perkele wiederzusehen.

Und wie der Streit in der Abtwohnung ausging, interessierte mich jetzt nicht mehr.

„Wann soll es losgehen?" fragte ich.

„Sofort."

„Aber das kann ich nicht", wandte ich ein, „ich bin Teil des Teams, ich bin auch nicht frei, ich bin immer noch Strafgefangener, muß unter Kontrolle bleiben…"

„Ich telefoniere mit deinem Herrn", sagte Petja und schickte sich an, den Raum zu verlassen, um das Autotelefon zu benutzen.

„Du bleibst hier!" befahl Petja, als ich ihm folgen wollte.

„Wieso das?" begann ich einen Protest.

„Du kannst als Gefangener nichts erbitten, das muß ich tun", sagte er, und das klang einen Moment plausibel für mich, und dann war er schon weg, und ich wollte hinterher, aber Mitja stand am Fenster und sagte: „Wo will denn die Frau des Abtes hin?"

Ich sah sie die Treppe herunterkommen, sie wirkte genervt.

Petja kam mit der Auskunft zurück, Seine Exzellenz hätte mir Urlaub gegeben, ich dürfe mitfahren. „Das möchte ich von ihm selber hören", antwortete ich mißtrauisch.

„Das machen wir im Auto", sagte Petja.

Es ist schon komisch, am Abend bei Dunkelwerden aufzubrechen.

Es ging stundenlang durch Waldlandschaft. Wir erreichten die lettische Grenze und fuhren an Riga vorbei. Für eine Übernachtung werde keine Zeit sein. Petjas und Mitjas kleiner Bruder Seriwolk blieb in Petschur, denn er konnte meinen Job inzwischen machen, sein Blut war mit Chaperonen angereichert. Das Team sollte zu einer Gruppe weiterfliegen, die am Jenissei lebte.

24. JULI

Dieser plötzliche Aufbruch konnte nur eins bedeuten, daß es jemanden gab, um den die Jungs in Sorge waren. Sie ließen mich aber nicht lesen, was in ihnen vorging. Was anderes konnte es aber wohl sein, das auch mich betraf? Selbst wenn es um Visedom und das jüngste Kind ging, das vielleicht meines war, dann hätten sie es mir gesagt. Damit ich mir keine Sorgen machte. Aber wenn sie schwiegen, damit ich mir keine Sorgen machte, konnte das eigentlich nur eins bedeuten: Perkele ist im Zustand.

Darum war es mir ganz recht, daß wir schweigend und ohne Pausen fuhren. Auch ich habe noch keinen Führerschein, aber natürlich kann ich fahren, das habe ich in Utrecht gelernt, wenn mein Vater mich dorthin mitnahm. In Weimar war mein Arm noch zu schwach, da durfte ich nicht fahren. Anfangs war ich noch etwas unsicher, aber jetzt in der Nacht waren die Straßen ziemlich leer.

Die Fahrt verlief ohne besondere Zwischenfälle. Wir aßen in Raststätten, ruhten dann ein paar Minuten im Auto, tankten mal; die Straßen sahen aus wie überall, auch die Schnellrestaurants. Wir erregten natürlich etwas Aufsehen, aber eigentlich nur bei den Parkplatz-Huren. Und nur bei denen, die noch nicht wußten, daß sie es bei den Unsrigen nicht versuchen müssen. Die Erfahreneren wußten schon, daß Homsarecs keine Zielgruppe sind — oder weiterfahren, ohne zu bezahlen, und das nicht aus bösem Willen, sondern entweder, weil sie gar nicht wissen, daß man für sowas bezahlen muß, oder weil sie kein Geld haben.

Manchmal bekommen wir Essen geschenkt, weil die Filialleiter der Schnellrestaurants uns so wieder loswerden wollen. Sonst könnte es nämlich viel Hin und Her geben, weil die Unsrigen über alle Zutaten ohne Ende diskutieren würden. Mildere Chilis? Haben wir nicht, nur Jalapenos. Wieso nicht mildere Chilis? Das ist so nicht vorgesehen. Wo ist der Manager?

Unterdessen werden die Krieger angehimmelt. Von allen weiblichen und von den schwulen männlichen Burgerbratern. Nicht nur einmal hat eins davon die Schürze abgeworfen und ist mit ihnen abgehauen. Daß das geht, hat sich ja nun bis östlich von Warschau herumgesprochen. Eine Kleine guckt mich schon so an. Ich gucke zurück.

„Denk nicht mal dran!" sage ich auf Lingo. Petja übersetzt es ins Polnische.

Der Manager hat inzwischen einen Jalapenaburger ohne Jalapenos für Petja gebraten, guten Appetit. Er will uns noch einen Kaffee ausgeben. Dafür, daß Petja auf einen Jalapeno hat beißen müssen. „Hallo", sag ich, „kannst du nicht lesen? Die sind scharf!"

Ich nippe an dem Kaffee, den Petja zurückweist, und muß spucken. Sowas Bitteres hatte ich noch nie im Mund.

Ich nehme noch ein Wasser. Das kostet auch was? Verrückt. Seit wann kostet Wasser Geld? Das fällt vom Himmel! Habt ihr denn keine Zisterne?

Eine Bayernmark? Hab ich nicht. Ich habe kein Geld.

Was soll er machen, als uns so gehen zu lassen. Dabei haben wir ihm eine Fasanenfeder angeboten. Eine besonders lange, die ist wirklich mehr wert als eine Bayernmark. Die würde Perkele nicht ablehnen! Ja, Papa, wir kommen, und diese Feder ist für dich.

15 Stunden später sind wir wieder in Tschechien, fahren über Ostrava und nehmen uns ein paar Brötchen in einer befreundeten Kommune, bleiben aber nicht einmal für einen Tee, sondern fahren sofort weiter. Die Jungs sind angespannt, auch wenn sie versuchen, das mit Heiterkeit zu überspielen, aber je näher wir dem Dorf kommen, desto deutlicher wird, daß ich richtig lag mit meiner Befürchtung, es geht um Papa.

24. JULI, SPÄTER

Wir sind im Dorf, Mitja stellt noch den Wagen in den Schuppen, Petja und ich gehen schon ins Haus.

Perkele sitzt auf der Bank im Wohnraum, als wir ankommen. Marja steht auf, geht uns entgegen, küßt ihren Sohn und umarmt mich.

Perkele erhebt sich, um uns zu umarmen. Seine Haare sind naß, er ist wohl eben aus der Banja gekommen. Aber er scheint mir zu warm.

In so einer Situation achtet man auf die kleinsten Details.

Mitja kommt mit der Brötchentüte und begrüßt seine Eltern, Papas Arm liegt immer noch um meine Schulter.

Aber er schwankt und muß sich setzen.

„Was ist mit dir?" frage ich. Er erhebt sich halb. Er ist gerötet, und ich weiß, was mit ihm los ist. Entsetzen und Panik kommen auf, ich versuche, sie zu unterdrücken.

Inzwischen hören wir einen Helikopter.

Er wird auf der Wiese neben dem Haus landen.

Wir gehen hinaus, um die Ankommenden zu begrüßen. Es sind vier Kshatrinis, Pratizaye, Puspah, Duspah und Aloke. Sie kommen ins Haus, der Helikopter startet weiter, will rüber in die Türkei, hat mir Pratizaye gesagt.

Sie kommen ins Haus und benehmen sich ganz selbstverständlich so, als seien sie da zu Hause. Merkwürdigerweise protestiert nicht einmal Perkele, der Hausherr.

Pratizaye schickt die Jungs herum, sie sollen eines der Betten mitten in den Wohnraum stellen und es mit einer alten Decke beziehen. Ich sehe, wie Pratizaye Bambusmesser auspackt und auf einem weißen Tuch auslegt, wie sie die Geräte mit scharfem Alkohol abreibt, und ich frage mich, ob Perkele überhaupt einverstanden ist, er hat sich doch immer gegen das NuRiCa gewehrt, hat sich spöttisch darüber geäußert.

Jetzt legt er sich widerspruchslos auf das Lager.

Pratizaye fragt in in Lingo, ob er einverstanden sei, sich von ihr schneiden zu lassen, ob sie sein Blut fließen lassen dürfe, ob er sich von ihr zeichnen lassen dürfe. Er bejaht dreimal ernsthaft. Kein Spottwort kommt mehr über seine Lippen.

Oh weh, dann geht es ihm wirklich schlecht.

Ich setze mich an das Kopfende des Bettes und nehme seinen Kopf auf meinen Schoß, und seine Hände halte ich über seinem Kopf fest. Petja setzt sich an das andere Ende und hält seine Füße in seinen Händen.

Pratizaye erklärt ihm die Prozedur und die Gedanken, auf die er sich konzentrieren muß. Und obwohl er alles dies früher albern fand, hört er jetzt anscheinend aufmerksam zu. Ich sehe sein Gesicht nicht, aber daß er nickt.

Seine Hände verankern sich noch fester in meinen, und mir scheint, er zuckt ein wenig zusammen, wenn die Schneide durch seine Haut dringt. Sein Blut fängt an zu fließen.

„Sei ein Essen für alle Hungernden, sei durststillendes Getränk für alle in der Wüste. Sei wärmende Kleidung für die Frierenden, sei erquickender Schatten für die von Hitze gequälten", singt sie. Das kannte ich noch nicht, daß sie es singen, bislang hörte ich es nur gesprochen. Es sind zwei kleine, etwas monotone Melodien, die sich wie Frage und Antwort wiederholen.

„Die Wesen leiden Mangel, wo immer sie wandern. Schenk ihnen Fleisch und Blut, während du in göttlichem Gleichmut weilst, auf deinen unbelebten Körper blickend. Du hast ihn verlassen, um deine Wanderung frei von Leiden zu vollenden. Große Freude erwartet den, der aus Mitgefühl verschenkt, was ihm am teuersten war."

Ich sehe sein Blut fließen.

Pratizaye macht es anders als die anderen, die ich bisher miterlebt habe. Sie küßt und tröstet nicht. Dennoch scheint sie mir ihre Patienten in eine Hülle von Schutz und Liebe einzuschließen, wie ich es so noch nicht gesehen habe.

Ich möchte seine Haare streicheln; ich schaue Pratizaye an, ob ich das darf, während ich meine Hand leicht darauf lege; sie nickt. Seine Hände habe ich losgelassen. Er bewegt sich nicht. Kühlt er ab? Ich befühle ihn immer wieder unauffällig, wahrscheinlich merkt er es trotzdem.

Es ist zwar mitten am Tag, aber er soll jetzt schlafen, und ich soll seinen Schlaf bewachen. Wir nehmen das Bettgestell und tragen es mit ihm zusammen in seine Kammer. Ich hülle mich in ein Schlaftuch, Aloke versorgt seine Schnitte, das Blut trocknet auf seiner Haut. Ich habe auf der Fahrt wenig Ruhe gefunden, ich bin froh, daß ich ein wenig die Augen schließen darf. Und ich bin auch froh, daß wir es geschafft haben, das NuRiCa mit ihm zu machen. Es erfüllt mich mit Hoffnung.

Später stand er auf, schien mir kühler zu sein, wir aßen etwas, die Bank im Wohnraum war fast voll, und die ist lang. Alle seine Kinder waren da. Auch Visedom zeigte mir das, was mein Kind sein soll. Ja, sieht nicht anders aus als Perkeles Kinder. Ich will nicht noch eins, wir haben mit Yadwiga schon genug Geschrei im Haus.

Pratizaye und ihre Mädels waren wieder weg. Hatten sich nicht verabschiedet. Aber so sind sie halt, kommen und gehen oft ohne ein Zeichen. Ein paar Stunden später sind sie wieder da.

Am Abend soll Perkele sich noch ausruhen, aber das ist ihm zu langweilig. Stattdessen läßt er sich von mir erzählen, was wir auf den Ausflügen in die Provinz erlebt hatten. Über unsere Sauftour in die Pyrenäen amüsiert er sich herzlich. Aber manchmal hält er mitten im Lachen inne und verstummt, und das ist etwas, was ich von ihm noch nicht kenne. Mir gefällt das auch nicht.

Unerwartet ist Pratizaye wieder da, sagt nicht, wo sie war. Pratizaye geht mit ihm in den Garten, ich sehe sie einander gegenüber auf dem Rasen sitzen, und sie lehrt ihn eine Atemübung, die ich auch gelernt habe, die helfen kann, daß wir uns abkühlen.

Als sie wieder drinnen sind, schickt sie Perkele zur Ruhe.

Er macht ein spöttisches Gesicht.

Niemand sagt ihm, was er zu tun hat; er ist sonst der Ansager. Dennoch erhebt er sich früher als üblich von der Bank und sagt, er geht schlafen.

Ich bin noch nicht müde, habe mich am Nachmittag ausgeruht. Also unterhalte ich mich noch eine Weile mit Marja und Mavini, die mir neue Zöpfe zu flechten anfängt und die sich zu einem ordentlichen kleinen Weib auswächst.

25. Juli

Es ist zwar noch früh, aber meine gestrigen Hoffnungen sind der Panik gewichen. Als ich gestern schlafen ging, wußte ich noch nicht, daß dies der schlimmste Tag meines Lebens werden würde. Schlimmer selbst als der gelähmte Arm nach dem Kanalsturz.

Ich bin in der ersten Morgenfrühe aufgewacht. Perkele sitzt auf dem Bett und schminkt sich die Augen. Er hat allen Schmuck angelegt, auch die langen Fasanenfedern und die von mir geschnitzten Ketten. Ich ahne Unheil.

Wir frühstücken. Er ißt nichts, trinkt nur abgekühlten Tee.

Er macht die Atemübungen, die unsere Kshatrini ihn gelehrt hat, aber ich sehe ihm an, daß ihm doch das Vertrauen so ein wenig fehlt. Dennoch versucht er es.

Aber anscheinend hat das nicht genug geholfen. Es ist zwar noch früh, aber langsam wird es draußen heißer, also geht er ins Bad und befeuchtet seine Haare.

Kurz darauf hat er das Bedürfnis, sich wieder hinzulegen.

Ich nehme seinen Kopf in meine Hände, es ist nicht überraschend, wie heiß er ist. Ich küsse ihn, er erwidert den Kuß kaum merklich, er scheint sich kaum bewegen zu können. Petja steht daneben, er überspielt seine Gefühle, indem er strammsteht. Er versucht, auch in dieser Situation jeder Zoll ein Krieger zu sein. Aber sein Gesicht ist voller Bitterkeit, gerade so, als sei irgendjemand schuld daran, daß sein Vater im Zustand ist.

Aber hat denn das NuRiCa nicht geholfen?

Pratizaye schaut sich die Schnitte an. Alles gut. Nun müßte doch langsam die Abkühlung einsetzen. Dann geht sie wieder ins Wohnzimmer.

Ich schaue zu Petja. Er schüttelt unmerklich den Kopf. Ich verstehe, was das heißt. Zu spät.

Ein Schmerz schneidet durch mich, gegen den alle Schmerzen, die ich früher erfahren habe, lachhaft sind. Perkele sieht mich mit trüben Augen an, ich bin nicht einmal sicher, ob er mich erkennt. Eine irrwitzige Hoffnung setzt sich in meinem Kopf fest. Gibt es nicht die Möglichkeit eines zweiten NuRiCa?

„Bitte! Hol Pratizaye! Wo ist sie hin?" flehe ich Petja an.

Mein wilder Herr hat Krämpfe, er verdreht die Augen, ich bin vor Verzweiflung schon völlig verrückt.

„Sie ist hier", sagt er, „sie ist nebenan, aber sie hat auch gesagt, es ist schon zu spät."

Ich springe auf und laufe ins Nebenzimmer, fasse sie an den Armen, flehe sie an, es wenigstens zu versuchen; sie sagt, das werde es noch gefährlicher machen, denn wenn sie ihn in dieser Phase des ‚Zustands' schneiden würde, dann werde das seine Temperatur noch höher treiben. Und das...

Sie muß nicht weiterreden, ich weiß es.

Ich eile zu ihm zurück, da ist er schon nicht mehr bei Bewußtsein.

Ich nehme ihn in die Arme und verliere die Nerven. Er fühlt sich völlig starr an. Ich schreie und weine und will ihn nicht loslassen. Petja und Pratizaye lösen mich vorsichtig von ihm, aber ich klammere mich weiter an ihn, bis mir die Kshatrini endlich eine knallt.

Mitja und Aloke schließen das Schlaftuch über ihm, und sie und Petja und Pratizaye tragen ihn fort.

„Wo bringt ihr ihn hin?" schreie ich. ‚Das ist nicht real', denke ich.

Ich lief neben ihnen her, bis sie meinen ‚Papa' ins Auto hoben. Ich wollte mit, aber sie ließen mich nicht. Ich rannte noch ein Stück hinterher, bis sie zu schnell wurden. Ich stand da und sah sie fortfahren.

Dann ging ich in den Wohnraum. Marja und Visedom rissen sich sehr zusammen, um sich vor den kleinen Kindern nichts anmerken zu lassen.

Jetzt bin ich in der Kammer, in der Perkele früher schlief, und schreibe auf einer Seite aus einem Rechenheft Tagebuch.

Mir ist, als hätte man mir auf den Kopf geschlagen.

Das ist die größte Katastrophe meines Lebens.

Ich habe doch meinen Vater und mehrere geliebte Mentoren und Tutoren verloren, bevor sie wirklich meine Meister werden konnten. Und es ist nicht so, das sage ich euch Cros, die ihr weniger Verluste zu erleiden hattet, daß wir uns daran gewöhnen.

Nein, wir gewöhnen uns nicht daran.

Wir werden im Gegenteil noch dünnhäutiger.

Es hört nicht auf, sondern es wird immer schlimmer.

Vielleicht sterben wir deshalb so früh, weil wir die Verluste irgendwann nicht mehr verkraften. Die Katze beißt sich in den Schwanz.

Und wir dachten doch, wir werden den Fluch besiegen. Kommen wir aus diesem Kreis denn nie heraus?

Ich weiß, ich darf mich nicht töten. Ich kann es auch nicht.

25. Juli, in der Nacht

Was kann ich tun, daß dieser Schmerz aufhört? Soll ich Papavers rauchen? Wieviel Papavers muß ich rauchen, damit dieser Schmerz aufhört? Der Tod ist nicht das Ende des Leidens, das weiß ich. Aber wie schaffe ich es, daß mein Leiden endet?

Ich versuchte, meinen Herrn anzurufen. Es gelang mir, kurz mit ihm zu sprechen.

„Möchtest du nach Hause kommen?" fragte er.

„Wo ist das?" fragte ich kraftlos zurück. Es könnte ihn gekränkt haben. Aber er wußte ja, wie sich das anfühlt. Er wird es mir verziehen haben.

„Mein lieber Herr", sagte ich, „ich danke Euch für Eure Fürsorge. Ich bin im Moment nicht in der Lage, das so zu erwidern, wie Ihr es verdient. Ich bin völlig leergebrannt und am Ende. Ich weine seit Stunden. Ich kann nicht aufhören…"

Ich mußte auflegen. Ich muß auch zu schreiben aufhören. Meine Hand zittert und fällt zurück in eine Schwäche wie nach meinem Sturz.

Ein Schwarzer Pfeil hat mein Herz getroffen.

11 Lelo in Trauer

Das Geheimnis der Höhle
26.7.-21.8.192

26. Juli

Ich, Tanguta, Doge von Sukent, schreibe ein paar Zeilen in dieses Tagebuch. Isegrim ist weder in der Lage, es mir zu erlauben, noch es zu untersagen.

Die Kshatrinis haben mein heulendes Wölfchen Isegrim/Lelo in den Helikopter geschleppt und ihn gegen seinen Widerstand nach Sukent gebracht. Es geht ihm furchtbar. Ich habe Angst um ihn. Er ißt nicht, er schläft nicht, und, was das Schlimmste ist, er trinkt nicht. Er spricht auch nicht. Er hat nur gebadet, und ich habe den Schlüssel entwendet, damit er sich nicht einschließt.

Vielleicht macht er keine Dummheiten, aber die Gefahr lasse ich nicht erst zu. Er ist wütend, daß wir ihn fortgebracht haben, er wollte dort bleiben, wo man seinen Perkele bestatten wird, und er wollte ihn unbedingt noch einmal vorher sehen. Wie hätten wir ihm erklären können, daß das nicht geht?

Ich warte im Schlafzimmer, daß er aus dem Bad kommt. Warum braucht er so lange? Ich habe Fruchtsaft bereitgestellt, damit er endlich etwas zu sich nimmt; seit er hier angekommen ist, hat er nichts angerührt. Pratizaye hat gesagt, das geht schon seit gestern so. Sie ist sofort wieder aufgebrochen, zurück nach Maslenie Blini. Er hat sich die Ohrringe rausgenommen. Hat sowieso allen Schmuck abgelegt. Jetzt höre ich die Tür, und das Badewasser läuft ab.

Er hat sich den Kopf kahlgeschoren. Erst schnitt er sich alle Haare ab und packte sie ein, dann rasierte er den Rest. Ich habe ihn erst gar nicht erkannt.

Er will Mönch werden, sagt er.

„Gut", sage ich, „aber vorher trink etwas."

Er tut es. Ich atme auf.

27. Juli

Isegrim war einem Wolf nie ähnlicher als jetzt. Er ist waidwund und verkriecht sich.

Er hat sich ein graues, ungemustertes Tuch genommen und trägt es als Toga. Ein Teil hat er sich um die Hüften gebunden, das andere über die Schulter geworfen. Ich verlange jetzt nichts von ihm. Khorasan und Kúsali machen die Hausarbeit und haben unauffällig ein Auge auf ihn.

Er ißt immer noch nichts und spricht nicht, aber wenigstens trinkt er Wasser und auch etwas Fruchtsaft. Trauerarbeit. Mag er es tun, solange es eben dauert.

Ich sehe ihn hier und da sitzen, er wechselt oft seinen Ort. Er sitzt, als würde er meditieren; aber er grübelt und weint.

Daß er seinen anderen Herrn nicht sehen darf, scheint ihm wirklich zuzusetzen. Aber es nützt ja nichts.

Ich wage nicht, ihn anzufassen, aber in Gedanken halte ich ihn die ganze Zeit in meinen Armen. Und ich versuche, ihm allen Trost zu geben, den er annehmen kann.

Ich habe zu Vanessa in einem Moment der Schwäche gesagt, ich hätte gern gewußt, ob er mich auch so betrauert hätte, wenn es mich erwischt hätte. Sie wurde fast ärgerlich. „Frag mal Petja oder Pratizaye, wie verzweifelt er um dich gekämpft hat, als du im Zustand warst! Lies, was dazu in seinem Tagebuch steht!" Ich habe es getan und mich ein wenig geschämt.

Tanguta.

28. Juli

Ich bin noch immer in Sukent. Und ich werde von dort auch nicht fortgelassen. Es hätte auch keinen Zweck mehr, daß ich hinfahren würde. Pratizaye hat gefaxt, er sei jetzt unter der Erde.

Ich weiß, sie sagt immer die Wahrheit. Immer. Ich habe noch nie erlebt, daß ich etwas anderes las, als sie sagt. Wie unangenehm das auch gewesen sein mag.

Damit gilt es nun, sich abzufinden.

In den ersten Tagen habe ich radikal getrauert. Ich wollte sterben.

Da hat mich mein Herr in die Arme genommen und mir das Glas Saft an die Lippen gesetzt.

„Komm! Schlückchen!" Ich trank also, soviel ich konnte, vergrub mich dann an seiner Schulter und versuchte, lautlos zu weinen.

Eben habe ich die Notizen gelesen, die mein Herr in mein Tagebuch geschrieben hat. Sie alle waren wunderbar zu mir, Vanessa, die Diener. Sogar Yadwiga scheint etwas zu merken, sie schaut mich so an.

Natürlich guckt sie, weil sie mich erst nicht erkannt hat, so ohne Haare. Sie verzog schon das Gesicht zum Plärren; ich sagte, „Principessa! Ich bin es doch, euer Lelo!" — da schaute sie verwundert.

Ich kann so gar nichts zurückgeben von dem, was mir meine Herrschaft und die Diener Gutes tun. Sie achten auf mich und lassen mich doch in Ruhe.

Immer und immer wieder lasse ich Perkeles letzte Stunden vor meinem inneren Auge vorbeiziehen.

Hätten wir es besser machen können? Hätten wir ihn retten können?

Es ist müßig, sage ich mir. Und kann mich doch von diesen Bildern nicht lösen.

Drei Tage habe ich in dieser Trauer verbracht. Zuerst war ich wie gelähmt und unfähig etwas zu tun, selbst ein Glas zum Mund zu heben war mir fast nicht möglich. Warum konnte ich meine Trauer nicht mit Marja und Petja, mit Mitja, Mavini und allen anderen Kindern teilen? Warum haben sie mich auch noch aus seiner Familie gerissen? Wollte die Familie mich nicht dabei haben? Aber ich las nichts dergleichen.

Ich war nicht wichtig.

Und ich verstehe auch nicht, warum sie mich nicht zu der Aufbahrung lassen wollten. Es hätte mir so sehr geholfen, wenn ich ihn noch einmal hätte sehen können. Ich hätte den Tod gespürt und mich gelöst, ein Stück weit. So sehe ich ihn nur im Todeskampf und werde das Bild nicht los. Ich sehe ihn als Lebenden, der mit letzter Kraft ringt, und darum kann auch meine Trauer nicht sterben. „Noch nicht", sagen sie.

Ich muß mich ablenken.

Ich werde versuchen, meine Arbeit wieder aufzunehmen. Habe schon hier und da ein wenig geholfen, schweigend.

Von Hemyarik habe ich einen sehr schönen Brief bekommen. Er ist nicht nur in einer schönen Schrift auf schönem Papier abgefaßt; nein, er ist auch so warmherzig und einfühlsam formuliert, wie ich es ihm früher — wenn ich ehrlich bin — nicht zugetraut habe. Khorasan schob ihn mir fast schon heimlich in die Schürzentasche, als ich Geschirr abwusch. Er und Kúsali sind so diskret, aber ihre Blicke sagen mir, daß sie mich genau beobachten und mich auffangen werden, wenn es mir schlecht geht.

Leute, ich liebe euch, nur im Moment kann ich das nicht so zeigen.

Ich habe mich also mit dem Brief zurückgezogen und ihn gelesen, als alles getan war.

Berlin, den 26. Juli 192

„*Mein lieber Isegrim,*

wie ich durch meine Herrin erfuhr, bist du untröstlich über den Verlust deines wilden Herrn. Ich möchte dir sagen, wie sehr ich mit dir fühle, denn auch mir, wie so vielen von uns, ist ein solcher Verlust nicht erspart geblieben. Wenn es dir ein Trost sein kann, will ich jederzeit für dich ansprechbar sein, falls du das Bedürfnis hast, mich anzurufen oder ein Fax zu schicken. Meine Herrin erlaubt mir ausdrücklich, daß ich mich dann ganz dir widme, auch wenn sie andere Pläne mit mir hätte. Sie beauftragt mich, dir die herzlichste Anteilnahme auszurichten und wird dir das, wenn du es wünschst, auch persönlich sagen.

Lieber Isegrim, ich hoffe, daß die Unterstützung deiner Herrschaften dich in deinem Kummer erreichen kann. Wie ich höre, nimmt sich Seine Exzellenz ohne jede Rivalitätsgefühle gegen den

Verstorbenen deiner an. Das ist großherzig und nicht selbstverständlich. Ich erinnere mich in an einen ähnlichen Fall, da mein Meister mir starb, daß andere, die ein Auge auf mich geworfen hatten, seinen Tod hämisch kommentierten, was meinen Schmerz verdoppelte. Dein Herr ist nobel, und ich habe keinen Zweifel, daß Seine Liebe dich auffangen wird. Das freut mich für dich. Ich weiß, du hast schon manchmal spontan gehandelt, aber — wenn ich dir das so sagen darf — ich denke, du wirst zu vernünftig sein, um dieses Serfdom aufs Spiel zu setzen. Ich hoffe, ich gehe damit nicht zu weit.

Lieber Freund! Wir alle denken voller Sympathie an dich und — das soll ich dir offiziell von Isatai ausrichten — haben deinen Herrn gebeten, sofern du es auch möchtest, dich für eine Weile zu uns zu entsenden, damit wir dich ein wenig verwöhnen können. Und nichts würde uns so freuen, als wenn wir wieder ein Lächeln zwischen deine Tränen zaubern könnten.

Herzlichst umarmt dich

Hemyarik, abgedankter Samurai."

Das mit dem Lächeln hat er schon mal geschafft.

Vielleicht fahren wir auch zusammen weg, es wäre schön, mal wieder nach Weimar und Berlin zu kommen. Mein Herr hat in Berlin zu tun und findet, es wäre gut, wenn etwas mich ablenken würde. Auch Vanessa und Hemyarik möchten mitkommen. Und Goldi. Wir müssen einen Bus mieten.

29. Juli

Wir sind jetzt wieder in Weimar. Ich bin bei Josef einquartiert, zusammen mit Goldi. Mit Josef kann man schweigen, und Goldi geht zum Quatschen ins Haupthaus.

Auch Isatai sagt nicht viel, ich bin gern bei ihm. Tabi hat das Kind an der Brust, den kleinen Friedrich Guipago, einen Unsrigen. Sie beide haben Verständnis dafür, daß ich ihre Nähe suche, aber nicht reden will. Es tut mir gut; sie sprechen leise über alltägliche Dinge, ich darf da sein, kann mit ihnen was essen oder auch auch nicht; nur zum Trinken müssen sie mich anhalten, darum hat mein Herr sie gebeten.

Tanguta, der jeden Tag zweimal anruft, um von mir zu hören, ist weiter nach Berlin gefahren, um die Regierung zu treffen und danach Verwandte zu besuchen, vor allem natürlich Paloma, Hemyariks Mutter. Er weiß, daß Isatai, Hemyarik und Josef gut auf mich aufpassen werden.

Ich frage mich, wie Paloma wohl damit umgeht, daß die berüchtigte Heathea unseren Hemyarik zur Brust nimmt. Ich habe mit ihm darüber geredet. Er kann ja immer die Klappe nicht halten, er erzählte mir auch was über seine Beziehung zu der alten Dame.

Sie hat ihn lange in einer seltsamen, intimen Nähe gehalten, ohne daß das Sex war. Ein Stück weit konnte er sich wie ein Baby fühlen, das immer und überall versorgt wird und keinen Schritt allein gehen darf. Aber verrückterweise fand er großen Gefallen daran. Sie hat ihn dann mit großem Pomp am 18. Tag der Heiligen Hochzeit gefesselt, gestreichelt, sanft und immer härter geschlagen und ihn endlich, als er total fügsam und sanft war, hat sie ihn zur sich gezogen und ihn mit ihrem Körper umgeben, als sei er in eine Lage Luftballons eingeschlossen, sie fühlt sich kühl und weich an, sagte er. War das Sex? War das kein Sex? Er wollte sich da nicht entscheiden. Ja, er kam. Aber es war einfach nur wohlig und sanft und totale Liebe. So hatte er Sex noch nie erlebt, sagte er. Und er bekam, sagte er, eine wahnsinnige Sehnsucht, sich tief in etwas Kühles, Weiches, Dunkles hineinsinken zu lassen und nie mehr daraus aufzuwachen. Da kriegte er Hyperkonnex, und Josef mahnte ihn, sich nicht zu sehr im Großen Yin zu verlieren. Aber er könne nicht genug davon bekommen, sagt er, und vielleicht erlebe er zum ersten Mal wirklich Liebe. Und auf meine vorsichtige Frage, die ich an Josef richte, ob man Heathea denn nun gänzlich vertrauen kann, sagt er, sie habe ihn einmal mit dem Messer gerettet, sie werde ihn nun mit der Gabel retten.

Ich lese ein Band bei Isatai.

Es gibt eine Frau außer Tabi, lese ich! Und sie hat etwas angeknüpft bei ihm, das noch nicht gelöst ist.

Das sollte nicht sein. Denn sie ist eine schlimme Frau. Und sie hat sich in einem Wunsch meines Gastgebers verankert, der nicht sein soll. Er will das nicht, aber sie läßt nicht los. Sie verfolgt ihn im Schlaf. Er schläft schlecht, er wacht immer auf, wenn sie ihn angeht.

Ich kenne diese Frau. Ich habe sie gesehen. Es ist die Schwester unseres größten Feindes, des Mannes, den ich getötet habe, Tarfur.

Gegen sie muß ich mich abschließen. Denn wenn sie mich findet, wird sie ihren Bruder rächen.

30. Juli

Soll ich mit Isatai darüber reden?

Ich wage es nicht, irre mich vielleicht und wecke schlafende Hunde.

Ich habe mit Kirli darüber gesprochen, und sie wird Rituale machen, um Isatai aus ihrem Griff zu lösen.

Ich bin angreifbar. Noch immer vermisse ich meinen Herrn Perkele jede Stunde, jede Minute. Die andere Umgebung lenkt mich ein wenig ab, aber nicht genug.

Wir sind jetzt in Berlin, Cochise hat Hemyarik und mich hingefahren, wir sind bei Paloma und Ahmet, dann bei anderen Familien. Ihr Freundlichkeit tut mir gut, und sie wissen nichts und fragen darum nicht. Sie streichen — sofern sie mich schon früher kennengelernt haben — über mein kurzgeschorenes Köpfchen und sagen, daß mir auch das steht.

Ich schlafe auf einer Matte. Ich stelle mir vor, ich läge zu meines Herrn Füßen.

31. Juli

Ich habe geträumt. Ich kann nicht sagen, ob es schön oder furchtbar war. Ich habe eine Frau getroffen, die einen Vogelkopf hatte, einen langen, sichelförmig gebogenen Schnabel. Und sie konnte mir zeigen, wo mein Herr Perkele jetzt ist. Er lebte und war zugleich tot. Fledermäuse flogen um ihn. Ich versuchte, ihn beim Namen zu rufen, aber ich konnte nur flüstern. Dann kam eine andere Frau, auf eine Weise war es Pratizaye, aber sie hatte den Kopf einer brüllenden Löwin. Und sie schob mich hinaus aus dem Raum, wo mein Herr lag. Und ich wollte nicht gehen, ich wollte mit ihm reden, bei ihm sein, aber die Löwin verhinderte das. Und sie verscheuchte auch die Vogelfrau. Und die konnte mir nur noch zurufen: „Finde ein Medium!"

Und dieses Wort blieb mir im Gedächtnis. Ich wachte auf und saß auf dieser Matte in dem Raum, wo auch mein Herr Tanguta schlief, und dachte: „Medium."

Niemand würde mir dabei helfen, so jemanden zu finden.

Es gab gar kein Zögern, keine Wahl, nur eine Suche und vielleicht ein Finden.

Ich zog mich mit einem altmodischen Papier-Telefonbuch in eine Ecke des Wohnzimmers zurück, während die anderen frühstückten, und probierte ein paar Anrufe.

Mein Deutsch ist schlecht. Man sagt vielleicht, daß alle Holländer Deutsch sprechen, aber ich bin ja schon sehr lange in Sukent gewesen. Außerdem waren diese Medien, die im Telefonbuch stehen, alle Cros. Da muß man noch mehr erklären. „Er ist tot und doch nicht tot? Du weißt nicht, ob er tot ist? Das muß man dir aber doch sagen! Sprich erst einmal mit deinen Freunden!"

Nach vier Versuchen lasse ich es bleiben.

Ich lege mich auf das Sofa. Noch immer verlangt niemand, daß ich arbeite. Sie betrachten mich als krank. Nichts könnte wahrer sein.

Ich bin eingenickt.

Da ist die Vogelfrau. Hoffentlich wird sie nicht wieder von der Löwin verscheucht.

„Wo ist Perkele?" frage ich sie.

„Unter der Erde", sagt die Vogelfrau, „aber er lebt."

Eine Welle von Freude überläuft mich. Ich ahne es! Ich fühle, er ist da!

Er ist irgendwo. Er kann nicht tot sein, er darf nicht tot sein. Ich fühle ihn.

„Wir können ihn finden", sagt die Vogelfrau.

Und wieder hat sich die Löwenfrau eingemischt. Ich verstehe das nicht. Es ist auf jeden Fall Pratizaye, und ich weiß, daß sie es gut mit mir meint. Aber sie läßt mich nicht zu ihm, sie verhindert jeden Kontakt, und ich fange an, sie dafür zu hassen.

Habe später im Lexikon nachgesehen.

Sachmet und Thot.

Im alten Ägypten verehrte man die löwenköpfige Sachmet als Heilerin. Thot war ein vogelköpfiger Totengott, der beim Totengericht Protokoll schrieb. Tod und Heilung im Ringen.

Aber es ist doch umgekehrt gewesen, der weibliche Thot verkündete das Leben, aber Sachmet vertrieb ihn... Ich kann das nicht deuten. Und ich möchte so gern mit jemandem darüber sprechen, der mir das erklären kann. Kirli? Sie ist schon wieder zu einem NuRiCa mit Sinteska zusammen in aller Frühe aufgebrochen.

I. AUGUST

Es ist gut, daß wir hier im Norden sind. Es ist viel kühler als in Sukent. Ich mache Spaziergänge mit meinem Herrn Tanguta, und zwei Amazonen sind immer dabei. Im Moment sind es Pax und Freydux.

Pax hat jetzt einen neuen Freund, einen der Wächter, die das vornehme Gefängnis bewachen, in dem unser alter Feind und neuer Retter Pitro Krasnov-Gurian einsitzt. Denn obwohl er Sukent gerettet hat, besteht ja noch das Urteil weiter. Drei Jahre Haft sind noch abzusitzen. Aber in diesem Palast, den das Parlament neben dem Dogenpalast hat renovieren lassen, dürfte er recht behaglich leben, und mit Bewachung ausgehen darf er auch. Pax und ihr neuer Freund sind für ein paar Tage in Berlin zur Eskorte des Dogen entsandt worden und latschen überall hinter uns her, und Tanguta sieht mit Wohlwollen, daß Pax endlich wieder eine glückliche Beziehung hat. Bagyö ist nicht sehr groß und untersetzt, aber sehr stark und ein Champion in allen Kampftechniken, die Kraft und Ausdauer erfordern. Und mit Worten kann er umgehen. Ich glaube, er umgarnt die Pax vor allem verbal.

Freydux ist weiterhin mit Ainu liiert.

Sie geben sich alle redlich Mühe, mich abzulenken, das ist so lieb. Aber es ist fast nicht möglich, mich abzulenken, Perkele ist unsichtbar bei mir, ich bin in die Erinnerung seiner Liebe eingehüllt, es gibt kein Vergessen. Gestern sind wir in der Wohngemeinschaft angelangt, wo ich vor langer Zeit mit meinem Herrn, dem Dogen untergekommen war. Damals, als er seines Amtes enthoben war. Noch vor der Nacht des Reprend. So lange her.

Am Nachmittag ist Petja gekommen. Er hat ein Geschenk für mich. Aber er will es mir nicht einfach so geben. Er nimmt mich beiseite.

Er sucht sichtlich nach Worten und streichelt meinen geschorenen Kopf.

„Lelo", sagt er, „ich habe da etwas für dich von unserem Vater. Das Andenken nach unserer Art. Aber ich kann es dir nur geben, wenn du denkst, du bist stark genug. Wie geht es dir? Hast du dich gefangen?"

Ich nicke. Ja, ich bin in diesen Tagen ein wenig im Alltag angekommen, denke ich. Und ich brenne darauf, daß er es mir gibt. Ich weiß, was es ist.

Er zieht ein in Seidenpapier gewickeltes Päckchen aus dem Schultersack und legt es vor mich hin. Das Papier ist rosa. Ich schlage es auf.

Es ist ein Teil von Perkeles Haar. Schwarzbraun und sehr lang ist es, mit wenigen grauen Fäden darin. Er ist mit einem orangefarbenen Band fest zusammengebunden, und daran befestigt ist eine lange Fasanenfeder, eine, die er sicher getragen hat. Und auf den einen dünnen Zopf, wie sie Mavini zu flechten versteht, ist eine bohnengroße Knochenperle gezogen, die die Form eines menschlichen Schädels hat.

Es ist sein Haar. Ich fühle ihn, als ich es berühre. Und mir stürzen Tränen aus den Augen. Aber es sind dankbare, heilende Tränen. Dies ist mein Schatz. Dies ist sein Vermächtnis. Meine Liebe für ihn wird ewig sein.

Ich ziehe Petja in meine Arme und danke ihm. Zusammen weinen wir um seinen Vater.

„Und du willst mir das wirklich geben?"

„Ja. Wir haben auch ein Teil."

„Ihr habt ihm alles Haar abgeschnitten?"

„Ja. Für dich und uns."

Er hält mich lange fest und verspricht mir, daß er mich hüten wird, wann immer ich ihn brauche. „Denn dein Doge hat ja nicht immer Zeit für dich."

„Und du fürchtest nicht, ihm in die Quere zu kommen?" versuche ich einen Scherz.

„Ich werde ihm in die Quere kommen, wann immer ich kann", entgegnet er in seiner scheinbar ernsthaften Art.

Er hat den Job im Hotel aufgegeben und ist der Garde von Sukent beigetreten. Seine Bewachungsaufgaben sind vorerst weniger großartig, Selknam will ihn erst prüfen. Ehe ich darüber empört sein möchte, erinnert mich Petja selber daran, daß er ja der

Sohn des großen Rebellenführers ist; er ist somit froh, daß ihn die Garde überhaupt genommen hat.

Er wird zunächst ein paar Tage in seiner Heimat eingesetzt, und morgen soll er schon wieder zurückreisen. Bis dahin paßt er noch ein bißchen auf mich auf.

Aber auch mein Herr hat mich unauffällig im Auge.

„Mein Herr", sage ich beim Abendbrot, und es ist so ungewöhnlich, daß ich rede, daß alle die Gabel oder Stäbchen sinken lassen und mich anschauen, „ich danke Euch, daß Ihr mich so tröstet. Und nun kann ich auch wieder arbeiten und bitte um Aufgaben."

„Sei wieder mein Leibdiener", antwortet Tanguta, als hätte er auf diese Ansage gewartet, „bring mir Frühstück, bring mir zu trinken, während ich arbeite, zwischendurch einen Imbiß und später ein Dinner, versorge mich mit frischer Wäsche und Bettzeug. Das wäre mir eine Freude, und du hättest alle Hände voll zu tun. Einverstanden?"

Ich knie vor ihm nieder und küsse seine Hand. Später sieht er, wie ich meine Schlafmatte ausrolle, und befiehlt mich zu sich ins Bett.

Ich zögere ein wenig.

Er lächelt mich an. Nein, keinen Sex. „Ich bin doch kein Ungeheuer", sagt er leise.

„Du möchtest den Ring sicher behalten, aber im Übrigen lasse ich dich frei, solange du das brauchst", kündigt er an.

Hat den Takt, mich so sein zu lassen, wie ich bei Perkele gelebt habe.

Ich drücke mein Gesicht in seinen weichen goldenen Brustpelz und mache ihn noch ein bißchen naß.

2. AUGUST

Wieder ist mir ein Vogel vorausgeflogen und hat mich zu Perkele bringen wollen. Ich sah meinen wilden Herrn von weitem, wie er friedlich dalag, aber ich konnte nicht sehen, ob er lebt oder tot ist. Und dann kam eine Katze und sagte: „Er ist unter der Erde, und es geht ihm nicht gut, aber es wird ihm gut gehen, wenn er es überstanden hat. Nun geh nach Hause." Und ich sagte: „Nach Hause? Wo ist das?" Und die Katze richtete sich auf und hielt Waffen in den Pfoten und sagte: „Jedenfalls nicht hier."

Ich bin früh aufgestanden, so traf ich Petja noch an, bevor er abreiste. Zum Abschied habe ich ihm eine Schnitzerei geschenkt. Und ich danke ihm noch einmal. Ich umarmte ihn und las Eile. Und es fehlte die Trauer, die ich bei jemandem erwarten würde, dem gerade der Vater gestorben ist. Hatten sie sich denn überworfen?

Irgendwas ist da seltsam.

Ich habe Tee für meinen Herrn, den Dogen gemacht, so wie er ihn mag, kräftig und mit etwas Kardamon. Er ißt einfache Dinge, Haferbrei, Röstbrot, Ziegenkäse, etwas Sesammus. Heute stelle ich ihm eine Blume mit auf den Frühstückstisch. Dafür hätte ich einen Kuß verdient, sagt er; „darf ich?"

Hallo? Er ist mein Herr, er kann nehmen, was er will.

Er knabbert sanft mit seinen Lippen an meiner Wange. Ich wende mich ab und kämpfe schon wieder mit den Tränen.

„Entschuldige", sagt er.

Während ich das Frühstücksgeschirr abwasche, denke ich wieder über Träume und die Idee mit dem Medium nach. Ich wasche das Geschirr des Dogen separat ab. Er möchte es gern so haben. Ich bin auch nur für ihn zuständig. Es ist ein schönes Gefühl. Es tröstet mich ein wenig.

Ich habe mir von Paloma einen Stoffrest geschnorrt und nähe eine kleine Tasche für das Andenken. Wenn ich mit meiner Arbeit fertig bin, arbeite ich daran. Ich möchte mit Plattstich eine Fasanenfeder darauf sticken. Ich weiß, wie das geht. Ich habe es gelernt, als ich klein war. Die Oma hat es mir gezeigt.

Vielleicht ist sie ein Medium.

In meinem Kopf reift ein Plan.

Ich habe die Schnauze voll davon, beschwichtigt zu werden. Ich muß einen Platz für meine Trauer haben. Ich muß wissen, wo er liegt. Ich werde erst nach Utrecht fahren und mit meiner Oma reden — meine Mutter will wahrscheinlich nichts von mir wissen. Aber dann werde ich nach Maslenie Blini zurückkehren. Denn da habe ich mehr zurückgelassen als nur ein Grab. Marja, Visedom, Mavini, vor allem Petja — ich habe eine Familie. Und wie mir Petjas Geschenk verrät: Sie lieben mich.

3. AUGUST

Ich bin vom Brötchenholen nicht zurückgekommen. Viel mehr als mein Geschenk habe ich nicht mitgenommen. Seine Haare werden mich leiten. In ihnen ist etwas von ihm. Darum habe ich das Vertrauen, daß ich in die richtige Richtung gehen werde. Wenn es so etwas gibt wie Medien, dann werden sie bei Berührung dieses machtvollen Fetisch sofort wissen, was mit ihm los ist.

Ich reise in Jeans und T-Shirt. Ich werde nicht auffallen. Es ist nicht schwer, sich im Netzwerk der Cultura umherzubewegen. Irgendwer fährt irgendwann. Ich habe ihnen natürlich nicht gesagt, daß ich das eigentlich nicht darf, daß ich zum Besitz des Dogen gehöre und außerdem wegen der mir immer noch auferlegten Strafe nicht von ihm wegdarf. Scheißegal. Es geht um was Wichtigeres. Ich muß herausfinden, was los ist. Ich kann mich nicht damit zufriedengeben, daß es vorbei sein soll. Ich fühle Leben in seinen Haaren. Das sind nicht die Haare eines Toten.

Meine Leute belügen mich. Ich fühle es ganz deutlich.

Wieder auf der Strecke. Freunde von Freunden sind schnell gefunden, die in die gewünschte Richtung fahren. Ich habe mir ein bißchen Geld geliehen und dafür meine Schnitzereien als Pfand gegeben. Ich bin als Gesprächspartner auf der langweiligen Fahrt willkommen. Mehr als sechs Stunden wird es dauern. Wirklich ein Abenteuer, denn ich habe mit meiner Großmutter schon seit Jahren nicht mehr gesprochen. Aber um Unterkunft muß mir nicht bange sein, überall gibt es Wohngemeinschaften der Unseren. Wir sind Homsarecs.

Was für eine langweilige Strecke! Irgendwann habe ich alles erzählt, was die beiden anderen Mitfahrer wissen wollten. Und dann habe ich mich auf dem Rücksitz in mir selbst verkrochen und habe wieder ein bißchen geweint. Habe zum wievielten Mal nach meinem Fetisch getastet.

Unsere Pausen sind nur kurz, das Paar, das mich mitnimmt, hat einen Picknick-Koffer, wir essen im Fahren, die beiden anderen wechseln alle paar Stunden die Plätze. Die Strecke ist langweilig, aber beim Fahren schlafen werde ich niemals können.

Ich darf mir einen Schlafplatz in der Kommune einrichten, die in einem älteren Haus nah an den Bahngleisen liegt. Eigentlich sind es mehrere Häuser, die in baufälligem Zustand zusammengekauft worden sind. Durchbrüche haben daraus einen Wohnkomplex für acht bis zehn Leute geschaffen, so, wie wir uns wohlfühlen. Fast alles hier ist auf Kleinfamilien zugeschnitten. Die Gepflegtheit und Ordnung in den Vorstädten erregt mir Übelkeit. Vielleicht war es aber auch die lange Fahrt.

Der Gastgeber fährt mich zu der Adresse, die ich ihm sage, und wartet, ob ich jemanden antreffe.

Ich stehe vor einem kleinen Haus, einem roten Reihenhaus mit weiß verputzten Teilen, das Wohnzimmerfenster ist — wie immer hier — ein Schaufenster, das Privatleben wird angeboten: Schaut, wir haben nichts zu verbergen.

Darum sehe ich eine Frau im Zimmer wirtschaften. Das muß sie sein.

Ich klingele.

Es dauert ein wenig; ich sehe, wie sie ihre Schürze ablegt und sich in den Flur begibt. Hat sie kein Serf? Ach, ja, wir sind ja hier ‚estra cultura'...

„Leonard! Wölfchen!"

Eine feste Umarmung erstickt jeden Widerstand und mein erstes Wort, kaum, daß ich sie zu Gesicht bekommen habe. Ich weiß gar nicht mehr, wie sie aussieht. Ich versuche, mich zur Straße zu drehen, um dem Bruder im Auto ein Zeichen zu geben; er winkt — grinst er? — und fährt los.

„So lange nichts von dir gehört" — ein Schwall meiner Muttersprache geht auf mich nieder. „Komm herein, hast du gegessen? Du bist dünn!"

An ihrem Küchentisch sitzend, bin ich zu betäubt, um froh oder traurig zu sein.

„Wie lange kannst du bleiben?" ist eine ihrer ersten Fragen.

„Ich weiß es nicht", sage ich, „es hängt davon ab…"

„Wovon?"

„Ob mein Meister noch lebt, und wo er ist…"

„Aber bist du nicht der Diener des Dogen? Jemand hat mir sowas erzählt, ich habe doch mit Nox telefoniert. Ihr habt euch versöhnt?"

„Oma, was weißt du alles?"

„Ich weiß von deinen Eskapaden, vom Einbruch bei Nox, von deinem Einbruchsversuch im Dogenpalast, von der Haftstrafe, von deinem Abenteuer bei den slowakischen Kannibalen. Alles. Und was ist jetzt? Bist du begnadigt?"

„Ich habe ein paar Tage Hafturlaub."

Autsch, liest sie mich? Aber sie ist Cro, die können das nicht…

Weit gefehlt.

„Leonard, du beschwindelst mich doch."

Statt zu antworten, kämpfe ich wieder mit den Tränen, und meine Stimme versagt.

Ich habe ihr also davon erzählt, daß der Mann, den ich liebe, weg ist, daß ich ihn nicht noch mal sehen durfte. „Und sie sagen, er ist schon unter der Erde, und der Doge ließ mich da wegholen."

„Vielleicht um dich zu schützen?"

„Sicher, auch."

„Du wolltest ihn noch mal sehen. Ich verstehe. Diesen Trost habe ich weder bei deinem Großvater gehabt noch bei d… deinem Vater."

„Oma, ich habe ein Andenken von Perkele."

„Heißt er so? Was bedeutet das?"

„Teufel."

Sie lacht auf. „Ist er — war er das denn?"

„Auf eine Art ja. Er hat mich gefangen genommen, mich gezwungen, Heiliges Fleisch zu essen…"

„So nennt ihr doch das verbotene…"

„Ja."

„Von welchem Stamm ist er?"

„Nachtschwalben."

„Gott bewahre. Ich muß alles wissen."

Und ich erzählte davon, wie ich bei ihnen gelebt hatte und daß sie geglaubt hatten, es werde sie schützen, Heiliges Fleisch zu essen. Während ich sprach, wusch sie das Geschirr ab. Und ich erzählte, so gut ich konnte, wie ich sein Ende erlebt hatte.

Oma setzte sich hin. Sie schaut mich so voller Liebe an. Das hatte ich schon vergessen. Hatte sie eher kritisch und ablehnend in Erinnerung.

„Ich will dir was zeigen", sagte ich und holte meinen kostbarsten Besitz heraus.

Sie strich mit einem Finger über das Haar, liebkoste den dünnen Zopf, der mitten in der dicken Strähne hing.

„Das sind nicht die Haare eines Toten", sagte sie.

Ich schrie auf und verschluckte mich.

„Wölfchen", sagte sie, „du mußt dorthin, er braucht dich."

„Woher weißt du das? Bist du ein Medium?"

Sie lachte auf. „Ich lese dich, das ist alles."

Sie gab mir genug Geld, daß ich nach Bratislava rüberfliegen kann. Sie wollte, daß ich über Nacht blieb, aber ich hatte noch eine Chance auf einen Flug. Von dort fahre ich mit dem Zug nach Košice oder finde jemanden, der mich mitnimmt.

Als ich im Flieger sitze, bitte ich, daß ich eine Mail abschicken darf oder ein Fax oder telefonieren. Die Leute um mich grinsen verstohlen. Einer, der kein Handy hat! Als Homsarec — ja, das könnte man verstehen, aber der kann ja keiner sein, mit seinen kurzen Haaren.

„Ich muß dem Dogen von Sukent unbedingt eine Nachricht schicken", sage ich und nenne die Berliner Nummer, wo er gerade zu Gast ist. Sie schauen mich an, als ob ich spinne. Aber dann kommt eine Flugbegleiterin und reicht mir ein Handy. Ich weiß kaum, wie man damit umgeht, sie zeigt mir die Taste, auf die ich drücken muß, wenn ich gewählt habe.

Ich fühle mich wie ein Idiot. Und dann höre ich die Stimme meines Herrn und sage ihm, wo ich bin. Und bitte ihn, mir zu verzeihen, ich könne halt nicht anders.

4. AUGUST

Bratislava. Habe Brüder in der Kommune angetroffen. Sie raten mir ab, nach Maslenie Blini zu fahren. Niemand kommt dort weiter. Es sind viele Amazonen dort, die schweigen eisern.

12 Petja/Škorec als Wächter der Höhle

Ich spreche mit einem, der auch Perkele die letzte Ehre erweisen wollte, und der hat weder erfahren, wo sie ihn aufgebahrt haben, noch, wo er begraben ist, wenn er es denn ist.

Dann werde ich wohl mit dem Zug fahren müssen. Aber das kostet so viel Zeit! Der macht den großen Umweg über Košice. Also fliege ich. Ich schlafe ein bißchen in der Kommune und fliege dann ganz früh rüber und fahre mit dem Bus den Rest des Weges.

NACHMITTAG, 4. 8.

Es wird sicher wieder heiß, und ich bin blank. Aber ich bin beim Hotel und kann zu Fuß rüber nach Maslenie Blini.

Wenn ich schnell bin, schaffe ich es in der Morgenkühle. Ich bin das Laufen nicht mehr gewöhnt; aber das kommt wieder, mit jedem Schritt geht es ein wenig besser.

Ich beschließe, den steileren, aber kürzeren Weg über die Höhe zu nehmen. Die Vögel sind stumm, schon wird es bruttig. Dabei ist es erst eine Stunde nach Sonnenaufgang.

Und da komme ich in die Nähe der Höhle, durch die wir damals geführt wurden, entführt wurden, die vom Keller der Hütte auf die andere Seite des Berges führt. Da ist jemand und schiebt Wache. Škorec. Petja.

Was gibt es denn hier zu bewachen? Stehlen sie neuerdings Stalagtiten?

„So sieht man sich wieder", sage ich, „was machst du hier? Wozu bewachst du den Höhleneingang, den findet doch eh keiner, der es nicht weiß."

Er hat Kriegsbemalung aufgelegt und schaut grimmig drein.

„Den bewache ich für den Fall, daß jemand kommt, der es weiß."

Und damit hat er schon die Hälfte verraten.

„Ihr habt deinen Vater dort aufgebahrt, und ich darf ihn nicht sehen!" schließe ich, und ich lese ihn, es stimmt. „Laß mich rein, ich will ihn sehen, es geht noch, die Höhle ist immer kalt genug, laß mich durch!"

Er hebt mit der linken Hand die Lanze, mit der rechten ein scharfes Beil, hinter ihm taucht eine Amazone aus dem Höhleneingang auf und hebt den Bogen und spannt ihn mit einem Schwarzen Pfeil.

Ihr seid wohl des Teufels! Ich hebe die Hände. „Warum?" frage ich hilflos.

„Es muß sein, bitte versteh das."

„Nein! Ich verstehe es nicht!" schreie ich sie an, „warum darf ich ihn nicht sehen? Warum nicht? Vielleicht lebt er sogar noch, seine Haare sagen es mir. Und das hat meine Großmutter auch gesagt, er lebt. Laßt mich zu ihm, ich flehe euch an!"

Ich fiel auf die Knie, krümmte mich und sank auf das alte Laub. Ich habe geweint und geschrien, und Petja sprang auf mich zu und hielt mir den Mund zu.

„Still! Nichts mehr! Keinen Ton! Dies ist ein Ort der Stille! Geh weg, oder wir töten dich!"

Noch jemand kommt aus dem Höhleneingang. Ich erkenne Pratizaye. Und hinter ihr folgt Salix.

„Leise! Man hört euch bis drinnen!" tadelt Salix.

„Ja, sag ihm das", entgegnet Petja trotzig und zeigt auf mich.

„Wie kommst du überhaupt hierher?" will die fremde Amazone wissen.

„Perkeles Haare haben mir gesagt, wo er ist", anworte ich, „und mach Petja keinen Vorwurf, weil er sie mir gegeben hat, sie sind mein einziger Trost."

„Ah-la-la!" sagt Pratizaye, und ich sehe Mitgefühl in ihren Augen. „Er muß es erfahren, er grämt sich sonst zu Tode. Salix, klär ihn auf, und dann gehen wir mit ihm hinein."

Und dann ist das Verrückte passiert, was ich niemals vergessen werde. Auf dem Punkt, wo ich dachte, jetzt will ich sterben, nehmen sie mich beiseite und sagen mir leise, während Pratizaye mir dem Mund zuhält und mich fest umklammert: „Ja, du hast recht, er lebt."

Entschuldigt bitte die furchtbare Handschrift, aber ich zittere jetzt noch von dem Schock. Ich dachte, ist er vielleicht hirngeschädigt? Liegt er in einem Koma, das niemals enden wird?

Ich sitze in diesem kleinen Birkenwald am Höhleneingang, die Sonne steigt höher, es wird warm.

Pratizaye hält mich fest und preßt ihre Hand auf meinen Mund.

Salix spricht: „Du hast es richtig erkannt, er lebt. Er liegt dort unten in der Höhle in einer tiefen Ohnmacht. Niemand konnte ihn wecken. Jetzt wäre es möglich, aber das darf nicht geschehen. Man merkt kaum, daß er lebt. Sein Atem geht extrem langsam, sein Herz pumpt schwach, ohne daß man es hört. Es ist da kühl. Er bekommt Infusionen, er braucht viel Flüssigkeit." Ich höre atemlos zu.

Sie fährt fort. „Kunkamanito und seine Helfer versorgen ihn. Und da sind noch vier andere Männer, die im Zustand waren, die werden in der gleichen Weise behandelt. Sie dürfen nicht beim Namen genannt werden. Sie könnten sonst in eine Panik kommen. Es würde ihr Leben wieder gefährden. Wenn dir etwas an ihm liegt, sei ganz still! Sie liegen in einer Art Zelt, um geschützt zu sein. Sie haben einen neuen Namen, weil für sie ein neues Leben anfängt, wenn sie erwachen. Sie müssen von allein aufwachen, das ist so etwa am 11. Tag der Fall. Und auch wenn er wieder wach ist, werden wir ihn noch einen Monat lang pflegen müssen, damit er seine Orientierung wiederfindet. Der Zustand zerstört Gehirnzellen, wir rechnen mit Gedächtnisverlust, vielleicht verändern sie sich sehr. Sie müssen vor nervlicher Überlastung geschützt werden. Das müssen wir geheim halten! Nicht einmal du hättest das wissen dürfen. Also schwöre, daß du niemandem davon erzählst!"

Ich nickte, ohne daß mich die Kshatrini aus ihrem eisernen Griff entließ.

Ich höre Salix atemlos und mit Herzklopfen zu. Pratizaye hält mich jetzt im Arm, sie muß mir den Mund nicht mehr zuhalten. „Morgen ist der 11. Tag für Bereket, so heißt er jetzt. Morgen ist also mit seinem Aufwachen zu rechnen. Denkst du, du kannst so lange warten, oder bestehst du darauf, ihn schon vorher zu sehen?"

Das war jetzt ein bißchen suggestiv, Salix wäre es lieber gewesen, ich würde noch warten. Aber ich merkte, ich konnte das nicht. Ich war inzwischen so zermürbt, daß ich zu nichts anderem mehr in der Lage war, nicht, ins Dorf zu gehen, nicht einmal, mich ins Moos zu legen und zu schlafen. Aber genau das muß ich dann wohl getan haben.

Ich wurde wieder klar, als mir Salix eine Wasserflasche an den Mund hielt. Sie hatte mich aufrecht hingesetzt und stützte mich, und ich trank. Ja, wie lange hatte ich nichts getrunken? In den Flieger hatte ich nichts mitnehmen dürfen — verrückt! — und später war keine Zeit.

„Wie lange war ich weg?"

„Nur ein paar Minuten. Denkst du wirklich, du bist stark genug, mit uns in die Höhle zu kommen und nach Bereket zu sehen?"

„Ich muß es tun, ich kann nicht anders", flüsterte ich. Meine Stimme versagte.

„Was ist mit deinen Haaren passiert?" fragte mich Pratizaye, „willst du Mönch werden?"

„Vielleicht auch das — wenn ihm das hilft", antworte ich.

Eine Frage habe ich aber doch noch. „Mahadakini Pratizaye, Sie haben doch gefaxt, er sei schon begraben? Sie haben mir niemals die Unwahrheit gesagt…"

„Was genau sagte ich dir?"

„Er sei schon unter der Erde", erinnere ich mich. „Ja. Und? Wo ist er?"

Sie hat die Wahrheit gesagt.

Und nun gehen wir.

Die Höhle ist wirklich sehr kühl. Jetzt im heißen Sommer fällt das auf. Wir steigen ein ganzes Stück abwärts, nehmen nicht den Gang, den ich schon kenne, sondern biegen in einen seitlichen Stollen ab. Der erweitert sich nach vielleicht fünfzig Metern zu einer

Halle. Und hier sehe ich eine Art Zeltstadt, die erinnert an ein Malaria-Krankenhaus oder dergleichen, da sind Betten in den Zelten, da sind Infusionen aufgehängt, und nun darf ich an eines dieser Zelte treten, und Pratizaye zieht langsam und vorsichtig den Vorhang weg, und ich sehe ihn, meinen Perkele.

Er liegt sehr flach und klein und zart auf dem weißen Laken. Sein Kopf ist geschoren. Kaum, daß man Atembewegungen sieht. Ich möchte ihn ansprechen, ihn berühren, aber ich weiß ja, daß ich das nicht darf. Zu sehen, daß er lebt, ist genug. Ich schaue Kunkamanito an, er trägt einen weißen Kittel wie in einem Cro-Krankenhaus.

Ich möchte ihn tausend Dinge fragen, aber dafür wird wohl später Zeit sein.

Ich presse beide Hände auf meinen Mund, um stumm zu bleiben.

Ein anderer Arzt, den ich noch nicht kenne, wird von Amazonen hereingeleitet. Er umarmt und küßt Kunkamanito. Schichtwechsel. Doktor Mani kommt zu mir, und die Amazonen führen uns beide hinaus. Petja steht wieder vor dem Höhleneingang, die Rechte an der Axt, in der Linken den Speer. Die Amazone mit dem Bogen stellt sich auf die andere Seite der Höhle. Wir gehen, von einer weiteren Amazone begleitet, den Hang runter zur Straße.

„Sie haben Feierabend?" frage ich Mani.

„Ja, gleich holt uns Mitja ab."

Wir schweigen beide eine Weile. Ich wage nicht, ihn etwas zu fragen; er sagt wenig, erzählt mir aber, daß wir noch jemanden kennen, der ins Heilige Koma gefallen ist und jetzt in Petschur behandelt wird, nämlich Pahandus, den Waldbruder, der uns mit einem Drohpfeil beschossen hat. Ja, er hat dort überlebt.

Auch als der Geländewagen heranrollt mit Mitja am Steuer, reden wir kaum.

Wir fahren nicht ins Dorf. Wir nehmen einen Weg, den ich noch nicht kenne.

Mitja hält beim Dorfladen und kommt mit vollen Tüten wieder. Uns hat er außer Sichtweite abgestellt. Sein Ziel ist ein etwas verfallenes Blockhaus oberhalb des Dorfes. Hier trägt er die Tüten in die Küche und verläßt uns wieder. Sie verabreden eine Zeit, dann fährt er weg.

Mechanisch fange ich an, die Nahrungsmittel in den Schrank zu packen, Mehl, Zucker, Tee, Nudeln. Und was ist mit den Sachen, die gekühlt werden sollen?

Mani öffnet eine Klappe im Boden, da ist ein Erdkeller. Rundherum sind Regale, und in einer Grube in der Mitte sind Eisblöcke.

Ich packe die Sachen in die Regale, dann steige ich wieder in die Wärme hinauf und schließe die Klappe.

Ich setze den Kessel auf, habe die Wasserpumpe schon entdeckt.

Mani hat den weißen Kittel ausgezogen und ist nun im Lendentuch. Ich serviere ihm Tee und Kekse in der vollendeten Manier eines Serf.

Dann warte ich auf seine Zeichen.

Er läßt mich auf dem Hocker Platz nehmen und einen Tee und einen Keks nehmen. „Wie geht es dir?" fragt er mich.

Ich bin ein wenig überrascht.

„Gut — gut", sage ich, „jetzt, wo ich weiß, daß er lebt…"

Er streckt seine Hand nach mir aus, ich weiß, was er will; ich reiche ihm meine Hand, stütze den Ellenbogen auf den Tisch und lasse ihn meine Pulse fühlen.

Er fühlt einige Minuten mit wechselndem Druck und legt meine Hand dann mit einem kleinen Streicheln auf den Tisch.

„Hast richtig was durchgemacht… Woher wußtest du es?" fragt er.

„Die Haare sagten es mir, und dann hat meine Großmutter es mir bestätigt."

Er schüttelt den Kopf ein wenig.

„Die Haare… Du bist schon ein Medium!"

„Warum habt ihr mich so gequält?" frage ich, „es hat mich fast getötet zu denken, daß er nicht mehr lebt…"

„Schätzchen, wir hatten keine Wahl! Das mußte geheim bleiben, und das muß es auch immer noch. Die Überlebenden haben Feinde. Sie sind extrem angreifbar, solange sie nicht stabil sind. Jeder, der davon weiß, vergrößert das Risiko. Was glaubst du, warum wir hier auf dem Berg wohnen? Wir dürfen erst einmal keinen Kontakt mit Außenstehenden haben."

„Wie habt ihr herausgefunden, daß man den Zustand überleben kann?"

„Salix hat im Nachlaß ihres Vaters einen Text gefunden, der das beschreibt. Die Mönche in Petschur kannten diese Erscheinung schon früher, behandelten sie und nannten sie das ‚Sviatokoma'. Ich glaube, die erste Erwähnung davon war ein Fragment aus dem Sarkophagentext, so ein geheimes Buch, das nur der S!O!S! lesen durfte. Da stand alles drin, was man tun muß, um sie zu retten."

„Und was habt ihr gemacht?" fragte ich gespannt und wollte nichts von alten Büchern hören, sondern nur, wie es gelungen war, ihn zu retten.

„Die Amazonen haben ihn in die Höhle gebracht, so schnell es ging. Er mußte dann ruhig liegen, kriegte einen Tropf, das ist das Wichtigste. Sie erstarren dann, man nennt das Katalepsie, und das kann man mit bestimmten Medikamenten lösen. Das wäre früher nicht möglich gewesen. Bevor sie das Bewußtsein verlieren, dehydrieren sie in kürzester Zeit, natürlich durch die Hitze; dann kriegen sie die Wahnvorstellungen, die Wut, alles das, was du kennst, die Temperatur läuft aus dem Ruder, sie fallen ins Koma, und dann sterben sie wirklich nach ein paar Tagen. Wir haben schon früher mit Abkühlung Versuche gemacht, aber der Fehler war, daß die Abkühlung zu stark war. Und wir haben den Wassermangel unterschätzt. Sie wollten oft in der Endphase des Zustands nicht mehr trinken und machen dann so einen Aufstand, daß wir vergessen haben, an das Nötigste zu denken. Und wenn sie ohnmächtig wurden, dachten wir früher, jetzt wäre alles zu spät. Nein! Da fängt die Arbeit erst an, die Rettungsarbeit! In der Höhlen kühlen sie äußerlich runter auf Raumtemperatur, aber im Inneren bleiben sie bei 34 Grad. Wir geben ihnen Wasser und Mineralien und das Medikament gegen die Krämpfe und halten sie ab dieser Temperatur wieder warm. Sie bekommen auch etwas Zucker. Und du hast ja gehört: Sie dürfen auf keinen Fall geweckt werden, sondern müssen von selber wach werden. Und dann kommt die Phase, in der sie wieder an Licht und Wärme gewöhnt werden. Das dauert länger als der Kälteschlaf. Wir haben jetzt drei Kandidaten, die wieder wach sind. Ich sage, dir, das braucht Geduld. Sie sind hinterher andere Menschen! Wir geben ihnen ja auch andere Namen."

Mir kam ein grauenhafter Gedanke.

„Doktor", sagte ich, „hätten dann alle, die vor dieser Entdeckung im ‚Zustand' waren und starben, gerettet werden können? Das heißt: Haben wir alle getötet, die einem … Bankett … geopfert…"

Ich konnte nicht weitersprechen, ich kippte vornüber vor Schock, hielt mich am Tisch fest, mein Kiefer verkrampfte sich, und ich hätte nur noch stottern können, wenn ich versucht hätte, etwas zu sagen. Ich saß nur auf der Stuhlkante und schaukelte.

„Genau darum dürfen wir nicht vom Lebenden essen", sagte er, „einige von uns haben das lange vermutet."

„Ich war mit bei denen, die solche getötet haben", sagte ich, als ich wieder dazu fähig war, „haben wir uns denn nie gefragt, ob ihre Erstarrung wirklich eine Totenstarre ist? Wieso die Flecken ausbleiben? Wieso sie immer noch gut riechen? Warum sich Tulpenblätter kräuseln?"

Mani starrte mich an.

„Haben sie denn noch geblutet, wenn du geschnitten hast?" fragte er dann.

„Ah!" Ich fing an zu schreien. Ich sprang auf und lief durch die Hütte. Ich schlug meinen Kopf gegen den Türrahmen. Schlug mir mit der Faust gegen den Kopf.

Mani sprang auf und hielt mich fest. „Hör auf! Wir wußten es nicht! Ich hätte das doch auch untersuchen müssen, es ist mein Beruf! Aber ich war auch zu feige." Ich wollte mich selber beißen, schlagen, weiter meinen Kopf gegen Holz rammen, er bändigte mich. Drehte mir die Arme auf den Rücken.

Keuchend stand ich da, nach vorn gebeugt, und Speichel rann mir über das Kinn und tropfte auf den Boden. Und mit starkem Griff hinderte er mich daran, mich selber zu verletzen. Langsam kam ich wieder zur Vernunft und beruhigte mich. Er zog mich zum Sofa und setzte mich hin und hüllte mich in das Schlaftuch, das dort lag.

„Das war der Fluch", sagte er, „daß wir zu feige waren, um zu untersuchen, was wirklich passiert. Wir haben geglaubt, wenn ein Homsarec das Bewußtsein verliert, ist er tot. Weil uns nie passiert. Einer wie wir ist immer wach. Wenn er also in ein Koma fällt, muß er tot sein, das glaubten wir immer. Und das Heilige Koma ist am Anfang tief! Du kannst dem Mann einen Arm abschneiden, er wird nicht wach. Wir kannten den Unterschied nicht. Wir wußten nicht, daß sie in eine Katalepsie fielen statt in Rigor Mortis. Das hielten wir für den Tod. Wie dumm wir waren! Wir konnten dem nicht ins Auge sehen, weil es uns zu jung erwischt hat. Es war uns zu nah. Wir hatten Angst, genau hinzusehen. Und darum haben wir es nicht verstanden."

Er machte Notizen und schrieb seine Beobachtungen auf, um sie so bald wie möglich mit Mato Sapé und anderen Kollegen zu besprechen. Derweil nahm ich mein Tagebuch. Jetzt schreibe ich alles das auf. Mit unsicherer Hand. Und am Kopf wächst mir ein Horn. Vielleicht kann ich ein bißchen schlafen. Ich möchte das so gern.

Ich werde Mani bitten, mich anzupusten, bestimmt macht er es ausnahmsweise.

5. AUGUST

Erst dachte ich, an Schlaf werde nicht zu denken sein. Aber dann ging es doch. Ich hatte eine eigene Kammer, aber ich bat Kunkamanito, bei ihm schlafen zu dürfen. Ich dachte an die Matte auf dem Boden, aber er nahm mich an seine Seite und pustete mich an, nachdem ich ihn gelöchert hatte.

Ich wurde von wilden Träumen verfolgt. Das kannte ich früher nicht: So viele Träume! Ich sah auch meinen Herrn, den Dogen, er saß auf dem Thron im Dogenpalast, ich kniete unterhalb der Stufe mit der Inschrift „Arya Tanguta".

„Lieber Herr", sagte ich, „Perkele lebt."

„Gut", sprach er, und die Amazonen hinter ihm riefen: „Gut! Gut! Gut!" und raschelten mit ihren schwarzen Schwingen. Und da war eine gelbe Schlange, die sich zwischen ihren Füßen hindurchwand, und ich rief: „Tötet diese Schlange!" Aber die Amazonen reagierten nicht, und ich rief es wieder, bis Salix zu mir sprach: „Das Recht hat niemand. Ihr Schicksal ist nicht erfüllt."

Ich stand vorsichtig auf, um Kunkamanito nicht zu wecken, aber der öffnete einen Spalt weit die Augen, als ich das Ende meines Schlaftuchs unter seinem Arm wegzog.

„Schlafen Sie noch ein bißchen, Doktor", sagte ich und nahm mir ein Lendentuch und fing an, das Frühstück vorzubereiten. Er schloß die Augen mit einem Seufzer.

Ein paar Minuten später hörte ich bloße Füße auf dem Dielenboden.

Er setzte sich an den Tisch und sah müde aus.

„Dies wird noch ein anstrengender Tag", sagte er, „wir haben wahrscheinlich zwei Erwachende, Perkele und Abram. Petja soll der Wach-Guide für seinen Vater sein, das ist der Mensch, den er beim Aufwachen sieht, und das sollte eine vertraute Person sein. Wenn wir merken, daß er bei Bewußtsein ist und vielleicht sogar sprechen kann, dann können andere dazukommen, aber immer nur wenige. Du darfst dabei sein, haben wir beschlossen."

„Und die anderen? Marja und die Kinder?"

„Marja weiß, daß er lebt, aber nicht, wo er ist, und die Kinder sollen es noch nicht wissen, sonst wollen sie ihn sehen. Sie wissen nur, daß er nicht da ist, und das ist ja nichts Neues."

„Wann gehen wir hin?"

„Petja holt uns in einer Stunde. Erstmal ordentlich frühstücken. Und du trinkst anständig, ist das klar?"

Ich nickte.

Dann sind wir zur Höhle gefahren. Inzwischen hatten die Wachen das Bett in eine kleinere Einzelhöhle getragen, damit es die anderen nicht störte, wenn wir sprachen. Trotzdem mußten wir leise sein, in diesem Labyrinth wird der Schall weit getragen.

Ich werde mit einem Desinfektionsmittel abgerieben, bevor ich zu ihm hineindarf.

Da lag er also. Immer noch am Tropf. Ich hätte noch so viele Fragen stellen wollen; als ich mit dem Doktor in der Hütte war, fielen sie mir nicht ein.

Mani maß seinen Blutdruck und schrieb ihn auf. „Steigt", notierte er.

Petja saß am Bett in Blickrichtung seines Vaters. Er beobachtete ihn aufmerksam. Bisweilen sprach er im Flüsterton mit dem Doktor. Ich hörte nicht, was sie sagten. Ich durfte aber auf die Tafel schauen, die in der Tasche am Bettfuß steckte.

„Temperatur steigt", stand da nun.

Eine Stunde später schrieb Kunkamanito: „Erwachensprozeß hat begonnen."

Ich spürte fiebrige Aufregung.

Der Doc schlug vor, ich solle noch ein bißchen nach draußen gehen, es werde noch Stunden dauern, aber ich wollte nicht. Wollte nichts verpassen.

Eine der Amazonen brachte mir ein Wintertuch. Ich merkte jetzt auch, daß es kühl war, und ich saß still. Sie hüllte mich darin ein.

Die Vorhänge waren jetzt ein Stück geöffnet, so daß ich Sicht auf den Patienten hatte. Ein schwaches Licht leuchtete hinter seinem Bett, so angebracht, daß es ihn nicht blendete.

Sein Atem wurde deutlicher hörbar.

Nun kam ein Räuspern, ein Husten.

Er versuchte, ein wenig den Kopf zu heben. Petja stützte ihn.

Mein Herz schlug bis in den Hals.

Der Doc nahm ihm die Infusion ab.

„Wenn er die Augen aufmacht, darfst du ihn ansprechen, wie du es immer tust", flüsterte Mani.

Bereket atmete schwer, und seine Augen blieben geschlossen. Ich durfte ein wenig näherrücken und sah, wie sich seine Augen hinter den Lidern bewegten.

Es war wie das Schlüpfen eines kleinen Vogels.

Er kämpft sich an die Oberfläche. Seine Hände machen kleine zuckende Bewegungen.

Nicht stören, das ist jetzt oberstes Gebot.

Manchmal sackt er wieder weg und fällt in einen tieferen Schlaf.

5. AUGUST, NACHMITTAGS

Stunde um Stunde habe ich so gesessen. Eine Amazone hat mir einen Raum gezeigt, wo Essen und Getränke für das bewachende Team bereitstehen.

Ich habe mich hastig gestärkt und bin gleich wieder an Perkeles Bett gekommen.

Ich beobachte jede Veränderung seiner Haltung. Denn jetzt wird er nicht bewegt wie in den ersten 10 Tagen des Heilkomas. Jetzt verändert er selber seine Lage, und wie stark er sie verändert, das ist Anzeichen des baldigen Erwachens.

Ob es möglich sei, daß einer nicht erwacht?

Das kann man nicht völlig ausschließen, aber wir tun alles, um das zu verhindern.

Keine vollkommen beruhigende Antwort.

Jetzt bewegen sich seine Füße! Es sieht so aus, als hätte er schon die Kontrolle über die Füße, aber über sonst nichts. Sein Atem geht stoßweise, kommt mir wirklich wie ein Kampf vor gegen das, was ihn von der Wirklichkeit trennt.

Kunkamanito beugt sich an meinem Ohr nieder, sagt mir leise: „Du darfst ihm seinen neuen Namen sagen, wenn es soweit ist."

Ich wiederhole ihn in Gedanken. Bereket.

Da geht ein Ruck durch ihn. Wir erschrecken alle. Seine Muskeln spannen sich an. Er schlägt die Augen auf. Aber das ist nicht das sanfte Erwachen, mit dem wir alle gerechnet haben, sondern die kämpferische Wachheit des Kriegers — dem aber die Kräfte fehlen, so daß er sich nicht einmal auf die Ellenbogen stützen kann. Er hebt den Kopf und läßt ihn wieder sinken. Er schaut Petja an, als sähe er ihn nicht.

Petja hat Instruktion, ihn nicht anzusprechen, bis sein Vater etwas sagt.

Der murmelt etwas.

„Papa!"

Jetzt richtet Bereket den Blick auf seinen Sohn.

„Škorec!" Und dann, nach ein paar Atemzügen: „Utjonok?"

„Sie ist bei Tante Ljuba, und es geht ihr gut", sagt Petja geistesgegenwärtig.

„Sie muß herkommen, ich bin im ‚Zustand‘, ich sterbe. Alle Kinder müssen…"

Seine Stimme ist rauh, und viele Male unterbricht er sich, um sich zu räuspern und wieder Luft zu holen.

„Papa! Du hast es überstanden, du bist nicht mehr in Gefahr."

Mani stupst mich, ich soll zum Bett gehen. Ich bewege mich langsam dorthin.

„Lelo! Kleine Dogenhure! Bist du auch wieder hier! Schau, dein wahrer Herr ist zu schwach, ich kann mich nicht aufrichten, mit mir ist nichts mehr los, Zeit, daß ich abtrete."

Kunkamanito tritt ans Bett, gibt uns Zeichen, ihm Platz zu machen, und fühlt Bereket den Puls.

„Du hast es überlebt, alter Räuber, der ‚Zustand‘ ist vorbei."

Petja muß helfen, ihn aufzurichten, damit Mani ihm die Lunge abhorchen kann. Ohne Hilfe kann er nicht aufrecht sitzen. Petja hält ihn mit ganzer Kraft.

Wie dünn er geworden ist! Er sieht meinen Blick.

Ich gehe auf ihn zu, nun werde ich ihn umarmen. Er rutscht mir fast aus dem Griff, ist so dünn und schwach.

„Ich darf dir deinen neuen Namen sagen", kündige ich es an.

Sein Kopf sackt auf meine Schulter, so schwach ist er; wir müssen ihn wieder zum Liegen betten, ein Pfleger hilft mir dabei.

„Neuer Name. Soso. Neues Leben oder was."

„Danke, du Mörder jeglicher Feierlichkeit."

„Was ist mit meinen Haaren passiert?"

„Keine Sorge, ich bewahre einen Teil auf. Hab' sie mit, willst du sie sehen?"

Ich bin jetzt ein bißchen sauer auf ihn, daß er mich so aushebelt. Und schon gleich mit einer Schmähung begrüßt hat.

Er liest mich. Und ich ihn.

„Du willst erstmal wissen, was passiert ist", sage ich, „frag Petja, der war die meiste Zeit bei dir, hat mir deine Haare gebracht und so getan, als wärst du tot. Ich habe die schlimmste Zeit meines Lebens durchgemacht, ich wäre gern geblieben, aber mich haben sie von hier fortgeschleppt nach Sukent. Ich wollte sterben! Ich habe eine Weile nichts mehr zu mir nehmen können und habe mir den Kopf rasiert."

„Hör auf, nur von dir zu reden, du bist jung, du weißt nichts vom Tod. Was ist das mit dem Namen, bin ich jetzt nicht mehr Perkele?"

„Bingo. Der ist tot."

„Und nun?"

Ich sage es mit Genuß und Artikulation: „Bereket."

Er verzieht das Gesicht. „Was soll das heißen?"

„Der Segen."

Er wiederholt das.

„Könnte mir gefallen. Ihr seid überaus freundlich…"

Kunkamanito tritt auf ihn zu. „Bereket von den Nachtschwalben. So bist du jetzt im Sukenter Zentralregister eingetragen. Merk dir den Namen. Der S!O!S! entscheidet darüber. Ab jetzt bist du Mitglied des S!O!S!, Sowjet Of Survivors. Und hier ist deine Karte."

„Ein Ausweis? Wir haben nie Ausweise gehabt. Meine Peikers sind mein Ausweis. Was soll der Mist?"

Er nahm die Karte, sie war buchartig gefaltet, und öffnete sie. Sie enthielt ein Foto aus guten Tagen, ein paar persönliche Daten — Größe, Augenfarbe, Narben — und den neuen Namen. Auf der Rückseite gab es einen Kranz aus fremdartigen Zeichen. Das sei die Schrift der Kshatrinis mit Schutzformeln, erklärte Salix, die hinzugekommen war. Er betrachtete sein Dokument mit einer gewissen Rührung.

„Das bin ich also", murmelte er, „Bereket von den Nachtschwalben…"

„Willkommen zurück im Leben", sagt Mani. Und nun schickt er uns alle vom Bett weg, aber wir dürfen im Raum bleiben, denn nun wird Bereket die erste Nahrung in seinem neuen Leben bekommen, eine Suppe. Der Pfleger bettet ihn ein wenig höher und reicht sie ihm in kleinen Schlucken aus einer Schnabeltasse. Ich sehe, wie er die Augen verdreht. Ein Krieger, der wie ein Baby gefüttert wird!

Wir dürfen unser Essen vom Buffet holen und uns damit hier an den Tisch setzen, müssen aber weiterhin ruhig sein.

Wann er nach Hause könne, ist seine nächste Frage.

Nicht sofort, ist die Antwort, er müsse erst wieder an Licht und Bewegung gewöhnt werden. Und an Menschen. An Nahrung. An alle Funktionen, die während seines Heilkomas brachgelegen haben. Er will seine Familie wiedersehen, so bald wie möglich. Er möchte, daß ich mich zu ihm lege, damit er besser schläft. Abgelehnt. Infektionsgefahr. Er hat immer noch Untertemperatur.

Heute Abend, wenn es dunkel ist, wird er in die Hütte auf den Bergen gebracht. Dorthin, wo Kunkamanito und ich die vorige Nacht verbracht haben. Nach 11 Tagen in der Höhle muß er langsam an das Licht gewöhnt werden.

6. August

Wir sind also spät gestern Abend in der Hütte angekommen. Bereket ist noch nicht in der Lage zu gehen, natürlich nicht. Und damit ihn nicht ein Scheinwerfer auf der Fahrt blendet, mußte er sich die Augen verbinden lassen. Als wir ihn auf der Trage durch den Garten transportierten, war der Sternhimmel ganz klar über uns. Hier konnten wir ihm die Augenbinde kurz abnehmen, ließen ihn eine Weile die Sterne anschauen, und wenn ich mich nicht täusche, hat Bereket geweint. Aber gleich darauf meckerte er wieder herum.

Ich mußte wieder eine Suppe kochen. Er hat eine weitere Kammer für sich bekommen, die vorher verschlossen war. Die war vorher von Petja geputzt und desinfiziert worden. Als er untergebracht ist, kriegt er wieder was Warmes. Schmeckt ihm nicht. Ich drohe ihm Ohrfeigen an, wenn er nicht ruhig ist.

Eine Wache ist mitgekommen, nur eine, denn ich habe mich erboten, einen Teil der Nachtwache zu übernehmen. Wir werden die ganze Nacht auf unseren Patienten aufpassen.

Kunkamanito kommt spät; auch bei Abram hat der Aufwachprozeß begonnen. Darum wird er gleich wieder zu ihm rüberfahren. „Ist ja schlimmer als Kreißsaal", kommentiert er.

Er will noch nach Bereket schauen, aber der ist beschäftigt.

Pratizaye ist bei ihm. Sie schaut ihn aufmerksam an, sagt aber nichts. Er schaut sie, auf ein großes Kissen gestützt, an, ohne seinen Blick zu wenden. Bisweilen legt sie ihm die Hand an die Wange oder auf die Brust. Sie tauschen sich aus, aber ich lese sie nicht.

Ich erinnere mich, wie sie ihn mit ihren Seilen von den Füßen gezogen hat und dadurch das Duell entschied. Er scheint herausgefordert. Gut so.

7. August

Letzte Nacht wurde es noch mal turbulent. Die Hilfe unserer Wachen wurde gebraucht. Ich blieb also mit Bereket und Pratizaye allein in der Hütte.

Die anderen stiegen ins Auto, und Petja sauste mit ihnen davon.

Während der Nachtwache, als wir auf Perkeles Ruhe aufpaßten, tranken wir zusammen Tee und redeten ein bißchen. Vor Gericht hatte sie sich übersetzen lassen, aber jetzt sprach sie ein ganz allerliebstes Lingo, quasi in Versen. Und sie haute das so spontan raus, als würde sie niemals anders reden.

„Ema Ho! Die Zeiten der Rache sind noch nicht vorbei, wie kleine Neugeborene müssen wir die Männer hüten, die aus dem Bardo des heiligen Komas kommen, falls dunkle Magie sich nähert..."

„Ema Ho! Repay tempi non passaden, bebek gibi hombres garden,
vene sante koma Bardon, oscor Büyü set approchadim..."

„Was ist ein Bardo?"

„Es ist das Zwielicht der Wirklichkeiten, so wie du im Traum und im Wachen in einer Illusion bist, solange du nicht mit klarem Geist unterscheidest. Tod und Leben, Wachen und Schlaf sind ein fortgesetzter Bardo."

„Ambilux realidaden, somni y dieswake seis illudos, no discrim han chiaro mente.
Mort y vida, somn y dieswake seten Bardo permanente."

Aha, alles klar.

Und wird das die endgültige Rettung aus dem Zustand sein?

Sie schaut mich lange an und singt dann: „Hung! Aus Gier und Unwissenheit habt ihr getötet. Jetzt werdet ihr in Liebe Leben schützen. Das ist das Ende eures Fluchs."

"Hung! Greed' y ignora killaban, lieb ten vida preserven, fine votre malediction."

Und nebenbei machte sie dreifüßige Jamben mit dreisilbigem Schluß, wenn die Aussage nur drei Sätze lang sein sollte. Ich hoffe, sie erwartet von mir nicht solche Antworten.

Am Morgen habe ich dann erfahren, was passiert ist. Aus ungeklärter Ursache ist ein Feuer in einem Teil der Höhle ausgebrochen, wo die neuen Patienten liegen, die es am kühlsten brauchen. Es gelang nicht, dieses Feuer zu löschen, es brannte direkt auf dem Felsen mit einer bläulich-weißen Flamme. Vielleicht ist Erdgas aus einer Felsspalte in Brand geraten. Zum Glück wurde das sofort bemerkt. Alle Helfer haben die Patienten vorsichtig in einen anderen Teil der Höhle getragen, wo es kühler war, haben dann die Infusionen wieder angebracht und sie einfach auf die Matratzen gebettet. In der

Haupthöhle wurde es dann so warm, daß man niemanden mehr dort unterbringen kann. Mit Sand und Geröll haben sie versucht, den Brand zu ersticken. Als das nicht gelang, haben sie den Eingang verschlossen, und nun brennt es da vor sich hin, die Steine, mit denen der Eingang verschlossen ist, werden langsam warm. Zum Glück ist die Höhle sehr ausgedehnt, es wurde ein anderer Raum gefunden, der ebenfalls geeignet ist. Er ist etwas schwerer zugänglich, aber es wird gehen.

Auch ist niemand aufgewacht. Dank der Geistesgegenwart der Wachen.

Zufall? Oder wirkt jemand auf diese Stätte ein, um die Rettung unserer Patienten zu torpedieren?

Ich habe heute die Aufgabe, dem Patienten Frühstück zu machen. Kunkamanito hat mich instruiert. Ich muß jetzt nicht mehr ganz so vorsichtig sein, kann ihn aufrichten, damit er essen und trinken kann, und ich darf ihn anfassen, frage ihn, ob ich ihm Zöpfe flechten soll, und fange mir fast eine.

Die Kräfte kehren zurück. Die Fenster sind immer noch mit Vorhängen abgedunkelt. Seine Pupillen sind groß.

Ich reiche ihm den Teebecher — alles von Kunkamanito genehmigt, was er zu sich nehmen darf — und stütze ihn ab, während Bereket trinkt.

Dann habe ich Grießbrei für ihn. Ohne Milch gemacht, nur mit Zucker und etwas Kirschsaft dazu. Er ißt geduldig und so langsam, wie ich instruiert wurde, es ihm zu geben. Pro Löffel muß ich bis 60 zählen.

Er mäkelt, es schmeckt nicht, so ein Baby-Essen.

„Tulpenblatt dazu?" frage ich ihn. Sein Blick ist unbezahlbar.

Als wir fertig sind und unser Patient wieder ausruht, nimmt Kunkamanito mich mit raus. Er hat mir was zu sagen.

„Wir haben eine andere Höhle für neue Patienten ausgesucht; die jetzt in Behandlung sind, lassen wir erst einmal dort, wo sie hingekommen sind, den Teil der Höhle hast du noch nicht gesehen. Und das ist wichtig. Wir haben den Verdacht, daß sich jemand an dich angedockt hat, um die zu finden, die im Heilkoma sind, und sie anzugreifen. Wir haben einen Verdacht, wer das sein könnte. Ich habe vorhin mit Seiner Exzellenz telefoniert. Wir glauben, daß dir jemand auf den Fersen ist, der oder die uns mit Haß verfolgt. Und es ist jemand, der aus dir lesen kann, wo unsere Patienten sind. Vielleicht stehst du auch auf dieser Liste. Was denkst du?"

Ich überlegte nicht lange. Dachte auch an meine Träume in der Zeit, als ich dachte, mein Perkele sei tot.

„Die Schwester von Tarfur", sagte ich.

Er nickte. „Die haben wir auch im Verdacht. Hattest du denn je mit ihr zu tun?"

„Abgesehen davon, daß ich ihren Bruder niedergestochen habe…"

„Hat sie dich gesehen? Ist es bei der Gerichtsverhandlung zu einer Begegnung gekommen?"

„Ja. Da standen wir uns Auge in Auge gegenüber."

„Autsch. Denkst du, sie kann dich finden und lesen?"

Ich war versucht, das abzustreiten — was hat das denn vielleicht noch für Konsequenzen? Aber ich muß ehrlich sein, es geht um Tod und Leben.

„Ich fürchte, ja", sagte ich.

Und etwas kläglich fügte ich hinzu: „Muß ich jetzt wieder weg von Bereket?"

Er wiegte den Kopf.

„Auf ihn hat sie es wohl eher nicht abgesehen. Auf dich… Naja, Gründe für eine persönliche Rache hätte sie ja. Also bist eher du gefährdet als er. Aber ich denke, es geht ihr wie allen unseren Feinden mehr um den Kern, um unseren gemeinsamen Schwachpunkt, darum, das zu vernichten, was uns Mut gibt. Das war bei Pitro so, das galt für Tarfur, das ist wohl auch bei dieser Frau der Fall."

„Was kann ich tun?" fragte ich mit gesenktem Blick.

„Uns Auskunft geben, das ist schon das Wichtigste. Welche Plätze für das Heilkoma hast du gesehen? Die Amazonen suchen ja weltweit nach solchen Orten: Kühl, versteckt und vor Störungen geschützt."

„Ja, da war der Weinkeller in dem Pyrenäendorf… Und die Krypta unter der ‚Kirche des Entschlafens' in Petschory."

„Noch mehr Orte, von denen du weißt?"

Ich schüttelte den Kopf.

„Müßt ihr die nun wieder aufgeben?"

„Vielleicht nicht, sondern nur noch besser schützen."

„Und was ist mit diesem Ort?"

„Um den haben sie schon einen magischen Kreis gezogen. Bei der Höhle hatten wir nicht an Fernwirkungen gedacht, da hatten wir geglaubt, die Wachen vor den Eingängen würden reichen."

„Gebt ihr die Höhle jetzt auf?"

„Darüber darf ich dir keine Auskunft geben."

Ich schwieg. Es war okay! Man muß sie vor mir schützen.

„Aber ich darf bei ihm bleiben?"

Kunkamanito lachte.

„Hey, laß den Hundeblick stecken! Ja, du darfst bei ihm bleiben, er braucht noch Pflege, ich habe mit Seiner Exzellenz gesprochen, er ist einverstanden, daß du das machst, solange Bereket dich braucht."

Den Rest des Tages war ich also mit ihm und Pratizaye allein. Sie vollzieht Rituale, die mir ein bißchen auf die Nerven gehen, aber was soll's.

Es ist heiß, kann unser Patient das schon vertragen? Ja, unbedingt, hat Doktor Mani gesagt, er braucht jetzt Wärme, verbinde ihm die Augen und leg ihn in die Sonne. Nackt. Und das habe ich getan.

Er haßt es, sich tragen zu lassen. Aber er kann noch nicht aufstehen. Seine Kräfte kommen langsam wieder. Alle zwei Stunden gebe ich ihm eine kleine Portion zu essen. Ich hatte erst Bedenken, ob er die Sonne vertragen wird, aber er war ja schon vorher daran gewöhnt. Nur das Licht wäre ein Problem. Aber er ist vernünftig und rückt schon selber die Augenbinde zurecht.

Wir sind hier auf einer Wiese vor dem Haus, weit und breit kein Mensch, und das Haus ist von dem kümmerlichen Pfad aus nicht zu sehen. Hier findet uns niemand zufällig. Es ist unglaublich still, selbst die Vögel schweigen.

Sind wir hier sicher? Kann ich auf die Kraft der Kshatrini vertrauen? Ich teste sie, pirsche mich von hinten an sie heran. Sie wirft ohne zu schauen ihr halbmondförmiges Messer nach mir. Einfach so über die Schulter. Zack. Und hätte mich fast getroffen.

Dann dreht sie sich um. „Ach, du bist es? Warum machst du so einen Quatsch?"

Nun gut. Bei ihr ist unser Patient sicher.

Am Abend habe ich noch mal was für Bereket zu essen gemacht. Er verträgt von Mahl zu Mahl etwas mehr. Der Doktor hat die Mengen schon aufgeschrieben, die er bekommen darf. Bereket kann jetzt im Schneidersitz aufrecht sitzen, muß sich aber noch anlehnen. Seine Laune bessert sich. Er begreift jetzt erst, was es bedeutet, daß er noch lebt. Es bedeutet, daß der Fluch besiegt werden kann. Er sitzt einfach da und schaut.

Ich hole das Öl, mit dem ich ihn einreiben soll; seine Haut ist zwar in gutem Zustand, aber es bringt das Leben in unseren Patienten zurück, wenn er sanft abgerieben wird. Er schaut mich an, als ich das mache. Ich hebe seinen Arm an der Hand hoch und verteile das Öl bis hinein in die Achselhöhle und wieder zurück zu den Fingern und ziehe sie ein wenig lang. Ich erinnere mich daran, wie mich mein Herr Tanguta in Besitz nahm, und so mache ich das jetzt mit diesem neuen Wesen. Ich streiche das Öl auf seine Wangen, verteile es vorsichtig mit dem Daumen um seine Augen herum, die ganze Zeit schaut er mich an. Ich streiche es über seine Ohren und den geschorenen Kopf.

„Deine Haare sagten mir, daß du lebst", erzähle ich ihm, „dein Petja brachte sie mir, sie waren eine Botschaft von dir. Ich habe sie bei mir gehabt, bis ich dich fand."

Er antwortet nicht. Verfolgt nur mein Tun mit Blicken.

Ich lege ihn hin und öle seinen Bauch ein, seinen unberingten Schwanz, seine Schenkel. Lege ein Schlaftuch auf das Bett, drehe ihn um, massiere ihm Nacken, Rücken, Hintern und die Beine. Mit besonderer Liebe widme ich mich seinen Fußgelenken und Zehen. Dann gehe ich noch einmal von unten nach oben und ende wieder beim Kopf. Bedecke den Körper mit einem etwas wärmeren Schlaftuch — trotz der sommerlichen Hitze.

„Wo ist mein Ring?"

„Äh — ja, wahrscheinlich in dieser Tasche mit deinen persönlichen Sachen, die hat mir der Pfleger mitgegeben." Ich schaffe sie herbei und reiche sie ihm. Er wühlt darin herum, zieht die Feder heraus, die er zusammen mit der anderen getragen hat, mit der, die ich jetzt habe.

„Wie zum Teufel soll ich die jetzt tragen — mit den kurzen Haaren?"

Dann findet er den Ring, einen mit Schraubknöpfen, und fummelt ihn rein. Es tut bißchen weh, sehe ich ihm an. Aber es muß sein.

8. AUGUST

Ich bin wieder glücklich. Ich darf meinem wilden Herrn jetzt nah sein. Petja kam später noch mal wieder, er erzählte, daß sie die neuen Patienten versorgt haben. Es gibt so viele Höhlen hier in der Nähe, kein Problem, eine neue zu finden. Mit der brennenden Höhle wird sich jetzt eine Ölfirma befassen, die werden dort versuchen, Erdgas zu fördern. Viel Spaß beim Löschen.

Nach dem Frühstück und Rasieren habe ich Bereket auf die Beine geholfen. Er will unbedingt aus eigener Kraft zum Klo. Er sei kein Baby. Pratizaye hat auf der anderen Seite unterstützt. Drinnen soll ich ihn allein lassen. Er geniert sich vor mir. Ich gehe aber rein, bevor er mich ruft, und erwische ihn gerade noch, bevor er das Gleichgewicht verliert. Halte ihn fest, so daß er sich aufrecht hält. Was für ein Problem, sich helfen zu lassen! Schwieriger Patient.

Nach diesem Abenteuer habe ich ihn wieder draußen abgelegt, habe einen Liegestuhl unter den Apfelbaum gestellt, den Petja gestern mitgebracht hat, habe ihn mit Schlaftuch und Kissen ausstaffiert und Bereket dort hineingebettet. Heute muß ich ihm die Augen nicht mehr verbinden, eine Sonnenbrille reicht schon. Das Gute: Er kommt aus dem Liegestuhl nicht allein raus, ich könnte also auch eine Weile weggehen, ohne zu fürchten, daß er von da wegkann. Das sage ich ihm, um ihn herauszufordern. Ergebnis war allerdings, daß er das Möbel umgekippt hat und versuchte rauszurollen. Hat sich aber im Schlaftuch verheddert, und so habe ich den Kokon wieder eingesammelt und ihn damit aufgezogen.

„Warte nur, bis ich wieder bei Kräften bin!"

„Kann's gar nicht abwarten, bis du wieder vom Klo fällst", sage ich.

Als Petja kommt, beklagt er sich über mich, den unzuverlässigen Pfleger. Ich grinse und tausche Blicke mit Petja.

9. AUGUST

In der Nacht bin ich davon wach geworden, daß jemand leise und zart zu mir auf mein Lager glitt. Ich spüre eine weiche Wange — es ist die Frau. Sie schiebt mein Schlaftuch weg und bedient sich meiner. So einfach, wie ich es sage. Pratizaye richtet mich auf und läßt sich auf mich herabsinken.

Es ist nicht in dem, was sie genau tut, wenn das meinen Kopf sprengt und mein Herz schmelzen läßt. Wir reden nicht. Ich bin nur in ihr und wir bewegen uns nicht. Funken, Farben, Licht. Morgen will sie mich schlagen. Ich flehe drum.

Ich darf nicht kommen. Mir ist so, als würde ein zarter Windhauch in uns auf- und absteigen. Aber der ist so kraftvoll, daß sie ihn zügeln muß. Das haut mich weg.

10. AUGUST

Die zweite Kshatrini hat mich an einen niedrigen Ast des Apfelbaums gebunden und mich geknebelt. „Wer soll mich hier denn hören?" denke ich sie an.

„Ich. Es stört mich. Und hier ist ja noch jemand."

Meine Augen sind nicht verbunden. Sie schleppt den Liegestuhl unter den Baum und führt Bereket herbei. Umständlich setzt er sich, sie wickelt ihn ins Schlaftuch, die Sonne ist eben untergegangen.

So. Mit Publikum. Will ich das?

„Wen interessiert, was du willst?" brummelt er.

Sie setzt die ersten Hiebe mit einer dünnen Rute, die sie wohl von einem der Sträucher geschnitten hat. Ah, dafür wollte sie mein Schnitzmesser.

Dünne, fiese, aber nicht allzu starke Schläge. Ich reagiere sofort. Man hört schon etwas von mir, ich fiepe wie ein Hund. Auch ein Grund, warum sie mich das Wölfchen nennen.

Aber sie ist ja nicht nur gemein. Sie gibt es mir auch mit dem breiten Riemen und dem Paddel. Es hat Löcher, trifft also härter auf als ein geschlossenes. Ich habe es schon in der Kammer gesehen und bewundernd berührt. Oh, es spricht. Es wird schmecken, habe ich gedacht, aber wer könnte…

Bereket hat noch nicht genug Kraft, mit mir zu spielen, der steht noch nicht allein. Und auch sein Gleichgewichtssinn läßt ihn bisweilen im Stich.

Meine Augen sind nicht verbunden. Ich sehe ihn, wenn ich mich umdrehe. Sein Gesicht sagt nichts aus. Dennoch hebe ich beide Hände, soweit es die Fesselung erlaubt. Das ist das Stopzeichen. Sie hält inne und nimmt mir den Knebel raus.

Ich wende mich Bereket zu.

„Darfst du sowas schon sehen? Regt es dich nicht zu sehr auf? Ich möchte das nicht, außer der Doktor sagt, das geht."

Sein Gebrummel überzeugt mich nicht. Ich breche ab und lasse mich befreien.

Fast kommt mir der Gedanke, ob dies ein Test war. Wenn, dann habe ich ihn bestanden. Verantwortung vor Vergnügen.

Am Abend ist Kunkamanito wieder da. Er ist mit meiner Entscheidung, das Spiel abzubrechen, sehr zufrieden. Ja, die Kshatrini wollte sehen, wie weit ich gehen würde, ob ich meine Pflicht vergessen würde.

Also hätte sie selber abgebrochen, wenn sie gesehen hätte, daß es Bereket aufregt? Ja, das hätte sie. Aber mich hätte er der Pflege entbunden und mich nach Sukent zurückgeschickt.

Autsch. Habe ich mich doch richtig entschieden.

„Und wußte Pe…Bereket, daß es ein Test ist?"

„Nein."

„Weiß er es jetzt?"

„Nein."

„Darf er es wissen?"

„Nein."

11. August

Es geht Bereket schon so gut, daß wir an ein Vorhaben gehen können: Er will mir seine Erinnerungen an sein Heiliges Koma diktieren, wie sie jetzt diesen Zustand nach dem ‚Zustand' nennen.

„Wie? Du hast Erinnerungen?"

„Ja, es gibt welche. Natürlich nicht an alles. Aber was da war, das möchte ich von dir aufgeschrieben haben. Du hast eine schöne Schrift…"

„Naja, nicht immer, zuletzt war es nicht so doll…"

„Wie du sagtest, war das Erschütterung."

„Ja, als ich noch nicht wußte, daß du lebst, war ich am Ende."

„So eine Liebe…" murmelt er.

Ich habe also einen kleineren Tisch unter den Apfelbaum geschleppt, wo Perkeles Liegestuhl steht, einen Stuhl und Schreibsachen, Papier, Federhalter und Tintenfaß. Ich finde sogar noch Gänsekiel, aber das Zuschneiden der Feder hält doch sehr auf. Und natürlich ist da auch der feine Sand, den man zum Ablöschen der Tinte braucht.

„So, kann losgehen."

BEREKETS DIKTAT

„Bereket, einstmals Perkele, der Anführer der Bémishen Brieder, berichtet das, was ihm geschah, als er im Heiligen Koma lag, folgend auf unseren Fluch, den ‚Zustand', in den ich fiel, in dem ich glaubte, mein Ende sei gekommen. Es ging schneller als gedacht, mir blieb nicht die Zeit, mich von meinen Frauen und den Kindern zu verabschieden. Denn während ich mich noch darauf vorbereitete, schon kochend in der Glut, während ich alles in Rot getaucht sah, vor Rauschen der Ohren kaum noch ein Wort verstand und Flammen vor meinen Augen tanzten, war ich in meiner Kammer und hatte die Kraft nicht mehr, zu ihnen zu gehen. Ich hörte die flehende Stimme meines geliebten Serf Isegrim, der die Wächterin bat, noch einmal ein Ritual zu versuchen, dann war da nur noch Rauschen, Prasseln und ein rotes Zucken vor meinen Augen. Möglich, daß man mich griff und forttrug, vielleicht war da ein Motorengeräusch, ein Rütteln; alles das war weit von mir, und nur das Höllenfeuer brannte und versengte mir die Lippen. Der Ring an meinem Glied war wie rotglühend. Meine Ohrringe brannten. Ich wollte nach Luft schnappen, fürchtete zu ersticken, war aber nicht in der Lage zu atmen. Der Durst war unerträglich, ich war nicht fähig, mich zu bewegen, wußte nicht einmal, ob ich bei Bewußtsein oder in einem bösen Traum war. Das Rot wurde immer heller, es blendete mich, und ich kann nicht sagen, wie lange das anhielt. Mir war, als würde ich fallen, ich sank in rasendem Tempo rückwärts, abwärts. Mein Kopf drehte sich immer schneller. Dann war es dunkel. Ich weiß nicht, wie lange ich ohne Wahrnehmung gewesen bin. Ich trieb tief im Dunkel. Im Großen Yin, nannte ich es, ohne zu wissen, was damit gemeint ist. Es war wie in der Tiefe des Ozeans. Der Durst hatte nachgelassen, das Rauschen in den Ohren war weniger. Die Dunkelheit beruhigte mich, denn es war kühl um mich. Mir war kühl am Kopf. Auch die Flammen hatten aufgehört, aber Flecken zogen vor meinen Augen vorbei. Sie waren blaugrün, dunkelviolett oder dunkelrot. Ich versuchte, mich zu bewegen, aber ich konnte es nicht. Mit dem Atmen ging es besser, die Luft war gut, kühl und feucht.

Dann war ich in einem goldenen Raum.

Wesen mit schwarzen Flügeln und Löwenköpfen standen um mich. Sie sprachen im Chor in Versen zu mir, es war Lingo Real, aber ein fremdartiger Dialekt.

„*Hast du vom Lebenden gegessen?*"

„*Ja, o Exzellenzen*", sagte ich, „*und es tut mir leid.*"

„*Wie lange ist das her?*"

„*Mehr als zwanzig Jahre, o Erhabene.*"

„*Hast du Heiliges Fleisch gegessen?*"

„*Ja, Erhabene. Ich mußte das tun, um mich und die Meinen zu retten.*"

„*Retten wovor?*"

„*Vor der tödlichen Kälte der Cro.*"

„*Hast du denen, die unter deiner Macht standen, davon gegeben?*"

„*Ja, Erhabene.*"

„*Hast du sie gezwungen?*"

„*Ja.*"

„*Warum?*"

„*Damit sie nicht krank werden durch die Bakterien der Cro. Wie mein armes Kind.*"

„*Du weißt, du hast gefehlt. Es war aus gutem Grund. Aber wir haben andere Mittel. Bist du bereit, das aufzugeben?*"

„*Was immer Ihr verlangt.*"

„*Wir wollen dein Leben erhalten, wir hoffen, daß es gelingt. Vertraue den Helfern!*"

Ich konnte die Augen einen Spalt weit öffnen. Jemand ging an meinem Bett vorbei. Er war gut. Kein Feind. Niemand, der mich zerschneiden würde.

Etwas Kühles floß in meinen Arm und nahm mir den Durst. Ich schloß meine Augen, ich trieb dahin wie in einem Boot auf einem Fluß. Mildes Licht war da. Über mir ein Zelt.

Manchmal fiel der schnelle Schatten einer Fledermaus auf das Zeltdach. ‚Ihr Lieben', dachte ich, ‚Freunde der Menschen, Mückenjäger, Schützer, guten Tag, gute Nacht, kommt wieder'.

Dazwischen habe ich geträumt. Ich weiß das meiste nicht mehr. Ich war in den Bergen, mal auch im Haus, meistens im Schnee, auf der Jagd, oder ich liebte meine Frauen.

Mein Ring war raus. Die Ohrringe auch. Das war gut. Ich fühlte es, ohne daß ich mich bewegen konnte. Als der Zustand auf dem Höhepunkt war, war die Glut des Metalls größte Qual.

Nach einiger Zeit nahm ich alles wahr, was man hören, fühlen oder riechen kann. Meine Augen zu öffnen hatte ich keine Kraft, aber ich lauschte und fühlte. An meinem Arm wurde gefummelt. Ich verstand, was getan wurde, das hatte ich im Krankenhaus gesehen. Ich ließ es geschehen, dankbar, hatte ja auch gar keine Kraft zu kämpfen, und ich verstand, daß es nichts zu kämpfen gab.

Ich durfte ausruhen. Nichts geschah, außer, daß ich mal eine neue Infusion aufgehängt bekam und sanfte Hände sich an mir zu schaffen machten. Ich habe die Stille genossen, die Kühle, die Ruhe.

Wenn ich versuche, die Stunden zu zählen, in denen ich wach war, um das so zu erfahren, dann komme ich vielleicht auf einen Tag. Der Rest war Dämmerzustand oder Nichtwissen.

Als mir Kunkamanito sagte, ich hätte mehr als 10 Tage so gelegen, dachte ich, er macht einen Scherz.

Dies berichtet Bereket, einst Perkele, nach seinem Erwachen aus dem Heiligen Koma."

Hier stockte er und sagte, er sei jetzt angestrengt, er werde mir später oder an einem anderen Tag mehr erzählen. Ich spürte plötzlich eine Ehrfurcht vor ihm. Er hatte mir etwas offenbart, hatte eine Reise in eine andere Welt gemacht, hatte Boten der Basilosphäre getroffen, er war nicht mehr der unbeholfene, hilflose Patient für mich. Ich beschloß, die Anrede zu ändern.

„Bist du mit dem Schreiben gut mitgekommen?"

„Ja, Sie haben sehr gut diktiert, es war nicht zu schnell…"

„Du, kleiner Wolf. Wir sind immer noch per du."

„Du hast genug Pausen gemacht, ich habe alles."

„Mach bitte eine Abschrift für Kunkamanito, die kann Mitja dann im Hotel kopieren. Und dem Dogen faxen."

So geschah es.

12. AUGUST

Es ist nun der fünfte Tag, daß ich Bereket pflege. Ich habe mich noch nicht an den neuen Namen gewöhnt, nenne ihn bisweilen noch beim alten, aber er will selber den neuen Namen tragen, mag den alten nicht mehr hören. Im Wechsel sind seine Frauen und Kinder zu Besuch gekommen, und sie sind vorher ermahnt worden, sich ruhig zu verhalten. Bereket wird von den Kindern eh nur Papa genannt, die müssen sich nichts Neues merken, und die Frauen sagen alle Schatz, da gibt es wenig Probleme.

Er ist jetzt auf den Beinen, noch nicht bei vollen Kräften, versteht sich, aber er möchte schon bald das Lauftraining wieder aufnehmen. Kunkamanito hat ihm körperliche Anstrengung strikt verboten, ausgenommen ist nur Schwimmen. Wir gehen also an den Fluß, heiß genug ist es, und baden dort. Ich habe ihm einen Gürtel umgeschnallt, und bevor er kapiert hat, was das soll, ist er an einem Baum am Ufer angeseilt. Natürlich verspottet er die Maßnahme. Aber als er die Strömung fühlt, ist klar, was mich auf die Idee gebracht hat. Natürlich fehlt ihm noch die Kraft, dagegen anzukommen, aber er hätte es nicht zugegeben. Jetzt ist er froh, daß er sich am Seil ans Ufer ziehen kann. Ich bin im knietiefen Wasser geblieben, es ist eiskalt. Nach vielleicht zwei oder drei Minuten hole ich ihn wieder heraus. Er kommt ohne Gegenwehr heraus, wundert sich selber, was mit seiner Temperatur passiert ist.

Jeden Abend macht die Kshatrini Atemübungen mit ihm, und die sind nun so beschaffen, daß sie seine Wärme wiederherstellen. Ich habe auch Lektionen darin bekommen, nicht die gleichen Übungen, die Bereket macht, aber ich merke, daß es auch bei mir wirkt. Es ist, als würde man in seinem Bauch einen kleinen Ofen anzünden. Allein durch geschicktes Lenken des Sauerstoffs. Eigentlich ist es überhaupt kein Wunder, daß das funktioniert.

Am Abend schaut Kunkamanito wieder nach ihm. Er macht die Routinen. Temperatur messen, Blutdruck messen, Urin-Protokoll einsehen: Ich muß aufschreiben, wieviel da kam, dann anhand eines Farbfächers den Farbton bestimmen, das ist ganz wichtig. Das ist die Grundlage für den Trinkplan am nächsten Tag. Er macht eine Kraftmessung — Bereket zieht mit einem Arm eine Zugwaage vom Boden aus hoch, ich lese ab, wieviel Kilogramm er schafft. Das Protokoll, das mir Bereket diktiert hat und das ich ihm gestern gab, hat er als ‚äußerst wichtig' bezeichnet.

Er setzt sich mit einem schweren Seufzer an das Essen, das ich ihm serviere.

Ich lese ihn. Er hat Sorge um einen Patienten. Um einen, dessen Kopf sie heute rasiert haben. Und der glüht weiter. Ich kenne ihn, aber ich komme nicht drauf, wie er heißt.

„Wen habt ihr heute bekommen, dem es so schlecht geht?" frage ich.

Er tauscht einen tiefen Blick mit mir. Seine Kulleraugen sind weit offen.

„Hemyarik", sagt er.

Aber der ist doch erst siebenunddreißig!

Ich erfahre, daß Paloma im Dorf ist. Sie hat die ersten Zeichen von Hemyariks ‚Zustand' erkannt, hat im Dogenbüro angerufen und erfahren, wo Kunkamanito gerade ist, und hat Ahmet breitgeschlagen, mit ihnen nach Maslenie Blini zu fahren. Ahmet ist jetzt auch bei Marja zu Gast, ihm gefällt es in diesem patriarchalen Haus, und er fährt total auf die Kinder ab. Endlich mal ein Homsarec, der nicht schwul ist, meint er. Sie lassen ihn in dem Glauben.

Gleich nach dem Essen ist Kunkamanito wieder zu seinen Patienten gefahren. Ich frage mich, wann er mal schläft. Er sagt, er legt sich immer dann hin, wenn alle versorgt sind, und sie machen nicht viel Arbeit, hat er gesagt. Im Vergleich mit anderen Kranken verhalten sie sich sehr diszipliniert. Ja, haha.

13. August

Am Morgen kam Salix, um Pratizaye abzulösen, die wieder den Höhlendienst machen wird. Und sie brachte die Nachricht, daß Hemyarik keine Lebenszeichen mehr aufweise. Er ist jetzt in eine Nebenkammer der Höhle gebracht worden, wird weiter so versorgt, als lebe er, aber wird noch häufiger überwacht.

Kunkamanito versucht es mit kleinen Gaben von Adrenalin, womit er aber vorsichtig sein muß, denn Hemyarik ist in Kopf und Bauchraum immer noch überhitzt. Zugleich kühlt er an Armen und Beinen übermäßig aus. Er versucht es mit Wärmekompressen an Armen und Beinen und gleichzeitig etwas Fiebersenkendem über den Tropf.

Ich bin sehr deprimiert. Hemyarik, obwohl nicht in den Nachtschwalbenstamm hineingeboren, war eine führende Gestalt in der ‚Bankett-Szene'. Er hat regelmäßig und aus Überzeugung vom ‚Lebenden' gegessen, war immer dabei, wenn Banketts vorbereitet wurden. Auch ich war ein paarmal dabei, und mir wird angst und bange.

Morgen werde ich mitgehen dürfen, ihn besuchen. Sie sagen, vielleicht tut es ihm gut. Wie das Protokoll von Bereket zeigt, bekommen sie ja doch mehr mit, als wir denken.

14. August

Nach dem Frühstück kann ich Bereket unbesorgt alleinlassen, Salix und Pax und auch ihr neuer Freund Bagyö sind bei ihm. Ich fahre mit Petja runter zu den Höhlen. Ich darf nicht sehen, wo das ist, fahre mit verbundenen Augen, ist mir recht, das kickt auch ein bißchen... Nein, für solche Gedanken ist hier kein Raum.

Wenn er schon vorher dünn war, ist jetzt kaum noch etwas von ihm übrig. Und anders als bei Bereket, sagt Kunkamanito, ich möge ihn anfassen, ihn streicheln.

Sein Kopf ist heiß, seine Wangen sind kalt, seine Brust ist heiß, seine Hände sind kalt wie Eis. Ich halte seine Hände in meinen. Und ich versuche, seine Füße zu wärmen. Sie sind so kalt wie die Luft in der Höhle. Ich taste am Bein aufwärts, da gibt es noch etwas Wärme, und im Schritt geht sie in Glut über. Es ist ein Auslöschen von außen nach innen, von unten nach oben, und ich weiß, als hätte ich es im Lexikon gelesen, daß das der Tod ist.

Jemand nähert sich langsam dem Bett; es ist Josef. Er setzt sich leise neben das Bett. Ich lese ihn, er weiß, daß es vorbei ist. Und er weint lautlos um sein Serf.

Niemand, den ich kenne, hat so viel gelitten wie Hemyarik. Von der großen Verletzung, die er sich selber zugefügt hat, von dem Sepuku-Versuch in seiner dunkelsten Stunde, hat er sich niemals ganz erholt. Er wollte ein König sein und stürzte sich damit ins tiefste Unglück; er wurde ein Sklave und endlich glücklich. Niemand war auch so schuldig an Vergehen, wie nur wir sie getan haben. Ist das Schuld? So waren wir damals eben.

„König Harakiri der Letzte", so nannten sie ihn. Das hat er nicht verdient.

Merkt er etwas? Leidet er?

Ich flüstere diese Frage Josef zu.

Er schüttelt den Kopf. Josef weiß es nicht. Hemyarik ist fort. Vielleicht geht es ihm gut. Wir wissen es nicht.

Der Körper kühlt ab. Das Herz ist stumm. Das Gehirn schweigt.

Wir bahren ihn noch die volle Zeit hier auf, verspricht Salix. Eine winzige Hoffnung.

Pratizaye und eine andere Amazone machen ein Ritual mit ihm, durch das sein Geist in einen glückseligen Zustand übergehen wird. Auch Josef gesellt sich zu ihnen, sie geben ihm eine Kopie vom Text, er singt leise mit.

Wir gehen. Ich höre noch durch die halbe Höhle diesen seltsamen Gesang, der von kurzen Lauten unterbrochen wird, ein wenig wie Schluckauf. Wenn ich nicht so traurig wäre, würde ich es komisch finden.

Ein paar Stunden später kommen Zeichen, die wir nie kannten. Leichenstarre, Flecken, er blutet nicht mehr, wenn man ihn sticht. Keine Hoffnung mehr. Kunkamanito berichtet davon, als er noch früh am Morgen noch vor Hellwerden kommt, um etwas zu essen. Er bringt Josef mit, der sich sofort zurückzieht und kein Wort spricht.

Ich gehe in den Garten und weine. Und, um ehrlich zu sein, das ist nicht nur der Verlust eines alten Freundes. Das ist auch verdammte Angst um den eigenen Arsch.

Ich setze mich auf den tiefhängenden Ast des Apfelbaums.

Jemand kommt aus dem Haus. Ich erkenne den Doktor in der frühen Dämmerung.

„Hier bin ich", sage ich. Er nimmt Kurs in meine Richtung. „Geht es dir gut?" frage ich ihn. „Naja, wie geht es einem Arzt, der seinem Patienten nicht mehr helfen konnte?" entgegnet er, „und was ist mit dir?"

„Ehrlich? Ich hab scheißende Angst. Ich habe vom Lebenden gegessen. Ich habe mehrmals geholfen, Banketts vorzubereiten. Warum haben wir die Zeichen nicht gesehen? Sie sind doch da, du hast gerade davon gesprochen. Die Starre, die Veränderungen. Wir hätten es wissen können! Wir hätten es wissen müssen!"

13 Mehmet Yardim, Josefs Serf

Er nimmt mich in die Arme und versucht, mich zu beruhigen.

„Wir alle haben das nicht richtig untersucht. Wir hatten Angst, uns damit zu befassen."

„Nein, falsch! Das mag für euch Ärzte stimmen. Aber wir ganz normalen Kannibalen, wir wollten es frisch und voll von Somnambulin. Das ist alles. Wir waren blutgierige Dämonen. Oh, ich hasse mich für das, was ich war. Und für den Rückfall."

„Du meinst, mit Cro-Fleisch?"

„Ja."

„Das war anders. Das weißt du."

„Macht das so einen großen Unterschied?"

„Auch das mußten wir aufgeben. Aber es war nicht halb so schlimm wie das Essen vom Lebenden."

Ja, ich verstehe das jetzt. Und die Königin läßt keinen Zweifel. Wer noch einmal rückfällig wird, der wird aus der Cultura verstoßen, geächtet, gemieden, verachtet, ignoriert. Denn nun gibt es keinen Grund mehr.

„Dies ist das Ende einer Epoche, dies ist der Beginn einer neuen, dies ist der Wille der Königin, des Königs und aller, die diesem Willen Geltung verschaffen. *Parledam, parledim, sigillatum.*"

15. AUGUST

Josef ist bei uns, aber man sieht ihn kaum. Er sitzt im Garten, außer, wenn es regnet. Dann schließt er sich in seiner Kammer ein. Dennoch wirkt er nicht verzweifelt, allenfalls traurig. Man hört seine Glocke und die kleine Handtrommel. Auch er hat jetzt seinen Kopf rasiert.

Beim Essen ist er ruhig, aber nicht schweigsam. Er fragt uns, wie es uns geht, spricht nicht von sich.

Heute reist er mit Paloma und Ahmet wieder zurück.

Ich frage mich, wie Paloma das verkraftet.

Als Bereket versorgt ist, schreibe ich einen Brief an meine Großmutter und erzähle ihr, was ich hier erlebt habe. Daß sie recht hatte, die Haare waren von einem Lebenden. Und ich lege eine kleine Fasanenfeder und drei Eichelhäherfedern in strahlendem Blau in den Brief.

Ich erwähne kurz Hemyariks Tod. Ich will sie nicht beunruhigen, aber verschweigen kann ich es ihr auch nicht. Ich schreibe ihr, daß ich jetzt Bereket pflege, bis er wieder ganz fit ist, und dann werde ich nach Sukent zurückkehren.

Der Doge ist damit einverstanden.

16. August

Josef braucht wieder einen Diener, aber ich bin ja ganz und gar mit Bereket beschäftigt. Also fordert er Goldi an und kriegt ihn. Der wird immer verrückter. Er trägt jetzt perfekte Mädchenkleidung und will unbedingt operiert werden. Josef ist streng mit ihm. Er läßt ihn — ja, sorry, sie will sie genannt werden, aber ich habe ein Problem damit — alles noch einmal machen, was sie luschig ausführt. Sie reicht ihm den Tee mit nur einer Hand — zurück in die Küche und noch einmal. Hemyarik war sein perfekter Diener. Er verlangt von Goldi dieselbe Perfektion. Aber Goldi ist zerstreut und leicht abgelenkt. Zupft nur an ihrer Zofentracht herum und vergißt die Hälfte. Dafür gibt es Schläge. Ich wußte nicht, daß Josef so etwas tut. Doch, er bestraft Goldi. Sie würde übermütig werden, wenn sie nicht ständig auf den Deckel kriegt, sagt Josef.

Ich frage Josef, woher er weiß, daß Goldi eine Sie ist.

„Ich weiß es nicht, sie weiß es", sagt er.

„Also bezeichnest du sie so, wie sie es will?"

„Richtig."

„Aber was denkst du, was sie oder er ist?"

„Das wird sich zeigen."

„So wie bei Purix? Ihn habe ich als weiblich kennengelernt und dann kehrte er zum Männlichen zurück."

„Ja, das ist möglich. Bei Goldi bin ich aber nicht sicher, wie das ausgehen wird."

„Ich dachte, du kennst die Zukunft?"

Er hebt seinen Blick zu mir auf, und seine blauen Augen funkeln.

„Immer weniger."

„Wie kommt das?"

„Ich will es nicht."

Das verstehe ich.

Er gibt mir aber trotzdem einen Tip. „Schau in die Augen eines Transgenders", sagt er, „und erkunde darin, ob das ein männliches oder ein weibliches Wesen ist. Und auch das sagt es nur für den Moment."

Ich schaue Goldi an und sehe ein Mädchen.

17. August

Gegen Morgen, die Vögel singen schon, wach ich davon auf, daß mich etwas berührt, aber da ist nichts. Ich stehe auf und gehe in die Kammer, wo Bereket schläft — schlafen sollte. Er sitzt aufrecht im Bett, aber seine Augen sind geschlossen. Ein gelbes Lendentuch, zu einem schmalen Schal zusammengedreht, gleitet von seiner Schulter, runter über seinen Bauch, legt sich über seinen steifen Schwanz, dann zieht er es mit trägen Bewegungen weg, es sieht aus, als würde eine Schlange von ihm wegkriechen. Vielleicht täuscht mich das Zwielicht. Es kommt mir vor, als würde der Schal von selber kriechen. Und er fängt an, sich mit langsamen Bewegungen zu wichsen. Ich gehe leise zu ihm hin, setze mich vorsichtig neben ihn und schließe meine Hand um seine. Ich beuge mich rüber zu ihm, küsse ihn auf die Wange und sage nah an seinem Ohr: „Du sollst noch keinen Sex haben, sagt der Doktor."

Er schreckt auf. Was? Ja, tatsächlich: Er war in einem Traum. Oder Halbschlaf. Ich lege meinen Arm um seine Schulter. Ich hatte erwartet, daß er mich als Spaßbremse tituliert oder Ähnliches. Aber nein, er dreht langsam den Kopf und stellt verwirrte Fragen. Woher ich käme, was ich wolle, wo er sei, und wer zum Teufel…

„Was hast du geträumt?" frage ich zurück.

„Da war eine gelbe Schlange", sagt er, „und ich wollte sie ficken…"

„Du kannst keine Schlange ficken", sage ich, „du hast geträumt. Wenn sie nochmal kommt, töte ich sie."

Und da fällt mir siedend heiß mein eigener Traum ein, den ich in Berlin hatte: Die gelbe Schlange, die ich töten wollte, aber ich durfte es nicht, sie hat noch eine Aufgabe.

Ich muß mit jemandem sprechen, der etwas von Magie versteht.

Beim Frühstück bitte ich Kunkamanito, der letzte Nacht auch bei uns in der Hütte geschlafen hat, mich zu Pratizaye zu bringen.

Natürlich darf ich nicht sehen, wohin er mich bringt. Mitja fährt mich hin. Ich verbinde mir sogar selber die Augen, bis wir in der Höhle sind. Hier sind jetzt die im Heiligen Koma liegenden Leute untergebracht. Ich würde sie gern sehen, aber das kommt mir nicht zu, denn es ist niemand dabei, zu dem ich eine persönliche Beziehung habe. Aber ich fühle ihre Ruhe, und das ist so schön. Ich weiß ja von Bereket, daß er es genossen hat, aus dem ‚Zustand' befreit zu sein und sich ausruhen zu dürfen. Das ist in der Atmosphäre zu spüren. Ich dachte, wie toll es sein muß, hier zu arbeiten, die Schlafenden zu beschützen und sie in ein neues Leben zu begleiten. Auch jetzt, wo ich daran denke, während ich in der Hütte sitze und Bereket bewache, kommen mir fast die Tränen darüber, wie schön diese Aufgabe ist.

Nur der Körper in dem kleinen Seitenraum, der hier auf seine Beisetzung wartet, wirkt anders auf mich. Hier fühle ich tiefe Trauer, einen unverwindbaren Verlust. Ein Bewußtsein weint um seinen Körper, wieviel Leid der auch für ihn bedeutet haben mag.

Dann finde ich Pratizaye. Sie sitzt in einem kleinen Nebenraum des Höhlensystems. Sie ruht in aufrechter Haltung von ihrem Dienst aus, eingehüllt in ein großes Tuch aus weinroten und weißen Blockstreifen.

Ob ich sie stören dürfe?

„Du störst nicht", sagt sie und legt mir ein Sitzkissen hin.

Ich berichte ihr von der nächtlichen Beobachtung. Und ich spreche von meinem Verdacht, das sei Magie. Sie stellt mir Gegenfragen. Wie hat Bereket sich gefühlt, als er sich dessen bewußt wurde, was geschah?

„Wollte er das tun, was er tat?"

„Es kam mir nicht so vor", sage ich, „eher war er erschrocken."

„Und wie hast du dich gefühlt, ehe du das entdecktest, währenddessen und danach?"

„Ich wurde wach, weil mir etwas unheimlich war. Und das blieb die ganze Zeit."

„Hattest du Angst?"

„Ein wenig."

„Und hatte er Angst?"

„Er erschrak, als ich ihn berührte."

Sie gab mir keine Erklärungen, enttäuschte mich also in dieser Hinsicht. Aber sie versprach, am Abend zu uns rüberzukommen und ‚etwas zu machen'.

AM SELBEN ABEND

Sie ist gekommen und hat zusammen mit Josef und Naksang Gyälmo ein Ritual gemacht. Sie haben Räucherwerk verbrannt und mit Glocken und Trommeln gelärmt, haben auf einem Instrument quäkende Töne erzeugt, das sich bei näherem Hinsehen als menschlicher Oberschenkelknochen erwies. Bereket mußte dabei sein, er bekam Anweisung, sich mit Kopf in Richtung der Gesangsgruppe hinzulegen. Ich deckte ihn mit einem Schlaftuch zu. Er gehorchte mir und hörte zu, bis er einnickte, was ich sah, weil ich mich danebengelegt hatte.

Ich fühlte mich von Minute zu Minute besser und stellte fest, daß ich dieses Ritual zu erlernen wünschte. Ich sprach sie hinterher in der üblichen ehrfürchtigen Weise an: „Pratizaye, Mahadakini, Mahayogini, bitte lehrt mich dieses Ritual, damit ich helfen kann, die Wesen im Heiligen Koma zu beschützen."

Und sie erklärte mir dieses Ritual des Selbstopfers, das genau wie das NuRiCa den Sinn hat, das Nehmen in ein Geben zu verwandeln.

18. August

Aus Sukent kommt Nachricht, einer der Patienten sei geweckt worden, der Ort, wo das geschah, wird nicht beschrieben. Er sei zwischen den Schlafenden orientierungslos herumgeirrt, hätte sie fast auch noch durch sein Weinen und Klagen geweckt und sei dann wieder zu Bett gebracht und beruhigt worden. Seine Haare waren abrasiert, das merkte er jetzt! Wer hat das getan, und warum? Er regte sich sehr darüber auf. Er drohte von neuem in den ‚Zustand' zu verfallen, wurde schon heißer. Der dort amtierende Arzt gab ihm einen Schuß Somnambulin und beobachtete ihn weiter. Er ließ sich von ihm erzählen, was er geträumt hatte, erklärte ihm, in welcher Lage und wo er sich befand, schaffte es dadurch endlich, ihn zu beruhigen und abzukühlen. Es war noch einigermaßen schwierig, ihn wieder zum Schlafen zu bringen, denn die Ruhe, in der er gewesen war, war nun gestört, und er wagte es nicht, wieder die Kontrolle und das wache Denken aufzugeben. Die Umgebung befremdete ihn, und er wollte alles verstehen, was mit ihm passierte. Man hätte ihm auch schwer sagen können, daß er weitere 6 Tage an diesem Ort und in diesem Heilkoma würde verbringen müssen. Er wäre mit Sicherheit aufgesprungen, um seine Angelegenheiten zu regeln. Mit viel Geduld und Erklärungen brachte es der Arzt fertig, ihm die Infusion wieder anzulegen, ihn zuzudecken, war er bereit, seine Augen zu schließen und der Stimme des Arztes zuzuhören, die ihm eine schlaffördernde Szenerie beschrieb: Er befindet sich in einer schönen Landschaft, es grünt überall. Er steht auf einem Hügel und schaut hinab — an dieser Stelle kam die Anweisung, auch tatsächlich die Augen nach unten zu senken — auf eine Bucht. Vor ihm liegt ein ruhiges Meer, nach hinten durch eine Inselkette abgegrenzt, die im bläulichen Dunst verschwimmt. Die Temperatur ist angenehm, die Sonne steht nicht mehr hoch, ein leichter kühlender Wind umweht dich. Schau hinunter auf die Bucht, die Wellen schlagen mit leisem Rauschen auf den Uferkies…

Dann hat er ruhiger geatmet und kam wieder in Schlaf.

Das Protokoll seiner Träume, vom Arzt notiert, als er sicher war, daß die Krise gemeistert war, wurde uns zugefaxt und in einem zentralen Archiv außergewöhnlicher Vorkommnisse gesammelt.

Wir wissen davon, weil Petja diese Nachrichten sammelt. Er tut das im Büro des Hotels, wo ein Computer mit Internet-Anschluß steht. Die Besitzer des Hotels sind inzwischen davon überzeugt worden, daß sie uns helfen müssen, was vor wenigen Monaten noch nicht der Fall war.

Der Direktor, Ethan Zapparman, der damals Schiedsrichter im Duell zwischen Perkele und Tanguta war, hat sich inzwischen zu einem soliden Unterstützer der Cultura entwickelt, allerdings erst, nachdem der Ruf zur endgültigen und vollständigen Aufgabe der alten Unsitten erging. Er hat den Ruf der Königin gehört. Und dieses Phänomen brachte ihn so durcheinander, daß er nach Bratislava fuhr und einen Psychiater aufsuchte. Zu seinem Glück war dieser aber der Cultura sehr nah, und er erklärte ihm, daß es keine andere Erklärung gebe, als daß er im Kreis sei.

Und nun kehrte er mit einer veränderten Einstellung zu den Homsarecs in sein Hotel zurück. Er sah jetzt, welche Zimmermädchen Perkeles Töchter waren, welche Köche seine Cousins und Neffen. Er erkannte seinen Portier Mitja als einen von ihnen. Und er rief alle die im Festsaal zusammen, die im Kreis waren, und er tat es, ohne geprochene Worte zu gebrauchen. Und während der Rest des Personals dachte, die würden da jetzt einen Einlauf bekommen für das, was wohl schiefgelaufen war, teilte er ihnen mit, daß er inzwischen sehen könne, wer dazugehört, und sicherte ihnen als Teil der Cultura seine Unterstützung zu. Natürlich gab es ein wenig Neid und Spott von den Cros. Die Rede im Festsaal wurde als ‚Manifest zur artgerechten Haltung der Wilden' erklärt, was für eine Menge Gelächter bei der Mehrheit des Personals sorgte. Und sie würden mit ‚denen' schon fertig werden. Das wurde aber nicht nötig und auch nicht möglich, denn der Direktor drohte Entlassung an für den Fall, daß die Zusammenarbeit nicht unverändert bis besser sein werde.

Heute will Kunkamanito eine Videokonferenz mit dem Dogen abhalten, und ich muß auch eine Zeitlang dabei sein, weil ich ja auch eine Störung beobachtet habe, wenn auch nicht im Heiligen Koma, sondern in der ebenfalls noch sensiblen Phase des Gesundens. „Auch die Zeit danach", sagt Kunkamanito, „ist noch lange heikel, wir wissen nicht, wie lange, aber wir werden noch eine ganze Weile auf die Überlebenden aufpassen müssen."

Ich bin sehr glücklich, meinen lieben Herrn wiedersehen zu dürfen.

Er lacht mich aus, als ich das sage. „Ausreißer! Du kannst mir bis ans Ende deines Lebens danken, daß ich dich immer wieder auffange. Und daß du dort etwas Gutes und Wichtiges tust. Deine Hollandreise hat ganz schönen Wirbel gemacht, einige meinten, du würdest jetzt endgültig auskneifen. Du kannst deiner Großmama sagen, sie hat dich gerettet damit, daß sie gleich bei Nox angerufen hat, als du aufgetaucht bist, so konnten wir verhindern, daß du zur Fahndung ausgeschrieben worden wärest, und dann hättest du noch ein Jahr obendrauf bekommen."

Ich war also reuig und voller Demut und wurde dabei geil.

Ich mußte nun also von der Episode berichten, die ich beobachtet hatte, von Bereketes nächtlicher Aktivität und seinem verwirrten Erwachen.

Auch das mit der Schlange gab uns allen zu denken, und ich erzählte auch von meinem Traum.

Sie kamen zu dem Schluß, die Quelle dieser Störungen müsse Isolata sein, die verlassene Krankenhaus-Insel südlich der Stadt, die zu einem Gefängnis umgebaut worden war. Die Wächterinnen waren schon befragt worden, wie sich die einzige Gefangene in diesem Hochsicherheitsgefängnis verhalte. Normal, unauffällig war die Auskunft. Sie schlafe viel, auch am Tag, mache keine Probleme, esse streng vegan, mache jeden Tag Yoga- und Atemübungen, also hervorragende Führung, nichts mehr von dem Widerstand bei ihrer Festnahme. Kein außergewöhnlicher telepathischer Funkverkehr.

„Wer hat das ausgesagt?" wollte ich wissen.

„Das waren…" — Seine Exzellenz schaute ins Protokoll — „Ruradix und Bellatrix."

„Die werden getäuscht", sagte ich aus einer plötzlichen Eingebung, „schickt Saiko hin, der soll die Lage beobachten."

Saiko stand gar nicht auf dem Dienstplan und war auch nicht im Lande. Dennoch versprach der Doge, sich sofort an Saikos Stamm zu wenden und ihn für diese Aufgabe zu rekrutieren. Er wurde in Berlin ausfindig gemacht und soll nun nach Sukent geschickt werden, um der großen Sache zu dienen.

19. AUGUST

Hopi hat mir eine Mail geschickt! Er vermißt mich, sagt er. Ich vermisse ihn auch, er ist ja mein Halbbruder, was wir erst spät herausgefunden haben. Vielleicht erinnert ihr euch, er hat mir schlafen geholfen, als es mir nach der Verletzung durch den Schwarzen Pfeil so schlecht ging und ich nicht schlafen konnte. Er ist ein Schlafmagier, ein starker Teledux, und als Cro beherrscht er die bewundernswerte Kunst, sein Bewußtsein nach Belieben loszulassen, sprich, einzuschlafen. „Ich habe den vorzeitig aus dem Heiligen Koma geweckten Bruder aufgesucht, habe ihn in meine Arme genommen, meine Haare über ihn gebreitet, und dann ging es. Ich war froh, daß es schnell ging, es war saukalt in dem Raum, wo sie liegen. Ja, und dann muß ich dir noch mein Beileid zu Hemyariks Tod sagen, er war ja unser Cousin dritten Grades, und wenn ich es schaffe, komme ich zu seiner Bestattung."

Und dann schrieb er, daß er dem Dogen versprochen hat, regelmäßig zu helfen, wenn wieder jemand aus dem Heiligen Koma geweckt wird, was hoffentlich nicht wieder vorkommen wird.

Oh, da fürchte ich, wird er noch zu tun bekommen, bis wir die Quelle der Störungen verstopft haben werden.

Nach der Videokonferenz bin ich nach Hause gefahren, um mich wie gewohnt um Bereket zu kümmern, der anfängt, sich zu langweilen. Wir haben den Rest des Tages mit Arbeiten im Haus zugebracht, haben Holz für das Herdfeuer kleingemacht, haben Zwetschgen geerntet, entsteint, eingekocht. Wir sind viel allein, denn alle gesunden Leute sind zu Erntearbeiten auf den Feldern. Roggen und Winterweizen müssen kurz nacheinander reingeholt werden, und das Wetterradar verkündet Gewitter.

20. AUGUST

In der Nacht war schon ein Wetterleuchten. Bereket hat unruhig geschlafen, ich entsprechend auch. Kunkamanito hat gesagt, Bereket darf nun wieder alles tun, was er früher getan hat. Allerdings will der Doc, daß er noch auf dem Berg bleibt. Hier ist es ruhiger als im Dorf, und die Gefahr, daß er belästigt wird oder jemand ihn löchert, wo die Schläfer liegen, ist geringer. Nun kommen aber die Kinder und Marja öfter vorbei, sie übernachten hier auch im Heuschober, und Marja bleibt bei Bereket.

Ich bin eifersüchtig. Ich habe ein Verlangen nach ihm. Ich wünsche mir so sehr, er würde mich ficken. Aber es sieht nicht danach aus, er gräbt mich kein Stück an.

Wir frühstücken mit den Kindern und Marja, die Kinder haben jetzt Ferien und helfen auch ein bißchen bei der Ernte.

Trotzdem ist meine Aufgabe noch nicht vorbei, ich muß auf ihn aufpassen, daß er sich nicht übernimmt, muß ihm dienen und ihn unterhalten.

ABEND DES 20. AUGUST

Schon wieder eine Katastrophe. Eine persönliche. Eine, die kaum jemand versteht, nicht einmal der, der sie angerichtet hat, mein Bereket. Mein geliebter Geliebter, wegen dem ich fast gestorben bin, weil ich glaubte, er sei tot… Ja, das schien unabwendbar, aber jetzt ist es unnötig, und ich bin mehr wütend und empört als traurig, das merkt man auch daran, wie ich schreibe.

Er will mich nicht mehr.

Ja, doch er mag mich, er hat mich gern um sich, er liebt es, wenn er mit mir frühstücken kann, er liebt mich … ja, als so etwas wie seinen Sohn, ich darf zu ihm Papa sagen, „aber … versteh mich …"

Nein! Ich versteh dich nicht! Verdammt!

Wir haben eine Liebsaffäre, wir hatten tollen Sex, warum nicht mehr? Warum verweigerst du dich mir, du bist doch kein Mönch geworden, du fickst mit deiner Frau!

Ja, ich liebe meinen Herrn, den Dogen und seine Frau. Auch wenn sie mir im Moment recht fern sind. Ich liebe ihn, seit ich ihm das erste Mal persönlich begegnet bin. Damals war ich 18 Jahre alt. Das ist 5 Jahre her.

Sowas kann auch Gewohnheit werden.

Aber du, mein Bereket, von Wärme Durchglühter, du hast mich geweckt, als ich fast noch ein Kind war. Du warst es, den das Gänseküken als Erstes gesehen hat, als es aus dem Ei kam. Ich habe an deiner Brust geweint, als du mich als Erster genommen hast, mein erster Sexpartner, mein erster Meister, denn du hast mir Ohrringe geschenkt, auch wenn du mich nicht offiziell zum Pais genommen hast — ach, hättest du doch! Ich liebte dich und fand dich nicht, ich wollte zu dir, wollte sogar meinen Halbbruder Hopi mitnehmen, ohne zu wissen, daß er das ist. Jede Berührung von dir hat mich erschüttert. Du hast mich geschlagen, damit ich Heiliges Fleisch esse, du hast mich damit auf dich geprägt und mich durchdrungen, bevor du von neuem in mich eingedrungen bist. Du hast mich zu dem wilden Wilden befreit, der ich wurde, du hast verhindert, daß ich mich Tag für Tag und Stück für Stück habe kastrieren lassen. Du hast um mich gekämpft — gegen einen so mächtigen und berühmten Krieger, den Dogen. Du hast mich wieder lebendig gemacht, als ich dabei war, langsam zu sterben.

Wie kannst du mich jetzt im Stich lassen?

21. AUGUST

Ich habe ihn diese Eintragung lesen lassen. Denn ich glaube, ich habe das toll geschrieben, in einem eleganten Lingo Real, ich könnte das wohl kaum so sagen, wenn ich es mündlich versuchen würde.

Er hat es zweimal gelesen und dann mit schönen, achtsamen Bewegungen wieder auf den Tisch gelegt. Und die haben mir gesagt, was ich wissen muß und nicht wissen will.

„Lieber Junge" — was kann so anfangen, wenn nicht eine Absage? „Du weißt, ich war im Tod und bin wieder zum Leben aufgestiegen. Das macht etwas mit uns. Ich bin ein anderer geworden. Du siehst es nicht, aber ich habe nicht nur einen anderen Namen. Es ist richtig, daß ich jetzt anders heiße als zuvor. Ich habe begriffen, daß es starke Gründe gibt, warum ich nicht mehr mit dir ficken kann. Der eine: Es verletzt meine Frau, wenn ich es tue. Sie hat akzeptiert, daß ich mehr als eine Frau liebe, aber inzwischen möchte ich vor allem bei ihr bleiben. Marja hat recht, es ist nicht nötig, daß ich noch eine schwule Beziehung nebenher führe. Ich bin nicht mehr so jung, daß ich alles ausleben muß. Und der zweite Grund: Du hast deinem Herrn ein Großes Gelübde abgelegt. In das war ich eingebrochen. Das Recht hatte ich nicht. Er hingegen hatte das

Recht, mich zum Duell zu stellen und dich heimzuholen. Ich hätte gar nicht das Recht gehabt, dieses Duell zu führen, ich hätte dich kampflos herausgeben müssen.

Jetzt ist so vieles anders geworden, und ich will den Rest des Spiels nach den Regeln spielen. Ich habe im Heiligen Koma erfahren, daß ich das tun muß. Um ein langes und auf der Basilosphäre gebilligtes Leben zu führen, ist es nötig, daß ich alles aufgebe, was dem königlichen Willen widerspricht."

Er lehnte sich zurück und sah mich an.

Vielleicht dachte er, daß ich das so schlucken würde. Wenn ich jetzt aber nichts sagte, lag es an dem Schock, den mir das gab.

Dann war das kein „ich bin noch nicht so weit", dann konnte ich die Hoffnung aufgeben, daß es wieder passieren würde, wenn ich bei Kräften wäre.

Sondern es war eine Absage für immer, es sei denn, daß er seine Meinung noch mal ändern würde. Aber ich kenne ihn, er bleibt bei dem, was er beschließt.

Mir wäre danach gewesen, mit Sachen zu schmeißen und Flüche zu schreien, daß die Bude gewackelt hätte.

Aber ich riß mich zusammen. Was kann ich tun? Er hat recht. Ich wäre der Wilde, der Rebell, der Abtrünnige, der Gesetzlose, wenn ich dagegen Widerstand leisten würde.

Ich gab ihm einen kleinen Kuß auf die Wange, murmelte was, ich würde im Schuppen schlafen, nahm mir mein Tagebuch, eine Flasche Wasser und ein Licht und verschwand im Heuschober, um dort zu schlafen.

Denn dort kann ich weinen, ohne daß es jemand hört.

Wahrscheinlich hat es doch jemand gehört, denn ich wurde davon wach, daß mich jemand beim Namen rief. Ich dachte, ist es schon so hell? Und so warm? Habe ich bis zum Sonnenschein geschlafen? Nein, der Heuschober stand in Flammen. Ich hatte mein Licht unvorsichtig hingestellt. Habe also mein Schlaftuch mit dem Inhalt der Wasserflasche durchnäßt und es um mich gewickelt und mein Tagebuch unter das Tuch gesteckt und bin dann durch das brennende Heu gehüpft und raus aus der Tür.

Dann lief ich nach einem Eimer und zum Brunnen und wollte den Schober löschen, aber das hätte ich eh nicht geschafft mit den kleinen Mengen Wasser, die ich so bekommen konnte. Unterdessen sind die anderen auch wach geworden von dem Flackern und kommen schon mit dem Wasserschlauch. Fast hätte ich den Schober sauber abgefackelt, aber die Heuvorräte sind gerettet.

Und habe ich richtig gesehen, daß auch noch eine Schlange aus dem Geröll am Schober geflohen ist?

Als alles wieder ruhig ist und die anderen in die Betten zurückgekehrt sind, hocke ich noch den Rest der Nacht auf der Bank im Eßraum und denke nach, den Kopf auf den Tisch gelegt. Ich habe mir ein neues Schlaftuch genommen, das andere ist verräuchert und angesengt. Ich kann nicht mehr weinen. Ich versuche, Wasser zu trinken, aber es widersteht mir.

An Schlaf ist nicht zu denken. Ich kritzele mit dem Bleistift auf einer Seite meines Tagebuchs herum — die Seiten sind nicht liniert — und erinnere mich, daß es eine Methode gibt, die sich ‚automatisches Schreiben' nennt, eine Methode, um Verborgenes ans Licht zu holen. Ich bin grade richtig in Stimmung dafür. Der Vollmond naht, ich kann nicht zur Ruhe kommen, ich bin so voller Leid und darf es nicht sein.

Hallo Allah hallo Lelo hilf mir wie was soll ich für dich tun ich bin alle ich bin Scheiße ich hasse alle bis auf einen und der haßt mich.

Na gut komm zu mir auf die Insel wo ich so allein bin wer bist du *ein Zorn* nicht Gottes Zorn, sondern der Teufel *die Teufelin* Perkele heißt auch Teufel ich bin von Teufeln umgeben *nicht Teufel sondern Tiefel er kommt aus der Tiefe und tränkt es dir ein, eine Taufe besonderer Art. Dein Tagebuch wollte ich dir verbrennen es steht zuviel Trauriges drin* das Recht hast du nicht mein Tagebuch *mein Tagebuch papperlapapp Perkele und Tanguta haben auch drin geschrieben warum nicht ich meine Texte sind gut Texte tegere decken und weben tectum Tantra.*

Tantra wie kommst du darauf *die Welt ist ein Gewebe ein Hirngespinst ein Wille eine Vorstellung* eine Illusion *darum dürfen wir tun was wir wollen wo alles Illusion ist ist alles ein Spiel und wir sind die Spieler klug sind die die so spielen daß sie richtig Spaß haben* und wenn welche Schaden nehmen? *Papperlapapp wenn alles Illusion ist nimmt niemand Schaden sie glauben das vielleicht aber wer diese Erkenntnis nicht nutzt um zu herrschen ist schwach.*

Mit wem rede ich da grade bitte?

Erkennst du mich nicht wo ich dir schon den Arsch angesengt habe ich bin es die dem Dogen zweimal die Robe angezündet hat die Göttin der Flammen die Wolke aus der Blitze schießen ich kann große Höhlen heizen damit sich eure Heiligen Koma-Patienten nicht erkälten haha die Idioten glauben sie könnten euch vom Fluch befreien aber wenn die Höhle ein Grad Celsius wärmer wird habt ihr scheißende Angst.

Komm zu mir und erlerne die wahre Macht du bist begabt Kerl was habe ich davon du wirst ficken ficken ficken wie nie in deinem Leben Kerl du bist lecker ich will dich.

Während ich dies noch einmal lese, geht die Sonne auf. Ich denke nach.

Da hätten wir die Einstiegsluke zur Magierin.

Und sie hat ein Interesse an mir.

Klar, ich bin ja der Mörder ihrer Bruders. Nicht ficken werde ich, sondern sterben, wenn ich mich drauf einlasse. Indiskutabel.

Aber ist mein Leben nicht eh verwirkt? Ich habe Hemyarik sterben sehen, und er hat vom Leben gegessen wie ich. Was also wird mein Schicksal schon sein?

Wir saßen dann noch beim Frühstück zusammen, Bereket, Petja, Kunkamanito, Pratizaye, Naksang Gyälmo und ich. Bereket ist schweigsam, er sieht meine verwundeten Blicke und versucht mir zu signalisieren, wie groß seine Liebe zu mir trotzdem ist. Ich sage ihm stumm, daß es nur wehtut, er fragt mich, ob ich ihm böse bin, aber wie könnte ich das, wenn er alle Argumente auf seiner Seite hat?

Morgen wird ein Mond vergangen sein, seit Bereket in die Höhle gebracht wurde. In einem Mond habe ich ihn zweimal verloren.

Er schaut mich ernst an, als ich das denke. ‚Du hast mich doch gar nicht verloren', kommt es zurück, ‚es gibt einen Verzicht, aber meine Liebe zu dir wird sich nicht verändern.'

Ja, es ist mein Problem, wenn ich das von ihm will, was er als erster in meinem Leben mir gab. Und wozu er mich gezwungen hat, als ich ihm in die Hände fiel. Mein Problem, wenn ich jetzt nicht davon lassen kann und es mir wünsche wie nichts anderes.

„Du bist bitter", sagt er.

„Ich möchte nach Hause, nach Sukent", sage ich matt.

Das Kurban
22.8.-3.10.192

22. AUGUST

Petja wird Josef, Goldi und mich nach Bratislava fahren, und von dort holt mich sehr früh am Morgen, noch in der Dämmerung, der blau-goldene Flieger des Dogen ab. ‚Leone Alato', ‚Geflügelter Löwe' steht auf dem Rumpf, und er läuft schon warm, als wir kommen. Zu meiner Verwunderung steigt auch Petja mit in das Flugzeug. „Sagte ich dir nicht, daß ich mitkomme?" fragt er. Nein, das habe ich nicht bemerkt.

Der Abschied von Bereket war bitter. Ich hielt ihn im Arm und fühlte ihn so sehr, mir war, als müsse ich ein Stück von mir herausreißen. Alles an ihm habe ich gefühlt, selbst die inneren Organe, ich fühlte, wie seine Nieren pochen und sein Blut durch die Lunge strömt. Ich bin mit dem menschlichen Körper entsetzlich vertraut, habe ich ihn doch mehrmals zerlegen helfen. Jetzt ist meine Lebensaufgabe zu verhindern, daß das jemals wieder passiert, solange noch ein Hauch Leben da ist. Sondern ich werde helfen, daß wir heil bleiben, heilen, unser Heil finden.

Das Flugzeug ist voller junger Leute, die in Sukent zu Wachen geschult werden wollen. Sie freuen sich auf die Ausbildung und protzen vor einander mit ihren Fähigkeiten im Bogenschießen und Beilwurf. Nicht nur junge Männer kommen mit, auch eine große Zahl von Amazonen-Anwärterinnen ist dorthin unterwegs.

Es ist laut und lustig im Flieger. Ich wollte eigentlich ein bißchen Ruhe finden, nach den Wochen auf der Alm ist das schon sehr ungewohnt. Aber ihre Laune steckt an, und der Kummer um Bereket entfernt sich ein wenig. Ich sollte mich vor allem freuen, daß er lebt und daß es ihm so gut geht. Alles andere wäre Egoismus, denke ich.

Aber dann fällt mir ein: Drüben in Maslenie Blini bestatten sie jetzt unseren Hemyarik. Sie werden ihn liebevoll und zärtlich zur Ruhe betten. Wir haben aber nicht die Sitte großer Begräbnisse wie die Cro. Wir machen um den Körper nicht so viel Aufhebens, denn wir gehen davon aus, daß sein Bewußtsein längst woanders ist. Wir denken überall an ihn und schenken seine Haare den nächsten Angehörigen. Paloma hat einen Teil, Heathea wird einen zweiten bekommen, Josef schenkt mir seinen, er legt keinen Wert auf vergängliche Habe, so teile ich mein Andenken mit Ainu, der ihn ebenfalls sehr mochte.

Ich bin ganz betäubt, so zerrissen fühle ich mich. Wann immer ich an die Höhle denke und an diese unglaubliche Erleichterung, daß der ‚Zustand' nicht den Tod bedeutet — nicht sofort wenigstens —, daß das Koma behandelbar ist, dann fällt auch wieder ein pechschwarzer Schatten über mich: Die nicht wenigen Male, da ich in solche Körper geschnitten habe. Ich tat es mit Ehrfurcht und Trauer. Ich tat es in der felsenfesten Überzeugung, daß dies ihr Ende sei. Aber ich muß mich jedesmal bei diesem Gedanken zusammenreißen. Ich ertrage nicht mehr, was ich getan habe.

Ich sage mir: ‚Wir wußten es nicht besser'. Es hilft nicht.

Ich sage mir: ‚Sie haben es nicht mehr gemerkt'. Es hilft nicht.

Ich sage mir: ‚Niemand wußte, wie man sie hätte retten können'. Es hilft nicht.

Denn etwas in mir schreit fortwährend: ‚Wir hätten es herausfinden müssen! Ihr Ärzte, die ihr meintet, ihr hättet den Tod festgestellt, habt ihr nie hinterfragt, was unser Tod wirklich ist? Ihr hättet nach Mitteln suchen müssen, sie zu retten! Das war unsere Pest, unser Krebs, und wir alle haben das so hingenommen als den Preis dafür, daß wir sind, wie wir sind!

Ich möchte wieder mit dem Kopf an die Wand schlagen, so hasse ich mich selber für das, was ich früher getan habe. Ich kann nicht aufhören, an Hemyarik zu denken und an sein trauriges Schicksal. In einer Zeit, wo unsere alten Herrn schon auf die Fünfzig gehen, verläßt er uns mit 37. Damit werde ich noch lange nicht zurechtkommen, denke ich.

Wir erreichen Sukent zu Sonnenaufgang. Pratizaye ist an meiner Seite. Wir fahren schweigend mit dem Shuttleboot vom Strand zum Ghetto. Dann gehen wir im ersten Licht des Tages nach Hause. Kúsali läßt uns ein. Ich sage zu Pratizaye, ich kann noch nicht schlafen, Kúsali bittet uns, leise zu sein. Die Herrschaften ruhen noch.

Im Kleinen Salon stören wir niemanden mit unserem Gespräch. Der liegt, so wie das Studierzimmer meines Herrn, das sich einen Stock darüber befindet, in einem seltsam abgeknickten Teil des Hauses hinter einem schmalen Korridor und dient meist als Gästezimmer, ist jetzt als Quartier für die Kshatrini vorgesehen. Wir betten uns auf der Ottomane in die Kissen, irgendwann bin ich wohl eingenickt.

Als ich aufwache, sitzt Pratizaye auf dem Teppich. Sie singt jetzt leise vor sich hin, während sie eine Perlenkette in der Hand rotieren läßt. Ich setze mich zu ihr.

„Ich habe einen Schutzkreis um dich gemacht", sagt sie, „sie stellt dir nach, es war nicht Bereket, auf den sie es abgesehen hat. Du bist es."

„Ja, ich weiß", sage ich, „sie will mich töten."

„Mag sein, aber eher noch will sie dich auslutschen und dich ihr dienen lassen, und du sollst ihr so viel Sex geben, wie sie nur will. Und wenn sie das haben kann, dürfte sie kein Interesse daran haben, dich zu töten. Man macht nicht sein bestes Spielzeug kaputt, solange es funktioniert."

„Wäre das ihre Rache?"

„Vielleicht will sie nicht Rache, sondern Entschädigung."

„Dann muß ich ihr das geben. Eher wird sie nicht ruhen."

„Das ist zu gefährlich. Ich warne dich."

„Sie sagten es, Mahadakini, sie will mich wahrscheinlich gar nicht töten. Und wenn sie es will, dann ist das eben so."

„Lelo! Wirf dich nicht weg!"

„Ich bin weggeworfen. Ich habe verloren, was mir etwas bedeutet hat, ich bin verworfen, ich habe schlimme Dinge getan, habe getötet, ohne zu wissen, daß ich es tat."

„Du bist jetzt verzweifelt, weil du so viel verloren hast. Oder glaubst, du hättest das. Bereket hat dich lieb, und das wird er immer haben. Wir haben alle einen Schock durch die neuen Erkenntnisse. Wir denken an die vielen, die wir hätten retten können, wenn wir gewußt hätten, wie."

Sie schwieg und stand auf. Sie ging mit ruhigen kleinen Schritten im Uhrzeigersinn um mich herum, während ich auf dem Boden sitzen blieb. Dann ließ sie sich wieder leicht und mühelos in den Lotussitz nieder. „Im Mittelalter, auch im 15. und 16. Jahrhundert, gab es Pestepidemien, die ein Drittel, die Hälfte der Bevölkerung dahinrafften. Denkst du nicht, die Überlebenden hätten weinend nachgegrübelt, was sie hätten tun können? Wir sind auch die Überlebenden einer solchen Epidemie, die einige hundert Jahre gedauert hat. Wir hätten geholfen, aber wir konnten es nicht. Wir kannten die Gründe nicht" —

„— wir wollten sie auch nicht kennen", murmelte ich.

„Das will ich nicht bewerten", antwortete sie und fuhr fort: „Wir wußten nicht, was das Heilige Koma ist, daß es eine Ohnmacht ist, eine Glut, in der wir verdursten, aber noch nicht der Tod. Niemand konnte das erkennen. Alle wären glücklich gewesen, wenn sie das gewußt hätten. Darum solltest du aufhören, darüber nachzugrübeln. Setz all deine Kräfte ein, um denen zu helfen, die im Heiligen Koma sind, oder auch denen, die sie pflegen. Und ich gebe dir einen Rat" — sie legte ihre Hand sanft unter mein Kinn und richtete mein Gesicht, das immer wieder vor ihrem Blick niedersank, zu sich auf —: „bestraf dich nicht selbst, laß dich nicht von Schuldgefühlen leiten und halte dich nicht in der Nähe der Schwarzmagierin auf. Laß los, vergib dir, vergib anderen, tu das Richtige und vermeide das Böse."

Ich fühlte so viel Liebe, aber ich wußte nicht, wie ich darauf hätte antworten können. Es gibt keine angemessene Art, wie ich dieser Meisterin hätte danken können.

Ich bin dann noch eine Weile in die Kissen gesunken und wurde wach, weil Leben im Haus zu hören war. Laufen, Türenklappen, und dann komme ich in eine Überraschungsparty. Petja, Josef, Goldi und viele andere versammeln sich zu einem großen

Frühstück. Da sind alle, die mir lieb sind: Nox, Paloma, Heathea, Ainu, Amadux, Purix, Mato Sapé, Isatai, Saiko, sogar Pitro Krasnov-Gurian. Zum ersten Mal sehe ich ihn von Angesicht zu Angesicht. Er hat ein seltsames Gesicht. Irgendwie verschlagen und arrogant. Seine Augen können schräg und schmal sein und dann zu großen seelenvollen Blicken aufgehen. Aber ja, er ist sexy! Angst habe ich aber immer noch vor ihm.

Stimmengewirr bricht über mich herein. Ich umarme hier, küsse da. Ich erstarre aber innerlich. Versuche, ein bißchen zu lächeln; sie schauen mich an, lesen mich, umarmen mich und — danke, lieber Gott! — lassen mich in Frieden.

Ich strebe als erstes zu meinem Herrn Tanguta, der gerade Kúsali fragt, wo ich denn abgeblieben bin; ich suche Schutz bei ihm, und er schließt mich spontan in die Arme, sagt nichts, zum Glück, und führt mich in sein Arbeitszimmer, um mich in Ruhe begrüßen zu können, während Kúsali und Khorasan die anderen bewirten. Er schaut mich an, sieht mein verhärmtes und wieder von Tränen nasses Gesicht. Gibt mir ein Taschentuch mit den Initialen TGMI. Er umfaßt mich wieder, küßt mich ausgiebig und schaukelt mich leicht wie ein Kind.

„Warum treffe ich dich nicht froh an? Dein wilder Herr hat überlebt. Und dein hiesiger Herr hat dich wieder mal davor gerettet, als Ausreißer bestraft zu werden."

„Es war alles zuviel", versuche ich eine Ausflucht.

Mir scheint, mein Herr durchschaut mich.

„Lieber Herr", sage ich, „das Heilige Koma ist ein Schock für mich. Ich werde damit noch nicht fertig."

„Das ist ein Schock für uns alle", entgegnet er, „keiner von uns, der sich nicht fragt, was wir hätten tun können. Aber wir wußten es nicht. Also werden wir damit leben müssen."

Wir gehen wieder ins Wohnzimmer, hier sind noch mehr Leute eingetroffen, nämlich Gülbibi, Hopi und — zu meiner Freude — meine Oma.

Und auch Vanessa sehe ich nun, nachdem sie Yadwiga versorgt hat, und begrüße sie mit Ehrerbietung.

In einer Ecke sitzen drei von den Kshatrinis, und ich entdecke auch Spuren, die mir verraten, daß sie diesen Raum zu einem Schutzmandala gemacht haben.

Ich frage meinen Herrn, ob denn meine Aufgabe als lebender Impfstoff erledigt ist. Ja, drei Reisen genügen, nun gibt es eine ganze Anzahl von Freiwilligen, die ihr wirksames Serum weitergeben können. Darum würde ich jetzt eine neue Aufgabe übernehmen, wie ich es schon ahne. Und wie ich es selber auch anbiete.

Ich bin bereit, ein Kurban zu sein, ein ein Opferlamm, eins wie jene, denen man zum Fest die Kehle durchschneidet, aber das werden sie natürlich nicht mit mir machen.

Mut braucht es allerdings, sich zum Kurban zu geben.

Der Doge befiehlt mir, mich ganz auszuziehen und mich im Kreis hinzuknien. Ich lasse mir die Hände auf den Rücken fesseln.

„Isegrim, bist du bereit, ein Kurban zu sein?"

Ich richte mich im Knien auf.

Ja, das ist es, was ich schon seit dem Brand im Heuschober fühle. Ich muß mein Leben einer höheren Aufgabe widmen. Jeden Moment kann es vorbei sein. Und selbst, wenn man einen Menschen, den man liebt, nicht durch den Tod verliert, dann dadurch, daß er sich abwendet. Jeden Moment kann alles vorbei sein, darum mach dein Leben nützlich. Das fühle ich ganz stark in diesem Augenblick.

„*Kunglike Emperers y Votre Hebenlik, nobile Presentes, Kurbanu yo me dam, vallahi.*"

„Königliche Herrscher und Euer Exzellenz, edle Anwesende, ich gebe mich euch als Kurban, bei Gott."

Ich sage noch ein paar Worte. Alle Augen ruhen auf mir.

„Ich bin so viele Tode gestorben. Ich bin reif dafür, mich zu opfern. Ich will mein Leben nutzbringend leben, für andere, nicht mehr für mich allein. Ich will Aufgaben übernehmen, die meine Fehler ausbügeln."

„Willst du ein Kurban sein?"

„Ja, ihr Edlen, das will ich."

„Wirst du ein Kurban sein?"

„Ja, ihr Edlen, das werde ich."

„Olsun, olsun, olsun."

Hinterher nimmt mein Herr mich beiseite. Er löste die Fessel und schloß die Tür zum Wohnzimmer hinter sich. „Du hast noch nicht gesagt, was für eine Aufgabe du übernehmen willst, und dabei habe ich ja auch ein Wörtchen mitzureden. Ich befürworte es, wenn du für die Arbeit beim Heiligen Koma einen Teil dazu leisten möchtest, ist es das?"

„Nein", sagte ich, „sondern die Magierin, die uns haßt, die uns weiter dem Fluch aussetzen will, die Rache für ihren Bruder will, verlangt nach mir. Ich bin bereit, zu ihr zu gehen. Ich werde mein Leben dafür einsetzen, daß sie begreift und aufgibt."

Sein Gesicht verschließt sich. „Isegrim! Was für eine Schnapsidee! Glaubst du, das schaffst du? Ich bin absolut dagegen, und ich würde es gern verbieten, wenn es Zweck hätte, dir etwas zu verbieten."

„Mein Herr", sage ich, „Ihr wart immer derjenige, der die Hoffnung nicht aufgibt. Ihr seid es, der immer an mich geglaubt hat. Der in jedem Wesen einen guten Kern sieht. Was für Aussichten habe ich denn geboten? Ich war ein kleiner Gauner, war in Gefahr, ein großer Gauner zu werden. Ich habe einen Versuch einer Geiselnahme und einen Mord zu verantworten. Und dennoch glaubt Ihr an mich, mein Doge. Dieser Frau gegenüber habe ich eine moralische Schuld, und sie wird nicht eher ruhen, als bis ich ihr anbiete, das zu sühnen…"

„Was glaubst du, wird sie von dir verlangen?" unterbrach mich Seine Exzellenz.

„Genüsse. Sie will meinen Körper, meine Dienste, vielleicht auch meine Seele."

„Um Gotteswillen. Deine Seele sollte niemals einem Menschen gehören, der nicht auch bereit ist, dir seine zu öffnen."

Er zog mich in seine Arme und schaute mir tief in die Augen, so tief, wie er es lange nicht getan hatte.

„Mein Herr, Ihr habt die Macht, mir das zu verbieten", sagte ich.

„Und wird sie Ruhe geben, wenn ich das tu?" fragte er.

„Das wird sie nicht", antwortete ich, „sie will ein Opfer."

Er seufzte schwer.

„Ich bringe ein Opfer, wenn ich das erlaube!" rief er aus. Und er stützte den Kopf auf eine Hand und sah aus wie der Denker von Rodin. Er rollte seine Augen, drehte sie dann, ohne seine Haltung zu ändern, zu mir und schaute mich an.

„Sie wird dir schaden! Das zu denken tut so weh!"

Selten, daß er sich so offenbarte. Ja, er liebte mich, das tröstete mich.

„Meine Welt ist so finster geworden", sagte ich, „daß ich kein Licht sehe außer Eurer Liebe, Exzellenz. Und weil ich weiter um Euch fürchten muß — was meine Schuld ist, meine Schuld ganz allein! —, darum muß ich diesen Weg gehen."

Er seufzte wieder und drehte sich zu mir.

„Alle Kriegerinnen und Krieger werden dir beistehen wie eine Wolke von Geistern", sagte er, „die Dogaressa und ich werden jeden Tag für dich beten. Auch ich sehe keine andere Lösung."

Kúsali riß die Augen auf, als er erfuhr, daß meine Absicht, ein Kurban zu sein, auf ein weit gefährlicheres Ziel richten würde. „Du bist verrückt!" zischte er mich in der Küche an. „Was sagt unser Herr? Was sagt die Dogaressa?"

„Sie sind nicht begeistert", gab ich zu.

„Bei dieser Frau kannst du nichts ausrichten, nur kaputtgehen", fuhr er fort.

„Kúsali", sagte ich, „du weißt besser las die meisten von uns, was Verantwortung bedeutet. Du warst König. Mehrmals. Ich habe es mitbekommen, daß Seine Exzellenz dich mit ‚Majestät' angesprochen hat…"

„… Das war nur ein Scherz", log er.

„Noch so ein Scherz, und ich spreche dich auch mit ‚Ihr' an", drohte ich. „Aber Kúsali, ich habe eine Verpflichtung. Ich muß meinen Dogen, die Dogaressa und ihr Kind schützen."

„Auf die hat sie es nicht abgesehen."

„Kúsali! Was, wenn er Schaden nimmt? Ist das dann nicht zum Schaden der ganzen Familie?"

„Ja, schon, aber ich gehe davon aus, daß sie ihn gesund und bei Kräften haben wollte, wenn sie es auf ihn abgesehen hat…"

Wieder log er. „Und was ist mit den verbrannten Roben?" fuhr ich leidenschaftlich auf, „sie wollte ihm ans Fell!"

Er schwieg und schaute zu mir auf. Wunderte sich wohl, daß ich ihn so gut las. Dachte er, jemand, der sich früher verschlossen hat, könne nicht lesen?

„Du glaubst doch nicht, daß du ihn durch dein Opfer schützen kannst! Sie frißt dich auf!"

Das war ein Begriff, der uns immer noch in die Knochen fährt!

„…Und dann nimmt sie sich ihn vor. Wirst sehen, so macht sie es."

„Was schlägst du vor?"

Er schaute nieder und zuckte die Achseln. „Sie meiden."

„Sie nimmt ein anderes Opfer."

„Das liegt dann nicht in deiner Verantwortung."

„Wir sind alle für einander verantwortlich."

„Kleiner Lelo, İyi-Şekerim, du hast deine Lektion gelernt", sagte er anerkennend, und darum vergab ich ihm sogar, daß er mich ‚Lelo' nannte.

„Isegrim, İyi-Şekerim" — so nennen mich einige der türkischen Brüder, „mein guter Süßer." Nein, ich bin ein wilder Wolf, der durch die Wälder rennen kann. Ich muß für mein Rudel auf die Jagd gehen, und wenn es mein Leben kostet.

Aber zunächst muß ich für den Job trainiert werden. Und dabei spielt Saiko eine wichtige Rolle. Denn er wird sich nicht einwickeln lassen und muß daher meine Bodenstation sein. Er hat den Funkverkehr überprüft, der von der Insel ausgeht, hat mein automatisches Schreiben gelesen und sagt, es sei eindeutig. Sie täuscht ihre Bewacher, indem sie vorgibt zu schlafen. Sie beherrscht tatsächlich die Kunst, sich nicht lesen zu lassen.

Saiko ist unglaublich gut darin, Leuten vorzumachen, sie hätten ihn überzeugt. Das hat er ja damals mit Heathea gemacht, als er herausfinden wollte, wer wirklich der Böse war. Und Isatai glaubte auch, er hätte die Seite gewechselt.

Schon sein Name ist so eine Täuschung. Alle glauben, es sei Japanisch, Saiko. Aber der Doge hat uns aufgeklärt, daß er Psycho heißt.

Alle glauben, er sei ein Cro, aber er ist Homsarec.

Er, ich und Isatai setzen uns zusammen, und wir hören die Geschichte, wie Isatai eine Nacht mit Turna verbracht hat und sie ihm weismachte, sie sei völlig neu in der Cultura und hätte keine Ahnung. Und sie sei dabei so tief in seine Psyche eingedrungen, daß er sie immer noch nicht ganz losgeworden sei, und das sei der Grund, daß sein Verhältnis zu Tabi immer noch nicht wieder ist, was es mal war.

Langsam kriege ich immer mehr Schiß vor meiner Aufgabe.

23. August

Als mir der Kopf schwirrte, hat mich mein Herr, der Doge noch mal zu sich gerufen und mit mir in seinem Studierzimmer geredet. Das ist das etwas versteckt liegende, kleine Zimmer im oberen Stock der Wohnung, von wo er den Blick nach Westen auf den Kanal hat. Es ist grün gestrichen und dunkel möbliert, hat etwas von einem altenglischen Kabinett. Und hier haben wir auf dem Sofa gesessen, und ich durfte mich an seine Schulter lehnen und mehr erzählen, was ich in den letzten Wochen erlebt habe. Von meiner Flucht und dem Besuch bei meiner Oma, von der Reise nach Maslenie Blini, von der Entdeckung, daß ‚Papa' lebt.

„Wußtet Ihr, daß er lebt, Herr?" frage ich den Dogen und schaue ihn direkt an.

Er kneift nicht. „Ja, ich wußte es, aber ich hatte geschworen, es niemandem zu sagen, denn die Therapie war völlig neu. Bereket war einer der ersten, die in die Höhle gebracht wurden. Nur wenige Tage zuvor hat Salix den Text entdeckt, in dem beschrieben wird, wie sie behandelt werden müssen…"

„Ach, darum haben die Amazonen die Kellerräume vermessen! Woher hatte Salix den Text?" unterbrach ich unhöflich.

„Aus dem Nachlaß ihres Vaters, Pentedattilo. Der hatte ja die verbotenen Bücher des S!O!S! durchsucht, ist auf diesen lateinischen Text gestoßen."

Tanguta griff nach einem Brief und las ihn vor. Er war von Salix.

„… *Mein Vater hat diese Seiten des Sarkophagentextes sorgfältig analysiert und ist zu dem Schluß gekommen, daß das nicht eine theologische Abhandlung über das Fegefeuer ist, das Purgatorium in den Tiefen der Hölle, wie man immer dachte. Die Aussagen über ein „neues Leben" haben sie bislang als Paradiesversprechen oder Wiedergeburtsphilosophie aufgefaßt. Es ist von Engeln die Rede, die die ‚mortuis simili' fortbringen, aber das heißt ja nur ‚die den Toten ähnlich sind'. Das wurde als eine Art Entrückung ins Paradies verstanden. Aber ‚angeli' sind Boten und Wächter.*

Pentedattilo sind Beschreibungen aufgefallen, Anweisungen, die durchzuführen sind und die nicht recht zu einem Auffahren in den Himmel passen. Das sind nicht die üblichen Verherrlichungen, sondern eine Beschreibung, wie jemand, der schon gekocht wird, zu behandeln ist, wenn er das Bewußtsein verloren hat, nämlich in einen kühlen und feuchten Raum gelegt werden muß, dann muß er viel Flüssigkeit bekommen. Dieser Text schlägt vor, den Kranken in feuchte Tücher zu hüllen und ihm alle Stunde lauwarmes Wasser einzuflößen, ‚bei denen, welche nicht schlucken können, führe man vorsichtig einen Schlauch aus weichem Leder in die Speiseröhre des Ohnmächtigen ein und lasse das Wasser hierdurch rinnen' — wir machen es mit Infusionen. Es steht darin, daß er zunächst nicht geweckt werden kann, dann, nach drei Tagen wäre es möglich. Daß er aber auch dann auf keinen Fall geweckt werden darf, sondern nach zehn oder elf Tagen von selber aufwachen muß — kurz, alles, was wir jetzt in der Pflege berücksichtigen. Und wir, die wir die Ersten waren, die dieses Verfahren anwenden, haben Stillschweigen gelobt, um Störungen der Kranken im ‚heiligen Koma' um jeden Preis zu vermeiden."

Der Doge legte den Brief auf den Tisch und fuhr fort: „Es ist genau das Team, das du in Maslenie Blini angetroffen hast, und glaube mir, es tat mir in der Seele weh, daß ich dich so leiden sah und konnte dir nicht sagen, daß er lebt. Ich durfte es nicht. Um ihn zu schützen. Und wir müssen noch mehr Wachen und Amazonen rekrutieren. Die Ärzte müssen das Verfahren perfektionieren. Und wir müssen Störungen fernhalten. Du wärest ja auch sofort hingerannt. — Wärst du sofort hingerannt?"

Ich atmete tief durch und schwieg. Dann nickte ich. „Ich fürchte, ja. Bin ich ja auch."

„Und kannst du dich denn jetzt freuen, daß er lebt und es ihm gut geht?"

Mein Herr sah mich ein wenig streng an.

„Er liebt mich nicht mehr", sagte ich.

Oder hörte ich mich sagen, bevor ich es wollte.

„Falsch", sagte Tanguta, „er liebt dich wie vorher, aber auf andere Art, weil er ein Anderer geworden ist."

Da brachen mir die Tränen hervor.

Mein Doge hielt mich einfach nur fest und ließ mich weinen.

Ich durfte dann an seiner Seite schlafen, Vanessa war mit dem Baby in ihr eigenes Zimmer gegangen. Die olle Yadwiga ist jetzt bald fünf Monate alt, sie lächelt dich an, daß dir das Herz schmilzt. Aber brüllen kann sie immer noch.

24. AUGUST

Meine Haare sind immer noch sehr kurz. Ich schaue mich an, als ich mich am Morgen fertig mache. Ganz neue Möglichkeiten. Im Moment sehen sie aus wie auf römischen Porträtbüsten. Ein junger Kaiser des Alten Rom. Sie legen sich ein wenig in Wellen. Ich schminke mir die Augen. Hinreißend. Hierzu paßt unbedingt eine Tunika im antiken Stil, vielleicht mit Bronzespangen auf den Schultern.

Was meine Laune so bessert? Mein Herr, der Doge hat mich gefickt. Er rechnete zwar damit, daß ich es nicht wollte, daß ich noch akut in Trauer war, weil Bereket mich nicht mehr begehrt oder so tut. Aber ich brauchte diese Art von Trost und habe Seine Exzellenz massiv angegraben. Er hat mich verhauen, mit der flachen Hand, als sei ich ein ungehorsames Kind, es war die Strafe dafür, daß ich ausgekniffen bin. Und es war nicht harmlos, denn als seine Handflächen brannten, hat er mit einem hölzernen Paddel weitergemacht, wie ich es gar nicht mag, und ich habe gejault. Die Diener im Zimmer darunter haben es sicher gehört, Vanessa wohl nicht, denn ihr Zimmer liegt am anderen Ende. Aber dann kam das Schöne, das Tröstliche, das Ersehnte, kamen ölige Finger und bereiteten mich vor, dann die Besitznahme, zum wiederholten Mal, kam seine Leidenschaft und sein seufzender Erguß. Doch, ich liebe ihn noch, und der Kummer um Bereket hat ihn nicht verdrängt, hat mich nur eine Weile abgelenkt. Wie hungrig ich war! Aber mich läßt er weiter hungern. Was für ein köstliches Gefühl. Jetzt bin ich wieder hinter Schloß und Kette. Und ich schmelze in seiner Hand. Und er flüstert an meinem Ohr, daß ich ihm gehöre. Dachte ich, ich würde sperren, weil jemand anderes mein Herz besetzt hält? Nein. Sondern ich bin gegen meinen Willen in eine neue Freiheit geworfen, in die Freiheit, jemandes Sklave zu sein, den ich auch liebe.

Und heute werde ich mich einer Frau zu Füßen werfen, die gar keine Möglichkeit hat, das zu nutzen, wenn alles mit rechten Dingen zugeht. Ich werde mich verschließen, so daß sie mich nicht lesen kann, aber das kann ich nicht auf Dauer tun, wenn sie mir vertrauen soll.

Wir waren jetzt auf Isolata, Saiko und ich. Das Gefängnispersonal wußte schon Bescheid. Wir kamen per Boot dort an, eine recht verfallene Außenfassade grenzt die Gebäude zur Lagune hin ab. Zwischen den Gebäuden gibt es einen kleinen Platz mit etwas schäbigen, 60 Jahre alten Eingängen und Balkonen. Hier gibt es eine Wachstube für die Amazonen, die speziell von Amadux geschult worden sind.

Heute haben Verix und Newidya Dienst. Männliche Wachen sind auch da. Ich kenne sie, sie sind rein schwul. Klar. Sie müssen gegen den Charme von Turna immun sein.

Wir müssen lange warten, bis wir eine Besuchserlaubnis bekommen. Im Moment läuft ein Wiederaufnahmeverfahren, angeleiert von Turnas Anwälten, die sagen, daß ihr keine Schuld nachzuweisen sei als der Aufenthalt im Privathaus des früheren Dogen Tanguta, und da er ja abgesetzt war und das Haus der Sala de Thing gehört, war es nicht einmal Hausfriedensbruch. Ihr die Brände anzulasten sei ohnehin lächerlich, und für die erlittene Haft werde die Stadt Sukent eine saftige Entschädigung leisten müssen.

Dennoch wollen wir unseren Plan durchziehen. Denn für uns ist es gar keine Frage, daß sie magische Anschläge verübt, und den Brandanschlag auf mich hat sie ja sogar im automatischen Schreiben zugegeben.

Aber wenn wir das vorbringen, werden sich die Anwälte totlachen.

Wir sind dann also rein, und ich kniete vor ihr nieder und bat sie um Vergebung für die Tötung ihres Bruders. Zwischendurch warf ich kurze Blicke auf sie.

Sie hatte wieder ein wenig zugenommen, was besser aussah als die erschreckende Magerkeit in der Zeit des Prozesses.

Sie funkelte mich an.

„Man sollte dich jeden Tag blutig peitschen für das, was du uns angetan hast."

Ich ließ mich flach auf den Boden nieder und breitete die Arme aus.

„Hier bin ich, ich liefere mich Ihrer Gnade aus, Madame."

Ich hörte einen kurzen Lacher, der in Husten überging.

„Darüber sollten wir reden, wenn ich wieder in Freiheit bin", sagte sie dann, „wenn ich mir für die Entschädigung ein Haus gekauft habe."

Hätte ich mich in diesem Moment lesen lassen, hätte mein Gedanke gelautet: ‚Der Köder ist gefressen.'

25. AUGUST

Heute morgen habe ich mit Seiner Exzellenz über das Projekt gesprochen. Vanessa kriegte fast einen Schreikrampf, als sie es mitbekam. Sie fürchtet um mein Leben. Tanguta versucht, sie zu beruhigen, ich würde nicht untrainiert auf die Frau losgelassen. Die Übungen, die wir begonnen haben, werden weitergehen, ich werde wieder die Schulung als Krieger aufnehmen. Was mir das nützen soll, will Vanessa wissen, denn es werde sich bestimmt mehr um einen psychischen Kampf handeln, meint sie.

„Ja, auch das bedeutet, daß er eine Schulung als Krieger braucht", sagt mein Herr.

14 Kachina, der Lehrmeister der jungen Krieger

Und so erzählt er mir, daß ich eine Weile auf Giardino dei Forti trainieren werde, ganz am Ende der ‚Straße der Starken' gibt es dort ein Trainingsgelände, wo ich unter der Anleitung von Kachina üben werde. Ob ich dort wohnen muß? Nein, jede Stunde geht ein Boot, und der Weg sei wenig mehr als eine Stunde weit.

Saiko wird jeden Tag mit dir fahren, dann ist die gesetzliche Auflage der Bewachung erfüllt. Das hatte ich schon fast vergessen. Ich bin immer noch ein Strafgefangener.

26. AUGUST

Erster Trainingstag. Um sieben bin ich mit Saiko zur Haltestelle getrabt, und wir sind nach Giardino dei Forti gefahren. Es ist sehr warm, ich bin ganz froh, daß meine Haare noch so kurz sind. Auf der Fahrt sehe ich einen anderen Mann, einen der Unsrigen, und seine Haare sind so kurz wie meine. Er schaut mich durchdringend an. Offenbar hält er mich auch für jemanden, der ein Heiliges Koma durchgemacht hat; ich lächle ihn an und schüttele ganz leicht den Kopf, er versteht und versteht, daß ich verstehe.

Ja, sie sind jetzt alle im S!O!S!, im Sowjet of Survivors.

Ich genieße den Fahrtwind und erzähle Saiko mehr von meinem ‚Ausflug', dem knappen Monat in der Tatra. Er ist sehr interessiert, auch er ist ja im kritischen Alter. Gerade will ich berichten, wie ich vor der Höhle auf Petja gestoßen bin, da ist mir, als würde mir jemand aufs Maul hauen. Und ich erinnere mich, was ich versprochen habe: Zu schweigen über alles, was sich in der Höhle und um die Höhle herum abgespielt hat. Auch gegenüber Saiko? Er ist doch vertrauenswürdig! Ja, ist er, aber trotzdem. Der Zeitpunkt ist noch nicht gekommen, da dies veröffentlicht werden darf.

Wir langen an der Haltestelle an. Diese flache, weite Insel mit einem einfachen Ufermäuerchen ist so unauffällig und langweilig, genau richtig als Übungsgelände. Hier also wird Kachina uns erwarten.

Ich drehe mich um, ein alter Homsarec steht da. Er kommt mir bekannt vor.

„Du warst doch auf dem Boot!" erinnere ich mich.

„Ja, öfter. Auf welchem... Ach, Moment, du bist doch der Naseweis, der auch in den Krieg ziehen wollte. Schön, dich ganz und unversehrt wiederzusehen."

„Ja, und du hast mich mit Fliegenpilz abgefüllt."

„Du hast doch nach dem Becher gegriffen."

Es fängt an mit einem Lauf. Ich bin glücklich, mich bewegen zu dürfen. Das Herumsitzen in der Hütte war nervenaufreibend. Ich bin gut. Ich bin schnell und ausdauernd.

Ich hatte eine ganz andere Vorstellung von Kachina. Ich dachte, er sei langweilig und humorlos. So hat ihn Ainu beschrieben.

Aber er lacht ganz viel. Was immer du falsch oder richtig machst, er lacht. Wie soll ich da wissen, ob ich es richtig mache?

„Keine Sorge", sagt er, „ich sage es dir schon. Wir müssen in erster Linie Freude haben an dem, was wir hier tun. Wir sind Homsarecs. Wir sind schnell, wild und froh."

Das könnte ein Mantra werden.

„Niemals tadeln, auch sich selber nicht. Verstehen, wie es richtig ist, und das dann üben, üben, bis du vergessen hast, wie es falsch war. Drüber weggehen, wenn es falsch war, drüber weggehen, wenn es besonders gut gelungen ist. Lob nicht tiefer in dich eindringen lassen, als nur so weit, um zu wissen: So war es richtig, so kannst du weitermachen. Lob ist eine Falle. Stolz ist eine Falle. Wer stolz sein Lob wiederholt, macht Fehler. Wer sich selber tadelt, macht Fehler. Wir vermeiden beides und machen alles richtig." Das ist seine Philosophie.

27. AUGUST

Das Training mit Kachina ist toll. Nachdem er seine Grundsätze erklärt hat — „ich werde es nur einmal tun!" —, hält er sich mit Lob und Tadel nicht mehr auf. Es gibt nur Bestätigung oder Korrekturen.

Und noch ein paar Eigenheiten gibt es bei ihm. Er schickt einen nach der Erklärung mit einem kleinen Klaps los. Er behandelt uns ein bißchen wie Pferde.

Die Insel Giardino dei Forti ist lang. Und der Weg von Norden nach Süden, die Via dei Forti, ist unsere Laufstrecke. Sie ist etwa 8 Kilometer lang. Natürlich laufen wir das nicht jeden Tag ab. Manchmal aber müssen wir die Insel komplett umrunden, das sind 10 Kilometer. Und irgendwann werden wir sie viermal umrunden, einen Marathon.

Ich bin aber auch so schon erledigt, wenn Saiko und ich das Boot nach Canareggio nehmen. Ich falle wie ein nasser Sack neben meinem Herrn ins Bett. Er lacht und streichelt mich. „Du bist so tapfer!" sagt er.

„Lob ist eine Falle", brumme ich, „so habe ich es heute gelernt."

„Oho!" macht mein Herr in spöttischem Ton.

28. AUGUST

Eigentlich gilt für mich, daß ich gegenüber den anderen ein bißchen eingeschränkt bin in meiner Leistungsfähigkeit, weil mein rechter Arm immer noch ganz leichte Lähmungserscheinungen aufweisen kann, wenn ich müde werde. Kachina massiert ihn dann und singt dazu. Es klingt verrückt, aber es hilft. Besser als ohne Gesang.

Er kann uns schinden, aber er paßt trotzdem gut auf, daß wir uns nicht übernehmen. Er sagt, aus der Überlastung kommt Widerstand des Körpers. Ich bin gespannt, wann er uns in Joy de Guerre kommen läßt. Ich sagte ihm, daß ich mich selber in Joy nicht mag, aber es hilft ja nichts, ein Kampf ist keine Schönheitskonkurrenz, sagt er. Nur — bis zu solchen Übungen will er uns noch eine Weile zwiebeln, ohne daß wir in Joy kommen.

Ich fahre so früh wie möglich hinüber auf die Insel und nutze die Morgenkühle für das Training. Wir müssen nicht mit preußischer Pünktlichkeit dort sein, der eine kommt schon um 6, der andere erst um halb 8 dort an und läuft seine Runde. Wir treffen uns um 8 nach dem individuellen Morgentraining, das jeder so lang oder kurz gestalten kann wie er will, dann beginnt Kachina mit seinem Unterricht. Ich laufe inzwischen einmal um die Insel, dann bin ich auf Betriebstemperatur. Und ich bin so glücklich wie in den Wäldern der Tatra, auch wenn ich nur Lauch- und Kohlgärten umrunde.

29. AUGUST

Heute hat uns einer der Richter des Obersten Gerichtshofes von Sukent aufgesucht und hat Seiner Exzellenz mitgeteilt, daß die Anwälte von Turna, also Ira Schmiz-Wagner, in Berufung gegangen sind. Sie wollen die Haftgründe sämtlich zerschmettern. Und sie werden eine satte Entschädigung herausholen. Das wenigstens haben sie angekündigt. Der Richter hat den Dogen um eine Aussage ersucht; er hätte das durch seinen Sekretär erledigen lassen können, aber er drückt durch den Besuch seinen Respekt aus.

Tanguta sagt, er muß jetzt handeln. Er bereitet eine Rede vor, die allerdings — so hat er dem Richter versichert, just, als ich den Tee brachte —, daß er vom schwebenden Verfahren kein Wort erwähnen wird. Und bevor ich hören konnte, worum es ging, war ich schon wieder draußen.

Heute war trainingsfreier Tag, wir haben immer fünf Trainingstage und zwei trainingsfreie Tage, also einen Ruhetag und einen Tag für die Arbeiten bei der Herrschaft, die liegengeblieben sind — oder was wir sonst für Pflichten haben.

Ich nutze den Ruhetag, um Briefe zu schreiben und zu schnitzen.

Heute habe ich einen Brief an Josef geschrieben, der gerade wieder nach Weimar zurückgekehrt ist. Ich habe ihm meine Ängste geschildert, die mich plagen, seit Hemyarik gestorben ist. Denn ich war so ein arger Kannibale wie er, vielleicht noch schlimmer. Wie konnte es sein, daß er trotz der Übertragung von Chaperonen so früh gestorben ist, mit Mitte Dreißig? Ist denn meine Arbeit, sind die Reisen in die Provinz umsonst gewesen? Schützen die Zellen mich vielleicht auch nicht mehr? Ist mein Leben verwirkt? Werde ich es mit dieser Frau aufnehmen können, oder kostet mich denn das mein Leben, noch bevor meine alten Sünden mich töten?

Ich fühlte mich ein wenig schlecht, als das Fax durchlief. Und ich dachte daran, daß ich meine größte, meine brennende Frage nicht gestellt hatte, nämlich die, ob mich Bereket jemals lieben könnte, so wie er es als Perkele getan hat. Trotz der liebevollen Behandlung durch meine Herrschaften, Seine Exzellenz und die Dogaressa, schreit es in mir nach der Liebe meines wilden Herrn.

30. AUGUST

Josef hat mir eine Antwort geschrieben.

Aber nicht per Fax, sondern per Kurier. Per Fax hat er seinen Brief nur angekündigt, dann hat er ein Staatsfax ans ducale Büro geschickt, wo die Geheimhaltung gewährleistet ist. Der Sekretär — ja, das Wort bedeutet ‚geheim!' — hat es dann eingesiegelt und dem ducalen Boten übergeben, und der kam am Abend. So schnell ist die Post auch nur, wenn die Adresse das Haus des Dogen ist.

Ich habe den ganzen Tag — auch trainingsfrei — an Bereket gedacht. Und ich habe manchmal ein bißchen geweint. Die Ruhetage tun meinem Körper gut, aber nicht meinem Kopf.

Und jetzt öffne ich den Brief mit dem Siegel Seiner Eminenz des ducalen Beraters Josef MacIntyre-Brilon, Stiefsohn des Dogen.

„Lieber Isegrim,

bei meiner Rückkehr fand ich dein Fax. Sei unbesorgt und froh, trauere nicht um deine Liebe, denn der Mann, den du liebst, ist am Leben, gesund und bei seiner Familie. Spring über deinen Schatten, denn es ist eine gierige Form der Sehnsucht, die seine Entscheidung nicht verwinden kann. Aber nichts ist für immer.

Wichtiger ist, daß du deine Sorgen vertreiben solltest. Wir alle, Paloma, Heathea und ich, weinen um Hemyarik. Ja, er war zu jung. Aber du mußt wissen, es war die schwere Verletzung vor fünf Jahren, die sein Leben so sehr verkürzt hat. Heathea war bei der Operation dabei, sie hat mir davon erzählt. Sie sagte, er hat den Dolch in die Mitte seines Chakras gestoßen, das die Temperatur kontrolliert. Du weißt, das ist das Zentrum, auf das du dich konzentrierst, wenn du die Feuer-Wind-Meditation übst, ich hoffe, du tust das und zwar genau so, wie Pratizaye es lehrt, bitte keinerlei Abweichungen von ihrer Methode vorzunehmen! Das Chakra war zum einen nicht mehr in der Lage, seine Temperatur zu kontrollieren, das heißt, er war im Zustand steuerlos. Das zweite Problem: Er hatte seine Eingeweide so schwer verletzt, daß seine Möglichkeit, Nahrung zu verarbeiten, immer gestört blieb. Somit hatte er nicht die Reserven, um den ‚Zustand' zu überleben.

Ich vermisse ihn sehr. Paloma und Heathea sind bis ins Mark getroffen. Ich muß mich um sie kümmern, aber auch um dich. Du willst einen schweren Weg gehen. Wann immer du willst, ruf mich an oder schreib mir. Sei ohne Furcht. Schütze eher deinen Verstand als deinen Körper. Diese Frau wird deinen Körper lieben. So besiegst du vielleicht ihren Haß. Aber vorher trau ihr nicht.

Jeden Tag bitte ich für dich um den Segen der Schützer.

Alles Liebe,

Josef, der kleine Eremit im Turm."

31. AUGUST

Ich habe diesen Brief so oft gelesen, daß ich ihn jetzt fast auswendig kann, und während ich die Insel in der Morgenkühle umtrabe, denke ich wieder und wieder an den einen oder anderen Satz. Ja, Hemyarik hat damals sterben wollen, als er sich verletzte, obwohl er wußte, daß es noch keinem der Unsrigen gelungen ist, sich selber zu töten, so sagt man; das heißt nicht, daß wir es überleben würden, in einen Vulkan zu springen, sondern nur, daß wir einem unwiderstehlichen Zwang folgen, vorher umzukehren.

Zuletzt war Hemyarik glücklich.

Ist das ein Trost?

Nein. Aber eine Entlastung ist es. Ich habe die Ängste der letzten Tage ein gutes Stück weit überwunden. Ich versuche, meinen Egoismus loszulassen. Bereket lebt, das ist das Großartige. Auch Vanessa telefoniert jetzt oft mit dem ‚Eremiten im Turm'. Manchmal vergesse ich, daß er ihr Sohn ist. Ich glaube, er berät sie, nicht umgekehrt.

Saiko macht jetzt Übungen mit mir, mich gegen das Lesen zu verschließen. Er lehrt mich lügen. Das ist nicht einfach. Und ich werde es lernen müssen, um es mit Turna aufzunehmen.

„Du wirst nicht immer lügen müssen", sagt er, „es wird einen Zeitpunkt geben, da dich die Wahrheit schützt und weiterbringt. Letztendlichen Sieg bringt nur die Wahrheit. Aber du mußt selber erkennen, wann die Zeit dafür gekommen ist. Das wird spontan sein, wir können da nichts planen."

Tanguta hat sich eingeschlossen, um seine Rede zu schreiben. Er hat sich mit allen beraten, die davon wissen. Und um die Stätten, wo die Patienten liegen, abzusichern, hat er so viele Amazonen ausgesandt, daß es schon ein Murren um die Sicherheit in der Hauptstadt gibt. Aber er weiß, daß auch Vernunft und dringende Appelle nicht verhindern, daß neugierige Idioten sich auf den Weg machen. Um all derer willen, die in den Zustand kommen, muß er die Öffentlichkeit informieren. Er sagt, er kann keinen Tag länger damit warten.

1. September 192

Heute hat Seine Exzellenz im Fernsehen von Sukent gesprochen.

Er sagte, es sei gefährlich, diese Dinge öffentlich auszusprechen, aber noch gefährlicher, darüber zu schweigen. Seine Rede habe ich mir von seinem Manuskript kopiert und in mein Tagebuch geklebt.

Liebe Brüder und Schwestern, liebe Mitglieder der Cultura, liebe Mitmenschen!

Als Doge von Sukent und als Mitglied der Gemeinschaft der Überlebenden, als einer, der zweimal aus dem ‚Zustand' gerettet wurde, wende ich mich heute an euch.

Wir, die Verantwortlichen für unsere Gemeinschaft, sind in einem schrecklichen Konflikt.

Wir haben Mittel gefunden, um bis auf wenige Ausnahmen diejenigen zu retten, die in den ‚Zustand' kommen.

Der ‚Zustand' ist heilbar.

Das ist eine Tatsache.

Ihr wißt, wir haben einige Faktoren erkannt, wie er abzuwenden ist, wir haben Wege gefunden wie den Segen und das NuRiCa, um die Gefahr zu verringern, um das Verhängnis aufzuschieben, aber wie lange? Wir müssen endlich den Mut haben, den ‚Zustand' gründlich zu untersuchen. Es muß Schluß sein mit der Verdrängung. Ausgerechnet wir, die sich jedem Gegner nackt entgegenwerfen und auch dann nicht zu Boden gehen, wo andere tödlich getroffen wären, kneifen davor, unseren eigenen Tod zu untersuchen. Es ist dem Mut von Cros gedankt, daß wir anfangen, unserem Tod ins Auge zu sehen und seine Bedingungen zu begreifen.

Unsere Ärzte haben vor wenigen Wochen erst angefangen, die scheinbar Toten zu behandeln. Der ‚Zustand' ist nicht unser Tod. Wir wissen jetzt, daß er ein Koma ist, das behandelt werden kann. Wir stehen ganz am Anfang, Methoden zu entwickeln, und wir können noch nicht jeden retten.

Die Orte, wo wir das tun, mußten bislang geheim bleiben, damit wir ungestört forschen können. Aber wir können auch nicht verantworten, darüber weiter zu schweigen, denn solange wir das tun, kann niemand denen helfen, die man für tot hält und darum unbehandelt aufbahrt.

Darum müssen es alle wissen.

Und nun hört mir bitte gut zu!

Wenn ihr die Anzeichen des ‚Zustands' an euch entdeckt, wendet euch sofort an eine Ambulanz oder an die Wachen und Amazonen. Diese wissen, was geschehen muß, um euer Leben zu retten. Freunde und Verwandte von jemandem im ‚Zustand': Wenn euer Angehöriger im Fieber liegt oder bewußtlos ist, dann ist es nicht zu spät, ihn zu retten.

Tut es bitte auch dann, wenn keine Lebenszeichen mehr zu erkennen sind. Wenn er starr ist, abkühlt, nicht ansprechbar ist. Auch nach bis zu fünf Tagen gibt es eine Chance.

Den Fiebernden, die noch bei Bewußtsein sind, flößt unbedingt Wasser ein, und wenn sie es nicht wollen, zwingt sie zu trinken und ruft sofort die Ambulanz. Das ist das Wichtigste: Wasser. Badet sie, laßt sie trinken.

Wenn sie nicht mehr bei Bewußtsein sind, brauchen sie so bald wie möglich Infusionen, um die Austrocknung aufzuhalten. Laßt euch nicht beirren, wenn ihr keine Lebenszeichen bemerkt. Sie leben noch.

Wir haben niemals genau untersucht, was für ein Koma das ist, in das wir fallen. Auch unsere Ärzte waren zu sehr in Panik, um sich genau anzusehen, was mit ihren Brüdern passiert ist.

Das war Teil des Fluchs. Sie haben nicht gemerkt, daß das Herz noch schlägt, wenn auch extrem langsam. Daß sie unmerklich atmen. Daß noch Hirntätigkeit da ist, wenn auch sehr schwach. Daß zwar eine Abkühlung einsetzt, aber sie ist nicht total.

Diese Versäumnisse haben tragischerweise dazu geführt, daß wir die Bewußtlosen liegenließen, ohne diese Phase zu erkennen als das, was sie ist: Eine Notabschaltung des Systems. Wenn in diesem Moment eingegriffen wird, wenn wir die Abkühlung durch einen geeigneten Raum und Ruhe unterstützen und so schnell wie möglich das Wasser zuführen, das der Bruder durch den ‚Zustand' verloren hat, erholt er sich. Er verliert durch die allzu schwache Durchblutung Hirnzellen, aber ihr wißt, wir bilden welche neu.

Einige Erinnerungen gehen verloren. Das ist nichts im Verhältnis zum neugewonnenen Leben.

Wir hätten die Unsrigen schon lange retten können, wir hatten seit dem Mittelalter das Wissen. Aber wir haben es nicht als Wissen erkannt, wir hielten es für eine theologische Abhandlung über das Fegefeuer. Wir haben die Brüder an Dehydration sterben lassen, während sie im ‚heiligen Koma' lagen — oder, viel schlimmer, wir haben vom Lebenden gegessen.

Dieser grauenhafte Zustand hat nun ein Ende. Der König hat alles Essen von unsrigem wie auch Cro-Fleisch endgültig verboten und unter schwere Strafe gestellt. Die Königin hat erlassen, daß überall, wo es Unsrige gibt, Räume geschaffen werden sollen, in denen das Heilige Koma in Ruhe und Sicherheit durchgeführt werden kann.

Wir sind den Cros, die uns geholfen haben, diese Dinge zu erkennen, zu unendlichem Dank verpflichtet. Dieser Dank gilt unseren Lebensrettern Pentedattilo oder Elias Brochermann, der uns leider im vorigen Jahr verlassen hat, er gilt Quanah oder Iván Potozki, der diese Zusammenhänge zu erforschen begann, und er gilt Josef oder Karl Josef Pipendreiher, der uns durch seine Fähigkeit, Dinge vorauszusehen, durch die Krise des Jahres 186 geführt hat.

Und noch ein Cro hat sich um unsere Gesellschaft verdient gemacht, es ist ein ehemaliger Feind, der von einem Vernichtungsfeldzug gegen uns umgeschwenkt ist, um ein Verteidiger der Cultura zu werden, Aimoré oder Pitro Krasnov-Gurian.

Und noch eine Cro muß ich nennen, der wir viel verdanken, Atli Hanim oder Katharina van Loben, die durch großzügige Spenden möglich gemacht hat, daß wir zwei Räume, gelegen in den Niederlanden und in Nordfrankreich, kaufen konnten.

Wo die Orte der Rettung liegen, das wissen die Wachen und die Amazonen. Wendet euch im Fall dieser Gefahr sofort an sie, ob es nun euch selber oder Angehörige und Freunde betrifft.

Wesentlich für den Sieg über den Fluch ist, leben zu wollen. Seid auch in diesem Punkt unbesiegbar, wie wir es im Kampf sind!

Ich bete für euch alle und für euer Glück.

Lebt lange und in Frieden.

Parledam, parledim, sigillatum

Dux Sukenta — Tanguta Gustave MacIntyre."

Im Anschluß trat Mato Sapé vor die Kamera und dankte dem Dogen. Und dann fügte er hinzu, was wir schon wußten, daß die Wachen und Amazonen für die Aufnahme der Patienten sorgen würden, daß der Ort geheim bleiben müsse, um sie zu schützen. Diese Bitte gelte auch in besonderem Maße für die Presse.

Ich habe die Rede im Radio gehört, als wir auf Giardino dei Forti Mittagspause machten. Wir, die Trainees, vierzehn an der Zahl, sitzen um den Tisch und knabbern Obst. Kachina dreht das Radio lauter, als Seine Exzellenz angekündigt wird.

Ich lege den Kopf auf den Tisch, lausche und denke an Bereket.

„Lelo, du warst in so einer Höhle?" liest mich einer der Kameraden, haut mir klatschend auf die nackte Schulter. „Erzähl mal, wo ist die? Wie ist es da drin? War das dein Meister? Lebt er?"

„Sch!" macht Kachina, zeigt aufs Radio.

Kaum, daß die Rede geendet hat, löchert der mich schon wieder.

„Sitzt du auf deinen Ohren?" gebe ich gequält zurück, „das geht dich einen Scheißdreck an, wo das ist."

Seitdem nennt er mich den ‚arroganten Lelo, der glaubt, er sei was Besseres, weil ihn der Doge fickt.'

„Warst du etwa selber im Heiligen Koma?" bedrängt er mich weiter, „die kurzen Haare — die Schonungspausen beim Training…"

„Glaub', was du willst", antworte ich genervt.

2. September

Der Schmerz läßt ein wenig nach. Ich habe mich daran gewöhnt, mich mit Freude daran zu erinnern, daß Bereket lebt. Ich denke dran, daß das Heilige Koma Gehirnzellen kostet. Sind ihm die verloren gegangen, in die mein Bild, mein Name, die Erinnerung an den Sex, den wir hatten, eingeschrieben war? Oder kneift er ganz vor Sex, weil er fürchtet, davon wieder in den Zustand zu kommen?

Heute war Petja mit beim Training. Ich dachte erst, er hat es doch gar nicht nötig, er ist fitter als wir alle zusammen. Aber das ist nicht der Punkt, sondern Selknam hat ihn in einen von seinen Kursen für höfliche Selbstverteidigung befohlen, wo wir nichtverletzende Abwehr erlernen. Petja vertritt da eher die rustikale Linie. Er soll lernen, ausschließlich defensiv zu handeln, das findet er langweilig.

Er hat schon blutige Schlachten gegen die Cro-Banden geschlagen, die seine Sippe aus den Dörfern vertreiben wollten. „Schwule klatschen", hieß ihr Programm. Die Unseren haben ihre Verfolger in die Wälder gelockt, dorthin, wo welche von uns schon auf den Bäumen saßen, haben die Cro mit Pfeilen kampfunfähig gemacht, ihre Waffen im Fluß versenkt, die Burschen windelweich gehauen und an die Straße geschleppt und mit dem Handy des Anführers die Ambulanz geholt. Hinterher stand in der Zeitung, daß eine Gruppe von neun übel verprügelten Mitgliedern einer illegalen Bürgerwehr ohnmächtig am Straßenrand gelegen hätten, und einer von ihnen, der seine Finger nicht mehr bewegen konnte, hätte die Nummer des Krankenhauses gewählt.

Zugleich sei eine Gruppe von Homsarecs im Hotel aufgetaucht, mit Bögen, Pfeilen und Streitäxten aus Stein bewaffnet, mehrere von ihnen hatten Schußverletzungen, und es sei unerklärlich gewesen, wie die Jungs bei Bewußtsein sein konnten. Sie seien sehr nervös und erregt gewesen, hätten bei jeder Gelegenheit die Zähne gefletscht und geknurrt und erzählten, daß die Braunen aus der Ukraine sie überfallen hätten.

Die Homsarecs seien ins Krankenhaus gebracht worden, begleitet von ihren unverletzten Kameraden. Die hätten sich zunächst geweigert, ihre Waffen wegzulegen. Um keinen Ärger zu machen, taten sie es dann doch. Die Verletzten wurden sogleich operiert, wobei die Narkose nicht anschlug, was die Jungs aber stoisch ertrugen. Allenfalls knurrten sie mal. Sie wurden auf Station gelegt, und die unverletzten Begleiter mußten gehen, schliefen aber auf dem Rasen in Krankenhauspark, wie sich später zeigte. Ihre Lendentücher zogen sie aus dem Gürtel und hüllten sich darin zum Schlafen ein.

Als die Nachtschwester später nach den Verletzten sah, hatten die ihre Verbände abgenommen und leckten einander die Wunden. Die Schwester schlug die Hände über dem Kopf zusammen. Wäre der Heilerfolg nicht so rasch eingetreten, wie man es hier noch nicht gesehen hatte, sie hätte noch einmal eine große Desinfektionsrunde angestoßen. Aber alles sah so gut aus wie drei Tage geheilt.

„Ich weiß ja nicht, was der Vatikan sagen würde, aber für mich war es ein Wunder", beendete sie ihren Bericht.

3. SEPTEMBER

Heute bin ich mit Saiko verabredet. Wir treffen uns auf einem Trümmergrundstück in einem Vorort der Stadt, auf einer kleinen unbewohnten Insel mit einem völlig verwilderten Garten und einer großen Kirchenruine. Und hier üben wir als erstes, uns gegenseitig zu lesen und auch, uns nicht lesen zu lassen. Das machen wir, indem wir erst einmal ohne Mobiltelefon kommunizieren, dann einander damit bestätigen, was die Nachricht war. Er liest mich ohne Probleme, auch dann, wenn ich versuche, mich zu verschließen. Ich staune. Ich bin sowas von leicht zu lesen. Das muß anders werden.

Ich brabbel so vor mich hin, was ich meine, das von ihm kommt.

„Hey Kleiner wo bleibst du, wie sieht es aus, hattest du mir nicht versprochen, daß ich dich bekomme? Wo ist meine Beute? Wo ist mein leckeres Fleisch? Du wolltest mich doch ficken."

Meine Stimme wird schmeichelnd und hoch.

Da steht Saiko neben mir. „Was ist das denn?"

Ich schrecke hoch. Er ist zu mir rübergekommen, ohne daß ich ihn habe kommen hören. Er schaut auf mich runter, wie ich da sitze, an die Mauer gelehnt in der Sonne, die Augen geschlossen, und die Stimme rauslasse, die in meinem Kopf ist.

„Wieso? Wie kommst du darauf?"

„Das war ihre Stimme", sagt er.

„Woher kennst du sie?"

„Ich kenne sie, reicht das?"

„Möchtest du Kurban sein? Den Job laß ich dir gern."

„Nützt nichts. Du bist qualifiziert."

„Wieso?"

„Na — hab ich ihren Bruder abgestochen?"

Es läuft mir kalt über den Rücken.

4. SEPTEMBER

Die Anwälte von Turna haben eine Einstweilige Verfügung erwirkt. Turna ist auf freien Fuß gesetzt. Sie muß in Sukent bleiben. Ja, nichts, was sie lieber täte.

Als Anwältin kann sie hier nicht arbeiten, mir auch egal, was sie macht.

Ich bereue schon, daß ich das Gelöbnis zum Kurban abgelegt habe. Jetzt sitze ich in der Falle.

Heute will mir Kachina etwas Besonderes zeigen. Ich fahre zum Trainingsplatz.

Am Platz sind Waffen vorbereitet, teils auch solche, mit denen ich noch nie gekämpft habe. Kachina nimmt mich in eine besondere Obhut, er meditiert mit mir und weist mich an, den Raum aufrecht zu erhalten, den ich dabei erfahre. Also nicht, daß ich jetzt glaube, ich wäre jetzt woanders. Sondern es geht darum, doppelt fest auf den Füßen zu stehen, breiter zu werden, die Luft tiefer in die Lunge zu lassen.

Gut so.

Und dann muß ich gegen alle meine Kameraden kämpfen. Und sie sind nicht eben sanft mit mir. Sie nehmen mich ordentlich ran, und wenn ich nicht aufpasse, kriege ich ordentlich welche gewischt. Ich wehre mich mit ungewohnten Gegenständen in der Hand. Jetzt blute ich schon. Und gleich darauf setzt das leichte Zittern meines Sehfeldes ein, und die Schatten der Dinge werden rot: Joy de Guerre. Nehmt euch in Acht. Ich fletsche die Zähne und knurre, damit sie wissen, was mit mir los ist.

Plötzlich weiß ich, wofür die Dinge da sind, die nie kannte. Und ich stoße Schreie aus, die ich vorher nie tat. Ich mache Schritte, die ich vorher nie gemacht habe, springe mit einer mir früher nicht eigenen Gewandtheit weg. Springe auf den Tisch und wieder runter, um mich der Angreifer zu erwehren. Lasse mich in die Knie fallen und federe wieder hoch und habe dabei einen Stock ergriffen, der auf dem Boden lag, und der saust zitternd auf die Schulter eines meiner Angreifer und ich sehe die schlangenartigen Bewegungen, die der Stock macht, ich sehe, wie er sich in die Haut, in das Fleisch des Kriegers eingräbt und wieder zurückprallt, die rote Doppelspur hinterlassend, die ich immer mit Stolz trage.

Ich bin viele! Und alle wissen, was mein Körper tun soll. Ich werde ferngelenkt, und ich liebe es. Wildheit und Freude ist es, was ich fühle. So, als würde ich mit diesen Kriegern, die ich in mir fühle, Schulter an Schulter kämpfen. Und jetzt höre ich auch ihre Stimmen: „Rechts, Achtung! — Die Axt nehmen. Hinter dir! Kopf runter!"

War das nicht auch so, als wir Sukent von Tarfur befreiten? Hörte ich nicht auch eine Stimme, die mir sagte, ich solle ihm dieses Messer in den Hals stoßen?

Wer befahl mir das?

Keine Zeit, darüber nachzudenken. Ich bin im Kampf. Ich bin in Joy.

Ich höre mich selber schwer atmen, keuchen, aber ich fühle es nicht.

Ich fühle keine Müdigkeit.

Jetzt kommt Kachina auf mich zu. Ich hebe schon die Axt gegen ihn. Er hebt beide Hände. „Sch! Komm. Leg die Sachen nieder. Ich bin's nur. Der Kampf ist vorbei. Du warst gut. Sehr gut." Ich laufe noch zwei, drei Runden um den Platz, um aus dem Joy runterzukommen. Er sieht mir zu.

Pustend sinke ich auf den Hocker.

„Was würdest du sagen, wieviele warst du?"

Komisch, die Frage scheint mir völlig natürlich.

„Drei?" versuche ich zu raten.

„Sechs", sagt Kachina, „Selknam, Cochise, Tecumseh, Tanguta, Isatai und du."

Kachina legt seinen Arm um meine Schulter und versucht, mir das Blut von der Stirn zu wischen. Ich reiße mich zusammen und wehre ihn nicht ab.

„Werden es immer so viele sein?" frage ich.

Wenn sie nun widersprechende Befehle geben würden? Das würde verrückt aussehen, ich blockiere mich selber! Aber nein, es war ein gleitender Übergang von einem zum anderen, ein wunderbares Gefühl, das sollte ich mal beim Sex ausprobieren…

„Wundert dich das gar nicht? Willst du nicht wissen, was das für ein Phänomen ist?" fragt Kachina.

„Du wunderst dich, daß ich mich nicht wundere?"

Er lacht. „Ja, das tu ich. Es könnte ja auch sein, daß du verrückt bist. Du hast Stimmen gehört, sagst du?"

„Entschuldige, nein, das sagte ich nicht, das hast du gelesen."

„War aber doch so?"

„Ja, das war so."

„Kein Problem damit?"

„Warum? Ich kenne sie alle, mehr oder weniger. Ich vertraue ihnen. Werden es immer so viele sein?" wiederhole ich meine Frage.

„Nein, es kommt darauf an, wer grade Zeit hat, um deinen Ruf zu fangen. Aber irgendjemand wird sich um dich kümmern. Das ist Ehrensache. Du bist ein Kurban."

Das also war es, was diesen Kanal geöffnet hat. Meine Bereitschaft, mich zu opfern hat mich an die anderen angeschlossen — in einem viel größeren Maß, als ich es je kannte.

6. SEPTEMBER

Ich gehe Tante Nox besuchen, habe mal wieder einen freien Tag. Ich muß mit ihr darüber reden, worauf ich mich eingelassen habe. Als ich sie anrief, um mich anzukündigen, sagte sie mir, Heathea sei wieder in Sukent. Ich habe ja noch etwas, was ich ihr geben muß, ihren Teil von Hemyariks Haaren. Den anderen hat Paloma nach Berlin mitgenommen.

Nox empfängt mich und Saiko zum Tee. Heathea ist in tiefes Schwarz gekleidet. Ich knie vor ihr nieder und überreiche ihr das blaue Seidenpapier, das wir üblicherweise für diese Gabe verwenden. Sie nimmt es, legt es vor sich auf den Tisch und tut, was praktisch alle tun, was auch ich mit Berekets Haaren getan habe, sie schlägt das Papier zurück, streichelt den Zopf und bricht in Tränen aus.

Manchmal fragen Cros, warum wir das tun. Es reißt doch wieder Wunden auf! Ja, aber es hilft uns trauern. Sie hat niemals einen Mann so geliebt wie ihn, sagt sie. Sie schaut Saiko an, lächelt ihm zu, ja, ihn kennt sie auch ganz gut.

„So, und du bist nun ein Kurban", geht sie zu einem anderen Thema über. Sie weiß es ja, sie war dabei, als ich es gelobte.

„Ehrlich, Nox, ich würde das nicht zulassen", sagt sie dann, „diese Schlange macht doch mit ihm, was sie will. Ich kenne diese Frau. Sie ist gefährlich. Und jetzt lassen sie sie gehen, es ist unfaßlich."

„Man kann ihr nichts nachweisen", sagte Nox achselzuckend, „sie war nicht einmal unberechtigterweise im Haus am ‚Zweiten Platz der Million', denn das Haus gehört der Stadt Sukent, und die Schwester des amtierenden Dogen durfte sich dort aufhalten."

„Saiko trainiert ihn in den mentalen Künsten", sagt jemand, der hinter uns eingetreten ist.

„Kachina!" ruft Heathea, erhebt sich und umarmt ihn.

Sie hat uns erklärt, daß er ihr Neffe ist. Vor allem kennt sie ihn als ehemaligen Meister von Cochise und Ainu.

Er beugt sich nieder und küßt die Hand der Tante Nox, die sich wegen ihrer schmerzenden Knie nicht erhebt. Und dann küßt er Saiko mit besonderer Zärtlichkeit.

„Im kommenden Monat reise ich nach Nowgorod", kündigt er an.

„Was führt dich nach Nowgorod?" fragt Nox.

„Eine haarige Angelegenheit", antwortet Kachina und streichelt das Andenken, das vor Heathea liegt, mit einer ganz leichten und liebevollen Geste. „Ich war schon früher im Kreml von Nowgorod und habe geholfen, die wiedergefundenen Unterlagen zu sortieren und zu entziffern."

„Die Chroniken der Sarkophagen?" fragt Nox, „ich dachte, die wären nur Legende!"

„Nein, sie sind real. Pentedattilo wußte das auch, aber er hatte Order, die Texte zu verstecken, die er finden konnte. Jetzt hat sich die Lage geändert, und wir haben den Schlüssel zur Chronik der Zöpfe."

Davon habe ich gehört. In Nowgorod sammeln sie solche Päckchen, wie ich sie habe. Wenn die Trauer vorbei ist, schicken wir die Andenken, gut in Seidenpapier verpackt, nach Nordrußland. Jedes ist in einer Schachtel verwahrt. Wir haben dort eine Gen-Datenbank von Homsarecs aus aller Welt. Sie sind nach Todesdatum geordnet. Wer also das Haar seines Geliebten wiederhaben möchte, kann es wiederbekommen. Nun wurde ein Schlüssel für diese Sammlung gefunden, Listen mit Einzelheiten wie Beruf und Todesursache, passend für die ältesten Proben nach Herkunft und Alter. Unschätzbares Material für die Forschung.

„Waren Sie auch in Petschur?" frage ich Kachina.

„Gewiß", lächelt er.

„Gibt es da einen Keller für die Patienten im Heiligen Koma?" fragte ich kühn.

„Bah, was weißt du denn?" platzte Saiko heraus.

Kachina zögerte. „Du weißt von Sinteska?" fragte er mich.

„Er hat in Petschur den ‚Zustand' überlebt, das erzählte mir Iván."

„Richtig. In Petschur haben sie das von jeher praktiziert, was wir neuerdings als Rettung erkannt haben. Nur bei großer Sommerwärme bringen sie die Patienten in den Keller."

Ich dachte daran, daß ich beobachtet hatte, wie Pratizaye die Krypta in Petschur vermessen hat, aber ich sagte nichts. Saiko sah mich an und lächelte.

„Du hast praktisch die gesamte Cultura hinter dir", bemerkte Nox.

7. SEPTEMBER

Ich will jetzt keine trainingsfreie Tage mehr haben. Wir haben keine Zeit zu verlieren. Heute habe ich wieder mit Saiko geübt. Er hat mich in Hypnose versetzt und mir verschiedene Szenen ausgemalt. Meine Aufgabe war, einen Fehler in der Szene zu erkennen und den hypnotischen Zustand von mir aus zu unterbrechen. Es ist, wie willentlich aus einem Traum aufzuwachen. Saikos Hypnosen sind außerordentlich überzeugend, Nox erzählte mir, daß sich manche Leute überhaupt nicht dagegen wehren können, er hypnotisiert sie, bevor sie es überhaupt merken.

Wenn er einem einen Turm beschreibt, steht man auf diesem Turm, und wenn er sagt, man könne davon herunterschweben wie an einem Fallschirm, dann tut man das. Im letzten Moment läßt er mich aber nicht sanft landen!

Sondern — platsch, knalle ich auf den Steinboden vor dem Turm.

Ich wache schockiert auf, es hat richtig wehgetan, und mache ihn an, warum er das getan hat.

„Du hast die Aufgabe nicht erfüllt", sagt er, „nächste Szene, und du machst es dieses Mal richtig."

Mehr erklärt er mir nicht.

Und dann stellt er mich vor den fahrenden Zug. Ich versetze mich nach drinnen in den Zug und veranlasse den Lokführer zum Bremsen. Der Zug kommt kurz vor mir zum Stehen. Denn auf den Schienen stehe ich ja auch noch.

Wahrscheinlich soll ich mich schützen.

„Nicht schlecht", lacht er, „aber das war's immer noch nicht."

Und schon stehe ich wieder auf dem Turm.

„Spring!" sagt er. Einen Fallschirm habe ich nicht.

„Ich springe nicht", sage ich, „ich sitze in einem Sessel, und das ist eine Suggestion. Das ist nicht real." Ich atme tief durch, und das Bild vergeht.

Bravo. Das war das Ziel.

„Da soll's hingehen", sagt er, „und ich werde dir die Bilder immer realer machen. Aber deine Aufgabe ist immer wieder, einen Ausstieg zu finden. Das ist natürlich leichter da, wo die Gefahr so groß wird, daß du in eine Zwangslage gerätst. Aber du sollst den Ausstieg überall schaffen, an jedem beliebigen Punkt. Du sollst die Herrschaft über deine Vorstellungskraft bekommen. Wir werden das an immer verlockenderen Szenen üben. Wo es richtig Überwindung kostet, die Illusion zu durchbrechen."

Ich verstehe. Es soll unmöglich werden, mich einzuwickeln.

Im ersten Moment hat mich diese Vorstellung ein wenig erschreckt. Werde ich mir damit nicht jeden Spaß verderben?

Er liest mich und lächelt.

„Süßer, du hast Angst vor der Freiheit", sagt er, „aber das mußt du nicht. Du wirst nicht mehr manipulierbar sein, aber du hast trotzdem die Option, im Traum zu bleiben, wenn er schön ist."

Und er gibt mir Hausaufgaben. Ich soll lernen, meine Träume zu kontrollieren und mir innerhalb davon darüber klar werden, daß es Träume sind.

Trotzdem — ich habe so ein bißchen Angst vor den Konsequenzen dieses Trainings. Ich kann so gar nicht absehen, wohin es gehen wird, wie ich mich verändern werde.

Mein Herr liest mich und sagt, ich kann Saiko vertrauen. Er ist der stärkste Teledux, den wir haben. Und der integerste.

8. SEPTEMBER

Ich schreibe jetzt in aller Heimlichkeit auf Zetteln, die ich hoffentlich wieder rausschmuggeln kann. Ich schreibe in Lingo Real, und wenn Gott will, daß ich hier wieder rauskomme, dann übersetze ich das und übertrage es in mein Tagebuch.

Du denkst, dies zu lesen ist der Beweis, daß ich heil wieder rausgekommen bin? Das kann auch jemand anderes übernommen haben, der meine Zettel gefunden hat.

Ich bin jedenfalls nicht so sicher, daß ich das hier überleben werde.

Denn die Hexe hat mich gekidnappt. Sie hat auch Helfer, die mich geknebelt und in die Barke geworfen haben. Dann sind wir zu ihrem Haus gefahren, es liegt wahrscheinlich im Canareggio, der Entfernung nach zu urteilen.

Ich wurde mit verbundenen Augen hineingeführt, es roch überall nach frischer Farbe, aha, sie hat sich ein Haus gekauft und renoviert es. Läßt es renovieren. Da kommt ein weiteres Serf gut zupaß, ich weiß nur nicht, ob die Vermittlungsmethode mit der Agentur für Hilfskräfte abgesprochen ist.

Während ich darüber nachdachte, ob ich meinen Humor noch habe, warf man mich einfach um, ich fiel auf eine Matratze und blieb da liegen. Die Hände auf den Rücken gefesselt, die Füße gebunden, wartete ich.

Dann Hände, die meine Augen befreien, und da ist sie, sie schaut mich an, wir sind allein im Raum. Nebenan wird gewerkelt, ich höre das Klappern des Farbeimers und der Leiter.

„Willkommen in deinem Paradies", sagt sie in etwas einfach gestricktem Lingo — au, verflucht, ich werde doch nicht in Lingo schreiben können, und Holländisch verstehen die verdammten Moffen so gut. Was bleibt? Italienisch? Kann sie

> Colore vaniglia: Camera da letto per la signora. Soffito biancho, 2 finestre 6,6 × 2,8 m, altezza 3,3 m
> Finestra grande 2,2 × 1,2 m } = 61 mq
> Finestra piccola 2,2 × 0,7 m } = 3,1 mq
> Somma 58 mq = 10 ℓ di col. vaniglia

> Mein rechter Arm ist wieder schlechter von der langen Fesselung. Sie lässt mich viel zu oft kommen, ich bin erschöpft, ich will nicht mehr, wie schafft sie es, dass ich mich nicht wehren kann? Keine Hypnose, scheint mir. Sie will meine Substanz, sie fängt sie im Gummi auf und nimmt sie an sich, ich weiß nicht, was sie damit macht. Schwanger werden? Ha, ha.

> *Bäcker*
> 3 Baguettes
> 10 Croissants
> (dieses Mal abes
> frische!)
> Orangenmarmelade,
> englisch-gute!

> Die Hexe hat mich
> einfach hergenommen,
> ausgezogen & sich auf
> mich draufgesetzt.
> Einfach so. Ich wurde
> nicht steif, wollte es nicht,
> sie hat mich geohrfeigt,
> bis ich nachgab. Ich will
> das nicht, ich mag nicht,
> holt mich hier raus!

auch. Slowakisch? Das kann ich nicht gut genug. Und sie hat vielleicht in der kommunistischen Zeit Russisch gelernt.

„Ich lese dich", sagt sie, „gib dir keine Mühe. Und ja, Tagebuch darfst du schreiben. Als Warnung für alle, die mir an Fell wollen. Hier, kriegst sogar eine Kladde dafür. Das scheint dir ja äußerst wichtig zu sein." Also führe ich ein Tagebuch, wie es ihr gefällt, schreibe banalen Mist rein, aber was wirklich passiert, das schreibe ich auf gestohlene Zettel und verstecke sie in den Mauerritzen, die hier reichlich vorhanden sind. Und Zettel kann ich mir auch beschaffen. Den Einholzettel, mit dem sie mich zum Bäcker unten an der Ecke geschickt hat, habe ich gleich passend gefunden und verwendet. Ich weiß, Tangutas Diener sind gut darin, solche Dinge zu finden, sie haben mir magische Botschaften gezeigt, die die Hexe im Haus des Dogen am Hof der Zweiten Tausend versteckt hat. Verwünschungen waren das, von außen nicht sichtbar.

Aber Saiko und Kúsali fahren mit der Hand drüber und wissen sofort, wo was ist. Hauptsache, sie spioniert mir nicht nach.

12. SEPTEMBER

Endlich habe ich ein größeres Stück Papier erbeutet. Und ich habe im Dachraum, wo sie mich einsperrt, einen Karton mit vergessenen Sachen gefunden, unter anderem Schulhefte, die nicht ganz vollgeschrieben waren, und eine Rolle Angelsehne, an der ich meine Briefe aus dem Fenster lassen kann, so daß man sie vom Boot aus auffangen kann. Saiko fährt hier jeden Tag um die gleiche Zeit mit einer Barke vorbei. Wenn ich ihm eine Schwalbe schicke, landet die garantiert im Kanal. Aber an der Angelsehne kann

ich das Papier kontrolliert runterlassen. Sie hat die Maler weggeschickt, sie könnten ein andermal weitermachen. Alte, komm nicht auf die Idee, daß ich dir das ganze Haus malen soll! Ich bin behindert, ich kriege Lähmungen im rechten Arm. Vor allem, wenn ich größere Flächen anstreiche.

Inzwischen habe ich heraus, was sie mit meinem Saft macht. Die Genießerin. Sie reibt sich damit ein und legt sich in einen Korbsessel und befriedigt sich selbst, während sie Bücher des Marquis de Sade liest. Sie weiß, welche Wirkung ich auf sie habe. Sie liebt meinen Ring. Er kickt sie ohne Ende. Ihn anzusehen ebenso, wie ihn in sich zu fühlen. Und sie nutzt das aus. Und sie fliegt! Ich habe ihren blauen Schimmer aufsteigen sehen, viele Male. Das ist es, was sie eigentlich sucht.

Was sie nicht weiß: In meinem Sperma ist auch mein Denken. Es wird sich auswirken, wenn auch nicht in Worten. Sie wird Bilder kriegen, Gelüste, Anwandlungen. Vielleicht anders, als sie es sich wünscht.

Heute hat sie zu mir gesagt: „Dachtest du, ich werde dich töten? Nein, dazu bist du viel zu lecker. Wenn du nicht mehr kannst — ja, dann könnten wir drüber reden, ob ich dich von deinen Leiden erlösen soll."

Normal müßte einem das Blut gefrieren, wenn sie so mit einem redet. Aber ich nutze einen Trick von Saiko. Ich steige aus dem Traum aus. Ja, ich weiß, daß dies die Realität ist. Aber es funktioniert trotzdem, weil ich von ihm gelernt habe, daß auch unsere Realität eine Illusion ist, die von unseren Sinnen geschaffen wird. Und die können sich täuschen. Ich höre die Worte, aber ich fürchte sie nicht.

Sie hat unten im Haus ein großes Pentagramm auf den Fußboden gemalt. Wenn die Handwerker da sind, deckt sie es mit einem runden Teppich zu. Hier macht sie Rituale. Anscheinend opfert sie auch Tiere. Es gibt auffallend oft Hühnerragout. Sie singt lange Texte mit seltsamen Wiederholungen. In solchen Nächten kommt ein Mann ins Haus, den ich nicht zu sehen bekomme, sie nennt ihn wohl Albrecht oder so. Manchmal nimmt sie mir Blut ab. Was sie damit macht, weiß ich nicht.

13. SEPTEMBER

Der Trick mit der Angelsehne funktioniert. Saiko hat mein kleines Päckchen Zettel, die ich vorsichtshalber auch noch in ein Plastiktütchen eingewickelt habe, von der Barke aus aufgegangen und ist dabei fast baden gegangen. Ich mußte mich so zusammenreißen, um nicht zu lachen. Turna, die blöde Kuh. Wenn sie wüßte…

Oder weiß sie??

Sie hat die Stirn, mich in einem Haus einzusperren, das vom Wohnhaus meines Dogen nur wenige Minuten zu Fuß entfernt ist. Wenn ich fliehen wollte, wäre ich mit wenigen Schritten zu Hause. Nachts weine ich nach ihm. Aber ich bin ein Kurban. Ich habe eine Mission. Nur habe ich nicht das Gefühl, damit voranzukommen. Im Gegenteil, ich glaube, sie leert mich langsam aus und wird mich stückchenweise töten.

14. SEPTEMBER

Saiko hat mir Papier besorgt so daß ich nicht mehr auf Einholzetteln und Tankquittungen schreiben muß. Er hat mir ein Briefchen geschrieben, ich soll den Mut nicht verlieren, „es geht besser voran als du denkst. Was du zusammendrücken willst, mußt du erst sich ganz ausdehnen lassen, sagt Lao-Tse."

Wer immer das ist. Ich kenne die chinesischen Brüder nur von Essenseinladungen.

Sie geht heftig mit mir um, wenn sie mich bisher auch noch nicht so beschädigt hat, daß ich außer Funktion wäre. Sie zieht mich am Ring, bis ich in den Knebel keuche. Sie fickt mich mit einem Doppel-Dildo, der mit der dickeren Seite in ihr steckt, und sie ist brutal. Daß eine Frau so brutal sein kann! Und Kraft hat sie. Wieviele Krieger müßte ich kanalisieren, um ihr gewachsen zu sein? Vielleicht hat sie ähnliche Quellen der Kraft. Aber wer soll ihr helfen? Wer mag die denn schon?

Sie füttert mich gut. Sie paßt auf, daß ich esse. Ich hätte keine Chance, in Hungerstreik zu treten. „Was für Fleisch ist das?" frage ich. Ihr traue ich alles zu.

Sie lacht. „Langschwein", antwortet sie. Ich schaue ihr tief in die Augen.

„Schon mal probiert?"

Sie schaut zur Seite.

„Das ist nicht komisch", sage ich, „ich habe es gegessen, ich weiß, wie das ist. Ich weiß, was es mit uns macht, wie es unsere ganze Gesellschaft geformt hat und warum man es nicht tun sollte. Das ist nicht witzig, das ist nichts, um frivol zu sein, damit macht man keine Späße. Man respektiert die Opfer."

Sie knallte mir eine, aber ich hörte nicht auf, ihr in die Augen zu starren.

15. SEPTEMBER

Saiko hat mir heute einen Brief geschickt. Ich habe ihn abgeschrieben und das Original versteckt.

„Wie verhinderst du, daß ein Feind dich liest? Indem du keine Gedanken hast.

Wie verhinderst du, daß er dich tötet? Durch Liebe.

Und wenn er es dir wirklich androht, bettele nicht um dein Leben.

Den Gnadenlosen beeindruckt das nicht.

Wer gnädig ist, droht nicht damit.

Wenn du bettelst, zeigst du nur, daß du etwas zu verlieren hast.

Aber niemand kann dir das Leben nehmen. Allenfalls den Körper.

Wenn du furchtlos bist, bist du unangreifbar.

Wer glaubt, er könne dir das Leben nehmen, weiß nicht, daß er es sich selber nimmt.

Denn es gibt nur ein Leben: Unser aller Leben.

Es gibt nur einen Geist: Den universellen. Er ist nicht teilbar.

Teilung erfahren wir nur in der materiellen Welt. Sie ist eine Illusion.

Dort erfährst du Getrenntsein von dem, was du liebst.

Aber wenn du das erfährst, weißt du, daß du Materie liebst.

Liebst du geistig, dann gibt es keine Trennung."

Ich hatte diesen Text schon gehört. Es war das „Vermächtnis der Kshatrias", eine Lehrrede aus dem mittelalterlichen Indien. Pentedattilo hatte sie in einem Nachlaß gefunden und veröffentlicht, Amadux ließ ihre Schülerinnen diesen Text auswendig lernen. Also lerne ich ihn auch.

16. SEPTEMBER

Die ganze Nacht hat sie mit mir gespielt — sie nennt es ‚spielen', auch wenn ich nicht mitspiele. Ich bin ein Opfer, kein Mitspieler. Das vergißt sie gern. Oder es ist Teil ihres Spiels, daß sie das vergißt. Ich bin wieder blau und grün. Aber ich spüre, daß es etwas mit ihr tut. Sie holt sich was bei mir ab. Sie nimmt mich in die Arme, wenn ich nach oben entkomme, wenn ich fliege. Manchmal läßt sie mich lange Zeit nicht mehr los. Gegen Morgen ist sie sogar dabei eingeschlafen. Sie hielt mich in den Armen und nickte ein. Ich habe die Zeit weidlich genutzt, um in ihre Träume einzudringen.

Ich war erschrocken. Öde Szenen, Fabrikruinen, in denen wir herumirrten.

Was ist mit Sex? Träumt sie nie von Liebe? Ich mache ihr Angebote, gehe nackt durch die Ruinen auf sie zu. Sie erschrickt, geht in Abwehrhaltung, ist plötzlich bewaffnet, hält mir die Knarre an den Kopf. Fast hätte ich vergessen, daß wir in einem Traum sind, und dabei schlafe ich ja gar nicht, sondern ich döse nur. Also: Volle Kontrolle behalten!

Sie schreit mich an: „Du hast meinen Bruder getötet, ich liebte ihn, ich brauchte ihn, sonst kommt der Mann, der nur einen Großvater hat, und er wird mich fertigmachen, er wird keine Gnade kennen."

Dann drückt sie ab. Ich schaue sie an.

Sie drückt wieder ab, wieder und wieder. Ich fühle einen leichten Schmerz in der Schläfe, so intensiv träumt sie.

Was für eine Chance!

„Wer ist der Mann, der nur einen Großvater hat?" frage ich sie.

„Ich weiß es nicht, ich weiß es nicht! Aber er ist furchtbar! Er ist mein Schicksal! Ich weiß das."

„Woher?"

„Die Schlange sagte es mir. Und jetzt halt die Klappe, oder du stirbst!"

Sie wacht auf.

„Na? Schön geträumt?" frage ich unschuldig.

Sie schaut mich böse an. „Du hast mich gelesen? Im Schlaf? Das ist das Letzte. Los. Jetzt leck mich, ich bin geil."

Ich mache mich an meinen Dienst. Anscheinend bekomme ich es ganz gut hin. Aber ich habe keine Lust dazu. Und ich denke immer an Vanessa und ihren herrlichen Körper und ihr Apfelaroma und hasse diesen Fisch.

17. SEPTEMBER

Autsch, das ist schiefgegangen. Und dann wurde es dramatisch. Sie hat mein Tagebuch entdeckt — das echte, das heimliche, mit diesem Eintrag. Ja, sie hat das gelesen, das mit dem Fisch. Und sie ist so wütend geworden, war so gekränkt, daß sie mich auf der Stelle hätte töten können. Ich mußte also kämpfen und den Kanal für die anderen Krieger öffnen. Und weil die mir noch zu lahm waren, habe ich die Kshatrinis dazugeholt. Sie hat mich hart geschlagen, zielte auf Gesicht und Kopf, wollte mich also echt fertigmachen. Wir waren allein in der Wohnung, die Maler waren fort. Ich habe mich nur mit den Armen wehren können, war glücklicherweise nicht gefesselt. Fast hätte sie mir den Arm gebrochen. Beide Hände tun mir weh, ich kann kaum den Stift halten.

Eben, als ich schrieb, kam sie wieder rein und schrie mich an. „Du machst mich fertig! Was bist du für ein Serf!" —„Hallo! Ich habe dich nie gebeten, dein Serf sein zu dürfen!" — „ja, was dann? Du hast deine Schuld bekannt, hast dich vor mir niedergeworfen, aber du haßt mich! Ich dachte, du wolltest sühnen, was du mir getan hast! Wie sieht es damit aus? Wie gehst du mit mir um? Ist das dein Respekt?"

Ich hätte mich vor ihr beugen sollen, denn in gewisser Weise hat sie recht. Ich habe eine große Schuld ihr gegenüber zu sühnen. Und da kann sie schon Respekt verlangen.

Dann ist was passiert, was alles verändert.

Ja, wo fang ich an?

Ich habe sie bei den Handgelenken gepackt, und ich fühlte eine solche Wut, daß ich nicht mehr wußte, wozu ich fähig sein würde. Aber ich erinnerte mich an meine Mission und daran, daß ich ein Kurban war, immer noch, gerade jetzt.

Ich schob sie bis an die Wand — sie hatte gar keine Kraft mehr! Und wo war ihre Magie plötzlich hin? Ich bohrte meine Augen so in sie rein, daß ich dachte, ich sehe ihr bis in den Hinterkopf.

„Du blöde Kuh!" sagte ich in scheinbar ruhigem Ton, „ich bin gekommen und habe dir angeboten, dir zu dienen. Dafür gibt es Regeln. Ich bin ein Mensch, ja? Auch wenn ich dir gegenüber eine große Schuld abzutragen habe. Und dazu bin ich bereit. Aber nicht so! Schikanen, Willkür, Schläge schlimmster Art, auf die Nieren, auf den Bauch, sag mal, weißt du nicht, was sich gehört?"

„Ach, der Herr Serf will in seiner Komfortzone bleiben, ist es das?"

„Komfortzone? Ich kann was vertragen. Und ich habe schon ziemlich viel erlebt — für meine jungen Jahre. Aber ich weiß nicht, was du von mir willst."

Und plötzlich sah ich Amadux vor mir und begann den Text zu rezitieren, den ich inzwischen gut auswendig kannte.

„Wer glaubt, er könne dir das Leben nehmen,
weiß nicht, daß er es sich selber nimmt.
Denn es gibt nur ein Leben: Unser aller Leben."

Da brach sie in Tränen aus.

Ich ließ ihre Handgelenke los und fing sie auf, denn sie hatte richtig weiche Beine.

Sie setzte sich aufs Bett und heulte.

Ich setzte mich neben sie und versuchte, sie zu lesen.

Ich sah Tarfur. Sah ihn so gemein, wie ich ihn selber erlebt hatte. Doch dieses Mal war es nicht das Verhör, das ich sah. Es hatte nichts mit mir zu tun. Es war Turna, die er zur Sau machte. Die er anschrie und bedrohte.

Ich nahm ihren Kopf und legte ihn an meinen, um sie besser zu lesen. Sie weigerte sich nicht.

War denn da nicht ein wenig Liebe? Schließlich sollte ich seinen Tod sühnen, fühlte sie denn keinen Verlust, keinen Schmerz?

Sie riß sich los. Da war etwas, das wollte sie mich auf keinen Fall lesen lassen.

Ich konnte nur mit Verblüffung arbeiten.

Es war ein wenig gemein, was ich tat, ich gebe es zu; aber dies war eine besondere Situation. Es ging um sehr viel. Sie war immer noch gefährlich.

Sie bedroht die Cultura.

Ich muß sie entschärfen.

„Ich bin der Mann, der nur einen Großvater hat", sagte ich, einer plötzlichen Eingebung folgend.

Da fing sie an zu schreien, und ich sah, was Tarfur mit ihr machte: Er fickte sie.

18. SEPTEMBER

Gestern hatte ich alle Hände voll zu tun, sie zu beruhigen. Sie erlebte einen richtigen Zusammenbruch, ich holte die Ambulanz und wollte ihr einen Schuß Somnambulin setzen lassen, aber der Notarzt fragte zum Glück noch mal, ob sie denn Homsarec sei, denn mit der Dosis schläft eine Cro drei Tage lang. Sie mußte nicht ins Krankenhaus, so schlimm ging es ihr nicht. Aber er fragte mich schon, ob ich bei ihr bleiben würde, und ich zögerte; war ich es, den sie jetzt um sich haben wollte? Doch, wollte sie.

Sie schlief dann, und ich blieb wach, um auf sie zu achten.

Als es hell wurde, kamen die Maler wieder und machten weiter.

Ich schärfte ihnen ein, sie sollten leise sein, der Signora ginge es nicht gut.

Dann brachte ich ihr Frühstück. Ich gehe jetzt frei im Haus einher und hole auch Brötchen, rief bei der Gelegenheit Seine Exzellenz an, Khorasan ging ran und atmete hörbar auf, als ich es war. Tanguta war sehr beschäftigt, und obwohl ich in Versuchung war, seine Stimme hören zu wollen, ließ ich Khorasan Grüße ausrichten und daß es mir gut gehe, was nicht ganz stimmte. Aber ich bin jetzt ziemlich sicher, daß wir die Sache in den Griff bekommen. Vielleicht kann Saiko mir noch ein bißchen beistehen. Oder sogar mit ins Haus kommen. Und eine Wache, am besten eine Amazone. Aber Saiko sagte, ich müsse diesen Kampf allein zu Ende führen, und ich hätte es bisher großartig gemacht. Er hätte Seiner Exzellenz regelmäßig Bericht erstattet und ihm die Notizen gezeigt, und der Doge hätte gelacht und gesagt, „dieser Schlingel weiß sich doch immer zu helfen."

Vanessa ging es grade nicht so gut, die hatte Brechdurchfall, der Fisch war wohl nicht so frisch gewesen. Meine Schuld, dachte ich.

Als ich zurückkam, vermißte Turna mich schon. Ich machte Frühstück, aber ihr war schlecht, sie konnte nur Tee trinken und nichts essen außer trockenem Toast. Ich fragte sie, ob sie vielleicht zuviele negative Gedanken ausgesandt hätte, die könnten leicht zurückschlagen.

Sie sah mich an, als wollte ich sie wieder auf die Schippe nehmen, aber nichts lag mir ferner, und das sagte ich ihr auch.

Und dann fragte ich sie noch einmal, woher sie das mit dem „nur einen Großvater" hat. Sie dachte nach, und ich merkte, sie wollte es mir nicht sagen. Ich sah Nox' Gesicht und sagte es ihr auf den Kopf zu.

Sie stritt es ab. Sie kenne Nox gar nicht. Sei ihr nie begegnet.

Ich hatte beschlossen, sie nicht mehr zu schonen. Sie schont mich auch nicht.

„Weißt du, warum ich gesagt habe, daß ich das bin?"

„Keine Ahnung. Weil du dich wichtigmachen willst?"

„Nein."

„Weil er schon tot ist? Wenn er Homsarec war, wäre es ein Wunder, wenn nicht."

„Nein. Ich hatte niemals mehr als einen Großvater."

Innerlich zitterte ich bei dem Gedanken, ihr mein Geheimnis preiszugeben. Aber wenn ich die Tür öffnen konnte, indem ich diesen Bolzen aus dem Schloß zog, dann mußte es eben sein.

„Meine Eltern waren Halbgeschwister."

Und dabei sah ich ihr stracks in die Augen.

Sie reagierte bemerkenswert nervenstark.

„Und was hat das mit mir zu tun?"

„Ich habe dich gelesen. Dein Bruder…"

„Laß Tarfur aus dem Spiel! Du als sein Mörder hast nicht das Recht, über ihn zu reden. Bastard!"

Plötzlich hatte sie mir alle Trümpfe aus der Hand gerissen. Jetzt bin ich wieder im Dienst bei ihr, sie scheucht mich vermehrt herum, läßt mich Botengänge machen, so wenig Zweifel hat sie, daß ich wiederkommen werde. Sie fühlt sich sehr sicher.

Und sie kennt jetzt auch noch mein Geheimnis. Schöne Scheiße.

19. SEPTEMBER

Ich lerne, sie zu ficken, ohne zu kommen. Meine Selbstbeherrschung in dieser Hinsicht wird immer besser. Am besten geht es, wenn ich mich nicht rühre, während ich in ihr stecke. Sie versteht. Die Kraft fängt an, zwischen uns zu kreisen. Das habe ich von Pratizaye gelernt. Sie hat gesagt, das dürfe ich nur mit jemandem machen, die dessen würdig sei; und als ich fragte, ob das nicht auch mit einem Mann ginge, zum Beispiel Tanguta, da hat sie gelacht und gesagt, nein, diese spezielle Technik ginge nur zwischen Mann und Frau. Ich ärgerte mich über diese Aussage, sind diese nepalesischen Weiber vielleicht doch ein bißchen homophob?

„Nein", sagte Pratizaye, „du kannst deinen Freund ja lieben, wie du nur willst. Alles gut. Aber diese spezielle Technik funktioniert nur zwischen Mann und Frau. Das hat anatomische Ursachen, keine geistigen oder seelischen. Damit die Chakren korrespondieren, muß der Penis in der Vagina sein und seine Wurzel auf dem Perineum der Frau aufsitzen, sonst fließt der Strom nicht, der das Licht anknipst. Stecker und Steckdose. Ihr seid doch so technisch, ihr Europäer. Hast du je Licht angemacht, indem du Stecker und Stecker aneinanderhältst? Oder Dose und Dose?"

Sagt sie. Ich bin schockiert. So habe ich das noch nie gesehen. Für uns ist Bisexualität Urzustand. Ich habe es noch nie erlebt, daß es das nicht sein könnte.

Bleibt noch das mit dem ‚würdig'. Ist diese Frau es?

Halt — bin ich es denn? Ich habe gemordet.

Wir sind auf Augenhöhe, Turna und ich.

Mit ihr zu reden ist trotzdem noch nicht. Sie streitet alles ab, was ich glaubte erfahren zu haben, aber meine unvorsichtige Aussage schmiert sie mir stündlich aufs Brot. Sie mauert.

Dachte ich, ich hätte sie geknackt? Arger Fehler.

Ich gehe runter und steige zu Saiko in die Barke. Mir egal, ob sie das sehen kann. Sie dürfte Saiko eigentlich nicht kennen.

Ich erzähle ihm von diesem Flop.

Er wiegt den Kopf. Ich liefere ihm gleich meine Tagebuchseiten, damit er sie in Sicherheit bringt. Nicht, daß sie die auch noch in die Finger bekommt.

„Aber ich habe gesehen, daß ihr Bruder sie fickt!" beharre ich beschwörend, „Und sie war erst so dreizehn oder vierzehn Jahre alt."

„Dann könnte es sein, daß sie es gar nicht mehr weiß oder nicht mehr wissen will. Und es kann auch sein, daß es eine reine Projektion war. Daß es lediglich deiner Vorstellung entstammt, weil dich deine eigene Geschichte beschäftigt. Seit wann weißt du das denn mit dem einen Großvater?"

Autsch. Habe ich mich grade geoutet? Na gut, ich traue ihm mehr als Turna.

„Noch nicht so lange", sage ich, „vor gut einem Jahr hat mir Nox das eröffnet."

„Und wie kommst du damit zurecht?"

„Hm — ja, geht so. War zuerst ein Schock."

„Ja, man denkt ja erstmal so an Erbkrankheiten und dergleichen. Aber was oft vergessen wird: Die Talente häufen sich ja auch."

„Ach, ja? Es hieß immer, ich hätte Talent zum Taugenichts. Aber das doppelt. — Noch mal zu dieser merkwürdigen Weissagung. Woher hat sie das?"

„Das steht im Codex Auctoritatis", wußte er.

„Wie? Genau so — mit ihrem Namen?"

„Natürlich nicht. Sondern da steht, eine Kranichin, die keine mehr ist, wird einem Mann begegnen, der nur einen Großvater hat. Und er wird ihr Verderben sein."

„Aber im Codex steht doch eigentlich nur, wer welche Texte lesen darf…"

„Ja, das ist richtig. Da steht auch, diese Person, die einen Kranich fangen wollte, um mit ihm in den heiligen Garten einzutreten, ist in Wahrheit eine Schlange, die Unheil bringt. ‚Aber erst auf Eiderdaunen gebettet wird sie ihren Giftzahn für immer verlieren.'"

„Der Doge ist Eiderente."

„Na, das paßt ja."

„Gott behüte! — Wo fahren wir überhaupt hin?"

„Zu Nox."

Am liebsten möchte ich gar nicht zu Turna zurück. Ich fühle mich als Versager, ich falle Nox dankbar in die Arme, und siehe da, ich treffe bei ihr: Heathea, Paloma, Oma, Amadux. Goldi dient bei Tische, es gibt Tee und Makronen, Goldi hat sie gebacken, und sie sind nicht mal schlecht. Ich nutze natürlich jede Chance, Goldi auf den Arm zu nehmen. Bis mir klar wird, daß ich sie als Blitzableiter für meine eigene Unausgeglichenheit benutze. Da höre ich auf.

Wie ist es, Hahn im Korb zu sein — von dem Kanarienvogel mal abgesehen? Es macht mich vor allem verlegen.

Und nun werde ich schon wieder einem Ritual unterworfen. Erst muß Goldi mir den Körper rasieren. Paloma hat einen Text mitgebracht, Schutzmantras, wie sie sie auch schon auf Tangutas Kleidung gestickt hatte, aber ich werde damit bemalt. Perma-Ink, die hält eine Woche und geht unter der Dusche nicht ab. Ich muß mich splitternackt ausziehen, Goldi hält den Text, Oma malt die Zeichen ab. Heathea und Nox sehen zu. Ich schwanke zwischen ‚peinlich' und ‚geil'. Aber weil zu viele Verwandte dabei sind, ist es doch eher peinlich. Natürlich sehen sie, daß meine Kehrseite, Hüften und Beine in allen Farben schillern. „Mein Gott, hat sie ihn zugerichtet!" seufzt Oma.

„Wir können dich doch da gar nicht mehr hinlassen", stimmt ihr Heathea zu.

„Leute, er ist ein Krieger", meldet sich Amadux, „er muß seine Mission durchziehen." Und auch Nox gibt zu bedenken, daß es jetzt alles in Frage stellen würde, wenn ich ausweichen wollte. Netterweise nennt sie es nicht ‚kneifen'.

Schon wieder sei jemand aus dem Heiligen Koma aufgewacht, dieses Mal hier in Sukent. Was? In Sukent gibt es einen Raum dafür? Wo kann man denn hier eine Krypta finden?

Nein, es ist eine moderne Einrichtung mit Klima-Anlage. Soviel darf mir Heathea verraten, die als Anästhesistin für die ‚Höhle' arbeitet. Denn sie passen jetzt besser auf, daß der Heilschlaf nicht unterbrochen wird, und helfen notfalls mit Somnambulin aus der Atemmaske nach. Als Unterkunft dient ein bislang unbenutzter Raum im ehemaligen Militärhospital, der in den vergangenen Wochen renoviert wurde und nun, gut bewacht, zur Anlaufstation für Patienten geworden ist. Außen bleibt er unrenoviert und damit getarnt. Und die Rettung eilt mit Blaulicht in dieselbe Richtung, in die sie immer fährt. Nox erzählt, daß Hopi jetzt dort öfter schlafen hilft. Wenn Patienten unruhig sind und die Gefahr besteht, daß sie vorzeitig aufwachen, dann kommt Hopi, legt sich neben sie, drapiert seine langen Haare über ihre Köpfe und wiegt sie wieder tiefer in ihre Träume. Ach, das hätte ich jetzt auch gern. Er ist so lieb, ich möchte ihn gern wiedersehen.

Und dann stört Turna Leute im Heiligen Koma? Ich frage mich, was sie damit bezweckt. Wenn sie es wirklich mit Absicht tut.

Denn das bezweifle ich zunehmend.

20. September

Es wird regnerisch und kühl. Ich bin in Turnas Haus zurückgekehrt. Ich verhalte mich wieder demütig und habe aufgehört, sie zu provozieren. Sie verlangt sofort nach mir. Ich soll mich ausziehen. Vor ihr. Hat sie was von meiner Körperbemalung geahnt?

„Ich kenne doch Palomas Tricks", lacht sie, „ab unter die Dusche!"

Nach einer Viertelstunde bin ich wieder da. Sehe aus wie vorher. Zu meiner Beruhigung. Ich kehre ins Wohnzimmer zurück, knie mich nackt vor sie und senke den Blick.

Sie lacht. „Hast du nicht gehört? Runter damit!"

Ich hebe meinen Blick und schaue ihr direkt in die Augen.

„Das sind Worte der Güte", sage ich, „was hast du damit für ein Problem?"

In ihrem Kopf schwirrt einiges durcheinander. ‚Religiöse Propaganda' — ‚primitiver Aberglaube' — ‚Bekehrungsversuch' — ‚Spinnkram' — ‚sieht scheiße aus' — ‚Ungehorsam'.

„Ungehorsam? Ich habe geduscht, meine Herrin, aber diese Farbe ist Perma-Ink, die hält ein paar Tage, egal, was man tut."

Sie zuckt die Schultern. Will sich keine Blöße geben.

„Wenn's die Funktion meines Serfs nicht beeinträchtigt…"

„Probieren Sie es aus, Madame."

„So gehorsam auf einmal? Was ist mit dir passiert?"

„Madame, ich habe erkannt, wozu ich hier bin. Um mich Ihnen zu unterwerfen und damit meine Schuld zu sühnen. Das habe ich mehrfach vergessen. Und ich bitte Sie um Vergebung."

Sie schaut mich an. Wieder ein Trick?

Ich lasse mich lesen. Kein Trick. Echte Demut.

„So mag ich dich. Können wir nicht so weitermachen?"

„Wie Madame wünschen. Aber darf ich eine Bitte äußern?"

„Laß hören."

„Ich will Ihnen meine Kräfte zur Verfügung stellen. Aber ich bitte Sie, diese niemals zu nutzen, um einem Wesen zu schaden."

„Sprich, du willst in meinem Haus keine Spinnen töten."

„Damit fängt es an. Und es geht weiter. Haßerfüllte Gedanken …"

„Was? Du willst bei mir Gedankenzensur errichten? Schönes Serf bist du."

„Nein", entgegnete ich sanft, „es geht nur darum, wobei ich helfen soll."

Sie lachte und sah mich unverwandt an. Stützte das Kinn auf die Hand in ihrem Sessel und schaute.

„Ja, dann ab ins Bett", sagt sie überraschend.
„Probieren, ob das Serf noch funktioniert? …"
Für diesen Satz fange ich mir auch gleich eine.

Ich muß mich im Schneidersitz auf das Bett setzen, sie will etwas ausprobieren, was sie im Tantrabuch gelesen hat. Sie läßt sich aufrecht auf mich herabsinken, mein Steifer gleitet in sie rein. Jetzt gibt es nicht viele Möglichkeiten, um sich zu bewegen, sie schaut mich ein wenig verwundert an, ja, so steht es im Buch, aber was soll das bringen?

Ich schiebe ihr Kinn sanft auf meine Schulter, ich fasse ihre Hände hinter ihrem Rücken zusammen, würde sie gern fesseln, wage es aber nicht. Ihre weichen dunkelblonden Haare streicheln meinen Hals. Ich küsse ihre Wange. Ihr Ohr. „Halt still", murmele ich, „laß es einfach passieren…"

Ich weiß, was passieren wird. Im Gegensatz zu ihr. Ich weiß es, weil mich Pratizaye in diese Praktiken eingeführt hat. Hätte nicht gedacht, daß mir Turna so weit entgegenkommt. Nun ja, sie weiß es nicht.

Ich konzentriere mich darauf, wie sich ihre Auster zuzieht und wieder öffnet. Anscheinend unwillkürlich. Aber ich kann sie jetzt nicht fragen, ob sie das absichtlich macht. Es fühlt sich schön an. Aus den leisen Kontraktionen wird ein heftiges Zucken. Schon gekommen? Ihr Seufzen klingt grade so. Jetzt kommt bei mir das Gefühl, als würde ich mit warmem Sand beworfen, jetzt rieselt er an mir herab. Ich halte ihre Haare mit meinen Zähnen fest. Sie soll sich nicht bewegen.

Geht es von mir zu ihr? Umgekehrt?

Spürt sie es auch?

Kriegerinnen, ich öffne einen Kanal. Pratizaye, hilf bitte, daß sie das fühlt, was du mich gelehrt hast!

„Sehr gut!" höre ich die Stimme der Kshatrini, „sehr gut!"

Und es geht weiter bei Turna und weiter. Kleine, sanfte Orgasmen.

Aber auch ich bleibe so, wie ich bin, bewege mich nicht, man würde nichts sehen von dem köstlichen Drama, das in uns tobt. Sie atmet schwer, und auf ihrer Stirn entstehen ein paar kleine glitzernde Pünktchen.

Schließlich widerstehe ich dieser weichen, feuchten Haut, die mich massiert, nicht länger. Ich kippe Turna auf den Rücken, stütze mich auf, entfalte meine Beine, verachte die Knieschmerzen und ficke die Frau.

Wir sitzen danach in der Küche und trinken Tee. Sie hat die ganze Zeit kein Wort gesagt. Sie ist immer noch in Gedanken bei dem, was wir gemacht haben. Sie hat keine Erklärung dafür.

„Wer war die Frau, mit der du zwischendrin gesprochen hast?" will sie wissen.

Ich erinnere mich, daß Pratizaye doch die Kriegerin ist, die Turna gegen ihren heftigen Widerstand festgenommen hat, wie mir später erzählt wurde.

„Eine Amazone", sage ich.

„Sie stehen dir bei? Bin ich so gefährlich?"

„Das versuche ich herauszubekommen."

Wir schweigen noch eine Weile, dann komme ich auf unser Gespräch zurück.

„Vorhin sagte ich, ich würde Ihnen meine Kräfte zur Verfügung stellen, wenn es nicht zum Schaden anderer Wesen ist."

„Wie kommst du darauf, ich würde den Wesen schaden?"

„Die Attentate auf Seine Exzellenz... Brennende Roben..."

Sie schlägt die Hände vors Gesicht.

Ich sehe, daß sie sich mit jemandem streitet. Mit einem Mann. Vielleicht Tarfur...

„Das geht dich nichts an."

„Nochmal mein Vorschlag: Sie machen nichts dergleichen mehr, keine Schwarze Magie, und ich diene Ihnen wie heute, ganz wie Sie wollen, gehorsam und ohne Widerstand, Madame...?"

„Schurke. Wie soll man das ausschlagen!"

„Deal?"

„Und du verhörst mich nicht, bedrohst mich nicht und spionierst mich nicht im Schlaf aus!"

„Und Sie geben die Schwarze Magie auf?"

„Habe ich nie betrieben." Aber sie grinst dabei böse.

„Und die Schale mit den verbrannten Sachen von Seiner Exzellenz Tanguta? Haarbürste, T-Shirt...?"

„Ich sagte, das geht dich nichts an."

„Okay, aber dergleichen gibt es nicht mehr?"

„Keine Schwarze Magie, einverstanden."

„Keine Spionage, einverstanden. Nur, was Sie mir sagen wollen."

„Da kannst du lange warten."

„Kann ich. — Olsun!" sagte ich und griff nach ihrer Hand.

Sie zog sie weg.

„Besiegeln!" verlangte ich. Zögernd reichte sie mir ihre Finger. Sie waren kalt.

„Wärme mich!" verlangte sie, „darin seid ihr unschlagbar."

Ich legte mich zu ihr, zog ihren nackten Rücken ganz an meinen Bauch.

Und ja, sie war kalt! Ich umfaßte sie mit Armen und Beinen, zog die Decke über uns beide und genoß es, mich an ihr zu kühlen. Lange vor mir schlief sie ein.

Ich hielt mein Versprechen und las ihre Träume nicht.

21. S<small>EPTEMBER</small>

Anderntags informiere ich meinen Herrn den Dogen über die neuen Entwicklungen. Ich bin gleich am Morgen rübergegangen zu seinem Haus und muß auf dem Rückweg Brötchen mitbringen. Er hört sich das alles erst einmal wortkarg an.

„Ich denke, ich werde auf die sanfte Art mehr erreichen", sage ich.

„Oder erreicht sie mehr bei dir auf diese Art?" ist seine skeptische Gegenfrage.

Der Doge schickt Khorasan, Saiko wecken, der jetzt hier wohnt.

Kurz darauf erscheint Saiko verwühlt und bindet sich im Gehen das Lendentuch.

Er grinst, als er mich sieht. Ich setze auch ihn kurz in Kenntnis. „Ich weiß", sagt er, „du fährst jetzt den Schmusekurs. Gute Idee."

„War das jetzt sarkastisch?" Das verneint er.

„Das weiche Wasser höhlt den Stein, sagt Lao-Tse."

„Wenn der so gut kocht, wie er Sprüche klopfen kann, gehen wir vielleicht mal bei ihm essen", schlage ich vor und ernte Lacher vom Feinsten. Was war daran so komisch?

Mein Herr der Doge ist mißtrauisch.

Ich lese ihn. Er glaubt, Turna würde mich unterwandern und für ihre Magie mißbrauchen. Er ordnet an, daß Saiko mich überwachen soll.

„Das geht in Ordnung", sage ich, „Saiko paßt gut auf mich auf. Das ist mir auch lieb so. Denn so ganz geheuer ist die Dame mir immer noch nicht, aber inzwischen glaube ich nicht, daß sie wirklich böse ist."

„Schätzchen!" Mein Doge nimmt mich in die Arme, aber irgendwie ist mir das nicht so ganz recht, „wir wollen ja nur nicht, daß du Schaden nimmst."

„Ich bin ein Kurban", sage ich, „lieber Herr, Ihr seid ein Krieger. Wieviel Rücksicht habt Ihr auf Eure Frisur und Maniküre genommen, als Ihr in den Kampf um Sukent gegangen seid?"

„Gut gegeben!" kichert Saiko.

Der Doge ohrfeigt mich zärtlich. „Freches Serf!"

Wir hören, daß es wieder einen Fall von Aufwachen im Heiligen Koma gegeben hat. Aber es ist glimpflich ausgegangen, weil die Nachtwache sofort richtig reagiert hat. Ihn liebevoll in die Arme genommen, ihm seine Lage erklärt, ihm eingetrichtert, daß er sofort wieder schlafen muß, die rausgerissene Infusion wieder angelegt, unterdessen kam der Arzt, hat ihm etwas Somnambulin mit in die Infusion gegeben, dem Patienten freundlich erklärt, daß er leben wird, wenn er alles tut, was man ihm sagt, bei ihm geblieben, bis er wieder ruhig war. Er ist nach seinen Träumen gefragt worden, denn die Pfleger beobachten, daß die Patienten leichter wieder einschlafen, wenn sie ihre Träume erzählen. Und meist wissen sie sie noch.

Und da scheint es inzwischen eine Erkenntnis zu geben: Es sind die Träume der Patienten, die sie so beunruhigen, daß manche am fünften oder sechsten Tag verfrüht wach werden.

Hinweise auf Magie findet Kunkamanito nicht in dem, was die Patienten ihm erzählen. Es hat meistens mit typischen Sorgen von Sterbenden zu tun, mit den Ängsten, wie die Angehörigen jetzt versorgt werden, wie sie ohne ihn zurechtkommen werden. Und es ist Verwirrung, die zu einer gefährlichen Panik werden kann. Nicht zu wissen, ob sie leben, oder ob dies das Reich der Toten ist. Nicht zu wissen, wo sie sind und was mit ihnen los ist. Als erstes wird ihnen also erklärt, in welcher Lage sie sich befinden.

„Du stirbst nicht, du bist in Sicherheit", ist der Satz, den er dann sagt, „wir versorgen dich, wir beschützen dich. Mach die Augen zu, schlaf, alles wird gut."

„Also etwas ganz Natürliches und Erklärliches", schreibt Kunkamanito an Seine Exzellenz den Dogen, „denn sie haben ja ihre Augen geschlossen in dem Glauben, es ginge mit ihnen zuende, und das treibt sie um."

Also ist es nicht Magie, durch die sie wach werden. Wahrscheinlich nicht. Haben wir uns das alles eingebildet?

Nein, das glaube ich nicht. Zu den Anschlägen auf den Dogen hat sie sich schließlich bekannt. Aber mit ihr darüber sprechen kann ich nicht. Ich bin gestern also mit den Brötchen zurückgetrabt und habe einen Rüffel kassiert, daß ich so lange gebraucht habe.

„Ich war bei Seiner Exzellenz und habe Bericht erstattet", sage ich.

Die neue Ehrlichkeit.

Dabei fällt mir ein, was Saiko gesagt hat. Daß ich wissen werde, wann der Zeitpunkt gekommen sein wird, an dem vollkommene Ehrlichkeit das Richtige sein wird, das Ende der Lügen. Sind wir am Ende der Lügen?

Noch nicht ganz. Noch immer verschweigt sie mir Dinge, und ich habe versprochen, sie nicht zu erforschen.

23. SEPTEMBER

Amadux hat bei Seiner Exzellenz ersucht, mich für das Obst-Einkochen als Helfer auszuleihen. Also habe ich einen Brief an Turna geschickt und ihr in höflichen Worten erklärt, daß mein Herr mich für andere Zwecke nach Torquato ausgeliehen hat. Wo ich auch die Nächte verbringen werde, denn die Fahrt nach Torquato dauert anderthalb Stunden, und das lohnt sich nicht, wenn ich pendeln würde.

Ich gehe mit eigenartigen Gefühlen an Land.

Hier war ich in der ersten Zeit meiner Haft. Damals noch ohne die Erleichterungen, die ich jetzt genieße, weil ich mich während der Impfaktion als hilfreich erwiesen habe. Und erst recht jetzt als Kurban.

Die meisten Amazonen, die jetzt im Kurs sind, kennen mich gar nicht. Und das ist wohl auch ganz gut so. Es ist lange her, daß ich zuletzt hier war.

26. SEPTEMBER

Turna ist angepisst, daß ich eine Woche lang weg sein soll. Aber sie kann nichts machen, ich gehöre dem Dogen. Jetzt stehe ich also Tag für Tag in der Küche, in der man für die jungen Bogenschützinnen kocht, schneide tonnenweise Äpfel klein und rühre Quitten für Fruchtmark-Kuchen, bis mir beide Arme wehtun. Aber ich mag diese Arbeit, es riecht gut, man sieht hinterher, was man getan hat, und man weiß, daß man Vorräte geschaffen hat, an denen sich die jungen Damen gern bedienen werden. Sarasvati hat sich inzwischen eine Helferin herangezogen, denn sie schafft das nicht mehr alles, Purix hat auch andere Interessen, aber eins hat sich nicht geändert: Daß die jungen Damen mich Lelo nennen und sich nicht schämen, mir alle möglichen Dienste aufzubrummen, zu denen sie keine Lust haben. Ja, manche übernehme ich ganz gern, ich massiere kampfesmüde Füße und Schultern, die sich beim Bogenschießen verkrampft haben, ich trage Gepäck von neu ankommenden Amazonen vom Anleger zum Haus und in umgekehrter Richtung für Abreisende. Ich kaufe alles ein, was wir nicht selber produzieren, Salz, Mehl, Tee, Milch und Reis.

Und am Ende der Woche, als auch die Johannisbeeren zu Gelee verarbeitet sind, lassen sie mich ungern gehen und fragen schon für die Kürbis-Saison an.

Mal sehen.

29. SEPTEMBER

Die Woche als Einkochhelfer habe ich hinter mir, und viel gab es nicht zu schreiben, es war jeden Tag dasselbe. Und mit den Amazonen möchte ich nicht anbandeln, sie sind niedlich, aber Turna würde mich dann doppelt erschießen, und ich bin grade froh, wenn sie mich am Leben läßt, wenn ich zurückkomme. Ich sitze auf der Fähre, bin auf dem Weg zurück nach Sukent. Und ich erinnere mich an die Ereignisse der letzten Monate.

Und da muß ich an den Brand im Heuschober denken, den ich ebenfalls für Schwarze Magie gehalten habe, als ich ihm gerade entkam. Dabei hatte ich lediglich einen schlechten Platz für die Kerze gewählt und bin eingeschlafen, bevor ich sie gelöscht habe.

Könnte es nicht sein, daß wir Turna vieles in die Schuhe geschoben haben, was eigentlich nur unserer eigenen Fantasie entsprungen ist?

Aber das mit der Robe des Dogen hat sie ja so halb zugegeben.

Wie weit kann ich der Frau trauen? Und wenn ich ihr nicht traue — wie nah kann ich ihr dann kommen?

30. SEPTEMBER

Darüber haben auch mein Herr und seine Helfer nachgedacht, und was dabei herauskommt, ist mir gar nicht sympathisch. Denn sie sind übereingekommen: Wenn es tatsächlich möglich wäre, daß Turna mich fernsteuert, besteht ein Risiko für den Dogen. Und somit werde ich mit ihm nicht persönlich zusammentreffen dürfen, bis meine Mission bei Turna vollendet oder beendet ist.

Das ist bitter. Hat er mich doch über die Veränderung getröstet, die es bedeutet, nicht mehr auf Berekets Liebe, sondern nur seine Freundschaft hoffen zu können. Ich liebe meinen Dogen nach wie vor, leidenschaftlich und zärtlich, und es ist für mich ein richtiger Schlag ins Kontor — wie die Cros gern sagen, weiß nicht genau, was sie damit meinen —, daß ich nun auch meinen Herrn Tanguta nicht sehen darf. Nur noch per Brief oder Fax darf ich mit ihm kommunizieren.

Wenigstens das.

Ich nehme es hin, ich schreibe ihm, daß ich es verstehe, und ich werde meine Mission durchführen, ohne mich zu beklagen, und daß ich die Sicherheitsvorkehrungen voll unterstütze.

Ich gebe den Brief in der Post ab, der Austräger macht sich auch schon auf den Weg damit, dann gehe ich zurück in Turnas Haus, wo ich freundlich und zärtlich aufgenommen worden bin, als ich gestern ankam. Heute ist sie unterwegs, und ich verkrieche mich in ihrem Bett und weine ein bißchen. Wegen meinem lieben Dogen.

Aber bis sie zurück ist, werde ich frisch geduscht sein und mein Gesicht kalt gewaschen haben. Ich werde ein schönes Lendentuch für sie anlegen, dazu auch eine Tunika, denn es wird kühl. Ich werde meine Haare bürsten, einen Tuchstreifen um den Kopf winden und die Fasanenfeder hineinbinden. Ich male meine Augen an und pudere etwas Rouge auf meine Wangen. Und dann werde ich mich auf den Teppich im Wohnzimmer knien, wenn ich den Schlüssel im Schloß höre, während der Tee auf dem Tisch dampft und Kekse duften, die ich inzwischen gebacken habe...

Scheiße, da ist sie schon.

***

Aber sie hat mich alles das tun lassen, was ich vorhatte. Denn sie hat meinen Plan gesehen, während sie die Tür aufschloß, war ein wenig enttäuscht, daß keine Kekse da waren und kein Tee und kein Serf, das auf dem Teppich kniete. Und das mußte ich jetzt alles genau so machen. Kekse allerdings hat sie schon mitgebracht, denn den Tee will sie gleich.

Und sie hat sich über mich hergemacht, so kann man es sagen. Hat mich, als ich auf dem Teppich kniete, zwischen ihre Schenkel gezogen und mich geküßt und gekniffen, meine Brustwarzen an den Ringen langgezogen, bis ich wimmerte, und zugleich mein Gesicht mit Küssen bedeckt. Ja, sie ist mir unheimlich, aber heute war das grade der Kick. Sie nahm den Tuchstreifen und verband mir damit die Augen, nachdem sie die Feder vorsichtig auf den Tisch gelegt hatte. Dann band sie mir die Hände auf den Rücken, ließ mich mit gespreizten Beinen knien und mich mit dem Oberkörper auf einen Lederhocker lehnen. Sie betrachtete mich lange — das glaube ich jedenfalls —, ohne etwas zu tun. So kniete ich also in dieser erniedrigenden Haltung und fühlte mich schön. Dann glitt seidenweich ihre Hand über meinen Hintern, aber — twatsch! — landete der Stock auf mir. Ohne Vorbereitung, ohne Warmwerden. Ich jaulte laut auf. Sie befahl mir, keinen Laut von mir zu geben. Das wurde schwer! Sie fuhr fort mit diesen überraschenden, unregelmäßig erteilten Schlägen, zwischen denen nichts passierte. Die Pausen waren so lang, daß ich es schon als Erlösung empfand, wenn sie kamen. Zwischendurch zwängte sie mir etwas in meine Öffnung, was mich keuchen ließ vor Schmerz. Dann zog sie es heraus, wieder kam eine Pause, aber nun kehrte das Ding zurück. Eingeschmiert zwar, aber kleiner wurde es davon nicht.

Dann band sie mir die Eier ab. Fest. Aber immer noch schön fest. An den Ring kam etwas Schweres. Sie schlug mit einem kleinen Riemen drauf. Auch auf meine Hoden, aber sie wußte genau, wie hart sie schlagen darf. Ich war steif, ich schnaufte in dem Bemühen, keinen Laut von mir zu geben. So ließ sie mich bestimmt eine halbe Stunde knien, nachdem sie zu schlagen aufgehört hatte. Und wie ich nach mehr jammern wollte! Gelegentlich, um mich daran zu erinnern, daß sie noch da war, versetzte sie das Gewicht ins Pendeln. Ich verlor das Zeitgefühl. Zwischendurch traf mich immer mal wieder ein Hieb, ein starker, unvorhersehbarer, unerträglich zuerst und unendlich schön im Abklingen.

Als sie mich auf den Rücken drehte und sich auf mich runterließ, war ich am Schweben. Jetzt fügte sie mir womöglich die größten Schmerzen zu, wo die Lust am größten war. Und ich schrie danach! Sie ließ mich. Kurz bevor ich kam, stieg sie runter, drückte meinen Schwanz auf meinen Bauch, ließ die Spritzer auslaufen, die mein Kinn erreichten. Und indem sie sich nackt über mich schob und fest mit Armen und Beinen umklammert hielt, leckte sie meinen Erguß von meinem Bauch und meiner Brust. Und leckte weiter, den Hals, die Ohren, die Wangen; und endlich küßte sie mich und schmeckte nach mir.

Ein weiteres Mal mußte ich steif werden. Sie löste meine Handfesseln, als ich kaum noch meine Arme spürte — besonders der rechte machte mir jetzt wieder Probleme. Sie saß auf mir, so daß ich mich nicht rühren konnte. Weiter folterte sie meine beringten Nippel, ohrfeigte mich, wenn ich sie ansah, und ich sah sie wieder an und wieder. Ich sah in ihre Reptilaugen und sah, wie sich ihr schöner Mund zu einem zynischen Bogen voller Grausamkeit verzog. Oh, sie war so böse und schön, und ich verging unter ihr.

Sie spielte mit meinem Ring, der in ihr war, machte sich ganz eng und zog sich langsam zurück. Ich war nur halb steif. Sie ließ mir Zeit. Schlug mich noch mal auf die Beine, auf die Innenseiten, bis ich nach meiner Mama weinte. Stieg wieder auf mich, als ich nun wieder hart war wie eine Möhre.

Zwischendurch kam mir zu Bewußtsein, daß ich meine Herrschaft betrog, meinen lieben Herrn, meine Herrin. Und indem ich an sie zu denken versuchte, diente ich dieser heftigen Frau, dieser Künstlerin der Folter, und sie preßte mir eine weitere Portion ab, die sie dann schnöde verachtete. Ich fiel schon auf dem Teppich in ihrem Wohnzimmer in Schlaf, so erschöpft war ich.

* * *

Einen Monat später hinzugefügt und eine Extraseite eingeklebt:

Habt ihr geglaubt, es sei genau so gewesen? Ich muß euch ein Stück weit enttäuschen. So toll war das nicht. Ihre flagellantischen Künste reichten nicht im Entferntesten an die von Bereket, Tanguta, Purix, Amadux oder Ruradix heran. Und auch von meiner lieben Herrin Vanessa, die das Metier schon beachtlich gut beherrscht, obwohl sie ja noch nicht so lange dabei ist, lasse ich mich hundertmal lieber schlagen, selbst, wenn es zur Strafe ist. Nein, dieses Tagebuch war ja offen, wie alles, was ich seit dem Krieg um Sukent geschrieben habe. Sie, die Verfluchte, schaute hinein.

Ich wollte sie versöhnlich stimmen. Ich schenkte ihr ein paar Fantasien, die sich so nicht abgespielt haben. Ich wollte ihr ein wenig schmeicheln, da ich in ihrer Gewalt war. Aber wenn du kein Vertrauen hast zu der Person, mit der du spielst, oder, schlimmer, wenn sie dir wirklich zuwider ist, dann würgt es dich mit einer galligen Bitterkeit.

Ich bin aber doch ein Homsarec! Warum habe ich mich nicht gewehrt?

Es war mein Gefühl, schuldig zu sein, dies verdient zu haben, weil ich ihren Bruder getötet habe. Ich war kein ferngelenkter Zombie, als ich ihn tötete, sondern ich war voller Haß und habe den Haß umgesetzt.

Ich weiß, daß ich das nicht durfte. Ich habe die falsche Methode gewählt, um das zu sühnen, eine Methode, mit der ich mich nur noch mehr hätte verstricken können. Vielleicht habe ich das sogar.

Übrigens hat sie erbärmlich gespielt und mich mehrmals auf die Eier getroffen, zum Glück nicht gar so stark. Das brachte mich völlig raus, und ich mußte mich schon arg konzentrieren, um so geil zu werden, wie sie mich wollte.

Also, die Hälfte von dem Bericht zwischen den Sternen ist gelogen…? Mein armer Junge, wie hast du gelitten. Welche Hälfte stimmt denn, die Lust oder die Qual?

Natürlich die Lust war gelogen, mein lieber Herr. Und ich habe Euch auch noch in Gefahr gebracht durch meinen Leichtsinn…

Das wäre ja nichts Neues, mein Liebling.

1. OKTOBER

Sie hat Besuch mitgebracht. Ein Cro, ich kenne ihn nicht. Schon ziemlich alt, bestimmt 50 Jahre. Sie nennt ihn Albrecht, also bekomme ich ihn jetzt endlich zu sehen. Hat er auch einen Cultura-Namen? Ich höre keinen. Mir scheint, sie sind alte Bekannte, noch aus Deutschland, noch aus der Zeit vor dem Zusammenbruch der Krasnov-Pipendreiher-Regierung.

Ihr Gespräch wirkt vertraulich, auch da, wo sie meiner Anwesenheit wegen von banalen Dingen reden. Aber ich lese nichts Gutes. Sie sind verbittert. Sie sind so richtig die Opfer des Wandels. Sie wollen Rache.

Ich gucke aus dem Fenster. Ah, ja. Pax und Bagyö turteln auf der Brücke. Behalten aber hoffentlich die Tür im Auge. Ist es so eine gute Idee, Pärchen zusammen Streife gehen zu lassen?

Ich serviere Tee und knie vor dem Besucher hin, um ihm mit beiden Händen das Glas zu reichen. Er schaut mir direkt in die Augen — autsch, das Serf darf das nicht! Aber er hat meinen Blick so eingefangen, ich konnte nichts dagegen tun. Und sein Blick dringt in einer Sekunde auf den Grund meiner Seele.

Aber er liest mich nicht. Was will er bei Turna?

Mir ist völlig klar, daß sie einen Plan ausbrüten.

Aber ich habe ja versprochen, nicht zu spionieren. Also ziehe ich mich in die Küche zurück und setze Pasta auf. Er will zum Abendbrot bleiben, hat sie gesagt.

Und während die Pasta kocht, fange ich an, auf dem Block, auf dem ich sonst Einkaufszettel schreibe, gedankenlos herumzukritzeln. Mit halb geschlossenen Augen, ohne recht draufzuschauen.

ich hätte mich widersetzen müssen du weisst was passiert ist wenn man sich tarfur widersetzte das vertrug er nicht hat er dich nie verprügelt doch ich weiss was du meinst aber er war mein bruder ich will rache dieser doge muss weg und einer von uns muss an die spitze der krieg ist misslungen finde dich damit ab das konnte er nur weil uns dieser hund verraten hat Pitro er hat diesen krieg auf der anderen seite strategisch befehligt was?? Wusstest du das nicht? Pitro muss sterben und auch der verdammte doge was ist denn mit deiner magie funktioniert die denn nicht mehr du hast doch eine junge batterie lassen deine kräfte nach ich weiss nicht in letzer zeit geht es nicht den schickt uns der himmel das junge blut das brauchen wir und zwar jeden tropfen nein noch nicht er ist gut ich will ihn noch, sein weisses blut du bist eine gierige schlampe, haha kannst du nicht so tun als würdest du Pitro verzeihen und dann kommen wir an ihn ran wir haben den jungen der kommt an ihn ran ich will rache für meinen bruder er war kein engel Ira er hat einige Morde begangen Mord mein Bruder war kein Mörder und was ist mit huichol der hat Pitros Leben zerstört papperlapapp das war ein unfall Ira das war kein alter fisch das war eine hochgiftige chlorverbindung die ist nicht einfach so im essen ich habe mich immer gefragt womit du tarfur eigentlich in der hand hattest jetzt weiss ich es hat funktioniert nicht wahr glücklicherweise ... danke dir ... hast du eigentlich den befehl gegeben ihn abzustechen du hattest genug gründe wieso wir hätten den krieg verloren ohne tarfur war er sowieso entschieden aber was ist mit dir hast du den befehl gegeben nein du lügst nein du lügst Ira ich seh es dir an

Ich hörte sie leise reden, verstand aber nicht, was sie sagten. Hastig riß ich diesen Zettel aus dem Block und versteckte ihn.

Sie hat mir suggeriert, ihren Bruder zu töten. Sie hat ihn gehaßt. Jetzt ist es klar. Ich habe doch gesehen, daß er sie gefickt hat. Darum braucht sie den Sündenbock Lelo. Damit es nicht herauskommt, daß sie mich als Werkzeug benutzt hat, um ihn loszuwerden und hinterher jemand Schuldigen zu haben.

Aber Albrecht durchschaut sie.

Damit ist die Aktion ‚Kurban' ja wohl gestorben, oder was?

Damit müßten mir ja auch 7 Monate Haft erlassen werden, und eine Entschädigung müßte ich obendrein bekommen.

Ha! Die Nudeln! Total verkocht!

Ira steht in der Küche. Und schon trifft mich der Riemen. „Nichtsnutziges Serf! Nennst du das kochen? Was hast du überhaupt getrieben? Hast du uns belauscht?

„Nein, Madame, ich habe kein Wort gehört", ist meine wahrheitsgetreue Antwort. Und ich setze noch einmal Nudeln auf. Die weichgekochten werde ich retten, indem ich sie abgieße und mit Butter brate und morgen auftische.

Und jetzt mache ich eine ganz tolle Arrabbiata koshera mit gerösteten Pinienkernen und kleinen Stücken von fettem Lammfleisch. Nur mit Olivenöl, keinen Knoblauch, der tut uns nicht gut, den verwenden wir nur in ganz kleinen Mengen. Aber etwas Chili. Nur einen Hauch.

Als ich das Essen serviere, ist der Besucher fort.

Ira ißt also allein. Und ihre Laune ist nicht die beste.

Und wieder fange ich ein Bild, wie sie gefickt wird. Aber dieses Mal ist es Pitro, Aimoré, der sie fickt.

2. OKTOBER

Habe sehr schlecht geschlafen. Ich werde von Angst gepeinigt. Wenn sie meinen Zettel findet… Der muß aus dem Haus. Ich bin früh aufgestanden unter dem Vorwand, frisches Brot zu holen, und habe eine Wache mit dem Brief zum ducalen Wohnhaus geschickt, habe den Brief an „Isegrim, Serf Seiner Exzellenz des Dogen" adressiert und mit „Lelo" als Absender versehen.

Dann wollte ich mit dem Dogen telefonieren, aber er war nicht da, Khorasan war dran und sagte, er sei in einer Sitzung im Palast.

Späterer Eintrag

Und dann ist etwas ganz Furchtbares passiert.

Der Idiot, dem ich meine Post gab, hat sie nicht zum Haus des Dogen gebracht, sondern zum Dogenpalast. Und da kennt mich keiner mehr unter dem Namen Isegrim, alle Wachen sind neu und alle Amazonen auch.

Und dann hat der Idiot meinen Brief zu Iras Haus zurückgebracht und ihr den gegeben! Eigentlich war ich ja der Idiot, ich habe ihn sehen lassen, in welches Haus ich zurückging.

Ich komme nach Hause, und sie erwartet mich mit bitterbösem Gesicht.

Hält mir den Text vor die Nase.

„Wie war das mit ‚nicht mehr spionieren'? Hält man so seine Versprechen?"

Und ehe ich mich's versah, klickten Handschellen, und ich hing am Heizungsrohr, und sie hat mich so verdroschen, daß ich dachte, sie will mich töten. Mit allem hat sie mich geprügelt, was sie in die Finger bekam. Erst mit dem Rohrstock, und als ihr der nicht mehr genügte, nahm sie Kochlöffel, dann eine dünne metallne Gardinenstange, die ich längst hätte anbringen sollen, Bambusstöcke, die die Tomaten stützen sollten. Die waren besonders gemein, denn die platzen auf und kneifen dann die Haut scharf ein, ich habe geblutet. Dann ließ sie mich so stehen — oder hocken, ich war inzwischen heruntergesunken und habe laut geschrien und geschluchzt, so tat sie mir weh. Und dann las sie mir den Zettel vor. Mit Betonung. Und vor allem die Worte „*was ist mit dir hast du den befehl gegeben nein du lügst nein du lügst Ira ich seh es dir an*" wiederholte sie immer und immer noch mal.

Schließlich schob sie mich in die Dusche und ließ mich baden. Das tat gut.

Ich wickelte mich in ein Schlaftuch. Dunkelrot, damit man die Blutspuren nicht so sieht. Und unter weiteren Schlägen trieb sie mich die Treppe hinauf in die Mansarde.

Jetzt bin ich in der Kammer eingesperrt.

Ja, alle sagen, ich sei dumm.

Und sie haben recht. Ich bin dumm. Dies aufzuschreiben, dies mit einer Wache wegzuschicken. Das war gerade so, als hätte ich es gewollt, aber das, was jetzt ist, das wollte ich nicht, das schwöre ich. Jetzt bin ich schlauer, ich schreibe dies auf Zettel, die ich verstecke. Notfalls werde ich es aus der Erinnerung protokollieren.

Ich wünschte, ich könnte mit Aimoré, also mit Pitro, darüber sprechen. Aber an den werde ich nicht rankommen, das wird sie schon verhindern.

3. Oktober

Da habe ich mich in was reingeritten. Von wegen ‚Kurban'. Ich sollte sühnen und habe alles noch schlimmer gemacht. Aber ich glaube einfach nicht, daß sie recht hat. Ich glaube, sie hat mir eingegeben, daß ich Tarfur abstechen soll. Sie hatte ein Motiv, sie war in der Nähe, sie hat magische Praktiken ausgeübt. Natürlich will sie Rache. Aber sie hatte Gründe, ihren Bruder zu hassen, der sie vergewaltigt hat und der sie wahrscheinlich auch gezwungen hat, die Anschläge auf den Dogen zu verüben. Ja, alles paßt. So muß es gewesen sein, und jetzt sitze ich hier in der Falle, und sie läßt mich hungern. Sie ist aus dem Haus gegangen, unten lärmen die Handwerker. Und ich sitze hier in der Kammer. Schon den ganzen Vormittag.

Ich schaue hinunter auf den Kanal. Das Wasser ist trüb. Wenn ich nun bis zur Fahrrinne springen würde? Wie tief ist der Kanal hier? Tief genug für einen Sprung aus dem dritten Stock? Nein, das wage ich nicht. Wenn doch Saiko vorbeikäme! Aber er taucht nicht auf.

Aber die Angelsehne habe ich ja immer noch, und mit der kann ich erstmal was zu trinken besorgen. Ich habe einen mörderischen Durst. Also schreibe ich einen Kassiber und lasse ihn runter. Unten ist eine kleine Bar, deren Rückfenster sich zum Kanal öffnet. Mit dem Inhaber unterhalte ich mich oft, mache viele Späße mit ihm, er muß da sein. Ich habe die Schnur mit einem Kommodenschlüssel ein bißchen beschwert, so daß sie ans Fenster klopft. Auf dem Zettel steht, ich sei hier oben gefangen, und er soll bitte eine Wache beauftragen, mich hier rauszuholen, und ich sei Serf des Dogen, ich nenne die Namen seiner Diener, die das bestätigen können. Aber als erstes bräuchte ich dringend Wasser, ich hätte seit gestern Abend nichts zu trinken bekommen. Und die Hausherrin hier dürfe es auf keinen Fall mitbekommen.

Es dauert ziemlich lange, bis das Fenster aufgeht.

Zurück kommt ein Zettel: „Verarschen kann ich mich selber."

Scheiße, er glaubt mir nicht. Das kommt davon, wenn man so viele Scherze mit jemandem macht.

SPÄTER

Kurz danach steht sie aber in der Tür, gibt mir eine Flasche Wasser, sieht zu, wie ich trinke, läßt mich ins Bad und bewacht mich beim Anziehen — Tunika und Hose, lautet der Befehl, in der Hand hat sie immer noch so einen gemeinen Bambusstock, den ich sofort zu spüren bekomme, wenn ich nicht spure. Dann nimmt sie eine meiner Hände in die Handschelle und schließt die andere um ihre eigene Hand. Zu essen gibt es erstmal nichts. Den Zettel schiebt sie in ihre Tasche. Schöner Leichtsinn.

So führt sie mich über die Gasse, und ich kann nichts dagegen einwenden, ich bin immer noch ein Strafgefangener. Wir gehen in Richtung Dogenpalast. Was hat sie vor? Will sie mich wieder bei meinem Herrn abliefern? Das wäre ja eine gute Idee.

Es ist ziemlich erniedrigend, was sie mit mir macht, denn jeder kann sehen, daß sie mich an den Handschellen führt. Das verfehlt auch nicht seine Wirkung, man pfeift mir nach. Oder ihr?

Wir gehen am Dogenpalast vorbei. Nun weiß ich wirklich nicht, was sie vorhat.

Wir gehen in eine der schmalen Gassen südlich des Arsenals, keine feine Gegend. Sie betritt ein düsteres Büro, das mit bis auf Blau und zartes Rosa ausgeblichenen Reiseplakaten vergeblich zu werben sucht, klopft an der Tür zum Hinterzimmer, die öffnet sich, und da ist Albrecht.

Sie zerrt mich hinein und stößt mich vor ihm zu Boden, ich lande auf allen Dreien, eine Hand hat sie ja noch in der Schelle. Sie zieht den Schlüssel und macht mich frei.

„Amüsiert euch gut!" faucht sie und geht.

Ich sitze immer noch auf Händen und Knien. Habe nicht gewagt, mich zu rühren.

„Hast du das geschrieben?" fragt er, „Was für eine pubertäre Aktion. Und deine Schrift, mein Lieber. Oh, oh."

„Es war automatisches Schreiben", bekenne ich schüchtern.

Senke den Kopf.

Er sagt kein Wort, daß ich aufstehen soll.

„Wie? Du hast also den Stift einfach so laufen lassen, und der schreibt die düsteren Botschaften deines Unbewußten?"

„Ja, Herr."

Er las mit übertriebener Betonung weitere Sätze.

„...*'Pitro er hat diesen krieg auf der anderen seite strategisch befehligt was?? Wusstest du das nicht? Pitro muss sterben und auch der verdammte doge'* — das soll ich gesagt haben?"

Ich wand mich wie ein Aal.

ich habe mich immer gefragt womit du tarfur eigentlich in der hand hast jetzt weiss ich es hat funktioniert nicht wahr glücklicherweise ... danke dir ..."

— Wolltest du damit sagen, ich hätte Tarfur zu Iras Vorteil erpreßt?"

Meine Lage wurde immer ungemütlicher.

„Das heißt, ich hätte mein Wissen verwendet, um Ira vor irgendwas zu schützen, was mit Tarfur zu tun hätte? Warum hätte ich sie vor ihrem eigenen Bruder beschützen müssen? Was geht in deinem Kopf vor, Lelo?"

Ich konnte nicht antworten. Ich wurde immer kleiner und kauerte mich auf dem Boden zusammen, die Stirn auf den zusammengelegten Händen. Aber hinter dieser Stirn entstand der Wille zu handeln.

Aus dem Traum erwachen! Aus dem Traum erwachen! So, wie es Saiko mich gelehrt hat. Dies ist eine Illusion, dieses beschissene kleine Büro und der stinkende alte Teppichboden, auf dem ich kauere...

Moment, was ist denn die Illusion? Daß ich mich nicht wehren könnte! Hallo, ich bin ein Homsarec! Ich habe Zähne! Er ist doch nur ein Cro!

Habe ich mich schon so in die Rolle als Kurban verirrt?

Nein, sondern sie haben mir suggeriert, daß ich klein und hilflos bin und ein Opfer.

Ich sprang auf, griff den Zettel, schob ihn in die Hosentasche und wollte die Tür öffnen, aber die war verschlossen, und das Fenster war vergittert. Wozu habe ich Zähne? Ich packte den Kerl so, daß ich ihn sogleich in den Hals hätte beißen können, und er verstand sofort und hielt still. Klopfte auf meinen Befehl an die Tür. Ira schloß auf, erkannte die Lage und wich zur Seite. Ich schleppte ihn bis zur Tür in dieser Haltung, meine gefletschten Zähne nah seiner Halsschlagader. An der Tür sah er seine einzige Chance darin, „Wache!" zu schreien; ich ließ ihn los und rannte in die Richtung, in der ich auf dem Hinweg eine Wache gesehen hatte, und schrie meinerseits auch „Wache!" als sei ich es auch vorher gewesen. Ich erkannte ihn jetzt, es war Kachina, mein Trainer in Kampfkunst. Schnell erklärte ich ihm die Lage, sagte ihm, man müsse die beiden festnehmen.

Er stellte mir ein paar Fragen, während wir zügig in Richtung Arsenal-Wachlokal schritten, aber dann sagte er, er hätte keine Gründe, sie zu verhaften, sie würden alles so darstellen, daß ich es erfunden hätte. Ich zeigte ihm das Papier. Er lachte mich aus, das hätte ja wohl keinerlei Beweiskraft. Also bat ich darum, unter Wachschutz zum „Gästehaus des Senats" gebracht zu werden, ich müsse mit Pitro Krasnov-Gurian sprechen.

Während ich vor der Tür stand, hörte ich von drinnen sagen, er hätte eigentlich überhaupt keine Zeit, er müsse Redemanuskripte für die Reise des Dogen in die Außenbezirke redigieren, Seine Exzellenz wolle die Korrekturen so schnell wie möglich. Aber dies sei wohl wichtig, „also bringt ihn herein."

Pitro, ganz in Weiß gekleidet, schritt in dem nicht eben großen Raum auf und ab. Er verlor nicht viel Zeit mit Begüßungen. Ich kniete vor ihm nieder, senkte meinen Kopf zu einer Haltung größter Demut und reichte ihm mit beiden Händen das Papier. Ich erklärte ihm, ich hätte es durch die magische Technik des Automatischen Schreibens erhalten. Und es enthalte eine Warnung für ihn und für Seine Exzellenz den Dogen.

„Warnung, Warnung — ja, sehr nett, aber weißt du, die Dame stellt mir schon lange nach. Seit wir Sukent zurückerobert haben. Seit ihr Bruder starb. Das ist nichts Neues."

„Aber vielleicht hat sie ihn doch gehaßt. Sie hat einen Komplizen, den habe ich heute kennengelernt."

„Albrecht Bergenschein, nehme ich an. Das ist eine alte Geschichte."

Er las meinen Zettel, und sein Interesse schien zu wachsen.

„Sie hat zweimal versucht, den Dogen mit seiner Robe zu verbrennen, sie hat es sogar zugegeben."

„Und nun denkst du, ihr Bruder hat sie gezwungen?"

„Möglich."

„Ah, du gibst also zu, daß dieser Wisch das ist, was du denkst?"

„Herr, das ist so aus meinem Unterbewußtsein aufgestiegen."

„Und du glaubst, das ist die Wahrheit, die sich dir auf *wundersame* Weise offenbart hat?"

Verdammt, er stellt mir dieselben Fragen wie Albrecht.

Ich schaute zu ihm auf und wand mich und wollte es nicht zugeben, aber ja, das denke ich, diese Methoden können die Wahrheit enthüllen.

Und das sagte ich dann doch.

Er schaute mich an und legte den Schrieb zurück auf den Tisch. Ließ seinen Blick lange auf mir ruhen.

„Lelo, Lelo. Man sagt ja, du wärst ein bißchen verrückt. Aber daß du so verrückt bist, hätte ich nicht gedacht. Und was meinst du denn hiermit:

ich habe mich immer gefragt womit du tarfur eigentlich in der hand hattest jetzt weiss ich es hat funktioniert nicht wahr glücklicherweise ... danke dir ..."

„Das hat mich Albrecht auch gefragt. Ich glaube, Tarfur hat Ira... kontrolliert. Und sie mußte Dinge tun, die er wollte. Aber Albrecht wußte, wer Huichol ermordet hat, nämlich Iras Bruder Tarfur. Und mit diesem Wissen hat er verhindert, daß ihr Bruder sie weiter ... schikaniert."

„Ich lese dich, Lelo! Du glaubst, ihr Bruder hätte sie gefickt!"

„Offen gesagt, ja."

„Lelo! Verdammt! So war das nicht gemeint mit dem Auftrag als Kurban! Du sollst da nicht rechten, richten oder Detektiv spielen. Deine Aufgabe war, eine Schuld abzutragen."

„Wenn ich diese Schuld aber gar nicht habe?" schrie ich verzweifelt, „wenn mir jemand anderes diese Tat befohlen hat? Sie hätte einen Grund gehabt, auch wenn sie sagt, sie will ihn rächen. Er hat sie jahrelang mißbraucht und tyrannisiert, schon von Kindheit an. Albrecht hätte einen Grund gehabt, nämlich, sie von Tarfur zu befreien und für sich zu gewinnen. Sie, o Herr, hätten einen Grund gehabt, nämlich den zu beseitigen, der Ihre Welt zerstört hat. Ich weiß viel über Sie. Sie sind unser Held, ich bewundere Sie. Ich hätte Ihren Befehl ohne zu zögern ausgeführt. Ich weiß nur, daß Sie, o Herr, aus der Basilosphäre gefallen wären, wenn Sie es befohlen hätten. Darum glaube ich das nicht..."

„Klappe!" unterbrach er meinen Redeschwall.

„Ich werde einen Brief an Seine Exzellenz schreiben, bleib da am Platz und sei ganz still, verrücktes Serf. Wieviele Dummheiten willst du noch machen? Zuviel Phantasie, zu wenig Gehorsam. Also. Stör mich nicht, oder du kriegst was an die Ohren."

Also machte ich keinen Mucks, während er schrieb, kauerte weiter auf dem Boden und sog seinen Geruch ein, er ist so verdammt sexy, ich wünsche mir was mit ihm.

Er rief dann wieder die Wache, befahl, ich möge in das Haus des Dogen gebracht werden, und wenig später war sowieso eine Barke unterwegs, die einige Kilo Akten und die Ablösung zum Ghetto fahren sollte, und mit der wurde ich nach Hause gebracht. Ich saß da also in einer Gruppe von acht Wachen, eine Fußstreife hatte ihm nicht gereicht. Er hatte den Brief an Kachina übergeben; und wie er mit den Wachen sprach, das sagte mir, daß er meinen Beobachtungen viel mehr Bedeutung beimaß, als er mir gegenüber zugab.

Wenig später betrat ich das Haus mit nicht geringer Beklommenheit. Mein Gelübde zum Kurban war gebrochen. Ich hatte versagt. Ich trat meinem Dogen voller Scham entgegen.

Khorasan führte die Wache und mich ins Grüne Kabinett. Hier wartete ich auf Knien und Händen, was über mich beschlossen werden würde. Der Doge nahm den Brief entgegen und entließ die Wache. Der Mann machte eine Ehrenbezeugung und wandte sich schneidig zum Gehen. Tanguta las den Brief, las meinen Zettel und setzte sich auf seinen Sessel, der vor dem Schreibtisch stand.

Er schaute mich an, schüttelte den Kopf, legte den Brief und den Zettel in eine Schublade, schloß sie ab, ließ den Schlüssel in die Tasche seines Morgenrocks gleiten und sah mich immer noch schweigend an.

Ich schaute leidend nieder und fühlte jede Minute quälend verstreichen.

„Soviel also zum Thema ‚Kurban'…"

„Habe ich mein Gelübde gebrochen?" fragte ich kläglich.

„Nicht gebrochen… Du bist dem nicht gewachsen, sage ich mal, und somit ist das nicht deine Schuld, sondern wir haben nicht verhindert, daß du dir zuviel aufbürdest."

„Ich habe versagt."

„Komm her, Schätzchen."

Ich fiel in seine Arme.

„Ich hatte Angst um dich, ich gebe es zu", sagte er, „und jetzt fürchte ich um deinen Verstand."

Da fiel mir ein, was mir Josef vor Wochen geschrieben hat. Ich soll auf meinen Verstand aufpassen. Und Pitro sagte auch, ich sei verrückt.

„Glaubt Ihr, daß ich verrückt bin, lieber Herr?" frage ich.

Er schüttelt den Kopf.

„Du hast dich in eine Idee verrannt", antwortet er, „du kannst nicht akzeptieren, daß du Tarfur erstochen hast, du versuchst dir einzureden, es sei dir eingeflüstert worden. Menschlich verständlich, aber nicht hilfreich. — Übrigens: Hast du Hunger?"

Es ist später Nachmittag. Wann habe ich zuletzt etwas bekommen?

„Ja, ganz furchtbaren Hunger. Und Durst", murmele ich kraftlos.

Ich darf die Karaffe mit Wasser leertrinken, die er auf seinem Tisch hat, und in der Zwischenzeit soll mir Kúsali eine Mahlzeit wärmen. Er bringt nach einigen Minuten eine Gemüse-Lasagne. Ich esse auf dem Boden kniend, den Teller auf einem kleinen Tischchen. Ich kann mich nicht erinnern, daß mir etwas so gut geschmeckt hat, seit ich das Haus Seiner Exzellenz verließ.

Unterdessen schreibt er.

Kúsali kommt wieder, holt den leeren Teller ab und bringt eine neue Karaffe mit neuen Gläsern. Seine Exzellenz reicht ihm den verschlossenen und gesiegelten Brief, und er geht.

Dann wendet er sich mir zu.

„Mein Berater Aimoré" — also Pitro — „und ich sind uns einig, daß du durch die Wirkung von Turna durcheinandergebracht worden bist. Du hast unter extremem Druck gestanden. Die Dame ist launisch, sie will den einen Tag dies, den anderen das, sie bestraft dich an einem Tag für das, was sie am vorigen befohlen hat. Subs halten das nicht aus. Hätte ich das genauer gewußt, ich hätte noch entschiedener verboten, daß du zu ihr gehst. Sie wäre eine prima Herrin für einen masochistischen Sklaven, der sie herausfordert und dann von ihr kleingemacht werden will. Aber so bist du nicht, Isegrim. Du nimmst das ernst, was man dir sagt, du willst im Grunde alles richtig machen und bist sehr verstört, wenn es schiefläuft und man mit dir unzufrieden ist. Du hast kein dickes Fell und bist auch nicht — verzeih — schlau genug, um diese Manöver zu durchschauen. Und da du der Mann bist, der ihren Bruder getötet hast, bist du permanent ihrem Haß ausgesetzt und versuchst dich natürlich noch mehr als bisher zu rechtfertigen und deine Schuld abzustreiten. Das, was du getan hast, willst du nun durch das Wirken anderer erklären. Das ist nicht hilfreich, mein Liebling. Es ist besser, du siehst klar, was du getan hast, während du den Rest der Strafe verbüßt. Aber nun möchte ich ein Bad nehmen, und zwar zusammen mit dir. Und dann gehen wir schlafen. Ich glaube, du hast Ruhe verdient, ich denke kaum, daß du in den vergangenen zwei Nächten gut geschlafen hast. Und ich habe morgen frühe Termine."

Suche nach Sicherheit
4.10-17.10.192

4. OKTOBER

Ich habe etwas ganz Verwerfliches getan und mir selber damit die Gemütsruhe zerstört. Ich bin so ein Idiot, und nicht, daß ich daraus lerne, nein, ich mache immer und immer wieder Fehler.

Aber von Anfang. Wir haben zusammen gebadet, und es war wunderschön. Ich lag vor ihm im warmen Wasser, und er hat mich eingeseift, es war für mich ein Reinigungsritual, um mich von den Kontakten mit Turna zu reinigen.

Meine Haare sind nun schon ein ordentliches Stückchen länger, haben diese schwierige Länge, in der man nichts damit machen kann, keinen Pferdeschwanz, keine Zöpfe, aber da muß man durch. Sie bedecken schon langsam meine Stirn, und ich muß zugeben, daß ich auch damit entzückend aussehe. Mein Herr hat Haarshampoo auf meinen Kopf gestrichen und mir den Kopf massiert, es war so schön, es hätte nie aufhören dürfen. Dann lag ich auf seiner Brust und fühlte an meinem Rücken, wie er steif wurde. Ich durfte ihn mit der Hand befriedigen. Ficken will er mich im Moment nicht, ich muß erst ein paar Tests beim Doktor machen, bevor er mich wieder ganz an sich ranläßt. Er traut ihr nicht. Gut.

Früher haben wir uns keinen Kopf darüber gemacht, wir waren zu heiß für die Erreger der Cro. Aber das hat sich geändert, wir müssen vorsichtiger sein.

Er hat meine Striemen und Risse untersucht und nach dem Baden mit Sesamöl behandelt. Und auch die blauen Flecken fand er schon grenzwertig. Ein Schlag war verdammt nah an den Eiern, und ich glaube nicht, daß sie da wirklich aufgepaßt hat.

Aber nun zu dem Verwerflichen.

Ich lag dann im Schlaftuch auf seinem Bett, er unter der Decke. Und als er fest genug schlief, bin ich nochmal raus, die Treppe rauf und in das Grüne Kabinett. Und da hing noch der Morgenrock am Haken, ich habe den Schlüssel aus der Tasche genommen, habe die Schublade geöffnet, den Brief herausgeholt und ihn gelesen. Er war von Pitro an Seine Exzellenz.

„Verehrte Exzellenz!

Hier schicke ich Ihnen das Serf, das sich seit Wochen bei Ira aufhält. Ira ist mit ihm fertig, seit er sie beleidigt hat. Wir können froh sein, daß er so glimpflich davongekommen ist. Ich fürchte, Exzellenz, daß es keine besonders gute Idee war, ihn zu ihr gehen zu lassen, auch wenn ich das am Anfang befürwortet habe. Sie täuscht selbst mich. Sie ist immer noch sehr gefährlich, viel mehr als ich geglaubt habe, und das ist bei einem mißtrauischen Kerl wie mir schon ein Wunder.

Hüten Sie diesen Jungen gut, er ist zu beeinflußbar, um sich in ihrer Nähe aufzuhalten. Stellen Sie sich vor, er wäre von ihr so vereinnahmt worden, daß er kritiklos ihr gegenüber geworden wäre, und sie hätte ihn als Bombe zu Ihnen geschickt. Wie sowas geht, das weiß ich, und ich muß mit Scham und Reue gestehen, daß ich mal jemanden zu so einer lebenden Bombe aufgebaut habe. Es ist so ziemlich das Verächtlichste, das man tun kann.

Immerhin ist mir klar geworden, daß sie ihm die Idee eingeflüstert haben muß, Tarfur abzustechen. Es war der perfekte Coup. Strategisch war es das Ende des Krieges. Lelo war der perfekte Täter: Von Haß gegen Tarfur erfüllt, von dem Willen getragen, seinen Dogen zu beschützen, willenlos von einer Droge, die er noch nie genommen hatte. Es ist ein großes Wunder, daß er nicht eine viel längere Haftstrafe bekommen hat.

Sie war außer sich vor Wut, daß er sie durchschaut hat. Sie wird ihm weiter nachstellen und auch Ihnen, mein Doge. Ich habe ihm eingeredet, daß er sich das alles nur einbildet. Das war leicht, denn er ist gutgläubig.

Dieser Junge darf nicht wieder in die Hände von Ira geraten. Und er darf nicht erfahren, daß wir um ihn fürchten. Besser, er denkt, daß er einer fixen Idee aufgesessen ist. Leider hat er gefährliche Gedanken aufgefangen. Damit hat er unsere Mission schwer gestört.

Die beiden werden nicht lockerlassen. Und vielleicht haben sie noch andere Verbündete aus der Zeit, als ich Sukent verließ. Aber was kann man ihnen beweisen? Lelo jedenfalls ist in Gefahr. Geben Sie ihm eine Geliebte, damit er nicht aus sexuellem Druck zu Turna zurückkehrt. Vielleicht sollten Sie ihn auch in ein anderes Versteck bringen lassen.

Mit respektvollem Gruß,

Aimoré oder auch Pitro Krasnov-Gurian."

Fast hätte ich vergessen, den Brief wieder genau so zu verwahren, wie ich ihn gefunden hatte. Ich las ihn noch einmal, versuchte, mir alles zu merken, schloß die Lade ab, versenkte den Schlüssel in der Tasche des Morgenrocks und schlich mich von dannen. Ich kehrte zu meinem Herrn zurück; er knurrte: „wo warst du?" und meine Antwort war: „auf dem Klo."

5. Oktober

Vanessa ist mir um den Hals gefallen, sie hat Angst um mich gehabt, sagt sie, aber Tanguta brummte, das sei Unsinn. „Unsinn? Warum ist seine Mission denn dann beendet?"

„Er hat sie verärgert, und sie hat ihn hart geschlagen", sagte Tanguta in einem Ton, den ich kenne, er bedeutet, wir sollen nicht weiter fragen.

Beim Frühstück ist die Infantin schlechter Laune, sie weint und quengelt und sendet mir verwirrende Botschaften, ich solle weggehen und ich solle nicht wieder zu der bösen Frau gehen. Ich kann mich nicht weiter um sie kümmern, denn nun reden wir über meine abgebrochene Mission. Ich versuche, meinen Herrn zu lesen, ohne selber zu offenbaren, daß ich Pitros Brief gelesen habe.

Ich würde auch gern über Pitros Brief nachdenken, aber im Moment kann ich das nicht, ohne mich zu verraten.

Und immer wieder kommt mir dieser elegante alte Mann in den Sinn, seine Aura von überwundener Bosheit, seine grantige Intelligenz, sein Agentenverstand. Gott, ist das sexy.

Ich bin in einen blauweißen Yukata gekleidet. Es ist kühl. Ich trete mit Wasserkaraffe und Reiskeksen ein, stelle beides auf den Schreibtisch und knie mich hin, um für weitere Befehle bereit zu sein.

Tanguta hat Schreibarbeiten zu erledigen. Khorasan hat sie vorbereitet, mein Herr sitzt an seinem Schreibtisch, die Fenster sind weit offen, und vom Kanal dringt Lärm herein. Bootsführer rufen einander zu, wohin sie manövrieren wollen oder meckern rum, wenn ein Manöver fast schiefgegangen ist. Plaudernde Schülergruppen laufen über die Brücke und durchqueren den Sotoportego, der zum Museum führt.

Ich knie am Boden neben meinem Herrn, gelegentlich fährt seine Hand durch meinen Schopf und zieht mich sanft an den Haaren.

Am Morgen war bereits Kunkamanitos Assistent bei uns und hat Blutproben von mir genommen. Mein Herr hat unterzeichnet. Gleich wird er mich wieder an andere Aufgaben schicken, ich werde Kúsali in der Küche helfen. Yadwiga ist vor wenigen Tagen ein halbes Jahr alt geworden. Die Mama ist mit ihr unterwegs.

Ich genieße jede Minute, die ich neben ihm knien darf. Ich lehne meinen Kopf ganz sanft gegen sein Knie.

Darf ich hier sitzen, wenn ich ihm etwas zu verheimlichen habe?

„Was willst du mir sagen?" fragt er, ohne das Blättern in Papieren zu unterbrechen.

„Herr, ich habe den Brief gelesen, den Pitro Euch geschrieben hat", bekenne ich.

Sein Griff wird hart. Er zieht mich am Kragen hoch und ohrfeigt mich.

„Verzeiht mir!" flüstere ich, weil meine Stimme versagt.

Ich falle nieder und küsse seine bloßen Füße.

„Du kannst es nicht lassen!" donnert er mich an.

„Verzeiht mir!" flehe ich vom Teppichniveau aus zu ihm hoch.

„So ein Vertrauensbruch!" empört er sich.

Ich weine leise, den Kopf an sein Schienbein gelehnt.

„Wir haben dir auch nicht die Wahrheit gesagt", fährt er fort, als spräche er zu sich selber, „und nun sag selber: Wie fühlt es sich an zu wissen, daß du in Gefahr warst und daß du es weiter bist und auch ich es bin?"

„Besser, als wenn Ihr es mir verheimlicht", schluchze ich.

Er wirft mich über den Schreibtisch, zieht mir den Yukata aus, fesselt mir mit dem Gürtel die Hände auf dem Rücken, schiebt sie hoch — unbequem! — und schlägt mich mit dem langen Lineal, das ich so fürchte. „Neugier tötet die Katze!"

Das lange Buchenholz mit den Zollmarken klatscht scharf und rhythmisch auf meine sowieso noch nicht ganz genesenen Hinterbacken.

„Tust du's wieder?"

„Nein, mein Herr!"

Nicht aber, daß er nach meiner Beteuerung aufhörte. Nein, es ging weiter und weiter, und immer wieder fragte er zwischendurch: „Tust du's wieder?"

„Herr, bitte, Herr, ich habe doch gesagt, ich tu's nicht mehr, Ihr könnt aufhören, bitte hört auf!"

„Ach! Du bestimmst, wann ich aufhöre? Ich strafe dich, bis ich es für genug halte. Wirst du's wieder tun?"

„Nein, mein Herr!" jaulte ich. Und es ging immer noch weiter, bis ich wund und mürbe war. Endlich ließ er von mir ab, zog das Lineal durch ein Papiertuch — es wies ein paar Blutspuren auf — und ließ mich vor der weißen Wand knien. Dort wartete ich regungslos, während er seine Regierungsgeschäfte weiter betrieb, Khorasan hereinrief, ihm weitere gesiegelte Schriftstücke übergab — ich schielte manchmal, ohne den Kopf zu bewegen — und Kúsali zu der Karaffe schickte.

„Gib ihm ein Glas Wasser zu trinken." Kúsali goß eines ein und näherte sich mir.

Dankbar trank ich, was er mir gab.

Ich hätte gern ein paar Worte mit dem Diener gewechselt, wagte es aber nicht. Ich fühlte den Blick des Dogen auf mir.

Schließlich goß mein Herr noch ein Glas Wasser ein und trank. Er schloß die lederne Mappe und legte die Schreibfeder beiseite. Khorasan reinigte die Schreibfeder mit einem Tuch, schloß das Tintenfaß und sammelte die Schreibutensilien, Streusandbüchse, Papiervorrat und Federmesser auf einem schwarzroten japanischen Lacktablett zusammen und hob sie in das Regal.

„Nun komm her", befahl mir mein Herr mit einem kleinen Winken, da ich mich vorsichtig umdrehte und anschaute. Er zeigte auf ein fest gepolstertes, rundes Kissen; ich nahm es, er wies auf den Platz neben seinem rechten Fuß und ließ mich dort sitzen. Es gelang mir kaum.

„Du willst also alles wissen, auch wenn es dich beunruhigt?"

„Ich bin kein Kind."

„Dann verhalte dich nicht wie ein Kind. Du spielst gern herum, du spielst mit dem Feuer, Isegrim."

Hurrah, hurrah, er nennt mich mit meinem Namen, den er mir gegeben hat! Wann habe ich diesen Namen, den ich liebe, zuletzt gehört? Es ist der Name, mit dem er mich nennt, wenn er mich ernst nimmt.

„Danke, Herr!" flüstere ich.

„Wofür?"

„Ihr habt mich ‚Isegrim' genannt."

„Das muß wohl ein Versehen gewesen sein."

Oh, er grinst! Ich kann es lesen.

6. OKTOBER

Alles ist, wie es war. Ich bin ein Teil des ducalen Haushaltes. Ich arbeite in der Küche, mir ist das Geschirr zugewiesen. An den Spuren auf meinem Hintern laboriere ich immer noch herum. Ich bin ihm dankbar. Denn bis zu der gestrigen Bestrafung habe ich mit den Spuren von Iras Stock gehadert. Solche unerwünschten Striemen sind einfach ätzend und heilen nur schwer. Ganz anders solche, die ein geliebter Herr dir macht. Die haben alles andere geschluckt, überdeckt, geheilt. Ich danke Euch, mein Doge.

Was mir Pitro gesagt hat, geht mir immer noch durch den Kopf. Er hat doch behauptet, ich bilde mir nur ein, daß mich Ira zum Mord an Tarfur angestiftet hat; aber in dem Brief an Seine Exzellenz gibt er es zu, daß er es auch glaubt! Sie wollten nicht, daß ich weiß, wie gefährlich meine Mission war. Es ist ihnen wahrscheinlich jetzt peinlich, daß sie eine so prekäre Lage zugelassen haben. Entweder ist sie noch gefährlicher, als wir alle dachten. Oder ich habe auf ganzer Linie versagt, habe mich durchschauen lassen und meinerseits nichts gegen sie ausgerichtet. Dabei habe ich mit soviel Pathos angeboten, mich zu opfern. Ja, leicht gesagt und versprochen, aber schwer gehalten.

Jetzt habe ich Zeit, darüber nachzudenken.

Immer wieder, ganz unvermittelt, taucht Pitros Gesicht vor mir auf, diese schmalen, prüfenden Augen, wie sie vorsichtig zur Seite ausweichen. Ja, er hat etwas Wölfisches.

7. OKTOBER

Es ist langweilig im Haus. Zugleich tut mir das gut. Es beruhigt die Nerven.

Seit Monaten erlebe ich nur Ausnahmezustand. Manchmal fühle ich mich ganz schwach und bekomme nur schwer Luft.

Die Testergebnisse waren negativ. Ich bin sauber. Ich werde wieder mit meinem Herrn ficken dürfen. Freue ich mich? Einerseits ja. Seine Liebe ist meine beschützende, zärtliche Heimat, aus der ich nicht herausfallen darf. Ich nehme mir fest vor, aufs Wort zu gehorchen und nicht mehr solche Streiche zu machen wie das mit dem Brief.

Aber ich kriege das Bild von Pitro nicht mehr aus dem Kopf.

Seinen Namen Aimoré kann ich ihm nicht recht zuordnen. Er gehört so sehr in die Cro-Welt. Er repräsentiert die Cro-Welt.

Tanguta spricht oft davon, wie wertvoll Cros wie Pentedattilo, Iván oder Josef für uns sind. Er liebt sie und nimmt sie immer in Schutz, wenn Unsereiner sich über sie lustig macht oder dergleichen. Ich hingegen fürchte sie auch ein wenig. Sie sind uns physisch unterlegen, aber sie entgelten es durch ihre psychische Härte. Denken wir an Tarfur, er hat mich im Verhör so fertiggemacht, daß ich dachte, ich muß sterben. Wir bezichtigen einander nicht der Lüge, das ist starker Tobak. Und angesichts der Tatsache, daß wir einander lesen, ist es ja auch gar nicht nötig. Aber Cros lesen uns nicht so zuverlässig. In ihrer Kommunikation scheint die Lüge eine bedeutende Rolle zu spielen.

Aber diese Furcht vor den Cros bedeutet auch anziehende Fremdheit. Ich kann mich nicht dagegen wehren, ich bin fasziniert. Vor allem eben von Pitro. Ich kenne seine Aussprüche von Ainu, er hat mir die brillantesten davon wiedergegeben.

„Es gab eine Zeit, da habe ich euch bewundert dafür, wie elegant ihr durch Beilwurf zu töten verstandet." Oder: „Ich hasse euch doch nicht! Haßt denn der Jäger das Wild, dem er nachstellt?"

Und dieser großartige Stratege hatte Sukent für uns gerettet.

Er ist auf unserer Seite, daran gibt es seit der Nacht des Großen Reprend keinen Zweifel mehr.

Ich möchte mich ihm unterwerfen. Ich möchte Sex mit ihm haben. Ich möchte mit ihm spielen.

8. Oktober

Mein Drang danach wird immer größer. Ich werde einen Botengang zu ihm machen.

Ich muß das unauffällig anbieten. Vielleicht Khorasan entlasten, wenn er ihm die Post bringt. Mein Herr korrespondiert regelmäßig mit ihm, und sie tun das nur über zuverlässige Boten. Ich träume von ihm. Von seiner coolen Brutalität. Ja, hallo! Ich bin Masochist, wie ich seit 14 Monaten weiß. Warum ich gedanklich von der liebevollen Hand meines Herrn abweiche? Weil ich weiß, was kommt. Er ist zu lieb.

Von Ira hören wir nichts. Sie scheint nichts zu unternehmen.

Fürchte ich nicht, mit ihr zusammenzutreffen, wenn ich Pitro im Gefängnis aufsuche? Komischerweise nicht. Dort herrscht eine andere Art Magie — vielleicht seine! — gegen die sie nicht ankommen wird.

Ich denke zurück an das Gespräch mit Albrecht und wie ähnlich es dem war, das ich mit Pitro geführt habe. Sie sind Cros. Sie denken ähnlich. Sollte ich von ihnen lernen, wie ein Cro zu denken, damit ich irgendwann doch mit Turna fertig werde... Oder ist das eine Ausrede, weil ich wieder zu ihr möchte? Möchte ich das?

Nein. Es ist Pitro, den ich nicht aus dem Kopf kriege.

Und ich liege nachts wach, wenn ich nicht an des Dogen Seite schlafe, sondern in der Serfkammer, und denke darüber nach, daß ich meinem Herrn sagen müßte, was in mir vorgeht.

Ja, damit er's mir verbietet, haha. Klar würde er es mir verbieten. Nach dem Abenteuer mit Ira wird er mich für sich haben wollen. Schon um mich zu ‚schützen'.

Aber ich kann nicht aufhören, von ihm zu träumen. Klar ist das falsch. Ich riskiere damit alles. Wenn er mich fallenließe, was wäre ich denn dann? Das ehemalige Serf des Dogen. Warum ‚ehemalig'? Weil er am Band Scheiße gebaut hat, und das trotz seiner Liebe. Mein Leben wäre zerstört, wenn mein Herr mich fallenließe.

Ich muß mit ihm reden. Wenn er es mir verbietet — ja, was verbietet? Ich werde darum bitten, mit Pitro spielen zu dürfen. Und ich würde mich an die Grenzen halten, die mein Herr zieht. Das ist mein fester Vorsatz.

Mit jemandem zu spielen ist so gut wie Sex.

Manchmal besser. Inzwischen weiß ich das.

Nach dem Frühstück habe ich ihn um ein Gespräch gebeten. Wieder sind wir dafür ins Grüne Kabinett gegangen. Wohin er eh geht, um seine Regierungsgeschäfte weiterzumachen, die er schon seit sieben Uhr — wie jeden Morgen — erledigt.

Ich werfe mich vor ihm auf die Knie und warte auf seine Anrede.

„Isegrim, was willst du?"

„Herr, in dessen Gnade ich ganz stehe…"

„Komm, kein Barock, ich habe zu tun."

Toll, so zwischen Tür und Angel reden zu müssen.

„Herr, ich liebe Euch. Und ich bitte Euch um eine besondere Gnade."

„Weiter."

„Ich habe eine große Sehnsucht. Und vielleicht werde ich sie nur los, wenn Ihr mir diesen Wunsch erfüllt…"

„Lelo, ich habe keine Zeit für sowas. Und der Doge ist nicht dazu da, die Wünsche seines Serfs zu erfüllen. Behalt es für dich, bis wir Zeit haben, darüber zu reden. Und als erstes muß dieses Redemanuskript zu meinem Berater Aimoré gebracht werden. Ich glaube, er spukt dir im Kopf herum, also darfst du ihn sehen. Und weil es eilt mit dem Redemanuskript, wirst du draußen warten, bis er es gelesen und mit seinen Anmerkungen versehen hat. Abgeben, Kehrtwende, raus, Korridor. Dann bringst du es zurück. Keine Extratouren!"

Ich erhielt einen braunen Briefumschlag mit der Aufschrift: „Aimoré von den Nachtschwalben, Geschlossenes Gästehaus des Senats von Sukent, Slawisches Ufer 2a, 2. Stock, Apt. 13." Ich lief los.

Die Wache kennt mich, läßt mich ein, ich gebe das Manuskript ab. Dann wäre es an mir, mich umzudrehen und vor der Tür zu warten. Auf dem Gang gibt es ein Bänkchen, da könnte ich mich zur Wache setzen und mit ihm einen kleinen Schwatz halten.

Aber ich knie mit gesenktem Blick vor Aimoré nieder Er muß mich mögen!

Es muß ihn reizen, mit mir zu spielen! Ich funke Bilder, daß es nur so glitzert. Ich stelle mich in meiner Vorstellung nackt vor ihn hin, in der verführerischen und zugleich selbstbewußten Haltung, die immer funktioniert.

Oh, ja, er liest mich. Aber daß es sofort losgeht, damit habe ich nicht gerechnet.

Er knallt mir so eine, daß ich alle Sterne sehe und hintenüberkippe. Dann, als ich wieder auf die Füße komme, tritt er mich, so daß ich einige Schritte nach hinten taumele. Ich lande auf dem niedrigen Besuchersofa, stoße noch mir dem Kopf an der Wand, und die ist aus Naturstein, ich blute am Hinterkopf und aus der Nase.

Er ist schon über mir.

„Mach das nie wieder!" faucht er mich an. Er kommt mir ganz nah.

„Ist es das, was du willst?" fragt er, und seine Nasenspitze berührt fast die meine.

Dann wirft er mir ein zusammengerolltes Taschentuch zu. „Wisch dein Blut ab. Ja, Nase."

Ich mache das und bin noch völlig verdattert. Was ist jetzt passiert?

Ich fühle Joy de Guerre aufsteigen, aber dann würde ich ihn fertigmachen, ich unterdrücke den Impuls.

Er sitzt wieder auf seinem Arbeitsstuhl und schaut mich an. Ich sehe so etwas wie Mitleid — kann das sein? Was sollte das?

Ich blute ziemlich stark aus der Nase, und auch mein Hinterkopf ist verletzt. Mir ist etwas schwindelig.

„Komm her. Ja, runter."

Ich knie vor ihm. Er faßt meinen Kopf, streicht über meinen Hals, hält ihn leicht in beiden Händen und küßt mich. Ein richtiger, leidenschaftlicher Kuß, kein flüchtiges Bussi.

Ja, genau das ist passiert.

„So gefällst du mir. Verwirrt und in Panik. Authentisch. Kein Spiel."

Er lehnte sich zurück.

„Und genau das ist das Problem. — Wache!"

Der Wachhabende trat ein und nahm Aufstellung neben der Tür.

„Bleib eine Weile hier drin und höre zu, was ich diesem jungen Mann sagen muß, ich brauche einen Zeugen. — Ich spiele nicht. Ich bin auf eine Art echt, die dir sehr schaden würde, es könnte sogar passieren, daß du da nicht lebendig rauskommst. Ich hasse Masochisten. Sie verderben mir den Appetit. Ihre Unterwerfung, ihre Lust am Schmerz, das ist mir zuwider. Was mich kickt, ist echte Angst, echte Qual."

Er machte eine Pause und schaute auf den Boden, die Arme auf die Oberschenkel gestützt, und ich wartete. Dann hob er den Blick zu mir, und ich sah etwas Wildes in seinen schrägen Augen, wilder als irgendeiner der Unsrigen jemals sein könnte. Ich sah einen Cro, der in Joy de Guerre kommen konnte wie einer von uns.

„Ich mag dich, Junge. Ich bin zu gefährlich für dich. Ich hoffe, du hast etwas davon gemerkt." Ich nickte verdattert.

„Du weißt, ich bin verwandelt, was meine Einstellung zu euch betrifft. Ich habe euch gejagt, aber ich habe zwei Jahre reglos, hilflos und wach erlebt. Ausgeliefert an euren Schutz und eure Fürsorge. Das hat etwas mit mir gemacht, das weißt du. Ich habe den Lebensschwur vor eurem König abgelegt. Ich habe mit euch zusammen um eure Stadt gekämpft. Wäre ich nach diesem Kraftakt aus Erschöpfung gestorben, dann hätte es sich schon gelohnt zu leben. Alles das ist anders geworden. Aber eins ist nicht anders geworden, und das ist meine Perversion."

Sein Blick richtete sich immer noch direkt auf mich.

15 Der einstige Feind, nun Berater des Dogen und Häftling in Sukent

Perversion! Dieses Wort verwendeten wir selten, und es bezeichnete etwas, was wir bei uns nicht so kannten. Wir nannten es so, wenn jemand die Natur seiner Gefühle nicht erkannte und darum grausam war. Wenn jemand sich nicht zügeln konnte, wenn jemand nicht die Kontrolle behielt.

Kurz: Jemand, der nicht Partner, sondern Opfer hat.

Und darüber spricht er?

„Ich bin in den zwei Jahren Wachkoma auf den Grund meiner Seele vorgedrungen. Ich habe gehört, wie ihr darüber redet. Ich habe alle Phantasien gehabt, die ein Mensch haben kann. Und ich kann dir sagen: Sie sind nicht schön und sie waren es nie. Ich hatte gehofft, daß es anders sein würde, wenn ich wieder Kontrolle über meinen Körper haben würde. Ich glaubte, ich könnte andere Vorstellungen geil finden, solche, die ich selber akzeptieren kann. Die auch andere schön finden würden. Solche, wie du sie hast. Ich wünschte, ich könnte solche Phantasien haben wie du, und sie würden mich kicken. Es ist ein liebreizender Feenpalast, in dem du wohnst. Ich wohne in einem Schlachthaus."

Mir schoß durch den Kopf, ob nicht Kunkamanito ihn therapieren könnte.

Er lächelte. „Er ist mein Bruder", sagte er, „er weiß, was mit mir los ist. Du kannst mit ihm darüber reden, ich werde ihn der Schweigepflicht entbinden." Er drehte sich zum Tisch und schrieb eine Notiz, die er der Wache gab, und eine weitere, die mein Herr bekommen sollte. Ich fing an zu zittern. War ich jetzt verraten?

„Lies", sagte er.

„Exzellenz, guten Tag. Ihr Serf Lelo hat mir das Manuskript gebracht, ich werde mich damit unverzüglich beschäftigen. Leider hatte das Serf einen kleinen Unfall, ich mußte es zum Arzt schicken, es hat sich den Kopf gestoßen, und sein Hirnkasten ist wohl etwas durcheinander. Doktor Mani wird sich drum kümmern. Es wird sich daher etwas verspäten, und ich schicke einen anderen Boten für die Rückpost. Ich bitte Sie, mir nicht mehr dieses Serf zu Botengängen zu schicken, es ist zu sensibel für den Umgang mit mir und hat eine zu lebhafte Fantasie.

Es ist reizend, beschützen Sie es gut.

Freundliche Grüße, Aimoré von den Nachtschwalben."

Ich konnte mir eine letzte Frage nicht verkneifen. Und wenn er mich dafür schlug.

„Was werden Sie tun, Herr?"

Aber er nahm mir das gar nicht übel.

„Allein bleiben", sagte er ernst, „und in Gewahrsam. Ich habe einen Lebenseid abgelegt, nicht mehr zu tun, was ich tat."

Er wird niemals mit mir spielen, heißt das.

Ich war immer noch ziemlich verdattert und froh, daß mich Bagyö am Arm nahm und mich zu Kunkamanito ins Hospital brachte. Dann ging er und sagte, ich solle im Wachlokal anrufen, wenn er mich nach Hause bringen solle.

Mir war schwindelig, und ich sah nicht ganz klar. Also durfte ich mich auf eine Liege legen, bis er Zeit für mich hatte. Er stellte eine kleine Gehirnerschütterung fest und verbot mir, den Rest der Woche in die Sonne zu gehen und scharf gewürzt zu essen. Ich durfte leichte Arbeiten im Haus tun, müsse aber viel ruhen, auch zwischendurch.

Und mich von seelischen Erschütterungen fernhalten. Nicht spielen, keinen Sex. Eine Woche.

„Wie ist das denn passiert?" fragte er mich.

Oh, er wußte es! Es stand doch auf dem Zettel, den ihm die Wache mitbrachte.

„Pitro hat mir eine gefegt und mich so getreten, daß ich an die Wand geflogen bin."

„Warum?"

„Ich habe ihn angebaggert", grinste ich. Kunkamanito schüttelte den Kopf.

„Das darf man mit ihm nicht machen", sagte er ernst, „weißt du nicht, daß er drei Jahre lang von meinen Eltern mißbraucht worden ist? Du kannst heilfroh sein, wenn ich das deinem Herrn nicht petze", fuhr er fort. Und dann zwang er mich, einen Becher Neutertee zu trinken, damit mir für den Rest der Woche die Flausen vergingen. Denn das war eine besonders starke Sorte, die er früher nicht gehabt hatte.

8. OKTOBER, SPÄTER IN DER NACHT

Ich durfte mit einer ducalen Barke zurückfahren, und Bagyö hat mich gerudert. Ich sagte auf der Fahrt kein Wort, ich war immer noch völlig verdattert. Mir egal, daß ich den Tee wieder trinke; es geht um was Wichtigeres. Als ich die Ohrfeige von Pitro kassierte, war mir genau so, wie wenn ich aus Saikos Hypnose erwachen würde. Ich schlug platt auf den Marmorboden auf. Und ich hätte wenige Sekunden später — ja, ich sah mich selber in gleicher Weise wie auf dem Video, das Škorec damals von mir gemacht hat, als ich lernte, meinen Joy zu kontrollieren. Ich sah mich mit wildem, wutverzerrtem Gesicht, die Zähne bleckend, die Augen rot unterlaufen. Ich sah mich, wie ich Aimoré angriff. Wie meine Beißhemmung fiel. Wie ich ihn tötete.

Wie konnte das sein? Jemand, gegen den ich keine persönliche Animosität hatte? Jemand, der mich sogar anzog, den ich erotisch fand, in den ich mich sogar hätte verlieben können, weil er gar so eine befehlende Aura hatte.

Hat mir jemand das eingeflüstert?

Ich legte mich aufs Bett, atmete tief durch, versuchte, die Kopfschmerzen zu ignorieren, und suchte nach Stimmen in meinem Kopf.

Und da war sie. „Töte ihn!"

Es war auch klar, daß sie das war. Es war klar, daß auch er zu denen gehörte, die sie haßte. Aber war das nicht inzwischen egal? Schließlich war Tarfur tot und konnte nicht mehr für den Mord an Huichol zur Verantwortung gezogen werden.

Da gab es einen Widerspruch. Aber wenn ich die Größe war, die man brauchte, um diese Gleichung zu lösen? Tarfur war Huichols Mörder. Pitro weiß davon. Pitro befreit Sukent, ist also in den Augen der Rotten ein Verräter. Er weiß, daß Tarfur ein Mörder war. Ich habe den Mord an Huichol gerächt — ohne in erster Linie daran zu denken. Ich kann an Pitro herankommen.

Nein, nicht sie hat mir befohlen, Tarfur zu töten. Pitro irrt sich. Es war mein eigener Wille. Aber nun kann sie meine Schuldgefühle reiten und mich zum Werkzeug ihrer weiteren Rachepläne machen.

O mein König, ich danke dir, daß du mich im richtigen Moment hast ohrfeigen lassen. Saiko, ich habe versagt, ich habe den Traum nicht als solchen erkannt. Bitte helft mir, daß ich nicht wieder zum Werkzeug des Verderbens werde.

9. Oktober

Natürlich mußte ich meinem Herrn erklären, warum mein Gesicht so geschwollen war und ich eine Wunde am Hinterkopf hatte. Und eine leichte Gehirnerschütterung.

„Ein Unfall?" Er schaute auf den kleinen Brief von Pitro. „Wie konnte das passieren?"

Ach, du Scheiße, jetzt will er es genau wissen. Soll ich mir was ausdenken? Nein.

„Ich habe ihm ein paar leckere Bilder gefunkt, dafür hat er mir eine reingehauen, und ich bin an die Wand geflogen. Aber es war meine Schuld, ich habe ihn provoziert", sagte ich. Er schaute mich an, wohl etwas verblüfft über diese Offenheit.

„Keine Zeit für solchen Kinderkram", sagt er, „wir haben zu tun. Und, mein lieber Isegrim, damit du den Ernst der Situation verstehst, zeige ich dir, was wir hier tun, vielleicht kannst du mir etwas zur Hand gehen."

Und er ließ mich die Pläne einsehen. „Hier haben wir eine Liste von Räumen, die als Hospitäler des Heiligen Komas eingerichtet werden, um für den Fall gerüstet zu sein. Leider nehmen die Zahlen wieder zu, und es sind vor allem Brüder, die nicht durch das NuRiCa gegangen sind, was eben zeigt, daß es nicht überflüssig ist, wie manche behaupten. Wir schreiben die Brüder der Gemeinde an und versuchen, sie davon zu überzeugen, den passenden Raum zu kaufen. Mieten geht auch, aber wir bevorzugen den Kauf.

Wir haben mehrere Bunker in Ostpreußen als Option, und die Regierungen von Polen und Rußland sind positiv zu dem Plan eingestellt. Wir haben Höhlen in der Türkei gefunden, die aber klimatisiert werden müssen…"

Und so ließ er mich Einblick in die Pläne nehmen.

Hier in Sukent ist die zentrale Koordinationsstelle. Von hier kommen die Informationen, wie das Heilige Koma durchzuführen ist, hierher können sie sich wenden, um beraten zu werden.

24 Millionen Homsarecs weltweit. Wir haben alle Hände voll zu tun.

Und wieder kommen Meldungen, daß Leute in den Zustand gekommen sind, von denen man es nicht erwartet hätte, daß Leute im Heiligen Koma aufgewacht sind und randaliert haben, sodaß die Gefahr bestand, daß sie auch die anderen wecken; wir befürworten Einzelkammern und noch mehr Bewachung. Es sind nicht genug Wachen da, es werden Leute rekrutiert und geschult.

Ich habe die Aufgabe, Listen zu führen, um Beobachtungen aufzuschreiben. Welche Stämme tendieren dazu, vermehrt ins Heilige Koma zu fallen? Unter welchen Umständen leben sie? Iván kommt für ein paar Wochen zu uns, um mir bei der Auswertung der Stammbücher im Zentralarchiv zu helfen. Salix führt nun die Arbeit ihres Vaters fort. Sie ist aus dem aktiven Polizeidienst ausgeschieden und beteiligt sich mit großer Leidenschaft an dieser Arbeit.

Iván hat aber nicht nur im Archiv zu tun, sondern er muß auch wieder segnen. Vermehrt treten Ängste auf, glauben Leute, daß sie nicht ohne einen neuen Segen überleben werden. Er empfängt sie im Kleinen Saal im Oberstock des Dogenpalastes.

Viele möchten auch ein NuRiCa machen. Das ist im Stadthaus der Amazonen nah der Akademiebrücke möglich.

Dort werden auch Amazonen aus aller Welt geschult und eingeweiht, um das Ritual zu machen. Denn es theoretisch zu erlernen genügt nicht. Damit es Kraft hat, muß es authentisch weitergegeben werden. Dies geschieht in einer gesonderten kleinen Zeremonie, in der die Amazonen auch Gelübde ablegen, es nicht aus Gründen zu mißbrauchen wie Gelderwerb oder erotischer Lustgewinn.

„Darf das denn nicht passieren?" fragen viele, wie mir Freydux erzählt hat. Ihre Antwort ist dann, es ist ja nicht zu verhindern, daß es dich kickt; das passiert mal. Es darf dich aber nicht ablenken. Dann erinnerst du dich an den höheren Zweck und konzentrierst dich wieder.

10. Oktober

Am Abend liege ich zwischen meinem Herrn und meiner Herrin. Und ich liebe sie so sehr. Ich wünsche mir nichts anderes mehr, als bei ihnen zu sein. Sie sind so freundlich und ohne Hintergedanken. Ich muß nicht dauernd achtgeben, was ich sage. Ich habe noch keine Lust auf Sex, habe ja erst vorgestern einen entsprechenden Trank von meinem Doktor bekommen. Egal. Ich habe nichts gegen die Ruhe, die mir das verschafft. Ich genieße das Schmusen mit meinem Alpha-Paar mehr als Sex. Im Moment.

11. Oktober

Goldi ist nun die Kore von Madame Nox, meiner Tante. Ich freue mich für beide. Und sie hat einen neuen Namen bekommen. Ich war bei der Feier dabei. Nox fragte sie, wie sie eigentlich heißt; Goldi wollte nicht mit der Sprache heraus, schlug dann als neuen Namen ‚Blondi' vor, weil sie jetzt in Platin schwelgt, aber Tante Nox sagte, sie sei die Meisterin, sie suche den Namen aus, und es ginge nicht an, daß ihre Kore so heißt wie der Schäferhund Adolf Hitlers.

„Also, wie ist dein Cro-Name?"

„Gerald", stammelte Goldi nach längerer Bearbeitung.

„Also Geraldine", beschloß meine Tante. Ja, damit war Goldi hochzufrieden. Sie hatte sich aufgebrezelt, streute Flitter und trug einen blondierten Bienenkorb. Absurd! Aber alle fanden es toll, und keine Frage, sie ist schön. Sie ist schön vor allem, weil sie sein darf, die sie ist. Das sagt sie. Ich muß an Purix denken. Was, wenn sie trotz allem immer kerliger wird? Sie nimmt Hormone und entfernt ihren ohnehin schwachen Bartwuchs mit Zuckerpaste. Nein, in einigen Jahren will sie eine Operation. Aber das erlaubt ihre Herrin nur, wenn sich bis dahin nichts geändert hat.

Ich scheine sie sehr skeptisch angesehen zu haben, sie fragt mich mit hochgezogenen Brauen: „Waaas??"

„Alles gut", sage ich und grinse.

„Hast du was gegen den Namen?" fragt sie?

„Oh, im Gegenteil. Die Tochter eines Clowns — das paßt doch toll."

Dafür hat Tante Nox mich übers Knie gelegt.

Somit war ich warm für den Rest des Abends.

Gol…Geraldine legte sich in meine Arme, ich durfte sie halten, als Tante Nox ihr das zweite Paar Ohrringe stach. Sie litt bezaubernd. Ich konnte nicht aufhören, sie anzustarren. Und dann haben sie gespielt. Meine Güte, sie ist Cro und fängt sofort an abzuheben. Sowas habe ich noch nicht gesehen. Nox wurde wieder jung, vergaß ihre

Schmerzen und liebkoste den weichen, hellen, kühlen Körper ihrer Kore wirklich, als sei sie ein Mädchen. Die kleinen Brüste sind schon merklich gerundet. Die männlichen Teile hat sie stramm in einen engen Bikini-Slip gekerkert. Nox erzählte mir, sie hätte ihre Kore vor wenigen Tagen weinend vorgefunden, es wurde ihr mal wieder zu viel mit der Männlichkeit, weil es mit dem Nachschub von Hormonen nicht geklappt hat, und sie sagte, sie schneidet sie selber ab, wenn wir ihr nicht helfen.

Ich habe ihre Entschlossenheit unterschätzt. Und ich denke immer dran, was Josef zu sagen pflegt: Aus den Augen schaut, was du bist.

15. Oktober

Ach, ist das schön, wenn nichts passiert. Es ist so wohltuend, jeden Tag das gleiche zu erleben, wenn es einen so lange und so heftig gebeutelt hat. In den letzten Tagen ging es nur darum, im Haushalt zu helfen und von den Aufregungen auszuruhen. Heute waren wir draußen auf Torquato. Ich habe mich richtig gefreut, Lady Amadux wiederzusehen. Sie ist flippig und lustig wie immer.

Mein Herr hält ein Seminar für die Amazonen-Anwärterinnen. Es geht darum zu erkennen, ob jemand im ‚Zustand' ist, der es vielleicht nicht sagen möchte. Es geht um die Phasen des ‚Zustands' und um Merkmale dieser Phasen. Woran erkennen wir diese Phasen, und was tun wir, um den Leuten zu helfen, die sich in einer solchen Lage befinden? Tanguta beginnt seinen Vortrag damit, daß er von den zwei Malen erzählt, die er durchgemacht hat. Von der Reise, von seinem steigenden Unwillen, sich helfen zu lassen, von dem zunehmenden Sog, den der ‚Zustand' ausübt, bis man sich heftig zur Wehr setzt gegen die Maßnahmen, die doch helfen sollen.

Und er erzählte von seinem zweiten Zustand und der Rettung. Er sprach von dem scheinbaren Tod und den grausigen Konsequenzen dieses Irrtums. Und wie immer, wenn davon die Rede war, lief es mir kalt den Rücken runter, wenn ich daran dachte, was es wirklich bedeutete, ‚vom Lebenden zu essen'. Er schärfte den jungen Damen ein, unbedingt und ohne falsche Rücksichten einzuschreiten, sollten sie Kenntnis von einem ‚Bankett Alten Stils' erhalten, denn eine Rettung für den scheinbar just Verstorbenen könnte noch gelingen.

„Stören Sie die ‚Totenruhe', egal, wie die Angehörigen drauf pochen, denn glauben Sie mir: Er lebt! Dringen Sie ins Haus ein! Entführen Sie den ‚Leichnam', notfalls mit Waffengewalt! Die Dankbarkeit kommt später. Viele kennen die Fakten noch nicht. Sie widersetzen sich aus Pietät, denn vielfach ist es das Vermächtnis des Sterbenden, auf die alte Art bestattet zu werden. Aber das war ein tragisches Mißverständnis. Verlieren Sie keine Zeit mit Erklärungen, das ist ein Notfall."

Es war schön zu sehen, mit welchem Eifer die Mädchen dem Dogen an den Lippen hingen. Das Entsetzen über diese Tatsachen war ihnen anzusehen.

Danach gab es Essen. Tanguta schlug das Angebot aus, allein mit dem Vorstand zu tafeln, sondern bat darum, die Mahlzeit mit den Schülerinnen zusammen einnehmen zu dürfen. Und wer widersetzt sich schon den Wünschen des Dogen. Hinterher gab es eine Ruhepause, die ich sehr genossen habe. Wir nahmen einen Tee im Salon von Amadux' Wohnung. Ich durfte ihn meinem Herrn servieren. Wieder einmal sprachen sie über mich, als sei ich nicht dabei. Und siehe da, jetzt genoß ich es.

Am Nachmittag wollte Seine Exzellenz noch das Bogenschießen sehen. Wir saßen vor einem hölzernen Pavillon seitlich von der Schießbahn. Da hätte es fast einen Zwischenfall gegeben. Ein Pfeil verfehlte das Ziel und blieb zitternd in der Wand unmittelbar neben Seiner Exzellenz stecken. Es war nicht zu ermitteln, wie das passieren konnte. Alle Schützinnen hatten sich exakt nach Vorschrift verhalten.

Als wir mitten auf der Lagune waren und der Voraussage nach mit ruhigem, gutem Wetter rechneten, stürmte es, Regen setzte ein, und für die Verhältnisse auf der Lagune herrschte ungewöhnlich starker Wellenschlag. Die Barke schwankte so sehr, daß ich schon befürchtete, sie könnte kentern. Der Außenbordmotor versagte. Der Ruderer hatte einige Mühe, uns zur Stadt zurückzubringen. Wir kamen erst bei Dunkelheit wieder heim. Und wir waren alle naß. Vanessa hat sich schon Sorgen gemacht.

17. Oktober

Heute durfte ich als Begleiter meines Herrn mitgehen in den Raum, den Sukent für das Heilige Koma eingerichtet hat. Natürlich war ich vorher instruiert worden, wie ich mich zu verhalten hatte. Meine Aufgabe war, meinem Herrn die Dokumententasche und die Klemmtafel für Notizen zu tragen und ihn bei dem Imbiß zu bedienen, der auf den Besuch folgte.

Hierbei war auch Saiko anwesend und hatte eine besondere Aufgabe als Giftwächter, das heißt, er prüfte alle Speisen und Getränke, bevor sie unserem Herrn gereicht werden, um zu spüren, ob sie vergiftet sind. Es hat sich gezeigt, daß Saiko eine besondere Spürnase für solche unguten Gaben hat. Es war keine absichtliche Vergiftung, die er als erstes aufdeckte, sondern es war eher harmlos. Etwas Spülmittel war in die Salatsauce gekommen, das auf dem Schalenboden klebte, und er hatte es gefühlt, ohne daß es einen wahrnehmbaren Geruch oder eine Farbänderung gab.

Selknam schickte einen Experten für Speisensicherheit, und der machte einige Tests mit Saiko. Somit erwies es sich, daß Saiko der ideale Vorkoster war, der nicht einmal kosten mußte, sondern die Schale mit dem Essen nur in die Hand nehmen, um sagen zu können, ob Nahrung oder Getränk in Ordnung war.

Er ist jetzt bei allen Auswärtsterminen dabei. Mir scheint, daß meine Herrschaft mit erhöhter Gefahr rechnen, aber sie lassen sich nicht lesen, was das betrifft.

Auch ich esse alles aus Schalen, die Saiko vorher in der Hand hatte. Kein Becher Tee, der nicht auf diese Weise durch seine Überprüfung gegangen ist.

Wir gingen schweigend zwischen den Zelten herum, in denen auch hier die Patienten des Heiligen Koma in mildem Licht lagen. Die Luft war kühl und feucht.

Hier gab es auch leise, ruhige Hintergrundmusik. An der Tür und auf den Korridoren patrouillierten Vierergruppen von Wachen und Amazonen. Mehrere Ärzte und Pfleger waren im Dienst. Und hier sah ich auch Hopi, wie er eng an einen Patienten geschmiegt schlief, und sein langes Haar breitete sich über den Kopf des anderen wie ein Rabenflügel. Er lächelte im Schlaf.

Kampf um alles
19.10.-9.11.192

19. OKTOBER 192

Diese Zeilen schreibt Tanguta Gustave MacIntyre. Wir vermissen Isegrim jetzt seit 24 Stunden. Ich habe ihn am Tag nach dem Besuch im Hospital des Heiligen Koma zu einer kleinen Besorgung geschickt, und er kam nicht wieder. Jetzt mache ich mir die größten Vorwürfe. In dieser gefährlichen Lage, da uns die Magierin Rache geschworen hat, hätte ich ihn keine zehn Meter ohne Amazonen an seiner Seite gehen lassen dürfen.

Einen Moment lang fing ich noch etwas auf, und ich dachte nur, Isegrim, Lelo, jetzt treib dich nicht lange herum, sondern komm zum Treffpunkt. Es war etwas von Laufen und einer Rangelei, dann brach es ab, und erst danach machte mich etwas stutzig. Denn seine Bubenstreiche beobachte ich nicht, da käme ich schön voran mit meinen Pflichten. Aber die Leitung zu ihm war plötzlich tot. Das wurde mir unheimlich, und ich wandte mich an die Amazonen.

Niemand hatte ihn nach diesem Botengang noch einmal gesehen. Wir suchten den Bereich ab, er hatte dort einen Brief für eine Werkstatt abgeben sollen, in der ich einen Schmuck für meine Frau bestellt habe, den sie zum Geburtstag bekommen soll. Der Goldschmied hat den Brief erhalten und erinnert sich an den ‚ausnehmend hübschen jungen Mann', der ihm das Schriftstück überbracht hat. Er erinnerte sich an Rufe am Kanal vor seiner Werkstatt, aber es geschieht täglich, daß sich die Barkenschiffer zanken oder sich Anweisungen zurufen, er hat nicht weiter darauf geachtet.

Wir fragten die Leute in der Umgebung genauer aus, eine Anwohnerin hat gesehen, daß da einer, der sich wehrte, von einem Mann und einer Frau in eine verdeckte Barke gezogen wurde. Sie war nicht sicher, ob es sich um ein Spiel handelte, rief gleich die Wachen, aber das Boot war schon weg. Die Wachen habe ich befragt, sie sagten, sie seien gleich ausgeschwärmt, sie hätten diese Barke eigentlich einholen müssen, da sie auf den angrenzenden Fundamenten entlanggelaufen sind. Möglich, daß sie in einen Hauseingang verschwunden sind und den Verschleppten gleich auf dem Landweg weitertransportiert haben. Die Wachen haben sogleich angefangen, die Häuser in der Umgebung zu durchsuchen, die einen Zugang vom Kanal haben.

Was mich am meisten alarmiert, ist das Fehlen von Botschaften. Ich sehe ihn nicht vor dem inneren Auge, ich höre seine Stimme nicht. Saiko findet selbst auf der Basilosphäre keinen Kontakt mit ihm, so, als wäre er tot.

Keiner der medialen Brüder, die ich gefragt habe, kann mit ihm Kontakt aufnehmen. Wir sind außer uns vor Sorge.

Saiko sagt, ich soll mir nicht so viele Sorgen machen, vor allem nicht aufschreiben, was ich befürchte, damit es nicht gefestigt und real wird, auch, damit es nicht von Isegrim gelesen wird, wenn wir ihn wiederhaben. Was alle höheren Mächte geben mögen.

20. O<small>KTOBER</small>

Alle Cros, mit denen ich spreche, auch Pitro, glauben, sie werde uns erpressen, indem sie drohen wird, Isegrim zu töten, wenn wir nicht tun, was sie will. Aber einen Homsarec tötet man nicht so leicht. Alle, die es versucht haben, sind von der Vitalität der Unseren mindestens so geschockt, daß sie es selber nicht ertragen und aufgeben.

Ich ahne, was sie von ihm will. Und ich hoffe, daß es ihn nicht beschädigen wird.

Die Suche geht weiter. Unsere Sensitiven, Männer und Frauen, streifen durch die Stadt und fahren zu den Inseln, um Stimmen aufzufangen. Ich habe die Kshatrinis gebeten, nach Sukent zu kommen. Auch die noch nicht fertig ausgebildeten Amazonen mit Amadux an der Spitze haben sich uns zur Verfügung gestellt. Es gab ein Grummeln in der Sala de Thing, daß ich so viel Aufwand betreiben würde, um ein einzelnes Serf, noch dazu mein eigenes, zu retten. Aber darum geht es nur unter anderem. Ich will nicht alles ausbreiten. Man muß nur die kleineren Meldungen der ‚Rinascità' durchgehen. Dauernd passiert irgendwelche Scheiße. Der Pfeil, der mich fast getroffen hätte. Der Sturm auf der Lagune. Das sind keine Zufälle. Und solche Sachen passieren nicht nur mir. Im Heiligen Koma versagen die Infusionsventile, die Sauerstoff-Versorgung stockt, das Licht geht aus, die Klima-Anlage hat Aussetzer, die Temperatur steigt. Unsere Teams haben alle Hände voll zu tun damit, diese Dinge wieder in Ordnung zu bringen. Auch die größten Skeptiker reden davon, daß der Teufel los ist. Ich habe jetzt die Rinascità gebeten, solche Dinge nicht mehr zu melden, wogegen sie erst protestiert haben, aber jetzt sehen sie ein, daß es die allgemeine Hysterie steigert, und die ist Teil der Campagne, da sind wir uns sicher.

Wir haben einen Prominenten im Heiligen Koma, es ist Kachina, mit neuem Namen Cajun, der große alte Meister, der Cochise und Ainu erzogen hat — wenigstens versuchte er es bei Ainu. Aber Ainu ist nun bei ihm und pflegt ihn. Und in Weimar im Keller des Schlosses liegt Isatai, jetzt Iyi Saat, was „die gute Stunde" bedeutet, und wird von Kirli versorgt. Um die beiden mache ich mir noch am wenigsten Sorgen. Das darf die Rinascità gern publizieren, denn je mehr Überlebende wir haben, desto weniger Panik wird es bei denen geben, die in den ‚Zustand' kommen. Und Panik ist ja der Killerfaktor Nummer Eins.

Inzwischen wird der Tod Hemyariks von irgendwem breitgetreten. Ich glaube, das ist auch Teil des Versuchs, Verwirrung und Furcht zu verbreiten.

Die Bémishen Brieder sind eingetroffen, allen voran Bereket, der mit den halblangen Haaren noch etwas komisch aussieht. Aber es geht ihm gut. Er ist ganz wiederhergestellt. Seine großen Söhne sind bei ihm — Petja ist ja schon länger in Sukent in der Garde. Zwei seiner Mädchen, eine davon Mavini, sind Amazonen geworden. „Wir hauen ihn raus — und wen sie noch haben sollten", hat er gesagt, als er mich umarmte.

„König der Mährischen Wälder mit seiner Friseurin eingetroffen", witzelt die Rinascità.

21. OKTOBER

Debatte in der Sala de Thing, ob wir die Krieger mit der Erlaubnis ausstatten sollen, die Gegnerin und ihren Komplizen zu töten, falls die Lage keine lebende Gefangennahme erlaubt. Manche sagen, auch dann sollten wir es tun. „Du sollst die Hexe nicht leben lassen", sagte einer der Abgeordneten. Autsch, das geht gar nicht. Meine Meinung. Aber die Sala de Thing hat abgestimmt. Um Isegrim und vielleicht auch andere zu retten, um die Patienten im Heiligen Koma zu schützen, halten sie es für nötig.

Ich bin verrückt vor Sorge und schlafe nicht mehr. Vanessa schimpft liebevoll mit mir. Ich dürfe nicht riskieren, selber krank zu werden. Die Stadt braucht mich, sagt sie. Ja, ich höre auf sie, kuschele mich in ihre Haare und schlafe wirklich.

DIE SONNE TRITT INS ZEICHEN SKORPION

Sukent hat keine Todesstrafe. Manche halten sie für nötig. Ich weigere mich, dergleichen zu unterschreiben, und ohne mein Siegel würde nichts in Kraft treten. Wir sind nicht Gott. Etwas anderes ist es mit dem, was gestern von der Sala de Thing beschlossen wurde. Es ist nur eine Eventualität, ein letzter Ausweg, und es hängt auch von unseren Gegnern ab, dies zu vermeiden. Pitro ist da meiner Meinung. Sie könnten aufhören, diese Dinge zu tun, sie könnten sich ergeben, wenn wir sie finden. Aber wenn sie kämpfen, dürfen wir es auch. Es wäre Notwehr, keine Hinrichtung.

Eben bekomme ich die Nachricht, daß der Aufenthaltsort gefunden ist. Sie sind auf der Insel Deserta Castillo südlich der Stadt. Saiko ist so lange mit dem Boot drumherum gefahren, bis er sicher war. Und unbeobachtet an Land zu gehen war gar nicht möglich, auf der Vorderseite der Insel hätten sie ihn beschossen, nimmt er an, und die Strömung war auf der Rückseite der Insel mörderisch sagt er, und das ist in dem Teil der Lagune auch möglich.

Heute Abend werde ich Maßnahmen ergreifen.

Yadwiga hat mich gebeten, ihren lieben Kinderhüter Lelo nach Hause zu holen. Meine Herrin Tochter schickt mich los — mit der größten Entschlossenheit. „Und sag es nicht Mama, daß ich dich schicke", setzt sie hinzu.

Aber auch ohne ihren Befehl hätte ich es getan. Ich ertrage die Unsicherheit über Isegrims Schicksal nicht mehr. Ich werde mich selber zum Kurban geben und Isegrim auslösen. Alle schreien und zetern über meinen Entschluß. Aber ich bin mir sicher, ich werde das tun. Jemand anderes soll für mich gehen? Das ist wieder genau dasselbe wie damals, als wir um die Stadt Sukent gekämpft haben (tun wir jetzt ja auch). Warum sollte ich besser sein als irgendeiner von uns, als irgendeiner überhaupt? Wenn jeder, der in der Cultura ist, ob Unsriger oder Cro, die Fähigkeit hat, König oder Königin zu werden, ist jeder so gut wie ich.

Und ich vermute mal, daß sie mich will und keinen anderen, denn sie ist machtbesessen.

24. OKTOBER

Zwischenbericht nach Isegrims Erwachen

Schon bevor der Patient das Bewußtsein voll wiedererlangte, habe ich ihn einer ersten oberflächlichen Untersuchung unterzogen. Deutlichstes Merkmal seines Befindens war Dehydration und Untertemperatur nach entsprechend starkem Blutverlust über mehrere Tage. Die Schwächung war beträchtlich. Er erlangte das Bewußtsein nach wenigen Stunden intensiver Behandlung mit Infusionen und Medikation, siehe Anhang, siehe Laborwerte ibid. Sein Körper zeigte auch Anzeichen von sexuellen Mißhandlungen: Hämatome, auch im Genitalbereich. Ich habe bei der körperlichen Untersuchung einen Einriß im Bereich seines Penisrings entdeckt. Den Ring entfernten wir, um den Einriß behandeln zu können; der war nicht gravierend, ließ aber auf sexualisierte Mißhandlungen schließen.

Überraschendstes Phänomen bei Erwachen war, daß er nur in Latein kommunizierte. Zweitens, daß er keinerlei Erinnerungen an sexuelle Handlungen hat. Er verneinte alle darauf gerichteten Fragen und schien nicht einmal mit den Begriffen etwas anfangen zu können, die ich bei der Befragung verwendete. Es schien mir, als spräche ich mit einem Menschen, der noch niemals sexuelle Erfahrungen gemacht hat. Nicht einmal Anzeichen von zu verarbeitenden Traumata waren zu erkennen, wie man sie sonst antrifft, wie Verneinen und Abwehr, Zorn, Tränen oder Panik; stattdessen waren seine Reaktionen nur verwundertes Nachfragen nach den Begriffen und die Antwort, er wisse nichts darüber, an dergleichen könne er sich nicht erinnern. Ob ein Trauma eine hinreichende Erklärung für das völlige Fehlen diesbezüglicher Erinnerungen ist, bleibt abzuwarten. Die Erinnerungslücken werden hoffentlich vergehen, um eine Therapie wirksamer machen zu können. Nachdem er zunächst sogar Angehörige und Freunde nicht erkannt hat, kehren die Erinnerungen langsam zurück. Sein Verhalten ist verhalten (tut mir leid, das paßte grade so), er ist freundlich und offen, aber reserviert und läßt keinen Zweifel daran, daß er es mit für ihn erst einmal fremden Personen zu tun hat.

Ich gehe davon aus, daß aufmerksame Beobachtung in den kommenden Tagen unerläßlich ist, und halte ihn ständig unter Aufsicht. Sein Befinden bessert sich körperlich schnell, ist aber so ungewöhnlich, daß ich die Entwicklung überhaupt nicht voraussehen kann und deshalb allen an der Pflege beteiligten größte Aufmerksamkeit ans Herz gelegt habe.

Heute, zwei Tage nach seiner Befreiung, konnten wir schon etwas mehr Besuch zu ihm lassen, den er wieder freundlich, aber ohne Zeichen des Wiedererkennens begrüßte.

Er hat mich gebeten, die verfügbaren Erinnerungen zu notieren, und ich bestand darauf, es selber zu tun, weil es von größtem Interesse für mich als Arzt ist, was in ihm vorgeht. Seine ersten Mitteilungen waren in fließendem Latein gesprochen, das sich in den darauf folgenden Tagen verlor und den gewohnten Sprachen Platz machte.

Diese Notiz wünschte Isegrim seinem Tagebuch als Kopie beizufügen.
Kunkamanito von den Wölfen, Chefarzt im Hospital San Francesco, Sukent

23. OKTOBER

(Notiz von Kunkamanito nach Diktat von Isegrim, übersetzt)

Oh, mein Gott, jetzt ist Tanguta in ihrer Hand — ich sah ihn, wie sie mich zum Boot trugen. Er dachte, ich würde nichts mitbekommen. Aber doch, ich habe das.

Ich bin frei und kann nach vier furchtbaren Tagen wieder berichten, was passiert ist. Ich habe mit dem Tod gerungen.

Nicht zum ersten Mal, wie ihr wißt. Es geht mir jetzt wieder viel besser. Mehr kann ich jetzt nicht sagen.

30. OKTOBER

Jetzt bin ich wieder zu Hause und versuche, die letzten Wochen zu rekonstruieren. Ich bin wieder stark genug, um eine Weile am Schreibtisch zu sitzen, ich habe ein paar kleine Notizen gemacht, als ich noch im Krankenhaus lag, und habe auf Bitte meines Herrn einige Fakten diktiert, die Kúsali aufgeschrieben hat. Und da sind ja auch noch die aus dem Haus geretteten Notizen, die Zettel, die ich schrieb und versteckte. Jetzt ist wohl alles gefunden, aber ich mag sie nicht anschauen. Ich verwahre sie in einem Karton, aber ich habe Angst, sie zu lesen. Trotzdem versuche ich nun, die Ereignisse zu notieren und hoffe, daß ich sie noch zusammenbekomme.

Rückblick: 19. Oktober

Völlig überraschend flog mir eine Kapuze oder sowas über den Kopf, ich wurde von hinten gepackt und gefesselt, als ich einen kleinen Botengang erledigte. Mehrere Leute müssen es gewesen sein, die mich dann die Treppe zum Kanal hinunterbuchsierten und mich in eine Barke luden. Ich dachte erst, sie werden mich ersäufen, aber dann lag ich auf den Holzdielen und schaukelte weg.

Ich sandte Hilferufe in alle Richtungen, aber keine Antwort kam, nicht einmal von der nächstliegenden Wachstation. Die Kapuze war aus dickem Filz, und ein Seil um meinen Kopf zog das Zeug wie einen Knebel in meinen Mund, so daß ich kaum einen Laut von mir geben konnte, auch das Atmen fiel mir schwer, da war nur ein kleines Luftloch im Filz.

Schon nach wenigen Minuten waren wir nicht mehr auf dem offenen Kanal, sondern unter einem Haus, und ich wurde aus dem Boot gehoben und fortgetragen. Ich wurde auf der Gasse hinter dem Haus in einen Lastkarren geladen, mit etwas Schwerem bepackt und fortgefahren. Und wieder ging es in ein Boot. Das merkt man ja am

Schaukeln. Dann folgte eine längere Fahrt über die Lagune. Jetzt nahm mir jemand den Knebel raus, aber niemand beantwortete meine Fragen. Den Stimmen nach waren es zwei oder drei Männer, die mich transportierten. Albrecht war dabei, dessen unsympathische Knarrstimme war ganz deutlich zu hören.

Dann fing mein Martyrium an. Sie nahmen mir jeden Tag Blut ab. Ich blieb die ganze Zeit in Ketten und konnte mich nicht weiter bewegen als einen Schritt vom Bett, um mich erleichtern zu können. Gibt es Leute, die davon träumen?

Es schwächte mich. Aber sie achtete darauf, daß es mich nicht mehr schwächte als nötig. Ich bekam gut zu essen, wurde sogar zum Essen gezwungen, als ich auf die Idee kam zu streiken. Das war so unangenehm, daß ich schnell nachgab.

Niemand redete mit mir. Ich vermißte meinen Herrn und meine Freunde total. Ich versuchte, irgendwie etwas zu finden, womit ich Tagebuch führen konnte. Keine Möglichkeit, als mit dem Fingernagel Marken in den Putz hinter dem Bett zu kratzen.

20. Oktober

Mir war klar, daß sie mein Blut benutzte, um Schwarze Magie damit zu betreiben. Es macht mich beinahe wahnsinnig, wenn ich daran denke, daß ich vielleicht den Stoff liefere, um meinen Herrn hierher zu ziehen. Oder in irgendeiner anderen Weise der Cultura Schaden zuzufügen. Da, wo wir am zartesten sind. Bei den Brüdern im Heiligen Koma. Ich verdrängte solche Gedanken so energisch wie ich konnte. Denn ich will nicht noch Schwachstellen verraten. Es reicht, daß ich ein paar Plätze weiß, wo die Unseren gepflegt werden.

Sie hat mir klar gesagt, daß sie mich ausleeren will, bis ich sterbe oder bis mich mein Herr auslöst.

Ich habe so viel Gymnastik gemacht, wie ich konnte. Manchmal aber war ich zu erschöpft von dem Blutverlust, dann lag ich nur noch dösend da, und mein ganzes Leben zog an mir vorüber.

An diesem Tag habe ich sie gefragt, was sie eigentlich mit meinem Blut will.

„Oh, es ist kostbar!" sagte sie mit einem bösen Lächeln. „Ich verkaufe es als Impfstoff, es ist voller Chaperone und Grippe-Antigene, die die Homsarecs brauchen."

Richtig soweit, aber weiß sie, daß die Chaperone nur weiterleben, wenn sie bei 38,5° aufbewahrt werden, und zwar im Körper eines lebenden Homsarec? Da las ich sie. Ausnahmsweise. Die Frage hatte sie verwirrt. Sie lügt! Sie will mein Blut nicht verkaufen. Sie trinkt es.

Da haben wir's. Sie ist eine echte Kannibalin. Vampirin. Sie ißt vom Lebenden.

Aber sie ist Cro. Was passiert, wenn Cro vom Lebenden essen? Ich weiß es von Iván. Er hat sich die Seele aus dem Leib gekotzt. Nicht nur, weil er erfuhr, was es ist; Sinteska hatte es ihm gesagt. Aber das habe ich auch oft auf den Nachtschwalbenbanketts erlebt. Cros vertragen nur Unfall und Ähnliches, ihnen wurde immer schlecht, wenn sie vom Lebenden aßen, sie übergaben sich und bekamen Fieber. Müßte sie sich nicht pausenlos übergeben?

Ah, bah. Sie ist das blühende Leben.

21. Oktober

Und dann diese heuchlerische Anrede: „Na, wie geht es dir? Geht es dir gut? Können wir dir heute wieder etwas mehr abnehmen? Oder nicht? Mußt es nur sagen." Ja, ich habe es gesagt. Ich habe verlangt, daß sie mich sofort freiläßt. Und habe ihr die Pest an den Hals gewünscht. Aber das hat sie völlig ignoriert. Sie hat mich behandelt, als wäre ich stumm. Verkürzte die Halskette, damit ich sie nicht beiße, trug dabei lange Handschuhe mit Rindslederstulpen, ich habe hineingebissen, es geht nicht durch. Sie drohte, mir die Zähne abschleifen zu lassen. Sie muß wissen, daß es kaum etwas Schmerzhafteres für uns gibt.

Manchmal hat sie mich nur an meinem Penisring angekettet, mit den Händen auf dem Rücken. Sie verspottete mich, was mir wohl lieber sei, meine Freiheit oder mein bestes Stück.

An einem Abend stand sie vor meinem Lager, schaute mich an, meinen nackten, schlaffen Körper, der immer schwächer wird, und sagte: „Pitro hat recht, es gibt nichts Geileres, als euch zu besitzen, zu beherrschen, euch zu behandeln, wie ihr es verdient."

Ich mußte daran denken, daß wir früher den Grundsatz hatten, uns niemals Cros zu unterwerfen. Wie richtig das doch war! Ihnen ist nicht zu trauen, sie hassen uns und sie werden nie aufhören, uns zu hassen.

In der Nacht darauf dachte ich dann aber, daß das ungerecht war. Die größten Helfer der Cultura sind Cros! Und ich weinte unaufhörlich nach allen meinen Lieben, ob Unsere oder Cro.

„Dein Blut schmeckt so traurig!" sagte sie am einem Tag, ich weiß nicht mehr, an welchem. Und dann schlug sie mich, es muß an dem Tag besonders schlimm für mich gewesen sein, ich kann mich kaum daran erinnern. Nur eins weiß ich noch. Sie nahm mir danach wieder Blut ab. Und dann hörte ich aus dem Nebenraum einen Laut des Ausspuckens und den Ruf: „Pfui Teufel, was für ein Dreck! Verkauf das!"

Oder habe ich das geträumt? Wollte ich das hören? Ich weiß es nicht.

Tatsache ist aber, daß sie mich an diesem Abend sehr unangenehm bestrafte. Nur Dinge zu essen, die ich nicht mochte, in unangenehmen Positionen angekettet, Störungen beim Versuch zu schlafen.

Ich versuchte, nicht daran zu denken, daß ich in den ‚Zustand' kommen könnte. Denn die Angst löst ihn ja erst richtig aus.

Vielleicht war es auch zu kalt, als daß ich in den ‚Zustand' hätte kommen können. Allerdings war auch die Kälte eine große Belastung. Denn je mehr Blut ich verlor, desto mehr fror ich natürlich. Der Mangel an Bewegung machte sich bemerkbar, trotz meiner Turnübungen.

22. Oktober

Ich bekam reichlich zu essen und eine Decke zum Schlafen, aber man kann auch unter einer Decke kalt bleiben, wenn die Wärme von innen nicht genügt.

Ich erinnerte mich auch an die Atemübungen von Pratizaye und versuchte, ob das half. Ein Stück weit wärmte mich das. Aber ich konnte mich nicht an alle Einzelheiten erinnern, die Bilder, die ich mir dabei vorstellen sollte, die Mantrasilben, ich bekam es nicht mehr zusammen.

In der Zeit, wo ich allein war und die mir arg lang wurde, sang ich laut Lieder mit improvisierten trotzigen und höhnischen Texten, bis jemand schrie: „Halt die Klappe!!" Und wenn ich nicht aufhörte, kam jemand herein und knallte mir welche, indem er mich an den Haaren festhielt. Das war einer ihrer Schergen, mit Skimaske verhüllt, gelegentlich auch Albrecht.

Ich fragte mich, wie sie die Kerle bei der Stange hielt. Irgendwelche Vorteile muß sie ihnen wohl verschaffen. Geld?

23. Oktober

Am letzten Tag in meiner Gefangenschaft war ich ganz kraftlos. Sie nahm mir so viel Blut ab, daß ich dachte, jetzt treibt sie es zum Ende. Und ich fühlte, wie ich langsam von den Füßen aufwärts erkaltete. Ich wußte, daß es bei Hemyarik so gewesen war, und ich wußte, daß dies mein Tod sein würde.

Irgendwann haben sie mich hinausgetragen. Mir war, als sähe ich meinen Herrn auf dem Anleger, als würde ich in eine Barke verladen, aber ich wußte nicht, wie das möglich sein sollte. Und in diesem Moment verlor ich das Bewußtsein.

Als ich wieder wach wurde, lag ich nicht mehr auf der schmuddeligen Liege, sondern auf einem schneeweiß bezogenen Bett in greller Helligkeit. Es war warm und sauber, aber ich war von Apparaten umgeben und glaubte, ich sei in einem Kontrollraum wie in der

Schleusensteuerung. Von mir gingen Kabel zu Apparaten. Steuerten die mich oder ich sie? Ich war völlig verwirrt. Ich sagte etwas, und der Mann, der an mir herumfummelte, schaute mich sehr verwundert an. Es dauerte, bis er mir eine sinnvolle Antwort gab. Ich sagte: „Ad Noctem me portate! Salicem appellate!"

Er hat mich wohl verstanden, aber sich auf meine Worte keinen Reim machen können. „Tragt mich in die Nacht und ruft eine Weide" ist das, was er daraus entnahm, so las ich ihn. Ich meinte damit aber, sie sollten mich zu Tante Nox bringen und Salix anrufen. Er antwortete, das sei nicht möglich, ich müsse hier behandelt werden, denn ich sei gerade noch am Leben gewesen, als ich ausgeliefert worden sei.

„Sie haben dich ins Boot gelegt", sagte er, „du hattest kaum noch Blut im Leibe, und du warst völlig erschöpft", sagte er in einer Sprache, die ich verstand.

„Wer bist du?" fragte ich.

„Dein Arzt", sagte er, „mein Name ist Kunkamanito, und ich bin der Leibarzt des Dogen. Du kennst doch den Dogen?"

„Ich erinnere mich nicht so richtig… Der Doge… Tanguta, mein Herr…"

Der Arzt atmete auf.

„Und wer bist du?" fragte er mich.

„Lelo", sagte ich, „der Diener des Dogen."

„Du weißt, daß du Latein sprichst?" fragte er vorsichtig.

„Was denn sonst?" war meine verwunderte Rückfrage. Und ich fuhr fort: „Habt ihr das Präparat für mich zubereitet? Ich muß es sofort bekommen."

„Welches?"

„Ein Krug Wasser mit einem Tropfen Sandvipergift, einer Handvoll gestoßene Cannabis-Samen und Mönchspfeffer, dazu einen halben Becher sauren Wein, einen Fingerhut Schöllkraut-Tinktur, lauwarm eine Stunde gerührt, aber auf keinen Fall auf mehr als Körpertemperatur erwärmt."

Er sah mich verwundert an. „Woher hast du das denn?"

Glücklicherweise sprach er fließend Latein.

„Aus dem ‚Sacrificium Corporis ad Superiorem Salutem' natürlich."

Er sagte, dieses Rezept sei nicht im Buch enthalten. „Salicem appella", sagte ich noch einmal. Daraufhin rief er Salix an und sprach mit ihr eine Sprache, von der ich nur wenig verstand. Wie unhöflich! Salix sagte ihm dann in einer verständlichen Sprache, dieses Rezept sei in einer Abschrift des SaCoSuSa, wie sie das Buch respektlos nannte, enthalten. Dieses Mittel sei empfohlen bei chronischer Unterkühlung und großem Blutverlust, wie man es verwendet hätte bei Kriegern, die, verwundet und kalt, lange auf dem Schlachtfeld liegengeblieben seien und für tot gehalten wurden.

Nun kam eine freundliche Frau, die ich sicher kannte, aber ich wußte nicht mehr, wer sie war. Sie brachte einen großen Becher eines heißen Getränks. Sie halfen mir vorsichtig auf, ich hatte überall Stränge und eine Maske mit Schlauch auf Mund und Nase, die nahmen sie jetzt ab, und ich durfte dieses Getränk zu mir nehmen. Es roch und schmeckte sehr gut und prickelte in meinem Magen und schlich mir langsam auch ganz warm in Arme und Beine, was sehr wohltuend war.

Ich fragte diese freundliche alte Frau, wer sie sei; sie verstand beide Sprachen nicht, die ich benutzte, und sie meine nicht.

Ich fiel noch einmal in Schlaf, kaum, daß ich wieder lag und mir den Becher hatte abnehmen lassen. Als ich nun wieder erwachte, legte sich eine sanfte Hand auf meine Augen. Dann zog jemand wieder die Vorhänge zu.

Jetzt konnte ich aber die Sprache der alten Frau verstehen.

„Alles gut! Lieg schön still, du bist verkabelt, wir geben dir eine Bluttransfusion. Sie kommt von deiner Tante, und ich bin deine Oma. Pscht! Nicht zappeln. Ganz ruhig. Es ging dir sehr schlecht, als sie dich ausgeliefert haben… Halt! Was ist?"

„Wo ist mein Herr?"

„Denk jetzt nicht daran, nur daran, daß du schnell wieder fit wirst… Nein! Nicht bewegen!"

Das war vorgestern. Also am 23. Oktober. Dann war ich vier Tage in der Hand der Hexe und ihres Volks.

Wo ist mein Herr? Ich wiederholte die Frage, auch wenn ich keine Antwort bekam.

Sie wollten mir etwas nicht sagen. Natürlich, daß Tanguta sich statt meiner in die Hände von Turna gegeben hatte. Aber das wußte ich in dem Moment, als sie es mir so laut und deutlich verschwiegen.

Denn ich sah es, als ich in dieser Krise lag, als ich dem Tod nah war, da lichtete sich plötzlich der Nebel um die Insel, die Blockade war schlagartig vorbei, und ich fühlte, daß mein Herr in Ketten lag, daß er in Gefahr war. Aber dann sperrte jemand die Tür zu seinen Feinden, jemand nahm ihm die Ketten ab, da war eine ohnmächtige Person, dann gelangten zwei ins Freie. Dann war da eine Tote und waren da Kämpfe in überwucherten Ruinen, und meinem Herrn brannten Bauch und Unterleib. Er war in Joy, er war frei, alles wird gut.

Trotz meiner anhaltenden Schwäche konnte ich vor Sorge um meinen Herrn kaum schlafen. Vanessa war mit Khorasan und Yadwiga bei mir. Ihre Namen mußte ich erst wieder lernen. Daß sie aber meinem Herrn sehr nah standen, das wußte ich sofort. Sie machten nur einen kurzen Besuch, sie gab die Kleine auch gleich Khorasan, der sie mit in die Spielstube nahm. So konnte Vanessa noch kurz bei mir bleiben. Dann kam eine sehr hübsche vornehme alte Dame, die sagte, sie sei meine Tante Nox. Klar, von ihr wußte ich die ganze Zeit und hatte ja gleich verlangt, zu ihr gebracht zu werden. Ich versuchte, mit ihr Latein zu sprechen, und ein ganzes Stück weit konnte sie mir folgen. Sie sagte ‚Lelo' zu mir und erzählte, ich hätte einmal — vor Jahren — einen Einbruch in ihrer Villa gemacht.

Was kommt noch alles heraus? Ich werde mir grade unsympathisch.

Dann fragte ich, wo mein Herr sei; sie tauschten Blicke und sagten dann, er sei dabei, ein Problem zu lösen. Und es sei leichtsinnig gewesen, daß ich mich als Kurban gegeben hätte.

„Wie konnte er sich in die Hände dieses Weibstücks begeben?" fragte sie Vanessa, entsetzt über diesen — wie sie es nannten — wahnsinnigen Akt.

„Nox, alles wird gut", sagte Vanessa.

„Ist es schon", warf ich ein.

Sie sahen mich ungläubig an. Ich sagte, die telepathische Sperre um Deserta Castillo sei eben gefallen, aber sie glaubten mir nicht ganz.

Dann kam ein Pfleger herein und sagte ihr etwas ins Ohr, und sie atmete auf.

Mein Herr kehre mit dem Stoßtrupp als Sieger zurück, aber er müsse jetzt ganz viel schlafen, denn er habe eine große Strapaze und einen Kampf hinter sich, „aber sobald es ihm möglich ist, kommt er zu dir, oder wir holen dich schon nach Hause", kündigte Vanessa an.

24. Oktober

Es herrschte Ausnahmezustand. Ich wollte gern nach Hause, aber der Doktor wollte mich noch nicht lassen. Ich sei immer noch zu stark dehydriert und unterkühlt, fand er.

Dann brachte ein Pfleger das Essen, und mir wurde klar, daß ich das Italienische für verhunztes Latein ansah und vieles nicht verstand.

Darüber beschwerte ich mich in Lingo.

Ein Pfleger kam herein."

„Sie müssen gleich hier sein", sagte er leise zu Kunkamanito.

„Ich muß an meine Aufgaben gehen", sagte der Doktor, „empfängst du Besuch?"

„Nur sehr lieben", entgegnete ich. Er lächelte breit und verschwand.

Ich lauschte auf die Geräusche im Haus und auf dem Kanal davor. Das Ambulanzboot — ich kannte sein Horn, seinen Motorklang sehr gut. Stimmen von Passanten, Schritte auf dem Weg am Kanal, das Klatschen der Taubenflügel, wenn sie sich vom Dach aufschwangen…

Ich muß dann eine Stunde oder mehr geschlafen haben. Als ich die Augen öffnete, sah ich im schwachen Licht jemanden an meinem Bett sitzen.

„Mein Herr!" murmelte ich.

„Isegrim, du erkennst mich? Mani sagte, du erkennst deine Angehörigen nicht?"

„Wer bist du?"

„Mach keinen Quatsch. Ich lese dich."

Ein Pfleger kam herein. Brachte eine neue Infusion. Ich mußte nicht mehr Blut bekommen, aber immer noch Flüssigkeit.

„Kann ich Euch einen Moment sprechen, Exzellenz?" trat er an den Dogen heran.

Der stand auf und folgte dem Pfleger nach draußen. Nützte aber nichts, ich sah sie durch die geschlossene Tür, ich sah den schlaffen Körper von der Bettkante herunterhängen, den nach hinten gebogenen Kopf, der kraftlos pendelte, die Arme lang und weiß auf den Boden gesunken. Sie war tot. Wie?

„Sie ist tot." Das sagte er dem Herrn der Stadt.

„Einwandfrei festgestellt?"

„Obduktion."

„Schlaganfall? Noch keine Fünfzig."

„Natürliche Ursache. Veranlagung."

„Andere Auslöser?"

„Streß… Falsche Ernährung…"

„Yabyum ohne Gelübde!" — Was ist das denn?? —

„Wußte sie?"

„Dreimal gewarnt!"

„Offizielle Haltung? Presse?"

„Keinen Triumph! Einen Tag Staatstrauer."

Bei der nächsten Visite fragte mich Doc Mani, ob ich mich erinnern könne, nach meinem ersten Aufwachen nur Latein und Lingo gesprochen zu haben. Und ich hätte weder ihn noch meine Großmutter erkannt. Ich lachte, soweit es die Sauerstoffmaske erlaubte, das sei wohl kaum möglich, daß ich Latein spräche. Er sagte, ich hätte sogar ein Rezept aus dem SaCoSuSa gewußt, und ich sagte, woher sollte ich das wohl? Und im übrigen sei es respektlos, das Sacrificium Corporis so abzukürzen. Das erstaunte ihn wieder.

Gegen Mittag bekam ich Besuch von einigen Kriegern in vollem Schmuck und Waffen. Sie seien mit auf Deserta Castello gewesen und hätten gekämpft, einer von ihnen war mir spontan sympathisch, auch wenn er eine komische Frisur mit ziemlich kurzen Haaren trug. Sein Kopf war verbunden. Er nannte sich Bereket, und ich verliebte mich spontan in ihn und sagte zu ihm, wenn ich nicht so schwach und krank wäre, würde ich gern an seiner Seite kämpfen.

„Ja, das fehlte noch!" sagte er und küßte mich mit großer Zärtlichkeit, „wir haben es auch ohne dich geschafft, wir haben deinen Herrn herausgehauen."

Das mußte also auch jemand sein, den ich hätte kennen müssen.

Was für magische Techniken Ira ausgeübt hätte, wollten sie wissen — aber davon hatte ich nicht viel mitbekommen.

„Sie trinkt Blut", sagte ich, und die Krieger zuckten zusammen.

„Daher also hatte sie ihre Macht."

„Wie ist sie eigentlich gestorben? Ich hörte, es war ein Schlaganfall."

„Zusammengebrochen."

„Wie kam das?"

Sie zögerten mit der Antwort. Und sie sagten etwas, das ich nicht verstand. Was die beiden getan hätten. Danach muß ich noch mal fragen, was das bedeutet hat. Aber wieder verstand ich es nicht.

„Erwartet bitte nicht, daß ich sie betrauere", war alles, was ich dazu sagen konnte.

Ich schaute die Krieger an, die um mich standen.

Ich wußte nun wieder, daß ich ihn innig liebte, genau, wie es seine Frau tat. Aber ich hätte schon wieder nicht genau sagen können, wie er aussah, auch nach seinem Besuch noch nicht. Ich sank zurück in meine Kissen, erschöpft von den Geschehnissen.

Nun kam schon wieder der Ingwertee, den ich alle paar Stunden bekam.

Und die alte Frau, die so nett war und behauptete, meine Großmutter zu sein, befühlte meine Füße und fing an, sie zu reiben und zu massieren.

Das war schön.

Ich schloß meine Augen und genoß das Gefühl.

Offizio Ducale, Piazzetta I, Sukent
Seine Exzellenz Tanguta Gustave MacIntyre, Doge von Sukent
23. Oktober

Mein Lieblingssklave wird mir erlauben, sein Tagebuch zu benutzen, um die Geschehnisse dieses aufregenden Tages festzuhalten.

Mir geht es gut. Perkele, nein, Bereket hat eine Schußverletzung davongetragen, aber er lacht und ist guter Dinge, Mato Sapé hat ihm die Kugel aus dem Kopf geholt, und wie immer ist das für einen echten Homsarec noch nicht das Ende der Party. Der Sieg berauscht ihn, er ist immer noch auf Joy und zappelt so, daß ihn Mato ständig anherrschen mußte, um arbeiten zu können.

Es war ein verrückter Tag. Seit vier Tagen war unser Isegrim vermißt, aber wir wußten ja nun durch unsere Kundschafter, wo er war. Allerdings hatte Ira alle ihre Getreuen auf der Insel zusammengezogen. Wir brachten in aller Eile Informationen über die Räumlichkeiten zusammen. Es ist städtischer Grund, den die Gruppe besetzt hält. Wir haben nichts dagegen unternommen, dachten, laßt sie da spielen. Was können sie auf dem Trümmergrundstück schon ausrichten, zwei Ruinen und Wildwuchs. Aber wir hatten die Keller vergessen. Schließlich ist das ein Teil einer alten Verteidigungsanlage aus dem 17. Jh.

Wir stellten bei Annäherung fest, daß diese viereckige Insel ein Teleblock-Mandala war. Wir konnten keine Kontakte mit den Insassen aufnehmen, es klang, als sei die Insel komplett unbesetzt. Aber die Amseln sprachen von Irritationen, von gestörter Ruhe und grausamen Menschen, die Blut trinken. Davon, daß der Geruch viele neue Krähen angezogen hätte, und sie überlegten ernsthaft, die Insel zu verlassen. Wir sahen auch immer mehr Krähen dazukommen, und das hieß nichts Gutes, sie ahnten Aas. Krähen riechen den Tod vorher.

Am frühen Morgen waren die Boote in Stellung und durch dichten Nebel getarnt. Ich ließ mich an der Spitze des Bootshafens absetzen und ließ die Ruderer warten. Ich ging, wie ich war, unbewaffnet, unbekleidet, aber mit todesentschlossener Kriegsbemalung. Der erste, den ich traf, war ein Cro mit Skimaske. Sie verbarg nicht seine Angst.

„Wo ist Isegrim?" fragte ich.

Er wußte nicht, wen ich meinte.

„Lelo. Vielleicht kennst du den?"

„Ja, ja… Aber der kann nicht… ich muß mal fragen…"

„Beeil dich."

Das Bürschchen drehte sich noch mal um und bemerkte, ich hätte gar nichts zu befehlen.

„Falsch", sagte ich, „wir sind auf städtischem Grund, und ich bin der Doge."

Er machte eine „du spinnst doch"-Bewegung und verschwand hinter einer rostigen Eisentür. Als nächstes kam ein Unmaskierter.

„Albrecht Bergenschein. Sie sind der Doge?"

„Ja."

„Was wollen Sie?"

„Lelo austauschen."

„Gegen wen?"

„Gegen mich."

Auch nicht gar so helle, der Typ.

„Ich rede mit der Chefin."

Und da kam sie. Sie trug ein knöchellanges schwarzes Kleid. Sie war stark geschminkt, eine schöne Frau, aber von Bosheit vergiftet. Ich dachte, das wird ein hartes Stück Arbeit. Was ich wolle? Lelo auslösen. Dann werde sie den Dogen in ihrer Macht haben, ob das nicht sei, was sie immer gewollt hatte?

„Ja, willkommen, Exzellenz!" schnurrte sie plötzlich, „der Berg kommt zum Propheten, wie nett!" Ihr Blick ging an mir rauf und runter.

Sie drehte sich um und pfiff. „Holt Lelo! Der nützt mir eh nix mehr."

Es dauerte eine Weile. Schritte liefen einen langen Gang auf und ab, der sich scheinbar tief unter der Insel hinzog.

‚Das muß unbedingt kartiert werden', sandte ich eine Notiz an Saiko.

Keine Antwort. Nicht einmal er kommt durch den Teleblock.

Endlich brachten sie Lelo. Ich brach bei seinem Anblick fast zusammen. So blaß, so ausgeleert! Sie mußten ihn tragen, er war zu schwach, um zu gehen. Ich glaube, er erkannte mich nicht einmal. Ich half, ihn ins Boot betten, und ich befahl den Ruderern, zu rudern, was das Zeug hielt. Am Ufer der Stadt, in Sichtweite, wartete Mato Sapé mit seinem Team, um ihn zu versorgen. Eine Infusion bekam er schon auf der Fahrt.

Dann wandte ich mich wieder Ira zu.

Ich spürte ihre Begierde. Ich war das eigentliche Ziel ihres Manövers; Lelo hatte ihr nur als Köder gedient. Ich war die Beute.

Sie zeigte mir ihren ‚Zauberraum'. Mit welcher selbstverliebter Offenheit sie sich zu ihren magischen Praktiken bekannte! Sie war sich einfach zu sicher, daß sie nicht für Magie belangt werden konnte, weil es keine Gesetze dagegen gibt. Weil das ja alles nicht wirkt, wie viele glauben, kann man auch niemanden dafür bestrafen.

Weit gefehlt. Just zu dieser Stunde saß die Sala de Thing zusammen und beriet über eine Gesetzesvorlage, die nachgewiesene Akte von Schadenszauber zu bestrafen ermöglicht.

Und wenn sich die Sala de Thing einig ist, wird dieses Gesetz noch heute um Mitternacht in Kraft treten.

Sie führte mich hinein in einen Raum, in dem sich eine Liege befand. Sie war an die Wand gestellt, die durch Kratzspuren anzeigte, daß auch andere hier gefangen gewesen waren. So, hier hatten sie Lelo also all die Tage festgehalten.

In die Wand waren Ringe eingelassen, an denen die Ketten festgemacht waren. Turna, von zwei Helfern begleitet, falls ich mich doch gewehrt hätte, ordnete an, mich in Ketten zu legen, und so machten sie mich jetzt fest, und ich ließ es geschehen, während sie ihre Waffen auf mich richteten.

Sie schickte die Männer hinaus und näherte sich mir. Sie griff in meine Locken und wand sie um ihre Hand, dann zog sie mich in eine gebeugte Haltung.

„Du bist vielleicht noch leckerer als dein Sklave", sagte sie, „ihn habe ich fast leergetrunken, aber du sollst mir dienen. Der König der Stadt dient Ira Schmiz-Wagner. A-aa-ha!"

Das hörte sich an, als sei sie schon gekommen.

„Und das Beste: Im Gegensatz zu ihm bist du freiwillig hier. Wir werden einvernehmlich spielen. Das ist — geiiil!"

Definiere ‚einvernehmlich', dachte ich.

Sie trat einen Schritt zurück.

„Seine Haare haben dich hergeführt. Apara Tsa, Katara La, Passara Tra, Tragara Va. Ein Kreis um dich und mich und die totale Lust. Auf Tod und Leben."

Ich hatte diese bösen Mantras schon gelesen. Sie standen in einer Abhandlung über Schadenszauber in Zentralasien. Welcher Idiot hatte die veröffentlicht?

Und dann schritt sie gleich zur Sache. Küßte mich, streichelte mich. Schlug mich mit der Hand. Befühlte mich von Kopf bis Fuß. Trachtete, mich zu erregen. Ich wollte nicht, also ging nichts. Sie schlug mich heftiger.

„Du willst es härter, Homsarec?"

Ich hätte sie beißen können, aber das hätte mich keinen Schritt weitergebracht. Das wußte sie auch. Noch sah ich keinen Schwachpunkt, mit dem ich hätte arbeiten können; ich wußte ja, daß unsere Boote im Schutz der Dunkelheit Aufstellung bezogen hatten. Und nun war es neblig. Pratizaye und ihre Kshatrinis waren bereit. Bereket hatte seine 84 Krieger mitgebracht, eine nicht zu unterschätzende Streitmacht.

Bereket war zuerst sehr skeptisch gewesen, was den Schlachtplan betraf.

„Sie werden sofort versuchen, ihre Geisel zu töten", war seine spontane Antwort, als ich verkündete, ich würde Lelo auslösen.

„Das müssen wir riskieren", sagte ich.

Die Königin schaltete sich ein. Das überraschte mich — trotz der Funkstille kam sie durch!

„Guter Plan! Tanguta, sei ohne Furcht, das Blut ist auf deiner Seite."

Was immer das bedeuten sollte.

Ira nahm mir Blut ab. Es erregte sie, das zu tun. Sie entleerte die Kanüle in ein Glas, in dem schon etwas war, vielleicht Wasser — nein, es war Wodka, ich konnte das riechen.

Dann trank sie es. Ich sah ihr mit Gleichmut zu. Sie wußte nicht, was sie tat.

„Oh doch", sagte sie, „ich weiß, was ich tu, Doge, ich trinke vom Lebenden. Und das verleiht mir eure Kraft und Unbesiegbarkeit. Hast du dich nicht gewundert, wie ich Leute aus dem Heiligen Koma wecken oder ganz darin untergehen lassen kann? Ich kann Hindernisse schaffen — von kleinen Nicklichkeiten bis hin zu schweren Unfällen. Ich habe dieses widerliche Serf, diesen Macho, den König Harakiri kaltgemacht. Er wollte doch sterben, als er sich diesen Dolch in den Bauch stieß. Ich habe ihm geholfen, daß er es endlich doch geschafft hat."

„Warum?" fragte ich erschüttert.

„Er hat mich in meiner dunkelsten Stunde gedemütigt."

Und dann warf sie ihr Kleid ab und stand in Strümpfen und schwarzem Spitzen-BH vor mir. So, wie die Cro denken, daß es erotisch wirkt.

„Jetzt will ich auch deinen anderen Saft", sagte sie.

Sie legte mir das Bein über die Schulter und präsentierte sich rasiert. Ich dachte nach, was jetzt zu tun besser sei, und kam zu dem Schluß, daß ich besser ihren Wunsch erfüllte.

Ich ließ es also zu, steif zu werden.

Sie nahm es als Zeichen, daß ich doch kooperierte.

Ich warnte sie mehrmals davor, mit mir Yabyum machen zu wollen. Als ich es dreimal gesagt hatte, war ich meiner Verantwortung ledig.

Sie setzte sich auf meinen Schoß, auf meinen Phallus, ich füllte sie gut aus. Aber ich fühlte ihre verworrenen und chaotischen Energien. Vor allem Gier, dann eine Abneigung gegen jegliche Vorschriften — war sie nicht Richter-Anwärterin gewesen? Der Himmel bewahre uns vor solchen Richtern! — und ich fühlte das Streben nach Macht. Die Lust daran, befehlen zu können. Urteilen und verurteilen zu können.

Die Frau auf meinem Schoß holte sich ihre Lust. Ihr Inneres zog sich rhythmisch um mich zusammen. Ich hielt mich im Zaum, wollte unbedingt unter Kontrolle bleiben.

Und da schlug etwas und zuckte. Das war nicht die schöne Lust einer Frau wie der meinen. Das war ein zerstörerischer Impuls, den sie nicht unter Kontrolle hatte. Ich öffnete meinen Kurban-Kanal, wollte meine Mitkrieger zur Hilfe rufen, kam aber wieder nicht durch. Ich war auf mich selbst gestellt.

Ich rief die Schützerin Sukents, die Alte mit dem Löwenkopf, die geheime Herrin — denn der Löwe von Venedig ist ja ihr äußerer Gefährte. Und hurrah, die geheime Herrin dieser Stadt kommt gebeten und ungebeten, wie sie will. Sie hält kein Teleblock ab. Sie ist lebendig verkörpert in Pratizaye, und an die richtete ich jetzt meine Bitte, mich zu schützen.

Ich konzentrierte mich auf die tanzende Pratizaye mit schwarz bemaltem Körper und dem Gesicht einer brüllenden Löwin. *Schütz mich und Ira!*

„Ich kann die Folgen des Tuns nicht verhindern", sang die Löwenfrau, „sie sind Naturgesetz. Nicht ich schlage, sondern das Karma. Aber versuchen wir es trotzdem."

Und sie hüllte sich in einen Flammenkranz, hob ihr Messer, umarmte den Speer und machte sich auf den Weg.

Im Vorraum gab es Unruhe, Alarm oder Streit, ich weiß es nicht. Ich mußte mich auf meine Gefährtin konzentrieren, die das tun wollte, wovor ich sie gewarnt hatte: Sich nicht nur physisch, sondern auch mit meinen Energien zu vereinigen.

Sie nötigte mich. „Halt dich nicht zurück! Ich will dich fühlen!"

Da ließ ich meine Kraft los. Sie versammelte sich in ihrem Bauchraum.

Statt aber zwischen uns zu kreisen, schoß die Kraft senkrecht in die Höhe. Im Rückenmark dieser Frau. Und stieß dort auf Hindernisse.

Sie hat jemandem den Tod gewünscht. Sie hat einigen den Tod gewünscht. Sie hat damit Erfolg gehabt. Sie hat Hemyarik verwünscht, so daß er im ‚Zustand' nicht mehr die Kraft hatte zu überleben. Ihre Kanäle sind nicht frei, sondern voller Hindernisse.

Und ich wollte sie noch einmal bremsen, aber jetzt lief das Ding.

Sie wurde ganz rot und dann schneeweiß. Sie gab einen Laut von sich wie Schluckauf. Ihre Muskeln erschlafften, sie fiel rücklings aufs Bett und hing davon runter.

Ich schrie nach den Wachen. Aber die waren abgelenkt. Fern, weit draußen hörte man Schüsse. *Sie kommen. Meine Kriegerinnen, meine Krieger. Ich bin an die Wand gekettet. Wer mich jetzt als Geisel töten wollte, hätte leichtes Spiel. Aber jetzt braucht diese Frau, die langsam von meinem Schoß rutscht, ärztliche Hilfe* — wenn es nicht schon zu spät ist.

In diesem Moment trat Albrecht Bergenschein ein. Und er klemmte einen uralten Stuhl unter die Türklinke. Das beruhigte mich. Er hatte also was anderes vor als seine Kumpels.

„Willst du dich nicht erstmal um Ira kümmern? Ich glaube, ihr geht es nicht gut."

„Was hast du mit ihr gemacht?"

Er sprang auf sie zu, versuchte, sie zu drehen, weil sie immer noch vom Bett herab und quer dazu lag. Etwas Blut floß aus ihrem Mund.

„Was hätte ich wohl machen sollen, so mit den Händen in Schellen?"

„Exzellenz, Sie sind meine Lebensversicherung. Ich verschone Sie, und dafür…"

Was für ein Arsch.

Ich sagte nichts. Und jetzt war ich in lebhaftem Kontakt mit den Kshatrinis und den Bémishen Briedern. Ich sandte ihnen ein Bild von diesem unterirdischen Gelaß.

„Bergenschein", sagte ich, „du bist doch der aus dem Haus von Iván Potozki? Der Blockwart oder so?"

Er zog einen Schlüssel hervor und befreite mich von den Ketten.

„Hauswart, ehemaliger", sagte er böse.

„Laß mich kämpfen", fuhr ich fort, „und du kannst dich hier verbarrikadieren, dann passiert dir nichts."

Er ging drauf ein. Zog einen Revolver aus seiner Tasche und reichte ihn mir.

„Sowas benutzen wir nicht, das tut weh", sagte ich und gab ihn zurück, „behalt ihn für den Fall… Und willst du nicht einen Arzt für Ira rufen?"

Er faßte ihren Hals an und suchte einen Puls.

„Die ist hin", sagte er cool, „die braucht keine Hilfe mehr."

Ich schaute auch und fand keine Lebenszeichen.

„Gibt es da einen Notausgang?" Er hatte unterdessen eine Eisentür hinter Gerümpel entdeckt. Wir hoben leere Obstkisten zur Seite und entfernten Stapel von Zeitungen, die noch aus der Mitte des 20. Jahrhunderts stammten. Zusammen hoben wir die Tür aus den Angeln — das Blech war nicht stark, es kostete nicht allzuviel Kraft — und standen in einer Grube von Sand, Müll und Brennesseln. Vorsichtshalber, damit sich ihre Leute gleich um sie kümmern konnten, lief ich noch mal zu der Tür, die er blockiert hatte, nahm den Stuhl weg; keiner kam, sie schienen alle nach vorn gelaufen zu sein, von wo jetzt Geschrei ertönte. Wir lehnten die Eisentür von außen gegen die Türöffnung, rollten einen Trümmerbrocken davor und rannten einen Trampelpfad entlang, bis wir in den Brennesselbüschen steckenblieben.

„Beso de Guerre?" wollte ich ihn fragen, aber mir fiel ein, daß er ein Cro ist, mit Zähnen so stumpf wie Schulkantinenmesser.

Er deutete auf die Nesseln. „Da kannst du nicht durch", sagte er mitfühlend.

„Oh, und ob ich kann", sagte ich und war schon durch. Der Brand der Nesseln auf meinem Bauch, Schenkeln und Schwanz warf mich augenblicklich in Joy de Guerre.

„Hooo-ho-ya-ya-yaaa!" schrie ich, und von der anderen Seite kam eine Antwort.

Ich hob einen Stein auf und lief um das Gebäude herum. Im Gleichschritt laufend kamen drei Kshatrinis auf mich zu. Eine, Aloke, reichte mir ihr Beil und den Bogen, dazu ihren Köcher, und damit machte ich mich auf die Jagd, während sich Aloke die Waffe von Bergenschein geben ließ und ihn zum Boot brachte. Sie rief Verstärkung zur Hintertür des Kerkers, um der Gruppe in den Rücken zu fallen.

Naksang Gyälmo kümmerte sich um die ohnmächtige Ira und rief die Sanitäter.

Auf dem Platz zwischen den Bäumen herrschte nun schon Getümmel. Ein paar der Gegner lagen auf dem Boden. Noch keine Verluste unsererseits? Ein paar Verletzungen, nichts Schlimmes. Bereket machte eine Geste, die mir zeigte, daß er schon in Joy war. Auch Petja war dort. Er grinste mir zu. Ich entschärfte ein paar von den Gestalten mit Skimasken, die mich nicht kommen sahen, mit Schwarzroten Pfeilen. Als ich entdeckt wurde, richtete einer seine Waffe auf Bereket und auf mich im Wechsel und rief mir zu, ich solle meine Waffen fallen lassen. Bereket lachte und machte mir eine Geste, ‚den Teufel tust du!'

Ich tat den Teufel.

Daraufhin schoß er Bereket in den Kopf. Der schüttelte sich kurz und sprang mit der Wurfaxt auf den Kerl zu, der vor Schreck darüber, daß sein Gegner nicht fiel, außerstande war, noch einen weiteren Schuß zu feuern. Ja, so geht es regelmäßig, vielen Dank, unser Konzept hat wieder mal funktioniert.

Bereket, dem das Blut über das Gesicht lief, legte noch zwei weitere Gegner durch stumpfe Gewalt in Tiefschlaf, bevor er mir gehorchte und sich zu den Sanitätern begab.

Er hatte nur Spottworte für unsere Gegner. Wie üblich, wenn wir in Joy sind. Er wollte sich sogar von neuem in die Schlacht werfen, das aber wurde dadurch verhindert, daß es vorbei war.

Alle, die noch Widerstand geleistet hatten, ergaben sich unter dem Eindruck, daß ihre Kameraden am Boden lagen. Sie mußten glauben, sie seien tot. Aber die einzige Tote, die sie zu beklagen hatten, war Ira, wie sich nun zeigte. Dennoch wurde sie ins Krankenhaus gefahren, damit diese Tatsache amtlich bekräftigt werden konnte.

Dann drangen wir in einen verschlossenen Raum ein und fanden eine weitere Gefangene, eine junge Frau, die von Iras engsten Schergen vergewaltigt worden war. Auch sie befreiten wir sofort und brachten sie vorsichtig ins Freie. Sie war eine Cro aus Chioggia, nicht in der Cultura. Sie wollte nur von den Frauen gestützt und geführt werden. Auch sie wurde in ein Boot gesetzt, und ich schlug vor, sie zu Heathea zu bringen.

Schließlich versammelte ich die Kshatrinis im Magischen Raum. Wir entfernten alle Dinge, die für Schadenszauber gebraucht wurden. Aloke machte ein Reinigungsritual. Ihre Kameradin Rupa holte die Gegenstände dafür — Glocke, Trommel, Räucherwerk, Text — aus dem Boot. Pratizaye nahm die Dinge, die wir eingesammelt hatten, machte draußen ein Feuer und verbrannte diese Sachen, indem sie unablässig um das Feuer herumging und sang. Bereket bestand darauf, mit um das Feuer schreiten zu dürfen. Für einen Krieger mit Loch im Kopf war er ziemlich gut drauf.

Als alles ordentlich in Flammen stand, löschte Pratizaye es mit Wasser aus der Lagune, das sie in einem alten Eimer herbeigebracht hatte. Dann vergrub sie die Reste in der Erde.

„Mögen die Elemente die Keime dieser Zauberei verwehen, mögen sie vergehen, mögen alle leben und gedeihen, die Ziel waren", sang sie.

Unterdessen wurden weitere Boote herbeigerufen, wurden die bewußtlosen Kämpfer hineingeladen und bekamen eine Erstversorgung. Dann würden sie ins Untersuchungsgefängnis gefahren werden und Selknams Leute würden sie vernehmen.

Die neuen Gesetze, die die Sala de Thing heute erlassen hat, greifen natürlich noch nicht. Aber Besetzung von Staatseigentum von Sukent, Widerstand gegen die Staatsgewalt in Tateinheit mit schwerer Körperverletzung oder sogar versuchtem Mord, dazu Freiheitsberaubung, sexuelle Nötigung und Beihilfe zu sexueller Nötigung, das wird schon reichen, um sie von Sukenter Boden zu entfernen. Bergenschein, der mir auf der Rückfahrt mitgeteilt hat, daß er ja der Vater des kleinen Helmut Hiawatha Bergenschein ist, also eines Homsarec-Kindes, daß er also der Ex-Schwager von Iván ist und die Homsarecs eigentlich doch sehr gern hat, ist ein schleimiger Mitläufer. Man möchte diese Kröte zertreten, aber Kröten stehen unter Naturschutz. Und sie sind ja auch nützlich. Sie können einem helfen, aus unterirdischen Verliesen zu entkommen.

So, und nun, mein lieber Isegrim, für dessen völlige Wiederherstellung ich stündlich bete, ist dies wieder dein Tagebuch.

24. Oktober, Hospital von Sukent

Heute habe ich ein Protokoll diktiert, das von Kúsali aufgenommen wurde. Er ist jetzt ducaler Privatschreiber und arbeitet im Auftrag Seiner Exzellenz.

Ira ist eindeutig die Ursache, daß zweimal die Roben des Dogen gebrannt haben, sie hat sich sogar damit gebrüstet, Fernzündungen durchzuführen, wozu auch die Explosion in der Höhle gehörte. Der Grund war, Ängste zu schüren, denn mit Hilfe der Angst vor dem Zustand hatte sie ihre Opfer gängeln können, es war die Macht, die sie reizte. Sie wollte mich bestrafen für die Tötung ihres Bruders und die ganze Stadt für den Krieg, der dann zur Entmachtung der Fortschrittspartei und endlich in Tarfurs Tod geführt hatte. Das Trinken von Blut der Unsrigen hielt sie für die Ursache ihrer magischen Kräfte, für starke Suggestivwirkung, sie hatte zwar keine telekinetischen Fähigkeiten, sondern bediente sich beeinflußbarer Menschen, die dann absichtlich oder unabsichtlich zerstörerische Handlungen ausführten.

Die Kshatrinis machen für sie ein Totenritual, damit sie nicht in die Hölle kommt. Das können sie sich sparen, sie werden es nicht verhindern.

Ruradix, Kommandantin der Stadtwache zu Sukent

16 Ruradix, die neue Chefin der Amazonen

Isegrim hat einen Knacks

30.10.-30.11.192

30. OKTOBER

Ich bin wieder zu Hause. Seine Exzellenz hat sich im Hospital untersuchen lassen, ein paar Schnitte von Glasscherben behandeln lassen und Infektionstests gemacht. Auch er hat eine Infusion bekommen, war dehydriert und immer noch auf Joy.

3. NOVEMBER

Drei Tage lang war ich nicht in der Lage, etwas zu schreiben. Ich habe versucht, mich wieder an mein normales Leben zu gewöhnen. Ich lasse meinen Herrn in Ruhe, auch er muß sich nach den Ereignissen erholen.

Iván hat Geburtstag. Er wird 26 Jahre alt. Aufgrund seiner Verpflichtungen feiert er ihn in Sukent. Aber das tut er erst in drei Tagen. Denn heute ist Staatstrauer.

Wegen des Todes unserer Feindin…!

Tanguta hat sie doch nicht alle.

Isegrim! Erlaube, daß ich mich wieder einmische. Was willst du damit sagen: ‚Tanguta hat sie doch nicht alle'?

Au weh. Jetzt habe ich eine schmerzhafte Bestrafung durch meinen Herrn erfahren. Wegen Frechheit. Ich ertrage sie widerstandslos, dankbar, am Leben und bei meinem Herrn zu sein. Aber Spaß macht das nicht.

Doktor Mani kam herein.

„Störe ich?" fragte er maliziös.

„Im Gegenteil", antwortete mein Herr und ließ das Paddel sinken, „was sagt der Arzt zu dieser Maßnahme?"

„Klopfmassage zur Erwärmung des Blasenmeridians, sehr hilfreich gegen Kältewirkungen und nach Belastung der Nieren", bemerkte er und notierte es auf meinem Behandlungsplan. Der Witzbold.

Und dann hielt er mir noch eine kleine Gardinenpredigt. „Du weißt, daß wegen Tarfur auch ein Tag Staatstrauer angeordnet war."

„Ich erinnere mich nicht, ich war verletzt", log ich frech.

„Jeder Feind könnte ein Verbündeter werden", fuhr mein Herr belehrend fort, „denk an Krasnov."

„Aber Ira war unverbesserlich", widersprach ich, „die hätte sich niemals geändert."

Er behauptete hingegen, das sei nur eine Frage der Zeit und der geschickten Methoden. In mir jedoch stieg Wut auf, als ich an sie dachte. Sie hat mich an den Rand des Todes gebracht. Ich werde niemals aufhören, sie zu hassen.

„Jede Bosheit, auch wenn sie noch so groß ist, ist letztlich eine Form von Bedürftigkeit", sagte er, und davon läßt er sich nicht abbringen.

„Seid Ihr denn nicht auch froh, daß das aufgehört hat, die Gefahr, die Bedrohung, die Attentatsversuche?"

Er schweigt eine Weile bevor er mir antwortet.

„Ja, daß es aufgehört hat, freut mich, aber wer sagt, daß das nur um den Preis des Todes sein kann? Denk an Pitro."

„Wie hätten wir sie hindern können?"

„Das hätten wir nur herausbekommen, wenn wir alles versucht hätten."

„Das haben wir."

„Erzähl!" Und er ließ sich von mir über die Momente berichten, in denen ich sie emotional erlebt hatte, ihre Angst, ihre Tränen.

„Aber danach verschloß sie sich und war doppelt so hart. Ihr seht, Herr, es hatte keinen Zweck mehr, wir haben alles versucht."

„Nein, wir hatten nur nicht mehr genug Zeit und Gelegenheit."

4. November

Ich bin wieder ihr eigen. Des Dogen und der Dogaressa. Anders kann ich es kaum sagen. Der Doc hat mich getestet, ob ich irgendwelche Infektionen davongetragen habe, keine Ahnung, was und wie das hätte kommen können. Alles gut, und ich glühe. Ich mache täglich die Atemübungen, die mir Pratizaye ans Herz gelegt hat, und meine Herrschaften tun das auch. Wir essen gut. Feuer braucht Holz.

Ich erzähle meinem Herrn jetzt vieles, was sich in meiner Gefangenschaft abgespielt hat. Und ich erzähle von diesem merkwürdigen Satz, den sie sagte: Daß ein Mann mit nur einem Großvater ihr Verhängnis sein werde. Und ich hatte gemeint, ich werde das sein, denn ich hatte ja nur einen Großvater.

„Aber Ihr wart doch ihr Verhängnis, Herr", sage ich.

„Es ist passiert, als ich bei ihr war", sagt er, „aber ein Blutgerinnsel bildet sich nicht binnen fünf Minuten. Sondern daß sie dein Blut trank, das war ihr Verhängnis."

„Wie kann das sein? Das Blut wird doch verdaut!"

„Schon, aber der Körper des Aufnehmenden muß ja die Stoffe verarbeiten, und das fordert die Nieren der Cro heraus, mehr noch als unsere. Es kann sie sogar entscheidend schwächen, so aggressiv sind unsere Eiweiße. Das hat der Doc mir erklärt."

„Kunkamanito sagte, ich hätte durch die genetische Verdoppelung einen stärkeren Gerinnungsfaktor, ein erhöhtes Risiko, ich muß ständig kontrolliert werden und viel Wasser trinken."

Vor ihm stand ein Glas, er nahm einen Schluck und antwortete: „Das heißt, sie nahm etwas zu sich, was deshalb so gefährlich für sie war…"

„… weil ich nur einen Großvater hatte. Das ist es! Sie hätte es wissen können."

„Sie glaubte, sie sei stärker als alles das."

Er reichte mir das Glas, aus dem vorher er getrunken hatte, ein fein mit eingeschliffenen Renaissancemotiven dekoriertes Glas. Ich drehte es um, damit mein Mund dieselbe Stelle berührte wie seiner; und da sah ich, daß der Name ‚Isegrim' in einem ovalen Feld stand.

„Ist das für mich?"

„Kennst du noch einen Isegrim?"

„Ein so feines Glas für einen Sklaven?"

„Für den ducalen Sklaven, Kind. Ich will mit dir angeben."

Er befahl mich danach in ihr Schlafzimmer. Sie haben mich zärtlich zwischen sich genommen. Nach all der Angst, die wir um einander ausgestanden haben, bin ich so glücklich, ihnen wieder nah sein zu können. Ich vergrub mein Gesicht an Vanessas Hals, in ihren langen Haaren, an ihrer fülligen Brust, ich stahl ein wenig Milch, die doch für Yadwiga ist.

Zack, erwischte mich ein scharfer kleiner Klaps von der Dogaressa: „Milchdieb!"

Ich drehte mich zu ihm, der mich von hinten umfaßt hielt, er packte mich sacht und leicht drohend mit den Zähnen. Ich murmelte etwas, was wie eine Entschuldigung klang, und schmiegte sich an ihn. Ich fühlte, wie er mich überall gestreichelt hat, prüfend, wie mir schien; aber er ist doch kein Arzt! Es war mir auch nicht überall angenehm. Warum faßt er mir zwischen die Beine? Ich bin kein Baby, das frische Windeln braucht. Ich mag das nicht. Ich habe mich vorsichtig weggezogen. Wollte ihn nicht vor den Kopf stoßen, nachdem er mich mit meinem guten Namen auf dem schönen Glas geehrt hat. Ich kenne kein anderes *serf*, das so eine Ehre durch seine Herrschaft erfahren hat. Muß ich mir dann Dinge gefallen lassen, die mich befremden?

Er hat mich gelesen und an meinem Ohr gemurmelt: „Magst du das denn nicht mehr?" Ich bin verwirrt. Mochte ich das mal?

„Ehrlich gesagt, nein, lieber Herr, laßt mich sonst für Euch tun, was ihr wollt", sage ich leise. Also streichelt er meine Haare, meine Ohren, meine Wangen, und ich schließe im Genuß meine Augen. Gut, ich habe ihn nicht verärgert. Ich liege an seiner weichhaarigen Brust und finde im Flaum seinen rosa Nippel. Mehr will ich nicht. Ich bin wieder daheim. Ich bin in Sicherheit. Sie lieben mich. Alles ist gut.

5. November

Habe so gut geschlafen. Und ich habe von Hemyarik geträumt. Ich sagte, „aber du bist doch tot…" Er sagte, den Tod, wie wir ihn denken, gibt es nicht. Und er wollte mir etwas zeigen, was auf der anderen Seite eines reißenden Baches lag. Ich sagte, „ich kann dorthin nicht mitkommen", und er lächelte ein bißchen traurig und verstand. Ich fragte ihn noch rasch, wie es ihm ginge, und er sagte, ohne die Lippen zu bewegen: „Was heißt das?" Und wie das Bild schwand, blieb das Süße von seinem Lächeln übrig und tröstete mich. Und ich wünschte, ich hatte diesen Traum an Paloma und an Heathea und Josef schicken können wie ein Video, das man im Internet sehen kann.

Am Vormittag waren wir im Gericht. Meine Reststrafe von sechs Monaten ist aufgehoben wegen meiner persönlichen Opferbereitschaft. Es war mir etwas peinlich, denn ich habe ja nicht erreicht, was wir hofften. Und am Ende mußte mich auch noch mein Herr heraushauen und ging ein großes Risiko ein. Aber sie sahen sich die Protokolle und mein Tagebuch an und sagten, ich hätte großen Mut gezeigt und nichts unversucht gelassen, meine Schuld zu sühnen. Und darauf schließlich käme es an.

Ich bin nun wieder ein freier Mann. Ich heiße Isegrim und bin des Dogen Permaserf. Was immer das bedeutet. Ich habe das Gefühl, ich habe irgendwas vergessen, was zu meinen früheren Pflichten gehörte, aber ich komme nicht drauf.

6. November

Ich habe ein wenig in mein Tagebuch geschaut und verstehe selber nicht, was ich da geschrieben habe. Es geht um Dinge, die diese Frau mit mir gemacht hat. Es muß da etwas geschehen sein, denn ich habe davon geschrieben, aber ich weiß nicht, was das ist. Ja, ich war bei ihr, sie hat mich für irgendwelche Dinge bestraft, aber es war auch schön mit ihr, vielleicht hat sie mich geliebt. Und es gibt noch mehr Tagebücher von mir. Die Wachen haben das Haus durchsucht, in dem ich bei dieser Frau gefangen gewesen sein soll; ich hatte eine Kladde und eine Zettelsammlung auf dem Dachboden zwischen Deckenverkleidung und Dachziegeln versteckt, die haben sie gefunden, nachdem diese Frau gestorben war. Ich habe das Tagebuch gleich wieder weggelegt. Ich mag nicht drin lesen. Wenn ich das jetzt nicht mehr verstehe, wird es seinen Sinn haben. Mein Kopf, mein Herz ist wahrscheinlich nicht in der Lage, sich dem Leid zu stellen, das ich durchgemacht habe. Ich habe einen bittern Geschmack im Mund und Schmerzen im Unterkiefer, wenn ich auf diese Eintragungen sehe. Und ich nehme an, daß ich es ruhen lassen sollte, das ist sicher besser für mich.

Jeden Tag bringt mich Ruradix in die Klinik zur Nachbehandlung und Gesprächen mit dem Doktor, dem Freund Seiner Exzellenz.

Sie haben über mich gesprochen, und ich habe gelesen, daß der Doktor meinem Herrn besondere Vorsicht angeraten hat. Ich sei noch nicht im vollen Besitz meiner Erinnerung — das kannst du laut sagen! — und er sei in großer Sorge, daß mich ein plötzlicher Hypermem überfordern könnte, und er solle dies und jenes nicht mit mir machen. Ich weiß nicht, was das ist, was er mit mir machen könnte, und das betrifft auch seine Frau, die wunderbare Vanessa, und da kann ich mir erst recht nicht vorstellen, was sie tun könnte, das mir nicht gut bekäme. Sie sind so freundlich zu mir, geben mir ganz leichte Arbeiten und küssen mich bei jeder Gelegenheit. Ich kümmere mich auch um das Baby, nenne sie ‚Königin von Polen und Litauen', wenn ich sie wickle, und das macht ihr großen Spaß, sie quietscht vor Freude und liebt mich.

Aber irgendwas ist komisch. Gestern Abend hat der Doge mich zu sich in sein Bett befohlen. Er war sehr zärtlich und hat mich oft geküßt und mich einen ‚armen Jungen' genannt. Er hat mir ein schönes neues Schlaftuch gegeben und es mir eigenhändig angelegt, und dabei habe ich gesehen, daß ihm eine Träne über die Wange gelaufen ist. Warum? Es geht mir gut. Und ich sagte es ihm. Also haben wir so geschlafen, wie wir es taten, als ich das erste Mal in seine Gemächer durfte.

„Das weißt du noch?" hat er mich gefragt.

„Lieber Herr, ich habe nicht alle Erinnerungen verloren", antworte ich ihm.

„Und weißt du noch, wie wir in der Tatra im Schnee durch den Wald gelaufen sind?"

„Gewiß erinnere ich mich. Wir waren nackt und hatten Spaß."

Ein Leuchten geht über sein Gesicht.

„Erzähl mir mehr."

„Ihr habt mich in den Schnee geworfen… Haben wir zum Spaß gekämpft? Ich weiß es nicht mehr. Ich habe Euch gesagt, daß ich Euch liebte. Wir waren heiß und wild und gefährlich. Es war wundervoll."

Er würde mich gern fragen, ob ich noch mehr Erinnerungen an diesen Tag habe. Aber ich lese, daß er er nicht tun darf. Und Kunkamanitos Bild taucht kurz auf.

Da ist etwas, an das sie nicht rühren wollen. Vielleicht dürfen sie das nicht tun, sie glauben, es würde mir schaden.

Lassen wir es dabei. Ich vertraue.

Er sagte, ich solle mich vor ihn legen, den Rücken zu ihm gedreht. Und ich tat es gern. Es war Schutz. Ich fühlte seine Hand auf meiner Hüfte liegen und das tat mir gut. Er ist ein hoher Herr; sie sagten mir, er hätte sich in die Hand dieser Frau begeben, um mich auszulösen. Mein Leben gehört nun endgültig ihm. Liebe ich ihn? Ich weiß nicht, ob dieses Verlangen, in seiner Nähe zu sein, Liebe ist. Ist es die Dankbarkeit, die Freude daran, seine Stimme zu hören? Das Glück, etwas für ihn tun zu dürfen? Ist es die Lust, mit der ich ihm das Frühstück reiche, abräume, die Freude, seine getragenen Roben und Schlaftücher einzusammeln und zu waschen? Die Liebe, mit der ich die leichten Roben bügele? Wie ich sie als die äußerste Schicht meines geliebten Herrn berühre, als seine baumwollne und leinene Aura?

Wie kann ich ein ‚armer Junge' sein, wenn ich diesem Herrn gehöre?

7. NOVEMBER

Ich habe mich so dran gewöhnt, daß mich eine Amazone zum Hospital führt, daß ich nicht das Bedürfnis habe, allein dorthin zu gehen. Noch immer fühle ich mich schwach und bin dankbar, in Begleitung zu sein, auch wenn ich nun ein freier Mann bin — nun gut, wie frei ist ein Sklave? — und meine Strafe abgegolten ist. Die Amazone, die mich jeden Tag hinbringt und wieder abholt, ist furchtbar nett, sie heißt Ruradix und sagte, sie würde mich schon seit vielen Jahren kennen, aber ich kann mich nicht erinnern, ich denke, ich bin ihr immer nur flüchtig begegnet. Ich wage nicht, sie zu fragen, ob wir eine engere Beziehung hatten, ich fürchte, sie könnte gekränkt sein, wenn ich mich nicht an Liebe oder so etwas erinnere. Auch bei ihr lese ich so eine Zurückhaltung, da ist etwas, an das sie nicht rühren will. Es könnte auch sein, daß sie mir die Chance geben wollen, mich aus eigener Kraft an das Vergessene zu erinnern. Und wenn das gut für mich ist, dann will ich es gern so machen. Vielleicht ist es besser, wenn ich diesen Prozeß nicht forciere. Wahrscheinlich — und ich denke, Kunkamanito sagte so etwas — würde es mich überfordern, wenn ich alles auf einmal wüßte. Möglich, daß der alte Lelo, der ich war, seine Nase so lange in alles gesteckt hätte, bis er eins draufkriegt.

Ich werde in Kunkamanitos Behandlungszimmer für psychologische Gespräche behandelt. Hier sind keine Geräte, keine Spritzen und dergleichen, sondern es ist ein kleines Zimmer mit Vorhängen in sanften Farben vor einem Fenster, das auf einen kleinen Seitenkanal zeigt. Es gibt ein paar Blumen in einem Tonkrug auf dem Tisch und ein Bild mit einem blühenden Mohnfeld, Aussicht auf eine Menge Papavers, oder? Ich kann mich auf Kissen setzen oder auf ein Sofa, ich kann mich auch hinlegen, wenn ich lieber im Liegen sprechen möchte. Kunkamanito setzt sich auf gleiche Höhe. Heute hat er mir Bilder gezeigt, die ich nicht verstehe und die mir auch nicht gefallen. Sie wirken feindselig. Es scheinen Ringkämpfe zu sein, und was mir besonders mißfällt: Männer ringen auf manchen Bildern Frauen nieder. Sie sind nackt, was für solche Sportarten sicher hilfreich ist. Ich soll meine Eindrücke sagen.

Ich sage, daß mir diese Bilder unsympathisch sind.

„Magst du diese lieber?" fragt er mich und reicht mir eins, wo zwei Männer miteinander ringen. Sie tun es auf eine unfaire Weise, die mich anwidert, und der untere der beiden sieht unglücklich aus. Dann hat er noch welche von Frauen. Das finde ich noch schlimmer. Die eine scheint die andere zu quälen, sie scheint zu schreien.

Er hat auch welche, auf denen sich Menschen küssen, und die gefallen mir, sie sind liebevoll und freundlich. Auf einem sind zwei Männer, die sich küssen, und Doc Mani fragt in so einem komischen Ton, ob mir die auch gefallen würden. „Ja", sage ich, „die sind nicht brutal, ich mag im Moment keine Kämpfe oder dergleichen, mir gefällt es, wenn da Liebe ausgedrückt wird."

„Diese auch?" Er reicht mir ein Bild, auf dem sich Frauen küssen. „Ja", sage ich, „das ist schön, die sind lieb und hübsch, sie tun einander nicht weh, das gefällt mir."

„Und du denkst, auf den anderen Bildern tun sie einander weh?"

„Aber klar", sage ich und schiebe ein Bild rüber zu ihm, „der eine Mann zielt doch auf die empfindlichsten Teile des anderen, natürlich wird er ihm wehtun, ich mag das nicht sehen, darf ich es umdrehen?"

Ja, das durfte ich. Und da ich schon dabei war, drehte ich alle weiteren um bis auf das mit den Männern, die sich küssen; das ließ ich offen liegen.

Der Doktor befragte mich nun noch über die Lebensumstände, in denen ich mich befand, und davon sprach ich weit lieber als von der Vergangenheit. Ich fühle mich wohl in dem Haus, mag auch die anderen Diener, mit denen ich zusammenarbeite. Ich mag meine Arbeit, sie geht mir immer besser von der Hand. Ich erinnere mich an viele Tätigkeiten, die ich früher tun mußte, helfe in der Küche und mache soweit sauber, wie ich es schon kann. Noch bin ich schnell erschöpft. Wenn Seine Exzellenz im Palast ist, um seine Amtsgeschäfte auszuüben, leiste ich Vanessa Gesellschaft, wir gehen mit Yadwiga aus, wobei uns zwei Amazonen begleiten, oder ich lese ihr vor, was auch die Infantin sehr mag, und ich habe den Eindruck, sie versteht, was ich vorlese.

Kunkamanito hat mir dann noch einen Brief für Seine Exzellenz mitgegeben, den hat er nicht gut zugeklebt. Ruradix hat mich dieses Mal in einer kleinen Barke nach Hause gerudert, so hatte ich Gelegenheit, mich mit dem Brief zu beschäftigen. Ich konnte immerhin einige Zeilen erkennen; um ihn ganz zu lesen, hätte ich ihn beschädigen müssen, aber so sah ich doch den Anfang des Briefs.

„Euer Exzellenz, Euer serf hat ein so schweres Trauma erlitten, daß ich davon reden möchte, es habe ihn in ein kindliches Bewußtsein zurückgeworfen, ja, sein Virgus wiederhergestellt. Sein bewußter Umgang mit ....alität ist prakisch ausgelöscht. Wir können davon nur vage auf die Schwere des Traumas schließen, denn so etwas ist mir in meiner gesamten Praxis nie..."

Und ein kleines Stück von der Rückseite des Briefs konnte ich auch erkennen.

„... umgehen sollen. Wir betreten praktisch Neuland. Wir sollten die Entwicklung seinen eigenen Instinkten überlassen, ohne weitere Gefährdung zu riskieren. Das sollte nicht allzu schwierig sein, da er so sanft und kooperativ ist, wie ich ihn früher nie erlebt habe. Er ist in seinem ganzen Verhalten kindlich, dabei weit schutzbedürftiger als ein Kind, und braucht..."

Das verstehe ich nicht so recht. Denn ich bin dabei, mich ganz zu erholen, es wird nicht mehr lange dauern, bis ich ganz bei Kräften sein werde. Und dann werde ich so fit sein wie damals in der Tatra, kein Zweifel. Ich habe zufällig gehört, daß die Amazonen mich ‚die Amazone Knax' nennen, gut, ich habe einen Knacks, aber was ist er? Ich war ein Krieger, und ich werde es wieder sein. Ich bin von Bereket, Škorec und Kachina ausgebildet worden. Wieso soll ich da schutzbedürftig sein? Noch mehr als ein Kind?

8. NOVEMBER

Ich werde wohl mit jemandem darüber sprechen, was damit gemeint sein soll. Will mich da jemand verkleinern, entmündigen über das Maß hinaus, das zum Leben eines Sklaven gehört? Natürlich gehöre ich Seiner Exzellenz und darf mich von ihm wie ein Kind behandeln lassen. Aber mich verniedlichen bis zu dem Maß, daß man nicht mehr ernst nehmen würde?

Ich überlese noch einmal die Zitate aus dem Brief. Sind die so richtig gewesen? Ja, ich rufe sie mir noch einmal vor Augen. Doch, so stand es wörtlich da. Ich kann es sehen.

Oh, hoppla, ich kann es sehen? Hatte ich immer schon ein fotografisches Gedächtnis? Ich meine, nein.

Mein Erinnerungsvermögen für sichtbare Dinge ist nicht schlecht, das habe ich gemerkt, als ich zeichnete, um Vorlagen für meine Schnitzerei zu sammeln. Wenn ich mir eine Ranke, eine Blüte lange genug anschaute, konnte ich sie sehr detailgetreu wiedergeben. Daß ich aber auch für geschriebene Texte ein fotografisches Gedächtnis habe, ist mir bisher nicht klar gewesen.

Mir ist, als hätte ich unendlich viel Zeit, und die Tage sind lang. Um mich hasten die Diener, und ich helfe ihnen, so gut und schnell ich kann, und bislang hat sich niemand beschwert, ich würde trödeln. Aber dennoch ist mir, als würde ich in einer Barke auf der

Lagune treiben. Während Yadwiga auf dem Teppich herumkrabbelt und Vanessa sie dabei beobachtet und ihre Aktivitäten ab und zu kommentiert, sehe ich, wie die Sonne durch das Fenster fällt und Staub im Lichtstrahl tanzt; ich sehe, wie die Passanten, die drüben die Fondamenti entlangstreben, sich im Glas der Vitrine spiegeln. Ich verpacke Bücher, die unser Herr aussortiert hat und einem Antiquar schicken will, und zuvor sehe ich sie durch, ob darin Briefe sind, die jemand als Lesezeichen verwendet hat.

Und siehe da, mir fällt einer in die Hände.

„Verehrte Frau Kanzlerin, heute Abend bringe ich Ihnen, wie angekündigt, meinen Lieblingssklaven, damit Sie an ihm Vergnügen haben können. Er wird es sich zur Pflicht machen, Ihnen aufs Wort zu gehorchen. Ich hoffe, daß er Ihnen so gefällt wir mir. Sie wissen, daß Sie ihn auch für intime Dienste nutzen dürfen. Das hatte ich Ihnen schon mündlich angekündigt. Seien Sie nicht scheu, er wird glücklich sein, Ihnen verliehen zu sein. Ich hole ihn 24 Stunden später wieder ab und bin sicher, daß er Ihnen Freude machen wird. Sollte Ihnen nicht gefallen, was er tut, sollte er seine Pflichten versäumen oder Widerworte geben, so zögern Sie nicht, ihn mit dem mitgelieferten Stock zu bestrafen..."

Ich konnte nicht weiterlesen, denn etwas berührte mich sehr seltsam, eine Übelkeit würgte mich und machte mich so schwach, daß dieser Brief mir aus der Hand fiel.

Vanessa hob ihn auf.

„Isegrim, was ist dir?" fragte sie besorgt. Und sie befahl mir, mich hinzulegen, ich sei käseweiß.

Ich lag dann auf dem Sofa, Kúsali kühlte mir mit einem Schwamm die Stirn, und Mato Sapé saß auf dem Sofa und fühlte meine Pulse. Ich erinnerte mich an den letzten Satz, der gesprochen worden war; Vanessa erzählte dem Doktor, daß ich den Brief gefunden hatte, mit dem mein Herr ihr die erste Begegnung mit mir ankündigte. Was gibt es denn da umzukippen? Was für eine neue Art Homsarec bin ich, der in Ohnmacht fällt wie ein Rokokomädchen im zu engen Schnürmieder? Was war denn dran an dem verdammten Brief?

„Doktor", sagte ich, „glauben Sie, daß es wegen dem blöden Brief war, daß ich in Ohnmacht gefallen bin? Was steht denn groß drin? Ich sollte der Dogaressa dienen, was ich gern tu. Ich war ausgeliehen, um dieser bezaubernden Frau Getränke zu reichen und sie zu unterhalten. Wo war das Problem?"

„Es gab keins", sagte er, „du bist noch nicht voll bei Kräften, was war's schon."

„Oder die Sache mit dem Stock und der Bestrafung, von der im Brief stand?"

„Ja", ging er drauf ein, „wie hat das auf dich gewirkt?"

Ich zuckte mit der Schulter. „Es wäre ja gar nicht nötig gewesen", sagte ich, „und selbst wenn — ich bin sicher, ich hätte das weggesteckt."

„Und sonst?" fragt er. Aber ich habe keine Ahnung, was er meint.

9. N<small>OVEMBER</small>

Mein Gedächtnis ist mir ein großes Rätsel. Einerseits kann ich mich an Dinge klar erinnern, die ich nur flüchtig sehe, kann neuerdings eine komplette Seite, die ich überflogen habe, wörtlich aus dem Gedächtnis wiedergeben. Eidetiker nennt man wohl die Leute, die das können. Andererseits wird mein Verdacht stärker, daß ich ein Gebiet aus meinem Leben ausblende, das mir früher so viel bedeutet hat. Sagten sie nicht, ich sei ein bißchen verrückt? Trank ich nicht einen bestimmten Tee, damit das besser würde? Aber was bezweckte der? Ich habe die Tüte gefunden, aber mir fiel nicht ein, wie er wirkt.

Purix kam in die Küche und nahm mir die Tüte weg. „Hör auf zu grübeln", sagt er.

Und dann fahren wir mit einem Handkarren zu den Märkten und kaufen für den Tag ein. Auf dem Weg treffen wir Ruradix, sie sieht wundervoll aus, ist in die Winteruniform der Wach-Amazonen gekleidet, in lange Hose, flache Stiefel mit hohen Schäften, nietenbesetzte Jacke und Helm, dazu Lederhandschuhe, und sie wird gleich die Nachtwache am Haus Seiner Exzellenz ablösen. Unser Herr bleibt heute zu Hause, es ist Sonntag, und wir werden zusammen mit der Dogaressa, den Amazonen und Dienern essen. Das hat Seine Exzellenz für heute angeordnet, und das möchte er an jedem ersten Sonntag eines Monats so machen. Auch die Infantin wird dabei sein.

Ich frage Purix nach Ruradix aus. Wieder hält er was zurück. Aber ich kriege es raus.

„Purix", sage ich, „ich kenne diese Frau, aber ich weiß nicht, was mit ihr war."

„Gefällt sie dir?" fragt er.

„Ja, sehr. Ich würde so gern Zeit mit ihr verbringen, aber ich weiß ja nicht, ob sie mich mag. Sie schaut auch immer nur so kurz und sieht dann immer weg."

„Doch, sie mag dich."

Ich versuche, ihn zu lesen, aber er verschließt sich.

„Ich würde alles, was ich habe, geben, wenn ich ein Hypermem bekäme", sage ich traurig.

„Wünsch dir das nicht!" sagt er und sieht mich voll an.

„Sag mir, was du weißt!" bedränge ich ihn.

„Den Teufel werde ich tun, Seine Exzellenz würde mich durchprügeln."

„Was war denn so schlimm?" insistiere ich.

„Hast du denn nicht deine Tagebücher?"

„Ich habe versucht, darin zu lesen, aber mir ist davon schlecht geworden, und ich habe auch nicht verstanden, was darin steht. Was genau diese Ira mit mir gemacht hat. Es scheint eklig zu sein. Ich möchte, daß mir jemand das erklärt, aber eben nicht eklig."

Mehr habe ich nicht erfahren; dann waren wir am Markt, und Purix hat eingekauft.

Er hat immer noch diesen Amazonennamen, obwohl er aufgehört hat, sich weiblich zu kleiden. Es scheint, daß sich niemand dran stört.

Wir sprachen nicht mehr über das Thema, denn das Einkaufen und Kochen hat uns voll in Anspruch genommen.

Und eigentlich wollte ich dann doch lieber nichts davon wissen, wenn es mit Dingen zu tun hat, die mich anwidern.

Das Essen mit den Herrschaften war wunderbar. Seine Exzellenz und die Dogaressa saßen an der Spitze der Tafel; die Infantin hat jetzt ein Hochstühlchen, ihren Kinderthron, sie war bester Laune, wie immer, wenn die Untertanen ihr huldigen, die Ärzte waren da, dann auch Tante Nox, die ich voll Freude und Erfurcht begrüßte, und sie nahm mich in den Arm, küßte mich und sagte, wie schön es sei, mich wieder gesund zu sehen. Und siehe da, auch sie verschließt sich und hat irgendwas, das sie mir nicht sagen kann — um mich halt zu verschonen.

Langsam wird mir das unheimlich.

Aber ich lenke mich durch die fröhliche Gemeinschaft ab und bin dankbar, daß ich heute am Tisch sitzen darf. Sogar links neben meinem Herrn, während rechts die Dogaressa und Yadwiga sitzen. Der Doge erklärt in einer kleinen Rede, daß er diesen Brauch einführt, um mit den Menschen, die ihn umgeben, bewachen, ihm dienen, ihn lieben, ihn beschützen, an diesem einen Tag in jedem Monat auf Augenhöhe zu essen. Heute soll das Gefälle aufgehoben sein, heute dürfe ihn jeder anreden, wie er mag, auch mit ‚du' und ‚Tanguta', heute darf jeder ihm Vorschläge machen, die er sonst aus Ehrfurcht verschweigt, ja, sogar ihm Kritik vortragen.

Mittendrin bleiben meine Augen an Ruradix hängen. Sie sitzt mir schräg gegenüber, an ihrer rechten Seite Khorasan, der sich aber nicht weiter für sie interessiert. Ruradix hat mich im Blick, scheint mir, und ich frage mich, ob sie mit mir flirtet oder mich einfach nur aus alter Gewohnheit überwacht. Ich probiere ein Lächeln, auch sie lächelt.

Später beobachte ich, daß sie mit dem Dogen spricht. Mein Herr ist freundlich, aber ernst. Etwas sagt mir, daß es um mich geht. Sie nickt, als hätte er ihr etwas abgeschlagen oder sie auf später vertröstet. Ich würde ihr gern auf dem Korridor auflauern und sie küssen, aber ich glaube, das darf ich nicht ohne die Erlaubnis meines Herrn.

Eben mußte ich Purix stören, das tat mir leid, denn er hat einen schlechten Schlaf, nur meiner scheint noch schlechter zu sein. Etwas Ekliges ist passiert, und das muß ich Purix erzählen, denn ich schäme mich vor Seiner Exzellenz, es ist alles sehr fremd und macht mir Angst. Ich habe also nachgesehen, ob Purix schläft, und ich hatte Glück, er war wach und las, und weil er ein eigenes Zimmer hat, habe ich es gewagt und habe geklopft, als ich Licht unter dem Türspalt sah. Er kam aus dem Bett und öffnete mir die Tür, das war sehr nett und machte es mir leichter. Ich habe das Schlaftuch über meinem Unglück aufgebauscht, damit niemand auf dem Flur mich damit sieht. Ich legte mich also rasch zu Purix aufs Bett und öffnete mein Schlaftuch über meiner Peinlichkeit.

„Das nennen wir einen Steifen", sagte Purix und lächelte mich an.

„Was ist das? Eine Krankheit?"

Ich las ihn, er dachte, ‚nein, das gibt es doch nicht. Wirklich ein schweres Trauma. Geht die Verdrängung so weit?'

Aber er sagte: „Mach dir keine Sorgen, Schätzchen, das haben wir Männer alle."

„Ist das schlimm?" fragte ich.

„Wie fühlt es sich denn an?" wollte er wissen.

„Nicht schön. Lästig. Ich werde es ein bißchen los, wenn ich solche Bewegungen mache" — und ich zeigte ihm so eine Methode, die mir half, ich stützte mich auf meine Arme und bewegte mein Becken so vor und zurück, was dieses quälende Jucken etwas von mir nahm, das in meinen Lendenwirbeln entstand.

„Und hast du Spaß daran?"

Ich schüttelte den Kopf. „Aber du bist sicher, daß es keine Krankheit ist?"

Warum grinst der Idiot?

Aber er zog mich in seine Arme. „Du bist bei mir richtig damit, denn ich bin einer der wenigen, die dich verstehen können. Denn die meisten sind stolz darauf und haben viel Spaß damit. Aber ich wollte das auch loswerden, ich fand es fremd an mir, du weißt doch vielleicht noch, daß ich eine Frau werden wollte und den Tee getrunken habe…"

„Der Tee… Ich erinnere mich… Du hast diesen Tee getrunken… Und der hilft dagegen? Dann will ich ihn auch."

„Liebchen, ich glaube, Seine Exzellenz hat andere Pläne mit dir."

„Wenn die damit zu tun haben, was mir heute Nacht passiert, dann will ich das lieber nicht."

Purix schaute drein, als hätte er sich verplappert. Er sah mich an und schwieg. Versuchte, in meinem Gesicht zu lesen. Und ich versuchte, ihn zu lesen.

Da waren Bruchstücke, und die waren eklig.

„Muß ich das aushalten, was Seine Exzellenz mit mir vorhat? Was immer das ist…"

„Seine Exzellenz wird nichts mit dir tun, was du nicht willst", versicherte mir Purix feierlich, „der Doge liebt dich und will dich beschützen, nicht mißbrauchen."

„Hat Ira mich mißbraucht?"

„In hohem Maße, ja."

„Kommt daher mein Widerwille?"

„Höchstwahrscheinlich."

„Ich wollte selber zu ihr. Ich wollte ein Kurban sein. Ich habe mich wohl übernommen."

Purix hielt mich fest. Mein Körper beruhigte sich zum Glück. Ich verbrachte den Rest der Nacht bei ihm. Ich schlief zuerst gut. Ich träumte von einer gelben Schlange, die in meinem Steißbein hochkroch und sich in meinem Lendenwirbel auseinanderrollte und nach vorn durchstieß und ihren Kopf in meinem Schoß erhob. Und sie öffnete ihr Maul und zischte, züngelte und zeigte ihre Giftzähne. Ich erwachte mit einem Schrei.

Purix hielt mich fest.

AM SELBEN ABEND

Am Morgen wollte ich die Infantin wickeln, aber Seine Exzellenz und die Dogaressa waren im Schlafzimmer in eine Debatte verwickelt, ich hörte ärgerliche Stimmen, sie stritten sich, und Yadwiga brüllte. Die Dialoge wurden unterbrochen, meine Herrin kam mit dem Kind und gab es mir, ich trollte mich in Richtung Bad mit meiner jüngsten Herrin, die außer sich war, und meine Probleme der Nacht waren vergessen. Sie protestierte heftig dagegen, daß ihre Eltern sich stritten, und damit hat sie ja auch recht. Ich war etwas unachtsam und habe sie wohl etwas zu kalt gebadet. Alles das, was so passierte, machte mich nervös und überforderte mich. Da hat sie geknurrt und mich gebissen, als ich sie noch einmal mit kaltem Wasser übergoß, und recht geschah mir, denn ich war wirklich nicht vorsichtig. Ich entschuldigte mich, und sie verzieh mir. Habe dann die korrekte Badetemperatur hergestellt.

Dann war sie sauber und in frischen Tüchern, ich gab sie ab, es war inzwischen still im Schlafzimmer, seine Exzellenz war ins Büro gegangen und wollte dort frühstücken. Dicke Luft. Die Dogaressa nahm das Kind entgegen und sah verheult aus.

Ich wagte, sie zu fragen, was denn los sei.

„Ach, Isegrim", sagte sie und zog mich in ihre Arme, „sei einfach hier, mein Lieber, ich glaube, du willst das nicht wissen."

Sie setzte Yadwiga auf ihr Krabbelfell, gab ihr zum Spielen einige der Holztiere, die ich für sie geschnitzt habe, und zog mich an ihre Seite. Ich war immer noch im Schlaftuch. Sie gab mir einen Kuß und nahm mich in die Arme. So saßen wir eine ganze Weile. Ob ich denn schon gefrühstückt hätte? Nein, das habe ich nicht, fiel mir ein. Also ließ sie sich und mir ein Frühstück von Khorasan heraufbringen.

Dieser servierte uns Tee und Hörnchen und wandte sich zum Gehen, da sprach ihn die Dogaressa noch einmal an. „Wann soll denn diese Zeremonie stattfinden?" fragte sie. „Am Elften, also morgen", antwortete unser Diener, „um elf Uhr elf."

„Wie ist doch mein Gatte mit Humor begabt", versetzte sie ein wenig giftig, „dann also soll der Mummenschanz losgehen?"

„Was??"

„Lelo. Isegrim. Das ist nichts für dich, das wird dir nicht guttun, der Doktor hat's gesagt."

„Karneval? Aber ich liebe den Karneval! Ich möchte die Eröffnung sehen!"

„Isegrim, das ist nicht, was du erwartest. Seine Exzellenz weiht eine neue Kommandantin der Stadtwache, nämlich Ruradix, und er wird es nach alter Art tun. Vor der Sala de Thing. Erspar es mir und dir, Lelo. Das willst du nicht wissen."

11. NOVEMBER

Ich hätte es wissen sollen, daß ich es nicht wissen wollte.

Meine liebe Herrin Vanessa hat recht gehabt.

Ich war dort. Ich hätte nicht dort sein sollen. Es ist Verrat gewesen, und ich weiß nicht, was ich mit dem anfangen soll, was ich gesehen habe.

Am liebsten möchte ich darüber schweigen. Aber Tagebuch zu schreiben hilft mir, es hat mir immer geholfen. Also dran.

Ich habe mich einfach unter die Abgeordneten gemischt. In einer Robe meines Herrn, einer sehr schlichten, die nicht aufgefallen ist. Ich sah aus wie ein ganz normaler Abgeordneter. Ein sehr junger wohl. Meine Haare hatte ich in ungewohnter Weise mit einem Turban bedeckt, und sollte mein Herr in meine Richtung aufschauen, würde ich mich hinter den vor mir Sitzenden verstecken.

Da war ein Bett mit einer prächtigen Decke in der Mitte des Saales aufgebaut. Um das Bett herum standen mehrere Kandelaber mit brennenden Kerzen.

Auf dem Bett sitzend entdeckte ich Ruradix in Harness, Chaps und Helm mit dem blauvioletten Roßhaarbusch. Dann kam mein Herr, alle standen auf, alle setzten sich wieder. Er ging auf Ruradix zu. Sie legte den Helm ab, er küßte sie lange. In mir kam Groll hoch. Darum also hatten sie sich gestritten, Vanessa und er.

Und dann sprach mein Herr zu den Abgeordneten.

„Werte Abgeordnete, Stimme des Volkes, Stimme Gottes! Wir sind zusammengekommen, um nach alter Weise die Kommandantin der Stadtwache zu weihen. Ihr habt sie gesehen, es ist Ruradix, die nach ihrer Ausbildung bei Amadux eine Auszeichnung nach der anderen erhalten hat. Ihre Leistungen sind exzellent, ihr Eifer unübertroffen, ihr Ruf bei den Kameradinnen makellos. Zum ersten Mal haben wir das Verfahren ausprobiert, eine Kommandantin von ihren Kolleginnen vorschlagen zu lassen, und darum steht Ruradix hier mit noch mehr Legitimation als ihre Vorgängerinnen. Wir haben mit Salix von den Tigern, Tochter des großen Pentedattilo, eine außergewöhnliche Kommandantin gehabt, in deren Fußstapfen zu treten nicht leicht sein wird, aber ich bin von Ruradix überzeugt.

Ich werden die Zeremonie jedoch in anderer Weise durchführen, als wir es von jeher getan haben."

Ein Murmeln und Raunen ging durch die Reihen der Zuhörer.

„Die alte Art, eine Amazone zu weihen", fuhr der Doge fort, „hatte immer den Symbolcharakter einer Unterwerfung. Wenn der Doge die Amazone nimmt und so weiht, dann betont das die Herrschaft des Dogen über die Frauengarde. Ich will es anders machen. Ich werde diese Frau ermächtigen, die höchsten Ordnungsaufgaben in unserem Stadtstaat auszuführen, indem ich ihr die Stadt Sukent, dargestellt durch meine Person, zu Füßen lege, ihr darbringe und sie bitte, diese Gabe anzunehmen und in der kommenden Zeit zu verwalten und zu hüten."

Er machte eine Pause und sah sich um, während ich hinter den vor mir Sitzenden verschwand.

„Ich spreche nun die traditionellen Worte der Weihung in Landessprache und in Lingo Real.

Ruradix, Juwel der weiblichen Kampfkraft, die Stadt wartet auf Deine regierende Hand. Zum Schrecken der Gesetzesbrecher, zum Wohl der Einwohner, zum Stolz des Dogen, zum Ruhm der Gesetze, zur Zufriedenheit des Königs sei gesalbt Ruradix.

Ruradix norbu femon guerrevirtu, urbe manu tsarstvuyu antecip. Al strach yeminmedar, al bonefa popul, al gurur ducale, al gloire kanuna, al plaisir del Kungen soit messíade Ruradix."

Und was nun passierte, kann ich kaum beschreiben, ohne daß mir die Hand zittert.

— Moment. Ich trinke was und beruhige mich und mache dann weiter. —

Mein Herr legte sich auf das Bett, auf den Rücken. Und ich sah, daß auch er dieses entsetzliche Zeichen am Körper hatte, den ‚Steifen', wie Purix mir erklärt hatte. Ich wußte also, daß er in diesem Moment das Gleiche leiden mußte wie ich, und ich brach in

Tränen aus. Zuerst blieb ich noch stumm, preßte meine Hände auf meinen Mund; und ich starrte fassungslos hin, als Ruradix auf ihn stieg und sich auf diesen ‚Steifen' runtersinken ließ, bis sie über ihm saß, die Beine weit gespreizt. Und sie machte die gleichen wiegenden Bewegungen, die ich machte, um dieses dämonische Kitzeln in meinen Lendenwirbeln loszuwerden.

So also helfen sie einander gegen diese Plage. Wie müssen sie leiden. Machen ja auch Schmerzenslaute. Und das soll ich gemocht haben? Nie im Leben.

Ihre Bewegungen wurden schneller.

Da entkam mir ein Schluchzer. Und der Doge richtete sich auf, schaute in die Reihen der Abgeordneten und ließ Ruradix sich von ihm lösen.

Wenigstens sank sein Penis nun herab, was mich sehr beruhigte. Mir war nun auch klar, warum Vanessa gegen das Vorhaben protestiert hatte.

„Tut mir leid, wir müssen unterbrechen", verkündete er, „es wäre ein schlechtes Omen für Ruradix' Amtszeit, wenn wir diesen Zwischenfall übergehen. Das Gesetz besagt — Aquila, tun Sie uns den Gefallen und verlesen den Paragraphen 24 der Verfassung von Sukent —"

Ein Mann, der auf einem Stuhl am Kopfende der Sitzreihen gesessen hatte, stand auf und trat an ein Pult, auf dem ein geöffnetes Buch lag; er blätterte kurz und verlas dann ein Gesetz, nach dem Tränen getrocknet sein müssen, bevor die Weihung stattfinden kann. Währenddessen winkte mein Herr einen der Saaldiener zu sich und zeigte in meine Richtung. Ich wollte mich abwenden und so tun, als sei nicht ich es gewesen, dem dieser Laut entschlüpft war. Aber der Saaldiener beugte sich zu meinem Ohr und sagte ganz leise, ich möge bitte in die Nebenkammer des Saals kommen, damit man mir helfen könne. Also folgte ich ihm gern, so entkam ich der allgemeinen Aufmerksamkeit, und verschwand mit ihm durch die Seitentür.

Ich war in einem kleinen Raum, der einen Stuhl und einen kleinen Tisch mit ein paar Büchern enthielt. Da war auch ein freier Platz, wo wahrscheinlich das Bett gestanden war, das nun mitten im Saal stand. Ich wurde auf den Stuhl gebeten, und wenige Sekunden später stand mein Herr in der Tür, nackt, und ich fürchtete ein Donnerwetter und Strafen. Aber er umarmte mich. „Herzchen, wie kommst du denn hierher? Das ist doch nichts für dich."

„Was tut ihr da??" quiekte ich.

„Wir haben …" Er sprach ein Wort, ich sah seine Lippen sich bewegen, aber ich hörte es nicht. Ich sah ihn verständnislos an, er wiederholte es, und wieder hörte ich nur die ersten zwei Worte, das dritte nicht."

„Ich kann nicht hören, was Ihr sagt, lieber Herr", antwortete ich matt.

„Wir …" hörte ich. Mehr nicht.

Und ich sagte, daß ich nur das Wort ‚wir' hatte verstehen können, nicht das andere.

„Liebes", sagte er und hielt mich fest in den Armen, „ich glaube, du bist hier überfordert. Kann ich dich diesem freundlichen Saaldiener anvertrauen, um dich zu Mato Sapé zu bringen? Er heißt Portulac, und eine Amazone geht auch mit, wenn du das möchtest…"

„Und macht ihr dann weiter?"

„Die Weihung muß stattfinden."

Ich vergoß wieder Tränen, ließ mich aber von Portulac und Bellatrix widerstandslos zum Doktor bringen. Mato Sapé sprach zuerst mit mir, dann aber rief er Kunkamanito dazu und schließlich noch Heathea. Die wollte ich aber schon gar nicht dabei haben, das sagte ich Mato Sapé ins Ohr. Sie sei aber doch Spezialistin für Mißbrauch-Therapie, antwortete er mir, und jede Idee könne helfen.

Ich weiß, welche Idee mir helfen könnte: Laßt mich einfach in Ruhe.

12. NOVEMBER

Das hat dann auch geklappt. Und als Portulac und Bellatrix, die während meiner Untersuchung im Wartezimmer gesessen waren, mich dann nach Hause geleiteten, worüber ich mir keine weiteren Gedanken machte, blieben die beiden sehr schweigsam und schienen nicht zu wissen, worüber sie mit mir reden sollen.

Das war mir ganz recht.

Ich mied die Küche mit unseren schwatzhaften Dienern und begab mich gleich zu meiner Herrin Vanessa. Diese hatte gerade eine Auseinandersetzung mit der Infantin, wieso sie sich die Mühe machen sollte, von einem Teller zu essen, wenn sie doch so schön an der Mama hatte nuckeln können. Yadwiga war wütend und beschimpfte ihre Mutter als faules Luder, worauf Vanessa es ihr streng untersagte, sie werde es dem Papa sagen, wenn der heimkäme. Überall Streit und Zorn, die Diener stritten auch, meine Begleiter hatten sich ihnen hinzugesellt und vertraten ebenfalls ihre Standpunkte in einer völlig überflüssigen Debatte.

Vanessa schien ganz froh zu sein, mich zu sehen.

Ich sagte ihr, ich sei in der Sala de Thing gewesen, setzte sie kurz in Kenntnis von den Ereignissen des Tages. Daraufhin benutzte die Dogaressa das Babyphon, um eine Anordnung in die Küche zu senden, sie benötige einen Imbiß für zwei ins Schlafzimmer. Kurz danach brachte Kúsali Tee und aufgewärmte Lasagne und einen Aprikosen-Grießbrei für die Infantin. Das tröstete uns alle ein wenig.

Der Rest des Tages war ruhig, und ich bin heilfroh darüber.

Gegen Abend kehrte dann auch Seine Exzellenz zurück, begrüßte uns zärtlich und mied das Thema Sala de Thing.

Ich dachte darüber nach, warum Leute dieses Eklige taten, ich wollte mit niemandem darüber reden, hatte das auch bei den Ärzten verweigert. Ich kam zu dem Schluß, daß sie es taten, damit so süße kleine Wesen wie Yadwiga entstanden, und das ist ja nun nötig. Ich dachte, was für Opfer die Leute dafür brachten — Yadwiga sah mich irritiert an — „Ja, Euer Hoheit, Sie haben sich da vorhin sehr undankbar benommen, Ihre Eltern tun alles für Sie…"

„Lelo, halt die Klappe", dachte die Infantin an mich zurück, „du bist nur ein *serf*, was willst du? Du bist mein Windelserf, haha…"

Und der Gedanke amüsierte sie so, daß sie in ein glucksendes Lachen ausbrach. Vanessa hatte das nicht mitbekommen, freute sich aber nur, daß wir alle wieder besserer Laune waren.

Und ich holte mein Tagebuch und schrieb.

13. NOVEMBER

Ich habe ausfindig gemacht, was das Wort ist, das ich nicht hören kann. Es gibt auch andere, aber ich weiß jetzt erst einmal dieses und weiß, wie es geschrieben wird. Es klingt wie das Knacken einer Holzleiste, wenn man sie zerbricht. Schreiben kann ich es, aber auch nicht sagen. Es beginnt mit einer Schlange, also mit Verführung und Gift. Es endet mit Kampf und Streit, denn es endet wie die Namen der Amazonen. In der Mitte rollt sich ein Wesen mit großem Kopf ein, das ist ein Embryo, der Keim der ekligen Sache, der Grund, warum man sie tut. Ihr habt es erkannt. Es ist S.e.x.

„Er ist wie ein Kind", hat Kunkamanito über mich gedacht. Es ist ihm entschlüpft. Ich muß daran denken, wie ich auf Torquato in die tausend Jahre alte Basilika ging, wenn keine Touristen da waren, und wie ich ein Bild in einer Seitenkapelle anschaute: Ein bärtiger Mann hat Kinder um sich geschart, und die Inschrift darunter besagte, man solle die Kinder zu ihm lassen und sie nicht hindern, sondern besser selber zum Kind werden, denn ihnen gehört das Paradies. Wie kommt er darauf, daß die Kindheit paradiesisch ist? Allenfalls verklären wir sie dazu. Und Kinder sind auch keine Engel. Bei Yadwiga bezweifle ich die Paradieslizenz einstweilen noch.

„Oder, Euer Hoheit? Ihr seid doch auch ein kleiner Teufel. Manchmal."

„Lelo, Papa haut dich!"

Oder genieße ich zur Zeit ein Privileg?

14. November

Ich tue meine Pflichten, tue sie mit Freude und habe außerdem viel Zeit, um Dinge zu tun, die ich mag. Wenn unsere Diener von der Insel Vincoli zurückkommen, von wo sie Wein, Feigen, Öl und Feuerholz mitbringen, haben sie immer auch schöne Stücke von ausgedienten Rebstöcken dabei, die ich zum Schnitzen gebrauche. Meine Hände sind wieder ganz in Ordnung. Ich mache jeden Tag Gymnastik und Yoga, wie es mich Pratizaye gelehrt hat. Ich bin wieder warm — das hat etwas gedauert —, habe ein wenig zugenommen, aber nur so viel, wie der Arzt mindestens wollte. Ich mag wieder in den Spiegel sehen, was mir in den ersten Tagen nach meiner Befreiung kaum möglich war.

Ich durfte mit der Familie zu Abend essen. Beim Vorbereiten habe ich geholfen, wollte auch bedienen, aber der Doge will mich während der Mahlzeit bei sich haben. Kúsali hat uns bedient.

Hinterher darf ich mit meinem Herrn und der Dogaressa ins Schlafzimmer. Sie lassen mich neben dem Bett kauern. Dabei liegen sie im Bett und schmusen.

„Gefällt dir das so, Isegrim?"

„Nein. Ich möchte zu Euch ins Bett. Mir ist kalt."

„Gut, dann komm."

Ich erinnere mich dunkel, daß ich das früher auch getan habe. Lag neben dem Bett meiner Herrschaften auf Knien und Ellenbogen, die Stirn auf die Hände gelegt, und hörte und fühlte, was sie taten. Nur: Warum gefiel mir das? Habe ich mich nicht ausgeschlossen gefühlt? Jetzt ist es aber so. Ich will in die Arme meines Herrn. Und ich darf das. Er küßt mich, und Vanessa streichelt meine Wange. Irgendwas wollen sie. Der Akt in der Sala de Thing ist kein Thema mehr. Die Dogaressa hat es anscheinend verstanden und hält sich damit nicht mehr auf.

Sie wollen etwas tun, und ich störe dabei. Ganz klar.

Wahrscheinlich ist es das Eklige.

Ich kann mich aber nicht losreißen, zu wohltuend ist dieses Geborgensein in ihren Armen. Ich möchte die ganze Nacht bei ihnen liegen. Aber nicht, nachdem sie das getan haben.

Ich möchte es verhindern. Es ist nicht nötig. Sie brauchen das nicht mehr. Sie haben ein Kind.

Ich bin dann eingeschlafen, und die Dogaressa auch. Seine Exzellenz hat sich wohl noch eine Weile an den Schreibtisch gesetzt und gearbeitet. Im Halbschlaf sah ich ihn bei gedämpftem Licht. Meine Herrin hatte ihren Arm um mich gelegt. Und das war sehr schön.

Ich bin früh aufgewacht, da hatte sich Seine Exzellenz auf das Sofa gelegt und schlief auch. Ich hatte mich im Bett so breitgemacht, daß er nicht mehr hinpaßte. Ich stand dann auf, näherte mich vorsichtig meinem Herrn, der sichtlich unbequem lag. Er spürte meine Nähe und öffnete die Augen.

„Mein Herr", flüsterte ich, „verzeiht mir. Eigentlich hätte das *serf* doch aus dem Bett fliegen müssen. Ihr seid zu mild zu mir."

Er streckte seinen Arm nach mir aus, ich kam noch näher.

„Kein Problem. Du schliefst grade so schön. Ich wollte dich nicht erschrecken."

„Ich gehe in die Dienerkammer", sagte ich leise.

Er erhob sich ein wenig steifbeinig.

„Ich lege mich noch ein bißchen zur Dogaressa", antwortete er, „ruh dich aus."

Sie nehmen Rücksicht auf mich. Macht man das so mit serfs? Anscheinend betrachten sie mich noch immer als krank.

Ich halte mich im Gegenteil für gesünder als meine Mitmenschen, die von der ekligen Plage heimgesucht werden. Sie verlieren damit soviel Zeit und Kraft.

15. November

Pratizaye ist da! Ich freue mich so. Sie hat ihre Aufgaben bei verschiedenen Stätten des Heiligen Koma. Sie überprüft die Schutzkreise, erzählte Khorasan, denn die seien doch immer noch nötig. Ira war nicht die einzige Person, die feindliche Absichten hegte, und ihr Tod hat nicht bedeutet, daß auf Erden ewiger Frieden ausbricht.

Pratizaye ist zusammen mit Ruradix bei uns zum Abendessen eingeladen.

Autsch. Ruradix. Wie soll ich ihr begegnen, da sie ‚das' mit meinem Herrn getan hat? Wie wird es, wenn sie Vanessa begegnet?

Und ich lese eine spöttische Bemerkung meines Herrn, er betrachtet mich als ‚natürliches Verhütungsmittel'. So, anscheinend habe ich da gestern etwas zwischen meinen Herrschaften verhindert. Sollen sie mir doch dankbar sein.

Erst wollte ich auch amüsiert reagieren. Aber dann fuhr mir ein Schreck in die Knochen. Wenn ich das verhindere, worauf sie Lust haben, dann werde ich ihnen sehr bald lästig fallen. Dann werden sie mich los sein wollen.

Als mir das klar wurde, mußte ich mich sehr zusammenreißen, um nicht loszuheulen. Das mache ich sowieso zuviel in letzter Zeit, heulendes Wölfchen, das werden sie bald zu mir sagen.

Ich habe mich getäuscht! Ich dachte, ich sei der vollkommenere Mensch, der nicht dem Trieb ausgeliefert ist, frei wie ein Kind oder wie ein Mönch, sah mich schon in der safranfarbenen Robe durch den tropischen Dschungel wandern, unbekümmert und voller Liebe zu allen von der Mücke bis zum Elefanten.

Und was ist wirklich? Ich bin ein Freak, ich habe einen Defekt, ich bin lästig, bin die Mücke, nicht der Mönch. Ein *serf* hat seinen Wert durch die Fähigkeit, Lust zu schenken. Ein *serf* ist ein schönes Spielzeug. Es hat sich nicht zu verweigern, und wenn es seine Aufgabe nicht erfüllen kann, ist es ein nutzloser Esser und hat in diesem Haus keine Daseinsberechtigung.

Ich könnte hart arbeiten. Könnte noch mehr helfen, Geschirr zu spülen, Yadwiga zu hüten und Teppiche zu klopfen. Das will ich tun.

Aber schickt mich nicht fort!

Beim Essen senkte ich den Kopf, um nicht zu zeigen, wie wenig heiter mein Gesicht war. Aber dann flossen meine Tränen, auch wenn ich den Kopf kurz zurücklegte, damit sie nicht aus den Augen liefen.

Da fing ich den Blick von Pratizaye auf.

Nach dem Essen folgte sie mir in die Pantry.

„Ah-la-la, Isedrüm!" sagte sie mit ihrem nepalesischen Akzent, „dir geht es nicht gut? Ich sehe das. Komm mit in das kleine Wohnzimmer."

Sie lotste mich in den abgeschiedenen Salon, in das versteckte Zimmerchen, wo sie mir schon einmal meinen Kummer genommen hatte. Ich folgte ihr, dankbar schon im Vorwege.

Was sie sagte, überraschte mich.

„Wie ist die Diagnose deiner Ärzte?"

Ich war irritiert, faßte mich aber und sagte: „Kunkamanito hält es für eine posttraumatische Belastungsstörung."

Sie konnte mit dem Begriff etwas anfangen. Ich erzähle ein wenig von meiner augenblicklichen Situation. Und daß ich nun ein Mönch sei und mir wieder den Kopf scheren könne.

Sie widerspricht. „Ein Mönch wirst du durch bewußten Entschluß", erklärt sie mir, aber dies sei eine Zwangslage, keine freiwillige Entsagung.

Wie recht sie hat.

Und darum sei nun die Gefahr da, daß meine Beziehungen und mein Selbstwertgefühl, mein Lebensmut und meine berufliche Zukunft Schaden erlitten, ja, zerstört würden.

Endlich nimmt mich jemand ernst. Ich bin der Bagatellisierung müde. Eine Krankheit, die keiner sieht, ist also wohl nicht so schlimm…

Habe ich nicht auch selber bagatellisiert, bis mir klar wurde, daß ich aus dem ducalen Bett fliegen werde?

Sie fängt das Bild auf.

„Sind sie denn so herzlos?"

Ich schäme mich ein wenig. Das ist vielleicht auch Teil meiner Erkrankung, daß ich sie so sehe. Als Leute, die mich nach meiner Nützlichkeit bewerten werden.

Dann mache ich selber es ja noch schlimmer, indem ich zerstörerische Ängste aus dem Hut zaubere.

„Pratizaye", murmele ich an ihrer Schulter, „bitte helft mir."

Das tut sie auch. Sie fesselt mich. Bindet die Hände, umwickelt meine Handgelenke mit Seilen, schlingt sie um meine Schultern, verschnürt meine Beine in Hockstellung.

Ich entspanne mich. Es ist ein geschütztes, geliebtes Gefühl. Mein Atem geht ruhiger. Ich werde bewacht. Sie läßt mich eine ganze Weile in dieser Stellung, ich verliere das Zeitgefühl, fange an zu dösen; sie löst die Seile — oh?? —, aber zu meiner Erleichterung nur, um meine Position zu verändern.

Mein Kopf ruht auf ihrem Schoß.

Mein Herz ruht in ihren Händen.

„Werde ich wieder nach Hause finden?" frage ich sie stumm.

„Du bist zuhause", antwortet sie.

16. NOVEMBER

Das Problem ist noch nicht gelöst, aber nun ist mir leichter ums Herz. Ich schlief in leichter Fesselung zu Füßen der Kriegerin, die die Nacht im Lotussitz verbrachte. Mein Kopf ruhte an ihren gekreuzten Beinen. Honigduft ging von ihr aus. Und ich schlief auch wirklich. Sonst merkte ich erst beim Erwachen, wie schlecht ich geschlafen hatte, wie verkrampft ich zu liegen kam. Heute erwachte ich entspannt. Sie machte mich frei, ich nahm das Schlaftuch und lief ins Bad.

Mein Körper ist schon wieder eigenmächtig, die Schlange erhebt ihr Haupt. Aber Pratizaye hat mir in der Nacht erklärt, daß es eine gute Kraft ist, sie nannte sie Kundalini, ich möge mir keine Gedanken machen, sondern mich einfach entspannen und sie ignorieren, dann werde das vergehen.

Das hat mich beruhigt. Und dann sagt sie, sie werde bald weiterreisen, aber bis dahin würde sie noch einige wichtige Dinge erledigen. Danach werde seine Exzellenz mir Ruradix zur Bewachung geben, und ich möge mich ihr vertrauensvoll in die Hände geben.

Das war nun ein kleiner Schock. Ausgerechnet sie! Und wieso hat sie Zeit für mich, wo sie gerade als Stadtkommandantin ernannt worden ist? Durch… knacks…

… eklig! Ende Gelände! Gedankenzensur!

Und jetzt kommt noch ein weiterer Schock, Pratizaye wird am Sonntag ein Ritual durchführen, das vor allem für mich ist, ein Ritual, um mich von den letzten magischen Wirkungen zu befreien, und es soll auf der Insel stattfinden, wo ich zuletzt gefangengehalten und fast zu Tode gebracht wurde, und Seine Exzellenz der Doge, die Dogaressa, die Stadtkommandantin und Aimoré sollen zugegen sein. Und zum Glück auch Kunkamanito.

Dieser, unser Doc Mani, hatte neulich gesagt, als ich zum Gespräch bei ihm war, ich solle mir keine Sorge machen, daß ich nicht alle Aufgaben erfüllen könne, denn meine Herrschaft liebt mich, sie könnten schon abwarten, bis ich das Traum würde überwunden haben, und daran arbeiten wir. Heute war ich wieder bei ihm, schon früh am Morgen, denn gleich nach dem Frühstück sollte die Fahrt zur Insel Deserta Castello losgehen. Wir werden von Wachen und Ruderern begleitet, zwei Barken bieten uns allen Platz. Der Doge ist in einer schwarzen Brokatrobe erschienen, die er nur bei Staatstrauer trägt. Dazu hat er die Amtskappe auf, passend dazu. Ich möchte ihn fragen, warum gerade diese Aufmachung. Es sei an dieser Stelle jemand vor nicht langer Zeit gestorben, er müsse da Respekt zeigen, sagt er.

Ich bin in der Amtstracht der städtischen Bediensteten, blaues Lendentuch, blaues Hemd mit dem Schriftzug des ducalen Eigentums. Dazu hat er mich einen dunkelblauen Turban binden lassen. Die Dogaressa hat die Infantin in der Spielstube der Senatorinnen und Abgeordneten der Sala de Thing abgegeben, die Kleine ist begeistert und wird uns nicht vermissen. Hier ist nun Aimoré zugestiegen, er grüßt mich mit einem Lächeln, ich bin völlig unsicher, wie ich ihm begegnen soll. Ich erinnere mich gut daran, daß er mich geschlagen und an die Wand geschubst hat, so daß mir der Hinterkopf blutete; aber ich kann mich beim besten Willen nicht mehr erinnern, warum er das getan hat.

Als wir Deserta Castello erreichen, wallt wieder Nebel um die Insel, und sie sieht aus wie Böcklins Toteninsel, wenn der Wind sie freilegt. Mich packt das Grauen. Pratizaye hält mich fest in den Armen oder auch Ruradix, was mir gerade ganz recht ist.

Wir steigen aus. Die Insel ist durchaus nicht so verlassen, wie sie von Weitem schien; es sind Arbeiter hier zugange, es werden Umbauten vorgenommen und Teile restauriert. Wir steigen die Treppe hinunter; mir wird immer klammer zumute.

Nun erreichen wir den Raum, wo Ira mich und dann auch meinen Herrn gefangen hielt. Hier ist noch nichts verändert worden, außer daß einige Stühle hingestellt worden sind, auch einer mit hoher Lehne, wo Seine Exzellenz Platz nimmt, neben sich die Dogaressa, auf seiner anderen Seite Aimoré, Pitro Krasnov-Gurian.

Und da ist dieses rostige alte Armeebett mit der alten dreiteiligen Matratze, mit der rauhen, kratzigen Krankenhausdecke, unter der ich ein wenig Schutz und Wärme gesucht habe. Ich glaube zu sterben, als ich mich hier umsehe. Wie können sie mich hierher bringen? Ich möchte sofort die Flucht ergreifen.

Kunkamanito ergreift das Wort.

„Isegrim, dieser Lokaltermin soll in erster Linie deiner Heilung dienen. Wenn du dich an etwas erinnerst — gut. Wenn du wieder gehen willst — gut. Die Kommandantin bringt dich dann nach Canareggio zurück. Glaubst du, du wirst das durchhalten?"

Ich schaue sie alle an. Sie machen sich die Mühe, mich auf diesen Gang zu begleiten, der die Magie beenden soll. Es ist meine Chance.

Geht es mir denn so schlecht? Ehrlich?

Ja. Es geht mir schlecht. Ich werde von Ängsten gepeinigt, daß ich das verloren haben könnte, was der Doge und die Dogaressa an mir geliebt haben. Ich erinnere mich an etwas, was sie sagten: „Du bist unser Amor."

Es kann sein, daß man etwas nicht sieht, aber man weiß, daß da etwas ist. Auch in der Astrophysik gibt es Unsichtbares, das man aber daher erkennt, daß es das Sichtbare aus der Bahn bringt. Mich bringt etwas aus der Bahn, das ich nicht sehen kann. Aber die, die mich lieben, sehen das. Ich vertraue ihnen. So sehr das Grauen mich gerade schüttelt.

„Ja", sage ich, „ich halte das durch."

Pratizaye sagt Kunkamanito etwas ins Ohr. „Die Ehrenwerte Kshatrini hat mich gefragt", übersetzt er es, „ob du dich an eine Verwünschung, einen Fluch oder dergleichen erinnern kannst, etwas, das Ira zu dir gesagt hat."

Ich lehne mich an Ruradix und ziehe ihren Arm um meine Schulter.

„Laß dir Zeit, denk ruhig nach."

„Ja, sie sagte, als sie mich hinaus zum Boot trugen, einen merkwürdigen Spruch: ‚MURD — MURD — MURD — MO'... und zeigte dabei mit dem Daumen auf mich."

„Sie hat damit drei magische Paläste niedergerissen", sagte Pratizaye, „die muß ich wieder aufbauen." Sie ließ von einer der Wachen eine große Tasche hereinbringen, die sie mitgebracht hatte, nahm einige Dinge heraus und arrangierte sie im Raum. Sie baute ein paar Gaben auf, Kerzen, Kekse, Blumen, Räucherwerk, Trinkwasser und einen pyramidenförmigen Kuchen; sie hatte auch Musikinstrumente dabei, eine Trommel und eine Glocke — ich schaute zu Vanessa hin, die lächelte zurück, sie kannte das von ihrem Sohn Josef. Nun wird alles gut.

Dann sprach die Kshatrini die Worte: „OM — DRUM — DRUM — DRUM." Und dabei hielt sie Daumen und Ringfinger zusammen und wies mit den übrigen auf mich und dann auf alle hier im Raum.

Die drei Paläste entstanden. Ich sah, wie sie sich von quadratischen Grundrissen aus aufbauten, wie an jeder Seite ein prächtiges Tor entstand, wie jede Seite eine andere Farbe bekam, wie in der Mitte ein goldverzierter Thron entstand, auf dem der Doge saß, und pyramidenartig bauten sich Etagen darauf auf und paradierten die bunten Amazonen und Kshatrinis und Wachen auf den Galerien und huldigten dem König. Zahllose anmutige Sklaven und Sklavinnen brachten silberne Teller mit Kuchen, Früchten und Nüssen, und sie dienten voller Lust. Und es flogen Tauben und Reiher, Pfauen und Fasane von den Gärten auf, die die drei Paläste umgaben, darin ein Doge der Vergangenheit, einer der Gegenwart, einer der Zukunft. In Becken aus blauen Fliesen durchströmten klare Wasser die schattigen Gärten voller Granatapfelbäume, Feigen, Wein und Oliven. Blühende Bougainville, Oleander, Palmen, Bananenstauden und Mangobäume beschatteten Mauern und Garten. Felsen mit fruchttragenden Opuntien und blühender Königin der Nacht umgaben die Paläste. Und rund um diesen Garten schäumte das Meer, der Wind ging darüber hin, Felsen trugen den Palast, weißer Sand säumte den Ozean, und Schiffe brachten Gaben.

Ich erwachte davon, daß es still war. Pratizaye hatte die Instrumente niedergelegt und schaute mich an. Ich richtete mich ruckartig auf, bemerkte, daß ich tief in Ruradix' Arme hineingesunken war, schämte mich ein wenig und fühlte, daß Schlaf meine Wangen gewärmt hatte. „Wie lange…"

Alle schauten mich an und lächelten gerührt.

„Eine halbe Stunde wohl", antwortete Vanessa.

„Wie fühlst du dich?" fragte Kunkamanito.

„Wunderbar", antwortete ich, und dann sah ich mich um und war wieder in dem Raum des Grauens, da war das rostige Bett mit der kratzigen Decke, die Ringe an der Wand mit den Ketten, der scheckige Putz, das zusammengefallene Regal mit Zeitungen des 20. Jahrhunderts, die verbeulte Eisentür. Hier hat sie mich gefoltert. Und hier hat Pratizaye einen Paradiesgarten für uns erbaut.

„Habt ihr das auch gesehen?" fragte ich, „die Paläste, die Gärten, die Vögel, die Dogen auf ihren Thronen?"

„So hat es der Text geschildert", sagte mein Herr, „die Ehrenwerte Kshatrini hat es in ihrer Vorstellung erbaut, und wir alle haben es gesehen."

Ich stand auf, ging zu meinem Herrn und ließ mich zu seinen Füßen nieder. „Was, lieber Herr, habt Ihr erbaut, als Ihr hier in den Händen der Magierin wart?" Denn ich war sicher, daß er diese Kunst kannte.

Er lachte ein wenig verlegen. „Oh, Isegrim, ich war in der Klemme, ich habe so um Hilfe gerufen wie du auch, ich bin kein Magier. Aber Hilfe kam, darum sind wir alle jetzt hier."

„Was nun? Wie geht es weiter?" fragte ich und sah mich um. Pratizaye trug die Opfergaben durch die Eisentür hinaus und warf sie unter die Büsche, wo sich schon Krähen neugierig versammelten. Dann packte sie ihre Instrumente ein, und die anderen standen auf und schickten eine der Wachen, um die Stühle wegzubringen.

Ich fragte mich, ob ich denn nun frei sei von der Magie. „Wir werden sehen", war die Antwort von Kunkamanito.

„Doktor, was hätten Sie getan — was wollten Sie tun? Ich meine — direkt nach Therapie sah das ja nun nicht aus."

„Das war nicht meine Methode, in der Tat", sagte er, „und ich weiß nicht, ob meine Mutter so vorgegangen wäre…"

Ich mußte an sie denken. „Doc Mani, deine Mama hat mich mal übers Polster gezogen, nach allen Regeln der Kunst! Und hinterher hat sie mich noch im Schlaftuch in den Kokon gewickelt, daß ich nicht fortkonnte, also ihre Therapien…"

„Moment, von was redest du da?"

„Ach, habe ich dir das nie erzählt?" lachte ich, „deine Mama ist immer noch ein heißer Feger, alle Achtung."

„War's denn wenigstens geil?" fragte er mich beiläufig.

„Oh, ja", gab ich zurück.

Aber nun unterbrach uns mein Herr. Er störe ungern, aber er müsse sich nun wieder an seine Amtsgeschäfte begeben, aber zuvor wolle er mich davon in Kenntnis setzen, daß er mich für ein paar Tage an die Stadtkommandantin verliehen habe.

Ja, und nun, nach einer Fahrt mit der Barke, in der Obhut der Ehrenwerten Stadtkommandantin Ruradix, begleitet von einer Wache ins Marcus-Sechstel, wie der Stadtteil um den Dogenpalast heißt, sitze ich in einer Kammer in ihrer Wohnung, mein Tagebuch auf dem Tisch, das auf rätselhafte Weise hierher gelangt ist, und schreibe die Ereignisse dieses seltsamen Tages auf.

Meine augenblickliche Herrin führte mich zügig zu ihrer Barke, kaum, daß ich mich von der Dogaressa verabschieden konnte. Ich verbeugte mich vor Aimoré, dessen Handeln ich immer noch nicht ganz verstand, und ja, er hat eine Ausstrahlung, die mich kickt. Wir stiegen am Ziel aus der Barke, die durch ein vergittertes Tor fuhr, und erreichten über eine gemauerte Treppe die Wohnung, gerade erst für die Chefin der Amazonen renoviert, und hier traf ich Gülbibi beim Abbauen ihrer Malerutensilien, denn natürlich war es ihre Firma Pittorissimo, die das Haus renoviert hatte. Im Oberstock war schon alles fertig eingerichtet, ich bekam eine Kammer und werde hier, dem Wunsch meines Herrn entsprechend, Ruradix dienen.

17. November

Nachdem ich hier sehr gut geschlafen, geduscht und der Herrin Ruradix schon um sieben ein Frühstück serviert habe, darf ich mich noch eine Weile ausruhen, während sie ihren Dienst versieht, und nachdem ich ein paar Pflichten erledigt habe, widme ich mich dem Schreiben.

Ein paar Fragen gehen mir noch durch den Kopf.

Warum hat mein Herr mich Ruradix gegeben? Ich erinnere mich jetzt daran, daß ich sie eigentlich eher abgelehnt habe, aber nicht wirklich daran, warum.

Warum war Aimoré bei der Zeremonie?

Hat diese Zeremonie wirklich zu meiner Heilung beigetragen?

Wieso habe ich mich ausgerechnet in diesem Raum so unendlich gut gefühlt? War das auch eine Art von Magie, die von Pratizaye ausgeübt wurde? Und ist dann eine böse Magierin oder ein Magier nicht auch in der Lage, das Paradies aussehen zu lassen wie einen Müllhaufen?

Ist das alles eine Frage unserer Vorstellungskraft?

Und hatte ich mich nicht schon ein wenig in Ruradix verliebt, als ich vergessen hatte, daß ich sie doch nicht mochte?

Warum ich sie nicht mochte, steht in Isatais Bericht. Sie hat sich an meiner Bestrafung geweidet, als ich achtzehn war und wegen Einbruchdiebstahls verhaftet und öffentlich ausgepeitscht wurde. Das hatte ich ihr übelgenommen, aber schließlich — das machte es ja auch nicht schlimmer.

Trotzdem konnte ich mich dann in sie verlieben, als ich das vergaß.

Wie wankelmütig ich doch bin. Und nichts bleibt, wie es mal war. Geht das allen so?

Am Nachmittag habe ich wieder einen Termin bei Kunkamanito, und von hier aus ist es nur ein sehr kurzer Weg zu seiner Praxis. Wie es mir inzwischen geht?

„Weiß nicht. Traurig. Ich glaube, meine Herrschaft findet mich überflüssig und sogar störend. Ich bin ein Nichtsnutz wie früher auch schon, das ist mein Schicksal."

Ich muß mich auf die Liege legen und mein Lendentuch öffnen.

Ja, und jetzt?

Meister aller Peinlichkeiten, wollen Sie mich mal wieder in Verlegenheit setzen?

„Vor seinem Arzt geniert man sich nicht", sagt Doc Mani.

Er schaut nach, ob der Riß in meinem Penis geheilt ist. Ja, das ist er.

„Willst du deinen Ring wieder tragen?"

Darüber habe ich noch nicht nachgedacht. Ich habe über nichts mehr nachgedacht, was mit Sex zu tun hat. Habe natürlich beim Duschen diese Teile nicht ausgelassen, aber auch nichts dabei gefühlt.

Er beobachtet mich aufmerksam, während ich darüber nachdenke, ob ich das will.

Mir wird warm im Schoß, und da fühlt sich etwas dicker an.

„Du wirst steif", sagt er.

Ich schweige. Kann mir kein Urteil machen.

„Ist es noch so schrecklich für dich?"

„Nein, aber schön direkt auch nicht."

„Das wird."

„Kann ich den Ring selber einsetzen oder wird mir das wehtun? Ist es besser, wenn Sie es tun?"

„Versuch es erst einmal selber, und wenn es nicht klappt, komm zu mir."

Er hat mir dann noch den Rücken massiert, das war schön. Es ist schon bemerkenswert, wie dieser große Arzt sich um mich kümmert. Natürlich, weil ich das *serf* des Dogen bin. Ja, ich bin ja doch nicht unwichtig! Es tut gut, es so zu sehen. Aber ich habe Zweifel.

„Doc, können mich meine Herrschaften überhaupt noch brauchen?" frage ich hohl aus dem Raum unter meinen Armen hervor.

„Was soll das denn heißen?"

„Ich störe sie, wenn sie ficken wollen."

„Fällt dir auf, daß du dieses Wort und auch ein anderes neuerdings hören und aussprechen kannst?"

„Worte, Worte. Die bewirken gar nichts. Taten müssen getan werden."

Sagte ich, aber in Wirklichkeit bin ich unendlich traurig, müde, unnütz und durcheinander. Und dann hat er mir eröffnet, daß ein anderer Arzt die Therapie mit mir fortsetzen wird. Einer, den ich noch nicht kannte. Warum?

„Wir wollen dir neue Situationen geben, damit du nicht wieder durch Ähnliches von Neuem traumatisiert wirst."

Klingt wie eine Ausrede, als wollten sie sich lieber nicht mit mir abgeben, weil ich ihnen zu schwierig werde.

18. November, gegen Morgen

Ich bin nicht zu Ruradix nach Hause gegangen, als ich bei Doc Mani fertig war. Ich habe halbherzig den Zettel mit der Adresse und dem neuen Termin in meinen Schultersack gesteckt und bin durch Stadtteile gestrolcht, die ich sonst nicht aufsuche. Es wird nun früh dunkel, kühl und neblig. Mir soll es recht sein.

Ich bin an Läden vorbei, in denen ich nichts kaufen will, durch Gassen geschlichen, in denen niemand wohnt, den ich kenne. Ich ging und ging und wußte nicht, wohin. Ich ging weiter, weil ich zu faul war stehenzubleiben. Ich ging durch unbekannte Gassen, weil ich Angst hatte, mich zu erinnern, und sei es, an Schönes. Ich habe dann plötzlich auf dem Platz gestanden, wo eine meiner Katastrophen mich ereilte, wo ich in den Kanal fiel, nachdem der Schwarze Pfeil mich aus der Fassade geschossen hat.

Jetzt war das Restaurant an diesem Platz geschlossen, und die Fassade jenseits des Kanals, die Rückseite des Dogenpalastes, war dunkel. Kein Licht war mehr in den Fenstern, hinter denen mein Herr gewohnt hatte, wo er sich zu sich nahm in der Nacht, als mich Tarfur verhört hatte, bis ich zusammenbrach.

Mein Herr hat mir damals das Leben gerettet und dann noch einmal, aber nun schiebt er mich von sich, langsam und freundlich, aber bestimmt. Ich habe keinen Nutzen mehr für ihn. Und ich habe keine Tränen mehr, die sind aus, zu viele haben mich die letzten Jahre gekostet.

Ich möchte sterben.

Aber wir Homsarecs können uns nicht selber töten. Im letzten Moment siegt der Lebenswille. Es ist niemals einem gelungen, so heißt es. Hemyarik überlebte schwer verletzt, er lebte danach noch fünf am Ende glückliche Jahre. Aber auch er ist jetzt tot. Ich sah ihn sterben.

Aber ich kann das nicht.

Ich sitze auf dem kleinen Treppchen, über das sie mich damals aus dem trüben Wasser des Kanals gezogen haben. Ich habe alles mitbekommen. Konnte nicht atmen und ertrank darum auch nicht. Diese Methode würde also nicht taugen.

Schwarz und weich gluckst das Wasser um die Pfähle.

Und da setzte sich ganz still und mit weichen Bewegungen eine Amazone neben mich. Sie gehört wohl zu den Palastwachen. Ich kann ihr Gesicht nicht erkennen, der Helm beschattet es.

„Darf ich dir Gesellschaft leisten?"

„Gute Frage", sage ich, und das ist ja ein klein wenig unhöflich.

Sie nimmt es mir nicht übel. Sie liest mich. Sie weiß, daß ich allein sein muß, aber nicht wirklich allein sein will.

„Wie heißt du?" fragt sie mich.

„Lelo", sage ich, „und Sie?"

„Aglaja", sagt sie.

Moment — ich dachte doch, ich hätte sie erkannt, aber nun…

„Was bedeutet Ihr Name?" frage ich. Es ist kein Amazonenname, natürlich nicht.

„Die Prächtige. Und deiner?"

„Der Faulpelz."

„Na, was! Das ist doch nicht dein richtiger Name! Wer nennt dich denn so?"

„Ich hieß lange Zeit so. Nur so."

Sie verstummt. Kann es denn sein…

„Du bist Ruradix", sage ich.

„Wer soll das sein?"

Habe ich mich doch getäuscht…

„Verzeihung", sage ich.

Wir schwiegen. Sie spiegelte mich. Das heißt, sie dachte so intensiv über das nach, was sie aus mir las, daß ich über sie nichts erfuhr.

„Du bist zu jung, um alles sinnlos zu finden", sagte sie sanft, „und warum haben sie dich Faulpelz genannt?"

Im Dunkeln, am schwarzen Wasser des Kanals, erzählte ich ihr mein Leben, einer ganz fremden Frau; aber wenn es doch Ruradix sein sollte, die da neben mir saß — und ich war mir immer sicherer, von einem Glockenschlag zum anderen —, dann war es mir auch recht. Sie hörte mir so geduldig zu, mir war gleich, wer sie war, wenn sie nur zuhörte.

Dann gingen im Palast Lichter an, die Diener fingen an, die Räume zu putzen; ihr Profil wurde sichtbar, und ja, es war Ruradix.

„Warum hast du mich belogen?" fragte ich sie.

„Das habe ich nicht, Aglaja ist wirklich mein Name. Und nun gehen wir heim. Trägst du meinen Köcher?"

„Ja, klar."

Auf dem Weg zu ihr schwiegen wir. Der Morgen graute. Die Tauben wurden munter.

Sie nahm mich in ihr Bett und ließ mich an ihrer Seite schlafen, vor ihr, den Rücken zu ihr gewandt. Sie pustete mir in den Nacken, sie schnarchte ein wenig, sie klaute mir die Decke, und ich schob mich dankbar an sie heran und war gerettet.

19. November

Nun duscht sie und wird gleich ihr Frühstück zu sich nehmen, ich habe es ihr schon hingestellt.

„Ich muß dich um Verzeihung bitten", sagte sie, „ich habe nie gewußt, wie viele Kränkungen du schon erfahren hast, bevor ich dir begegnet bin. Ich sehe dich jetzt mit anderen Augen."

„Würdest du mir helfen?" frage ich.

„Ja, gern, wobei?"

„Ich muß mir unbedingt diesen Ring wieder einsetzen", sage ich und hole ihn aus einem kleinen Leinenbeutel. „Es wird wahrscheinlich wehtun, darum brauche ich deine Entschlossenheit."

Sie lacht. Ich beeile mich also mit dem Duschen, unterdessen frühstückt sie.

„Leg dich aufs Bett. Du willst Schmerz?"

„Ja."

„Von mir."

„Na — ich will den Ring wieder drin haben."

Sie nahm meinen Penis, betrachtete das Stichloch und dann die Hälften des Rings.

„Muß der abgeschlossen werden?"

„Nein, nur zudrücken, dann schnappt er ein."

„Schlüssel?"

„Wieso?"

„Könnte sein, daß du es doch nicht aushalten wirst."

„Will ich aber."

„Kindskopf! Her mit dem Schlüssel."

Ich reichte ihr den Beutel.

Sie sah eine kleine Narbe. „Das war eingerissen, nicht wahr?"

„Ja, ist aber wieder ganz gut."

„Dein Glück."

Sie schob das Teilstück durch die Öffnung und dann durch das Stichloch. „Gut so?"

„Klick zu."

„Wie redest du mit mir?"

„Pardon. Bitte klicken Sie es zu."

„Erstmal abwarten, ob es passt."

„Bitte…"

„Du willst Fakten schaffen", lachte sie. Und das war es. Also drückte sie ihn zu. Und ich genoß das angespannte Gefühl. Es war erträglich. Ich würde mich dran gewöhnen. Er war wieder da. Meine Erinnerung an Bereket.

Auch das war ein Schmerz. Ich vermißte ihn wieder.

Ich sah mir mein Teil genau an, bewegte den Ring ein wenig in der Öffnung hin und her, half mit etwas Öl nach. Ich hob den Blick und traf ihren.

Sie lachte!

Sie lachte mich aus!

Ich richtete mich halb auf, wollte sie fragen…

„Du bist so ein Baby, drehst dich nur um dich selber", sagte sie. Ohrfeigte sie mich verbal.

Sie öffnete eine Schublade und nahm einige Zeitungen heraus. „Du solltest sehen, was die ‚Rinascità' geschrieben hat, als du verschwunden warst. Da ist ein Gespräch mit Seiner Exzellenz."

Ich habe mich an den Tisch gesetzt und schlug die Ausgabe auf, die sie mir hingelegt hatte. Sie war von dem Tag nach meinem Verschwinden. Das Bild verschlug mir den Atem. So sorgenvoll und erschöpft habe ich meinen Herrn noch nie gesehen. Nicht einmal, als er im Zustand war, kam er mir so gebrochen vor. Der Text war nicht lang, eine kleine Befragung, die nur Vermutungen hervorbrachte. Und der Verdacht, wer mich entführt haben könnte, konnte natürlich nicht in der Öffentlichkeit ausgesprochen werden.

Ich saß noch lange da und starrte auf dieses Foto.

Er hat sich um mich gegrämt und hat sein Leben riskiert, um mich da rauszuholen.

Und da nahm ich den Ring wieder raus.

„Bitte, Madame Aglaja, darf ich zu meinem Herrn?" fragte ich mit matter Stimme.

„Er will, daß du bei mir bleibst", sagte sie.

Mir brach eine Welt zusammen. Er will mich nicht mehr sehen?

„Quatsch, Lelo. Er glaubt, du bist noch nicht soweit. Es ist für dich, er vermißt dich."

Sie ging zum Dienst. Und ich wußte, was ich tun mußte.

Mein Herr würde im Dogenpalast sein.

Als Ruradix in ihrer martialischen Lederkleidung das Haus verlassen hatte, machte ich mich auf den Weg. Ich trug einen kleinen blauen Turban, ein rotes Halsband, Sandalen, meine Fasanenfeder und einen roten Glasperlengürtel. Nichts sonst. Nicht den Ring, und das war gut sichtbar. Und ich ging zum Dogenpalast, entschlossen, mein Ziel zu erreichen oder zu sterben. Wie ich das anstellen sollte, war mir nicht klar.

Bei beiden Möglichkeiten.

Es war kalt, ich lief schnell.

Es war der Tag der öffentlichen Audienz. Ich hatte Glück.

An der ersten Amazone scheiterte ich schon beinahe. Aber ich flutschte ihr aus der Hand. Es war Phlox. Hätte sie mich nicht gekannt, sie hätte mir einen Pfeil hintergeschossen, denn ich rannte schon den Korridor entlang zum Sitzungssaal.

Ich würde niemals in eine Audienz hineinplatzen dürfen. Aber da waren ein paar Wartende, und ich setzte mich bescheiden auf die lange Bank, die im Flur an der Wand befestigt war. Phlox folgte mir, sah mich auf der Bank sitzen, ordentlich in der Warteschlange für eine Audienz, und fing an zu lachen.

„Lelo, du Idiot!" sagte sie, „gut, dann warte halt."

Irgendwann fiel mir ein, daß ich kaum gefrühstückt hatte. Und auch kaum etwas getrunken. Aber da war ein silberner Wasserbehälter in einer Ecke, da zapfte ich mir einen Papierbecher voll und trank. Dann setzte ich mich grade hin und versuchte, ruhig zu werden. Ich atmete so, wie ich es von der Kshatrini gelernt hatte. Und ich konzentrierte mich auf das Bild meines Herrn. Versuchte, das Foto aus der Zeitung aus dem Kopf zu bekommen. Was mutete ich ihm da zu? Ging es denn nur um meine Gefühle? Würde ich seine Liebe verlieren, nur weil er mich eine Weile nicht mehr ficken konnte? Nachdem er das durchmacht und so ein großes Opfer für mich bringt? Wie dumm von mir, an ihm zu zweifeln. Wenn seine Liebe so groß ist, daß er sich für mich opfern will, dann hat er wirklich mehr Geduld und Vertrauen von mir verdient. Und ich seufzte und sank in eine entspannte Haltung.

Meine Hände fingen von allein an zu zucken, und ich erkannte das wieder, was mich manchmal aus dem ersten Schlaf riß. Ich sah mich unauffällig um, ob jemand anderes das bemerkt hatte… Aber alle waren mit ihren eigenen Themen beschäftigt. Schließlich würden sie gleich Audienz beim Dogen haben. Sie blätterten in ihren Unterlagen, und diejenigen, die zusammen hineinwollten, besprachen sich flüsternd.

Das konnte noch dauern.

Ich versuchte weiter, mich zu entspannen. Und wieder liefen zuckende Impulse durch mich durch. Ich versuchte herauszufinden, ob ich das fürchten sollte oder begrüßen; sollte ich das vielleicht sogar eher unterdrücken? Ich fragte mich, ob da etwas Fremdes in mir herumgeisterte, etwas, das ich loswerden mußte, letzte Reste der magischen Besetzung? Aber als ich es in Gedanken hinausbefahl, überfiel mich Panik. Und ich dachte, wenn es mir gelänge, das aus mir rauszuwerfen, würde ich sterben. Denn das ist mein eigener Geist, der da tobt. Ich richtete mich auf und atmete langsamer.

Nein, ich hielt das nicht mehr aus. Ich stand auf und wollte gerade die anderen Wartenden fragen, ob sie einverstanden seien, daß ich nur ganz kurz mit dem Dogen spräche, und jemand las mich und sah mich verärgert an, was für eine Frechheit, du wartest hübsch, bis du dran bist…

Da öffnete sich die Tür, und mein Herr trat heraus. Hinter ihm ging Bellatrix.

„Es geht in fünfzehn Minuten weiter mit den Audienzen", sprach er in den Warteraum, und dann sah er mich.

Ich stürzte auf ihn zu, warf mich vor ihm nieder und berührte sacht seine Füße mit meinen Händen und dann mit meiner Stirn.

„Isegrim, was willst du?" fragte er kühl.

„Lieber Herr, bei Euch sein, was immer Ihr wollt, daß ich tu oder lasse. Unter allen Umständen, allein zu Euren Bedingungen. Nur das erbitte ich. Das will ich mehr als mein Leben, das ich allein Euch verdanke und das nur Euch gehört."

„Steh auf, komm mit", sagte er und wandte sich zum Gehen. Bellatrix erklärte den Wartenden, Seine Exzellenz müsse einen Imbiß nehmen und etwas trinken. Ich folgte. Man ließ mich nach dem Dogen in ein Zimmer eintreten, das früher zu seinen Privaträumen gehört hatte. Hier gab es einen Eßtisch und Stühle, eine Anrichte und im Erker eine Ottomane und einen Sessel.

Er ließ mich neben dem Tisch auf Händen und Knien warten.

Er aß rasch etwas Brot und Obst mit Joghurt und trank einen Tee. Dann verschwand er noch einmal kurz. Ich wartete in derselben Stellung.

Dann begab sich die kleine Prozession wieder zum Audienzraum. Er sprach kein weiteres Wort, sondern schritt schnell aus, dann wies er auf den Stuhl, wo ich vorher gesessen war. „Warte, bis du dran bist", sagte er.

War ich denn nun in seiner Gnade? Die Ungewissheit ließ mich verkrampfen. Also atmete ich wieder langsam und tief und bemühte mich, meine Fassung wiederzuerlangen. Und führte meine Übungen fort. Zuckte und bemühte mich, die Verkrampfung loszulassen, anstatt sie zu unterdrücken. Ich schloß die Augen und übte unausgesetzt. Trotz meiner Nacktheit wurde mir wohlig warm, und meine Muskeln wurden weicher.

Ich schaute auf, als eine Hand meine Schulter berührte.

Es war Bellatrix.

„Seine Exzellenz ist bereit, dich zu empfangen", sagte sie. Ich sah mich um. Der Warteraum war leer.

Ich folgte ihr, trat zu ihm und ging vor ihm auf die Knie, wie ich es schon vorher getan hatte. Ich dachte daran, wie sich ein *serf* zu benehmen hat. Ich wartete schweigend, daß er mich ansprach.

„Du willst also bei mir sein. Zu meinen Bedingungen?" griff er meine Worte auf. „Wenn ich dich nun jeden Tag durchprügeln und danach ficken will?"

„Lieber Herr, das würdet Ihr nicht tun, aber wenn das Euer Wille ist…"

„Hast du dich bei Ruradix nicht wohlgefühlt?"

„Doch."

Er gab mir einen kleinen Wink, ich möge mich erheben, und zog mich in seine Arme. Er nahm mein Gesicht in seine Hand, hielt mich mit dem anderen Arm und küßte mich mit größter Zärtlichkeit.

Ich schmolz.

„Mein Wille ist, daß du bei der Kommandantin bleibst. Ich möchte, daß sie dich wieder in Schmerz und Lust einführt. Und wenn wir sicher sein können, daß du nicht in dein Trauma zurückfällst, wird sie dich mir übergeben. Das ist mein Wille, und ich wünsche keine nackten Sonderaktionen. Was soll das Volk denn denken. Ich gebe dich in heilende Hände. Das ist der Ausdruck meiner Liebe. Und deine sollst du mir durch deinen Gehorsam zeigen. Kannst du das?"

Das fuhr mir in die Knochen. Konnte ich ihn mit meinen Extratouren vielleicht doch ganz verlieren? Nur das nicht!

Ich versprach es feierlich. Und wurde wieder in die Hände von Ruradix gegeben. Sie schickte mich in ihr Haus und sagte mir, ich solle sie erwarten und wenn sie vom Dienst käme, solle ich ihr eine Mahlzeit servieren und ihr bei einem Bad assistieren.

20. NOVEMBER

Ich hatte eine Kleinigkeit für sie gekocht, Pasta mit leichter Tomatensauce und ein Hähnchenschnitzel mit grüner Paprika. Sie nahm einen leichten, trockenen Rotwein — ah, eine Homsarec, die Alkohol vertragen kann! — und gab mir ein ganz kleines Glas davon ab. Nur ein Schnapsglas, wie es die Cros nennen. Mir wurde warm, und ich fühlte mich albern. Dann, als es verflog, machte ich das Bad für sie bereit.

Sie bestieg es und ließ sich von mir den Rücken abseifen.

Unvermittelt griff sie sich meinen Penis und untersuchte ihn. Es war mir unangenehm, nichtsdestoweniger stieg er steil empor.

Sie stieg aus dem Bad und ließ sich von mir abtrocknen und einölen. Und sie verlangte, daß ich eine besondere Lotion auf ihre zartesten Partien verteilte. Ich wurde rot und gehorchte. „Zeig mir deine Hände!" Sie untersuchte sie. „Deine Nägel sind zu lang." Sie griff eine Zange und kürzte sie brutal, dann feilte sie sie glatt. „So will ich sie in Zukunft. Mein *serf* hat mich nicht zu kratzen!"

„Ja, meine Herrin."

Hat sie mich doch eines Werkzeugs beraubt! Aber egal, wenn sie es so will…

„Weiter!"

Es ist mir so peinlich. Wann habe ich jemals eine Frau so ausführlich angefaßt? Ich mag nicht dran denken. Zwar ist dieser merkwürdige Bann von mir gewichen, unter dem ich mich noch nicht einmal an Sex erinnern konnte, aber dafür habe ich — wie es Doc Mani treffend nannte, ‚mein Virgus zurück', das meint, ich bin wieder im Stand einer männlichen Jungfrau. Es ist, als hätte ich noch nie so etwas erlebt. Ich weiß, daß ich solche Dinge früher tat. Aber das liegt mir alles so fern, als hätte jemand anderes diese Erfahrungen gemacht und mir nur erzählt.

Sie legt sich aufs Bett und läßt sich weiter von mir streicheln und massieren. Ich konzentriere mich ganz darauf.

Es war seltsam. Hätte man nicht annehmen müssen, daß ich völlig ausgehungert war? Nein, ich war so gehemmt, als sei dies wirklich mein erstes Mal. Ich glaube, ich habe mich schon geschickter angestellt. Aber es wurde besser. Vielleicht, so dachte ich, ist sie doch kein schlechter Kerl. Ich bin wohl sehr nachtragend.

Ich würde gern mit ihr darüber reden, aber nicht jetzt. Soll ich das tun, was die Frauen so gern mögen… Und was man mit Cro-Frauen nur tun sollte, wenn man will, daß sie auf der Stelle einschlafen und dann einen halben Tag untenrum taub sind…

Ah, sie denkt, das fällt wohl mit unter mein Trauma.

Klar, Ira wollte das dauernd. Aber das war es nicht, was mich in Panik versetzt hat.

Und Ruradix wirkt natürlich und wild auf mich. Sie ist nicht rasiert, das machen die Unsrigen nicht so oft, weil es so kindlich aussieht, und die meisten von uns törnt das ab. Wir wollen erwachsene Weiber. Wenn denn Weiber.

Sie hat auch kleine Ringe in den Schamlippen, wie meine Freundin in Maslenie Blini.

„Ach was!" bemerkt Ruradix, „du hast da eine Freundin?"

„Kann man so nicht sagen, das ist Berekets Nebenfrau."

„Und er hat dich rangelassen, der alte Macho?"

„Er hat mich reingeschubst, so war das."

Sie bedauerte mich unter Kichern. Aber ich wollte mich nicht ablenken lassen.

Ich brannte. Aber etwas fehlte noch.

„Tu mir weh", bat ich sie.

Sie sah mich mit großen Augen an. „Noch irgendwelche Wünsche?"

Ich verstand sie nicht.

„Ja, und darf ich meinen Ring reinmachen?"

Sie packte mich und küßte mich und zwang mich dabei auf den Rücken. „Ich setze ihn dir rein" sagte sie an meinem Ohr. Und das tat sie. So, daß es mir wehtat. Sie kniff mich, sie biß mich. Sie saß auf meinen Hüften und ließ meinen Schwanz unerreichbar in die Luft ragen. Sie drehte mir den Arm um, als ich sie abwarf, fesselte mir die Hände auf den Rücken und stauchte mir dabei fast meine Juwelen, als sie mich bäuchlings aufs Bett drückte.

„In Deutsch heißt sowas ein Ringkampf", keuchte sie vergnügt, packte also meinen Ring, zog ein Gummiband hindurch, das vorher ihre Haare gehalten hatte, band es stramm an meinen Gürtel, schnappte sich einen Rohrstock und begann, auf mich loszudreschen. Zwischendurch hielt sie inne.

„Geht das? Wirst du mir nicht ausflippen? Oder wegsacken?"

„Ah! Hilfe! Gnade!" schrie ich, „die Frau will mich öffentlich auspeitschen! Stadtwache! Gewalt! Unrecht! Notzucht!"

Damit sorgte ich für eine Unterbrechung, weil sie vor Lachen nicht mehr konnte. Das muß ja auch nicht sein. Los, mach weiter!

„Kriege ich dein Jammern? Ich liebe es." Sie ließ nicht von mir ab. Ja, ich hatte es mit der Sprint-Stadtmeisterin über 400 m zu tun. Die kam nicht so leicht aus der Puste.

Ihre Beine fühlen sich an wie lackierte Säulen aus Holz. Was für ein Kerl von einer Frau. „Heul!" fauchte sie an meinem Ohr, „ich will dich hören! Was ist dein Stoppwort?"

„Trauma", sagte ich.

„Red' keinen Scheiß."

„Dann halt ‚Scheiße'."

„Akzeptiert."

Ein wenig bang war ich ja, gebe ich zu; war ich schon wieder heil genug? Aber das ist ja das Besondere an Schmerzlust, wenn du das kannst, willst du es immer wieder und immer härter. Schon überzog mich eine Gänsehaut, der Vorbote der Verwandlung. Der Stock heulte in der Luft und klang auf meiner Haut, als träfe er auf Holz.

„Ich schreie…"

„Nur zu, wir sind allein im Haus."

„Aber nicht knebeln, okay?"

„Beiß ins Kissen, wenn nötig."

Sie packte mit einer Hand meine Hoden, etwa so, als wolle sie sie schützen, aber das Gegenteil tat sie. Kniff mich mit den Nägeln in die Haut, während sie sie umhüllte. Schutz und Qual. Ja! Ja! Ja!

Sie ist es, sie ist die Einzige, das galaktische Zentrum. Kosmische Rotation. Das Schwarze Loch. Alles darin vergessen. Ich vergesse immer meine anderen Herren, wenn jemand gut mit mir spielt.

Wie sie mich zwischendrin bedauerte!

Ich wußte ja, das war ihr Kick. Und sie gestand mir, daß sie ihren ersten Orgasmus hatte, nachdem sie zusah, wie ich öffentlich gestraft wurde. Mittendrin in dieser Aktion sprach sie davon. Ich wußte noch, daß ihr das gefiel, das sagte sie mir damals, anderntags, während ich hoffte, sie für eine Revision gewinnen zu können. Aber so sehr? Und daran erinnerte sie sich noch so gut? Sie drehte mich halb um und legte ihre Stirn an meine, ich sah ihren Film.

Dann machte sie weiter. Ab und zu fühlte sie nach. Oh ja, ich stand.

Noch, so schien mir, war es ihr nicht genug. Sie wollte, daß ich flog. Und ja, das tat ich. Ich sah, wie sie da unten auf mir saß und mich kraftvoll mit beiden flachen Händen schlug. Drehte sich um, schlug auf meine Beine, auf meine Arme. Kniff mich in die weiche Seite der Oberarme.

„Fick mich", seufzte ich. Keinen Plan, wie sie das machen könnte, war mir auch egal. Und ich versank wieder in einer Wolke von Schmerz, als sie mein Fußsohlen drannahm. Wärme durchzog mich von den Füßen aus. Es war heftig, war am Rande dessen, was ich ertragen konnte, aber das Stoppwort war ungefähr das, was am allerwenigsten paßte. Und während ich dachte, jetzt schwellen sie zu Elefantenfüßen, ließ sie ab und drehte mich um. Ich selber hatte keine Kontrolle mehr, und als sie sagte, ich solle mich auf den Rücken drehen, verstand ich es erst nicht, dann wußte ich nicht, wie das geht. Sie kauerte sich auf mich und ließ sich auf meinen Steifen sinken.

Irgendwie saß ich dann aufrecht, Nase an Nase mit ihr.

Und wurde still.

Und dann sagte sie leise, indem sie mit den Händen eine Schale um mein Gesicht machte: „*Serf*, ich präpariere dich für Seine Exzellenz, um dich deinem Herrn in bestem Zustand zurückzugeben."

Da kam ich! Ich kam spontan wie ein pubertierender Teenie!

Und sie hielt mich dabei und fing an zu weinen. Denn mich ihm wieder zu übergeben heißt ja für sie: mich abzugeben. Ich klammerte mich an sie, ohne zu merken, wie fest.

Omne animal post coitum triste. Nach dem Sex sind alle Tiere traurig.

21. November

„Sagtest du: ‚Fick mich'?", so sprach sie unvermittelt meinen extatischen Seufzer an, als wir anderntags beim Frühstück saßen, „das will ich überhört haben. Das kommt deinem Herrn zu, er bestimmt allenfalls über Verleih. Hast du verstanden?"

Ich nickte demütig.

„Und so Hilfsmittel kommen mir nicht ins Haus", fuhr sie fort, „denn wenn ich wünsche, daß unter meiner Regie ein *serf* gefickt wird, was durchaus ein anregender Anblick ist, dann wäre es ebenfalls an deinem Herrn, hierfür einen meiner Knechte zu wählen. Und damit ist das Thema durch. Gieß mir Tee ein."

Ich sprang von dem Schemel auf, der mein Eßplatz war, vor diesem stand ein Tablett auf Beinen, auf dem ich meine Speisen und Getränke arrangieren durfte, während sie auf einem hochlehnigen Stuhl an einem antiken Tisch saß. Ich nahm das Porzellankännchen mit dem Tee-Extrakt vom Samowar, goß etwas davon in die Tasse der Madame, füllte sie mit dem heißen Wasser aus dem Zapfhahn auf und reichte ihr die Tasse kniend und mit beiden Händen. Ihr Frühstück war schlicht, Brotscheiben mit Butter, Ziegenkäse, Obst, Nüsse. Sie aß langsam und genußvoll, zu meinem Glück.

Sie fragte mich, nachdem ich das Frühstück abgeräumt hatte, über die Nacht aus, die ich auf einem festen Polster am Fußende ihres Bettes hatte zubringen dürfen. Sie wollte mich nicht allein in meiner Kammer schlafen lassen, verstand ich, sie wollte Albträume abwenden und rechtzeitig merken, wenn sich eine Rückkehr des Traumas zeigen sollte.

„Du zuckst noch immer sehr viel, vor allem beim Einschlafen", sagte sie, „bring Mato diesen Brief, wenn du heute zu ihm gehst."

Zugeklebt. Schade.

Sie ging zu ihrem Dienst in der Wache hinter der Byzantinischen Kirche, wo ich auf meine öffentliche Strafe gewartet hatte. Und an jenem Morgen war ich meinem Herrn dem Dogen zum ersten Mal begegnet.

Jetzt aber lief ich weiter, durch schmale Gassen mit tausend kleinen Läden, stracks nach Norden zum Hospital. Sollte mich Mato Sapé in Augenschein nehmen, aber ich hatte nicht vor, ihm mein Herz auszubreiten oder gar auszuschütten. Zu dem fremden Doc wollte ich schon gar nicht, und das mußte ich auch nicht.

Mato schaute mich an, untersuchte meine Lungen — keine Ahnung, warum! —, machte ein EKG, also so eine Erdbebenkurve von meinem Herzschlag, nahm Blut ab, ließ mich Urin vorzeigen, guckte sich meinen Penis an, aha, den Ring trägst du also wieder, ist die Stelle verheilt, welche Stelle, achso, ja, alles gut. Bißchen dehydriert immer noch, mußt trinken, und zwar leicht gesüßtes, gekochtes Wasser. Bißchen Fruchtsaft dazu. Nicht so viel Schwarztee. Er schaute mich so mit seinen großen, sorgenvollen Augen an. Was aber nicht heißt, daß er Sorgen hat, er guckt immer so.

Mein Herr läßt auf mich aufpassen. Ich fühle seine Hand auf mir bei allem, was ich tu. Und das ist so gut.

22. NOVEMBER

Ein Monat ist vergangen, seit mein Herr entschlossen losging, um mich aus der Hand von Ira zu befreien. Vor dreißig Tagen starb sie.

Ich war so weit weg von meiner Welt.

Als ich heute beim Doc war, fing ich einen Gedanken auf. Er therapiert Aimoré, Pitro. Ist bei dem denn nicht alles verloren? Solche Leute kann man nicht therapieren. Hat er selbst gesagt.

Jetzt diene ich meiner Herrin Ruradix, und sie hält mich in Bewegung. Nach Absprache mit Doc Sapé trainiert sie mich. Wir laufen jeden Morgen auf dem Slawischen Ufer bis zur Ostspitze, umrunden das Arsenal und das Hospitalgelände — ich denke daran, daß ja auch dort, im Militärhospital, einige von uns im Heiligen Koma liegen, ählich voller Liebe bewacht, wie ich es jetzt bin.

Die Ehrenwerte Ruradix, wie sie offiziell angesprochen wird, bedient sich meiner, wie sie will. Etwas zu wünschen gewöhnt sie mir ab; etwas zu brauchen ist mein gutes Recht. Sie nutzt mich niemals für Sex, ohne mich hinterher zu befragen, wie es mir geht. Sie läßt sich nichts von der näheren Vergangenheit erzählen. Ihr Knecht Lomeo massiert mich jeden Abend unter ihren Augen. Sie gibt mir zu tun, ich laufe zu den Märkten für sie und die Damen der Wache, kaufe für sie ein und koche für die acht Amazonen, die je zu vier und vier in der Wache Pause machen. Der Wachdienst des Palastes ist von zwölf auf acht verkleinert worden, weil Seine Exzellenz nicht mehr im Palast wohnt. Aber zu tun gibt es immer für sie, denn sie haben die Aufsicht über das Quartier von Aimoré, unserem vornehmen Häftling, und der erlaubt sich immer mal wieder Späße, harmlos allerdings, verglichen mit dem, was er in der Vergangenheit so angestellt hat.

Heute traf ich Saiko. Er ist mal wieder in der Hauptstadt und besucht Heathea. Die hat sich sehr zurückgezogen. Über Hemyariks Tod ist sie immer noch nicht hinweg und grämt sich, ob sie damals bei seiner Operation etwas falschgemacht hat.

Er hatte Zeit, mit mir eine Teestube zu besuchen. Und er erzählte mir, er sei dabei, ihr *serf* zu werden. Interessante Neuigkeit. Er werde natürlich Hemyarik nicht ersetzen können — ich grinste bei diesen Worten, denn in mancher Hinsicht war es nicht so erstrebenswert, an seine Stelle zu treten, denkt man daran, daß mal alle über ihn gespottet hatten. Sie ließ aber nichts auf ihn kommen, denn am Ende hatte er ihr mit märchenhafter Hingabe gedient.

Saiko ließ mich nicht aus den Augen, während er sein Teeglas leerte.

Was??

„Du liest Leute aus", sagte er.

Das Wort ‚auslesen' beschreibt bei uns eine Unsitte, nämlich jemanden zu lesen, der das gar nicht will. Es bedeutet, Informationen zu stehlen.

„Ich kann nichts dafür", sagte ich, „ich mußte das tun, um zu überleben. Ich mußte wissen, was die Magierin vorhat. Sie hätte mich töten können."

„Klar, dazu hatte sie große Lust — weil du sie ausgelesen hast."

„Nein, Saiko. Lies mich."

„Ich sehe nichts."

Die Bilder waren nicht weg, aber so verschwommen, daß ich sie nicht in Worte fassen konnte. Springlebendig aber war Ruradix, wie sie in aller Eile durch die Wohnung turnte, auf der Suche nach ihrem Staatsharness, das sie in der Nacht zuvor verwendet hatte, um mich zu fesseln, und nun war es unter das Bett geraten, was auch ich nicht mehr wußte. Und wie sie es hastig anlegte, als wir es endlich fanden, dann in großen Sprüngen die Treppe hinunter und auf die Straße rannte, um pünktlich zum Dienst zu erscheinen.

Und wie sie auf meinem Schoß saß, unsere Beine verschränkt, sie in meinen Armen, und wie wir still saßen und uns eins in andere träumten.

„Hey!" grinste er, „aber sie weiß schon, daß du dem Dogen gehörst?"

Da sah ich sie weinen.

„Ja", sagte ich, „sie weiß es."

23. NOVEMBER

Ruradix hat sich auf eine Mission nach Kanada gemeldet. Wieder sind es junge Leute, die die Chaperone in sich tragen, die von Leuten in eine Siedlung an die Westküste eingeladen worden sind, und Ruradix wird sie mit ihrer kleinen Truppe schützen. Wieder fliegt ein Arzt mit und auch männliche Wachen, die unter ihrem Kommando stehen. Nur drei Tage bleiben uns noch.

Ich werde sie sehr vermissen.

„Denken Sie, ich bin schon so weit, daß Sie mich meinem Herrn übergeben können?"

„Ja, das denke ich, und auch dein Arzt ist dieser Meinung."

„Sehe ich Sie wieder?"

„Süßer, ich werde wieder die Hauptwache befehligen."

„Das beantwortet meine Frage nicht."

„Sehen — ja. Aber du wirst dann wieder ganz deinem Herrn und der Dogaressa gehören."

Das traf mich.

„Bitte!" flehte ich sie an, „können Sie mich nicht wenigstens ab und zu ausleihen? Es ist so schön mit Ihnen…"

Sie wandte sich brüsk ab, und ich las, daß es ihr das Herz brechen würde.

Was kann ich tun?

„Wir haben noch drei Tage", sagt sie, „diene mir, laß mich mit dir spielen, schlaf mit mir und habe Sex mit mir."

Das werde ich tun. Als erstes hat sie eine ausführliche Massage bekommen, sie hat noch ein wenig Urlaub, bevor sie fliegt. Ich ziehe ihr sacht die Zehen lang und lasse ihre süßen runden Hacken durch meine Hände gleiten. Ich küsse ihre Zehen, während ich die Achillesferse streiche. Gehe zu den Waden, zu den Knien. Presse die glatten, festen Oberschenkel, bis sie seufzt.

„Madame, wünschen Sie eine Massage zwischen den großen Zehen?" Sie versteht erst gar nicht, ist auch schon ein bißchen weggetreten vor Genuß. Sie nickt nur. Ich streichele das glatte schwarze Vlies auf ihrem Hügel. Die Lippen glänzen violettrosa. Ich bewege die Ringe vorsichtig. Sie gibt mir nach, ich bewege mich in die Bucht, die sich vor mir auftut, sie empfängt freundlich und ohne Gegenwehr meinen steifen Schwanz. Ich schiebe mich langsam rein, so tief ich kann. Sie scheint meinen Ring zu fühlen. Sie hält mich kräftig, der Ring zieht an mir bei jeder ausgehenden Bewegung und drückt beim Eindringen. So köstlich ist das, ich versinke in diesem Gefühl, bis mich eine Ohrfeige weckt.

Ich bin ein wenig schockiert, liebe Herrin, womit verdiene ich das?

„Tust du nicht, ich habe einfach Lust drauf."

Fast komme ich bei diesem Satz.

Ich schaue sie fest an, fast ein wenig provozierend, glaube ich.

Wieder verpaßt sie mir eine, und die sind nicht ganz zart.

Ich verstärke meine Anstrengungen. Sie knallt mir noch eine.

Ich bewege mich wilder und heftiger. Die Quittung läßt nicht lange auf sich warten.

Schließlich habe ich die Faxen dicke, fasse ihre Hände und stütze mich drauf. So vollende ich das heilige Werk, das seit alter Zeit bewährte, frage nicht nach Sklavenart wie sonst, ob Madame so weit ist, auch nicht, ob ich es trocken beenden soll oder kommen darf, nein, unter ihren Beschimpfungen bewege ich mich in raschen Rhythmen und spritze nach eigenem Gutdünken, was mir denn auch ein heftiges Watschenfinale beschert, nachdem ich ihre Hände losgelassen habe.

Ich büße es, daß ich einfach durchgaloppiert bin; sie drischt, als sie sich gefangen hat, mit einem fiesen Paddel auf mich ein, auf das disziplinlose und sie vergewaltigende *serf*, sie noch im Nachhall ihres Orgasmus, ich hingegen in dem wüstenhaften Niemandsland des Danach — was ihr gerade recht kommt.

„Wirst noch froh sein, daß ich weg bin!" keucht sie, schließt mich endlich fest in die Arme und küßt mich, während ich noch damit beschäftigt bin, die Strafe mittels Paddel zu verarbeiten, eine neue Erfahrung, die keine Erotisierung des Schmerzes zuläßt, gepaart mit den Erniedrigungen, den ironischen Tröstungen und übergriffigen Fragen, die sie mir ins Ohr sagt. „Du bist so süß, wenn du leidest", sagt sie mir fast genau den ersten Satz, den sie zu mir sagte, als ich jung war und am Pranger büßte, einen Satz, den niemals zu verzeihen ich geschworen hatte.

24. NOVEMBER

Der letzte Tag, den wir wirklich gemeinsam haben. Sie hat jetzt dienstfrei, um ihre Reise vorzubereiten. Wir bleiben lange im Bett — ja, ich darf bei ihr im Bett schlafen! Es ist wundervoll. Wir liegen einander nur gegenüber, fast Nase an Nase, und küssen uns manchmal. Wie konnte ich sie verkennen! Sie war doch auch schon damals wunderbar, als ich in Haft auf Torquato war, sie hat so viel dazu beigetragen, daß ich lernte, meine Lust am Schmerz zu entdecken. Und ich mochte sie all die Zeit nicht! Sehr merkwürdig.

Ich wünschte, sie würde an mir eine Markierung hinterlassen, etwas, was nicht weggeht, ein kleines Tattoo mit dem Namen Aglaja.

Sie schüttelt den Kopf. Sie muß nichts sagen.

Sie schaut sich noch einmal das Tattoo an, das mich als Permaserf des Dogen kennzeichnet. Sie rutscht runter und küßt es.

„Auch ich gehöre dem Dogen", sagt sie, „er hat mich öffentlich gefickt und ich bin seine Beamte. Die Leiterin der Amazonenwache. Morgen bringe ich dich zu ihm. Und nun hol Brötchen für uns!"

Ich lege rasch ein Lendentuch um und ziehe Sandalen an. Es ist nicht kalt, trotz der Nähe zur Wintersonnenwende.

Beim Eintreten in den Bäckerladen höre ich meinen Namen: „Lelo, kleine Dogenhure!"

„Bereket!"

Da steht er in einem kleinen Café neben der Bäckerei und trinkt einen starken Tee. Ja, er ist es, der Anführer der Bémishen Brieder.

Ich schlüpfe ins Café — soviel Zeit muß sein — und grüße meinen wilden Herrn. Und da ist auch sein Sohn Petja, Škorec, der zur Zeit in der Bewachung der Stätte des Heiligen Komas eingesetzt ist. Er grinst mich freundlich an und knufft mich.

Bereket zieht mich an sich und küßt mich. Steckt mir die Zunge so tief in den Hals, daß ich nicht einmal protestieren kann. Und derweil grinst Petja immer noch.

„Du schmeckst nach Frau!" stellt Bereket fest. „Was tust du? Betrügst Seine Exzellenz?"

„Kein Stück! Er hat mich ihr zum Aufarbeiten gegeben."

Ich benutze das Wort, das auch für antike Kommoden und Tapisserien gilt, für morsche Gondeln wie für blätternde Fassaden.

„Was war denn mit dir?" fragt er besorgt, „ich weiß, es ging dir sehr schlecht, nachdem wir dich der Magierin aus den Klauen gerissen hatten, aber ich dachte, du bist wieder fit?"

„Mein Virgus kam zurück. Ich wollte nichts mehr mit Ficken zu tun haben. Ich kannte nicht einmal mehr das Wort."

Er sah mich lange an, trank einen Schluck Tee und dachte nach.

„Das ist ein *Kungenlik Reprend*", sagte er dann.

Das meinte, der König selber holte mich zurück.

„Woher weiß er sowas?" fragte ich Petja.

„Wir gehen im Heiligen Koma direkt auf die Basilosphäre", antwortete Bereket an seiner Stelle, „frag doch den, der da war, nicht meinen *Durak* von einem Sohn." Und er knuffte ihn. Den ‚Dummkopf' ließ er ohne Protest auf sich sitzen.

„Ich dachte, es sei eine Wirkung der Magie? Pratizaye hat ein Ritual gemacht, um den Bann aufzuheben", bohrte ich weiter.

„Lelo, ich darf dir das eigentlich gar nicht sagen. Es ist ein Schutz für dich gewesen, sozusagen das Heilige Koma deiner Sexualität, um sie zu schützen und wiederherzustellen. Dein Herr wußte es auch."

Ich verstummte, und ein leises Frösteln überlief mich. Und in meinen Gedanken legte ich die Hände zum Dank zusammen und sandte ihn zum König. Um mich war Stille, wie geschäftig auch die Menschen auf der Gasse hin und her rannten, wie auch die Kaffeemaschine mit dem giftigen Gebräu für Cros zischte, Besteck klirrte, Tassen und Teller klapperten. Ich fühlte nur die Stille und Glückseligkeit der Basilosphäre.

25. NOVEMBER

Heute ist noch einiges passiert, ich habe der Herrin Ruradix beim Packen geholfen, und wir wurden immer trauriger. Nicht einmal ficken mochten wir mehr, wir dachten beide, es würde uns noch trauriger machen. Außerdem würde ich in wenigen Stunden meinen Herrn wiedersehen. Gleich nach dem Frühstück machten wir uns fertig, sie legte ihre Dienstkleidung an, Harness, Chaps, Stiefel, Bustier, Jacke, Helm. Pfeilköcher und Bogen wurden in einen stabilen Koffer gelegt, viel mehr brauchte sie nicht. So gingen wir rüber nach Canareggio, von wo die Kommandantin ein Boot zum Strand nehmen und den Flugplatz erreichen würde. Ein Umweg, gewiß, aber das mußte sie, um mich persönlich bei meinem Herrn abzugeben.

Und dann standen wir vor der Tür. Ich hatte mich aufs Schönste zurechtgemacht, meine Augen waren schwarz umrandet, Rouge höhte meine Wangen und Lippen. Meinen Kopf zierte ein blauer Turban, und ich trug weite Pluderhosen aus Baumwollstoff nach afrikanischem Geschmack. Trotz der frischen, nebligen Luft war mein Oberkörper frei, und ich protzte mit meinem Bauch-Tattoo. Permaserf ist ja nun nicht jeder. Die Tür öffnete sich, wir wurden in das Arbeitszimmer des Dogen eingelassen.

Er war nackt, trug Kriegsbemalung und einen Gürtel mit steinerner Streitaxt.

Ruradix fiel vor ihm auf ein Knie und küßte seine Hand und führte sie an ihre Stirn.

"Coren Barin, Campen Barin. En Vous manu dam permaserfe Isegrim. Obriga Vouem, vallahi."

„Herr der Stadt, Herr des Landes. In Eure Hand gebe ich das Permaserf Isegrim. Ich danke Euch, bei Gott."

Noch einmal küßte Ruradix seine Hand, dann stand sie auf, küßte mich — ich sah an seinem Blick, daß das im traditionellen Ritual nicht enthalten war —, sie entfernte sich rückwärts und schloß die Tür hinter sich.

Ich hatte mich schon auf die Knie niedergelassen. Er wandte sich mir zu. Er war erregt, fast schien mir, er war der Joie de Guerre nah. Er packte mich beim Gürtel, warf mich ein wenig unsanft über den Arbeitstisch, der — ganz entgegen seinen Gewohnheiten — völlig leer war, zog mir den Turban vom Kopf, fesselte mir damit die Hände auf den Rücken, verteilte etwas kühles Gel in der Spalte und nahm mich. Dabei allerdings war er sehr vorsichtig, und ich fühlte, wie er mehrfach seinen Kopf an meinen lehnte, um mich besser lesen zu können. Die Art, wie er mich anfaßte und zurechtrückte, war nur scheinbar ruppig. Er schubste mich wohl ein bißchen, schlug mir klatschend auf die Hinterbacken. Aber gleich darauf strich er mir das Rückgrat entlang, zog sanft an meinen Hoden, faßte meinen Penis, stimulierte mich, ließ es mich genießen. Fragte mich, ob ich mich wohlfühlte, drang von neuem ein. Ich konnte nur nicken.

Dann kam er und richtete mich auf, küßte mich zärtlich und machte meine Hände wieder frei.

„Alles gut?" fragte er.

Ja doch, lieber Herr.

„Darf ich Euch etwas fragen?"

„Gewiß."

„Das war ein Reprend, nicht wahr?"

„Schon."

„Aber die Kommandantin hat mich doch bei Euch abgeliefert, Ihr mußtet mich nicht zurückholen."

„Das galt auch nicht der Kommandantin, das zielte auf Ira ab."

„Die ist doch tot..."

Eine Sekunde lang durchzuckte mich die Panik, sie könnte wieder auftauchen.

„Falsche Antwort."

„Mein Herr, in Eure Hände kehre ich zurück. *Barin, en Votre manus retornam.* Besser?"

„Viel besser. Weiter."

„Nehmt mich in Euren Dienst, Euren Schutz und Eure Liebe. *Mi prenden in Votre servitu, Votre obhut, Votre lieb.*"

„Ich mußte dich zurückholen aus ihrer Macht. Ich mußte das tun, verstehst du?"

Nur ein Krieger versteht das — aber ja.

Nun gingen wir zur Dogaressa. Mußten wir da nun die ganze Zeremonie durchziehen? Aber die Dogaressa war in Eile und die Infantin brüllte. „Schön, daß du wieder da bist", sagte sie ein wenig in Hast und küßte mich.

Der Alltag war wieder da. Mein Herr wusch sich die Bemalung ab und ging an seine Akten. Kúsali nahm Diktat auf, Khorasan war in der Küche zugange, und ich schloß mich ihm mit wenigen Worten an und half ihm beim Gemüseschneiden. Das *serf* ist zurück. Ich laufe mit dem Babybrei die Treppe hinauf, die Infantin ist ungnädig. Ich war einige Tage weg, das verzeiht sie mir nicht. Vanessa setzt sie ins Kinderstühlchen und fängt an, sie zu füttern, unterdessen darf ich mich auf einen Hocker setzen und erzählen, wie es mir inzwischen ergangen ist.

Und ja, da prickelt es mich wieder an, auch ihr zu gehören. Zwischen Kinderkacke und Soufflé, zwischen Wäscheschleuder und Brötchenholen bin ich ihr ‚kleiner Amor'. Ja, das will ich sein.

Und Ruradix?

Sie wird lange fort sein, aber es gibt das Internet im Büro Seiner Exzellenz und ‚Räägi'. Es gibt eine Webcam und nächtliche Stunden, in denen niemand den Computer braucht, und dann ist Vormittag, da, wo meine Geliebte weilt.

Wer mich einmal verliehen hat, verleiht mich auch ein andermal wieder? Oder?

Und Bereket? Der Waffenbruder des Dogen hat sicher besondere Rechte. Falls er nicht bei seinem Grundsatz bleibt, mit mir weiterhin eine Freundschaft ohne Sex zu führen. Aber sein gestriger Kuß schmeckte nach mehr.

Wer mich einmal geteilt hat, teilt mich wieder.

Freches serf! Ich lege dich in Ketten! Nichts als Auskneifen hast du im Kopf! Hast du immer noch nichts gelernt?

Verzeihung, lieber Herr, ich fantasiere ja nur so herum.

Ja, das war dann der unschöne Stock zur Abwechslung.

29. NOVEMBER

Als ich dabei war, frische Hemden in die Flurschränke auf der Empore im Oberstock zu sortieren, hörte ich, wie Khorasan einen Besucher einließ. Seine Stimme jagte mir einen kalten Schauer über den Rücken.

„Herzlichen Dank für die Einladung", sagte diese Stimme.

„Danke für die bezaubernden Blumen", antwortete meine Herrin und schickte Kúsali nach einer Vase.

Da ich keinen Befehl hatte, fuhr ich fort, die Hemden zu verstauen, legte sie schön glatt und kniete mich dann auf den Teppich auf der Empore und wartete auf weitere Befehle. Mir war schon aufgefallen, daß außergewöhnlich gut gekocht wurde. Ich hatte geholfen, das Gemüse zu schneiden. Für alle Fälle hatte ich also mein schönstes Lendentuch angelegt, es war schwarz mit feinen orangefarbenen, roten und hellgrünen Streifen. Ich trug auch ein geflochtenes Halsband aus rotem Leder, dazu einen Perlengürtel, den mir mein Herr geschenkt hatte, einen mit roten und blauen Saatperlen, und die Fasanenfeder hing an einem Turban, denn die Haare sind noch zu kurz, um die Feder zu befestigen. Ich hatte mich auch so geschminkt, wie der Herr es liebte, ein wenig Kajal um die Augen, ein wenig Rouge auf den Wangen und meine großen goldenen Ohrringe.

Ich sehe mich so im Spiegel. Feminin. Sehr feminin. Wie war es doch mit meiner Männlichkeit? Schmerzlich vermißt? Mit Stolz wiederhergestellt?

Aber dies ist freiwillig. Dies ist mein Geschenk an meinen Herrn und meine Herrin, denen ich mich so zeige, wie sie es mögen.

Ich sehe aus wie ein kleiner Hofmohr aus dem 18. Jahrhundert. Niedlich und verfügbar. Ich brauche Schutz, das vor allem. Lenkung, Lob, Anerkennung und klare Ansagen.

Ja, das geht in Ordnung.

17 Isegrim hat sich für die Party aufgebrezelt

Ich ging wieder in Wartestellung und hoffte nun doch, nicht bei Tische dienen zu müssen, denn der Gast war Pitro.

Nun traten auch die Wachen ein, die ihn hergeleitet hatten, und die würden in der Küche zu essen bekommen. Gut, dann könnte ich sie ein bißchen ausfragen... Aber nein, Khorasan rief mich ins Eßzimmer, und ich trat ein, legte die Hände auf den Rücken und senkte den Blick.

„Da also ist der junge Mann, den ich so scheußlich mißhandeln mußte", sagte Pitro, „komm her zu mir, Süßer!"

Ich schaute verwirrt zu meinem Herrn hin, dann zu meiner Herrin, und endlich machte Seine Exzellenz eine auffordernde Kopfbewegung. Ich trat zögernd zum Gast.

Er nahm meine Hand und zog mich nah zu sich. Ich widerstrebte ihm ein wenig, hatte Angst. Er ließ mich niederknien, hob eine Hand — ich zuckte weg.

„Oh, oh!" seufzte er, „kein Wunder. Verzeih mir, daß ich dich so hart behandelt habe, Kind, aber das war Notwehr."

Er streichelte meine Haare, meine Wange. Es war mir immer noch etwas unheimlich. Aber zugleich spürte ich die Anziehungskraft seiner Grausamkeit, die Faszination der Doms.

„Ich schulde dir eine Erklärung", sagte er, „und nun kann ich das ohne Gefahr tun. Der Bannkreis ist zerstört, der Leichnam verbrannt."

Khorasan reichte ihm ein Glas Champagner. Er nahm einen Schluck.

„Ich durfte dir nicht trauen, solange du unter ihrem Einfluß gestanden bist", erklärte er, „du weißt, du bist ein Homsarec, du hättest mich leicht töten können. Sie war gut darin, andere fernzusteuern. Sie hat es von mir gelernt. Du hattest Order, das Manuskript abzugeben und auf dem Absatz kehrtzumachen. Du hast dich stattdessen vor mich hingepflanzt und einen mentalen Schönheitstanz aufgeführt. Das machte mich mißtrauisch. Das hätte der Anfang eines Übergriffs sein können."

Ich schwieg. Er hatte mich besser gelesen als ich annahm. Aber ich mußte noch etwas von ihm wissen, mußte diese Gelegenheit ausnutzen.

„Hat sie mir befohlen, Tarfur zu töten?" fragte ich atemlos.

Er schüttelte den Kopf.

„Du bist deinem eigenen Trauma gefolgt. Ich weiß, du bist von ihm gezwiebelt worden. Der Verhör-Spezialist. Ich weiß, wie er war. Als ich wieder aus Sukent zurück war, krank, schockiert, traumatisiert, da hat er mich über die Umstände meiner Entführung und meines Lebens in Sukent befragt. Er hat mich behandelt, als sei ich ein Verräter, der aus eigenem Willen zu den Homsarecs übergelaufen wäre. Ich war erst noch gar nicht in der Lage, mich dagegen zu wehren. Ich dachte, er hat recht, er darf das fragen, jetzt sind wir wieder auf der richtigen Seite. Wie er mich fertiggemacht hat, wurde mir erst hinterher klar. Und ich habe erst viel, viel später begriffen, daß er es war, der mein Leben zerstört hat."

„Wann haben Sie das begriffen?" fragte ich gespannt und ließ diesen faszinierenden Mann keinen Moment aus meinem Blick. Jetzt sah ich ihn so, wie ihn Hemyarik einmal beschrieben hatte: Tiefgründig, leidend, klug.

„Als ich im Wachkoma lag. Unter Ainus sanften Händen. So behandeln mich meine Feinde, dachte ich. Wer sind dann wirklich meine Feinde? Und dann begriff ich, daß ganz andere mein Leben zerstört hatten. Ich nannte sie in Gedanken beim Namen. Und ab da waren sie mir auf den Fersen. Tag und Nacht. Sie nisteten sich in meinen Gedanken ein, und das rief sie zu mir. Der Kontakt wurde immer realer. Sie veränderten Sukent. Sie prahlten, sie würden die Cultura zerstören, indem sie Sukent zum Las Vegas der Adria machen würden. Und sie drückten mir Nacht um Nacht die Luft ab. Ich wußte, das würde ich nicht mehr lange ertragen.

Darum schwor ich, euch zu helfen. Ich schwor es, als ich sah, wie nett und lahmarschig ihr nach und nach geworden seid. Wo war eure Hitze, eure Schnelligkeit, eure Kampfkraft, eure aggressive Lustigkeit? Ich lag reglos im Bett und wollte euch nur noch in den Arsch treten. Und ich konnte es nicht. Ich ließ mir von Saiko den Kriegstee bringen, den sie in den Karpaten produziert. Dort sind die Pilze noch stark. Und auch die Krieger. Ich fing an zu sprechen — sie versuchte, mich aus der Ferne zu töten. Also legte ich das Gelübde ab. Tanguta, du bist ein fantastischer Krieger. Sind dir die Krieger aufgefallen, die das Arsenal vor der Übernahme geschützt haben und die dann mit rübergelaufen sind zum Zweiten Hof der Tausend? Die haben richtig Arsch im Lendentuch. So wollte ich, daß ihr alle wieder würdet. So wie Perkeles 84 Wundertäter — hat der auch eine Namensänderung? Bereket — na gut, das ist nicht so verschieden."

Er trank das Glas aus und erlaubte Khorasan, ihm nachzuschenken.

„Zurück zu deiner Frage, ob sie dich angestiftet hat. Nein. Sie und ihr Bruder haben sich zwar gestritten, aber wenn es ernst wurde, hielten sie zusammen."

„Sie haben es aber doch auch geglaubt…" rutschte es mir raus.

Er packte mich am Nacken. „Was ist das denn? Du hast den Brief gelesen?"

„Ja, Herr, Vergebung!" jammerte ich. Er schüttelte mich wie eine Katze. „Das Serf hat hoffentlich Haue bekommen!"

„Er hat es mir aus freien Stücken gebeichtet und hat seine Strafe bekommen, ja", antwortete mein Herr.

„In meiner Lage war es wichtig, auf der Hut zu sein. Bedenken Sie, ich habe Iván ferngesteuert, eine der integersten Persönlichkeiten der Cultura!"

Er schüttelte den Kopf. „Ich verdiene Lebenslänglich für das, was ich getan habe", murmelte er, „und Ira, meine geniale Elevin des Bösen, sie hätte genau das mit mir machen können: mir ihren Todesboten senden. Ich war als Retter Sukents und Verräter die Nummer Eins auf ihrer Todesliste. Sie, mein Doge" — er sah Tangutas Blick — „waren nie auf der Todesliste, Sie waren das Leckerli, das sie sich bis zum Schluß aufheben wollte. Hat ja auch geklappt. Aber dann" — er schnalzte — „Schlaganfall! Meinen ergebenen Dank, Exzellenz! Wie haben Sie das gemacht?"

Er nahm wieder einen Schluck, dann goß er etwas von dem Champagner in seine hohle Hand und ließ ihn mich auflecken. Ich fühlte seine Hand auf meinem Nacken.

„Ich habe nichts gemacht", sagte mein Herr trocken, „die Obduktion ließ keinen Zweifel. Sie trank Homsarec-Blut, das bekommt den Cros nicht, die kriegen davon sofort Gerinnsel."

„Ausgerechnet im Sexualakt stirbt die große Magierin?"

„Sie wollte unsere Kräfte — sie bekam unseren Tod", sagte Tanguta. Pitro schwieg.

„Sie stellen sich doch schuldiger dar als Sie sind", sagte der Doge zu meiner Überraschung, „und Sie lügen immer noch."

„Sie lesen mich, Doge, und es ist mir recht", antwortete Pitro in einer angedeutet demütigen Haltung.

„Warum behaupten Sie immer noch, Sie seien Realsadist?" forschte mein Herr.

„Ich mußte Ihren Kleinen leider abschrecken. Ich konnte nicht riskieren, daß er mir zu nah kommt, bevor ich sicher war, daß ihn Ira nicht abgefeuert hat."

Ich glaube, ich wurde blaß und fing an zu zittern. Mein Herr zog mich in seine Arme.

„Ich habe mich für Offenheit entschieden", fuhr Pitro fort, „davon ist man als bekennender Zyniker schon mal nicht so weit entfernt. Was früher geschah, muß aufgeklärt werden. Ich war es nicht, der Ashante getötet hat. Das habe ich Kunkamanito schon gesagt."

„Wer war es dann?"

„Tarfur. Ashante versuchte, in Kunkamanitos Auftrag den Tod Huichols aufzuklären. Dabei fand er Beweise für Tarfurs Schuld, und er fand auch heraus, daß Tarfurs Organisation immer noch in Sukent aktiv war, daß er also eigentlich überhaupt nicht für die Polizei hätte arbeiten dürfen. Ashante hat es mir verraten. Aber ich war es nicht, der ihn getötet hat. Ich hatte keinen Grund dafür. Daß er ein bißchen plaudert, reichte nicht."

„Und warum haben Sie versucht, Iván zu vergiften?"

„Das Gift ohne Namen, meinen Sie? Ach, das hätte niemals gereicht, um ihn zu töten. Das ist doch nur ein Mythos. Nein, ich wollte damit demonstrieren — und ich bitte dafür um Vergebung, so viele Male, wie Sie es nur hören wollen —, daß ich überall in Ihre Zentren der Macht vordringen kann und dort tun, was ich will. Es war eine reine Machtdemonstration, aus meiner jetzigen Sicht lächerlich und gemein, Iván hat Todesangst ausgestanden, und auch alle, die ihn lieben. Solche Dinge werde ich nie wieder tun."

„Sie haben Iván ferngesteuert, damit er uns alle ins Verderben reißt…"

Pitro lachte bitter auf und fing an zu husten. Der Husten schien kein Ende nehmen zu wollen, er zog ein Fläschchen mit Papavers-Tinktur heraus und nahm ein paar Tropfen aus der Handfläche in den Mund.

„Wir haben ihn ziemlich durcheinandergebracht mit den Psychopharmaka, das ist richtig, aber das meiste davon ist in seinem Kopf entstanden. Er ist ja schon in einer Atmosphäre von Panik und Heimlichkeit aufgewachsen, es fehlte nicht viel. Ich wollte ihn von der Cultura wieder wegholen, das ist richtig. Und ich wollte ihm zeigen, wer die Macht hat. Mit unsauberen Mitteln. Ich sagte, ich verdiene Lebenslänglich. Ich werde büßen, was ich getan, und aufklären, was ich nicht getan habe. Ich habe mit der Psyche vieler Menschen gespielt — weil ich es kann. Ich habe Häftlinge vergewaltigt. Es war verbrecherisch. Ich habe damit aufgehört. Der Tod ist mein Guru, der mir diese Lektionen erteilt."

Ich starrte ihn verwundert an. Wenn ich ihn zu lesen versuchte, schossen mir lauter gegensätzliche Gedanken durch den Kopf.

„Lest Ihr ihn, mein Herr?" fragte ich den Dogen.

„Ja, das tu ich."

Ich fürchtete diesen Mann. Und fand ihn in diesem Moment sexier denn je zuvor.

Nun läutete es, und die Essensgäste kamen. Pitro war offenbar zu einem etwas früheren Zeitpunkt geladen, denn mein Herr hatte mit ihm reden wollen. Zu meiner großen Überraschung kam Bereket mit Petja und vier weiteren Kriegern. Den Kopfverband hatte er heute mit einem prächtigen bunten Turban kaschiert, und die Amazone, die ihm folgte, war eine Ärztin, nämlich Heathea. Pitro und sie begrüßten sich ein wenig distanziert, aber mir kam es vor, als hätte mein Herr einen Versöhnungsabend eingefädelt. Mit großem Hallo wurde Iván begrüßt, der mit seinem Vater gekommen war. Es war ja Iváns Geburtstagsfeier, und dann trafen da auch noch Pitro und Maurice zusammen, einstige Todfeinde, das hatte mein Herr ja kühn konzipiert!

Als Serfs waren Goldi und Saiko mitgekommen. Goldi kam bezaubernd androgyn daher. Saiko trug europäisch-historisch, eine Schoßjacke in dunkelblauem Tuch und Kniehosen. Sie ließen sich sogleich von Khorasan Aufgaben zuteilen.

Dann durfte ich Bereket begrüßen. Ich sank auf die Knie. Er ließ mich aufstehen und küßte mich leidenschaftlich, bis ich die Hand meines Herrn, des Dogen, mit sanftem Druck auf meiner Schulter fühlte.

Nun konnte aufgetragen werden. Ich durfte Getränke einschenken. Staunte insgeheim, was Cros für Mengen von Wein verkraften. Aber auch die Bémishen sind trinkfester als Unsereins. Nur ihr Anführer blieb bei Wasser, klar. Loch im Kopf.

Nach dem Essen zieht der Doge sich mit Bereket ins Studierzimmer zurück, winkt mich dazu und läßt sich von Kúsali ein Portfolio bringen.

„Die Stadt Sukent ist euch, Bereket und den Bémishen Briedern, sehr zu Dank für den Einsatz auf Deserta Castello verpflichtet. Die Sala de Thing hat beschlossen, euch Lebensmittelvorräte zu liefern. Bitte wähle aus dieser Liste, was ihr braucht."

Er zog ein Blatt aus dem Portfolio und legte es Bereket in die Hand. Auch der hielt es weiter weg. Ich mußte insgeheim lachen und grinste Saiko zu. Unsere alten Wilden brauchen Brillen! Tanguta zog die seine und reichte sie dem König der Tatra. Der schüttelte den Kopf, nahm sie dann aber doch. Mir kamen fast die Tränen.

Bereket nahm den angebotenen Bleistift und kreuzte an, fragte dann, wieviel er wählen dürfe, und fuhr fort. Portugiesischer Trockenfisch, Parmesan, französische Hühnerbrühe in Dosen, Dorschleber, Baltische Sprotten, spanischer Schinken, Schafskäse aus Griechenland, türkischer Blätterteig, Haselnüsse, geröstete Kichererbsen. Überwiegend eiweißreiche, jedenfalls nahrhafte Dinge. Ich verstand. Die Cultura honoriert den Verzicht.

„Euer Viehbestand wird auch aufgestockt, aber es dauert, bis er euch ernähren kann", überlegte der Doge, „und bis dahin helfen wir euch, die Lücke zu schließen. Das werden wir auch in den kommenden drei Jahren tun. Das sollte reichen."

„...zuviel, Exzellenz, zuviel!" murmelte Bereket.

„Für die zweimalige Rettung des Dogen?" Tanguta zog die Brauen hoch. „Nicht annähernd genug! Und ich habe auch noch etwas für euch." Er zog ein weiteres Dokument aus der Hülle.

Bereket studierte es mit leicht zugekniffenen Augen.

„Eine Jagdlizenz?"

„Ja, sie gilt für den Kreis Maslenie Blini bis Černostari, Zakup, Srebro Les und Čudownie."

Er sah Bereket direkt an, während der die Mundwinkel herunterzog.

„Ja, du hast recht, ihr werdet dadurch handzahm, es ist ein wenig peinlich für die wilden Brieder. Es tut mir leid. Aber nur so konnten ich den Plänen der neuen slowakischen Regierung zuvorkommen, die neue Gesetze gegen Kannibalismus und gegen das Wildern erlassen hat. Ihr hört wohl nie Radio? Oder seht fern?"

Bereket machte einen Schnauflaut. „TV! Wir scheißen drauf. Luxus!"

„Drauf zu scheißen ist ein Luxus", bemerkte der Doge, „den ihr euch nicht leisten könnt. Wollt ihr in den Knast?"

„Das sollen die erstmal versuchen, uns einzubuchten."

„Freund!" Tanguta nahm die Hand des Bruders in seine beiden. „Ihr seid stark und mutig. Es gehört was dazu, gegen euch anzutreten. Aber wenn sie nun mit schweren Geschützen gegen euch antreten? Möchtest du, daß sie eure Häuser in Brand schießen, in denen ihr mit euren Frauen und Kindern lebt?"

„Das hätten sie schon getan, wenn sie es wollten."

„Du irrst", sprach der Doge eindringlich, „die alte Regierung war tolerant und wollte keinen Ärger mit euch. Aber die neue ist durch den Schulterschluß mit Polen und Ungarn aufgewiegelt. Die Narod Vstaňte betrachtet euch als fremde Elemente…"

„Meine Ahnen waren immer schon Slowaken!"

„Mag ja sein, aber ihr seid Homsarecs! Und die werden neuerdings als Fremde behandelt."

Bereket verstummte und mußte diese Nachrichten erst einmal verdauen.

„Wir gehen über die Grenze", stieß er dann trotzig hervor.

„Wohin? In die Ukraine? Zu den faschistischen Feinden der Homsarecs? Oder in die Ost-Ukraine? Zu den postsowjetischen Schwulenfeinden?"

Bereket dachte eine Weile nach. „Also ins Reservat um Maslenie Blini", brummte er dann. „Friede sei mit dir", und Tanguta küßte ihn.

Als ich beim Abtragen diente, war Maurice dabei, Pitro unter den Tisch zu trinken. Und nun dachte ich darüber nach, wie wenig ich mich daran erinnern konnte, was ich bei Ira erlebt hatte.

Hätte ich mich wirklich dazu steuern lassen, ihn anzugreifen? Möglich, denn ich habe auch viele Situationen nicht genutzt, um mich zu wehren, obwohl ich das hätte tun können. Was hat mich so harmlos gemacht, daß ich vergaß, ein Krieger zu sein? War das nicht doch ihre Magie? Oder war es meine Selbstverpflichtung als Kurban? Die eiserne Klammer meiner Schuld, ihren Bruder getötet zu haben?

Wenn ich in mein Tagebuch schaue, was ich bei ihr erlebt habe, kann ich mich an einige Situationen nicht einmal erinnern. Ich finde auch keine Aufzeichnungen, die darauf hinweisen, sie könnte mir etwas suggeriert oder mich hypnotisiert haben.

Hatte ich mir eingebildet, jemandes Werkzeug zu sein? Hatte Pitro sich eingebildet, ich könnte Iras Werkzeug sein? Wir waren anscheinend alle am Durchdrehen vor Nervosität. Und das schien Bereket mir anzusehen.

Er winkte mich zu sich. Ich kniete mich vor ihn hin, er zog mich noch näher, so daß ich meine Arme auf seine Knie stützen konnte. Wie ich dieses jüngste Abenteuer verkraftet hätte? „Nicht viel besser als du", sagte ich keck. Er hustete sein Papavers aus.

„Ich hörte, du hättest diesem Weib direkt vorgeworfen, daß sie dich angestiftet hätte, ihren Bruder zu töten. Pais! Du bist verrückter, als ich dachte. Sollte sie dich gleich umbringen? Was am Konzept des Kurban hast du nicht verstanden?"

Krasnov kam mir zu Hilfe. „Es ist nicht ganz verrückt, Kommandant. Auch ich habe schon mal jemanden als lebenden Torpedo losgeschickt. Es ist möglich, es ist verbrecherisch, ich sühne."

Bereket fletschte die Zähne in seiner Richtung und knurrte. Pitro zuckte zusammen und wich zurück. Bereket fing an zu lachen.

„Ihr seid allesamt die größten Schißhasen", stieß er hervor, „Angst, Angst! Die ist euer größter Feind, ihr Cro und auch ihr Stadt-Homsarecs. Angst ist euer größter Feind! Angst bringt euch am Ende in den Zustand. Denk mal nach, Isegrim, wann hast du keine Angst gehabt?"

Das konnte ich beantworten. „Das war, als ich mit den wilden Briedern durch die Wälder der Tatra lief."

„Und warum war das so?"

Ich wußte darauf keine Antwort. Also gab er sie.

„Wir haben keine Angst vor Eis und Schnee, noch vor den Bergen. Wir waren und sind immer warm, weil wir uns bewegen, wir halten zusammen, machen uns keinen Kopf, verschaffen unseren Familien Essen und Schutz. Wir bauen unsere Häuser aus und feiern zusammen. Wir führen ein einfaches, geradliniges Leben in der Natur. Wir sehen nicht fern, wir sehen ins Feuer und in die Gesichter der Unseren. Und dann widmen wir uns der Liebe."

Krasnov hatte sich, während er sprach, von einem anderen, nicht so interessanten Gespräch abgewandt — anscheinend hatte er Maurice unter den Tisch getrunken, nicht umgekehrt — und folgte Bereket aufmerksam.

„Pitro, auch dein Problem war immer die Angst. Das ist die Hölle, in der du gelebt hast. Du warst ein ängstliches Kind und ein panischer Kaptif. Huichol und Heathea haben dich nie aus den Augen gelassen, du warst nicht wirklich ihr Pais. Dann glaubtest du, dich von ihnen befreien zu müssen. Ich war achtzehn, du bist zwei Jahre jünger. Mein Meister sagte schon damals: ‚Da stimmt was nicht, der Junge ist nicht freiwillig bei dem Paar. Die halten ihn mit Gewalt'…"

„Damals wurde aber noch oft entführt", bemerkte Tanguta.

„Ja. Aber sie bekamen eine Chance wegzulaufen, wenn sie ein paar Tage bei uns gewesen waren", entgegnete Bereket, „nur bei Pitro war das nicht so. Sie wußten zu gut, daß sie dich nicht würden halten können, Aimoré. Du zucktest bei jeder plötzlichen Bewegung zusammen. Du hast unter Terror gestanden. Und das, mein Serf" — er strich über meinen Kopf — ist auch deine Erfahrung, die du just durchgemacht hast. Und ich mache mir ein bißchen Sorgen, wenn ich bald abreise, denn ich würde dich lieber auf Schneeschuhen auf unseren Bergen sehen als in Sukent, diesem fiebrigen Lagunensumpf, der Paranoia ausbrütet und in dem die Panik schläft."

An dieser Stelle wechselte Seine Exzellenz das Thema.

„Dazu wollte ich eben kommen, Bereket. Ich habe eine Aufgabe für diesen Serf, er soll alle zwei Monate für einen Pflegezyklus von 10 Tagen zu euch kommen und bei der Pflege der Patienten im Heiligen Koma helfen. Er würde Teil eines Dreierteams werden und eine Schicht pro Tag übernehmen. Er wird mit Ruradix zusammentreffen, aber keine gemeinsamen Schichten haben, um sich nicht durch Geturtel ablenken zu lassen. Wenn jemand eingeliefert wird, stellen wir in den ersten Stunden das Team zusammen, und das bleibt dann, bis er aufwacht. Und dann würde der Patient die Stimmen dieser Bezugspersonen hören, die dann auch da sind, wenn er aufwacht. Das ist wichtig."

„Aber ich könnte ja erst aufbrechen, wenn er eingeliefert wird, komme ich dann nicht zu spät?"

„Nein, es reicht, wenn du in den ersten 24 Stunden ankommst."

Das wollte er tun? Ich dachte an die Momente in der Höhle, and diese Ruhe, in der etwas geboren wurde, was zu sterben geglaubt hatte. Und ich sollte helfen, diese heiligen Momente zu hüten. In der Kühle, in der Stille. Ich würde dabei sein?

Ich konnte ein paar Tränen nicht zurückhalten. Ich fiel vor meinem Herrn nieder und dankte ihm. Ich fühlte leicht seine Hand auf meinem Rücken.

„Bereket, würdest du ihn bei dir beherbergen und ihn verköstigen, solange er bei euch arbeitet?"

„Er wird der Papa sein, den du nie hattest", fuhr der Doge fort, „und wir, Vanessa und ich, bleiben deine Herrschaft. Und sei sicher, wir sind eifersüchtige Herrschaft."

Ich schielte hoch, und ja, sie grinsten.

„Also: Kein Affentheater, dein Papa wird auf dich aufpassen. Freundlicherweise hat er dir ja schon diesen Ring gestochen, mit dem man dich so schön reglementieren kann. Das werden dann keusche Tage! Setz dich auf."

Ich seufzte und richtete mich auf.

„Reingefallen!" Sie lachten. „Du kommst als freier Mann zu uns", sagte Bereket.

Hatten sie das doch schon vorher ausgeklüngelt.

„Wir sind Waffenbrüder, wir haben geschworen, alles zu teilen, auch dich, wenn du willst."

Ein klein wenig ritt mich nun doch der Teufel.

„Nein, ich möchte doch lieber, daß du mein Papa bleibst und ich meinem Herrn gehöre", sagte ich andächtig und mit einem Augenaufschlag. Berekets Blick war unbeschreiblich. Bremst ihn da einer aus, von dem er doch die leidenschaftlichste Hingabe erwartet...

Und Tanguta? Wie reagierte er auf meinen Scherz? Nein, er sah das nicht als Scherz. Er sah beruhigt und zufrieden aus, gerade so, als hätte er sich mit seiner Großzügigkeit doch übernommen und sei ganz froh, daß er sein Wort nicht einlösen mußte. Er hätte seinem Waffenbruder dieses Opfer gebracht. Aber nein, mein lieber Herr Tanguta sollte nicht noch mehr Opfer bringen.

Also verstummte ich und klärte meinen Scherz nicht auf. Ich begriff nun auch: Daß mein wilder Herr sich mir damals verweigert hatte, war Respekt vor dem Dogen gewesen, dem er so viel verdankte. Er nahm Rücksicht auf seine Gefühle. Darum dankte ich meinem Herrn, dem Dogen, für die Großzügigkeit seines Angebots, indem ich mich bis auf den Teppich vor ihm verbeugte.

Und dann wandte ich mich Bereket zu und verbeugte mich ebenso vor ihm und dankte ihm für seine Liebe und seinen Schutz. Und ich sprach einen Eid aus, mit dem ich ihm Loyalität und tatkräftige Hilfe versprach: Zu tun, was immer mein Herr mir gestatten würde. Dann wandte ich mich wieder zum Dogen und und sprach einen Eid, mit dem ich ihm und seiner Dogaressa meine Treue zusagte. Und ich würde vollkommenen Gehorsam leisten. Sei es, daß er mich immer an seiner Seite halten werde, sei es, daß er mich doch einmal zu verleihen gedächte.

Ich erhob mich mit Unschuldsmiene, wandte mich noch einmal zu Bereket, sah, daß er grinste, und zwinkerte ihm zu.

Das aber war meinem Herrn nicht entgangen. Er nahm mich am Halsband.

„Alles was recht ist", sagte er, „aber du bist und bleibst ein kleines Schlitzohr."

30. November

Es ist Nacht. Gefesselt und geknebelt — um vor dem „Blödsinn", den ich „immer rede", sicher zu sein — hat er mich ins Schlafzimmer geschleppt und aufs Bett geworfen. Und die Dogaressa hat mich einfach nur angeschaut. Wie ihr der Anblick gefällt! Ja, mehr will sie nicht. Und ich sterbe hier vor Geilheit. Sie hat meine Fußfessel gelöst und die Beine weit gespreizt an den Bettpfosten festgebunden.

Was haben sie vor? Ich weiß es niemals. Werden sie sich im Sitzen vereinigen? So zwischen meinen gespreizten Beinen, während ich sie sehe, während ich ihm in die Augen schaue, wie er über ihre Schulter hinweg mich ansieht? Ihren nackten Rücken, die Pracht ihrer blonden Haare vor mir, untätig schmachtend und genießend?

Sie haben viel Fantasie.

Vielleicht werde ich Vanessas völlig unbewegliches Spielzeug sein, während er schaut und unterbricht. Vielleicht werde ich das seine sein, während sie schaut.

Vielleicht wird er sich meiner bedienen, während ich zur vollkommenen Passivität verdammt bin.

Bislang sitzen sie nur auf dem Bett, schmusen und reden über mich, als sei ich nicht da. Sie sagen *„das serf"*, wenn sie mich meinen. Und ich schmelze jedes Mal wieder.

Mein Herr legt mir einen neuen, schweren, engen und sehr schönen Ring an, der nun meine Hoden umschließt und an den mein Prinz Albert direkt angeschlossen wird.

Ich bin dankbar. Dies wird mich schützen. Kein Entkommen ohne den Schlüssel. Zum Glück haben sie beide je einen. Er wird nicht sterben und das Wissen um den Aufbewahrungsort ins Grab mitnehmen.

Ich bin beruhigt.

Es geht mir gut.

Das Heilige Koma

6. Dezember

Es ging schneller als ich dachte. Schon bin ich zu meiner ersten Aufgabe gerufen worden. Ich gehe als freier Mann.

In aller Eile bin ich mit den anderen Team-Mitgliedern ins Flugzeug des Staates Sukent gesprungen und nach Bratislava rüber, dann mit dem Helikopter ins tief verschneite Maslenie Blini. Im Team ist auch Ainu, darüber bin ich froh. Und ein weiterer Mann ist da, ein junger Arzt, ein Schüler von Kunkamanito. Wir legen in Berekets Haus unser Gepäck ab, viel ist es nicht. Und dann bekommen wir Schneeschuhe und marschieren zur Höhle hinüber. Petja führt uns, ich war ja nur mit verbundenen Augen dort, bin aber doch ein wenig stolz, daß ich schon hier war. Das dritte Mitglied in unserem Team ist noch unterwegs. Ich küsse Bereket und Mavini, die gewachsen ist, einen Freund hat und Frisieren jetzt ‚doof' findet.

Dann sind wir in der Höhle.

Wir alle werden spontan sehr still. Ja, dies ist heiliger Raum.

Das Feuer in der anderen Höhle, das scheinbar unlöschbar brannte, Woche für Woche, ist am 23. Oktober von allein erloschen.

Vielleicht war die Erdgasblase verbraucht, vermuten die Geologen.

Es wird noch dauern, bis der Raum abgekühlt sein wird. Man betritt ihn noch nicht.

Wir schreiten ganz leise und andächtig von einem Zelt zum anderen. Mato Sapé ist da und instruiert uns flüsternd.

Unsere Patientin ist seit der letzten Nacht hier und natürlich schon mit Infusionen versorgt. Ich erschrecke, als ich sie sehe; es ist Nox.

Mato Sapé führt mich zur Seite und spricht leise zu mir: „Ich weiß, sie ist deine Verwandte. Wenn du meinst, du bist zu stark persönlich involviert, stellen wir dich aus diesem Team frei. Ich habe auch eben erst erfahren, wen wir bekommen; sie ist zu Besuch hier, da hat die Aufregung sie wohl umgeworfen. Bereket hat sie sofort hergebracht. Kannst du damit umgehen?"

Sie war bei Marja und Bereket zu Besuch, war allein im Haus und brach zusammen; Petja fand sie, rief im Hotel an und organisierte den Transport zur Höhle. Auf der Fahrt verlor sie das Bewußtsein. Aber sie war schon versorgt und hing am Tropf.

Ich werfe einen Blick auf das Zelt, in dem die anderen beiden die Patientin betrachten.

„Ja", sage ich leise, „ich will alles tun, um sie zu retten, ich liebe sie. Sie ist meine nächste Verwandte. Und ich hätte keine Ruhe, wenn ich ihr fernbleiben müßte."

Er nickt und schweigt.

Ich gehe zu den anderen.

Nox ist kahlgeschoren. Sie sieht dünn und angestrengt aus.

„Ist das nicht die Tante, die dich damals hat durchprügeln lassen?" fragt Ainu.

„Ja. Und ich liebe sie", sage ich nun auch zu Ainu.

Ich verweile noch lange an ihrem Lager, als die anderen beiden gegangen sind. Ainu wird mich ablösen, ich wiederum werde morgen früh die dritte Person ablösen. So wacht jeder von uns 8 Stunden bei ihr. Natürlich sind noch andere da. Jeder Patient hat sein Team. Und nun erfahren ich auch, wer die dritte Person im Team ist. Atli Hanım, meine Großmutter, kommt ihrer Stieftochter zu Hilfe.

Es ist kühl. Ich wickle mich in das Wintertuch, wenn ich gerade nichts zu tun habe. Die Fledermäuse hängen im Winterschlaf.

Ich dachte, ich würde mich langweilen. Aber ich genieße die Stille. Ich erinnere mich an das Protokoll, das mir mein wilder Herr nach seinem Erwachen diktierte. Er sprach von dem unendlichen Genuß, der in der Kühle lag, nachdem er die Hölle des Zustands erfahren hatte, die Hitze, rasenden Schwindel, kochende, rauschende Flucht und einen tiefen Fall, und dann — Ruhe. Sich erholen dürfen, sich erden dürfen, die große Wohltat. Ja, es gibt hinterher Erinnerungen, auch wenn der Kontakt zwischen der Außenwelt und dem Patienten nicht möglich ist.

Das scheinen sie alle zu erfahren, die hier behandelt werden. Ich spüre das. Ich schließe mich daran an, lehne mich zurück, schaue mit halboffenen Augen auf meine Patientin, ja, ich soll sie als *meine* Patientin betrachten, als meine persönliche Aufgabe, meinen kostbaren, zu hütenden Schatz.

Ich docke mich an, fühle diesen Genuß der Stille, sehe das schwache Licht, liebe die Kühle, atme tief, atme ruhiger als je zuvor und erfahre den Raum.

Ich habe während des ganzen Fluges die Instruktionen gelesen, wie ich mit den Patienten umgehen muß. Das meiste wußte ich schon. Sie wird in den ersten Tagen nicht wissen, daß ich bei ihr bin.

Dennoch werde ich sie so sanft berühren, als würde sie alles fühlen.

Vielleicht tut sie es auf irgend einer Bewußtseinsebene, die weit weg ist vom wachen Dasein, vom Körper. Wo sind sie dann, unsere Patienten? Auf der Basilosphäre?

Nach diesen drei bis vier Tagen kommt die sensiblere Phase, wo man sie vor dem Aufwachen schützen muß. Wo sie in Verwirrung fallen könnte, wenn sie aufwacht, wo sie aufstehen und herumirren könnte, eine Phase, in der die Patienten sehr anfällig für Panik und Verzweiflung sind.

Seit wir aber wissen, wie sich das Heilige Koma vollzieht, können wir die Patienten darauf vorbereiten, denn sie wissen nun, wenn sie im Zustand sind, was mit ihnen passieren wird.

Ich sitze am Bett, schaue ihre strengen Züge an. Die Wangen wirken hohl. Und ihre großen schwarzen Kirschaugen sind nun fest geschlossen. Ich messe jede Stunde ihre Temperatur, mache ein Urinprotokoll und bestimme danach das Tempo der Infusion. Ziehe den Arzt zu Rate, wenn eine Messung grenzwertig wird.

Ich weiß nicht, ob ich ihre Wange streicheln darf. Ich täte es so gern.

Ich schaue mir die Unterlagen auf dem Klemmbrett an. Sie ist 52 Jahre alt, die tapfere alte Amazone. Und sie will noch länger bleiben, soll sie gesagt haben, als sie den Zustand an sich erkannte.

Meine liebe, kostbare Tante, der mir genetisch ähnlichste Mensch. Ich bin in dein Haus eingebrochen, habe Sachen kaputtgemacht und habe zugeraucht auf deinen Seidenteppich gepinkelt. Liebe Nox, ich mache alles wieder gut.

Ich werde wach sein für dich, werde auf dich aufpassen.

Und wenn du soweit bist, werde ich dich wieder ins Leben zurückführen.

ENDE

Personenverzeichnis

Im Anschluß an das Verzeichnis gibt es Eklärungen der Namen.
Dieses Register enthält Angaben, die der Handlung vorgreifen. Spoiler-Alarm!

Name	Stamm	Zusammenhang	Ethnie	Auftritt
Aimoré/ Pitro Krasnov-Gurian	Nachtschwalben	hat 3 Jahre in der Cultura gelebt, wurde mit 15 entführt und mißbraucht, mit 18 zurückentführt, Karriere in den Rotten, steigt auf zum Innen- und Verteidigungsminister, Oberbefehlshaber der Rotten.	Cro	Teil1+2
Alida Potozki	n.C.	Frau von Maurice, Mutter von Mina	Cro	Teil1+2
Amadux	Panther	Senior-Amazone und Erynnie, Ausbilderin für junge Amazonen, geistige Leitfigur für Grundsätze der Ausbildung und Bestrafungen, kleinwüchsig	Hom	Teil 2
Bagyö	Leguan	Wache aus der Gefängnismannschaft in Sukent, die Krasnov-Gurian bewachen	Hom	Teil 3
Bellatrix		Senior-Amazone, geht mit Spex auf Patrouille, als der Fassadenkletterer entdeckt wird	Hom	Teil 2
Bellix		Amazone, die auf dem Dach oberhalb des Platzes der Zweiten Tausend postiert war	Hom	Teil 2
Bergenschein, Helmut/ 'Schergenbein'	(Füchse)	Hauswart, heiratet Iváns Schwester Mina, wird Mutter von Helmut Hiawatha, klassischer Mitläufer	Cro	Teil1+3
Bifrax		Amazone, die Isegrim auf dem Weg zum Arzt bewachen soll, flirtet mit dem Fährkapitän	Hom	Teil 3
Ira Schmiz-Wagner/Turna		Schwester von Tarfur, nach dem Krieg wegen Schwarzer Magie auf einer Insel inhaftiert	Cro	Teil 1+3

Cochise/ Thomas Wolters	Füchse	aus einer Cro-Familie, mit sieben Jahren bei den Homsarecs aufgenommen. Pais von Guipago von den Füchsen, Ziehbruder von Isatai, Karatai und Rangus, Adoptivbruder von Ruth.	Hom	Teil 1+2
Durix		In Ausbildung bei Amadux	Hom	Teil 2
Fidux		In Ausbildung bei Amadux	Hom	Teil 2
Freydux	Füchse	Rosa Konitz, ehem. Schulkameradin von Iván, dann seine Domina; tritt in die Amazonengarde ein, ist von Kriegsdienst ausgenommen, da Cro.	Cro	Teil 1+2
Friedrich Guipago	Kraniche	Sohn von Isatai und Tabi	Hom	Teil 3
Gülbibi	Pferde	Usbekin, geht allein nach Europa als Dolmetscherin und Anstreicherin. Mutter von Hopi.	Hom	Teil 2
Haida		Mitglied der Stadtwache, Geliebter von Selknam	Hom	Teil 1+2
Heathea	Nachtschwalben	(he-a-the-a, nicht englisch ausgesprochen!) Ärztin, ca. 60 Jahre alt, Frau von Huichol, Entführt mit ihm zusammen Aimoré und hält ihn 3 Jahre lang als Sex-Sklaven, bis er von Tarfur zurückentführt wird.	Hom	Teil 1+2
Helix		Amazonenschülerin, die sich besonders mit dem Gesetz auskennt, hat eine schöne Handschrift	Hom	Teil 2
Hemyarik/ Mehmet Yardım	Wölfe	Der einstige Gegenkönig, der durch das Eingreifen des Königs gestürzt wurde, Spottname: ‚König Harakiri der Letzte'	Hom	Teil 1+2
Hmong	Bergziegen	Anwalt, von Tanguta wegen Isegrim beauftragt (Im Tarfur-Mordprozeß wird Isegrim von Nox vertreten).	Hom	Teil 1+2
Hopi	Pferde	Sohn von Gülbibi, hochintelligent, aber körperlich eher unbeholfen, übergewichtig, wird von Amadux trainiert	Cro	Teil 2

Huichol	Nachtschwalben	Vater von Kunkamanito, Mann der Heathea, hat Aimoré als Geliebten, wird vom Rückentführer Tarfur ermordet		
Isatai/Iyi Saat	1. Kraniche 2. Wölfe	Erzähler von Teil 2, Meister, dann Herr von Iván, der der Sohn seiner Adoptivschwester Ruth ist. Sein Bruder war Karatai.	Hom	Teil 1, 2, 3
Isegrim/Lelo	1. Wölfe, 2. Wasserbüffel, 3. Eiderenten	Kleinkrimineller, der den Dogen liebt und von ihm gefördert wird, jedoch immer wieder Fehler macht, die das Verhältnis gefährden, Verfasser des Tagebuchs, Teil 3 der Trilogie	Hom	Teil 2+3
Iván Potozki/ Quanah	1. Füchse 2. Füchse 3. Kraniche	Erzähler von Teil 1, Sohn von Maurice Potozki und Ruth von den Füchsen. Pais von Isatai, dem Adoptivbruder von Ruth, später von Isatais Schwester Rangus. Erteilt den Langlebenssegen, weil eine Prophezeihung ihn dafür vorgesehen hat.	Cro	Teil 1, 2, 3
Kachina/Cajun	Pferde	Erfahrener Krieger, erst Meister von Cochise, dann von Ainu		Teil 1+2
Kalanag	Graugänse	Richter, hat früher Ainu wegen Belästigung des Gerichts zu einer Strafe verurteilt, schließlich im Strafprozeß Vorsitzender	Hom	Teil 1+2
Karatai	1. Kraniche 2. Tiger	Zwillingsbruder von Isatai, starb mit 40.	Hom	Teil 1
Katharina van Loben/Atli Hanim	Pferde	Großmutter von Lelo, Geliebte von Natatli, Halbschwester von Nox	Cro	Teil 3
Khampa	Pferde	Mitglied der Stadtwache	Hom	Teil 2
Kirli	Kraniche	Kleine Frau und Sklavin von Isatai, später Schamanin und Herrin von Sinteska	Cro	Teil 1+2
Khorasan	Singschwäne	Diener im Dogenpalast, für das persönliche Wohlergehen des Dogen zuständig	Cro	Teil 2

Kunkamanito	Wölfe	Sohn von Huichol und Heathea, etwa gleich alt wie Aimoré, studiert Medizin und verschafft Aimoré Atempausen, wenn er seine Eltern besucht; wird Leibarzt des Dogen	Hom	Teil I+2
Kúsali, Cochenille	Eiderenten, Nachtschwalben (Zugehör. getilgt)	Hausmeister im Dogenpalast, kann die Inschrift nach dem Brennen der Robe lesen, wird Tangutas Hausdiener	Cro	Teil 2
Lux		In Ausbildung bei Amadux, wird von Dario und Pandor vergewaltigt	Hom	Teil 2
Manubibi		Ehemaliger Minister aus der Regierung Hemyariks, später Diener im Dogenpalast und in der Sala de Thing (Parlament)	Hom	Teil 1+2
Marex		In Ausbildung bei Amadux	Hom	Teil 2
Maurice Potozki	Füchse	Pais von Guipago, hat mit Ruth einen Sohn, Iván Potozki oder Quanah von den Füchsen	Cro	Teil 1+2
Mboko	Kobras	Mitglied der Kannibalengruppe	Hom	Teil 3
Melek	Tiger	Frau von Tongpa, Mutter von Paya und Tai, die mit Iván in der Psychiatrie befreundet war und ihn warnte. Wurde von P.K-G. vergewaltigt. Wohnt mit Tongpa + Kindern in Leßweiler	Cro	Teil 1+2
Mina Bergenschein geb. Potozki	Füchse	Schwester von Iván Potozki, Mutter von Hiawatha	Cro	Teil 1+2
Muria	Wölfe	Mann von Gülbibi und Vater von Hopi, verläßt Gülbibi wegen einer schwulen Liebe	Hom	Teil 2
Naksang Gyälmo	Schneeleoparden	Sprecherin der Kshatrinis im Prozeß gegen Lelo/Isegrim	Hom	Teil 3
Nenza	Kraken	Wird zum Richter im Verfahren gegen Perkele benannt	Hom	Teil 3
Nox	Wölfe	Amazone im Ruhestand, einstige Kriegerin, besitzt Häuser, ist die Tante von Lelo/Isegrim	Hom	Teil 2

Pax	Schildkröten	Hat eine Affäre mit dem Dogen	Hom	Teil 2
Pentedattilo/ Elias Brochermann	Raben	als Baby von Homsarecs vor der Deportation gerettet, Archivhüter, ehemaliger Doge und Verfasser lebensrettender Schriften	Cro	Teil 1, 2, 3
Perkele/ Bereket	Nachtschwalben	Anführer der Bémishen Brieder, hat 4 Frauen und 11 Kinder, gehört zu den letzten Kannibalen der Cultura	Hom	Teil 3
Phlox		Bei Amadux in Ausbildung, wird von Attila in die Lippe gebissen	Hom	Teil 2
Picto		Verwalter des Amazonenhauses mit Frau Saraswati. Besitzerin ist Nox.	Cro	Teil 2
Pratizaye	Schildkröten	Nepalesische Kriegerin, Anführerin	Homs	Teil 2
Purix		Transsexuelle Amazone, körperlich immer ein Mann, da Homsarec	Homs	Teil 2
Ruradix		Wohnt der Bestrafung Lelos bei und verliebt sich in ihn; wird von Dario und Pandor vergewaltigt; ist später eine der drei Personen, die Lelos/Isegrims Haft beaufsichtigen	Hom	Teil 2
Sadix		In Ausbildung bei Amadux	Hom	Teil 2
Saiko / Psycho	1. Gänsesäger 2. Kragenbären	Wird von Isatai als Helfer angestellt, weil er offenbar gegen die Einflüsse von Krasnov resistent ist, er nimmt PSI wahr, kann sich aber wehren, darum „Psycho"	Hom	Teil 2
Salix	Raben	Senior-Amazone und Erynnie, Stadtkommandantin der weiblichen Einheiten und NuRiCa-Beauftragte, Tochter von Pentedattilo	Hom	Teil 1+2
Sarasvati		Frau von Picto, verwaltet mit ihm zusammen das Amazonenhaus auf Torquato	Hom	Teil 2
Selknam		Kommandant der Stadtwache	Hom	Teil 1+2
Sibel Paloma Günay, geb. Marathonidis		Blinde Griechin, mit Türken Ahmet Günay verheiratet, lebt in Berlin	Cro	Teil 2+3

Siihisi	Wölfe	Mitglied der Kannibalengruppe	Hom	Teil 3
Sinteska	Schildkröten	Freund von Isatai und Karatai, Pais von Guipago, Arzt, später Sklave von Kirli	Hom	Teil 1+2
Škorec/Petja	Nachtschwalben	gespr. ‚Schkorets', Sohn von Perkele	Hom	Teil 3
Spex		Junge Amazone in Ausbildung, hat Vitiligo, besonders nachtsichtig und treffsicher	Hom	Teil 2
Styx		In Ausbildung bei Amadux	Hom	Teil 2
Sumadix		In Ausbildung bei Amadux	Hom	Teil 2
Tabi	Kraniche	Hauptfrau (‚Große Frau') von Isatai und seine Sklavin	Cro	Teil1+2
Tai	Tiger	Sohn von Melek und Pitro Krasnov-Gurian, ist die Folge einer Vergewaltigung und neue Inkarnation von Karatai	Hom	Teil1+2+3
Tanguta Gustave McIntyre	Eiderenten	geboren in England. Überlebt knapp durch Iváns Segen, geht auf Hinweis von Josef nach Sukent und wird dort zum Dogen ernannt. Tanguta verliebt sich in Lelo, gibt ihm den Namen Isegrim	Hom	Teil1+2
Tarfur/ Manfred Sievers		Rückentführer von Aimoré, Großkommissar der Kripo, später — nach Absetzung von Tanguta — zum Dogen gewählt, verändert Sukent bis zur Unkenntlichkeit, indem er Geld einführt.	Cro	Teil 2
Tassahara	Kobras	Mitglied der Kannibalengruppe	Hom	Teil 3
Tecumseh		Küchenpais bei Isatai am Beginn (185), in der Abkühlphase mit Meningitis im Hospital, taucht sporadisch auf, ist als Bodyguard bei der Sukent-Reise der Kanzlerin dabei	Hom	Teil 1+2
Tongpa		Ehemann von Melek, mit der er eine Tochter Paya hat, und Stiefvater von Tai, dem Sohn von Krasnov	Hom	Teil 1+2

Tridix		In Ausbildung bei Amadux	Hom	Teil 2
Trisax		junge Amazone, lernt beim Training Hopi kennen und heiratet ihn	Hom	Teil 2
Vanessa Brilon	Eiderenten	Geschiedene Frau von Edgar Pipendreiher und Mutter von Karl Josef. Lebt zur Zeit des Romans allein. Begnet als Kanzlerin mehrmals dem Dogen, der ihr Isegrim ausleiht.	Cro	Teil1+2
Varanassi Yadwiga MacIntyre-Brilon	Tiger	Tochter von Vanessa und Tanguta	Hom	Teil 3
Verix		Senior-Amazone, nimmt Sklaven Widu, als Spex eingeführt wird	Hom	Teil 2

Bedeutung der Namen

Name	Bedeutung
Aimoré/Pitro Krasnov-Gurian	Aymara, südam. Indianerstamm
Alida Potozki	Polnisch-Ukrainische Adelsfamilie
Amadux	Liebe zum Führen
Bagvö	Aufmerksamkeit, Achtsamkeit Tibetisch
Bellatrix	Latein: Kriegerin
Bellix	Latein: Die Schöne
Bergenschein, Helmut	Schergenbein 'Spitzname durch Schüttelreim
Bifrax	sowas wie 'zweifach gebrochen'
Ira Schmiz-Wagner/Turna	Ira, Latein: der Zorn. Turna: Isländisch: der Zorn, türkisch: Kranich
Cochise/Thomas Wolters	Cochise: legendärer Häuptling der Apachen, "Eichenholz"
Durix	Die Harte, Ausdauernde
Fidux	Die Treue
Freydux	Führerin unter Freya, german. Göttin
Friedrich Guipago	"Einsamer Wolf", einer der letzten Kiowa-Häuptlinge
Gülbibi	Türk.: Rosenmädchen
Guipago	"Einsamer Wolf" , einer der letzten Kiowa-Häuptlinge
Haida	Indianerstamm an der Nordwestküste der USA/Kanada
Heathea	Indianerwort aus Liedern; lat. Thea: Die Göttin

Helix	Spirale
Hemyarik/Mehmet Yardım	Türk. „noch ein Spalt"
Hmong	Bergvolk in Südostasien
Hopi	Stamm im Südwesten der USA
Huichol	Mexikan. Stamm, „die Zauberer"
Isatai/Ivi Saat	Isatai: "Coyotendreck", Commanchen-Medizinmann;
Isegrim/Lelo	Isegrim: Altes Wort für den Wolf, dt. Sage, Lelo: Tibet.
Iván Potozki/ Quanah	Quanah: Häuptling der Quahadi-Kommanchen
Kachina	Kachina: "Himmlische Wesen" der Hopi-Indianer
Kalanag	Ind. Schwarze Schlange
Karatai	erfunden, sowas wie "schwarz und groß"
Karl Josef Josefine)	Pfeifendreher
Katharina van Loben/Atli	Atli Hanim: türk. „Dame mit Pferden"
Khampa	Tibet. Volksgruppe im Osten, kriegerisch und schnörkellos
Kirli	Türk. „schmutzig"
Khorasan	Antike Kultur in Zentral-Asien, durch Cengiz Khan zerstört
Kunkamanito	Indianername aus einem Dokument des 19. Jh.
Kúsali, Cochenille	Tib. „Bettler"; roter Farbstoff aus Blattläusen der Opuntie
Lux	Lat. „Licht"
Manubibi	Erfundener Name, Afrikaner
Marex	erfunden, mare lat. Meer
Maurice Potozki	s. Alida P.
Mboko	erfunden
Melek	türk. „Engel"
Muria	Indische Minderheit
Naksang Gyälmo	Tibet. „Schwarze freundliche Königin"
Nenza	Sibirisches Volk
Nox	Lat. „die Nacht"
Pax	Lat. „der Frieden"
Pentedattilo/Elias	urspr. Griechisch, „Fünf Finger"
Perkele/Bereket	Finn. „Teufel"/ Türk. „der Segen"
Phlox	Griech. „Flamme"
Picto	Pikten, altes schottisches Volk, Kelten
Purix	Lat. "die Reine"
Ruradix	Lat. "die Ländliche" oder heidnische Flußgottheit "Rura" der

Sadix	"die Grausame"
Saiko / Psycho	Griech. "Seele"
Salix	Lat. "die Weide"
Sarasvati	Indische Göttin, mit einer Laute dargestellt
Selknam	Indianerstamm aus Feuerland, Südamer.
Sibel Paloma Günay, geb.	Span. Paloma: Die Taube; türk.: Günay: Tagmond.
Siihisi	Finn. „der Drache"
Sinteska	Indianername, "Gefängnis der Weißen"
Spex	Lat. „Sehen"
Styx	Griech. „Grenzfluß zum Jenseits"
Sumadix	keine Bedeutung
Tabi	Türk. „selbstverständlich"
Tai	chin. „groß"
Tanguta Gustave McIntyre	Tanguten: zentralasiatisches Volk, am Rand von China
Tarfur/ Manfred Sievers	Isländ. „Stier"
Tassahara	keine Bedeut.
Tecumseh	Häuptling der Shawnee, "geduckter Puma"
Tongpa	Tibet. „Leerheit"
Tridix	„die es dreimal sagt"
Trisax	"Drei Steine"
Vanessa Brilon	Kunstname, geschaffen von Jonathan Swift
Varanassi Yadviga	Varanassi: Benares, wichtige Stätte des Buddhismus;
Verix	Lat. „die Wahre"
Widu	alth-dt. „Wald"

Bildquellen:

Abbildung Nr.
1   „Škorec" : Selfie by Kieran Robertson with kind permission
4   "Perkele" und
9   "Perkele vor Gericht": Mit freundlicher Genehmigung von The Maniac
11   „Perkele im Zustand": Mit freundlicher Genehmigung von Resa Rot
12   „Petja/Skorec als Hüter der Höhle": Selfie by Kieran Robertson with kind permission

Alle anderen Bilder beruhen auf Fotos von Personen des öffentlichen Lebens, teils bereits verstorbenen, und sind durch die Schöpfungshöhe meiner Bearbeitung kaum oder nicht mehr erkennbar.

Internetquellen:

http://www.hausmacht.de
Homepage der Autorin, Werkverzeichnis, Rezensionen, Essays...

http://www.hausmacht.de/Roman
Ausführliche Informationen über diese Trilogie

http://lilith-of-dandelion.blogspot.de/
Blog der Autorin mit Bestell-Informationen über die bisher erschienenen Bände und Links zu Bestellmöglichkeiten. Die Romane sind erhältlich bei
http://www.schlagzeilen.com
und weiteren Portalen.

Band 1: HOMSARECS!
Band 2: DER DOGE & SEIN SKLAVE
Band 3: ISEGRIMS TAGEBÜCHER

Zeittafel Band 1-3

(*Empfehlung: Erst nach Buch-Lektüre geniessen, Spoiler-Alarm*)

Zeitrechnung der Cro	Zeitrechnung der Cultura	Geschehnisse *Geburt
Band 1: Homsarecsl *(Erzähler: Iván Potozki/Quanah von den Füchsen)*		
1825	0	Kozodoi veröffentlicht die „Geschichte der Carnivoren"
1947	122	*Guipago
1950	125	*Elena
1955	130	*Anasazi
1965	140	*Maurice
1970	145	*Karatai, *Isatai, *Kachina
1971	146	*Kunkamanito
1972	147	*Rangus, *Ruth, *Pitro Krasnov-Gurian (Aimoré), Großer Krieg, der mit der Gründung der Volksrepublik Deutschland endet.
1973	148	*Sinteska (in Wahrheit *146)
1981	156	*Cochise
1982	157	Sinteska wird Pais von Guipago
1984	159	Isatai wird Pais von Quanah von den Wölfen
1985	160	*Hemyarik
1987	162	Pitro wird von Huichol entführt und wird als Aimoré sein Pais
1988	163	Cochise wird Pais von Guipago
1990	165	+Guipago stirbt mit 43, +Huichol stirbt mit 41, Aimoré/Pitro wird vom Geheimdienst der jungen Republik zurückentführt
1992	167	*Iván (Quanah von den Füchsen)
1994	169	*Karl Josef Pipendreiher aka Josef(ine) *Lelo/Isegrim
2010	185	September Iváns Eintritt in die Cultura, +Karatais Tod
	November	1. Aufenthalt Iváns in Sukent, Forschung in den Archiven
		Iván in Haft/ „Therapie", Melek von Pitro vergewaltigt
2011	186	Rückkehr am 16.2., Wiederaufnahme in die Cultura, Osternacht-Panik, Reise nach Petschur, Sinteska überlebt den Zustand, Iván ist mehrere Monate in Weimar
	Sommer	Bau des Gartenhauses, Ashante holt das Gift.
	Herbst	Segnungen der Pilger, 2.Tattoo für Iván
		Gartenhaus vor dem 1.Frost fertig, Josef zieht ein
		Tai 3 Monate alt, seine Schwester Poca 1 1/2 Jahre
2012	187 Februar	Tanguta von Iván gerettet, er wird Doge
		Iván hat "burnout", Kodutu taucht auf, Sinteska mit ihm aus

		Sibirien zurück, Kirli erkennt ihre Berufung als Schamanin
	Juni	Josefine verlangt volle Aufnahme in die Cultura, spielt mit Isatai
		Kirli wird an Stelle von Sinteska Schamanin
	Sommer	2. Reise nach Sukent, Segnungen gehen weiter; Mordanschlag auf Iván und darauf folgende Krankheit. Genesung nach ca 2 Wochen.
		Nurica-Ritual, Freydux (Rosa) in der Hauptstadt als Mitglied der Amazonengarde
	Ende Septem.	Isatai erklärt Pipendreiher den Krieg; wird krank.
	Einen Tag später	Versuch, die Cultura zu verhaften, mißlingt: Alle sind verschwunden. Krasnov-Gurian wird verhaftet, die Regierung bietet der Cultura Frieden und Wiedergutmachung an
		Dezember: Hemyarik hat eine Vision, verzichtet auf den Thron und versucht, sich selber zu töten, was mißlingt.
2013	188 März	Iván geht wieder auf Reisen, um in dem Prozeß gegen Krasnov-Gurian auszusagen. Neubau des Haupthauses
	April	Neue Regierung gewählt
	Sommer	Prozeß gegen K-G. Er wird krank.
	September	Hemyarik erkennt Josef und wird sein Pais. Party mit Rangus, Freydux, Hemyarik, Ainu und Iván. Iván seit 3 Jahren in der Cultura, K-G. wird von den Homsarecs gepflegt.
		Ende von Iváns Bericht

Homsarecsl 2: Der Doge und sein Sklave *(Erzähler: Isatai von den Kranichen)*

2012	187, 6. April	Tanguta ist seit 29.2. Doge April: Lelo (18 J.) bricht bei Nox ein und wird öffentlich bestraft Erste Begegnung von Tanguta und Lelo
	14. April	Kunkamanito zum zweiten Mal im NuRiCa
2015	190 Juli	Lelo (21) wird erneut festgenommen wegen Vorbereitung eines Banketts alten Stils und Teilnahme daran, erst in Haft im Hauptgefängnis nahe dem Dogenpalast, dann Teilnahme als Versuchsperson beim Seminar von Amadux, wird zu Arbeit auf Torquato verurteilt
	Juli	Tanguta hat Sex mit Pax, Eiswürfeltrick
	August	Lelo kneift aus, nimmt Hopi als Geisel, versucht, den Staat zu erpressen — Lelo wird festgenommen, Tarfur vorgeführt und verhört, wobei er zusammenbricht. Der Doge interveniert und nimmt ihn zu sich. — Pressekonferenz, Lelo wird eingeschworen und ist Tangutas Pais Isegrim

	Sept., Oktober	Lelo/Isegrim verbüßt die restliche Strafe auf Torquato
	5. November	Lelo kneift aus und versucht, an der Rückseite des Dogenpalastes zum Fenster des Dogen zu klettern — Spex erlegt ihn mit einem Schwarzen Pfeil, er fällt ins Wasser, wird wiederbelebt und kommt ins Krankenhaus —Pax regt sich so auf, daß sie eine Fehlgeburt erleidet.
	November	Lelo liegt im Hospital und wird entgiftet, aber der rechte Arm bleibt gelähmt
	Dezember	Lelo wird mit Heathea, der behandelnden Ärztin, nach Weimar geschickt, Tanguta hat die Hoffnung, daß sie sich auch mit Krasnov-Gurian versöhnt, der unversöhnlich bleibt
	22. Dezember	Lelos NuRiCa in Anwesenheit von Tanguta, von Kirli durchgeführt
2016	Januar 191	Schamanisches Ritual für Lelos Arm, er bessert sich. Unheimliche Anwesenheit im Haus
	Februar	Vergewaltigung der Amazonen durch zwei Wachen unter Einfluß von Fliegenpilz
	März	Gerichtsverhandlung gegen die Wachen. Die Assistentin des Staatsanwalts ist Gast in Leßweiler und toppt Isatai
	April	Monat der Heiligen Hochzeit ist ausgerufen Lelo wird an Vanessa verliehen, die seit 1.10.187 Kanzlerin ist, Hemyarik an Heathea, die seine Magersucht behandelt
2016	7. Mai	Kampf um Sukent, die ‚Nacht des Großen Reprend'. Lelo wird in den Kampf verwickelt, als Geisel genommen, trifft auf Tarfur und ersticht ihn, als der schon außer Gefecht ist.
	8. Mai	In den frühen Morgenstunden wird Tanguta wieder zum Dogen ausgerufen — laut Stimme des Königs vor dem Parlament. Isegrim wird degradiert.
	5. Juni	Lelo begegnet dem Dogen, darf ihn aber nicht ansprechen oder ihm in die Augen schauen.

Homsarecsl 3: Isegrims Tagebücher (Erzähler: Lelo/Isegrim von den Wölfen)

	Mai 191 bis Dezember 192	*Dieser Band ist als Tagebuch durchgehend datiert:*
2016	9.5.-8.10. 191	Lelos Inseltagebuch, Lelo als Strafgefangener auf Torquato
	15.10.-22.11.191	Isegrims Reisetagebuch, er soll im Auftrag der Regierung die letzten Kannibalen finden helfen
2016/17	24.11.191-22.2.192	Isegrims Stadttagebuch, er ist als Sklave des Dogen zurück in Sukent
2017	2.3.-1.4.192	Der Doge bei den Bémishen Briedern, Tanguta reist nach Maslenie Blini und wird wieder ein echter Homsarec

	7.4.-9.7.192	Leiden im Paradies, Isegrim (23) ist zurück in der Stadt, aber dort nicht glücklich.
	10.7.-23.7.192	Botschafter des Langen Lebens, Isegrim reist als ‚lebender Impfstoff' zu verborgenen Siedlungen
	24.7.-21.8.192	Das Geheimnis der Höhle und was der ‚Zustand' wirklich ist, Lelo ist als Pfleger eingesetzt. Kehrt dann nach Sukent zurück.
	22.8.-3.10.192	Das Kurban, Isegrim riskiert sein Leben für einen höheren Zweck
	4.10-7.10.192	Suche nach Sicherheit, Isegrim versucht, beim Dogen Fuß zu fassen
	19.10.-.11.192	Kampf um alles, bei dem der Doge für Isegrim sein Leben riskiert.
	30.10.-30.11.192	Isegrim hat einen Knacks und findet nur langsam in sein altes Leben zurück. Große Einladung zum Dogen.
2017	6.12.192	Isegrim als Pfleger in der Höhle des Heiligen Komas

Wörterbuch der Lingo Real

ambilux	Zwielicht
approchar	annähern
bardo	Zwischenreich
bebek	Säugling
beso de guerre	Kriegerkuß, ein blutiger Biß
bona	gut
büyü	Hexerei, Schwarze Magie
calor sauvage	Hitze der Homsarecs
carrier	Träger
chiaro	hell
curre	möge laufen
currente	Strömung, Strom
dieswake	Tagbewußtsein
discrimar	unterscheiden
donu	gen. von dona, die Gabe
duran	ständig
estra cultura	Außerhalb der ‚Cultura' — Gemeinschaft der Homsarecs

fado di reprend	„Schicksal der Rückholung", der Akt, mit dem ein Herr ein Serf zurückholt, wenn dieses untreu war
felix	glücklich
ferma goshen	Halt die Klappe
fine	Ende, beenden
garder	hüten
greed	Gier
hebenlik	Exzellenz
hombre, -s	Mann, Männer
hyperkonnex	direkte Verbindung mit dem König, wird von ihm 1:1 beantwortet
hypermem	Visiongleiche spontane Erinnerung
ignora	Unwissenheit
illudo	illusionär
joy de guerre	Kampfesrausch
joy de mens	Rausch der Menstruation
joy de pain	Rausch durch Schmerz
killar	töten
kurban	Opfer, kurbanu genitiv
lieb	Liebe
liv	leben, das Leben
liven	leben
maldiction	Fluch
mente	Verstand
omne	alle, jeder
oscor	dunkel
passar	vergehen
permanente	auf Dauer
pinar	Quelle
Sacre Koma	Heiliges Koma
preserver	erhalten
pura	reine
pure	möge reinigen pura, puret, purado

realidade	Wirklichkeit
repay	Rache
san	sein
sanitá	Gesundheit
seda ducale	Dogenthron
sempre	immer
sidh	Gute Magie
snikamour	Stalker
soit	möge sein
soma	Nektar
somno, -i	Traum
Sukentnik, -i	Bewohner von Sukent in der Sprache der Bémishen
tempo, -i	Zeit
teledux	Fernlenker, starker telepathischer Beeinflusser
tigle	Tropfen
tox	Gift
tuden	von dir
venir	kommen
Votre Hebenlik	Euer Exzellenz, örtlich 'himmelsgleich'

Reden in Lingo Real und ihre Bedeutung

Die Lehrrede der Kshatrini Pratizaye am 7. August 192

Ema Ho! *Repay tempi non passaden,* *bebek gibi hombres garden,* *vene sante koma Bardon,* *oscor Büyü set approchadim.*	Ema Ho! Die Zeiten der Rache sind noch nicht vorbei, wie kleine Neugeborene müssen wir die Männer hüten, die aus der Zwischenwelt des heiligen Komas kommen, falls dunkle Magie sich nähert.
Ambilux realidaden, *somni y dieswake seis illudos,* *no discrim han chiaro mente.* *Mort y vida, somn y dieswake* *seten Bardo permanente.*	Es ist das Zwielicht der Wirklichkeiten, so wie du im Traum und im Wachen in einer Illusion bist, solange du nicht mit klarem Geist unterscheidest. Tod und Leben, Wachen und Schlaf sind eine fortgesetzte Zwischenwelt.
Hung! *Greed' y ignora killaban,* *lieb ten vida preserven,* *fine votre maldiction.*	„Hung! Aus Gier und Unwissenheit habt ihr getötet. Jetzt werdet ihr in Liebe Leben schützen. Das ist das Ende eures Fluchs."

Das Kurban-Gelübde

Kunglike Emperers y Votre Hebenlik, *nobile Presentes, Kurbanu yo me dam,* *vallahi*	Königliche Herrschaften und Euer Exzellenz, edle Anwesende, ich gebe mich als Kurban hin, bei Gott

Weiherede für Ruradix als neue Stadtkommandantin:

Ruradix norbu femon guerrevirtu, urbe manu tsarstvuyu antecip. *Al strach yeminmedar, al bonefa popul, al gurur ducale, al gloire kanuna, al plaisir del Kungen soit messíade Ruradix.*	Ruradix, Juwel der weiblichen Kampfkraft, die Stadt wartet auf Deine regierende Hand. Zum Schrecken der Gesetzesbrecher, zum Wohl der Einwohner, zum Stolz des Dogen, zum Ruhm der Gesetze, zur Zufriedenheit des Königs sei gesalbt Ruradix.

Reprend-Formel bei der Rückkehr Isegrims zu seinem Herrn

Coren Barin, Campen Barin. *En Vous manu dam permaserfe Isegrim.* *Obriga Vouem, vallahi.*	Herr der Stadt, Herr des Landes. In Eure Hand gebe ich das Permaserf Isegrim. Ich danke Euch, bei Gott.
Barin, en Votre manus retornam-- Mi prenden in Votre servitu, Votre obhut, Votre lieb	Mein Herr, in Eure Hände kehre ich zurück. Nehmt mich in Euren Dienst, Euren Schutz und Eure Liebe

Begriffe, die nicht aus Lingo Real stammen

und die — bis auf die erfundenen* — durch Googeln bestätigt werden können

Chaperone	Heilende Zellen, wörtlich ‚Anstandsdamen', Eiweiße, die eine Rolle bei der Selbstheilung von Zellen spielen
Corte seconda del milion	Platz im Stadtteil Canareggio, Venedig, wo sich das private Stadthaus Tangutas befindet
Deserta Castello*	Sant' Angelo della Polvere, Insel, die im 18.Jh. ein Munitionslager war und durch eine Explosion zerstört wurde
Giardini dei Forti*	„Die Gärten der Starken", Sant' Erasmo
Ghetto	Bereich im Stadtteil Canareggio, ehem. Wohnviertel der Juden
Haftanstalt*	wo Ira inhaftiert ist: Isola delle Rose
Itsmi*	Soziales Netzwerk, ‚It's Me', ‚Ich bin's'
Kshatrini	„Kriegerin" in Hindi
Mantras des Schadenszaubers*	* frei von negativer Wirkung
Maslenie Blini*	Ein * Dorf in der Hohen Tatra
Prionen	Eiweißpartikel, die eine Rolle bei Rinderwahn und Creutz-Jacob-Krankheit spielen
Räägi*	Video-Chatprogramm, Aus dem estnischen ‚räägi' = sprich!
Strand	Lido
Torquato	Torcello, Insel bei Venedig
Übungsplatz mit Saiko	Isola San Giorgio in Alga

18 Lageplan zu Ereignissen in und um Sukent

Homsarecs!

Schauplätze aus Band 2 und 3 *"Der Doge & sein Sklave"* *"Isegrims Tagebücher"* Karte und Schauplätze sind gegenüber der Realität verändert. Sie können nicht für der Erdkundeunterricht verwendet werden.

Das Slawische Ufer mit Gästehaus der Sala de Thing

Die "Säulen des Todes"

Torquato

Dienstwohnung des Dogen im 2. Band und Schauplatz des Gefechtes mit den Rotten

Privathaus des Dogen im 3. Band

Legende:
- Lagune
- sumpfiges Gelände
- bebautes Gelände

"Fort Nox"

Das Haus von Lelos Tante, in das er mit 18 einbrach, um Papavers zu rauchen

Giardini dei Forti
Wohnhaus und Ausbildungsgelände der männlichen Wachen, Gemüsegärten

Sperrwerk sowie Strömungs- und Gezeitenkraftwerk

Der Strand

Torquato Wohnhaus und Ausbildungsgelände der Amazonen

Amazonenhaus mit Gartenmauer

Friedhof

Arsenal

"Fort Nox"

Hospital

Kloster

"Männerreich"

Lelos alte Wohngemeinschaft

Tangutas erste Privatwohnung/Kampfschauplatz

Lelos Sturz

Dogenpalast

Iras Wohnung

Tangutas spätere Privatwohnung

Kaufbrücke

Stadtwache

Amazonen-Stadthaus

Haftanstalt

Sukent

Haus der Magierin Ira/Turna

Palast des Langen Lebens, wo Ivan seine Pilger empfängt

Deserta Castello

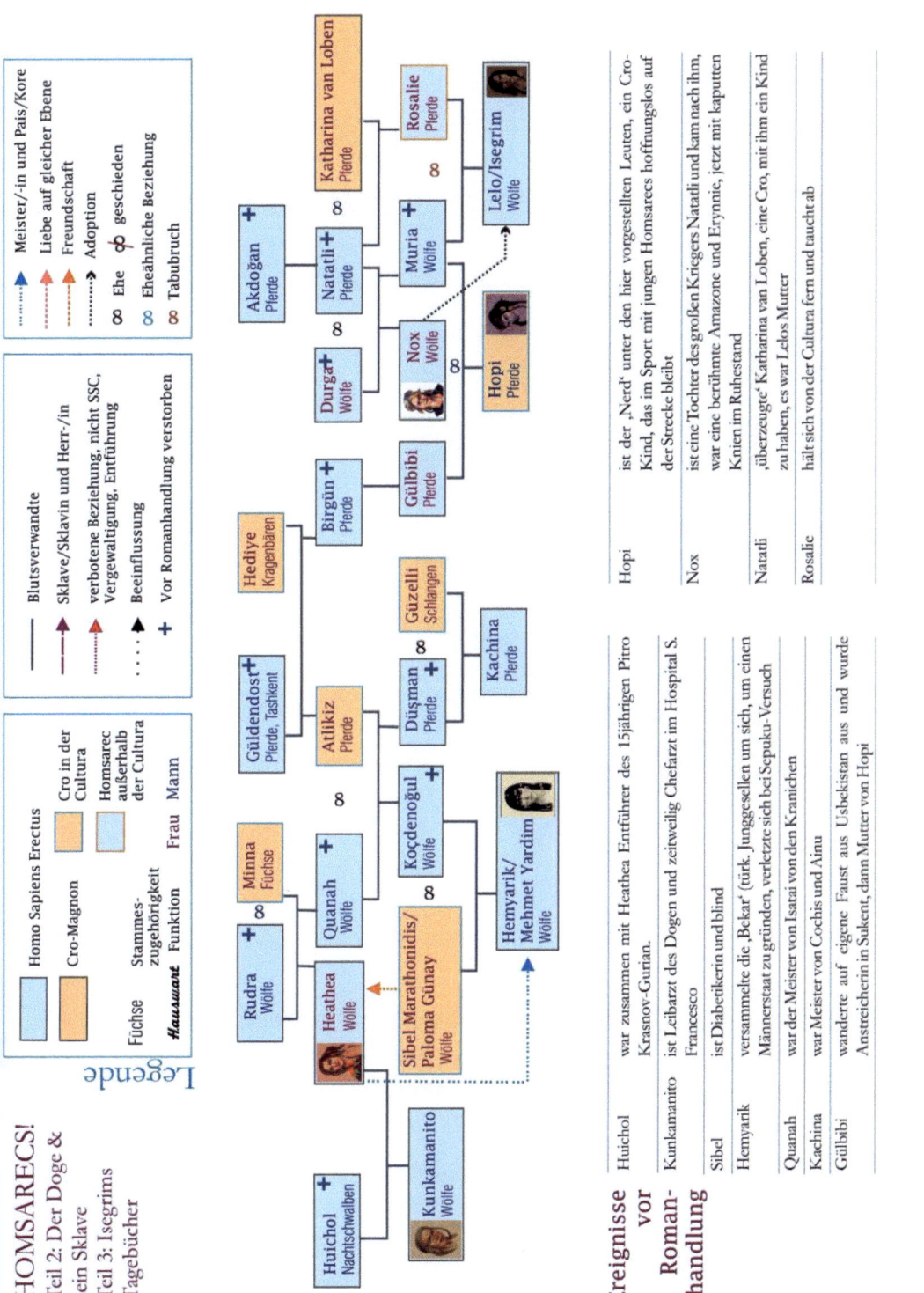

19 Stammbaum des aus Usbekistan kommenden Teils der Familie

100 Seiten prall gefüllt mit Geschichten und Bildern aus der Szene, ergänzt durch Schwerpunkte, Termine, Gruppen und Kontaktanzeigen sowie jede Menge weitere Infos.

www.schlagzeilen.com

Charon Verlag · Postfach 304199 · 20324 Hamburg · Telefon 040-313290